A BUSCA DE
CARLOS
MAGNO

STEVE BERRY

A BUSCA DE CARLOS MAGNO

Tradução de
Ludimila Hashimoto

EDITORA RECORD
RIO DE JANEIRO • SÃO PAULO

2010

CIP-BRASIL. CATALOGAÇÃO-NA-FONTE
SINDICATO NACIONAL DOS EDITORES DE LIVROS, RJ.

B453b

Berry, Steve, 1955-
A busca de Carlos Magno / Steve Berry ; tradução de Ludimila
Hashimoto Barros Casemiro. — Rio de Janeiro : Record, 2010.

Tradução de: The Charlemagne pursuit
ISBN 978-85-01-08753-9

1. Romance americano. I. Hashimoto, Ludimila. II. Título.

CDD: 813
CDU: 821.111(73)-3

10-2814.

TÍTULO ORIGINAL EM INGLÊS:
The Charlemagne pursuit

Copyright © Steve Berry, 2008
Publicado mediante acordo com Ballantine Books, um selo de Random House
Publishing Group, uma divisão de Random House, Inc.

Diagramação: editoríarte

Texto revisado segundo o novo Acordo Ortográfico da Língua Portuguesa.

Direitos exclusivos de publicação em língua portuguesa
somente para o Brasil adquiridos pela
EDITORA RECORD LTDA.
Rua Argentina, 171 — Rio de Janeiro, RJ — 20921-380 — Tel.: 2585-2000,
que se reserva a propriedade literária desta tradução.

ABDR
EDITORA AFILIADA

Impresso no Brasil

ISBN 978-85-01-08753-9

Seja um leitor preferencial Record.
Cadastre-se e receba informações sobre nossos lançamentos e nossas promoções.
Atendimento e venda direta ao leitor:
mdireto@record.com.br ou (21) 2585-2002.

Para Pam Ahearn e Mark Tavani,
fabricantes de sonhos

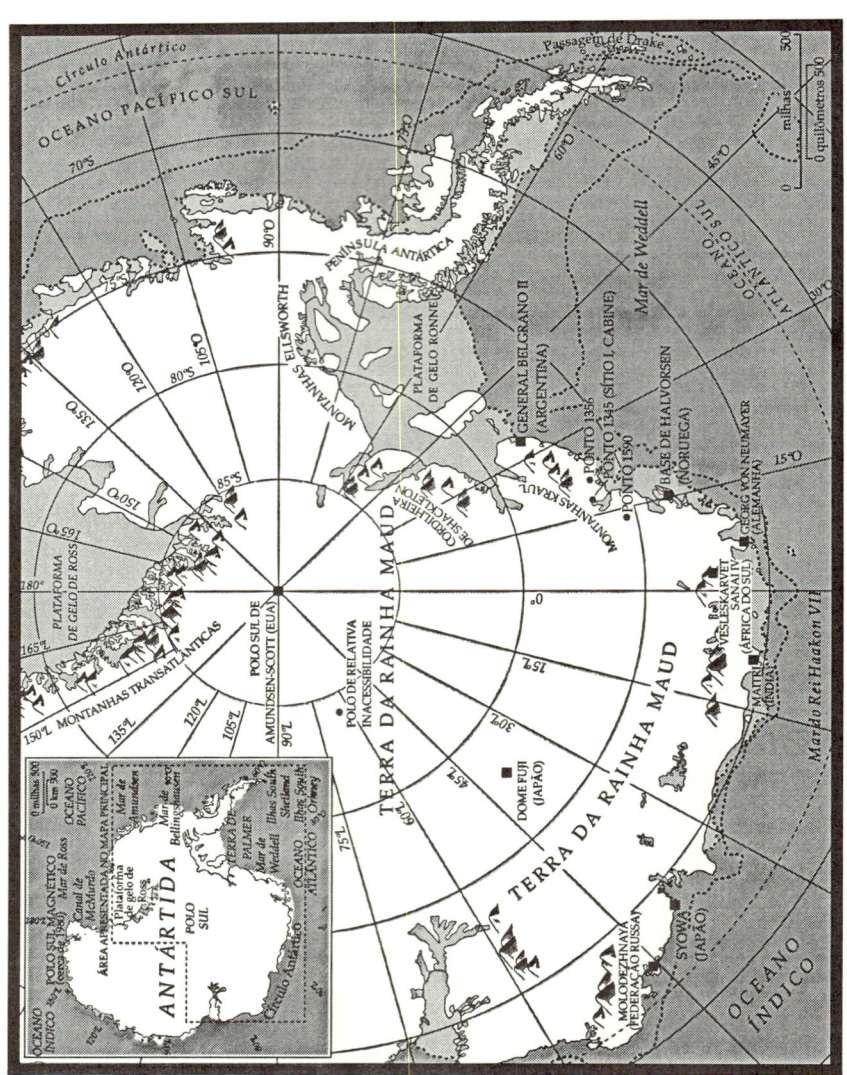

AGRADECIMENTOS

Em todos os livros, agradeci a todo o pessoal maravilhoso da Random House. Este não será uma exceção. Então, para Gina Centrello, Libby McGuire, Cindy Murray, Kim Hovey, Christine Cabello, Beck Stvan, Carole Lowenstein, e todos de Promoções e Vendas, o meu obrigado sincero. Uma reverência adicional a Laura Jorstad, que editou todos os meus romances. É o melhor grupo de profissionais que um escritor poderia querer. Vocês são todos, sem dúvida, os melhores.

Um agradecimento especial ao simpático pessoal de Aachen, que respondeu às minhas persistentes perguntas com grande paciência. Com um obrigado muito atrasado, quero mencionar Ron Chamblin, dono da Chamblin Bookmine, em Jacksonville, Flórida, onde, durante anos, realizei a maior parte das minhas pesquisas. É um lugar maravilhoso. Obrigado, Ron, por tê-lo criado. E um aceno para nossa mãe australiana, Kate Taperell, que deu contribuições perspicazes sobre como o pessoal fala lá na terra dos cangurus.

Finalmente, este livro é dedicado à minha agente, Pam Ahearn, e ao meu editor, Mark Tavani. Em 1995, Pam me aceitou como cliente e enfrentou sete anos e 85 rejeições antes de encontrar um lugar para ficarmos. Que paciência. Em seguida, tem o Mark. Que risco ele correu por um advogado louco que queria escrever livros.

Mas todos sobrevivemos.

Devo a Pam e Mark mais do que qualquer pessoa poderia pagar durante uma vida.

Obrigado.

Por tudo.

Se queres prever o futuro, estuda o passado.

— CONFÚCIO

Os Mestres Antigos eram sutis, misteriosos, profundos e atentos.
A profundidade de seu conhecimento é insondável.
E porque é insondável, só podemos descrever sua aparência.
Cautelosos como quem atravessa um córrego no inverno.
Prudentes como quem vê o perigo.
Gentis como o hóspede. Dóceis como gelo prestes a derreter.
Simples como a madeira bruta.

— LAO-TSÉ (604 a.C.)

Aquele que perturba a própria casa herdará o vento.

— PROVÉRBIOS 11:29

PRÓLOGO

O alarme tocou, e Forrest Malone ficou alerta.

— Profundidade? — perguntou.

— Duzentos metros.

— O que há abaixo de nós?

— Mais 610 metros de água gelada.

Varreu com o olhar os mostradores, manômetros e termômetros em funcionamento. Na minúscula sala de controle, o timoneiro estava sentado à sua direita, o operador de lemes horizontais espremido à esquerda. Os dois homens seguravam firme as alavancas de controle. A eletricidade ia e voltava.

— Reduza para dois nós.

O submarino balançou.

O alarme parou. A torre escureceu.

— Comandante, aviso da sala do reator. Interruptor queimado em uma das alavancas de controle.

Ele sabia o que tinha acontecido. Os mecanismos de segurança instalados na máquina temperamental tinham causado o desligamento automático das outras alavancas — o reator tivera uma parada de emergência, fora desativado. Só havia uma medida possível.

— Mudar para baterias.

Luzes de emergência fracas acenderam-se. Seu oficial de engenharia, Flanders, um profissional hábil e cauteloso que ganhara sua confiança, entrou na sala de controle. Malone disse:

— Fale comigo, Tom.

— Não sei qual a gravidade do problema, nem quanto tempo será preciso para consertá-lo, mas precisamos aliviar a carga elétrica.

Já haviam ficado sem eletricidade antes, várias vezes, na verdade, e ele sabia que as baterias poderiam fornecer energia temporária por dois dias, desde que tomassem certos cuidados. Sua tripulação tinha recebido treinamento rigoroso para este tipo exato de situação, mas quando o reator se desligava de forma automática, o manual dizia para reiniciá-lo em menos de uma hora. Caso passasse mais tempo, o submarino teria de ser levado ao porto mais próximo.

E esse porto estava a 2.700 quilômetros dali.

— Desligue tudo de que não precisamos — disse ele.

— Comandante, será difícil manter o submarino estável — observou o timoneiro.

Ele entendia a lei de Arquimedes. Um objeto que pesasse o mesmo que um volume de água correspondente ao próprio volume não afundava nem boiava. Em vez disso, permanecia na mesma posição, com poder de flutuação neutro. Todos os submarinos funcionavam de acordo com essa regra básica, sendo mantidos sob a água com motores que os impulsionavam para a frente. Sem energia, não havia motores, nem lemes horizontais, nem impulso. Todos esses problemas poderiam ser facilmente minorados levando-se a embarcação à tona, mas acima deles não havia um mar aberto. Estavam presos sob um teto de gelo.

— Comandante, a sala de motores informou um pequeno vazamento na instalação hidráulica.

— Pequeno vazamento? — perguntou ele. — Agora?

— Havia sido detectado antes, mas, com a pane elétrica, estão pedindo permissão para fechar uma válvula e interromper o vazamento para que uma mangueira seja trocada.

Lógico.

— Façam isso. E espero que seja o fim das notícias ruins. — Ele se virou na direção do operador do sonar. — Algum contato pela proa?

Todo tripulante de submarino aproveitava o exemplo dos que navegaram antes dele, e aqueles que enfrentaram mares congelados pela primeira vez deixaram duas lições. Nunca bata em nada que esteja congelado se houver alternativa e, se isso não for possível, encaixe a proa no gelo, impulsione-a com cuidado e reze.

— Proa livre — informou o operador.

— Iniciando a inclinação para cima — disse o timoneiro.

— Compense. Devagar.

De repente, a proa do submarino inclinou-se para baixo.

— Mas que diabos...? — murmurou ele.

— Os lemes horizontais à ré chegaram ao limite de inclinação para baixo — gritou o operador de lemes horizontais, que ficou de pé e puxou a alavanca de controle. — Não consigo obter resposta deles.

— Blount — chamou Malone —, ajude-o.

O homem saiu correndo da estação do sonar para prestar auxílio. O ângulo de descida aumentou. Malone segurou-se na mesa de plotagem, enquanto tudo o que não estava preso tombava numa avalanche violenta.

— Controle do leme em emergência — gritou.

O ângulo aumentou.

— Passa de 45 graus — informou o timoneiro. — Ainda no limite de inclinação para baixo. Não está funcionando.

Malone segurou a mesa com mais força, lutando para manter o equilíbrio.

— Duzentos e setenta metros e ainda caindo.

O mostrador de profundidade mudava tão rápido que os números se misturavam. A posição era de 914 metros, mas o fundo estava subindo rápido, e a pressão externa da água aumentando muito e rápido demais, o que faria com que o casco implodisse. Mas bater no fundo do mar numa descida acelerada também não era uma perspectiva positiva.

Restava apenas uma coisa a fazer.

— Todas as emergências de apoio. Esvaziar todos os tanques de lastro.

A embarcação balançou quando os mecanismos obedeceram ao seu comando. As hélices passaram a girar no sentido contrário, e o ar comprimido ressoou ao entrar nos tanques, forçando a saída da água. O timoneiro permaneceu firme. O operador de lemes horizontais preparou-se para o que Malone sabia que ia acontecer.

A inclinação para baixo diminuiu.

A descida ficou mais lenta.

O ângulo da proa elevou-se, depois ficou nivelado.

— Controlem o fluxo — ordenou ele. — Mantenham-nos em posição neutra. Não quero subir.

O operador de lemes horizontais respondeu ao seu comando.

— Qual a distância até o fundo?

Blount voltou à estação.

— Sessenta metros.

Malone olhou o mostrador de profundidade. Setecentos e trinta. O casco gemeu com a pressão, mas aguentou. Ele não tirava a vista dos indicadores de ABERTURAS. As luzes mostravam que todas as válvulas e todos os orifícios estavam fechados. Finalmente, alguma notícia boa.

— Ponha-nos no chão.

A vantagem daquele submarino sobre todos os outros era sua capacidade de repousar no solo oceânico. Era apenas um dos muitos traços especializados do modelo — assim como a potência e o sistema de controle exacerbantes, dos quais eles só haviam vivenciado uma demonstração gráfica.

O submarino assentou no fundo do mar.

Todos na sala de controle olharam uns para os outros. Ninguém disse nada. Não precisavam. Malone sabia o que estavam pensando. *Essa foi por pouco.*

— Sabemos o que aconteceu? — perguntou ele.

— A sala do motor diz que quando aquela válvula foi fechada para conserto, os sistemas de governo normais e de emergência falharam. Isso nunca aconteceu antes.

— Eles poderiam me dizer algo que eu não saiba?

— A válvula foi reaberta.

Ele sorriu diante do modo de seu engenheiro dizer: "Se eu soubesse mais, eu lhe contaria."

— OK, mande-os consertá-la. E quanto ao reator?

Eles certamente tinham usado um exagero de energia das baterias para lutar contra a descida imprevista.

— Ainda desligado — informou o imediato.

Aquela hora de reinício estava passando rápido.

— Comandante — disse Blount da estação do sonar —, contatos na parte externa do casco. Sólidos. Múltiplos. Parece que estamos aninhados num campo de rochas.

Ele decidiu arriscar e gastar mais energia.

— Ligar câmeras e luzes externas. Mas será uma olhada rápida.

Os monitores de vídeo ganharam vida com a imagem da água límpida salpicada de pedaços de vida reluzentes. Rochas grandes cercavam o submarino, dispostas em diferentes angulações pelo leito oceânico.

— É estranho — disse um dos homens.

Ele também notou.

— Não são rochas. São blocos. E grandes. Retângulos e quadrados. Coloque o foco em um deles.

Blount operou os controles, e o foco da câmera fixou-se na superfície de um dos blocos.

— Caramba — disse o imediato.

Marcações desfiguravam o bloco. Não eram escritas — ou pelo menos nada que ele reconhecesse. Um estilo cursivo, arredondado e fluido. Letras individuais pareciam agrupadas, como palavras, mas nenhuma que ele pudesse ler.

— Tem nos outros blocos também — disse Blount, e Malone examinou as telas restantes.

Eles estavam recobertos por escombros, partes dos quais assomavam como espíritos.

— Desliguem as câmeras — disse ele. No momento, a energia, e não a curiosidade, era sua preocupação principal. — Estaremos bem aqui, se ficarmos parados?

— Descemos numa clareira — disse Blount. — Estamos bem.

Um alarme soou. Ele localizou a fonte. Painéis elétricos.

— Comandante, precisam de você à frente — gritou o imediato acima do ruído do alto-falante.

Ele saiu da sala de controle com cuidado e seguiu apressado na direção da escada que ia dar na vela. Seu engenheiro já estava de pé na base da torre.

O alarme parou.

Ele sentiu calor e dirigiu o olhar para o revestimento. Inclinou-se e tocou o metal de leve. Incrivelmente quente. Nada bom. Cento e cinquenta baterias de óxido de prata estavam sob o revestimento, num tanque de alumínio. Ele sabia, por amarga experiência própria, que sua composição era muito mais artística que científica. Aquelas baterias apresentavam defeito constantemente.

Um ajudante do engenheiro soltou, um a um, os quatro parafusos que seguravam o revestimento. A cobertura foi removida, revelando uma agitação violenta de fumaça de ebulição. Malone entendeu o problema de imediato. O fluido de hidróxido de potássio das baterias tinha transbordado.

Mais uma vez.

A placa do convés foi recolocada no lugar. Mas, com isso, eles só ganhariam alguns minutos. O sistema de ventilação logo dispersaria os vapores acres por toda a embarcação, e, sem nenhum modo de dar vazão ao ar tóxico, todos estariam mortos.

Ele correu de volta para a sala de controle.

Não queria morrer, mas suas opções estavam diminuindo rapidamente. Servira em submarinos — a diesel e nucleares — durante 26 anos. Apenas um a cada cinco recrutas conseguia entrar para a escola de submarinistas, em que exames médicos, avaliações psicológicas e tempos de reação testavam a todos até o limite. Seus golfinhos de prata tinham sido entregues por seu primeiro comandante, e ele concedera a honra a muitos desde então.

Portanto, sabia como estava o placar.

Fim de jogo.

Era estranho, mas apenas um pensamento ocupava sua mente quando ele entrou na sala de controle e preparou-se para, pelo menos, agir como se tivessem alguma chance. Seu filho. Dez anos. Que cresceria sem pai.

Eu amo você, Cotton.

PARTE 1

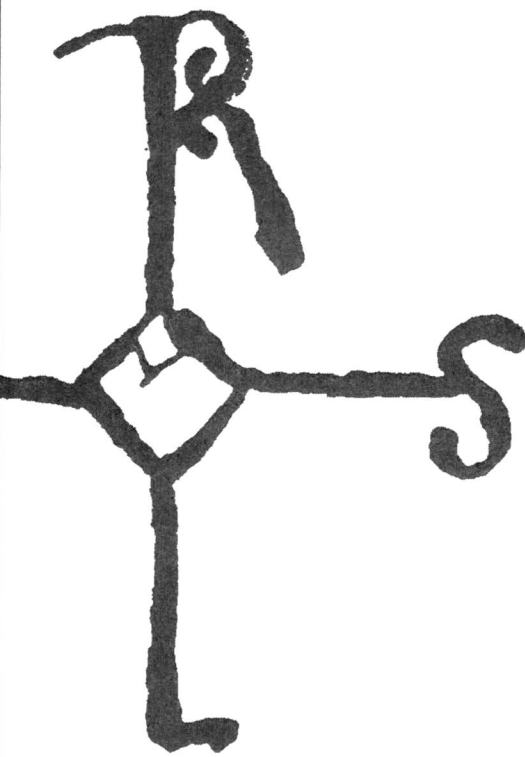

UM

Cotton Malone odiava ambientes fechados.

Sua inquietação atual era intensificada por um bonde lotado. A maioria dos passageiros estava de férias, usando trajes coloridos, com bastões e esquis nos ombros. Ele notou uma variedade de nacionalidades. Alguns italianos, uns suíços, um punhado de franceses, mas a maioria era alemã. Ele tinha sido um dos primeiros a entrar no bonde e, para aliviar seu desconforto, fora para perto de uma das janelas cobertas de gelo. Três mil metros acima — e se aproximando —, a silhueta do Zugspitze era marcada contra o fundo azul metálico do céu, o pico cinza e imponente envolto pela neve do fim do outono.

Não fora inteligente concordar com este local.

O bonde continuava a subida vertiginosa, passando por uma das diversas armações de aço que saíam dos rochedos.

Ele estava desanimado, e não simplesmente por causa do entorno superlotado. Fantasmas o aguardavam no alto do pico mais elevado da Alemanha. Malone evitara aquele encontro durante quase quatro décadas. Pessoas como ele, que enterravam o passado de forma tão determinada, não deveriam exumá-lo assim tão de repente.

No entanto, lá estava ele, fazendo exatamente isso.

As vibrações diminuíram à medida que o bonde entrou e depois parou na estação do cume.

Os esquiadores saíram numa torrente em direção a mais um elevador para levá-los até um circo glacial de altitude elevada, onde um chalé e ladeiras os aguardavam. Ele não esquiava, nunca havia esquiado, nunca tivera vontade.

Ele atravessou a central de informações, identificada por um cartaz amarelo como Müncher Haus. Um restaurante dominava metade do prédio, e o restante abrigava um teatro, uma lanchonete, um mirante, lojas de suvenires e uma estação meteorológica.

Empurrou grossas portas de vidro e saiu num terraço cercado por parapeitos. O revigorante ar alpino fazia seus lábios arderem. De acordo com Stephanie Nelle, seu contato deveria estar esperando na plataforma do mirante. Uma coisa era óbvia: os 3 mil metros nos altos Alpes certamente intensificavam a privacidade do encontro.

O Zugspitze ficava na fronteira. Uma sucessão de penhascos cobertos de neve começava no sul, na direção da Áustria. Ao norte, estendia-se um vale em forma de tigela de sopa, cercado por picos rochosos. Uma cobertura de névoa gelada protegia a aldeia alemã de Garmisch e sua companheira, Partenkirchen. As duas eram mecas dos esportes, e a região atendia não apenas os praticantes de esqui mas também os de trenó, patinação e *curling*.

Outros esportes que ele evitara.

O mirante estava deserto, exceto por um casal de idosos e alguns esquiadores que pareciam estar fazendo uma pausa para apreciar a vista. Ele fora até lá para resolver um mistério que o perturbava desde o dia em que os homens de uniforme foram avisar sua mãe que o marido dela estava morto.

"O contato com o submarino foi perdido há 48 horas. Despachamos para o Atlântico Norte navios de busca e salvamento, que esquadrinharam a última posição conhecida. Destroços foram encontrados seis horas atrás. Esperamos para informar as famílias até que tivéssemos certeza de que não havia chance de sobreviventes."

Sua mãe nunca havia chorado. Não era do seu feitio. Mas isso não significava que não estivesse arrasada. Anos se passaram até que as perguntas se formassem em sua mente adolescente. O governo ofereceu poucas explicações além do que foi divulgado oficialmente. Assim que entrou para a Marinha, Malone tentou obter acesso ao relatório investigativo do tribunal de inquérito a respeito do naufrágio do submarino, mas descobriu que era confidencial. Tentou mais uma vez, depois de se tornar agente do Departamento de Justiça, quando possuía grande acesso a áreas de segurança máxima. Sem sorte. Quando Gary, seu filho de 15 anos, foi visitá-lo no verão, encarou novas perguntas. Gary não conhecera o avô, mas queria saber mais sobre ele e, especialmente, como morrera. A imprensa cobrira o naufrágio do USS *Blazek* em novembro de 1971, então eles leram na internet muitos dos relatos antigos. Essas conversas tinham reacendido suas próprias dúvidas — o suficiente para que ele finalmente fizesse algo a respeito.

Cotton Malone enfiou os punhos fechados nos bolsos da parca e ficou andando pelo terraço.

O parapeito estava repleto de telescópios. Diante de um deles havia uma mulher, o cabelo escuro preso num coque pouco atraente. Com trajes brilhantes, esquis e bastões escorados ao seu lado, ela examinava o vale abaixo.

Malone andou até lá, casualmente. Uma regra que aprendera havia muito tempo. Nunca tenha pressa. Ela só cria problemas.

— Bela paisagem — disse ele.

Ela se virou.

— Com certeza.

O rosto dela era cor de canela, o que, em combinação com o que ele achou serem traços egípcios na boca, no nariz e nos olhos, sinalizava alguma ascendência do Oriente Médio.

— Sou Cotton Malone.

— Como soube que era eu a pessoa que veio encontrá-lo?

Ele fez um gesto para o envelope marrom ao lado da base do telescópio.

— Parece que esta não é uma missão muito estressante. — Ele sorriu. — Veio trazer um recado?

— Por aí. Eu ia vir esquiar. Uma semana de folga, finalmente. Sempre quis fazer isso. Stephanie perguntou se eu poderia trazer — ela apontou para o envelope — aquilo comigo. — Ela se voltou para a paisagem. — Você se incomoda se eu terminar aqui? Custou 1 euro e quero ver o que tem lá embaixo.

Ela girou o telescópio, analisando o vale alemão que se estendia por quilômetros abaixo.

— Você tem nome? — perguntou ele.

— Jessica — disse ela, os olhos ainda na ocular.

Ele estendeu a mão para pegar o envelope.

A bota dela lhe bloqueou o caminho.

— Ainda não. Stephanie disse para eu me certificar de que você está ciente de que vocês dois estão quites.

No ano anterior, ele ajudara sua ex-chefe na França. Ela dissera então que lhe devia um favor e que ele deveria usá-lo com sabedoria.

E ele assim fizera.

— Concordo. Dívida paga.

Ela se virou do telescópio. O vento deixava suas bochechas vermelhas.

— Ouvi falar de você no Setor Magalhães. É meio que uma lenda. Um dos 12 agentes originais.

— Não sabia que eu era tão famoso.

— Stephanie disse que era modesto também.

Ele não estava a fim de ouvir elogios. O passado o aguardava.

— Posso ficar com o arquivo?

Os olhos dela brilharam.

— Claro.

Ele apanhou o envelope. O primeiro pensamento que passou por sua mente foi como algo tão fino poderia responder tantas perguntas.

— Isso deve ser importante — disse ela.

Outra lição. Ignore o que não quer responder.

— Está há muito tempo no Setor?

— Alguns anos. — Ela desceu da base do telescópio. — Mas não gosto. Estou pensando em sair. Soube que você também não custou a sair.

Por mais que ela se portasse de forma despreocupada, pedir demissão parecia uma decisão profissional acertada. Durante seus 12 anos, Malone tirara férias apenas três vezes, durante as quais ficara em estado de alerta constante. A paranoia era um dos muitos riscos ocupacionais quando se era um agente, e dois anos de aposentadoria voluntária ainda não tinham curado a doença.

— Aproveite o esqui — disse ele.

No dia seguinte, ele voaria para Copenhague. Hoje, visitaria algumas livrarias raras da região — um risco ocupacional de sua nova profissão. Vendedor de livros.

Ela o encarou firmemente ao pegar os esquis e o bastão.

— É o que planejo.

Deixaram o terraço e voltaram a atravessar o centro de visitantes quase deserto. Jessica se encaminhou para o elevador que a levaria para o circo glacial. Ele seguiu para o bonde que o levaria de volta até o nível do solo, 3 mil metros abaixo.

Entrou no bonde vazio, segurando o envelope. Gostou do fato de que não havia ninguém a bordo. Mas pouco antes de fecharem as portas, um homem e uma mulher entraram correndo, de mãos dadas. O atendente bateu as portas do lado de fora, e o bonde foi saindo da estação devagar.

Malone ficou olhando a paisagem pelas janelas da frente.

Lugares fechados eram uma coisa. Lugares fechados e apertados eram outra bem diferente. Ele não era claustrofóbico. Era mais a sensação de liberdade negada. Ele a tolerara no passado — estivera em locais subterrâneos mais de uma vez —, mas seu desconforto fora uma das razões pelas quais, anos antes, quando entrara para a Marinha, ao contrário do pai, não optara pelos submarinos.

— Sr. Malone. — Ele se virou. A mulher estava parada, segurando uma arma. — Vou ficar com o envelope.

DOIS

O almirante Langford C. Ramsey adorava falar para multidões. Percebera que gostava da experiência ainda na Escola Naval e, ao longo de uma carreira que agora acumulava mais de quarenta anos, sempre buscara formas de satisfazer essa vontade. Estava dando uma palestra hoje para o encontro nacional de membros do Kiwanis — um tanto incomum para o chefe da inteligência naval. Ele habitava um mundo clandestino de fatos, rumores e especulações, e uma ou outra apresentação diante do Congresso era o limite de sua presença em público. Mas ultimamente, com a bênção de seus superiores, o almirante havia conseguido estar mais disponível. Sem cobranças, sem gastos, sem restrições para a imprensa. Quanto maior a multidão, melhor.

E muitos quiseram ouvi-lo.

Esta era sua oitava aparição nos últimos trinta dias.

— Vim aqui hoje para lhes contar algo sobre o qual tenho certeza de que vocês sabem pouco. Foi um segredo durante muito tempo. O menor submarino nuclear dos Estados Unidos. — Ele encarou a multidão atenta. — Agora, vocês estão dizendo a si mesmos: "Ele está louco? O chefe da inteligência naval vai nos falar sobre um submarino ultrassecreto?"

Ele fez que sim com a cabeça.

— É exatamente o que pretendo fazer.

— *Comandante, temos um problema* — disse o timoneiro.

Ramsey cochilava e despertava, num sono leve, atrás da cadeira do operador de lemes horizontais. O comandante do submarino, que estava sentado ao lado dele, ergueu-se e concentrou-se nos monitores de vídeo.

Todas as câmeras externas mostravam minas.

— *Jesus, mãe de Deus* — murmurou o comandante. — *Parem tudo. Não movam esta coisa um centímetro.*

O piloto obedeceu à ordem e apertou uma sequência de interruptores. Ramsey podia ser apenas um capitão-tenente, mas sabia que explosivos tornavam-se ultrassensíveis quando imersos em água salgada por longos períodos. Estavam navegando pelo fundo do mar Mediterrâneo, nas proximidades da costa francesa, cercados por relíquias mortais da Segunda Guerra Mundial. Um mero toque do casco numa daquelas espinhas metálicas, e o NR-1 passaria do sigilo total ao esquecimento completo.

A embarcação era a arma mais especializada da Marinha, ideia do almirante Hyman Rickover, construída em segredo por inacreditáveis 100 milhões de dólares. Com menos de 45 metros de comprimento, 4 de largura e uma tripulação de 11 homens, o projeto era minúsculo para os padrões de submarinos, mas, ainda assim, engenhoso. Capaz de mergulhar a até 915 metros, a embarcação era movida por um reator nuclear exclusivo. Três portinholas de observação permitiam a inspeção visual externa. A iluminação exterior dava suporte a circuitos de televisão. Uma garra mecânica podia ser usada para a recuperação de objetos. Um braço manipulador continha ferramentas para segurar e cortar. Diferentemente de navios de ataque ou de submarinos balísticos, o NR-1 era adornado com uma brilhante vela laranja, uma superestrutura plana no convés, uma quilha retangular deselegante e numerosas protuberâncias que incluíam dois pneus de caminhão Goodyear retráteis, cheios de álcool, que permitiam que se movesse pelo solo oceânico.

— Propulsores descendentes ativados — disse o comandante.

Ramsey percebeu o que o comandante estava fazendo. Mantendo o casco firme no fundo. Ótimo. Nas telas de TV havia tantas minas que era impossível contá-las.

— Preparar para esvaziar lastro principal — disse o comandante. — Quero subir direto. Sem oscilações.

A sala de controle estava silenciosa, o que amplificava o gemido das turbinas, o ruído do deslocamento de ar, o grito do fluido hidráulico e os bipes dos equipamentos eletrônicos que, momentos antes, eram como sedativos para Ramsey.

— Tranquilo e seguro — disse o comandante. — Mantenha-nos estáveis na subida.

O piloto segurava firme os controles.

O submarino não estava equipado com timão. Em vez disso, quatro alavancas de aeronaves de combate tinham sido adaptadas. Típico no NR-1. Embora fosse a última palavra em design e potência, a maior parte do equipamento era da Idade da Pedra, não da Era Espacial. A comida era preparada numa imitação barata do forno usado em aviões comerciais. O braço manipulador era sobra de outro projeto da Marinha. O sistema de navegação, adaptado de aviões transatlânticos de passageiros, mal funcionava sob a água. Cabines apertadas para a tripulação, um sanitário que pouco fazia além de entupir e, para comer, apenas refeições congeladas, compradas num supermercado local antes de deixar o porto.

— Não tivemos nenhum contato de sonar com essas coisas? — perguntou o comandante. — Antes de aparecerem?

— Zero — disse um dos tripulantes. — Elas simplesmente se materializaram na escuridão diante de nós.

O ar comprimido entrou com força nos tanques de lastro principais, e o submarino subiu. O piloto manteve as duas mãos nos controles, pronto para usar impelidores para ajustar a posição do navio.

Só precisariam subir cerca de 30 metros para estarem livres.

— Como podem ver, conseguimos sair daquele campo mina-
do — disse Ramsey à plateia. — Isso foi na primavera de 1971. — Ele
balançou a cabeça afirmativamente. — Isso mesmo, faz muito tempo.
Fui um dos felizardos a servir no NR-1.

Ele viu o olhar de espanto nos rostos.

— Poucas pessoas sabem do submarino. Foi construído em meados da década de 1960, em segredo absoluto, escondido até mesmo da
maioria dos almirantes da época. Vinha com uma série desconcertante
de equipamentos e era capaz de submergir três vezes mais fundo que
qualquer outro. Não tinha nome, armas, torpedos nem tripulação oficial. Suas missões eram sigilosas, e muitas permanecem assim até hoje.
O que é ainda mais impressionante é que ainda está por aí: agora é o
segundo submersível mais antigo da Marinha ainda em serviço, ativo
desde 1969. Não tão secreto como já foi um dia. Hoje, tem aplicações
militares e civis. Mas quando olhos e ouvidos humanos são necessários no fundo do oceano, a missão é do NR-1. Vocês se lembram de
todas aquelas histórias sobre quando os Estados Unidos grampearam
cabos telefônicos transatlânticos e fizeram escutas dos soviéticos? Era
o NR-1. Quando um F-14 com míssil Phoenix avançado caiu no oceano
em 1976, o NR-1 recuperou-o antes dos soviéticos. Após o desastre da
Challenger, foi o NR-1 que localizou o propulsor do foguete com o anel
de vedação defeituoso.

Nada prendia mais a atenção de uma multidão do que uma história, e ele tinha diversas do seu tempo naquele submersível único. Longe de ser uma obra-prima tecnológica, o NR-1 estava infestado de
defeitos e, por fim, foi mantido em circulação simplesmente devido à
ingenuidade de sua tripulação. Esqueça o manual — *inovação* era o
lema. Quase todo oficial que servia no exterior passava a uma função
superior de comando, inclusive Ramsey. Ele gostava do fato de agora
poder falar do RN-1, parte do plano da Marinha de aumentar o recru-
tamento divulgando êxitos. Veteranos como ele podiam contar as his-

tórias, e as pessoas, como aquelas que agora ouviam às mesas de café da manhã, repetiriam cada palavra. A imprensa, que ele soube que estaria presente, garantiria uma divulgação ainda maior. *O almirante Langford Ramsey, chefe do Gabinete da Inteligência Naval, num discurso para os membros do Kiwanis nos Estados Unidos, disse à plateia que...*

A visão que ele tinha do sucesso era simples.

Ter sucesso era dar uma surra no fracasso.

Ele deveria ter se aposentado dois anos antes, mas era o negro de patente mais alta dos Estados Unidos, e o primeiro solteiro a ser promovido ao círculo de oficiais-generais. Ele havia planejado por muito tempo, tomando muito cuidado. Manteve a expressão tão firme quanto a voz, a fisionomia imperturbada, e os olhos sinceros, suaves e impassíveis. Ele havia projetado toda a sua carreira na Marinha com a precisão de um navegador submarino. Não permitiria que nada interferisse, especialmente quando seu alvo estava à vista.

Então, olhou para as pessoas e usou um tom de voz confiante para lhes contar mais histórias.

Mas um problema pesava em sua mente.

Uma potencial pedra no caminho.

Garmisch.

TRÊS

MALONE FICOU OLHANDO PARA A ARMA E MANTEVE A COMPOSTURA. TINHA SIDO um pouco duro com Jessica. Pelo jeito, ele estava com a guarda baixa também. Acenou com o envelope.

— Você quer isto? São só uns folhetos de Salvem as Montanhas que prometi à minha divisão do Greenpeace que iria colar. Ganhamos créditos extras para ações in loco.

O bonde continuou descendo.

— Engraçado, você — disse ela.

— Já pensei em trabalhar como comediante. Acha que seria uma má ideia?

Era precisamente por situações como esta que ele havia se aposentado. Um agente do Setor Magalhães recebia, em valor bruto, 72.300 dólares por ano. Ele tirava mais que isso como vendedor de livros, sem nenhum dos riscos.

Pelo menos era o que achava.

Hora de pensar como costumava pensar antes.

E conseguir provocar o erro do adversário.

— Quem são vocês? — perguntou ele.

Ela era atarracada, o cabelo, uma combinação desfavorável de castanho e vermelho. Talvez 30 e poucos anos. Ela usava um casaco de lã azul e cachecol dourado. O homem usava um casaco escarlate e parecia obediente. Ela acenou com a arma e disse ao cúmplice:

— Pegue.

Casaco Escarlate deu o bote e arrancou o envelope da mão de Malone.

A mulher olhou rapidamente para os penhascos rochosos que passavam reluzindo pelas janelas cobertas de umidade. Malone aproveitou o instante para estender o braço esquerdo e, com o punho fechado, afastou a mira da arma.

Ela atirou.

O estampido fez doer os ouvidos dele, e a bala explodiu uma das janelas.

O ar gélido invadiu o bonde.

Ele socou o homem, arremessando-o para trás. Segurou o queixo da mulher com a mão enluvada e bateu a cabeça dela contra uma janela. O vidro rachou em forma de teia.

Os olhos dela se fecharam, e ele a jogou ao chão.

Casaco Escarlate ficou de pé e atacou. Juntos, foram bater no outro canto do bonde, depois caíram no chão úmido. Malone rolou, na tentativa de se livrar de uma chave de braço. Ouviu um murmúrio da mulher e viu que logo teria de lidar com os dois novamente, um deles armado. Abriu as duas mãos e acertou as orelhas do homem. O treinamento da Marinha o ensinara sobre orelhas. Uma das partes mais sensíveis do corpo. As luvas eram um problema, mas no terceiro estalo, o homem uivou de dor e abriu as mãos.

Malone afastou o agressor dando um empurrão com as pernas e ficou de pé num pulo. Mas antes que pudesse reagir, Casaco Escarlate mergulhou o braço sobre seu ombro, mais uma vez apertando-lhe firmemente a garganta, forçando seu rosto contra o vidro, a condensação gelada esfriando sua bochecha.

— Parado — ordenou o homem.

O braço direito de Malone estava torcido num ângulo difícil. Ele lutou para se soltar, mas Casaco Escarlate era forte.

— Eu disse parado.

Ele decidiu, por enquanto, obedecer.

— Panya, você está bem? — Casaco Escarlate parecia estar tentando chamar a atenção da mulher.

O rosto de Malone permanecia pressionado contra a janela, seus olhos voltados para a frente, para onde o bonde estava descendo.

— Panya?

Malone espiou uma das armações de aço, a cerca de 50 metros de distância, aproximando-se rápido. Então, percebeu que sua mão direita estava comprimida contra o que ele sentia ser uma maçaneta. Parecia que eles tinham terminado a luta diante da porta.

— Panya, responda. Você está bem? Encontre a arma.

A pressão em volta de seu pescoço era intensa, assim como o bloqueio de seu braço. Mas Newton estava certo. Para toda ação havia uma reação contrária e equivalente. Os braços magros da armação de aço estavam quase sobre eles. O bonde passaria perto o suficiente para que fosse possível estender o braço e tocá-los.

Então, ele virou a maçaneta para cima e abriu a porta, saindo simultaneamente para o ar gelado.

Casaco Escarlate, pego de surpresa, foi jogado do bonde, e seu corpo atingiu a ponta da armação de aço. Malone agarrou-se à maçaneta com o braço. O agressor caiu, esmagado entre o bonde e a armação. Um grito desapareceu rapidamente.

Ele fez a manobra de volta para dentro. Uma pluma de vapor subia a cada respiração. Sua garganta ficou totalmente seca.

A mulher conseguiu se levantar com muito esforço.

Ele a fez voltar ao chão com um chute na mandíbula.

Então, cambaleou para a frente e olhou na direção do solo.

Dois homens com sobretudos escuros estavam parados onde o bonde ia estacionar. Reforços? Ele ainda estava a 300 metros de altura. Abaixo, uma floresta densa estendia-se, subindo timidamente pelas montanhas mais baixas, com ramos de sempre-viva carregados de neve. Ele notou um painel de controle. Cinco luzes brilhavam, três verdes e duas vermelhas. Olhou pela janela e viu outra das elevadas armações aproximando-se. Estendeu o braço na direção do interruptor em que estava escrito ANHALTEN e baixou o pino.

O bonde deu um tranco e reduziu a velocidade, mas não parou completamente. Mais Isaac Newton. No fim, o atrito ia acabar com o embalo que movia o bonde.

Ele pegou o envelope ao lado da mulher e enfiou-o sob o casaco. Encontrou a arma e colocou-a no bolso. Em seguida, foi à porta e esperou a armação chegar perto. O bonde estava lento, mas, ainda assim, o salto seria arriscado. Avaliou a velocidade e a distância, avançou e lançou-se na direção de uma das vigas mestras, as mãos enluvadas buscando o aço.

Malone bateu na grade e usou o casaco de couro como amortecedor.

A neve era esmagada entre seus dedos e a viga.

Segurou firme.

O bonde continuou a descida, parando a cerca de 30 metros da armação em que Malone se jogara. Ele respirou algumas vezes e balançou o corpo na direção da escada erguida na viga de apoio. A neve seca esvoaçava como talco, enquanto ele prosseguia o percurso com o apoio das mãos. Na escada, plantou as solas de borracha num degrau cheio de neve. Abaixo, viu os dois homens de casacos escuros correrem da estação. Problemas, como ele havia suspeitado.

Desceu a escada e pulou no chão.

Estava a 150 metros de altura, na montanha coberta de árvores.

Caminhando com dificuldade pela mata, encontrou uma estrada de asfalto paralela à base da montanha. Adiante, havia uma construção de telhas marrons cercada de arbustos cobertos de neve. Uma espécie de posto de trabalho. Depois, mais asfalto preto, sem neve. Correu até o portão que dava para o terreno cercado. Uma entrada trancada com cadeado. Ele ouviu um ronco de motor subindo a estrada inclinada. Recuou para trás de um trator estacionado e viu um Peugeot escuro fazer uma curva e reduzir, inspecionando o terreno cercado.

Arma na mão, ele se preparou para a briga.

Mas o carro acelerou e continuou subindo.

Malone avistou outro caminho estreito de asfalto que atravessava as árvores e ia até o nível do solo e da estação.

Correu nessa direção.

No alto, o bonde permanecia parado. Dentro, uma mulher inconsciente de casaco azul. Um homem morto vestindo um casaco escarlate esperava em algum lugar na neve.

Nenhum dos dois era preocupação sua.

Problema dele?

Quem estava sabendo do assunto entre ele e Stephanie Nelle?

QUATRO

STEPHANIE NELLE OLHOU PARA O RELÓGIO. TINHA TRABALHADO NO ESCRITÓRIO desde antes das 7 horas, revisando relatórios de campo. De seus 12 agentes-advogados, oito estavam em missão no momento. Dois encontravam-se na Bélgica, fazendo parte de uma equipe internacional incumbida de sentenciar criminosos de guerra. Outros dois tinham acabado de chegar à Arábia Saudita para uma missão que poderia se tornar perigosa. Os quatro restantes estavam espalhados pela Europa e a Ásia.

Um, no entanto, estava de férias. Na Alemanha.

Por definição, o quadro de funcionários do Setor Magalhães era escasso. Além dos 12 advogados dela, a unidade também contratara cinco assistentes administrativos e três auxiliares. Ela insistira para que o regimento fosse pequeno. Menos olhos e ouvidos significavam menos vazamento de informações, e ao longo dos 14 anos de existência do Setor Magalhães, até onde ela sabia, sua segurança nunca havia sido comprometida.

Ela saiu da frente do computador e empurrou a cadeira para trás. O escritório era simples e compacto. Nada luxuoso — não combinaria com o estilo dela. Estava com fome, não tomara café da manhã em casa ao acordar, duas horas antes. As refeições eram algo com que ela se preocupava cada vez menos. Fazia parte de morar sozinha — e de odiar cozinhar. Decidiu fazer um lanche no refeitório. Cozinha institucional, certamente, mas seu estômago roncava e pedia alguma coisa. Ela poderia se presentear com um almoço fora do escritório — frutos do mar grelhados ou algo parecido.

Saiu dos escritórios protegidos e andou na direção dos elevadores. O quinto andar do prédio acomodava o Departamento de Assuntos Domésticos, junto com representantes do Departamento de Saúde e Serviços Sociais. O Setor Magalhães havia sido encaixado no meio de propósito, com letras comuns anunciando apenas DEPARTAMENTO DE JUSTIÇA, FORÇA-TAREFA JURÍDICA. Stephanie gostava do anonimato.

O elevador chegou. Quando a porta abriu, um homem alto e desengonçado de cabelo grisalho e ralo e olhos azuis tranquilos saiu andando.

Edwin Davis.

Ele deu um sorriso rápido.

— Stephanie. Exatamente quem eu vim ver.

Os sinais de alerta dela acenderam. Um dos vice-conselheiros de segurança nacional do presidente. Na Geórgia. Sem avisar. Nada que viesse disso poderia ser coisa boa.

— E é animador não vê-la numa cela de cadeia — disse Davis. Ela se lembrou da última vez que Davis aparecera de repente. — Estava indo a algum lugar? — perguntou.

— Ao refeitório.

— Importa-se se eu for junto?

— Tenho escolha?

Davis sorriu.

— Não é tão ruim assim.

Eles desceram ao segundo andar e encontraram uma mesa. Stephanie tomou lentamente um suco de laranja, enquanto Davis esvaziava uma garrafa d'água. O apetite de Stephanie havia desaparecido.

— Quer me contar por que, cinco dias atrás, você acessou o arquivo de investigações sobre o naufrágio do USS *Blazek*?

Ela escondeu a surpresa diante do conhecimento dele.

— Eu não sabia que esse ato envolveria a Casa Branca.

— Aquele arquivo é confidencial.

— Não infringi lei alguma.

— Você o enviou para a Alemanha. Para Cotton Malone. Você faz alguma ideia do que provocou?

O radar dela passou para alerta total.

— Sua rede de informações é boa.

— Razão pela qual todos sobrevivemos.

— Cotton tem certificado de segurança.

— Tinha. Está aposentado.

Agora, ela ficou agitada.

— Para você, não foi um problema arrastá-lo para toda aquela confusão na Ásia Central. Com certeza, aquilo era altamente confidencial. Não foi um problema quando o presidente o envolveu com a Ordem do Velo de Ouro.

O rosto refinado de Davis enrugou-se de preocupação.

— Não está a par do que aconteceu há menos de uma hora no Zugspitze, está?

Stephanie balançou a cabeça.

Ele deu início a um relato completo, contando-lhe sobre um homem que caíra de um bonde, outro que pulara do mesmo bonde e fugira por uma das armações de aço, e uma mulher encontrada parcialmente inconsciente quando o bonde por fim foi levado ao solo, com uma das janelas quebrada por um tiro.

— Qual desses homens você acha que é Cotton? — perguntou ele.

— Espero que seja o que escapou.

Davis fez que sim.

— Encontraram o corpo. Não era Malone.

— Como sabe de tudo isso?

— Mandei inspecionarem a área.

Ela ficou curiosa.

— Por quê?

Davis terminou sua água.

— Sempre achei estranho o modo como Malone saiu do Setor tão de repente. Doze anos, e então se desligou de vez.

— As sete pessoas que morreram na Cidade do México pesaram para ele. E foi o seu chefe, o presidente, que aceitou o pedido de demissão. Em retribuição a um favor, se bem me lembro.

Davis pareceu refletir.

— A moeda da política. As pessoas pensam que o dinheiro abastece o sistema. — Ele balançou a cabeça. — São os favores. O que é dado é retribuído.

Stephanie passou a falar num tom estranho:

— Eu estava retribuindo um favor a Malone ao dar a ele o arquivo. Ele quer saber sobre o pai...

— Não é você quem decide.

A agitação dela transformou-se em raiva.

— Achei que fosse.

Stephanie terminou o suco de laranja e tentou afastar a miríade de pensamentos perturbadores que corriam por seu cérebro.

— Passaram-se 38 anos — declarou ela.

Davis tirou a mão do bolso e colocou um pen drive sobre a mesa.

— Você leu o arquivo?

Ela negou com um movimento de cabeça.

— Não cheguei a tocá-lo. Pedi para um de meus agentes obtê-lo e enviar uma cópia.

Ele apontou para o pen drive.

— Você precisa ler.

CINCO

Ao se reunir novamente em dezembro de 1971, ainda sem localizar vestígio algum do USS *Blazek*, o tribunal passou a concentrar sua atenção no "e se" e não mais no "o que pode ter ocorrido". Ciente da falta de qualquer prova física, foi feito um esforço deliberado para evitar que quaisquer noções preconcebidas influenciassem a busca pela causa mais provável da tragédia. Complica a tarefa a natureza altamente sigilosa do submarino, e procurou-se preservar, em todas as instâncias, a natureza confidencial tanto da embarcação quanto de sua última tarefa. O Tribunal, após averiguar todos os fatos conhecidos e circunstâncias relacionadas à perda do *Blazek*, apresenta as seguintes conclusões:

Encontrando os fatos

1. USS *Blazek* é uma designação fictícia. O verdadeiro submarino envolvido neste inquérito é o NR-1A, colocado em serviço em maio de 1969. A embarcação é uma das duas construídas como parte de um programa confidencial para o desenvolvimento de recursos submersíveis avançados. Nem o NR-1 nem o NR-1A têm um nome oficial, mas, diante da tragédia e da inevitável atenção pública, atribuiu-se uma designação fictícia. Oficialmente, no entanto, o submarino continua sendo o NR-1A. Para o

propósito do debate público, o USS *Blazek* será descrito como um submersível avançado que estava sendo testado no Atlântico Norte para operações de resgate submarinas.

2. O NR-1A estava classificado para 915 metros. Registros indicam uma variedade de problemas mecânicos durante os dois anos de atividade. Nenhum deles foi considerado falha de engenharia, apenas desafios de um projeto radical, que estendia os limites da tecnologia submersível. O NR-1 já passou por dificuldades operacionais semelhantes, o que torna este inquérito ainda mais urgente, uma vez que essa embarcação continua ativa e quaisquer defeitos devem ser identificados e corrigidos.

3. Um reator nuclear em miniatura a bordo foi construído somente para os dois submarinos da classe NR. Embora o reator seja revolucionário e problemático, não há nenhuma indicação de vazamento de radiação no local do naufrágio, o que sugeriria que uma falha catastrófica no reator não foi a causa do infortúnio. É claro que tal descoberta não impede a possibilidade de falha elétrica. Ambos os submarinos da classe NR relataram problemas recorrentes com suas baterias.

4. Onze homens estavam a bordo do NR-1A no momento do naufrágio. Comandante, CF Forrest Malone; imediato, CC Beck Stvan; oficial de navegação, Tom Morris; comunicações, 15-ET Tom Flanders; controles de reator, 15G-ET Gordon Jackson; operações de reator, 15G-ET George Turner; eletricista do navio, 25G-EL Jeff Johnson; comunicações internas, 25G-EL Michael Fender; serviços de alimentação e sonar, 15G-MO Mikey Blount; divisão de motores, 25G-EL Bill Jenkins; laboratório do reator, 25G-MO Doug Vaught; e especialista de campo, Dietz Oberhouser.

5. Sinais acústicos atribuídos ao NR-1A foram detectados em estações na Argentina e na África do Sul. Sinais acústicos e estações estão relacionados nas páginas seguintes sob o título "Tabela de dados de eventos acústicos confirmados". O número do evento acústico foi determinado

por especialistas como resultado de uma descarga de alta energia, rica em baixas frequências sem estrutura harmônica discernível. Nenhum especialista foi capaz de afirmar se o evento foi uma explosão ou implosão.

6. O NR-1A estava operando abaixo da bolsa de gelo da Antártida. Seu curso e destino final eram desconhecidos para o comando da frota, uma vez que a missão era altamente confidencial. Para os propósitos deste inquérito, o Tribunal foi avisado de que as últimas coordenadas conhecidas do NR-1A eram 73° S, 15° O, aproximadamente 270 quilômetros ao norte do cabo Norvegia. Estar em águas tão traiçoeiras e relativamente inexploradas complicou a descoberta de qualquer prova física. Até hoje, nenhum vestígio do submarino foi localizado. Além disso, a extensão do monitoramento acústico subaquático na região da Antártida é mínima.

7. Um exame do *NR-1*, realizado para averiguar se alguma deficiência óbvia de engenharia poderia ser encontrada na embarcação irmã, revelou que as placas negativas das baterias foram impregnadas de mercúrio para aumentar sua vida útil. O mercúrio foi proibido para uso em submersíveis. Por que essa regra foi desrespeitada com esse projeto não está claro. Mas se as baterias a bordo do NR-1A pegaram fogo, o que, de acordo com registros de reparos, aconteceu tanto no NR-1 quanto no *1A*, os vapores de mercúrio resultantes teriam sido fatais. Não existe, é claro, qualquer evidência de incêndio ou falha na bateria.

8. O USS *Holden*, comandado pelo CC Zachary Alexander, foi despachado no dia 23 de novembro de 1971 até a última posição conhecida do NR-1A. Uma equipe especializada de reconhecimento relatou não ter encontrado vestígio algum do NR-1A. Extensas varreduras por sonar não revelaram nada. Nenhuma radiação foi detectada. Caso tivesse sido permitida, uma operação de busca e salvamento em grande escala poderia ter produzido um resultado diferente, mas a tripulação do NR-1A assinou uma ordem operacional, antes da partida, confirmando que, em caso de uma catástrofe, não haveria busca e salvamento. A autorização para essa

ação extraordinária veio diretamente do chefe de operações navais em uma ordem confidencial, cuja cópia o Tribunal revisou.

Opiniões

O fracasso na busca pelo NR-1A não diminui a obrigação de identificar e corrigir qualquer prática, condição ou deficiência sujeita a correção que possa existir, uma vez que o NR-1 continua a navegar. Após avaliação cuidadosa das limitadas evidências, o Tribunal determina que não existem provas da causa ou causas da perda do NR-1A. Claramente, o que quer que tenha acontecido foi catastrófico, mas a localização isolada do submarino e a falta de rastreamento, comunicação e apoio em superfície tornam quaisquer conclusões a que o Tribunal poderia chegar quanto ao que aconteceu puramente especulativas.

Recomendações

Como parte dos esforços contínuos de se obter informações adicionais sobre as causas dessa tragédia, e para impedir que outro incidente ocorra com o NR-1, um exame mecânico mais meticuloso do NR-1 deverá ser conduzido, conforme e quando for praticável, com o uso das últimas técnicas de teste. O propósito de tal teste seria determinar possíveis mecanismos de dano, avaliar seus efeitos secundários, fornecer dados atualmente indisponíveis para aperfeiçoamento de projeto e, possivelmente, determinar o que pode ter acontecido com o NR-1A.

* * *

MALONE ESTAVA SENTADO EM SEU QUARTO NO POSTHOTEL. AS JANELAS DO SEGUNdo andar, além de Garmisch, emolduravam as montanhas Wetterstein e o proeminente Zugspitze, mas a visão desse pico distante trouxe apenas lembranças do que acontecera duas horas antes.

Ele leu o relatório. Duas vezes.

As regulamentações da Marinha exigiam que um tribunal de inquérito fosse convocado imediatamente após qualquer tragédia marítima, formado por oficiais-generais e encarregado de descobrir a verdade.

Mas esse inquérito fora uma mentira.

Seu pai não estivera em uma missão no Atlântico Norte. O USS *Blazek* nem sequer existia. Em vez disso, seu pai estivera a bordo de um submarino altamente secreto, na Antártida, fazendo sabe Deus o quê.

Ele se lembrou das consequências.

Navios haviam vasculhado o Atlântico Norte, mas nenhum destroço fora encontrado. Relatos nos noticiários indicavam que o *Blazek*, supostamente um submersível nuclear em teste para resgates no fundo do mar, havia implodido. Malone lembrou-se do que o homem de uniforme — não um vice-almirante da força submarina, que Malone viria a descobrir que seria quem normalmente daria a notícia para a esposa de um comandante de navio, mas um capitão de mar e guerra a serviço do Pentágono — falara para sua mãe: "Eles estavam no Atlântico Norte, a 365 metros de profundidade."

Ou ele havia mentido ou a Marinha mentira para ele. Não admira que o relatório tenha permanecido confidencial.

Submarinos nucleares norte-americanos raramente naufragavam. Apenas três desde 1945. *Thresher*, por tubulação defeituosa. *Scorpion*, devido a uma explosão não explicada. *Blazek*, causa desconhecida. Ou, mais apropriadamente, NR-1A, causa desconhecida.

Todos os relatos da imprensa que ele lera com Gary durante o verão falavam do Atlântico Norte. A falta de vestígios era atribuída à profundidade da água e à configuração acidentada do solo oceânico. Ele sempre se fizera perguntas sobre isso. A profundidade teria rompido o casco e inundado o submarino, de modo que os destroços acabariam subindo à superfície. A Marinha também vasculhou o oceano em busca de sons. O tribunal de inquérito observou que sinais acústicos tinham sido ouvidos, mas os sons explicavam pouco, e muito poucos estavam ouvindo naquela parte do mundo para se importar.

Droga.

Ele servira à Marinha, alistara-se voluntariamente, fizera juramento e o cumprira.

Eles não haviam cumprido.

Em vez disso, quando um submarino naufragara em algum lugar do Círculo Antártico, nenhuma flotilha vasculhara a área, investigando as profundezas com um sonar. Não houve páginas de testemunhos, mapas, desenhos, cartas, fotografias ou diretrizes operacionais relacionados às causas. Só um navio ridículo, três dias de inquérito e quatro páginas de um relatório inútil.

Sinos ressoaram a distância.

Ele queria dar um soco na parede. Mas de que adiantaria?

Em vez disso, pegou o celular.

SEIS

O capitão de mar e guerra Sterling Wilkerson, da Marinha dos Estados Unidos, olhava através do vidro espelhado e congelado da janela no Posthotel. Posicionara-se de modo discreto do outro lado da rua, dentro de um McDonald's movimentado. Do lado de fora, as pessoas passavam de um lado para o outro, agasalhadas para protegerem-se da neve que caía gelada e constante.

Garmisch era um emaranhado de ruas engarrafadas e vias exclusivas para pedestres. Parecia uma cidade de brinquedo, com chalés alpinos pintados e acomodados entre rolos de algodão, polvilhados com muitos flocos de plástico. Os turistas certamente vinham por causa da atmosfera e das colinas cobertas de neve nas proximidades. Wilkerson viera por causa de Cotton Malone e vira o ex-agente do Setor Magalhães, agora vendedor de livros em Copenhague, matar um homem e pular do bonde, até chegar ao chão e fugir no carro alugado. O oficial o seguira, e quando Malone foi direto para o Posthotel, desaparecendo lá dentro, ele assumira posição do outro lado da rua, saboreando uma cerveja enquanto esperava.

Ele sabia tudo sobre Cotton Malone.

Nativo da Geórgia. Quarenta e oito anos. Ex-oficial da Marinha. Formado em direito pela Universidade de Georgetown. Promotor da Justiça Militar. Agente do Departamento de Justiça. Dois anos antes,

Malone tinha se envolvido num tiroteio na Cidade do México, no qual tivera o quarto ferimento no cumprimento do dever e, aparentemente, chegara ao seu limite, optando por uma aposentadoria precoce, que fora concedida pelo presidente em pessoa. Deixara, então, seu posto militar e mudara-se para Copenhague, para abrir um sebo.

Tudo isso, Wilkerson podia entender. Duas coisas o deixavam perplexo.

Primeiro, o nome *Cotton*. O arquivo mencionava que o nome legal de Malone era *Horold Earl*. Em lugar algum havia explicação para o apelido incomum.

E segundo, qual era a importância do pai de Malone? Ou, mais precisamente, da lembrança de seu pai? O homem tinha morrido 38 anos antes.

Isso ainda importava?

Parecia que sim, uma vez que Malone matara para proteger o que Stephanie Nelle havia enviado.

Deu um gole na cerveja.

Um redemoinho passou do lado de fora e intensificou a dança dos flocos de neve. Apareceu um trenó colorido, puxado por dois corcéis saltitantes, com os passageiros enfiados debaixo de cobertores xadrez e o condutor segurando as rédeas com força.

Ele entendia homens como Cotton Malone.

Era muito parecido com ele.

Servira na Marinha por 31 anos. Poucos chegavam a capitão de mar e guerra, menos ainda passavam para o almirantado. Recebera funções na inteligência naval durante 11 anos, os últimos seis no exterior, chegando a chefe do escritório de Berlim. Seu registro de serviços era repleto de viagens bem-sucedidas com missões árduas. Em verdade que nunca pulara de um bonde a 300 metros do chão, mas havia enfrentado perigo.

Olhou para o relógio: 16h20.

A vida era boa.

O divórcio da esposa número dois, no ano anterior, não tinha sido caro. Ela até o deixara sem muito estardalhaço. Depois, ele perdera 9 quilos e deixara o cabelo loiro um pouco mais avermelhado, o que o fez parecer uma década mais novo que os seus 53 anos. Os olhos estavam mais vivos, graças a um cirurgião plástico francês que esticara suas rugas. Um outro especialista eliminara a necessidade de óculos, enquanto uma amiga nutricionista o havia ensinado a manter-se mais disposto com uma dieta vegetariana. O nariz forte, o rosto firme e a testa pronunciada seriam trunfos quando ele enfim chegasse a oficial-general.

Almirante.

Esse era o objetivo.

Duas vezes tinha sido preterido. Geralmente, essas eram todas as chances oferecidas pela Marinha. Mas Langford Ramsey havia prometido uma terceira.

Seu celular vibrou.

— A esta altura, Malone já leu aquele arquivo — disse a voz quando ele atendeu.

— Cada palavra, tenho certeza.

— Tire-o de lá.

— Homens como ele não podem ser apressados — disse ele.

— Mas podem ser direcionados.

Ele teve de dizer:

— Isso esperou 1.200 anos para ser encontrado.

— Então, não vamos deixar que espere mais.

STEPHANIE SENTOU-SE A SUA MESA E TERMINOU A LEITURA DO RELATÓRIO DO tribunal de inquérito.

— Isso tudo é falso?

Davis confirmou.

— Aquele submarino não estava nem sequer perto do Atlântico Norte.

— Qual era a razão?

— Rickover construiu dois NR. Eram seus filhos. Ele conseguiu uma fortuna em verbas para essas embarcações no auge da Guerra Fria, e ninguém pensou duas vezes antes de gastar 200 milhões de dólares para ficar na frente dos soviéticos. Mas ele fez economias. A segurança não era a preocupação principal, os resultados é que importavam. Caramba, quase ninguém sequer sabia que os submarinos existiam. Mas o naufrágio do NR-1A gerou problemas em muitos níveis. O próprio submarino em si. A missão. Muitas perguntas embaraçosas. Então, a Marinha escondeu-se atrás da segurança nacional e forjou uma matéria para os jornais.

— Enviaram apenas um navio para procurar sobreviventes?

Ele assentiu.

— Concordo com você, Stephanie. Malone tem o direito de ler isso. A questão é: deveria?

Stephanie nunca teve dúvida quanto à resposta.

— Com toda certeza.

Ela lembrou-se da própria dor diante das questões não resolvidas sobre o suicídio do marido e a morte do filho. Malone ajudara a resolver os dois sofrimentos, e esse era precisamente o motivo pelo qual ela ficara devendo a ele.

Seu telefone tocou, e um de seus funcionários disse que Cotton Malone estava na linha, pedindo para falar com ela.

Ela e Davis trocaram olhares intrigados.

— Não olhe para mim — disse Davis. — Não fui eu quem deu aquele arquivo para ele.

Ela atendeu com o handset.

Davis apontou para o alto-falante do aparelho. Ela não gostou, mas ativou o viva-voz para que ele pudesse ouvir.

— Stephanie, permita-me dizer que, no momento, não estou a fim de conversa fiada.

— Olá para você também.

— Você leu o arquivo antes de me enviar?

— Não. — O que era verdade.

— Somos amigos há muito tempo. Fico grato por você ter feito isso. Mas preciso de mais uma coisa e não preciso que sejam feitas perguntas.

— Achei que estivéssemos quites — tentou ela.

— Coloque essa na minha conta.

Ela já sabia o que ele queria.

— Um navio da Marinha — disse ele. — *Holden*. Em novembro de 1971, ele foi despachado para a Antártida. Quero saber se o comandante ainda está vivo, um homem chamado Zachary Alexander. Se estiver, onde? Se não estiver respirando, ainda é possível encontrar algum de seus oficiais?

— Acho que você não vai me contar o porquê.

— Agora você já leu o arquivo? — perguntou ele.

— Por que pergunta?

— Posso sentir na sua voz. Então, você sabe por que quero saber.

— Fiquei sabendo há pouco sobre o Zugspitze. Foi quando decidi ler o arquivo.

— Você tinha pessoas lá? No solo?

— Não eram minhas.

— Se você leu esse relatório, sabe que os babacas mentiram. Deixaram aquele submarino lá. Meu pai e aqueles outros dez homens podem ter ficado parados no fundo, esperando que alguém fosse salvá-los. E ninguém foi. Quero saber por que a Marinha fez isso.

Ele estava claramente irritado. Ela também.

— Quero falar com um ou mais desses oficiais do *Holden* — disse ele. — Encontre-os para mim.

— Você vem para cá?

— Assim que você os encontrar.

Davis acenou com a cabeça, indicando seu consentimento.

— Tudo bem. Vou localizá-los.

Ela estava se cansando da charada. Edwin Davis estava lá por um motivo. Malone obviamente tinha sido manipulado. Ela também, por sinal.

— Outra coisa — disse ele —, já que você está sabendo do bonde. A mulher que estava lá... eu dei uma pancada forte na cabeça dela, mas preciso encontrá-la. Ela foi presa? Solta? O quê?

Davis disse só com movimento labial: *Você liga para ele depois.*

Chega. Malone era amigo dela. Estivera ao seu lado quando ela realmente precisara, então, era hora de dizer a ele o que realmente estava acontecendo... Edwin Davis que se danasse.

— Esqueça — disse Malone.

— Como assim?

— Acabei de encontrá-la.

SETE

MALONE ESTAVA DE PÉ DIANTE DA JANELA DO SEGUNDO ANDAR E OLHOU PARA O outro lado da rua movimentada. A mulher do bonde, Panya, andava calmamente na direção de um estacionamento coberto de neve de frente para um McDonald's. A lanchonete ficava dentro de um prédio de estilo bávaro, anunciada apenas por uma placa discreta com os arcos dourados e algumas decorações na janela.

Ele soltou as cortinas de renda. O que ela estava fazendo lá? Talvez tivesse fugido? Ou a polícia simplesmente a soltara?

Pegou a jaqueta de couro e as luvas e enfiou no bolso a arma que pegara dela. Saiu do quarto do hotel e desceu ao térreo, cuidadoso com os movimentos, mas andando casualmente.

Fora do hotel, o ar era como o interior de um freezer. O carro alugado estava estacionado a alguns metros da porta. Do outro lado da rua, ele viu o Peugeot escuro para o qual a mulher caminhara prestes a sair da vaga, a seta da direita piscando.

Malone entrou em seu carro e seguiu.

WILKERSON VIROU O RESTO DA CERVEJA. TINHA VISTO CORTINAS SE ABRIREM NA janela do segundo andar quando a mulher do bonde passou em frente à lanchonete.

Sincronia realmente era tudo.

Ele pensara que Malone não poderia ser direcionado.

Mas se enganara.

STEPHANIE ESTAVA IRRITADA.

— Eu não vou fazer parte disso — disse a Edwin Davis. — Vou ligar para Cotton. Pode me demitir, não estou nem aí.

— Minha vinda aqui não é oficial.

Ela o examinou com um olhar desconfiado.

— O presidente não está sabendo?

Ele balançou a cabeça.

— Esta é pessoal.

— Você precisa me dizer por quê.

Ela havia lidado diretamente com Davis apenas uma vez, e ele não tinha sido muito franco, chegando a colocar a vida dela em perigo. Mas, no fim, ela percebera que aquele homem não era nenhum idiota. Tinha dois doutorados — um em história norte-americana, outro em relações internacionais —, além de magníficas habilidades organizacionais. Sempre cortês. Simples. Parecido com o próprio presidente Daniels. Ela vira como as pessoas tendiam a subestimá-lo, inclusive ela. Três secretários de Estado o haviam usado para colocar seus departamentos moribundos na linha. Agora, ele trabalhava para a Casa Branca, auxiliando a administração nos três últimos anos do seu período final.

Ainda assim, aquele burocrata de carreira estava agora quebrando as regras abertamente.

— Achei que eu fosse a única dissidente aqui — disse ela.

— Você não deveria ter deixado aquele arquivo chegar a Malone. Mas assim que fiquei sabendo, concluí que eu precisava de ajuda.

— Para quê?

— Uma dívida minha.

— E agora está em condições de pagá-la? Com seu poder e suas credenciais da Casa Branca.

— Algo assim.

Ela suspirou.

— O que quer que eu faça?

— Malone está certo. Precisamos descobrir a respeito do *Holden* e seus oficiais. Se alguns deles ainda estiverem por aí, têm de ser localizados.

MALONE SEGUIU O PEUGEOT. MONTANHAS DENTEADAS, PINTADAS POR FAIXAS DE neve, subiam ao céu dos dois lados da autoestrada. Ele dirigia rumo ao norte, saindo de Garmisch, numa rota em zigue-zague ascendente. Árvores altas, de tronco negro, formavam um corredor imponente, uma cena pitoresca que Baedeker claramente teria adorado descrever. O inverno no extremo norte trazia a escuridão cedo — nem 5 horas da tarde, e a luz do dia já enfraquecia.

Ele pegou um mapa da região no banco do passageiro e notou que adiante ficava o vale alpino de Ammergebirge, que se estendia por quilômetros a partir da base do Ettaler Mandl, um pico respeitável de mais de 1.500 metros de altura. Uma pequena aldeia aparecia no mapa, perto do Ettaler Mandl, e ele reduziu a velocidade quando ele e o Peugeot entraram nas proximidades.

Ele viu sua presa fazer uma curva abrupta e estacionar em uma vaga diante de um prédio de dois andares, um bloco maciço de fachada branca, dominado pela simetria, povoado de janelas góticas. Um domo imponente erguia-se no centro, ladeado por duas torres menores, todos cobertos de cobre escurecido e inundados de luz.

Uma placa de bronze anunciava: MOSTEIRO DE ETTAL.

A mulher saiu do carro e desapareceu ao entrar num portal em forma de arco.

Ele estacionou e a seguiu.

O ar estava notavelmente mais frio que em Garmisch, confirmando a elevação de altitude. Ele deveria ter levado um casaco mais pesado, mas odiava esse tipo de coisa. A imagem estereotipada do espião com gabardine era ridícula. Limitava demais os movimentos. Enfiou as mãos enluvadas nos bolsos da jaqueta e envolveu a arma com os dedos da direita. Pisoteando a neve, seguiu por uma calçada de concreto, na direção de um claustro do tamanho de um campo de futebol, cercado por outras construções barrocas. A mulher subia apressada uma rampa que ia dar nas portas de uma igreja.

Pessoas entravam e saíam.

Ele correu um pouco para não perdê-la de vista, disparando em meio a um silêncio perturbado apenas por solas de sapato batendo no pavimento congelado e pelo pio distante de um cuco.

Entrou na igreja por um portal gótico com um elaborado tímpano no alto, mostrando cenas bíblicas. Seus olhos foram atraídos de imediato pelos afrescos no domo que pareciam retratar o céu. As paredes internas estavam repletas de estátuas de estuque, querubins e padrões complexos, todos em tons vivos de dourado, rosa, cinza e verde, que bruxuleavam como se estivessem em constante movimento. Ele já tinha visto igrejas em estilo rococó, a maioria tão sobrecarregada que o edifício se perdia, mas ali era diferente. A decoração parecia se subordinar à arquitetura.

As pessoas circulavam por ali. Algumas estavam sentadas em bancos. A mulher que ele seguia andava uns 15 metros à direita dele, depois do púlpito, na direção de outro tímpano esculpido.

Ela passou por uma pesada porta de madeira, fechando-a em seguida.

Malone parou para considerar suas opções.

Nenhuma alternativa.

Foi até a porta e segurou a maçaneta de ferro. Os dedos da mão direita continuaram apertados em volta da arma guardada no bolso.

Virou o trinco e abriu a porta com cuidado.

A sala à sua frente era pequena, com um teto abobadado sustentado por colunas brancas delgadas. Mais ornamentos rococós brotavam das paredes, mas não eram tão ousados. Talvez aquilo fosse uma sacristia. Alguns armários elevados e duas mesas eram os únicos móveis. De pé, ao lado de uma das mesas, estavam duas mulheres — a do bonde e uma outra.

— Bem-vindo, Herr Malone — disse a nova mulher. — Eu estava à espera.

OITO

A casa estava deserta, o bosque ao redor não ocultava ninguém, mas ainda assim o vento sussurrava seu nome.

Ramsey.

Ele parou de andar. Não era bem uma voz, mais um murmúrio levado pelo vento do inverno. Ele entrou na casa pela porta dos fundos, que estava aberta, e ficou parado na espaçosa sala, onde toda a mobília estava envolta em panos marrons imundos. Na parede mais afastada, as janelas emolduravam a vista de um prado amplo. Permaneceu imóvel, os ouvidos atentos. Disse a si mesmo que seu nome não tinha sido pronunciado.

Langford Ramsey.

Aquilo fora mesmo uma voz ou só a sua imaginação infiltrando-se no ambiente meio assombrado?

Depois de seu pronunciamento aos membros do Kiwanis, dirigira sozinho até chegar à região rural de Maryland. Estava sem uniforme. Seu emprego de chefe da inteligência naval exigia uma aparência mais discreta, motivo pelo qual se abstinha tanto da vestimenta oficial quanto de um motorista do governo. Lá fora, nada na terra fria sugeria que alguém tivesse feito visitas recentemente, e a cerca de arame farpado enferrujara muito tempo antes. A casa era uma estrutura desconexa, evidentemente formada por acréscimos posteriores, muitas janelas quebradas, um buraco escancarado no telhado sem sinais de conserto. Século XIX, ele achava, decerto o que fora uma propriedade elegante no campo, agora rapidamente transformando-se em ruína.

O vento continuava a soprar. As previsões do tempo indicavam que a neve finalmente estava se dirigindo para o leste. Olhou para o piso de madeira, tentando ver se a fuligem tinha sido perturbada, mas viu apenas suas próprias pegadas.

Algo se quebrou do outro lado da casa. Vidro sendo estilhaçado? Metal tinindo? Difícil saber.

Chega dessa bobagem.

Desabotoou o sobretudo e retirou uma Walther automática. Andou lentamente para a esquerda. O corredor adiante estava mergulhado em sombras densas, e um arrepio involuntário percorreu seu corpo. Seguiu aos poucos até o fim da passagem.

Ouviu um som novamente. Algo raspando. À sua direita. Depois, outro som. Metal sobre metal. Dos fundos da casa.

Aparentemente, havia dois do lado de dentro.

Ele seguiu devagar pelo corredor e decidiu que um ataque repentino poderia lhe dar uma vantagem, especialmente depois que quem quer que fosse continuava a anunciar sua presença com um *tat-tat-tat* constante.

Ramsey respirou fundo, preparou a arma e disparou para dentro da cozinha. Sobre uma das bancadas, a 3 metros, um cachorro olhou para ele. Era de raça mestiça, grande, orelhas arredondadas, pelos amarelados, mais claros por baixo, com a mandíbula inferior e o pescoço brancos.

Um rosnado saiu da boca do animal. Caninos afiados apareceram, patas traseiras enrijeceram-se.

Um latido veio da frente da casa.

Dois cachorros?

O que estava sobre a bancada pulou para o chão e correu para fora pela porta da cozinha.

Ele voltou rapidamente para a frente da casa exatamente quando o outro cão passava por uma janela aberta.

Expirou.

Ramsey.

Parecia que a brisa tinha formado vogais e consoantes, depois falado. Não alto nem claro. Apenas presente.

Ou será que não?

Ele forçou o cérebro a ignorar a ideia risível e saiu do salão da frente, seguindo por um corredor, passando por outros quartos com móveis cobertos e papel de parede inflado pela umidade. Um piano velho estava descoberto. Quadros emitiam um vazio fantasmagórico com suas capas de pano. Ficou curioso quanto às pinturas e parou para examinar algumas... reproduções da Guerra Civil em tons sépia. Uma delas retratava Monticello; outra, Mount Vernon.

Na sala de jantar, Ramsey hesitou e imaginou grupos de homens brancos dois séculos antes fartando-se com bifes e bolos frescos. Em seguida, talvez, drinques com uísque servidos no salão. Uma partida de bridge talvez tivesse sido disputada enquanto um braseiro aquecia o ar com aroma de eucalipto. É claro que os ancestrais de Ramsey estariam do lado de fora, congelando nas senzalas.

Ele olhou para um longo corredor. Um quarto no fim o fez seguir para a frente. Verificou o chão, mas apenas poeira cobria as tábuas.

Parou no final do corredor, diante da entrada.

Outra vista do prado vazio assomava numa janela suja. A mobília, como nos outros cômodos, estava coberta, com exceção de uma escrivaninha. Madeira de ébano, envelhecida e desgastada, o tampo marchetado coberto de poeira cinza-azulada. Chifres de veado prendiam-se às paredes pardas, e lençóis marrons protegiam o que pareciam ser estantes de livros. Ácaros rodopiavam pelo ar.

Ramsey.

Mas não vinha do vento.

Ele localizou a fonte, avançou na direção de uma cadeira coberta e arrancou o lençol, gerando mais uma nuvem de poeira. Havia um gravador sobre a tapeçaria deteriorada, a fita cassete passando da metade.

A mão que apertava a arma enrijeceu.

— Estou vendo que encontrou meu fantasma — disse uma voz.

Ele se virou e viu um homem parado à porta. Baixo, 40 e poucos anos, rosto redondo, pele tão pálida quanto a neve que caía. O cabelo fino e preto, penteado para a frente, cintilava com flocos de prata.

E estava sorrindo. Como sempre.

— Para que esse teatro, Charlie? — perguntou Ramsey, guardando a arma.

— Muito mais divertido que só dizer oi, e adorei os cachorros. Parecem gostar daqui.

Eles haviam trabalhado juntos por 15 anos, e ele nem sabia o nome verdadeiro do homem. Conhecia-o apenas como Charles C. Smith Jr., com ênfase no *Júnior.* Uma vez, perguntara sobre o Smith pai e recebera como resposta trinta minutos de história da família, que certamente era toda inventada.

— De quem é esta casa? — perguntou Ramsey.

— Minha, agora. Comprei há um mês. Achei que um retiro no interior seria um investimento inteligente. Estou pensando em reformar e alugar. Vou chamá-la de Bailey Mill.

— Não lhe pago o suficiente?

— É preciso diversificar, almirante. Não se pode contar só com um contracheque para viver. Bolsa de valores, imóveis, é assim que a gente se prepara para a velhice.

— Vai custar uma fortuna reformar tudo isto.

— O que me faz lembrar uma nota informativa. Devido a aumentos imprevistos no custo do combustível, tarifas de viagem mais altas que o esperado e um aumento geral de despesas indiretas e gastos gerais, passaremos por um leve incremento de valor. Apesar de nos esforçarmos para manter os custos reduzidos enquanto oferecemos excelentes serviços aos clientes, nossos acionistas exigem que uma margem de lucro aceitável seja mantida.

— Que conversa fiada, Charlie.

— Além do mais, este lugar me custou uma fortuna, e preciso de mais dinheiro.

No papel, Smith era um ativo contratado que realizava serviços especializados de vigilância no exterior, onde as leis sobre grampos telefônicos eram mais relaxadas, especialmente na Ásia Central e no Oriente Médio. Portanto, Ramsey não dava a mínima para quanto Smith cobrava.

— Mande a conta para mim. Agora, ouça. Está na hora de agir.

Ele estava contente que todo o trabalho de preparação tivesse sido feito durante o ano anterior. Arquivos prontos. Planos determinados. Ele sabia que uma oportunidade acabaria surgindo — não quando ou como, somente que surgiria.

E assim foi.

— Comece com o alvo principal, conforme discutimos. Depois, vá para o sul para os dois seguintes.

Smith fez uma continência de brincadeira.

— Sim, sim, capitão Sparrow. Zarparemos para o sul e encontraremos o vento mais favorável.

Ele ignorou o idiota.

— Nenhum contato entre nós até que tenha dado um jeito em todos. Faça um trabalho limpo, Charlie. Muito limpo.

— Satisfação garantida ou seu dinheiro de volta. A satisfação do cliente é nossa maior preocupação.

Havia pessoas que faziam músicas, escreviam romances, pintavam, esculpiam ou desenhavam. Smith matava... e com um talento inigualável. E não fosse pelo fato de Charlie Smith ser o melhor assassino que ele já conhecera, Ramsey já teria atirado no idiota irritante muito tempo antes.

Ainda assim, ele decidiu deixar perfeitamente clara a gravidade da situação.

Assim, armou o cão da Walther e forçou o cano contra o rosto de Smith. Então Ramsey, uns bons 20 centímetros mais alto, olhou para baixo e disse:

— Não faça besteira. Eu ouço o que sai da sua boca e o deixo papaguear, mas não ...faça ...besteira.

Smith ergueu as mãos num gesto zombeteiro de rendição.

— Por favor, dona Scarlett, não me bata. Por favor, não me bata... — A voz era aguda e coloquial, uma imitação tosca de Butterfly McQueen.

Ele não apreciava humor racial, então manteve a arma apontada.

Smith começou a rir.

— Ah, almirante, relaxa.

Ele se perguntou o que era necessário para desconcertar aquele homem. Guardou a arma debaixo do casaco.

— Mas eu tenho uma pergunta — disse Smith. — É importante. Algo que eu realmente preciso saber.

Ele esperou.

— Samba-canção ou cueca comum?

Era o bastante. Ele virou as costas e saiu do quarto.

Smith começou a rir de novo.

— Ah, vai, almirante, samba-canção ou cueca comum? Ou você é daqueles que andam livre e solto? A CNN diz que dez por cento de nós não usam nenhuma roupa íntima. Eu sou assim... livre e solto.

Ramsey continuou se encaminhando à porta.

— Que a Força esteja com você, almirante — gritou Smith. — Um cavaleiro Jedi nunca falha. E não se preocupe, estarão todos mortos antes do que você imagina.

NOVE

O OLHAR DE MALONE VARREU A SALA. CADA DETALHE TORNOU-SE CRÍTICO. UMA porta aberta à direita acionou seu alarme, especialmente a escuridão inexplorada que vinha depois.

— Somos só nós — disse sua anfitriã. O inglês dela era bom, combinado com um leve sotaque alemão.

Ela fez um sinal, e a mulher do bonde desfilou na direção dele. Quando ela se aproximou, ele a viu passar a mão no hematoma no rosto, onde recebera o chute.

— Talvez eu tenha a chance de retribuir o favor algum dia — disse-lhe ela.

— Acho que já retribuiu. Parece que fui enganado.

Ela sorriu com satisfação evidente, depois saiu, fechando a porta com um ruído metálico.

Ele examinou a mulher que restara. Era alta e curvilínea, com cabelo loiro-acinzentado cortado rente à nuca de um pescoço delgado. Nada perturbava o tom cremoso de sua pele rosada. Os olhos eram da cor de café com creme, um tom que ele nunca vira antes, e irradiavam uma fascinação que ele achou difícil ignorar. Usava suéter, calça jeans e blazer de lã de ovelha.

Tudo nela indicava privilégios e problemas.

Ela era linda e sabia disso.

— Quem é você? — perguntou ele, sacando a arma.

— Garanto a você que não sou uma ameaça. Tive muito trabalho para encontrá-lo.

— Se não se importa, a arma me faz sentir melhor.

Ela deu de ombros.

— Como quiser. Para responder à sua pergunta, sou Dorothea Lindauer. Moro perto daqui. Minha família é bávara, com vínculos com os Wittelsbach. Somos *Oberbayer*. Bávaros do norte. Ligados às montanhas. Também temos ligações profundas com este mosteiro. Tanto que os beneditinos nos dão liberdades.

— Como matar um homem e depois levar o assassino à sua sacristia?

Lindauer franziu o cenho.

— Entre outras coisas. Mas essa é, tem de concordar, uma liberdade enorme.

— Como soube que eu estaria na montanha hoje?

— Tenho amigos que me mantêm informada.

— Preciso de uma resposta melhor.

— O assunto USS *Blazek* me interessa. Eu também quero saber o que aconteceu de verdade. Presumo que, a esta altura, tenha lido o arquivo. Diga-me, foi informativo?

— Vou embora. — Ele se virou para a porta.

— Você e eu temos algo em comum — disse ela.

Ele continuou andando.

— O meu pai também estava a bordo daquele submarino.

STEPHANIE APERTOU UMA TECLA DO TELEFONE. AINDA ESTAVA EM SEU ESCRITÓRIO com Edwin Davis.

— É da Casa Branca — informou seu assistente pelo alto-falante.

Davis permaneceu em silêncio. Ela ativou a linha de imediato.

— Parece que voltamos a ter trabalho — disse a voz estrondosa pelo fone que ela segurava e pelo alto-falante por onde Davis ouvia.

O presidente Danny Daniels.

— E o que foi que eu fiz desta vez? — perguntou ela.

— Stephanie, seria mais fácil se fôssemos direto ao assunto. — Outra voz. Feminina. Diane McCoy. Outra vice-conselheira de segurança nacional. Colega de Edwin Davis e nem um pouco amiga de Stephanie.

— Qual é o assunto, Diane?

— Vinte minutos atrás, você baixou um arquivo sobre o comandante Zachary Alexander. Marinha americana, reformado. O que queremos saber é por que a inteligência naval já está questionando o *seu* interesse e por que, dias atrás, você aparentemente autorizou a cópia de um arquivo confidencial sobre um submarino perdido há 38 anos.

— Parece que tem uma pergunta melhor — disse ela. — Por que a inteligência naval se importa com isso? Isso é história antiga.

— Quanto a isso — disse Daniels —, concordamos. Eu também queria uma resposta a essa pergunta. Examinei o mesmo arquivo da tripulação que você acabou de obter, e não há nada lá. Alexander era um oficial satisfatório, que serviu por vinte anos e se aposentou.

— Senhor presidente, por que *o senhor* está envolvido nisso?

— Porque Diane entrou no meu gabinete e me disse que precisávamos ligar para você.

Mentira. Ninguém dizia a Danny Daniels o que fazer. Ele tinha sido governador por três mandatos e senador por um, e conseguira ser eleito presidente dos Estados Unidos duas vezes. Não era um tolo, ainda que alguns achassem que sim.

— Desculpe, senhor, mas por tudo o que já vi, o senhor faz exatamente o que quer fazer.

— Privilégio do meu trabalho. Em todo caso, como não quer responder à pergunta de Diane, aqui vai a minha: sabe onde Edwin está?

Davis acenou com a mão, indicando que não.

— Ele está perdido?

Daniels riu.

— Você pegou pesado com aquele babaca do Brent Green e provavelmente salvou a minha pele no processo. Colhões. É o que você tem, Stephanie. Mas, neste caso, temos um problema. Edwin está numa aventura. Ele tem algum envolvimento pessoal aqui. Pegou alguns dias de licença e foi embora ontem. Diane acha que ele foi se encontrar com você.

— Eu nem gosto dele. Quase me fez morrer em Veneza.

— O registro de segurança do térreo — disse Diane — indica que ele está no seu prédio neste momento.

— Stephanie — disse Daniels —, quando eu era garoto, um amigo disse à nossa professora que ele e o pai foram pescar e pegaram um robalo de 30 quilos em uma hora. A professora não era nenhuma idiota e disse que aquilo era impossível. Para dar uma lição ao meu colega sobre mentiras, ela contou-lhe que um urso saiu da floresta e a atacou, mas foi contido por um cachorrinho que espantou o urso com apenas um latido. "Acreditou nisso?", perguntou a professora. "Claro", disse meu amigo, "esse cachorro era meu."

Stephanie sorriu.

— Edwin é meu cachorro, Stephanie. O que ele faz vem direto para mim. E, neste exato momento, ele está se metendo em confusão. Você pode me ajudar nessa? Por que está interessada no comandante Zachary Alexander?

Chega. Ela tinha ido longe demais, pensando que estava apenas ajudando... primeiro, Malone; depois, Davis. Então, contou a verdade a Daniels:

— Porque Edwin disse que eu deveria estar.

O rosto de Davis foi tomado pela expressão de derrota.

— Deixe-me falar com ele — disse Daniels.

E ela lhe passou o telefone.

DEZ

MALONE ENCAROU DOROTHEA LINDAUER E ESPEROU QUE ELA EXPLICASSE.

— Meu pai, Dietz Oberhauser, estava a bordo do *Blazek* quando ele desapareceu.

Ele notou sua referência contínua ao submarino pelo nome falso. Ela não parecia saber muita coisa, ou então o estava enganando. Uma coisa que ela disse, no entanto, conferia. O relatório do tribunal de inquérito citava o nome de um especialista de campo. Dietz Oberhauser.

— O que seu pai estava fazendo lá? — perguntou Malone.

O rosto surpreendente suavizou-se, mas os olhos de basilisco continuaram a atrair a atenção dele. Ela o lembrava Cassiopeia Vitt, outra mulher que dominara seu interesse.

— Meu pai estava lá para descobrir o início da civilização.

— Só isso? Achei que fosse algo importante.

— Entendo, Herr Malone, que o humor é um instrumento que pode ser usado para desarmar. Mas o assunto do meu pai, como tenho certeza de que é o caso com você, não é motivo de piada para mim.

Ele não se impressionou.

— Precisa responder à minha pergunta. O que ele estava fazendo lá?

Um acesso de raiva fez o rosto dela corar, depois sumiu rapidamente.

— Estou falando muito sério. Ele foi encontrar o início da civilização. É um enigma que ele passou a vida tentando desvendar.

— Não gosto de ser enganado. Matei um homem hoje por sua causa.

— Culpa dele. Foi diligente demais. Ou talvez tenha subestimado você. Mas o modo como você se portou confirma tudo o que me disseram a seu respeito.

— Matar parece ser algo que você encara com tranquilidade. Eu, não.

— Mas pelo que me disseram, não é algo novo para você.

— Mais informações que aqueles *amigos* lhe deram?

— Eles *são* bem informados. — Dorothea apontou para a mesa. Malone já havia notado um tomo antigo sobre o carvalho rugoso. — Você é vendedor de livros. Dê uma olhada neste.

Ele se aproximou e colocou a arma no bolso da jaqueta. Decidiu que, se aquela mulher o quisesse morto, ele já estaria.

O livro tinha, talvez, 16 por 23 centímetros e 5 de lombada. Sua mente analítica decifrou a procedência. Capa marrom de couro de bezerro. Estampa cega sem ouro nem cor. Contracapa sem adornos, o que indicava sua idade: os livros produzidos antes da Idade Média eram armazenados na horizontal, não de pé, então a parte de baixo era simples.

Abriu a capa com cuidado e espiou os pedaços puídos de páginas de pergaminho escurecido. Examinou-os e notou estranhos desenhos nas margens e um texto indecifrável numa língua que ele não reconheceu.

— O que é isso?

— Deixe-me responder contando a você o que aconteceu ao norte daqui, em Aachen, num domingo de maio, mil anos depois de Cristo.

OTTO III ASSISTIU À DESTRUIÇÃO DOS ÚLTIMOS EMPECILHOS AO SEU DESTINO *imperial. Estava dentro do vestíbulo da capela do palácio, uma construção sagrada erigida duzentos anos antes pelo homem em cuja sepultura ele estava prestes a entrar.*

— Está feito, Majestade — declarou Von Lomello.

O conde era um homem irritante, que garantia a devida manutenção do palatinado real na ausência do imperador. O que, no caso de Otto, parecia ser a maior parte do tempo. Enquanto imperador, ele nunca se preocupara com as florestas alemãs, nem com as fontes termais, os invernos glaciais ou a total falta de civilidade de Aachen. Preferia o calor e a cultura de Roma.

Trabalhadores carregavam as últimas pedras do piso despedaçado.

Não tinham sabido exatamente onde escavar. A cripta fora lacrada muito tempo antes, sem nada que indicasse o local preciso. A ideia havia sido esconder seu ocupante das invasões vikings que se aproximavam, e a manobra funcionara. Quando os normandos saquearam a capela em 881, não encontraram nada. Mas Von Lomello havia montado uma missão exploratória antes da chegada de Otto e conseguira isolar uma localização promissora.

Por sorte, o conde estava certo.

Otto não tinha tempo para erros. Afinal, era um ano apocalíptico, o primeiro de um novo milênio, quando muitos acreditavam que Cristo viria para o julgamento.

Os trabalhadores estavam atarefados. Dois bispos observavam em silêncio. O túmulo em que estavam prestes a entrar não era aberto desde 29 de janeiro de 814, dia em que o Mais Sereno Augusto Coroado por Deus, o Grande Imperador Pacífico, Governante do Império Romano, Rei dos Francos e Lombardos pela Misericórdia Divina, morreu. Naquele dia, ele já era mais sábio que os mortais, inspirador de milagres, o protetor de Jerusalém, vidente, homem de ferro, bispo dos bispos. Um poeta proclamou que ninguém estaria mais próximo dos 12 apóstolos que ele. Em vida, ele se chamara Carolus. Magnus foi vinculado ao nome em referência à sua estatura elevada, mas passou a indicar magnificência. Sua denominação francesa, no entanto, era a mais usada na época, uma fusão entre Carolus e Magnus para a formação de um nome que logo seria pronunciado com cabeça e voz baixas, como se a pessoa estivesse falando de Deus.

Charlemagne — ou Carlos Magno.

Os trabalhadores retiraram-se da abertura negra no chão, e Von Lomello inspecionou o resultado do esforço deles. Um estranho odor invadiu lentamente o vestíbulo — doce, bolorento, enjoativo. Otto conhecera o fedor de carne estragada, leite azedo e resíduos humanos. Esta lufada era diferente. Tinha cheiro de muito tempo atrás. Ar que montara guarda para coisas que os homens não deveriam ver.

Uma tocha foi acesa, e um dos trabalhadores estendeu o braço para dentro do buraco. Quando o homem acenou com a cabeça, uma escada de madeira foi trazida do lado de fora.

Era a celebração de Pentecostes, e a capela estivera repleta de adoradores horas antes. Otto estava em peregrinação. Tinha acabado de voltar do túmulo do velho amigo Adalberto, bispo de Praga, enterrado em Gnesen, ocasião em que, como imperador, elevara a cidade à dignidade de um arcebispado. Agora, ele viera olhar os restos mortais de Carlos Magno.

— Eu vou primeiro — disse-lhes Otto.

Tinha meros 20 anos, um homem de estatura imponente, filho de um rei alemão e de mãe grega. Coroado sacro imperador romano aos 3 anos, reinara sob a tutela da mãe durante os primeiros oito anos e da avó por mais três. Nos últimos seis, governara sozinho. Seu objetivo era restabelecer um Renovatio Imperii, *um Império Romano Cristão, com teutões, latinos e eslavos, todos, como no tempo de Carlos Magno, sob o poder do imperador e do papa. O que jazia abaixo do solo poderia ajudar a elevar esse sonho à realidade.*

Ele pôs o pé na escada, e Von Lomello entregou-lhe uma tocha. Oito degraus passaram diante de seus olhos até seus pés tocarem a terra. O ar estava ameno e tépido, como o de uma caverna, o estranho cheiro quase opressor, mas ele disse a si mesmo que aquilo não era nada além do perfume do poder.

A tocha revelou uma câmara coberta de mármore e argamassa, de tamanho semelhante ao do vestíbulo acima. Von Lomello e os dois bispos desceram a escada.

Então eles viram.

Abaixo de um caramanchão, Carlos Magno aguardava sobre um trono de mármore.

O corpo estava envolto em um manto púrpura, e ele segurava um cetro com a mão esquerda enluvada. O rei estava sentado como uma pessoa viva, um ombro apoiado no trono, a cabeça erguida por uma corrente dourada presa ao diadema. O rosto estava coberto por um pano translúcido. A deterioração era evidente, mas nenhum membro havia caído, exceto a ponta do nariz.

Otto ficou de joelhos em reverência. Os outros se juntaram a ele rapidamente. Ele estava extasiado. Nunca esperara tal visão. Ouvira histórias, mas nunca dera muita atenção a elas. Os imperadores precisavam de lendas.

— Diz-se que um pedaço da cruz foi colocado no diadema — sussurrou Von Lomello.

Otto tinha ouvido o mesmo. O trono estava sobre uma laje de mármore esculpida, os três lados visíveis repletos de baixos-relevos. Homens. Cavalos. Uma carruagem. Um cérbero de duas cabeças. Mulheres segurando cestas de flores. Tudo romano. Otto tinha visto outros exemplos de tal magnificência na Itália. Interpretou sua presença ali, num túmulo cristão, como um sinal de que o que ele idealizava para o seu império estava certo.

Um escudo e uma espada repousavam de um lado. Ele conhecia o escudo. O próprio papa Leão o consagrara no dia em que Carlos Magno fora coroado imperador, duzentos anos antes, e o objeto estava ornado com o brasão real. Otto vira o símbolo em documentos da biblioteca imperial.

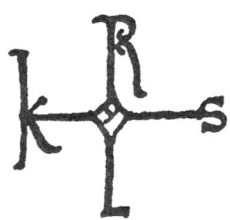

Otto ficou de pé.

Uma das razões pelas quais ele havia ido até ali era obter o cetro e a coroa, esperando ser recebido por nada além de ossos.

Mas as coisas haviam mudado.

Notou lençóis amarrados no colo do imperador. Com cuidado, aproximou-se do estrado e reconheceu um pergaminho com iluminuras, com a escrita e as ilustrações desbotadas, mas ainda legíveis. Perguntou:

— Algum de vocês sabe ler latim?

Um dos bispos fez que sim, e Otto acenou para que se aproximasse. Dois dedos da mão esquerda enluvada do cadáver apontavam para um trecho da página.

O bispo ergueu a cabeça e examinou.

— É o Evangelho de Marcos.

— Leia.

— Pois de que adianta ao homem ganhar o mundo inteiro e perder a própria alma?

Otto encarou fixamente o cadáver. O papa dissera-lhe que os símbolos de Carolus Magnus seriam instrumentos ideais para o restabelecimento do esplendor no Sacro Império Romano. Nada revestia o poder de maior mistério do que o passado, e ele estava olhando diretamente para um passado glorioso. Eginhardo descrevera aquele homem como alto, atlético, de ombros imensos, peito amplo como o de um corcel, olhos azuis, cabelo fulvo, semblante corado, vivacidade incomum, incapaz de sentir cansaço, com um espírito de energia e controle que, mesmo quando em repouso, como agora, dominava os tímidos e os apáticos. Ele finalmente entendeu a verdade daquelas palavras.

O outro propósito da visita surgiu em sua mente.

Olhou ao redor da sepultura.

Sua avó, que morrera meses antes, contou-lhe a história que o avô dele, Otto I, lhe contara. Algo que só os imperadores sabiam. Sobre o fato de que Carolus Magnus ordenara que certas coisas fossem para o túmulo com ele.

Muitos sabiam da espada, do escudo e do pedaço da Cruz Verdadeira. O trecho de Marcos, no entanto, era uma surpresa.

Então, ele viu. O que realmente estava procurando. Sobre uma mesa de mármore.

Aproximou-se, entregou a tocha a Von Lomello e olhou para um pequeno volume coberto de poeira. Na capa, estava impresso um símbolo, o qual sua avó havia descrito.

Com cuidado, ergueu a capa. Nas páginas, viu símbolos, estranhos desenhos e uma escrita indecifrável.

— O que é isso, Majestade? — perguntou Von Lomello. — Que língua é essa?

Normalmente, ele não teria permitido tal questionamento. Imperadores não aceitavam perguntas. Mas a alegria de encontrar o que sua avó lhe dissera existir encheu-o de alívio incomensurável. O papa achava que coroas e cetros transmitiam poder, mas se sua avó era digna de crédito, aqueles estranhos símbolos e palavras eram ainda mais poderosos. Então, respondeu ao conde do mesmo modo que ela lhe respondera.

— É a língua dos céus.

Malone ouvia com ceticismo.

— Dizem que Otto arrancou as unhas do cadáver, removeu um dente, mandou completarem a ponta do nariz com ouro, depois lacrou a tumba.

— Você parece não acreditar na história — disse-lhe ele.

— Aquela época não foi denominada Idade das Trevas sem motivo. Quem sabe?

Na última página do livro, ele notou o mesmo desenho que ela descrevera ao falar do escudo na tumba: uma curiosa combinação das letras *K, R, L, S,* mas com mais traços. Ele perguntou sobre o símbolo.

— É a assinatura completa de Carlos Magno — disse ela. — O *A* de *Karl* encontra-se no centro da cruz. Um clérigo acrescentaria as palavras à esquerda e à direita. *Signum Caroli gloriosissimi regis.* A marca do mais glorioso rei Carlos.

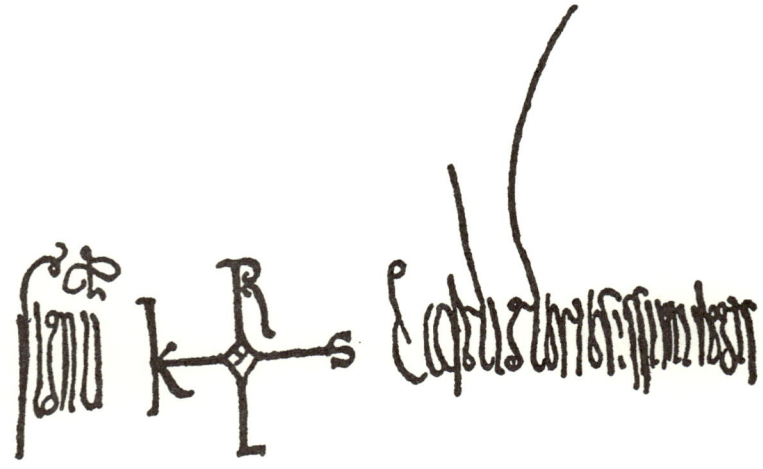

— Este é o livro do túmulo dele?

— É.

ONZE

Stephanie viu Edwin Davis se contorcer na cadeira, claramente desconfortável.

— Fale comigo, Edwin — disse Daniels pelo alto-falante do telefone. — O que está havendo?

— É complicado.

— Fui à faculdade. Prestei serviço militar. Fui governador e senador dos Estados Unidos. Acho que consigo lidar com isso.

— Preciso fazer isso sozinho.

— Se dependesse de mim, Edwin, com certeza eu diria para você ir em frente. Mas Diane está tendo um ataque. O pessoal da inteligência naval está fazendo perguntas que não sabemos responder. Normalmente, eu deixaria as crianças no tanque de areia resolverem a briga entre elas, mas agora que me arrastaram até o quintal, quero saber. Do que se trata?

Na limitada experiência de Stephanie com o vice-conselheiro de segurança nacional, ele pareceu ser um homem que sempre exibia um exterior calmo, plácido. Não agora. E Diane McCoy poderia ter adorado testemunhar a ansiedade daquele homem, mas Stephanie não estava gostando da visão.

— Operação Salto em Altura — disse Davis. — O que sabe sobre ela?

— OK, você me pegou — disse o presidente. — O primeiro round é seu.

Davis ficou em silêncio.

— Estou esperando — disse Daniels.

O ano de 1946 foi de vitória e recuperação. A Segunda Guerra Mundial havia acabado, e o mundo nunca mais seria o mesmo. Antigos inimigos tornaram-se amigos. Antigos amigos tornaram-se oponentes. Os Estados Unidos estavam sobrecarregados com uma nova responsabilidade, tendo se tornado um líder global da noite para o dia. A agressão soviética dominava os eventos políticos, e a Guerra Fria havia começado. Na área militar, porém, a Marinha norte-americana estava sendo desmontada pouco a pouco. Nas grandes bases em Norfolk, San Diego, Pearl Harbor, Yokosuka e Quonset Point, tudo ia de mal a pior. Destróieres, encouraçados e porta-aviões recolhiam-se em águas calmas de portos remotos. A Marinha dos Estados Unidos estava rapidamente se tornando uma sombra do que tinha sido apenas um ano antes.

Em meio a essa desordem, o chefe de operações navais assinou um conjunto espantoso de medidas para o estabelecimento do Projeto de Desenvolvimentos da Antártida, a ser conduzido no verão da Antártida, de dezembro de 1946 a março de 1947. Batizada com o código de Salto em Altura, a operação demandava 12 navios e milhares de homens para seguirem até as margens da Antártida para treinar pessoal e testar materiais em zonas glaciais, consolidar e ampliar a soberania norte-americana sobre a maior área utilizável do continente antártico e determinar a viabilidade de estabelecimento e manutenção de bases na Antártida e investigar possíveis locais, desenvolver técnicas para o estabelecimento e a manutenção de bases aéreas no gelo, com atenção particular para a aplicabilidade de tais técnicas para operações na Groenlândia, onde, afirmava-se, as condições físicas e climáticas assemelhavam-se às da

Antártida, e ampliar o conhecimento existente de condições hidrográficas, geográficas, geológicas, meteorológicas e eletromagnéticas.

Os contra-almirantes Richard H. Cruzen e Richard Byrd, o célebre explorador conhecido como o almirante da Antártida, foram nomeados comandantes da missão. A expedição seria dividida em três seções. O Grupo Central incluía três navios cargueiros, um submarino, um quebra-gelo — o navio capitânia da expedição — e um porta-aviões com Byrd a bordo. Eles iriam fundar a Little America IV na plataforma de gelo da baía das Baleias. Dos dois lados, estavam os grupos Oriental e Ocidental. O Grupo Oriental, construído em torno de um navio petroleiro, um destróier e um tênder de hidroaviões, partiria em direção à longitude de grau zero. O Grupo Ocidental teria uma composição semelhante, seguindo na direção das ilhas Balleny, para depois prosseguir num curso rumo oeste pela Antártida até juntar-se ao Grupo Oriental. Se tudo corresse de acordo com o planejado, a Antártida seria circundada. Em algumas semanas, seria possível saber mais a respeito daquela grande área desconhecida do que o alcançado em mais de um século de explorações.

Quatro mil e setecentos homens deixaram o porto em agosto de 1946. No fim, a expedição mapeou 8.690 quilômetros de costa, 2.250 dos quais eram totalmente desconhecidos. Descobriu 22 cadeias de montanhas desconhecidas, 26 ilhas, nove baías, vinte geleiras e cinco cabos e produziu 70 mil fotografias aéreas.

Máquinas foram testadas até o limite.

Quatro homens morreram.

— A coisa toda trouxe uma renovação à Marinha — disse Davis. — Foi realmente um sucesso.

— E daí, quem se importa? — perguntou Daniels.

— Sabia que voltamos à Antártida em 1948? Operação Moinho de Vento. Supostamente, as 70 mil fotos tiradas durante a Salto em Altura foram inúteis porque ninguém pensou em colocar marcas de referência no solo para interpretar as imagens. Eram como folhas de papel em branco. Então, voltaram para estabelecer as marcas de referência.

— Edwin — disse Diane McCoy —, aonde quer chegar? Isso não faz sentido.

— Gastamos milhões de dólares mandando navios e homens para a Antártida para tirar fotografias, um lugar que sabemos ser coberto de gelo, e não colocamos marcas de referências para as imagens enquanto estamos lá? Nem sequer prevemos que isso poderia ser um problema?

— Quer dizer que a Moinho de Vento tinha uma finalidade alternativa? — perguntou Daniels.

— As duas operações tinham. Uma força pequena, apenas seis homens, fazia parte de cada expedição. Especialmente treinados e informados. Foram para o interior do continente diversas vezes. O que fizeram é o motivo pelo qual o navio do comandante Zachary Alexander foi enviado para a Antártida em 1971.

— Os arquivos pessoais dele não contêm nada sobre essa missão — disse Daniels. — Apenas que foi nomeado comandante do *Holden* por dois anos.

— Alexander foi enviado para a Antártida para procurar um submarino perdido.

Mais silêncio do outro lado.

— O submarino de 38 anos atrás? — perguntou Daniels. — O relatório do tribunal de inquérito que Stephanie acessou.

— Sim, senhor. No fim dos anos 1960, construímos dois submarinos altamente secretos, NR-1 e 1A. O NR-1 ainda está em atividade, mas o 1A foi perdido na Antártida em 1971. Ninguém foi informado sobre seu fracasso. Isso foi ocultado. Somente o *Holden* foi procurar. Senhor, o NR-1A era comandado pelo capitão de fragata Forrest Malone.

— O pai de Cotton?

— E o seu interesse nisso? — perguntou Diane, sem nenhuma emoção.

— Fazia parte da tripulação um homem chamado William Davis. Meu irmão mais velho. Eu disse a mim mesmo que, se algum dia estivesse numa posição que me possibilitasse descobrir o que aconteceu com ele, eu o faria. — Davis fez uma pausa. — Finalmente, estou nessa posição.

— Por que a inteligência naval está tão interessada? — perguntou Diane.

— Não é óbvio? O naufrágio foi encoberto por desinformação. Eles simplesmente deixaram o submarino se perder. Apenas o *Holden* foi atrás. Imagine o que o *60 Minutes* faria com isso.

— OK, Edwin — disse Daniels. — Você ligou os pontos direitinho. O segundo round é seu. Siga em frente. Mas fique longe de problemas e volte daqui a dois dias.

— Obrigado, senhor. Agradeço a liberdade de ação.

— Um conselho — disse o presidente. — É verdade que Deus ajuda a quem cedo madruga, mas quem é apressado come cru.

A ligação foi encerrada.

— Imagino que Diane esteja furiosa — disse Stephanie. — Ficou claro que ela está totalmente por fora.

— Não gosto de burocratas ambiciosos — murmurou Davis.

— Há quem diga que você se encaixa nessa categoria.

— Quem disse isso está errado.

— Parece que você está sozinho nessa. Eu diria que o almirante Ramsey, da inteligência naval, parece estar no modo de controle de danos, protegendo a Marinha e tal. Por falar em burocratas ambiciosos... ele é a definição em pessoa.

Davis levantou-se.

— Tem razão quanto a Diane. Não vai demorar para ela entrar na roda, e a inteligência naval não estará muito atrás. — Ele apontou para as cópias impressas do arquivo que haviam baixado. — É por isso que nós temos de ir para Jacksonville, na Flórida.

Ela havia lido o arquivo, portanto sabia que era lá que Zachary Alexander morava. Mas queria saber:

— Por que *nós*?

— Porque Scot Harvath me disse não.

Ela abriu um sorriso.

— Isso é que é um Cavaleiro Solitário.

— Stephanie, preciso da sua ajuda. Lembra-se daqueles favores? Vou ficar lhe devendo um.

Ela se levantou.

— Está de bom tamanho para mim.

Mas essa não foi a razão por que concordou de imediato, e seu compatriota certamente sabia disso. O relatório do tribunal de inquérito. Ela o lera, diante da insistência dele.

Não havia registro de nenhum William Davis na lista dos tripulantes do NR-1A.

DOZE

Malone admirava o livro que estava sobre a mesa.

— Isto veio do túmulo de Carlos Magno? Tem 1.200 anos? Se tiver, está em condições extraordinárias.

— É uma história complicada, Herr Malone. Que se estende por todos esses 1.200 anos.

Aquela mulher gostava de evitar perguntas.

— Vamos ver.

Ela apontou.

— Reconhece essa escrita?

Ele examinou uma das páginas, cheias de uma escrita estranha e mulheres nuas brincando em banheiras conectadas por um encanamento intricado que mais parecia anatômico que hidráulico.

Examinou outras páginas e notou o que pareciam ser mapas com objetos astronômicos, como se estivessem sendo vistos por um telescópio. Células vivas, como apareceriam diante de um microscópio. Vegetações, todas com intrincadas estruturas de raiz. Um estranho calendário de signos do zodíaco, repleto de minúsculas pessoas nuas no que pareciam ser latas de lixo. Tantas ilustrações. A escrita ininteligível parecia quase uma contribuição posterior.

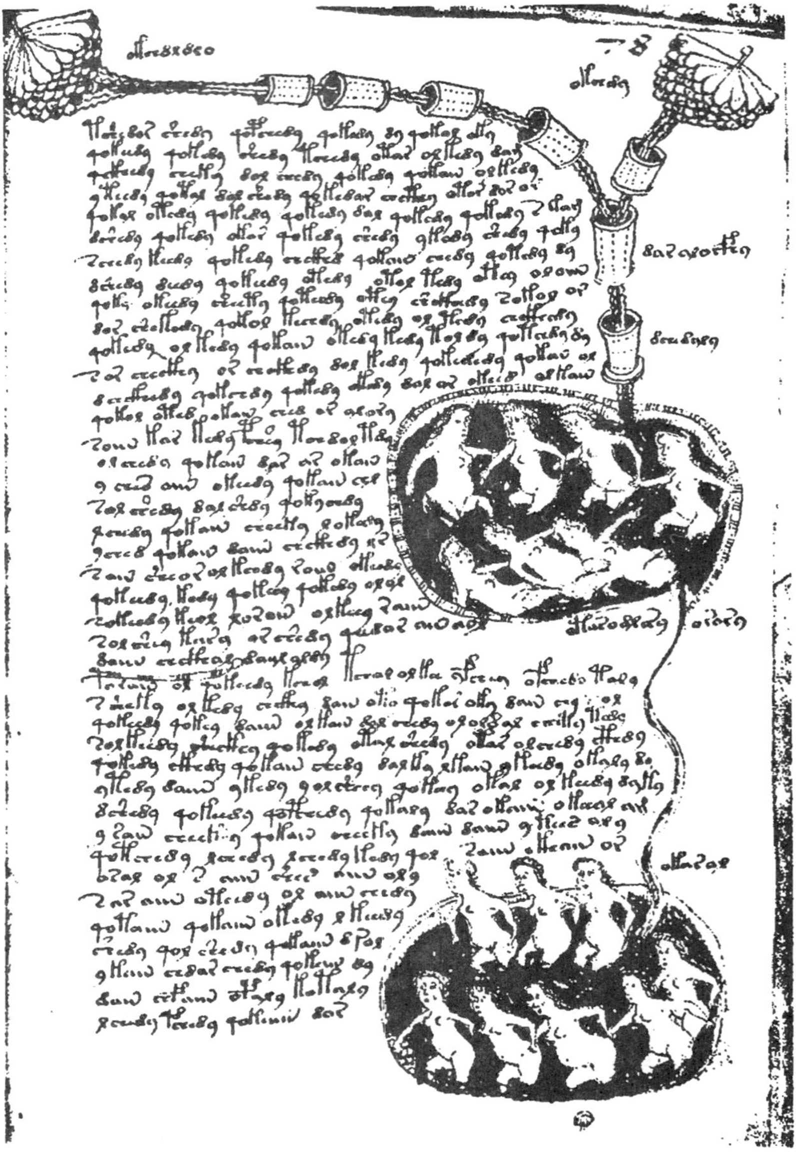
78

— É como Otto III observou — disse ela. — A língua dos céus.

— Eu não sabia que os céus precisavam de uma língua própria.

Ela sorriu.

— No tempo de Carlos Magno, o conceito de céu era muito diferente.

Ele passou o dedo sobre o símbolo gravado em relevo na capa.

— O que é isso? — perguntou ele.

— Não faço ideia.

Ele logo se deu conta do que não estava no livro. Nenhum sangue, monstros ou feras míticas. Nenhum conflito ou tendência destrutiva. Nenhum símbolo religioso, nem ornamentos de poder secular. Na verdade, nada que indicasse qualquer estilo de vida reconhecível — nenhuma ferramenta, móveis ou meios de transporte que pudessem ser identificados. Em vez disso, as páginas transmitiam um sentido de algo de outro mundo e atemporal.

— Tem mais uma coisa que eu gostaria de lhe mostrar — disse ela.

Malone hesitou.

— Vamos, você é um homem que está acostumado a situações como esta.

— Eu vendo livros.

A mulher indicou a porta aberta do outro lado da sala pouco iluminada.

— Então, traga o livro e me siga.

Malone não ia ser tão submisso.

— Que tal você levar o livro e eu levar a arma? — Ele sacou a pistola novamente.

Ela fez que sim.

— Se isso o faz sentir-se melhor...

Ela pegou o livro da mesa, e ele a seguiu pela porta. Do lado de dentro, uma escadaria de pedra descia para mais escuridão, e, no fundo, aguardando, havia outra passagem preenchida por luz ambiente.

Eles desceram.

Abaixo, um corredor se estendia por 15 metros. Havia portas de madeira lisa dos dois lados, e uma esperava.

— Uma cripta? — perguntou ele.

Ela balançou a cabeça.

— Os monges enterram seus mortos no claustro acima. Esta é parte da antiga abadia, da Idade Média. Usada agora para armazenagem. Meu avô passou muito tempo aqui durante a Segunda Guerra Mundial.

— Escondido?

— Por assim dizer.

Ela percorreu o corredor, iluminado por lâmpadas incandescentes grosseiras. Do outro lado da porta fechada, no fim do caminho, encontrava-se uma sala configurada como um museu, com curiosos artefatos de pedra e esculturas de madeira. Talvez quarenta ou cinquenta peças. Tudo estava exposto em poças brilhantes de luz de sódio. Havia mesas enfileiradas do outro lado da sala, também recebendo iluminação do alto. Alguns armários de madeira pintados no estilo bávaro estavam encostados nas paredes.

Ela apontou para as esculturas em madeira, uma variedade de arabescos, crescentes, cruzes, trevos, estrelas, corações, diamantes e coroas.

— Essas saíram das cumeeiras de sítios holandeses. Algumas pessoas chamam isso de artesanato. Meu avô achava que eram muito mais, tendo seu significado sido perdido ao longo do tempo; então, ele as colecionava.

— Depois que acabou a Wehrmacht?

Ele notou a perturbação momentânea dela.

— Meu avô era cientista, não nazista.

— Quantos já tentaram essa frase antes?

Ela pareceu ignorar a provocação.

— O que você sabe sobre os arianos?

— O suficiente para saber que a noção não começou com os nazistas.

— Mais da sua memória eidética?

— Você é uma fonte inesgotável de informações sobre mim.

— Como tenho certeza de que você vai juntar informações sobre mim, se decidir que vale a pena gastar o seu tempo.

De fato.

— O conceito dos arianos — disse ela —, uma raça de pessoas altas, esbeltas e musculosas, com cabelos dourados e olhos azuis, tem origem no século XVIII. Isso foi quando as similaridades entre várias línguas antigas foram notadas por, e você deveria admirar isso, um advogado britânico que trabalhava na Suprema Corte da Índia. Ele estudou sânscrito e viu como esse idioma lembrava o grego e o latim. Cunhou uma palavra, *arya*, do sânscrito, que significa "nobre", para descrever aqueles dialetos indianos. Outros pesquisadores, que começaram a notar as semelhanças entre o sânscrito e outras línguas, começaram a usar *ariano* para descrever esse agrupamento de línguas.

— Você é linguista?

— Longe disso, mas meu avô sabia dessas coisas. — Ela apontou para uma das placas de pedra. Arte parietal. Uma figura humana com esquis. — Isso veio da Noruega. Talvez 4 mil anos de idade. Os outros exemplares que você vê são da Suécia. Círculos, rodas e discos esculpidos. Para meu avô, essa era a língua dos arianos.

— Isso é absurdo.

— Verdade. Mas piora ainda mais.

Ela lhe contou sobre uma nação brilhante de guerreiros que um dia viveram sossegados num vale do Himalaia. Algum acontecimento, havia muito perdido na história, convenceu-os a abandonar seus modos pacíficos e adotar um espírito belicoso. Alguns partiram para o sul e conquistaram a Índia. Outros lançaram-se para o oeste, encontrando as florestas frias e chuvosas do norte da Europa. Pelo caminho, as línguas de populações nativas foram assimiladas ao seu próprio idioma, o que explicava semelhanças posteriores. Esses invasores himalaios não tinham nome. Um crítico literário alemão finalmente lhes deu um em 1808. Arianos. Depois, outro escritor alemão, sem nenhuma qualificação de historiador ou linguista, relacionou os arianos aos nórdicos, concluindo que eram o mesmo povo. Ele escreveu uma série de livros que se tornaram best sellers alemães na década de 1920.

— Absurdo total — disse ela. — Nada baseado em fatos. Então, os arianos são, em essência, um povo mítico, com uma história fictícia e um nome emprestado. Mas nos anos 1930, os nacionalistas apoderaram-se dessa noção romântica. As palavras *ariano*, *nórdico* e *alemão* passaram a ser usadas como sinônimos. Ainda são hoje em dia. A visão dos arianos conquistadores de cabelo louro sensibilizou os alemães, foi um apelo à sua vaidade. Assim, o que começou como uma investigação linguística inofensiva tornou-se um instrumento racial mortal que custou milhões de vidas e motivou os alemães a fazerem coisas que, em outras circunstâncias, jamais teriam feito.

— História antiga — disse ele.

— Vou lhe mostrar algo que não é.

Ela o guiou por entre os objetos expostos até um pedestal que sustentava quatro pedaços de pedra quebrados. Sobre eles havia profundas marcas esculpidas. Ele se inclinou e examinou as letras.

— São como o manuscrito — disse. — Mesma escrita.

— Exatamente a mesma — disse ela.

Ele se levantou.

— Mais runas escandinavas?

— Essas pedras vieram da Antártida.

O livro. As pedras. A escrita desconhecida. O pai dele. O pai dela. NR-1A. Antártida.

— O que você quer?

— Meu avô encontrou essas pedras lá e as trouxe. Meu pai passou a vida tentando decifrá-las e — ela mostrou o livro — estas palavras. Os dois homens foram sonhadores incorrigíveis. Mas para que eu entenda pelo que morreram... para que você saiba por que seu pai morreu... precisamos decifrar o que meu avô chamava de *Karl der Große Verfolgung*.

Ele traduziu em silêncio. A busca de Carlos Magno.

— Como sabe que essas coisas estão ligadas àquele submarino?

— Meu pai não estava lá por acaso. Fazia parte do que estava acontecendo. Na verdade, era a razão pela qual aquilo estava acontecendo. Tenho tentado obter o relatório confidencial sobre o *Blazek* há décadas, sem sucesso. Mas agora você o tem.

— E você ainda não me contou como sabia disso.

— Tenho fontes dentro da Marinha. Disseram-me que sua ex-chefe, Stephanie Nelle, obteve o relatório e ia enviá-lo a você.

— Ainda não explica como sabia que eu estaria naquela montanha hoje.

— Que tal deixarmos esse mistério de lado por enquanto?

— Você enviou aqueles dois para roubarem o relatório?

Ela assentiu.

Malone não gostava da atitude dela, mas, droga, estava intrigado. Estava embaixo de uma abadia bávara, cercado por uma coleção de pedras antigas com marcações estranhas, olhando para um livro, supostamente de Carlos Magno, que não podia ser lido. Se o que Dorothea Lindauer dizia era verdade, poderia muito bem haver uma relação com a morte do pai dele.

Mas lidar com aquela mulher era loucura. Malone não precisava dela.

— Se não se importa, eu passo. — Ele se virou para sair.

— Concordo — disse ela, enquanto ele ia na direção da porta. — Você e eu jamais poderíamos trabalhar juntos.

Ele parou, virou-se e deixou claro:

— Não apronte comigo de novo.

— *Guten abend*, Herr Malone.

TREZE

Wilkerson estava sob os galhos carregados de neve de uma faia, observando a livraria. Ficava dentro de uma galeria de butiques pitorescas, em frente a um calçadão, não muito longe de um tumultuado mercado natalino, onde corpos espremidos e uma iluminação quente de holofotes introduziam um elemento caloroso nas rajadas de vento gelado da noite. O aroma de canela, bolo de gengibre e amêndoas açucaradas pairava no ar seco, junto com o perfume de schnitzes e salsichas quentes. No alto de uma igreja, melodias de Bach partiam de um conjunto de sopro.

Luzes fracas iluminavam a vitrine da livraria e sinalizavam que o proprietário aguardava atenciosamente. A vida de Wilkerson estava prestes a mudar. Seu atual comandante da Marinha, Langford Ramsey, lhe havia prometido que voltaria da Europa com uma estrela de ouro.

Mas ele desconfiava de Ramsey.

Esse era o problema dos negros. Não se podia confiar neles. Ainda se lembrava de quando tinha 9 anos, morando numa cidade pequena no sul do Tennessee, onde homens como seu pai tiravam o sustento fabricando tapetes. Onde negros e brancos um dia viveram separados, e uma mudança na lei e nas atitudes começara a forçar as raças a se juntarem. Numa noite de verão, ele estava enrolado num tapete, brincando. A cozinha ao lado estava cheia de vizinhos, ao que ele fora se arrastando até a porta e ouvira as pessoas que conhecia debaterem sobre o futuro delas. Fora difícil entender por que estavam aflitas; então, na tarde seguinte, quando ele e o pai estavam no quintal, ele indagara sobre o motivo.

— *Eles acabam com o bairro, filho. Os pretos não têm nada que morar aqui.*
Ele criou coragem e perguntou:
— *Não fomos nós que trouxemos eles da África?*
— *E daí? Isso significa que devemos algo a eles? São eles que fazem isso, filho. Lá na tecelagem, nem um só deles é capaz de se manter no emprego. Nada importa, a não ser o que os brancos lhes dão. Gente como eu, e como o resto do pessoal desta rua, trabalha a vida inteira, e eles simplesmente chegam e destroem tudo.*
Ele se lembrou da noite anterior e do que ouvira.
— *Você e os vizinhos vão comprar a casa no fim da rua para demolir e impedir que eles morem por aqui?*
— *Parece a coisa mais inteligente a se fazer.*
— *Vão comprar todas as casas da rua para demolir?*
— *Se for necessário.*

Seu pai estava certo. *Não dá para confiar em nenhum deles.* Especialmente naquele que chegara a se tornar almirante da Marinha dos Estados Unidos e chefe do Gabinete da Inteligência Naval. Mas que opção ele tinha? Seu caminho para o almirantado passava direto por Langford Ramsey.

Olhou para o relógio. Um Toyota de duas portas desceu a rua devagar e estacionou dois estabelecimentos depois da livraria. Uma janela do carro baixou, e o motorista fez um sinal.

Wilkerson vestiu luvas de couro e se aproximou da porta da livraria. Uma batida de leve, e o proprietário destrancou a porta. O tinido de um sino anunciou sua presença quando ele entrou.

— *Guten abend*, Martin — disse ele a um homem atarracado e obeso de bigode preto e cheio.

— Bom vê-lo novamente — disse o homem em alemão.

O proprietário usava a mesma gravata-borboleta e os mesmos suspensórios de pano que usara semanas antes, quando se conheceram. A loja era uma mistura eclética de velho e novo, com ênfase no oculto, e ele tinha a reputação de ser um comerciante discreto.

— Imagino que tenha tido um bom dia de trabalho — disse Wilkerson.

— Na verdade, o movimento foi pequeno. Poucos clientes, mas com a neve e o mercado natalino hoje à noite, as pessoas não estão pensando em livros. — Martin fechou a porta e virou a fechadura.

— Então, talvez eu possa mudar a sua sorte. Hora de concluir nosso negócio.

Nos últimos três meses, aquele alemão havia atuado como um canal, adquirindo uma variedade de livros e documentos raros em diferentes fontes, todos sobre o mesmo assunto e, esperava-se, sem que ninguém notasse.

Ele seguiu o homem, atravessando uma cortina esfarrapada até os fundos da loja. Durante a primeira visita, ficara sabendo que no início do século XX o prédio havia sido um banco. Um cofre fora deixado ali, e Wilkerson viu o alemão girar o disco, liberar as tranquetas e abrir aos poucos a pesada porta de ferro.

Martin entrou e puxou a corrente da lâmpada descoberta.

— Fiquei trabalhando nisso quase o dia todo.

Caixas estavam empilhadas no centro. Wilkerson examinou o conteúdo da que estava no alto. Cópias do *Germanien*, uma publicação mensal sobre arqueologia e antropologia editada pelos nazistas na década de 1930. Outra caixa tinha volumes com encadernação de couro, intitulados *A pesquisa e a sociedade educacional, Ahnenerbe: evolução, essência, efeito*.

— Esses foram presenteados a Adolf Hitler por Heinrich Himmler no aniversário de 50 anos do *Führer* — disse Martin. — Um golpe de sorte tê-los conseguido. E relativamente baratos também.

As demais caixas continham mais periódicos, correspondências, tratados e documentos de antes, durante e depois da guerra.

— Tive sorte de encontrar vendedores que queriam dinheiro. Estão cada vez mais difíceis de achar. O que me faz lembrar do meu pagamento.

Wilkerson retirou um envelope de dentro do casaco e entregou-o ao homem.

— Dez mil euros, conforme o combinado.

O alemão contou as notas, visivelmente satisfeito.

Saíram do cofre e voltaram para a parte da frente da livraria. Martin chegou à cortina primeiro e virou-se de repente, uma arma apontada direto para Wilkerson.

— Não sou amador. Mas seu chefe, seja lá quem for, deve achar que sou.

Wilkerson tentou se livrar da expressão de confusão que tinha no rosto.

— Aqueles homens lá fora. Por que estão aqui?

— Para me ajudar.

— Fiz conforme pediu, comprei o que você queria e não deixei nenhum vestígio que levasse a você.

— Então, não tem nada com que se preocupar. Vim apenas pegar as caixas.

Martin agitou o envelope.

— É o dinheiro?

Ele deu de ombros.

— Eu diria que não.

— Diga a quem quer que esteja financiando esta compra que eles deveriam me deixar em paz.

— Como sabe que não sou eu quem a está financiando?

Martin examinou-o.

— Alguém está usando você. Ou, pior, você está se vendendo. Tem sorte por eu não atirar em você.

— Por que não atira?

— Não há necessidade de desperdiçar uma bala. Você não é ameaça. Mas diga ao seu protetor para me deixar em paz. Agora, pegue as suas caixas e vá.

— Vou precisar de ajuda.

Martin balançou a cabeça.

— Aqueles dois vão ficar no carro. Leve as caixas sozinho. Mas saiba: um truque, e eu mato você.

CATORZE

DOROTHEA LINDAUER OLHAVA PARA AS BRILHANTES PEDRAS CINZA-AZULADAS supostamente transportadas da Antártida até lá por seu avô. Ao longo dos anos, ela raramente visitara a abadia. Essas obsessões sempre significaram pouco para ela. E, enquanto acariciava a superfície áspera, passando os dedos pelas letras estranhas que o avô e o pai haviam lutado para entender, agora ela tinha certeza.

Imbecis. Os dois.

Especialmente o avô.

Hermann Oberhauser nascera numa família aristocrática de políticos reacionários, ferrenhos em suas crenças, incompetentes para fazer algo quanto a elas. Apegara-se ao movimento antipolonês que tomou conta da Alemanha no início da década de 1930, levantando fundos para combater a odiada República de Weimar. Quando Hitler subiu ao poder, Hermann adquiriu uma firma de propaganda, vendeu espaço editorial para os nacional-socialistas por pechinchas e auxiliou a ascensão dos camisas-pardas de terroristas a líderes. Depois, abriu uma cadeia de jornais e chefiou o Partido Popular Nacional Alemão, que acabou aliando-se aos nazistas. Também teve três filhos. Dois não chegaram a ver o fim da guerra, tendo um morrido na Rússia e o outro, na França. O pai de Dorothea sobreviveu apenas porque era jovem demais para lutar. Depois da paz, o avô tornou-se uma das incontáveis almas desapontadas que tinham feito Hitler ser o que foi e sobreviveram para aguentar a vergonha. Ele perdeu os jornais, mas, por sorte, manteve as fábricas de papel, a refinaria de petróleo e outros negócios, que foram usados pelos Aliados, de modo que seus pecados, se não foram perdoados, foram convenientemente esquecidos.

Seu avô também proclamava um orgulho irracional de sua herança teutônica. Estava encantado com o nacionalismo alemão, concluindo que a civilização ocidental se encontrava à beira do colapso e que sua única esperança residia na recuperação de verdades havia muito perdidas. Como ela havia contado a Malone, no fim dos anos 1930 ele notara estranhos símbolos na cumeeira de sítios holandeses e passara a acreditar que eram, junto com a arte parietal da Suécia e da Noruega, e as pedras da Antártida, um tipo de hieróglifo ariano.

A mãe de todas as escritas.

A língua dos céus.

Absurdo total, mas os nazistas adoravam ideias românticas assim. Em 1931, 10 mil homens faziam parte da SS, que Himmler acabou transformando numa elite racial de jovens arianos. Seu Departamento de Raça e Colonização determinava de forma meticulosa se um candidato era geneticamente apto para tornar-se membro. Depois, em 1935, Himmler deu um passo adiante e criou um grupo de especialistas dedicado à reconstrução de um passado de ouro ariano.

A missão do grupo era dividida em duas partes: descobrir evidências de ancestrais alemães até a Idade da Pedra Lascada e transmitir as descobertas para o povo alemão.

Um longo rótulo forneceu credibilidade à suposta importância do projeto. *Deutsches Ahnenerbe: Studiengesellschaft für Geistesurgeschichte.* Ou Herança ancestral alemã: a sociedade para o estudo da história das ideias primevas. Ou, mais simplesmente, a Ahnenerbe. Algo herdado dos antepassados. Centro e trinta e sete acadêmicos e cientistas, mais

82 cineastas, fotógrafos, artistas, escultores, bibliotecários, técnicos, contadores e secretários.

Chefiados por Hermann Oberhauser.

E enquanto seu avô se dedicava à ficção, os alemães morriam aos milhões. Hitler acabou demitindo-o da Ahnenerbe e o humilhando publicamente, assim como toda a família Oberhauser. Foi quando se refugiou aqui, na abadia, seguro atrás dos muros protegidos pela religião, e tentou se reabilitar.

Mas nunca conseguiu.

Dorothea se lembrava do dia em que ele morreu.

— *Papa. — Ela se ajoelhou ao lado da cama e apertou a mão frágil.*

O velho abriu os olhos, mas não disse nada. Havia perdido toda a lembrança dela muito tempo antes.

— *Nunca é hora de desistir — disse ela.*

— *Deixe-me desembarcar. — As palavras saíam junto com a respiração, e ela precisava se esforçar para escutá-lo.*

— *Papa, o que está dizendo?*

Os olhos dele estavam vidrados, e o olhar incerto era desconcertante. Ele balançou a cabeça devagar.

— *Você quer morrer? — perguntou ela.*

— *Preciso desembarcar. Diga ao comandante.*

— *Como assim?*

Ele balançou a cabeça novamente.

— *O mundo deles. Acabou. Tenho de desembarcar.*

Ela começou a falar, para reconfortá-lo, mas a mão dele relaxou e seu peito estremeceu. Em seguida, ele abriu a boca lentamente e disse:

— *Heil... Hitler.*

Ela sentia um arrepio na espinha toda vez que pensava nessas palavras finais. Por que ele se sentira impelido, em seu último alento, a proclamar uma aliança com o mal?

Infelizmente, ela nunca saberia.

A porta do recinto subterrâneo se abriu, e a mulher do bonde retornou. Dorothea a viu caminhar confiante entre os objetos expostos. Como as coisas haviam chegado a esse ponto? O avô morrera sendo nazista, o pai perdera-se como um sonhador.

Agora, ela estava prestes a repetir tudo isso.

— Malone se foi — disse a mulher. — Saiu de carro. Preciso do meu dinheiro.

— O que aconteceu na montanha hoje? Seu parceiro não deveria ter sido morto.

— As coisas saíram do controle.

— Vocês chamaram muita atenção para algo que não era para ser notado.

— Deu certo. Malone veio, e vocês conseguiram ter a conversa que você queria.

— Você pode ter colocado tudo em risco.

— Fiz o que me pediu e quero receber. E quero a parte de Erik. Ele definitivamente fez por merecer.

— A morte dele não significa nada para você?

— Ele exagerou e pagou o preço.

Dorothea havia parado de fumar dez anos antes, mas recomeçara recentemente. A nicotina parecia acalmar seus nervos constantemente à flor da pele. Foi até um dos armários pintados, achou um maço e ofereceu um para a convidada.

— *Danke* — disse a mulher, aceitando.

Ela sabia, desde o primeiro encontro, que a mulher fumava. Escolheu um cigarro para si, encontrou fósforos e acendeu os dois.

A mulher deu duas tragadas profundas.

— Meu dinheiro, por favor.

— Claro.

Ela viu os olhos mudarem primeiro. Um olhar fixo e pensativo foi substituído por medo repentino, dor e, então, desespero. Os músculos do rosto da mulher enrijeceram, indicando sofrimento. Dedos e lábios soltaram o cigarro, e as mãos seguraram a garganta. A língua apareceu fora da boca, enquanto ela engasgava, buscando ar e não encontrando nenhum.

Sua boca espumou.

Conseguiu uma última respiração, tossiu, tentou falar, então o pescoço relaxou, e o corpo desabou.

Na lufada do último ar que exalou, havia um toque de amêndoa amarga.

Cianureto. Habilidosamente adicionado ao tabaco.

Interessante como a mulher morta trabalhara para pessoas de quem nada sabia. Nunca fizera uma única pergunta. Dorothea não cometera o mesmo erro. Verificara tudo sobre seus aliados. A mulher morta era simples — o dinheiro a motivava —, mas Dorothea não poderia correr o risco de ter uma língua solta.

Cotton Malone? Ele poderia ser outra história.

Pois algo lhe dizia que seu assunto com ele não havia acabado.

QUINZE

RAMSEY RETORNOU AO CENTRO NACIONAL DE INTELIGÊNCIA MARÍTIMA, QUE abrigava a inteligência naval. Foi cumprimentado dentro do escritório particular por seu chefe de gabinete, um ambicioso capitão de mar e guerra chamado Hovey.

— O que aconteceu na Alemanha? — perguntou Ramsey de imediato.

— O arquivo do NR-1A foi passado para Malone no Zugspitze, como planejado, mas depois criou-se um caos na descida do bonde.

Ele ouviu a explicação de Hovey sobre o que acontecera, então perguntou:

— Onde está Malone?

— O GPS do carro que alugou mostra que ele foi para todo canto. Ficou no hotel por um tempo, depois saiu para um lugar chamado Mosteiro de Ettal, que fica a cerca de 14 quilômetros ao norte de Garmisch. O último relatório dizia que ele estava na estrada de volta para Garmisch.

Eles haviam sido precavidos e marcado o carro de Malone, o que lhes permitia o luxo da monitoração via satélite. Ramsey se sentou atrás da escrivaninha.

— E Wilkerson?

— O babaca acha que é muito esperto — disse Hovey. — Perseguiu Malone sem muito cuidado, esperou um pouco em Garmisch, depois foi de carro até Füssen e encontrou um dono de livraria. Tinha dois ajudantes esperando num carro. Levaram caixas.

— Ele incomoda você, não?

— Dá muito mais trabalho do que vale. Precisamos liberá-lo.

Ramsey havia sentido certo desagrado antes.

— Onde vocês dois se cruzaram antes?

— Sede da Otan. Ele quase me custou a patente. Por sorte, meu comandante também odiava o babaca puxa-saco.

O almirante não tinha tempo para picuinhas e ciúmes.

— Sabemos o que Wilkerson está fazendo agora?

— Provavelmente, decidindo quem poderá ajudá-lo mais: nós ou eles.

Quando soube que Stephanie Nelle havia adquirido o relatório de inquérito do NR-1A e seu destino pretendido, ele imediatamente enviara freelancers para o Zugspitze, sem informar Wilkerson sobre a presença deles. O chefe da estação de Berlim achava que ele era o único ativo na área e havia sido instruído a ficar de olho em Malone e mandar notícia.

— Wilkerson ligou?

Hovey balançou a cabeça.

— Nem uma única palavra.

O interfone tocou, e Ramsey ouviu a secretária dizer que a Casa Branca estava na linha. Dispensou Hovey e atendeu o telefone.

— Temos um problema — disse Diane McCoy.

— Como *nós* podemos ter um problema?

— Edwin Davis está agindo por conta própria.

— O presidente não pode refreá-lo?

— Não se não quiser.

— Você percebeu isso?

— Consegui fazer com que Daniels conversasse com ele, mas tudo o que fez foi ouvir uma lenga-lenga sobre a Antártida e depois dizer "tenha um bom dia" e desligar o telefone.

Ramsey pediu detalhes, e ela explicou o que havia acontecido. Então ele perguntou:

— Nosso inquérito sobre o arquivo de Zachary Alexander não significou nada para o presidente?

— Parece que não.

— Talvez precisemos aumentar a pressão. — O que era precisamente o motivo pelo qual despachara Charlie Smith.

— Davis está apostando todas as fichas em Stephanie Nelle.

— Ela é peso-leve.

O Setor Magalhães gostava de se pensar como parte ativa no jogo da espionagem internacional. Estava longe de ser. Doze advogados? De jeito nenhum. Nenhum deles valia nada. Cotton Malone? Ele era diferente. Mas estava aposentado, preocupado apenas com o pai. Na verdade, devia estar louco da vida naquele exato momento, e nada obscurecia mais a razão do que a raiva.

— Nelle não será um empecilho.

— Davis foi direto para Atlanta. Ele não é impulsivo.

Verdade, mas, ainda assim:

— Ele não conhece o jogo, as regras nem as apostas.

— Percebe que ele provavelmente está indo até Zachary Alexander?

— Mais alguma coisa?

— Não vá estragar tudo.

Ela podia ser a conselheira de segurança nacional, mas ele não era nenhum subalterno para receber ordens.

— Vou tentar.

— A corda também está no seu pescoço. Tenha um bom dia, almirante.

E ela desligou.

A coisa estava ficando arriscada. Quantos balões ele ia conseguir segurar debaixo d'água ao mesmo tempo? Conferiu as horas.

Pelo menos um balão estava prestes a estourar.

Olhou para o *New York Times* do dia anterior na escrivaninha, e uma matéria na seção nacional relativa a David Sylvian, um almirante de quatro estrelas e vice-presidente dos chefes do Estado-Maior Conjunto. Trinta e sete anos de serviço militar. Cinquenta e nove anos de idade. No momento, hospitalizado devido a um acidente de motocicleta uma semana antes, graças ao gelo negro em uma autoestrada em Virgínia. Esperava-se a recuperação dele, mas o estado indicado era grave. Havia uma citação da Casa Branca desejando melhoras ao almirante. Sylvian era campeão em cortar gastos e havia reformulado totalmente o orçamento e os procedimentos de aquisições do Pentágono. Submarinista. Benquisto. Respeitado.

Um obstáculo.

Ramsey não sabia quando sua hora ia chegar, mas agora que chegara, ele estava pronto. Durante a semana anterior, tudo se encaixara. Charlie Smith cuidaria das coisas ali.

Hora de ir para a Europa.

Pegou o telefone e discou um número internacional.

A outra linha foi atendida após o quarto toque. Ele perguntou:

— Como está o tempo aí?

— Nublado, frio e deprimente.

Resposta correta. Estava falando com a pessoa certa.

— Aquelas remessas de Natal que encomendei, quero que sejam cuidadosamente embrulhadas e entregues.

— De um dia para o outro ou postagem normal?

— De um dia para o outro. Os feriados estão chegando.

— Podemos resolver isso dentro de uma hora.

— Maravilha.

Ele desligou.

Sterling Wilkerson e Cotton Malone logo estariam mortos.

PARTE 2

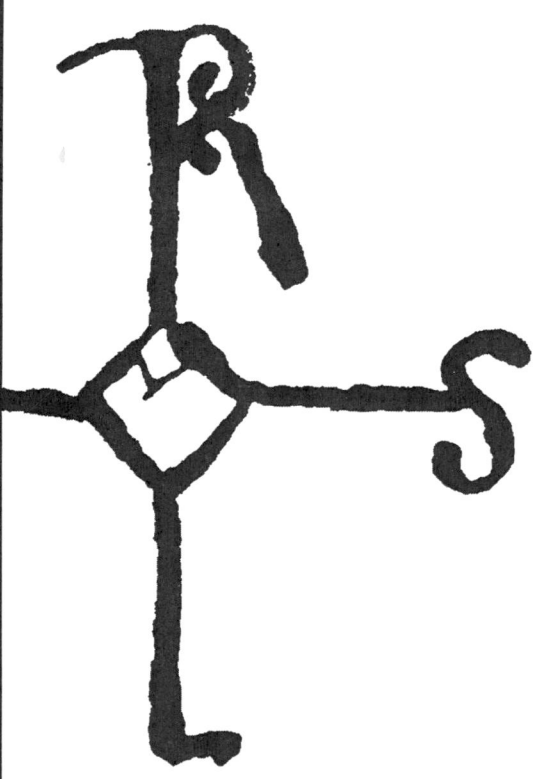

DEZESSEIS

CHARLIE SMITH OLHOU DE RELANCE PARA OS MINÚSCULOS PONTEIROS FLUORES-
centes de seu relógio de colecionador de Indiana Jones, depois olhou
pelo para-brisa do Hyundai estacionado. Ele ficara contente com a
chegada da primavera e a mudança do tempo. Tinha uma espécie de
reação psicológica no inverno. Isso havia começado quando ele era
adolescente, mas piorara quando morava na Europa. Charlie viu uma
matéria sobre o distúrbio no *Inside Edition*. Noites longas, pouco sol,
temperaturas gélidas.

Deprimente até não poder mais.

A entrada principal do hospital podia ser vista a 30 metros de distância. O retângulo coberto de estuque cinza tinha três andares. O arquivo no assento do passageiro estava aberto, pronto para consultas,
mas a atenção de Smith voltou-se para o iPhone e um episódio de *Jornada nas estrelas* que ele havia baixado. Kirk e um alienígena que parecia um lagarto lutavam num asteroide desabitado. Ele tinha visto cada
um dos 79 episódios originais tantas vezes que geralmente sabia a fala
seguinte do diálogo. E por falar em gatinhas, Uhura era gostosa mesmo. Ele viu o lagarto alienígena encurralar Kirk, mas tirou os olhos da

tela quando duas pessoas empurraram as portas da frente e andaram até um Ford híbrido cor de café.

Comparou o número da placa com o arquivo.

O veículo pertencia à filha e ao marido dela.

Outro homem saiu do hospital — 30 e poucos anos, cabelo meio ruivo — e seguiu para um utilitário da Toyota cor de zinco.

Verificou a placa. O filho.

Uma mulher mais velha veio atrás. A esposa. Seu rosto batia com o da foto em preto e branco do arquivo.

Que alegria estar preparado.

Kirk correu do lagarto como um doido, mas Smith sabia que ele não iria muito longe. O tudo ou nada estava prestes a acontecer.

O mesmo aqui. O quarto 245 deveria estar vazio agora.

Ele sabia que o hospital era uma instalação regional, com as duas salas de operação sendo utilizadas dia e noite, e o pronto-socorro acomodando unidades de emergência de pelo menos quatro países diferentes. Muita atividade, o que permitiria a Smith, vestido de enfermeiro, deslocar-se lá dentro com facilidade.

Ele saiu do carro e foi até a entrada principal. O balcão da recepção estava vazio. Ele sabia que o funcionário saía às 17 horas e só voltava às 7 horas do dia seguinte. Alguns visitantes caminhavam na direção do estacionamento. O horário de visitas acabava às 17 horas, mas o arquivo o havia lembrado que a maioria das pessoas não saía até quase 18 horas.

Passou pelos elevadores, seguiu pelo lustroso piso em mosaico até o outro lado do piso térreo e parou na lavanderia. Cinco minutos depois, saía do elevador no segundo andar pisando com firmeza, as solas de borracha dos sapatos de enfermeiro silenciosas sobre o chão brilhante. Os corredores à esquerda e à direita estavam sossegados, com as portas dos quartos ocupados fechadas. O posto de enfermagem logo à frente estava ocupado por duas mulheres mais velhas, sentadas e trabalhando com arquivos.

Ele carregava uma pilha de lençóis cuidadosamente dobrados. Na lavanderia do andar de baixo, ficara sabendo que os quartos 248 e 250, os mais próximos do 245, estavam precisando de lençóis novos.

As únicas decisões difíceis que enfrentara o dia todo haviam surgido quando ele tivera de decidir o que colocar no iPhone e a que método de morte recorreria. Por sorte, o computador principal do hospital fornecera acesso conveniente aos registros médicos dos pacientes. Embora houvesse trauma interno suficiente para justificar parada cardíaca ou falência hepática — dois de seus mecanismos favoritos —, pressão baixa parecia ser a preocupação atual dos médicos. O medicamento para contornar o problema já havia sido prescrito, mas uma observação indicava que eles estavam esperando a manhã para administrar a dosagem, para dar tempo ao paciente de recuperar as forças.

Perfeito.

Ele já havia verificado a lei da Virgínia a respeito de necropsias. A menos que a morte resultasse de um ato de violência, por meio de suicídio, de forma repentina apesar de um bom estado de saúde, não atendida por um médico, ou de qualquer maneira incomum ou suspeita, não haveria necropsia.

Ele adorava quando as regras funcionavam a seu favor.

Entrou no quarto 248 e jogou os lençóis sobre o colchão vazio. Fez a cama rapidamente, puxando firme nos cantos. Em seguida, voltou a atenção para o outro lado do corredor. Uma olhada para os dois lados confirmou que tudo estava tranquilo.

Com três passos, entrou no quarto 245.

Um arranjo de baixa voltagem lançava luz fria e branca sobre a parede revestida com papel. O monitor cardíaco emitia bipes. O aparelho para respiração sussurrava. O posto de enfermagem monitorava ambos constantemente, de modo que ele tomou cuidado para não alterar nenhum dos dois.

O paciente estava na cama — crânio, rosto, braços e pernas totalmente enfaixados. De acordo com os registros, quando levado ao hospital pela ambulância e encaminhado direto para a emergência, havia
traumatismo craniano, lesões intestinais e lacerações. Milagrosamen-
te, no entanto, a medula espinhal não tinha sido afetada. A cirurgia
levara três horas, principalmente para tratar dos ferimentos internos e
suturar as lacerações. A perda de sangue tinha sido significativa, e por
algumas horas a situação esteve crítica. Mas a esperança acabou se
concretizando, e o estado oficial passou de grave a estável.

Ainda assim, aquele homem tinha de morrer.

Por quê? Smith não fazia ideia. Nem se importava.

Colocou luvas de látex e encontrou a seringa no bolso. O computador do hospital também fornecera dados relevantes, de modo que a
seringa hipodérmica pudera ser previamente carregada com a quantidade adequada de nitroglicerina.

Após alguns esguichos, inseriu a agulha chanfrada no injetor em Y
suspenso ao lado da cama. Não havia perigo de detecção, uma vez que
a nitroglicerina seria metabolizada no corpo quando o homem morresse, sem deixar vestígios.

Uma morte instantânea, ainda que preferível, desencadearia sinais
nos monitores e traria as enfermeiras. Smith precisava de tempo para
sair e sabia que a morte do almirante de esquadra David Sylvian aconteceria em cerca de meia hora. Seria impossível descobrirem algo sobre sua presença então, uma vez que ele estaria longe, sem uniforme,
a caminho do compromisso seguinte.

DEZESSETE

Malone entrou novamente no Posthotel. Deixara o mosteiro e dirigira direto para Garmisch, com um nó na garganta. Não conseguia parar de visualizar os tripulantes do NR-1A, presos no fundo de um oceano congelado, com a esperança de que alguém os salvasse.

Mas ninguém os salvou.

Stephanie não voltara a ligar, e ele estava tentado a entrar em contato, mas sabia que ela ligaria quando tivesse algo a dizer.

A mulher, Dorothea Lindauer, era um problema. Seria possível que seu pai realmente estivesse a bordo do NR-1A? Caso contrário, como ela saberia o nome do homem no relatório? Embora o manifesto sobre a tripulação tivesse feito parte de um pronunciamento oficial divulgado após o naufrágio, Malone não se lembrava de nenhuma menção a Dietz Oberhauser. Tudo indicava que a presença do alemão no submarino não deveria chegar ao conhecimento público, independentemente das outras inúmeras mentiras que tinham sido veiculadas.

O que estava acontecendo ali? Nada daquela estada na Baviera parecia ser bom.

Exausto, subiu com esforço a escadaria de madeira. Um descanso seria bem-vindo. No dia seguinte, resolveria as coisas. Olhou para o corredor. A porta de seu quarto estava entreaberta. As chances de qualquer folga desapareceram.

Segurou firme a arma que estava no bolso e seguiu devagar pela passadeira colorida que cobria o piso de madeira, tentando minimizar os rangidos que não paravam de anunciar sua presença.

A geografia do quarto surgiu em sua mente. A porta abria para um nicho que ia dar num banheiro espaçoso. À direita ficava a seção principal, que acomodava uma cama de casal, uma escrivaninha, algumas mesinhas, uma televisão e duas cadeiras.

Talvez os donos da hospedaria tivessem simplesmente esquecido de fechar a porta. Era possível, mas depois do que acontecera hoje ele não se arriscaria mais. Parou e, com a arma, empurrou a porta para dentro, notando que as luzes estavam acesas.

— Está tudo bem, Sr. Malone — disse uma voz feminina.

Ele espiou pelo batente da porta.

Uma mulher alta e bem-proporcionada, com cabelo loiro-acinzentado nos ombros, estava do outro lado da cama. Pele suave como manteiga revestia as feições delicadas de um rosto liso, esculpido quase à perfeição.

Ele já a havia visto antes.

Dorothea Lindauer?

Não.

Não exatamente.

— Sou Christl Falk — disse ela.

STEPHANIE ESTAVA NO ASSENTO DA JANELA, E EDWIN DAVIS, AO LADO DELA, NO do corredor, quando o voo da Delta, partindo de Atlanta, começou a se aproximar do Aeroporto Internacional de Jacksonville. Abaixo, estendia-se o limite leste da Reserva Nacional de Vida Selvagem de Okefenokee, a vegetação do pântano de águas negras encoberta por um folheado marrom de inverno. Ela havia deixado Davis sozinho com seus pensamentos durante o voo de cinquenta minutos, mas tudo tinha limite.

— Edwin, por que não me diz a verdade?

A cabeça dele estava apoiada no encosto, seus olhos, fechados.

— Eu sei. Meu irmão não estava naquele submarino.

— Por que mentiu para Daniels?

Davis se ergueu.

— Tive de mentir.

— Não é do seu feitio.

Ele a encarou.

— É mesmo? Mal nos conhecemos.

— Então, por que estou aqui?

— Porque é honesta. Ingênua pra caramba às vezes. Teimosa. Mas sempre honesta. Isso é digno de nota.

Stephanie ficou pensando no cinismo dele.

— O sistema é corrupto, Stephanie. Até a medula. Para todo lugar que você olha, o governo está contaminado.

Ela estava confusa sobre aonde o assunto ia chegar.

— O que você sabe sobre Langford Ramsey? — perguntou ele.

— Não gosto dele. Acha que todo mundo é idiota e que o serviço de inteligência não sobreviveria sem ele.

— Ele é chefe da inteligência naval há nove anos. Isso é inédito. Mas quando chega a hora de mudar o turno, eles permitem que fique.

— Isso é um problema?

— Com certeza. Ramsey tem ambições.

— Parece que você o conhece.

— Mais do que eu gostaria.

— *Edwin, pare* — disse Millicent.

Ele estava segurando o telefone, discando o número da polícia. Ela puxou o fone de sua mão e colocou-o no gancho.

— *Deixe quieto* — disse ela.

Davis olhou fixamente nos olhos escuros dela. Seu lindo cabelo longo e castanho estava despenteado. O rosto parecia delicado como sempre, mas perturbado. Eles eram parecidos sob muitos aspectos. Inteligentes, dedicados, leais. Só eram diferentes na raça — ela, um belo exemplo de genes africanos, ele, o puro protestante anglo-saxão branco. Ele se sentira atraído por ela nos primeiros dias após sua nomeação para oficial de ligação do Departamento de Estado do capitão de mar e guerra Langford Ramsey, trabalhando na sede da Otan em Bruxelas.

Ele acariciou suavemente o hematoma recente na coxa dela.

— *Ele bateu em você.* — Foi difícil dizer as palavras seguintes: — *De novo.*

— *É o jeito dele.*

Ela era capitã-tenente, nascida numa família da Marinha, quarta geração, e assistente de Langford Ramsey havia dois anos. Amante de Ramsey durante um.

— *Ele vale isso?* — perguntou.

Ela se afastou do telefone, apertando o robe com força. Havia ligado meia hora antes, pedindo para que ele fosse ao seu apartamento. Ramsey acabara de sair. Davis não sabia por que sempre ia quando ela chamava.

— *Ele não faz por mal* — disse ela. — *Não consegue vencer seu temperamento. Não gosta de ser rejeitado.*

Davis sentiu uma dor ao pensar nos dois juntos, mas ouviu, sabendo que ela precisava aliviar-se da falsa culpa.

— *Ele precisa ser denunciado.*

— *Não adiantaria nada. É um homem em ascensão, Edwin. Tem amigos. Ninguém se importaria com o que eu tenho a dizer.*

— *Eu me importo.*

Millicent o examinou com um olhar ansioso.

— *Ele me disse que nunca mais faria isso.*

— *Ele disse isso da última vez.*

— *A culpa foi minha. Eu o empurrei. Não deveria, mas empurrei.*

Ela se sentou no sofá e fez um gesto para que ele se sentasse ao seu lado. Quando ele se sentou, ela apoiou a cabeça no seu ombro e, alguns minutos depois, adormeceu.

— Ela morreu seis meses depois — disse Davis, com uma voz distante.

Stephanie permaneceu em silêncio.

— Teve uma parada cardíaca. As autoridades de Bruxelas disseram que provavelmente era genético. — Davis fez uma pausa. — Ramsey havia batido nela mais uma vez, três dias antes. Sem deixar marcas. Só alguns socos bem posicionados. — Ficou quieto. — Pedi para ser transferido depois disso.

— Ramsey sabia o que você sentia por ela?

Davis deu de ombros.

— Eu não sei bem o que eu sentia. Mas duvido que ele se importasse. Eu tinha 38 anos, trabalhava para crescer no Departamento de Estado. O serviço diplomático é muito parecido com o militar. Você executa as tarefas que recebe. Mas, como eu disse antes a respeito do falso irmão, eu prometi a mim mesmo que se algum dia estivesse em posição de foder com Ramsey, eu o faria.

— O que Ramsey tem a ver com isto?

Davis recostou a cabeça no encosto da poltrona. O avião manobrou em preparação para o pouso.

— Tudo.

DEZOITO

BAVIERA
22h30

WILKERSON REDUZIU A MARCHA E A VELOCIDADE DO VOLVO. A RODOVIA DESCIA por um vale alpino, entre mais cadeias de montanhas altíssimas. A neve aparecia na escuridão e era afastada pelos limpadores de para-brisa. Estava 14 quilômetros ao norte de Füssen, nas florestas negras da Baviera, não muito longe de Linderhof, um dos castelos de contos de fadas do rei louco Luís II.

Chegou a um cruzamento na estrada e entrou numa travessa esbu-racada que passava entre as árvores, cercado por uma quietude oníri-ca. A casa grande surgiu no campo de visão. Típica da região. Telhado com cumeeira, cores vivas, paredes de pedra, argamassa e madeira. As venezianas verdes das janelas do térreo estavam fechadas, assim como ele as deixara mais cedo naquele dia.

Estacionou e saiu do carro. Foi até a porta da frente, a neve rangendo sob a sola de seus sapatos. Lá dentro, acendeu algumas luzes e atiçou as brasas que ele deixara na lareira. Em seguida, voltou ao carro e carregou as caixas de Füssen para dentro, guardando-as num armário da cozinha.

Essa tarefa agora estava completa.

Foi até a porta da frente e ficou olhando para a noite e a neve.

Teria de informar Ramsey em breve. Haviam dito a ele que, em um mês, ele seria transferido para Washington, passaria a ficar dentro da sede da inteligência naval, em um alto nível administrativo. Seu nome seria enviado na próxima leva de oficiais desejosos de chegar ao almirantado, e Ramsey prometera que, então, ele estaria em posição de garantir um resultado auspicioso.

Mas seria esse o caso?

Não tinha escolha senão ter esperança. Parecia que, ultimamente, toda a sua vida dependia dos outros.

E nada quanto a isso parecia bom.

As brasas que queimavam na lareira estavam chiando. Ele precisava pegar lenha nova na pilha ao lado da casa. Um fogo forte seria necessário mais tarde.

Abriu a porta da frente.

Uma explosão perturbou a noite.

Instintivamente, protegeu o rosto de um clarão súbito de luz intensa e uma rápida erupção de calor abrasador. Wilkerson ergueu a cabeça e viu o Volvo em chamas, pouco restando além do chassi queimando, as chamas devorando o metal.

Percebeu um movimento na escuridão. Duas formas. Indo na direção dele. Com armas.

Ele bateu a porta.

O vidro de uma das janelas foi estilhaçado e algo bateu com um baque surdo no assoalho de madeira. Seu olhar fixou-se no objeto. Uma granada. Configuração soviética. Correu para o quarto ao lado exatamente quando a peça explodiu. As paredes do chalé pareciam ser bem construídas — a divisória entre os quartos neutralizou a explosão —, mas ele ouviu o vento rodopiando dentro do que antes era um recanto aconchegante. A detonação certamente havia aniquilado uma parede externa.

Ele conseguiu se equilibrar e ficou agachado.

Era possível ouvir vozes. Do lado de fora. Dois homens. Um de cada lado da casa.

— Procure o corpo — um deles disse em alemão.

Wilkerson ouviu alguém perambulando pelo cascalho negro, e um facho de lanterna cortou a escuridão. Os agressores não faziam nenhum esforço para encobrir sua presença. O oficial firmou o corpo contra a parede.

— Alguma coisa? — perguntou um dos homens.

— *Nein.*

— Avance mais.

Wilkerson se preparou.

Um raio de luz estreito passou pela porta. Em seguida, a lanterna entrou no quarto, seguida por uma arma. Ele esperou o homem entrar e agarrou a arma, enfiando o punho em sua mandíbula e arrancando-lhe a arma.

O sujeito cambaleou para a frente, a lanterna ainda na mão. Wilkerson não perdeu tempo. Enquanto seu agressor tentava retomar o equilíbrio, o oficial atirou uma vez no peito do homem e apontou a arma quando outro facho de luz foi esquadrinhando em sua direção.

Um objeto preto zuniu pelo ar e bateu no chão.

Mais uma granada.

Ele mergulhou por cima de um divã e rolou o móvel por cima de si no momento em que a bomba explodiu e os escombros desabaram. Mais janelas e uma parede foram estouradas, e o frio implacável da noite invadiu. O triângulo formado pelo divã derrubado protegeu-o da detonação, e Wilkerson achou que tinha escapado do pior, quando ouviu um estalo e uma das vigas do teto desabou sobre ele.

Por sorte, não o prendeu.

O homem com a lanterna se aproximou, vacilante.

No ataque, Wilkerson perdera a arma, então procurou pela escuridão. Ao avistá-la, saiu empurrando os escombros e rastejando.

O agressor entrou no quarto, desviando dos entulhos.

Uma bala ricocheteou no chão bem na frente de Wilkerson.

Ele correu para trás de mais fragmentos enquanto outra bala tentava encontrá-lo. Estava ficando sem opção. A arma estava longe demais. O vento frio fustigava seu rosto. O facho da lanterna o encontrou.

Droga. Xingou a si mesmo, depois Langford Ramsey.

Um barulho de tiro estourou.

O facho da lanterna sacudiu, depois os raios de luz se espalharam para todos os lados.

Um corpo bateu no chão.

Depois, silêncio.

Ele se ergueu e avistou uma silhueta obscurecida — alta, formosa, feminina — na entrada da cozinha, o contorno de uma escopeta nos braços.

— Você está bem? — perguntou Dorothea Lindauer.

— Belo tiro.

— Vi que estava tendo problemas.

Ele foi até Lindauer e fitou-a em meio à escuridão.

— Acho que isso tira todas as dúvidas que você poderia ter sobre seu almirante Ramsey e as intenções dele — disse ela.

Ele assentiu e respondeu:

— De agora em diante, faremos as coisas do seu jeito.

DEZENOVE

Malone balançou a cabeça. Gêmeas? Fechou a porta.

— Acabei de conhecer sua irmã. Eu me perguntei por que ela me deixou ir embora tão facilmente. Vocês duas não podiam falar comigo juntas?

Christl Falk balançou a cabeça.

— Não nos falamos muito.

Agora ele estava confuso.

— Mas estão trabalhando juntas.

— Não, não estamos. — O inglês dela, diferentemente do da irmã, não tinha nenhum traço de alemão.

— Então, o que você está fazendo aqui?

— Ela o atraiu hoje. Você pegou a isca. Eu me perguntei por quê. Planejei encontrá-lo quando você voltasse da montanha, mas pensei melhor depois do que aconteceu.

— Você viu?

Christl assentiu.

— Depois, eu o segui até aqui.

Em que diabos ele havia se metido?

— Não tive nada a ver com o que aconteceu — esclareceu ela.

— A não ser pelo fato de que sabia o que aconteceria com antecedência.

— Só sabia que você estaria lá. Nada mais.

Malone decidiu ir direto ao assunto:

— Quer saber sobre seu pai também?

— Quero.

Ele se sentou na cama e deixou o olhar correr até o outro extremo do quarto e o banco de madeira embutido abaixo das janelas, de onde estivera falando com Stephanie quando avistara a mulher do bonde. O relatório sobre o *Blazek* ainda estava onde ele o havia deixado. Será que a visitante tinha dado uma olhada?

Christl Falk acomodara-se em uma das cadeiras. Usava uma camisa jeans de mangas longas e calça cáqui plissada, as quais valorizavam suas curvas evidentes. Aquelas duas belas mulheres, de fisionomias quase idênticas, exceto pelo estilo de cabelo diferente — o desta ia até os ombros, era bem penteado e estava solto —, pareciam ter personalidades bastante distintas. Enquanto Dorothea Lindauer transmitia orgulho e status, Christl Falk revelava conflito.

— Dorothea lhe contou sobre nosso avô?

— Recebi uma sinopse.

— Ele realmente trabalhou para os nazistas, como chefe da Ahnenerbe.

— Um empenho muito nobre.

Ela pareceu notar o sarcasmo.

— Concordo. Não era nada além de um instituto de pesquisas para a fabricação de evidências arqueológicas para fins políticos. Himmler acreditava que os ancestrais da Alemanha haviam se desenvolvido em algum lugar remoto, onde tinham sido um tipo de raça superior. Então, esse suposto sangue ariano migrou para diversas partes do mundo. Por isso ele criou a Ahnenerbe, uma mistura de aventureiros, místicos e acadêmicos, e partiu para encontrar os tais arianos, enquanto exterminava quem não o fosse.

— Qual deles era seu avô?

Ela pareceu confusa.

— Aventureiro, místico ou acadêmico?

— Os três, na verdade.

— Mas parece que era político também. Chefiava a coisa, então certamente conhecia a verdadeira missão da Ahnenerbe.

— É aí que você se engana. Meu avô só acreditava no conceito de uma raça ariana mítica. Himmler manipulou a obsessão dele e a transformou em um instrumento para a limpeza étnica.

— Essa racionalização foi usada nos tribunais de Nuremberg, após a guerra, sem sucesso.

— Acredite no que quiser; isso não é importante em relação ao motivo pelo qual estou aqui.

— O qual estou esperando... pacientemente, devo acrescentar... que você explique.

Ela cruzou as pernas, mantendo um joelho sobre o outro.

— O estudo de manuscritos e símbolos era o maior interesse da Ahnenerbe, na procura de mensagens arianas antigas. Mas no final de 1935 meu avô de fato encontrou algo. — Ela apontou para seu próprio casaco, que estava na cama ao lado dele. — No bolso.

Ele pôs a mão no bolso e retirou um livro coberto por um saco plástico. No tamanho, formato e estado de conservação, parecia com o que ele tinha visto antes, exceto pela ausência do símbolo em relevo na capa.

— Sabe algo sobre Eginhardo? — perguntou ela.

— Li *A vida de Carlos Magno*.

— Eginhardo era da parte oriental do reino franco, a porção que era distintamente alemã. Estudou em Fuda, que era um dos centros de aprendizado mais impressionantes do território franco. Foi aceito na corte de Carlos Magno por volta de 791. Carlos Magno era único no seu tempo. Construtor, administrador político, propagandista religioso, reformista, patrono das artes e da ciência. Gostava de se ver cercado por estudiosos, e Eginhardo tornou-se seu conselheiro mais confiável. Quando Carlos Magno morreu, em 814, seu filho, Luís, o Piedoso, fez de Eginhardo seu secretário particular também. Mas 16 anos depois Eginhardo se retirou da corte, quando Luís e os filhos começaram a brigar. Morreu em 840 e foi enterrado em Seligenstadt.

— Você é uma fonte inesgotável de informações.

— Tenho três diplomas em história medieval.

— Nenhum dos quais explica que diabos está fazendo aqui.

— A Ahnenerbe buscou esses arianos em muitos lugares. Túmulos foram abertos por toda a Alemanha. — Ela apontou. — Dentro da sepultura de Eginhardo, meu avô encontrou esse livro que você está segurando.

— Achei que este tivesse saído do túmulo de Carlos Magno.

Ela sorriu.

— Estou vendo que Dorothea mostrou o volume dela a você. *Aquele* veio do túmulo de Carlos Magno. Este é diferente.

Ele não resistiu. Retirou o livro antigo do saco e o abriu com cuidado. O latim preenchia as páginas, junto com exemplos da mesma escrita estranha e da arte e dos símbolos esquisitos que ele vira antes.

— Na década de 1930, meu avô achou esse livro, junto com o último testamento de Eginhardo. Na época de Carlos Magno, homens de posses deixavam testamentos por escrito. No de Eginhardo, meu avô descobriu um mistério.

— E como você sabe que não se trata de mais fantasia? Sua irmã não foi muito gentil ao falar de seu avô.

— Outra razão para nos detestarmos.

— E por que você gosta tanto dele?

— Porque ele também encontrou provas.

Dorothea beijou suavemente os lábios de Wilkerson. Notou que ele ainda estava tremendo. Estavam entre as ruínas do chalé, vendo o carro queimar.

— Estamos nessa juntos agora — disse ela.

Ele certamente percebeu isso. E mais uma coisa. Nada de almirantado para ele. Ela lhe dissera que Ramsey era uma cobra, mas ele se recusara a acreditar.

Agora, não tinha como ele se enganar.

— Uma vida de luxo e privilégios pode ser um bom substituto — disse ela.

— Você tem um marido.

— Só no nome. — Ela viu que ele precisava ser tranquilizado. A maioria dos homens precisava. — Você se saiu bem dentro da casa.

Ele limpou o suor da testa.

— Até consegui matar um deles. Um tiro no peito.

— O que mostra que é capaz de resolver as coisas quando necessário. Eu os vi aproximando-se do chalé quando estava chegando de carro. Estacionei na floresta e me aproximei com cuidado, enquanto eles faziam o ataque inicial. Esperava que você pudesse contê-los até eu encontrar uma das escopetas.

O vale, estendendo-se por quilômetros em todas as direções, pertencia à família dela. Não havia vizinhos nas proximidades.

— E os cigarros que você me deu funcionaram — disse ela. — Estava certo quanto àquela mulher. Problema que precisava ser eliminado.

Os elogios estavam funcionando. Ele estava se acalmando.

— Fico feliz que você tenha encontrado aquela arma — disse ele.

O calor do incêndio no carro aquecia o ar gelado. Ela ainda estava com a escopeta na mão, recarregada e pronta, mas duvidava que houvesse outros visitantes naquela noite.

— Precisamos daquelas caixas que eu trouxe — ele disse. — Estavam no armário da cozinha.

— Eu as vi.

Interessante como o perigo estimulava o desejo. Aquele homem, um capitão de mar e guerra da Marinha, de boa aparência, inteligência modesta e pouca coragem, exercia uma atração sobre ela. Por que os homens fracos eram tão desejáveis? Seu marido era um nada que a deixava fazer o que quisesse. A maioria de seus amantes era assim.

Ela apoiou a escopeta numa árvore.

E beijou Wilkerson mais uma vez.

— QUE TIPO DE PROVA? — PERGUNTOU MALONE.

— Você parece cansado — disse Christl.

— Estou; e com fome.

— Então vamos comer alguma coisa.

Ele estava farto de mulheres querendo provocá-lo, e, se não fosse pelo fato de a história ter a ver com seu pai, teria dito a Christl, como a Dorothea, para não encher o saco. Mas, na verdade, ele queria saber mais.

— Está bem. Mas você paga.

Saíram do hotel e andaram na neve até um café a algumas quadras, em um dos calçadões de Garmisch. Lá dentro, ele pediu uma bisteca com fritas. Christl Falk pediu sopa e pão.

— Já ouviu falar da *Deutsche Antarktische Expedition*? — perguntou ela.

A Expedição Alemã na Antártida.

— Saiu de Hamburgo em dezembro de 1938 — disse ela. — O objetivo público era garantir um local na Antártida para uma estação alemã para a pesca de baleias, como parte de um plano para aumentar a produção de gordura da Alemanha. Dá para imaginar? As pessoas acreditaram mesmo nessa história.

— Na verdade, eu consigo imaginar. Na época, o óleo de baleia era a matéria-prima mais importante para a fabricação de margarina e sabão. A Alemanha era uma grande importadora de óleo de baleia norueguês. Prestes a entrar em guerra e dependente de fontes estrangeiras para algo tão importante assim? Poderia ter sido um problema.

— Vejo que é bem informado.

— Li sobre os nazistas na Antártida. O *Schwabenland*, um cargueiro capaz de catapultar aeronaves, partiu com o quê... sessenta pessoas? A Noruega havia acabado de reivindicar um pedaço da Antártida que chamavam de Terra da Rainha Maud, mas os nazistas mapearam a mesma região e mudaram o nome para Neuschwabenland. Eles tiraram muitas fotos e lançaram do ar bandeiras alemãs de arame farpado por toda parte. Deve ter sido uma visão e tanto. Pequenas suásticas na neve.

— Meu avô estava nessa expedição de 1938. Embora um quinto da Antártida estivesse mapeado, o propósito real era ver se o que Eginhardo havia escrito no livro que lhe mostrei era verdade.

Ele se lembrou das pedras na abadia.

— E trouxe pedras com os mesmos símbolos do livro.

— Você foi à abadia?

— A convite de sua irmã. Mas por que tenho a sensação de que você já sabia disso? — Ela não respondeu; então, Malone perguntou: — E qual é o veredito? O que seu avô encontrou?

— Esse é o problema. Não sabemos. Depois da guerra, os documentos da Ahnenerbe foram confiscados pelos Aliados ou destruídos. Meu avô tinha sido criticado por Hitler num comício do partido em 1939. Hitler não concordava com algumas de suas opiniões, especialmente suas inclinações feministas, que defendiam que a sociedade ariana antiga devia ter sido governada por sacerdotisas e profetisas.

— Muito distante das máquinas de fazer bebê que Hitler acreditava que as mulheres eram.

Ela assentiu.

— Portanto, Hermann Oberhauser foi calado, e suas ideias, condenadas. Foi proibido de publicar ou dar palestras. Dez anos depois, sua mente começou a falhar, e ele viveu senil os últimos anos.

— Incrível que Hitler não o tenha simplesmente matado.

— Hitler precisava de nossas fábricas, refinarias de petróleo e jornais. Manter meu avô vivo era um meio de ter controle legítimo sobre tudo isso. E, infelizmente, tudo o que ele sempre quis foi agradar Adolf Hitler; por isso, disponibilizou tudo por vontade própria. — Ela retirou o livro do bolso do casaco e removeu o saco plástico. — Este texto levanta muitas perguntas. Questões que fui incapaz de responder. Eu estava pensando se você me ajudaria a desvendar o enigma.

— A busca de Carlos Magno?

— Vejo que você e Dorothea tiveram mesmo uma longa conversa. *Ja. Da Karl der Große Verfolgung.*

Ela lhe entregou o livro. O latim dele era razoável, de modo que poderia decifrar mais ou menos as palavras, mas ela notou sua indecisão.

— Posso? — perguntou ela.

Ele hesitou.

— Pode ser que você ache interessante. Eu achei.

VINTE

Jacksonville, Flórida
17h30

Stephanie examinou o homem mais velho que abriu a porta da modesta casa de tijolos da região sul da cidade. Era baixo e obeso, com um nariz bulboso, cor de fogo, que a lembrava Rudolf, a rena do nariz vermelho. De acordo com sua ficha, Zachary Alexander devia estar chegando perto dos 70 anos — e era o que aparentava. Ela ouviu Edwin Davis explicar quem eles eram e por que estavam lá.

— O que acham que posso lhes contar? — perguntou Alexander. — Estou fora da Marinha há quase trinta anos.

— Vinte e seis, na verdade — disse Davis.

Alexander apontou um dedo rechonchudo para eles.

— Não gosto de perder tempo.

Ela ouviu uma televisão ligada em outro cômodo. Algum programa de auditório. E notou que a casa estava impecável, o interior cheirando a antisséptico.

— Só precisamos de alguns minutos — disse Davis. — Afinal, eu sou da Casa Branca.

Stephanie se perguntou o porquê da mentira, mas não disse nada.

— Eu nem votei no Daniels.

Ela sorriu.

— Muitos de nós estamos nessa categoria, mas poderia nos conceder apenas alguns minutos?

Alexander finalmente cedeu e os levou até um pequeno escritório, onde desligou a televisão e ofereceu lugares para que se sentassem.

— Servi na Marinha durante muito tempo — disse Alexander. — Mas tenho de dizer a vocês: não guardo boas lembranças.

Ela havia lido a ficha dele. Alexander chegara a capitão de fragata, mas a promoção à patente seguinte fora preterida duas vezes. Acabara optando por sair e fora reformado com todos os benefícios.

— Acharam que eu não era bom o suficiente para eles.

— Foi bom o suficiente para comandar o *Holden*.

Olhos enrugados estreitaram-se.

— Ele e alguns outros navios.

— Nós viemos — disse Davis — por causa da missão que o *Holden* completou na Antártida.

Alexander não disse nada. Stephanie perguntou-se se o silêncio era calculado ou cauteloso.

— Fiquei realmente animado com aqueles encargos — disse Alexander finalmente. — Eu queria ver o gelo. Mas depois, sempre achei que aquela viagem teve algo a ver com o fato de eu ter sido deixado para trás.

Davis inclinou-se para a frente.

— Precisamos ouvir sobre isso.

— Para quê? — Alexander não se conteve. — A coisa toda é confidencial. Ainda deve ser. Me mandaram ficar de boca fechada.

— Sou vice-conselheiro de segurança nacional. Ela é chefe de uma agência de inteligência do governo. Podemos ouvir o que você tem a dizer.

— Papo furado.

— Existe alguma razão para você ser tão hostil? — perguntou ela.

— Além do fato de eu odiar a Marinha? — perguntou ele. — Ou além do fato de que vocês dois estão pescando, e eu não quero ser a isca?

Alexander relaxou na cadeira reclinável. Ela imaginou que ele se sentara ali durante anos, pensando no que estava se passando em sua mente naquele momento.

— Fiz o que me ordenaram, e fiz bem. Sempre segui ordens. Mas muito tempo se passou; então, o que querem saber?

Ela disse:

— Sabemos que o *Holden* foi enviado para a Antártida em novembro de 1971. Vocês foram em busca de um submarino.

Um olhar confuso surgiu no rosto de Alexander.

— De que diabos você está falando?

— Lemos o relatório do tribunal de inquérito sobre o naufrágio do *Blazek*, ou NR-1A, como queira chamar a coisa. Menciona especificamente que você e o *Holden* saíram na busca.

Alexander encarou-os com uma mistura de curiosidade e aversão.

— As ordens que recebi foram de seguir para o mar de Weddell, fazer registros sonares e ficar alerta para anormalidades. Eu tinha três passageiros a bordo e deveria suprir suas necessidades, sem questionar. Foi o que fiz.

— Nenhum submarino? — perguntou ela.

Ele balançou a cabeça.

— Nada do tipo.

— O que encontraram? — perguntou Davis.

— Porcaria nenhuma. Passei duas semanas com o rabo congelado.

Havia um cilindro de oxigênio ao lado da cadeira de Alexander. Stephanie perguntou-se sobre a existência daquilo ali, junto com uma variedade de tratados médicos enfileirados numa estante de um canto ao outro do escritório. Alexander não dava a impressão de estar em más condições de saúde, e sua respiração parecia normal.

— Não sei nada sobre submarino algum — repetiu. — Lembro, na época, que um afundou no Atlântico Norte. E era o *Blazek*, isso mesmo. Eu lembro. Mas minha missão não tinha nada a ver com isso. Estávamos navegando pelo Pacífico Sul, redirecionamos a rota para a América do Sul, onde pegamos esses três passageiros. Depois, seguimos direto para o sul.

— Como estava o gelo? — perguntou Davis.

— Embora fosse quase verão, o lugar era difícil de navegar. Frio como uma geladeira, icebergs por todo lado. Mas um local bonito, isso eu posso dizer.

— Não descobriu nada enquanto estava lá? — perguntou ela.

— Não é a mim que você deve perguntar isso. — Sua expressão estava mais calma, como se tivesse concluído que eles poderiam não ser o inimigo. — Esses relatórios que vocês leram não mencionavam três passageiros?

Davis balançou a cabeça.

— Nem uma só palavra. Apenas você.

— Típico da maldita Marinha. — Seu rosto perdeu a expressão impassível. — As ordens que recebi foram de levar esses três aonde quer que quisessem ir. Eles desembarcaram várias vezes, mas quando voltavam, não diziam nada.

— Levavam algum equipamento?

Alexander fez que sim.

— Trajes de mergulho em água fria e tanques. Depois da quarta vez que desembarcaram, disseram que podíamos voltar.

— Nenhum dos seus homens ia com eles?

Alexander balançou a cabeça.

— De jeito nenhum. Não tinham permissão. Esses três capitães-tenentes faziam tudo. Fosse lá o que fosse.

Stephanie pensou no quanto aquilo era esquisito, mas no mundo militar coisas estranhas ocorriam todos os dias. Ainda assim, precisava fazer a pergunta de 1 milhão de dólares:

— Quem eram eles?

Ela viu o velho ser tomado por temor.

— Sabe, nunca falei sobre isso antes. — Ele parecia incapaz de superar a depressão. — Eu queria ser capitão de mar e guerra. Eu merecia, mas a Marinha não concordava.

— Muito tempo se passou — disse Davis. — Não há muito o que possamos fazer para consertar o passado.

Ela se perguntou se Davis se referia à situação de Alexander ou à sua própria.

— Isso deve ser importante — disse o velho.

— O bastante para termos vindo até aqui hoje.

— Um era um cara chamado Nick Sayers. Outro, Herbert Rowland. Ambos arrogantes, como a maioria dos capitães-tenentes.

Ela concordou em silêncio.

— E o terceiro? — perguntou Davis.

— O mais arrogante de todos. Eu odiava aquele imbecil. O problema é que ele seguiu em frente e ganhou as platinas de capitão de mar e guerra. E depois, as estrelas de ouro. O nome dele era Ramsey. Langford Ramsey.

VINTE E UM

As nuvens me convidam e uma névoa concentra-se. O curso das estrelas me acelera, e os ventos me fazem voar, erguendo-me para os céus. Aproximo-me de uma parede feita de cristal e sou cercado por línguas de gelo. Aproximo-me de um templo de pedra, e as paredes são como um chão enxadrezado feito de pedra. O teto é como o caminho das estrelas. Calor é gerado pelas paredes, sou encoberto pelo medo, e um tremor me domina. Vou ao chão, prostrado, e vejo um trono imponente, de aparência tão cristalina quanto um sol brilhante. O Alto Conselheiro está sentado e seu traje brilha mais claro que o sol e é mais branco que qualquer neve. O Alto Conselheiro me diz: "Eginhardo, tu, escriba honrado, vem para perto e ouve minha voz." Ele me fala na minha língua, o que é surpreendente. "Assim como Ele criou e deu ao homem o poder de compreensão da palavra da sabedoria, Ele também me criou. Bem-vindo à nossa terra. Disseram-me que és um homem de erudição. Se for assim, então podes ver os segredos dos ventos, como são divididos para soprar sobre a terra, e os segredos das nuvens e do orvalho. Podemos ensinar-te sobre o sol e a lua, de onde derivam e para onde vão novamente, sobre seu glorioso retorno, e como um é superior ao outro, e sobre sua órbita majestosa, e como os astros não deixam sua órbita, não acrescentam nada a ela e dela nada retiram, e mantêm a fé um no outro, de acordo com o juramento pelo qual estão unidos."

Malone ouviu Christl traduzir o texto em latim, depois perguntou:

— Isso foi escrito quando?

— Entre 814, quando Carlos Magno morreu, e 840, quando Eginhardo morreu.

— É impossível. Fala das órbitas do sol e da lua e de como estão ligadas uma à outra. Esses conceitos astronômicos ainda não tinham sido desenvolvidos. Teriam sido heresias nessa época.

— Concordo, no que diz respeito aos que viviam na Europa Ocidental. Mas para quem vivia em qualquer outra parte deste planeta, que não estava sob o jugo da Igreja, a situação era outra.

Ele ainda estava cético.

— Deixe-me colocar isso num contexto histórico — disse ela. — Os dois filhos mais velhos de Carlos Magno morreram antes dele. O terceiro filho, Luís, o Piedoso, herdou o império carolíngio. Os filhos de Luís brigaram com o pai e entre si. Eginhardo serviu a Luís fielmente, como havia servido a Carlos Magno, mas estava tão farto das brigas internas que se retirou da corte e passou o resto de seus dias numa abadia que Carlos Magno lhe dera. Foi durante esse tempo que escreveu sua biografia de Carlos Magno e — ela ergueu o tomo antigo — este livro.

— Recontando uma grande jornada? — perguntou ele.

Ela fez que sim.

— Quem pode dizer se isso é real? Parece fantasia pura.

Ela balançou a cabeça.

— *A vida de Carlos Magno* é um dos trabalhos mais reconhecidos de todos os tempos. Ainda está sendo publicado hoje. Eginhardo não era conhecido por criar ficção e passou por muitos problemas para esconder essas palavras.

Malone ainda não estava convencido.

— Sabemos muito sobre os feitos de Carlos Magno — disse ela —, mas pouco sobre suas crenças íntimas. Nada confiável que as descrevesse sobreviveu. O que sabemos é que ele adorava histórias antigas e epopeias. Antes do seu tempo, os mitos eram preservados oralmente. Ele foi o primeiro a ordenar que fossem escritos. Sabemos que Eginhardo supervisionou essa realização. Mas Luís, depois de herdar o trono, destruiu todos esses textos devido ao seu conteúdo pagão. A destruição desses escritos teria causado desgosto em Eginhardo; então, ele fez o que pôde para que este livro sobrevivesse.

— Escrevendo-o, parcialmente, numa língua que ninguém iria entender?

— Mais ou menos isso.

— Li relatos que dizem que Eginhardo talvez nem tenha escrito a biografia de Carlos Magno. Ninguém sabe nada com certeza.

— Sr. Malone...

— Por que não me chama de Cotton? Está fazendo com que eu me sinta um velho.

— Nome interessante.

— Eu gosto.

Christl sorriu.

— Posso explicar tudo isso com muito mais detalhes. Meu avô e meu pai passaram anos pesquisando. Há coisas que preciso lhe mostrar, coisas que preciso explicar. Uma vez que as vir e ouvir, acho que vai concordar que nossos pais não morreram em vão.

Ainda que seu olhar sugerisse uma prontidão para confrontar todos os argumentos dele, ela estava usando seu trunfo, e ambos sabiam disso.

— Meu pai era o comandante de um submarino — disse ele. — Seu pai era um passageiro desse submarino. Admito, não faço ideia do que os dois estavam fazendo na Antártida, mas, ainda assim, morreram em vão.

E ninguém deu a mínima, completou ele em silêncio.

Ela afastou a sopa.

— Você vai nos ajudar?

— Ajudar *quem*?

— A mim. Meu pai. O seu.

Malone sentiu cheiro de rebelião, mas precisava de tempo para ouvir isso de Stephanie.

— Que tal fazermos o seguinte: deixe eu digerir isso, e amanhã você pode me mostrar o que quiser.

O olhar dela suavizou-se.

— É justo. Está ficando tarde.

ELES DEIXARAM O CAFÉ E SEGUIRAM PELA CALÇADA COBERTA DE NEVE ATÉ O Posthotel. Faltavam duas semanas para o Natal, e Garmisch parecia pronta. Esse feriado, para ele, era uma bênção mista. Tinha passado os dois últimos com Henrik Thorvaldsen em Christiangade, e este ano provavelmente seria a mesma coisa. Pensou em quais seriam as tradições natalinas de Christl Falk. Um estado de melancolia parecia tomar conta dela, que não fazia muito esforço para disfarçá-lo. Parecia inteligente e determinada — não tão diferente da irmã —, mas as duas mulheres eram desconhecidas que exigiam cautela.

Atravessaram a rua. Muitas das janelas no Posthotel, decorado com afrescos alegres, estavam acesas para receber a noite. O quarto dele, no segundo andar, acima do restaurante e do saguão, tinha quatro janelas de um lado e outras três na fachada da frente. Ele deixara um dos abajures acesos, e um movimento atrás de uma das janelas chamou sua atenção.

Ele parou.

Havia alguém lá. Christl também viu.

Cortinas foram puxadas de volta.

Um rosto de homem pôde ser visto, e seu olhar fixou-se no de Malone. Então, o homem olhou de relance para a direita, na direção da rua, e abandonou a janela. Sua sombra revelou uma saída apressada.

Malone avistou um carro com três homens dentro, estacionado do outro lado da rua.

— Venha — disse ele.

Ele sabia que precisavam sair dali, e rápido. Ainda bem que estava com as chaves do carro alugado. Correram até o veículo e entraram.

Malone ligou o motor e saiu da vaga em disparada. Engatou a marcha e saiu do hotel com um estrondo, os pneus girando no asfalto congelado. Baixou a janela, entrou no bulevar e viu um homem no seu retrovisor, saindo do hotel.

Ele pegou a arma no casaco, reduziu ao se aproximar do carro estacionado e atirou em um dos pneus traseiros, o que fez os três vultos lá dentro se abaixarem.

Depois, saiu acelerando.

VINTE E DOIS

Malone saiu de Garmisch serpenteando, aproveitando a seu favor o labirinto de ruas estreitas e sem iluminação e sua vantagem inicial sobre os homens que estavam esperando no Posthotel. Não tinha como saber se tinham um segundo veículo à mão. Satisfeito por não estarem sendo perseguidos, encontrou a rodovia que levava ao norte que usara antes e, seguindo as instruções de Christl, percebeu aonde estavam indo.

— Aquelas coisas que você precisa me mostrar estão no mosteiro de Ettal? — perguntou ele.

Ela fez que sim.

— Não faz sentido esperar até amanhã.

Ele concordou.

— Tenho certeza de que quando você conversou com Dorothea lá, ficou sabendo apenas o que ela queria que você soubesse.

— E você é diferente?

Ela o encarou.

— Totalmente.

Malone não tinha tanta certeza.

— Aqueles homens no hotel? Seus? Ou dela?

— Você não acreditaria em mim, não importa o que eu dissesse.

Ele reduziu a marcha quando a rodovia começou a descer na direção da abadia.

— Quer um conselho? Você realmente precisa se explicar. Minha paciência está indo embora.

Christl hesitou, e ele esperou.

— Cinquenta mil anos atrás, uma civilização surgiu neste planeta e conseguiu progredir mais rápido que o resto da humanidade. Liderando o caminho, pode-se dizer. Era tecnologicamente desenvolvida? Na verdade, não, mas era altamente avançada. Matemática, arquitetura, química, biologia, geologia, meteorologia, astronomia. Eram as áreas nas quais ela se sobressaía.

Ele estava ouvindo.

— Nosso conceito de história antiga foi fortemente influenciado pela Bíblia. Mas seus textos a respeito da antiguidade foram escritos a partir de um ponto de vista estreito. Distorceram culturas antigas e negligenciaram completamente algumas culturas importantes, como os minoicos. A cultura à qual me refiro não é bíblica. Era uma sociedade desbravadora de oceanos, que tinha comércio espalhado pelo mundo e possuía barcos aptos e habilidades de navegação avançadas. Culturas posteriores, como os polinésios, os fenícios, os vikings e, finalmente, os europeus, viriam todas a desenvolver essas técnicas, mas a Primeira Civilização as dominou primeiro.

Ele havia lido sobre essas teorias. A maioria dos cientistas, hoje, rejeitava a ideia do desenvolvimento linear de uma sociedade da Idade da Pedra Lascada até a Idade da Pedra Polida, a Idade do Bronze e a Idade do Ferro. Em vez disso, os estudiosos acreditavam que os humanos se desenvolviam independentemente uns dos outros. Provas disso existiam até hoje, em todos os continentes, onde culturas primitivas ainda coexistiam com sociedades avançadas.

— Então você está dizendo que, em tempos antigos, enquanto os povos do Paleolítico ocupavam a Europa, culturas mais avançadas podem ter existido em outro lugar. — Ele se lembrou do que Dorothea Lindauer lhe dissera. — Arianos também?

— Dificilmente. Eles são um mito. Mas esse mito pode ter uma base na realidade. Veja Creta e Troia. Foram consideradas fictícias por muito tempo, mas hoje sabemos que existiram de fato.

— Então, o que aconteceu com essa primeira civilização?

— Infelizmente, toda cultura contém as sementes de sua própria destruição. O progresso e a decadência coexistem. A história mostrou que todas as sociedades acabam desenvolvendo os meios para sua própria queda. Veja Babilônia, Grécia, Roma, mongóis, hunos, turcos e tantas incontáveis sociedades monárquicas. Elas sempre destroem a si mesmas. A Civilização Um não foi exceção.

O que ela disse fazia sentido. A humanidade realmente parecia destruir tanto quanto construir.

— Meu avô e meu pai eram obcecados por essa civilização perdida. Devo confessar que também me sinto atraída pela ideia.

— Minha livraria está cheia de material da Nova Era sobre Atlântida e uma dúzia de outras supostas civilizações perdidas, das quais não se encontrou um vestígio sequer. Isso é fantasia.

— As guerras e conquistas cobraram seu preço na história da humanidade. É um processo cíclico. Progresso, guerra, devastação, e depois um novo despertar. Existe um truísmo sociológico. Quanto mais avançada a cultura, mais facilmente será destruída, e menos vestígios dela restarão. Em termos mais simplistas, encontramos o que procuramos.

Ele reduziu a velocidade do carro.

— Não, não encontramos. Na maioria das vezes, tropeçamos nas coisas.

Ela balançou a cabeça.

— Todas as maiores revelações humanas começaram com uma teoria simples. Veja a evolução. Foi apenas depois que Darwin formulou seus conceitos que começamos a notar as coisas que fortaleciam a teoria. Copérnico propôs um modo novo e radical de ver o sistema solar, e quando finalmente olhamos, descobrimos que ele estava certo. Antes dos últimos cinquenta anos, ninguém acreditava seriamente que uma civilização avançada poderia ter nos precedido. Isso era considerado um absurdo. Então, a prova simplesmente tem sido negligenciada.

— Que prova?

Ela retirou o livro de Eginhardo do bolso.

— Esta.

Março, 800. Carlos Magno cavalga de Aachen para o norte. Nunca antes se aventurou pelo mar da Gália nesta época do ano, quando os ventos gelados do norte castigam a praia e a pesca é fraca. Mas ele insiste nessa jornada. Três soldados e eu o acompanhamos, e a viagem leva a melhor parte do dia. Uma vez lá, o acampamento é montado no local de costume, além das dunas, o que oferece pouca proteção de uma forte ventania. Três dias após a chegada, avistamos velas e pensamos serem os barcos dos dinamarqueses ou parte da frota dos sarracenos que, do norte e do sul, ameaçam o império. Mas, enfim, o rei grita de alegria e aguarda na praia enquanto os navios erguem seus remos e barcos menores se dirigem a terra, trazendo os Vigilantes. Uriel, que reina em Tártaro, é quem lidera. Com ele estão Arakiba, que está acima do espírito dos homens, Raguel, que se vinga do mundo dos luminares, Danel, que está acima da melhor parte da humanidade e do caos, e Saraqael, que está acima dos espíritos. Vestem mantos grossos e calças e botas de pele. Seus cabelos claros estão aparados e penteados com esmero. Carlos Magno dá um abraço firme em cada um. O rei faz muitas perguntas, e Uriel responde. O rei recebe permissão para entrar nos navios, cada um feito de madeira resistente e calafetado com alcatrão, e ele fica admirado com a robustez. Somos informados de que eles foram construídos longe de sua terra, onde as árvores crescem em abundância. Seu povo ama o mar e entende suas peculiaridades melhor do que nós. Danel mostra ao rei mapas de lugares que não sabemos existir e nos diz como seus navios encontram o caminho. Danel nos mostra um pedaço de ferro afiado, apoiado sobre uma faixa de madeira, flutuando numa concha de água, que aponta o caminho pelo mar. O rei quer saber como isso é possível, e Danel explica que o metal é atraído em uma direção específica e faz um gesto para o norte. Não importa como esteja a concha, a ponta de ferro sempre encontra aquela direção. A visita deles dura três dias, e Uriel e o rei conversam longamente. Faço amizade com Arakiba, que atua como um conselheiro para Uriel, como eu faço para o rei. Arakiba me fala de sua terra, onde o fogo e o gelo convivem, e digo-lhe que gostaria de conhecer esse lugar.

— Os Vigilantes é como Eginhardo chama os membros da Civilização Um — disse ela. — *Os Sagrados* é outro termo que ele usa. Ele e Carlos Magno pensavam que eles vinham dos céus.

— Quem disse que eles não eram uma cultura cuja existência já conhecemos?

— Sabe de alguma sociedade que usava um alfabeto ou língua como a que viu no livro de Dorothea?

— Isso não é uma prova conclusiva.

— Havia uma sociedade marítima no século IX? Só os vikings, mas esses não eram vikings.

— Você não sabe quem eram.

— Não, não sei. Mas sei que Carlos Magno ordenou que o livro que Dorothea lhe mostrou fosse enterrado com ele. Parece que era importante o suficiente para que ele o quisesse manter fora do alcance de todos, exceto dos imperadores. Eginhardo teve muito trabalho para esconder este livro. Basta dizer que há mais aqui que explica por que os nazistas foram para a Antártida em 1938 e por que nossos pais voltaram lá em 1971.

A abadia já podia ser vista, ainda iluminada sobre o fundo sem limites na noite.

— Estacione ali — disse ela, ao que ele entrou e parou.

Ainda não havia ninguém os seguindo.

Ela abriu a porta.

— Deixe-me mostrar o que, tenho certeza, Dorothea não lhe mostrou.

VINTE E TRÊS

RAMSEY ADORAVA A NOITE. TODOS OS DIAS, POR VOLTA DAS 18 HORAS, ELE SE sentia reanimado; seus melhores pensamentos e suas ações mais decisivas sempre se formavam depois de escurecer. Dormir era necessário, ainda que nunca mais de quatro ou cinco horas — apenas o suficiente para descansar o cérebro, mas não para desperdiçar tempo. A noite também proporcionava privacidade, uma vez que era muito mais fácil saber se alguém estava interessado em seu negócio às 2 horas do que às 14 horas. Por isso ele só se encontrava com Diane McCoy à noite.

Ele morava numa casa alugada de um antigo amigo que gostava de ter um almirante de quatro estrelas como inquilino. Ramsey fazia uma varredura eletrônica nos dois andares em busca de aparelhos de monitoramento pelo menos uma vez por dia — especialmente antes de uma visita de Diane.

Ele tivera sorte de que Daniels a tivesse escolhido como conselheira de segurança nacional. Ela certamente era qualificada, com diplomas em relações internacionais e economia global, além de ter contatos tanto na esquerda quanto na direita. Ela tinha vindo do Departamento de Estado como parte das mudanças repentinas no ano anterior, quando a carreira de Larry Daley terminara abruptamente. Ele gostava de Daley — uma alma negociável —, mas Diane era melhor. Inteligente, ambiciosa e determinada a permanecer em cena por mais tempo do que os três anos restantes do último mandato de Daniels.

Felizmente, Ramsey podia oferecer essa chance a ela.

E ela sabia disso.

— As coisas estão começando — disse ele.

Estavam à vontade no escritório do apartamento dele, o fogo queimando na lareira de tijolos. Lá fora, a temperatura havia caído para uns 5 graus negativos. Sem neve ainda, mas estava a caminho.

— Como sei pouco sobre o que são essas coisas — disse Diane —, só posso presumir que são boas.

Ele sorriu.

— E do seu lado? Pode fazer o encontro acontecer?

— O almirante Sylvian não se foi ainda. Está estropiado por causa do acidente de moto, mas espera-se que se recupere.

— Conheço David. Vai ficar afastado por meses. Não vai querer seu trabalho negligenciado durante esse tempo. Vai renunciar ao cargo. — Fez uma pausa. — Se não sucumbir antes.

Diane sorriu. Era uma loira serena com ar de competência e olhar que transmitia confiança. Ele gostava disso nela. Atitude modesta. Simples. Tranquila. No entanto, perigosa como uma cobra. Estava sentada, as costas retas na cadeira, saboreando um uísque com soda.

— Quase chego a acreditar que você pode fazer a morte de Sylvian acontecer — disse ela.

— E se eu puder?

— Então, você seria um homem digno de respeito.

Ele riu.

— O jogo em que estamos prestes a entrar não tem regras e o objetivo é só um: ganhar. Portanto, quero saber sobre Daniels. Ele vai cooperar?

— Isso vai depender de você. Você sabe que ele não é seu fã, mas sabe também que você está, sim, qualificado para o cargo. Presumindo-se, claro, que exista uma vaga a ser preenchida.

Ele notou a desconfiança dela. O plano inicial era simples: eliminar David Sylvian, assegurar a vaga dele entre os chefes do Estado-Maior Conjunto, servir por três anos, para depois começar a fase dois. Mas ele precisava saber:

— Daniels vai seguir seu conselho?

Ela deu mais um gole.

— Você não gosta de não estar no controle, não é?

— Quem gosta?

— Daniels é o presidente. Pode fazer o que bem entender. Mas acho que o que ele fará, neste caso, depende de Edwin Davis.

Ele não queria ouvir isso.

— Como *ele* poderia ter influência nisso? É um vice-conselheiro.

— Como eu?

Ele notou a indignação.

— Sabe o que quero dizer, Diane. Como Davis poderia ser um problema?

— Esse é o seu defeito, Langford. A tendência a subestimar o inimigo.

— Por que Davis seria *meu* inimigo?

— Eu li o relatório sobre o *Blazek*. Ninguém chamado Davis morreu naquele submarino. Ele mentiu para Daniels. Nenhum irmão mais velho foi morto.

— Daniels sabe disso?

Ela balançou a cabeça.

— Ele não leu o relatório do inquérito. Mandou que eu o lesse.

— Você não pode controlar Davis?

— Como você notou muito sabiamente, estamos no mesmo nível. Ele tem tanto acesso a Daniels quanto eu, mediante a ordem do presidente. É a Casa Branca, Langford. Eu não crio as regras.

— E quanto ao conselheiro de segurança nacional? Alguma ajuda por ali?

— Encontra-se na Europa e não está por dentro do assunto.

— Acha que Daniels está trabalhando diretamente com Davis?

— Como é que eu vou saber? Só sei que Danny Daniels não tem nem um pouco de burrice, que ele quer que todos acreditem que tem.

Ele olhou para o relógio sobre a lareira. Logo, as ondas aéreas estariam carregadas de notícias sobre a morte prematura do almirante de esquadra David Sylvian, atribuída a ferimentos sofridos num acidente trágico de motocicleta. Amanhã, mais uma morte em Jacksonville, Flórida, talvez fosse a notícia local. Muito estava acontecendo, e o que Diane dizia estava deixando-o aflito.

— Envolver Cotton Malone nisso também poderia ser problemático — disse ela.

— Como? O homem é reformado. Só quer saber sobre o pai.

— Aquele relatório não deveria ter sido dado a ele.

Ele concordava, mas isso não deveria importar. Wilkerson e Malone muito provavelmente estavam mortos.

— Só usamos essa insensatez em nosso proveito.

— Não faço ideia de como isso foi para o *nosso* proveito.

— Apenas saiba que foi.

— Langford, eu vou lamentar isso?

— Esteja à vontade para ficar até o fim do mandato de Daniels e depois trabalhar para algum grupo de pesquisa, escrevendo relatórios que ninguém lê. Ex-funcionários da Casa Branca são muito bem-vistos nos cabeçalhos, e ouvi dizer que ganham bem. Talvez uma das redes a contrate para gravações de áudio de dez segundos sobre o que os outros estão fazendo para mudar o mundo. Pagam bem também, mesmo que você pareça uma idiota na maior parte do tempo.

— Como eu disse. Vou lamentar isso?

— Diane, o poder tem de ser tomado. Não há outra maneira de adquiri-lo. Tem algo que você não me respondeu. Daniels vai cooperar e me nomear?

— Li o relatório do *Blazek* — disse ela. — Também verifiquei algumas coisas. Você estava no *Holden* quando ele foi para a Antártida em busca daquele submarino. Você e outros dois. O alto escalão enviou sua equipe sob ordens confidenciais. Na verdade, essa missão ainda é confidencial. Não consigo descobrir nada sobre ela. Descobri, porém, que vocês desembarcaram e fizeram um relatório sobre o que encontraram, que foi entregue pessoalmente, por você, ao chefe de operações navais. O que ele fez com a informação, ninguém sabe.

— Não encontramos nada.

— Você mente.

Ele analisou o ataque dela. Aquela mulher era formidável — um animal político com excelentes instintos. Poderia ajudar e poderia piorar as coisas. Então, ele mudou de direção:

— Tem razão. Estou mentindo. Mas, acredite em mim, não vai querer saber o que aconteceu de fato.

— Não, não quero. Mas, o que quer que seja, poderá voltar para assombrá-lo.

Ele havia pensado a mesma coisa 38 anos antes.

— Não se eu puder evitar.

Ela parecia estar contendo uma explosão de raiva ao vê-lo esquivar-se das perguntas.

— Sei por experiência, Langford, que o passado sempre encontra um meio de retornar. Os que não aprendem ou não conseguem lembrar estão condenados a repeti-lo. Agora, você tem um ex-agente envolvido... um ex-agente muito bom no que faz, devo acrescentar... que tem um envolvimento pessoal nessa confusão. E Edwin Davis está à solta. Não faço ideia do que ele esteja fazendo...

Ramsey ouvira o suficiente.

— Você consegue cuidar de Daniels?

Ela hesitou, absorvendo a repreensão, e então disse, devagar:

— Eu diria que tudo depende dos seus amigos no Capitólio. Daniels precisa da ajuda deles em uma porção de coisas. Está fazendo o que todo presidente faz no final. Pensando no legado. Ele tem uma agenda legislativa; portanto, se os membros certos do Congresso quiserem você entre os chefes do Estado-Maior Conjunto, ele vai conceder isso a eles; em troca, é claro, de votos. As perguntas são fáceis. Haverá uma vaga a ser preenchida, e você consegue cuidar dos integrantes certos?

Ele dissera o suficiente. Havia coisas a fazer antes de ir dormir. Então, terminou a reunião com um recado que Diane McCoy não deveria esquecer:

— Os integrantes certos não só apoiarão minha candidatura como também insistirão nela.

VINTE E QUATRO

Malone viu Christl Falk abrir a fechadura da porta da igreja da abadia. Era evidente que a família Oberhauser tinha influência considerável entre os monges. Era madrugada, e eles estavam circulando por onde bem entendessem.

A exuberante igreja permanecia pouco iluminada. Passaram pelo piso escuro de mármore, apenas com o som dos saltos de couro ecoando pelo interior aquecido. Os sentidos dele estavam alertas. Havia aprendido que, à noite, as igrejas europeias vazias costumavam ser um problema.

Entraram na sacristia, e Christl seguiu direto para o portal que levava às entranhas da abadia. No fim da descida da escada, a porta no final do corredor estava entreaberta.

Ele segurou-a pelo braço e balançou a cabeça, indicando que deveriam seguir com cuidado. Pegou a arma do bonde e manteve-se próximo à parede. Ao fim do corredor, espiou dentro da sala.

Estava tudo revirado.

— Será que os monges estão bravos? — disse ele.

As pedras e esculturas de madeira estavam espalhadas no chão; os mostruários, todos desarrumados. As mesas do outro lado estavam tombadas. Os dois armários tinham sido pilhados.

Então ele viu o corpo.

A mulher do bonde. Nenhum ferimento ou sangue visível, mas ele sentiu um odor familiar no ar parado.

— Cianureto.

— Ela foi envenenada?

— Olhe para ela. Engasgou-se com a própria língua.

Malone viu que Christl não queria olhar para o corpo.

— Não suporto isso — disse ela. — Cadáveres.

A mulher estava ficando perturbada, então ele perguntou:

— Viemos para ver o quê?

Ela pareceu controlar as emoções e correu os olhos pelos escombros.

— Não estão mais aqui. As pedras da Antártida que meu avô encontrou. Não estão aqui.

Malone também não as viu.

— São importantes?

— Têm as mesmas inscrições que o livro.

— Diga algo que eu não saiba.

— Isso não está certo — murmurou ela.

— Pode-se dizer isso. Os monges vão ficar um pouco chateados, apesar da proteção da sua família.

Christl estava nitidamente perturbada.

— Só viemos ver as pedras? — perguntou ele.

Ela balançou a cabeça.

— Não. Você está certo. Tem mais.

Ela se aproximou de um dos armários com adornos vistosos, as portas e gavetas abertas, e olhou dentro.

— Minha nossa.

Malone se aproximou por trás dela e viu que um furo havia sido talhado no painel do fundo, a abertura estilhaçada grande o suficiente para uma mão passar.

— Meu avô e meu pai guardavam os documentos aqui.

— O que parece ter sido do conhecimento de alguém.

Christl pôs o braço.

— Vazio.

Então, ela correu para a porta.

— Aonde está indo? — perguntou ele.

— Temos de correr. Só espero que não seja tarde.

RAMSEY APAGOU AS LUZES DO TÉRREO E SUBIU PARA O QUARTO. DIANE MCCOY tinha ido embora. Diversas vezes ele pensara em ampliar a colaboração dos dois. Ela era atraente de corpo e mente. Mas decidira que não era uma boa ideia. Quantos homens de poder tinham sido arruinados por uma bunda? Tantos que nem dava para lembrar, e ele não pretendia entrar para essa lista.

Era evidente que Diane estava preocupada com Edwin Davis. Ele conhecia Davis. Seus caminhos haviam se cruzado anos antes em Bruxelas, com Millicent, uma mulher com quem ele se divertira muitas vezes. Ela também era inteligente, jovem e impetuosa. Mas também...

— *Grávida* — *disse Millicent.*

Ele tinha escutado da primeira vez.

— *O que quer que eu faça a respeito?*

— *Casar-se comigo seria bom.*

— *Mas eu não a amo.*

Ela riu.

— *Você me ama, sim. Só não quer admitir.*

— *Não, na verdade não amo. Gosto de dormir com você. Gosto de ouvi-la contar o que acontece no escritório. Gosto de provocar seu cérebro. Mas não quero me casar com você.*

Ela se aconchegou, chegando mais perto.

— *Você sentiria minha falta se eu fosse embora.*

Ele ficava impressionado com o modo como as mulheres aparentemente inteligentes podiam se importar tão pouco com seu amor-próprio. Ele havia batido naquela mulher mais vezes do que podia contar, e, no entanto, ela nunca sumia, quase como se gostasse. Merecesse. Quisesse. Alguns socos naquele exato momento fariam bem para os dois, mas ele decidiu que a paciência seria o melhor para ele. Então, abraçou-a com força e disse suavemente:

— *Você tem razão. Eu sentiria sua falta.*

Menos de um mês depois, ela estava morta.

Em uma semana, Edwin Davis também se fora.

Millicent contara-lhe que Davis sempre ia quando ela chamava e a ajudava a lidar com a rejeição constante. Por que ela confessava essas coisas, ele só podia imaginar. Era como se o fato de ele saber pudesse evitar que a machucasse novamente. Mas ele nunca parava, e ela sempre o perdoava. Davis nunca disse uma palavra, mas Ramsey muitas vezes viu ódio no olhar do homem mais jovem, junto com a frustração que vinha de sua incapacidade de fazer qualquer coisa a respeito. Davis era então um funcionário subalterno no Departamento de Estado em uma de suas primeiras missões estrangeiras, sendo seu trabalho resolver problemas, não criá-los — ficar de boca fechada e ouvidos abertos. Mas agora Edwin Davis era um dos vice-conselheiros de segurança nacional do presidente dos Estados Unidos. Outros tempos, outras regras. *Ele tem tanto acesso a Daniels quanto eu, mediante a ordem do presidente.* Era isso que Diane dissera. Ela estava certa. O que quer que Davis estivesse fazendo tinha a ver com Ramsey. Não havia provas para tal conclusão, apenas uma sensação, daquelas que ele aprendera havia muito tempo a não ignorar.

Portanto, Edwin Davis talvez tivesse de ser eliminado.

Assim como Millicent.

WILKERSON CAMINHOU COM DIFICULDADE PELA NEVE ATÉ ONDE DOROTHEA Lindauer havia estacionado o carro. O dele ainda estava em brasas. Dorothea parecia despreocupada com a destruição do chalé, embora, como dissera a ele semanas antes, a casa tivesse pertencido a sua família desde meados do século XIX.

Eles haviam deixado os corpos no meio do entulho. *Vamos cuidar deles depois*, falara Dorothea. Outras questões exigiam a atenção imediata dos dois.

Ele carregou a última caixa comprada em Füssen e a colocou no porta-malas. Estava cansado do frio e da neve. Gostava do sol e do calor. Teria sido muito melhor como romano do que como viking.

Abriu a porta do carro e colocou os membros cansados para dentro, atrás do volante. Dorothea já estava no banco do passageiro.

— Agora — disse ela.

Ele olhou para o relógio luminoso e calculou a diferença de horários. Não queria fazer a ligação.

— Depois.

— Não. Ele precisa saber.

— Por quê?

— Homens como ele têm de ser mantidos fora de equilíbrio. Assim, cometerá erros.

Ele estava dividido entre a confusão e o medo.

— Acabei de escapar de um assassinato. Não estou no clima para isso.

Ela tocou o braço dele.

— Sterling, me ouça. Isso está em andamento. Não há como parar. Diga a ele.

Ele mal enxergava o rosto dela no escuro, mas, mentalmente, visualizava sua beleza intensa com facilidade. Era uma das mulheres mais deslumbrantes que conhecera. Inteligente também. Havia acertado na previsão de que Langford Ramsey era uma cobra.

E também acabara de salvar sua vida.

Então, ele pegou o celular e discou o número. Forneceu seu código de segurança e a senha do dia para a telefonista do outro lado da linha. Em seguida, disse o que queria.

Dois minutos depois, Langford Ramsey estava na linha.

— É muito tarde aí onde você está — disse o almirante, num tom amigável.

— Seu cretino patético. Você é um mentiroso de merda.

Um momento de silêncio, e depois:

— Imagino que haja um motivo para falar com um oficial superior dessa forma.

— Eu sobrevivi.

— Sobreviveu a quê?

O tom de pilhéria o confundiu. Mas por que Ramsey não iria mentir?

— Você mandou um grupo para me apagar.

— Garanto-lhe, comandante, que se eu o quisesse morto, você já estaria. Você deveria estar mais preocupado com quem parece estar querendo matá-lo. Talvez Frau Lindauer? Eu o enviei para fazer contato, para conhecê-la, descobrir o que eu precisava saber.

— E fiz exatamente o que me instruiu. Eu queria a maldita estrela.

— E terá, conforme prometido. Mas conseguiu alguma coisa?

No silêncio do carro, Dorothea escutara Ramsey. Pegou o telefone e disse:

— Você é um mentiroso, almirante. É você quem quer que ele morra. E eu diria que ele conseguiu muita coisa.

— Frau Lindauer, é tão bom finalmente falar com você — ele ouviu Ramsey dizer.

— Diga, almirante, por que se interessa por mim?

— Não por você. Por sua família.

— Sabe sobre meu pai, não sabe?

— Estou a par da situação.

— Sabe por que ele estava naquele submarino.

— A pergunta é: por que você está tão interessada? Sua família tem buscado fontes dentro da Marinha por anos. Achou que eu não soubesse disso? Eu simplesmente lhe enviei uma.

— Nós sabíamos que havia mais — disse ela.

— Infelizmente, Frau Lindauer, nunca saberá a resposta.

— Não tenha certeza disso.

— Que ameaça. Estou ansioso para ver se vai cumprir esse voto.

— Que tal responder a uma pergunta?

Ramsey deu uma risadinha.

— OK, uma pergunta.

— Há alguma coisa a ser encontrada lá?

Wilkerson ficou confuso com a pergunta. Alguma coisa a ser encontrada *onde*?

— Você não pode imaginar — disse Ramsey.

E a ligação foi interrompida.

Ela entregou o telefone a ele, que perguntou:

— O que você quis dizer? Alguma coisa a ser encontrada *lá*.

Ela se recostou no assento. A neve cobria a parte externa do carro.

— Eu estava com medo disso — murmurou ela. — Infelizmente, todas as respostas estão na Antártida.

— O que está procurando?

— Preciso ler o que está no porta-malas para poder lhe dizer isso. Ainda não tenho certeza.

— Dorothea, estou jogando no lixo toda a minha carreira, toda a minha vida, por isso. Você ouviu Ramsey. Ele pode não estar atrás de mim.

Ela ficou rígida, sem fazer um movimento.

— Você estaria morto agora se não fosse por mim. — Ela virou a cabeça para ele. — Sua vida está presa à minha.

— E vou dizer mais uma vez. Você tem um marido.

— Werner e eu acabamos. Terminamos há muito tempo. Agora, somos eu e você.

Ela tinha razão, e ele sabia disso. O que, ao mesmo tempo, o incomodava e excitava.

— O que vai fazer? — perguntou ele.

— Algo muito importante para nós dois, espero.

VINTE E CINCO

MALONE EXAMINOU O CASTELO PELO PARA-BRISA, UMA CONSTRUÇÃO IMPO-
nente agarrada a uma encosta muito íngreme. Lucarnas, janelas
com mainel e graciosas sacadas envidraçadas brilhavam na noite.
Lâmpadas em arco conferiam uma suave beleza medieval aos muros. Algo que Lutero dissera certa vez sobre outra cidadela alemã
lhe veio à mente. *Fortaleza poderosa é nosso Deus, um baluarte que
nunca cede.*

Ele dirigia o carro alugado, com Christl Falk no banco do passageiro. Eles haviam saído do mosteiro de Ettal às pressas e penetrado
os bosques bávaros congelados, seguindo uma rodovia abandonada,
livre de trânsito. Finalmente, após um percurso de quarenta minutos, o castelo surgiu, e ele entrou com o carro, estacionando no pátio.
No alto, espalhada por um céu azul-escuro, cintilava a luminosidade
de estrelas faiscantes.

— Esta é a nossa casa — disse Christl, enquanto saíam. — A propriedade dos Oberhauser. Reichshoffen.

— Esperança e império — traduziu ele. — Nome interessante.

— O lema da nossa família. Ocupamos o topo desta colina há mais
de setecentos anos.

Ele examinou o cenário de ordem, meticuloso nas combinações e neutro nas cores, rompida apenas por manchas de neve que escorriam pelas pedras antigas.

Ela se virou para o outro lado, e ele a segurou pelo pulso. Mulheres bonitas eram difíceis, e essa desconhecida realmente era linda. Pior ainda, estava manipulando-o, e ele sabia disso.

— Por que seu nome é Falk e não Oberhauser? — perguntou, tentando desconcertá-la.

Ela olhou para o próprio braço. Ele a soltou.

— Um casamento que foi um erro.

— Sua irmã. Lindauer. Ainda casada?

— Sim, embora eu não possa dizer que seja exatamente um casamento. Werner gosta do dinheiro dela, e ela gosta de estar casada. Dá a ela uma desculpa para que seus amantes jamais passem desse status.

— Vai me contar por que vocês não se dão?

Ela sorriu, o que só aumentava seu magnetismo.

— Depende de se você concorda em ajudar.

— Sabe por que estou aqui.

— Seu pai. É por isso que estou aqui também.

Ele duvidava disso, mas decidiu parar de enrolar.

— Então, vamos ver o que é tão importante.

Entraram pelo portal em arco. A atenção dele foi atraída para uma tapeçaria imensa que cobria a parede ao fundo. Mais um desenho esquisito, este bordado em ouro sobre um fundo castanho e marinho.

Ela notou o interesse dele.

— O timbre de nossa família.

Ele examinou a imagem. Uma coroa posicionada acima de um desenho icônico de um animal — talvez um cachorro ou um gato, difícil saber — segurando na boca o que parecia ser um roedor.

— O que significa?

— Nunca me deram uma boa explicação. Mas um de nossos ancestrais gostava, então mandou fazerem a tapeçaria e pendurarem ali.

Ele ouviu o ronco abafado de um motor lá fora, acelerando no pátio. Pela porta aberta, viu um homem sair de um Mercedes de duas portas com uma arma automática.

Malone reconheceu o rosto.

O mesmo que estivera em seu quarto, mais cedo, no Posthotel.

Mas que diabos?

O homem apontou a arma.

Ele empurrou Christl para trás, enquanto descargas de alta velocidade zuniam pela porta e destruíam uma mesa encostada na parede ao fundo do salão. Ao lado, o vidro de um relógio de chão adjacente foi estilhaçado. Eles correram, Christl na frente. Mais balas bombardearam a parede atrás de Malone.

Ele pegou a arma do bonde, enquanto eles viravam para a entrada de um corredor curto que terminava em um salão grandioso.

Malone examinou rapidamente o local e viu uma sala quadrangular, adornada com colunatas que subiam dos quatro lados, formando longas galerias acima e abaixo. Do outro lado, iluminado por arranjos incandescentes fracos, estava o símbolo do antigo Império Alemão — um estandarte preto, vermelho e dourado, ornado com uma águia. Abaixo, a abertura negra de uma lareira de pedra, grande o suficiente para conter várias pessoas de pé em seu interior.

— Vamos nos separar — disse ela. — Suba.

Antes que ele pudesse contestar, ela se precipitou na escuridão.

Ele viu uma escada que ia dar na galeria do segundo andar e seguiu com cuidado na direção do primeiro degrau. A escuridão entorpeceu seus olhos. Havia nichos por toda parte, lacunas escuras onde, ele ficou preocupado, mais algum empregado mal-intencionado poderia estar à espera.

Subiu as escadas e entrou na galeria superior, sendo envolvido pela escuridão, vagando a alguns metros da balaustrada. Um vulto entrou no salão abaixo, iluminado por trás pela luz enviesada do corredor. Dezoito cadeiras cercavam uma mesa de jantar maciça. Seus encostos, dourados e rígidos, pareciam soldados enfileirados, exceto por duas, sob as quais Christl parecia ter se escondido, uma vez que não podia ser vista.

Uma risada permeou o silêncio.

— Você está morto, Malone.

Fascinante. O homem sabia seu nome.

— Venha me pegar — gritou ele, sabendo que o salão geraria um eco e tornaria impossível sua localização.

Ele viu o homem esquadrinhar a escuridão, vistoriando os arcos, notando uma fornalha de azulejo num canto, a mesa maciça e um candelabro de bronze que pairava acima de tudo.

Malone atirou para baixo.

A bala não acertou o alvo.

Passos aceleraram na direção da escadaria.

Malone correu para a frente, contornou uma parede e diminuiu a velocidade ao encontrar a galeria oposta. Não ouviu nenhum passo vindo de trás, mas o atirador certamente estava lá.

Olhou para a mesa abaixo. Duas cadeiras permaneciam fora do lugar. Uma outra tombou para trás e bateu no chão, fazendo o baque surdo ressoar pelo salão.

Uma saraivada de balas, vinda do outro lado da galeria superior, despencou sobre o tampo da mesa, destruindo-o. Por sorte, a madeira espessa da base aguentou a investida. Malone atirou para o outro lado da galeria, onde os flashes da boca da arma tinham aparecido. Os disparos agora vieram na direção dele, ricocheteando nas pedras atrás de si.

Seus olhos vasculhavam a escuridão, tentando ver onde o agressor poderia estar. Ele havia tentado desviar a atenção, chamando-o, mas Christl Falk, de propósito ou não, arruinara o esforço. Atrás dele, havia mais nichos negros pela parede. A frente estava igualmente deserta. Notou um movimento do outro lado — uma forma indo em sua direção. Ele se agarrou à escuridão, agachando-se e avançando lentamente, virando à esquerda para atravessar o lado mais curto do salão.

O que estava acontecendo? Aquele homem tinha ido até ali atrás dele.

De repente Christl apareceu lá embaixo, no centro do salão, parada na fraca luminosidade.

Malone não se mostrou. Em vez disso, entrou nas sombras, abraçou um dos arcos e espiou por trás.

— Apareça — gritou Christl.

Nenhuma resposta.

Malone abandonou sua posição e moveu-se mais rápido, tentando voltar por trás do atirador.

— Olhe, estou indo embora. Se quiser me parar, sabe o que terá de fazer.

— Isso não é nada inteligente — disse um homem.

Malone parou atrás de outra quina. À frente, no meio da galeria, estava o agressor, olhando para o outro lado. Malone olhou rapidamente para baixo e viu que Christl ainda estava lá.

Uma excitação fria estabilizou seus nervos.

A sombra diante dele ergueu a arma.

— Onde ele está? — perguntou o homem. Mas ela não respondeu. — Malone, apareça, ou ela está morta.

Malone apareceu aos poucos, a arma apontada, e disse:

— Estou bem aqui.

A arma do homem permaneceu apontada para baixo.

— Ainda posso matar Frau Lindauer — disse ele calmamente.

Malone percebeu o erro, mas deixou claro:

— Atiro em você muito antes de conseguir puxar esse gatilho.

O homem pareceu pensar no dilema e virou-se lentamente na direção de Malone. Em seguida, seus movimentos se aceleraram, enquanto ele tentava virar o fuzil, apertando o gatilho ao mesmo tempo. Balas silvaram pelo salão. Malone estava prestes a atirar, quando outra resposta mais rápida bateu nas paredes com um estrondo.

A cabeça do homem foi jogada violentamente para trás, e ele parou de atirar.

Seu corpo voou para longe do corrimão.

Pernas oscilaram, sem equilíbrio.

Um grito, curto e assustado, foi sufocado até silenciar, quando o atirador desabou no chão.

Malone baixou a arma.

O topo do crânio do homem fora arrancado.

Ele se aproximou do corrimão.

Lá embaixo, ao lado de Christl Falk, estava um homem alto e magro, com um fuzil apontado para cima. Do outro lado, uma senhora, que disse a ele:

— Ficamos gratos por tê-lo distraído, Herr Malone.

— Não era necessário atirar.

A mulher mais velha fez um sinal, e o homem baixou o fuzil.

— Achei que fosse — disse ela.

VINTE E SEIS

MALONE DESCEU A ESCADA ATÉ O TÉRREO. O OUTRO HOMEM E A SENHORA AINDA estavam com Christl Falk.

— Este é Ulrich Henn — disse Christl. — Trabalha para a nossa família.

— E o que ele faz?

— Cuida deste castelo — disse a senhora. — É o camarista-chefe.

— E quem é você? — perguntou ele.

Ela ergueu as sobrancelhas, parecendo divertir-se, e deu-lhe um sorriso meio desdentado. Tinha uma magreza anormal, quase parecendo um pássaro, com cabelo brilhante, meio dourado, meio grisalho. Veias bifurcadas marcavam seus braços delgados, e manchas senis cobriam-lhe os pulsos.

— Sou Isabel Oberhauser.

Embora os lábios parecessem receptivos, seu olhar era mais incerto.

— Devo ficar impressionado?

— Sou a matriarca desta família.

Ele apontou para Ulrich Henn.

— Você e seu empregado acabaram de matar um homem.

— Que entrou em minha casa ilegalmente, com uma arma, tentando matar você e minha filha.

— E vocês, por acaso, tinham um fuzil à mão, além de uma pessoa capaz de estourar a cabeça de um homem a 15 metros de distância num salão mal iluminado.

— Ulrich é um excelente atirador.

Henn não disse nada. Parecia saber qual era o seu lugar.

— Eu não sabia que eles estavam aqui — disse Christl. — Tinha a impressão de que minha mãe estava fora. Mas quando a vi entrar no salão com Ulrich, sinalizei para ele ficar pronto, enquanto atraía a atenção do atirador.

— Burrice.

— Parece que funcionou.

E também fez com que ele descobrisse algo sobre aquela mulher. Manter-se firme diante de armas exigia coragem. Mas ele não sabia se ela era inteligente, corajosa ou idiota.

— Não conheço muitos acadêmicos que fariam o que você fez. — Ele encarou a Oberhauser mais velha. — Precisávamos daquele atirador vivo. Ele sabia meu nome.

— Também notei isso.

— Preciso de respostas, não de mais enigmas, e o que fizeram complicou uma situação já atrapalhada.

— Mostre a ele — Isabel disse à filha. — Depois, Herr Malone, você e eu podemos ter uma conversa em particular.

Ele seguiu Christl de volta ao salão principal, depois para o andar de cima, para dentro de um dos quartos onde, num canto distante, uma fornalha colossal de azulejo marcada com a data de 1651 estendia-se até o teto.

— Este foi o quarto de meu pai e de meu avô.

Ela entrou num nicho em que um banco decorativo projetava-se sob uma janela com mainel.

— Meus ancestrais, que construíram Reichshoffen no século XIII, tinham obsessão pela ideia de ficarem presos. Então, todos os quartos tinham pelo menos duas saídas, e este não era exceção. Na verdade, foi equipado com o que era considerado o máximo em segurança na época.

Ela aplicou pressão num dos rejuntes de argamassa, e uma seção da parede se abriu, revelando uma escada em espiral que descia em sentido anti-horário. Quando apertou um interruptor, uma série de lâmpadas de baixa voltagem iluminou a escuridão.

Ele a seguiu na descida. No fim da escada, ela ligou outro interruptor.

Ele reparou no ar. Seco, quente, climatizado. O piso era de ardósia cinza, modelada por linhas finas de reboco preto. As paredes de pedra áspera rebocadas, também pintadas de cinza, mostravam evidências de que tinham sido talhadas no leito de rocha séculos antes.

A câmara fazia um caminho sinuoso, em que um cômodo dissolvia-se no outro, formando um pano de fundo para alguns objetos incomuns. Havia bandeiras alemãs, estandartes nazistas, até uma réplica de um altar da SS, totalmente preparado para as cerimônias de batismo de crianças que ele sabia serem comuns nos anos 1930. Incontáveis estatuetas, um conjunto de soldados de brinquedo disposto sobre um mapa colorido da Europa do início do século XX, capacetes nazistas, espadas, adagas, uniformes, boinas, jaquetas, pistolas, fuzis, gorjais, bandoleiras, anéis, joias, manoplas e fotografias.

— Foi assim que meu avô passou o tempo depois da guerra: acumulando essas coisas.

— Parece um museu nazista.

— O descrédito de Hitler o magoou profundamente. Ele serviu muito bem ao desgraçado, mas nunca conseguiu entender que não significava nada para os socialistas. Durante seis anos, até a guerra acabar, tentou de todas as formas que pôde voltar a agradá-los. Até perder a sanidade totalmente nos anos 1950, ficou colecionando tudo isso.

— Isso não explica por que a família manteve essas coisas.

— Meu pai respeitava o pai. Mas poucas vezes estivemos aqui embaixo.

Ela o levou até uma mesa de mostruário com tampa de vidro. No interior, Christl apontou para um anel de prata, com runas da SS representadas de um jeito que ele nunca havia visto. Em letras cursivas, quase em itálico.

— Estão na verdadeira forma alemã, como nos escudos nórdicos antigos. Apropriado, porque esses anéis só eram usados pela Ahnenerbe. — Ela chamou a atenção de Malone para outro item na caixa. — O distintivo com a runa de Odal e a suástica de hastes curtas também era só para a Ahnenerbe. Meu avô as desenhou. O alfinete de gravata é bastante especial, uma representação da sagrada Irminsul, ou Árvore da Vida dos saxões. Imaginava-se que ficava no alto do Externsteine, em Detmold, e que foi destruída por Carlos Magno em pessoa, o que deu início às grandes guerras entre saxões e francos.

— Você fala dessas relíquias quase com reverência.

— Falo? — Ela pareceu perplexa.

— Como se significassem algo para você.

Ela deu de ombros.

— São simplesmente lembranças do passado. Meu avô fundou a Ahnenerbe por razões puramente culturais, mas ela evoluiu para algo totalmente diferente. Seu Instituto para Pesquisas Científicas Militares conduziu experimentos impensáveis com prisioneiros de campos de concentração. Câmaras de vácuo, hipotermia, testes de coagulação de sangue. Coisas horríveis. Seus Estudos Aplicados da Natureza criaram uma coleção de ossos de judeus, homens e mulheres assassinados cujos corpos eram expostos a um método de putrefação para produzir esqueletos limpos. Vários dos membros da Ahnenerbe acabaram enforcados por crimes de guerra. Muitos outros foram presos. Tornou-se algo abominável.

Ele a observou atentamente.

— Meu avô não participou de nenhum deles — disse ela, lendo o pensamento dele. — Tudo isso aconteceu depois que ele foi demitido e humilhado em público. — Ela hesitou. — Muito depois que ele impôs a si mesmo este lugar e a abadia, onde trabalhava sozinho.

Pendurada ao lado do estandarte da Ahnenerbe, havia uma tapeçaria que tinha a mesma Árvore da Vida do alfinete de gravata. Uma escrita na parte de baixo chamou sua atenção. NENHUM POVO VIVE ALÉM DA DOCUMENTAÇÃO DE SUA CULTURA.

Ela viu seu interesse.

— Meu avô acreditava nessa afirmação.

— E você?

Ela fez que sim.

— Acredito.

Malone ainda não entendia por que a família Oberhauser havia preservado aquela coleção numa sala climatizada, sem um sinal de poeira em lugar algum. Mas podia entender um dos motivos declarados por ela. Ele também respeitava o pai. Embora o homem tivesse ficado ausente por boa parte da infância de Malone, ele se lembrava dos momentos que haviam passado juntos, jogando bola, nadando ou fazendo tarefas da casa. Ficara furioso durante anos depois que o pai morrera, por ter sido privado de algo que os amigos, que tinham pai e mãe, consideravam elementar. Sua mãe nunca o deixou esquecer o pai, mas, à medida que ele cresceu, percebeu que sua memória talvez tivesse saturado. Ser esposa de um oficial da Marinha era uma atribuição difícil, assim como ser esposa de um agente do Setor Magalhães acabara sendo árduo demais para sua ex.

Christl guiou o caminho pelas peças em exibição. Cada curva revelava mais da paixão de Hermann Oberhauser. Ela parou diante de mais um armário de madeira com pintura vistosa, semelhante à da abadia. De dentro de uma das gavetas, ela retirou uma única página revestida por uma capa plástica grossa.

— Este é o testamento original de Eginhardo, encontrado por meu avô. Havia uma cópia na abadia.

Ele examinou o que parecia ser um pergaminho, a escrita comprimida em latim, a tinta desbotada para um cinza pálido.

— No verso está a tradução para o alemão — disse ela. — O último parágrafo é o importante.

Em vida, meu juramento foi dado ao mais piedoso soberano Carlos, imperador e augusto, o que exigiu que eu evitasse qualquer menção ao Tártaro. Um relato completo do que sei foi colocado com reverência junto ao soberano Carlos no dia em que ele morreu. Se algum dia aquele túmulo sagrado for aberto, as páginas não deverão ser divididas nem separadas, mas saibam que o soberano Carlos as teria concedido ao imperador sagrado que então possuísse a coroa. Ler tais verdades seria revelador demais, e, após considerações posteriores de piedade e prudência, especialmente desde que testemunhei a profunda desconsideração que o soberano Luís demonstrou pelos grandiosos esforços de seu pai, condicionei a leitura dessas palavras ao conhecimento de duas outras verdades. A primeira concedo por meio desta ao meu filho, que é orientado a salvaguardá-la para seu filho, e ao filho de seu filho, em seguida, até a eternidade. Guarde-a com afeto, pois foi escrita na língua da Igreja e é de fácil compreensão, mas sua mensagem não está completa. A segunda, que concederia uma compreensão plena da sabedoria dos céus que se encontra com o soberano Carlos, começa na nova Jerusalém. As revelações lá serão esclarecidas uma vez que o segredo daquele local extraordinário seja decifrado. Esclareça esta busca por meio do emprego da perfeição do anjo à santificação do soberano. Mas apenas os que apreciam o trono de Salomão e a frivolidade romana encontrarão o caminho para os céus. Esteja prevenido, pois nem eu nem os Sagrados temos paciência com a ignorância.

— É disso que lhe falei — disse ela. — *Karl der Große Verfolgung*. A busca de Carlos Magno. É o que temos de decifrar. É o que Otto III e todos os soberanos do Sacro Império Romano que o seguiram não conseguiram descobrir. Resolver esse enigma nos levará ao que nossos pais estavam buscando na Antártida.

Ele balançou a cabeça.

— Você disse que seu avô foi e trouxe coisas de lá. Obviamente, ele decifrou o enigma. Não deixou a resposta?

— Não deixou nada registrado sobre como ou o que descobriu. Como eu disse, cedeu à senilidade e tornou-se inútil depois disso.

— E por que isso se tornou tão importante agora?

Ela hesitou antes de responder:

— Nem meu avô nem meu pai ligavam muito para negócios. O mundo era o que lhes interessava. Infelizmente, meu avô viveu num tempo em que ideias controversas eram banidas. Então, ele foi forçado a trabalhar sozinho. Meu pai era um sonhador incorrigível sem capacidade de realizar nada.

— Aparentemente, ele conseguiu chegar à Antártida a bordo de um submarino norte-americano.

— O que suscita uma questão.

— Por que o governo norte-americano estava tão interessado, a ponto de colocá-lo naquele submarino?

Ele sabia que parte disso poderia ser explicada pela época. Os Estados Unidos nas décadas de 1950, 1960 e 1970 realizavam uma série de investigações pouco convencionais. Coisas como paranormalidade, percepção extrassensorial, controle da mente, óvnis. Todos os ângulos eram explorados na esperança de encontrar uma vantagem sobre os soviéticos. Teria isso sido mais uma dessas tentativas?

— Eu tinha esperança — disse ela — de que você pudesse me explicar isso.

Mas ele ainda estava esperando uma resposta para a sua indagação. Então, perguntou novamente:

— Por que tudo isso é importante agora?

— Poderia significar muito. Na verdade, poderia literalmente mudar o nosso mundo.

Atrás de Christl, apareceu a mãe. A mulher idosa andou lentamente até onde eles estavam, sem emitir som algum com seus passos cautelosos.

— Deixe-nos a sós — ordenou ela à filha.

Christl saiu, sem dizer uma palavra.

Malone ficou parado, segurando o testamento de Eginhardo.

Isabel endireitou as costas.

— Você e eu temos coisas a discutir.

VINTE E SETE

Charlie Smith aguardava do outro lado da rua. Um último compromisso antes de terminar sua noite de trabalho.

O capitão de fragata Zachary Alexander, reformado da Marinha dos Estados Unidos, passara os últimos trinta anos sem fazer nada além de reclamar. O coração. O baço. O fígado. Os ossos. Nenhuma parte do corpo escapara aos exames minuciosos. Doze anos antes, ele se convencera de que precisava extrair o apêndice, até um médico lembrá-lo de que seu apêndice já tinha sido removido havia dez anos. Tendo sido fumante de um maço por dia no passado, tivera certeza, três anos antes, de que estava com câncer de pulmão. Mas testes seguidos não revelaram nada. Recentemente, o câncer de próstata se transformara em mais uma de suas aflições obsessivas, e ele havia passado semanas tentando convencer os especialistas de que tinha sido acometido.

Esta noite, no entanto, todas as preocupações médicas de Zachary Alexander acabariam.

Decidir como realizar essa tarefa da melhor maneira tinha sido difícil. Uma vez que praticamente todas as partes do corpo de Alexander tinham sido exaustivamente examinadas, era quase certo que uma morte médica levantaria suspeitas. Violência estava fora de questão, por sempre chamar a atenção. Mas o arquivo sobre Alexander indicava:

> Mora sozinho. Cansada das reclamações incessantes, a esposa divorciou-se dele anos atrás. Os filhos raramente o visitam, perdem a paciência também. Nunca recebe visita de mulheres. Considera sexo desagradável e infeccioso. Declara que parou de fumar há anos, mas quase toda noite, geralmente na cama, gosta de um charuto. De uma marca forte, importada, encomendada especialmente por uma tabacaria em Jacksonville (endereço ao final). Fuma pelo menos um por dia.

Esse bocado tinha sido suficiente para despertar a imaginação de Smith, e, ligado a alguns outros pedacinhos do arquivo, ele finalmente delineara o meio para a morte de Zachary Alexander.

Smith partira de avião de Washington, D.C., para Jacksonville num voo noturno, depois seguira as indicações do arquivo e estacionara a cerca de 400 metros da casa de Alexander. Vestira um colete jeans, pegara uma sacola de lona do banco de trás do carro alugado e caminhara pela via.

Havia apenas algumas casas na rua calma.

No arquivo, estava escrito que Alexander tinha sono pesado e roncava, uma anotação que informava a Smith que um estrondo poderia ser ouvido mesmo de fora da casa.

Entrou no quintal.

Um barulhento compressor de ar central rugia de um lado da casa, aquecendo o interior. A noite estava fria, mas sensivelmente menos gelada que na Virgínia.

Aproximou-se com cuidado de uma das janelas laterais e hesitou até ouvir o ronco rítmico de Alexander. Um par de luvas de látex novo já lhe cobria as mãos. Colocou a sacola de lona no chão devagar. Tirou de dentro dela uma pequena mangueira de borracha com uma ponta de metal oca. Com cuidado, examinou a janela. Exatamente como o arquivo havia indicado, um isolamento de silicone selava os dois lados, num remendo feito de qualquer jeito.

Perfurou a selagem com a ponta de metal, depois retirou da sacola um pequeno cilindro de pressão. O gás era uma mistura nociva que muito tempo antes ele descobrira que conferia um estado de inconsciência profunda, sem nenhum efeito residual no sangue ou nos pulmões. Conectou a mangueira ao orifício de escape, abriu a válvula e deixou as substâncias químicas invadirem a casa em silêncio.

Dez minutos depois, o ronco diminuiu.

Ele fechou a válvula, soltou o tubo e colocou tudo de volta na sacola. Embora tivesse ficado um pequeno buraco no silicone, não se preocupou. A minúscula evidência condenatória logo desapareceria.

Foi andando até o quintal dos fundos.

No meio do caminho, largou a sacola de lona, puxou uma porta num bloco de cimento no chão e desceu. Um conjunto de fios elétricos espalhava-se pelo subsolo. O arquivo mostrava que Alexander, um hipocondríaco inveterado, também era sovina. Alguns anos antes, pagara alguns dólares a um vizinho para adicionar uma tomada no quarto, além de instalar uma linha direta do disjuntor até o compressor de ar externo.

Nada havia sido feito conforme as normas.

Smith encontrou a caixa de disjuntores mencionada no arquivo e desparafusou a placa da tampa. Em seguida, desatou a rede de 220 volts, interrompendo a conexão e silenciando o compressor. Hesitou ansioso por alguns segundos, apurando os ouvidos, caso Alexander tivesse escapado dos efeitos do gás. Mas nada perturbava a noite.

De outro bolso do colete, tirou uma faca e descascou a fita isolante que protegia os fios elétricos que entravam e saíam do disjuntor. Quem quer que tivesse realizado o trabalho não havia revestido os fios — sua desintegração seria facilmente atribuída à falta de conduíte —, então ele teve o cuidado de não cortar demais.

Guardou a faca.

De outro bolso do colete, retirou um saco plástico. Dentro havia um material semelhante a argila e um conector de cerâmica. Fixou o conector nos parafusos dentro da caixa de disjuntores. Antes de religar o circuito, vedou a caixa com a massa, grudando as bolas de argila ao longo dos fios expostos. Na sua forma atual, o material era inofensivo, mas, uma vez aquecido à temperatura necessária pelo tempo necessário, evaporaria e derreteria a fita isolante que restava. O calor requerido para causar a explosão sairia do conector de cerâmica. Alguns minutos seriam necessários para que a corrente aquecesse o conector até a temperatura certa, mas assim estava ótimo.

Ele precisava de tempo para sair.

Apertou os parafusos.

O compressor ganhou vida.

Deliberadamente, não recolocou a tampa da caixa, enfiando-a num dos bolsos do colete.

Examinou seu trabalho. Tudo parecia estar em ordem. Como acontece com o papel flash dos mágicos, uma vez que o conector e a argila pegassem fogo, ambos se tornariam um gás abrasador, produzindo calor intenso. Eram materiais engenhosos, usados por colegas que se especializaram mais em incêndios comerciais do que em assassinato, embora algumas vezes, como nesta noite, os dois pudessem ser a mesma coisa.

Ele saiu de debaixo da casa, colocou a porta de volta no lugar e pegou a sacola de lona. Verificou o chão para se certificar de que não restara nada que pudesse trair sua presença e voltou à janela lateral.

Usando a lanterna de bolso, espiou dentro do quarto através de uma tela encardida. Havia um cinzeiro e um charuto na mesa de cabeceira de Alexander. Perfeito. Se "curto-circuito" não fosse suficiente, "fumar na cama" certamente poderia ser usado por qualquer investigador do incêndio para arquivar o caso.

Ele retornou à rua. No mostrador luminoso de seu relógio de pulso era 1h35.

Ele passava muito tempo fora à noite. Anos antes, comprara um guia dos planetas e estrelas e aprendera sobre o céu. Era bom ter hobbies. Nessa noite, reconheceu Júpiter brilhando forte no céu ocidental.

Cinco minutos se passaram. Um clarão vazou de debaixo da casa quando o conector e, depois, o explosivo de argila foram incinerados. Ele imaginou a cena dos fios descascados unindo-se à conspiração, a corrente elétrica agora alimentando o fogo. A casa com estrutura de madeira tinha bem mais de 30 anos, e, como gravetos sob toras secas, o fogo espalhou-se rapidamente. Em minutos, toda a estrutura estava encoberta pelas chamas.

Zachary Alexander, no entanto, nunca saberia o que aconteceu.

Seu sono forçado não seria interrompido. Seria asfixiado antes que as chamas carbonizassem seu corpo.

VINTE E OITO

MALONE OUVIA ISABEL OBERHAUSER.

— Eu me casei com meu marido há muito tempo. Mas, como pode ver, ele e o pai guardavam segredos.

— Seu marido também era nazista?

Ela balançou a cabeça.

— Simplesmente acreditava que a Alemanha nunca mais foi a mesma depois da guerra. Ouso dizer que estava certo.

Não responder a perguntas parecia ser de família. Isabel o examinou com um olhar calculista, e ele notou um tremor no olho direito da mulher. A respiração dela produzia um chiado leve, e apenas o tiquetaque de um relógio em algum lugar próximo perturbava a tranquilidade inebriante.

— Herr Malone, infelizmente, minhas filhas não têm sido honestas com você.

— É a primeira coisa que ouço hoje com que concordo.

— Desde que meu marido morreu, supervisiono os bens da família. É uma tarefa enorme. Nossas extensas propriedades são de posse exclusiva da família. Infelizmente, não há mais Oberhausers. Minha sogra era uma incompetente incorrigível que, por misericórdia, morreu alguns anos depois de Hermann. Todos os outros parentes próximos pereceram na guerra ou morreram nos anos seguintes. Meu marido controlava a família quando estava vivo. Era o último filho de Hermann. O próprio Hermann perdeu completamente a sanidade em meados da década de 1950. Hoje, chamamos de Alzheimer, mas na época era apenas senilidade. Toda família briga por seus direitos de herança, e chegou a hora de minhas filhas tomarem o controle desta família. Os bens dos Oberhauser nunca foram divididos. Sempre havia filhos. Mas meu marido e eu tivemos filhas. Duas mulheres fortes, diferentes uma da outra. Para provarem seu valor, para forçá-las a aceitar a realidade, elas estão envolvidas numa busca.

— Isto é um jogo?

Isabel franziu as sobrancelhas.

— De modo algum. É uma busca pela verdade. Meu marido, embora eu o amasse muito, foi, como o pai, consumido pela insensatez. Hitler rejeitou Hermann em público, e essa rejeição, acredito, contribuiu para sua decadência mental. Meu marido foi igualmente fraco. Tinha dificuldade em tomar decisões. É triste, mas a vida toda minhas filhas brigaram uma com a outra. Nunca foram amigas. O pai delas era uma fonte desses atritos. Dorothea manipulava as fraquezas dele, usava-as. Christl ficava magoada com eles e se rebelava. Tinham apenas 10 anos quando ele morreu, mas as diferenças no relacionamento com o pai parecem a melhor maneira de defini-las agora. Dorothea é prática, tem os pés no chão, encara a realidade e busca um homem complacente. Christl é sonhadora, tem fé e busca os fortes. Agora estão empenhadas numa busca que nenhuma das duas compreende totalmente...

— Graças a você, presumo.

Ela assentiu.

— Confesso manter certo elemento de controle. Mas muito está em jogo aqui. Literalmente tudo.

— O que é tudo?

— Esta família possui muitas fábricas, uma refinaria de petróleo, diversos bancos, ações pelo mundo. Bilhões de euros.

— Duas pessoas morreram hoje como parte desse jogo.

— Estou ciente disso, mas Dorothea queria o arquivo sobre o *Blazek*. É parte da realidade que ela deseja. Mas parece que ela decidiu que você não era um caminho para o sucesso dela e abandonou os esforços. Eu suspeitava de que seria o caso. Então, certifiquei-me de que Christl tivesse a oportunidade de falar com você.

— Você enviou Christl para o Zugspitze?

Ela assentiu.

— Ulrich estava lá para cuidar dela.

— E se eu não quiser fazer parte disso?

Os olhos úmidos da mulher transmitiram uma expressão de aborrecimento.

— Ora, Herr Malone, não vamos enganar um ao outro. Estou sendo franca. Poderia pedir o mesmo de você? Deseja saber, tanto quanto eu, o que aconteceu 38 anos atrás. Meu marido e seu pai morreram juntos. A diferença entre nós dois é que eu sabia que ele estava indo para a Antártida. Eu só não sabia que nunca mais o veria.

Ele ficou atordoado. Aquela mulher sabia de muita coisa em primeira mão.

— Ele estava em busca dos Vigilantes — disse ela. — Os Sagrados.

— Não pode acreditar realmente que tais pessoas existiram.

— Eginhardo acreditava. São mencionadas no testamento que está segurando. Hermann acreditava. Dietz deu a vida pela crença. Na verdade, eles foram chamados de modos diversos por diferentes culturas. Os astecas denominaram-nos Serpentes Emplumadas, supostamente grandes homens brancos com barbas vermelhas. A Bíblia, no Gênesis, chama-os de Elohim. Os sumérios identificavam-nos como Anunnaki. Os egípcios, como Akhu, Osíris e os Shemsu Hor.

Tanto o hinduísmo quanto o budismo os descrevem. *Ja,* Herr Malone, nisso Christl e eu concordamos, eles são reais. Influenciaram até o próprio Carlos Magno.

Ela estava falando bobagem.

— Frau Oberhauser, estamos falando de coisas que aconteceram milhares de anos atrás...

— Meu marido estava completamente convencido de que os Vigilantes ainda existem.

Ele se deu conta de que o mundo era um lugar diferente em 1971. Sem mídia global, sistemas de rastreamento por GPS, satélites geossincronizados ou internet. Manter-se escondido era possível então. Hoje, não mais.

— Isso é ridículo.

— Nesse caso, por que os norte-americanos concordaram em levá-lo para lá?

Ele viu que ela sabia a resposta para a própria pergunta.

— Porque também haviam buscado. Depois da guerra, eles foram à Antártida numa excursão militar gigantesca chamada Salto em Altura. Meu marido falou dela muitas vezes. Foram em busca do que Hermann encontrou em 1938. Dietz sempre acreditou que os norte-americanos descobriram algo durante a Salto em Altura. Muitos anos se passaram. Então, seis meses antes de sua partida para a Antártida, alguns de seus militares vieram aqui para se encontrar com Dietz. Falaram sobre a Salto em Altura e estavam a par da pesquisa de Hermann. Parece que alguns de seus livros e documentos estavam entre os papéis que eles haviam confiscado após a guerra.

Ele lembrou o que Christl acabara de lhe dizer. *Poderia significar muito. Na verdade, poderia literalmente mudar o nosso mundo.* Normalmente, ele consideraria tudo isso loucura, mas o governo dos Estados Unidos tinha enviado um de seus submarinos mais avançados para investigar e em seguida ocultara totalmente o naufrágio.

— Dietz foi sábio ao escolher os norte-americanos em vez dos so-viéticos. Eles também vieram aqui, querendo sua ajuda, mas ele odia-va comunistas.

— Você faz alguma ideia do que está na Antártida?

Ela balançou a cabeça.

— Eu me perguntei isso por muito tempo. Sabia do testamento de Eginhardo, dos Sagrados e dos dois livros que estão com Dorothea e Christl. Quis realmente saber o que há lá. Então, minhas filhas estão desvendando o enigma, e, no processo, espero que aprendam que po-dem, de fato, precisar uma da outra.

— Isso pode ser impossível. Elas parecem desprezar uma à outra.

Ela olhou para o chão.

— Não deve haver duas irmãs que se odeiem mais. Mas minha vida logo acabará, e preciso saber que a família será preservada.

— E eliminar suas próprias dúvidas?

Ela consentiu.

— Exatamente. Precisa entender, Herr Malone, que encontramos o que procuramos.

— Foi o que Christl disse.

— O pai dela disse isso muitas vezes e, a esse respeito, estava certo.

— Por que estou envolvido?

— Dorothea tomou essa decisão no início. Ela o viu como um meio de descobrir coisas sobre o submarino. Desconfio que o tenha rejeitado devido à sua força. Isso é algo que a assustaria de verda-de. Eu o escolhi porque Christl pode se beneficiar com sua força. Mas você também é uma pessoa que pode deixar as coisas em pé de igualdade para ela.

Como se ele se importasse. Mas já estava prevendo.

— E ao nos ajudar, você poderá ser capaz de resolver seu próprio dilema.

— Sempre trabalhei sozinho.

— Sabemos coisas que você não sabe.

Isso, ele não podia negar.

— Tem notícias de Dorothea? Tem um cadáver na abadia.

— Christl me contou — disse ela. — Ulrich cuidará disso, como fará com o daqui. Estou preocupada com quem mais está envolvido neste assunto, mas acredito que você seja a pessoa mais qualificada para resolver essa complicação.

A descarga de adrenalina que ele sentira na galeria superior estava rapidamente sendo substituída pela fadiga.

— O atirador veio para cá atrás de mim e de Dorothea. Não disse nada sobre Christl.

— Eu o ouvi. Christl explicou a você sobre Eginhardo e Carlos Magno. O documento que está segurando claramente contém um desafio, uma busca. Você viu o livro, escrito pelo punho de Eginhardo. E o do túmulo de Carlos Magno, o qual somente um imperador do Sacro Império Romano estava autorizado a receber. Isso é real, Herr Malone. Imagine, por um momento, se de fato houve uma primeira civilização. Pense nas ramificações para a história da humanidade.

Ele não conseguia decidir se a velha era uma manipuladora, uma parasita ou uma aproveitadora. Provavelmente os três.

— Frau Oberhauser, não estou nem um pouco preocupado com isso. Francamente, acho que vocês são todas loucas. Quero apenas saber onde, como e por que meu pai morreu. — Ele fez uma pausa, torcendo para não se arrepender do que estava prestes a dizer: — Se ajudá-las vai me trazer a resposta, esse é um incentivo suficiente para mim.

— Então, já decidiu?

— Não.

— Eu poderia lhe oferecer uma cama por esta noite, e você pode fazer sua escolha amanhã?

Ele sentia uma dor nos ossos e não queria dirigir de volta ao Posthotel — que talvez não fosse mesmo o abrigo mais seguro, considerando o número de visitas indesejadas nas últimas horas. Pelo menos Ulrich estava ali. Era estranho, mas isso o fazia sentir-se melhor.

— OK, não vou contestar a sugestão.

VINTE E NOVE

Ramsey vestiu o roupão. Hora de começar mais um dia. Na verdade, este poderia muito bem se tornar o dia mais importante de sua vida, o primeiro passo de uma jornada decisiva.

Sonhara com Millicent, Edwin Davis e com o NR-1A. Uma estranha combinação que os entrelaçava em imagens perturbadoras. Mas ele não ia permitir que fantasias estragassem a realidade. Percorrera um longo caminho — e dentro de algumas horas reivindicaria o próximo prêmio. Diane McCoy estava certa. Era duvidoso que ele fosse a primeira opção do presidente para ficar no lugar de David Sylvian. Ele sabia de pelo menos dois outros que Daniels certamente indicaria antes dele — supondo que a decisão fosse apenas da Casa Branca. Ainda bem que a livre escolha era uma raridade na política de Washington.

Ele desceu ao térreo e entrou no escritório, exatamente quando seu celular tocou. Ramsey estava sempre com o aparelho. O visor indicava uma transferência do exterior. Ótimo. Desde que falara com Wilkerson, horas antes, esperava para saber se a falha aparente tinha sido revertida.

— Aqueles pacotes de Natal que você encomendou — disse a voz. — Lamentamos informar que podem não chegar a tempo.

Ele reprimiu a raiva renovada:

— E o motivo do atraso?

— Achamos que tivesse um estoque em nossos depósitos, mas descobrimos que não havia nenhum disponível.

— Seus problemas de estoque não me interessam. Paguei com semanas de antecedência, esperando entrega imediata.

— Estamos cientes disso e planejamos garantir que a entrega ocorra a tempo. Queríamos apenas informá-lo de um pequeno atraso.

— Se for necessária uma remessa prioritária, adicione os custos. Não me importa. Faça as entregas.

— Estamos rastreando os pacotes agora e devemos ser capazes de verificar a entrega em breve.

— Não deixe de fazê-lo — disse ele, e depois desligou.

Agora, estava agitado. O que estava acontecendo na Alemanha? Wilkerson ainda estava vivo? E Malone? Duas pontas soltas que ele não tinha condições de permitir. Mas não havia nada que pudesse fazer. Precisava confiar nos informantes em terra. Tinham se saído bem antes, e ele esperava que fosse assim desta vez.

Acendeu a luminária da escrivaninha.

Uma das coisas que o atraíram naquela casa, além da localização, do tamanho e da atmosfera, foi o cofre que o proprietário havia instalado com discrição. De modo algum era impecável, mas oferecia proteção suficiente para arquivos trazidos para casa apenas para passar a noite, bem como para algumas pastas que ele mantinha em segredo.

Ramsey abriu o painel de madeira oculto e digitou um código numérico.

Seis pastas encontravam-se em posição vertical.

Ele retirou a primeira à esquerda.

Charlie Smith não apenas era um excelente assassino, mas também recolhia informações com o zelo de um esquilo localizando nozes para o inverno. Parecia adorar descobrir segredos que as pessoas esforçavam-se arduamente para esconder. Smith passara os últimos dois anos coletando fatos. Alguns deles estavam sendo usados naquele exato momento, e o restante entraria em jogo nos próximos dias, conforme a necessidade.

Abriu a pasta e revisou os detalhes.

Impressionante como a imagem pública podia ser tão diferente da pessoa no âmbito privado. Ramsey se perguntou como os políticos mantinham as aparências. Devia ser difícil. Ímpetos e desejos apontavam para uma única direção — a carreira e a imagem puxavam para outra.

O senador Aatos Kane era um exemplo perfeito. Cinquenta e seis anos. Cumprindo o quarto mandato por Michigan, casado, três filhos. Na carreira política desde os 20 e poucos anos, primeiro em nível estadual, depois no Senado norte-americano. Daniels havia cogitado seu nome para vice-presidente quando a vaga ficara disponível no ano anterior, mas Kane recusara, dizendo que agradecia a confiança da Casa Branca, mas acreditava poder servir melhor ao presidente como senador. Michigan respirara aliviado. Kane foi avaliado por diversos grupos de pressão política como um dos mais eficientes fomentadores do fisiologismo no Congresso. Vinte e dois anos no Capitólio ensinaram a Aatos Kane todas as lições certas.

E o mais importante? Todos os políticos eram regionais. Ramsey sorriu. Amava almas negociáveis.

A pergunta de Dorothea Lindauer ainda ressoava em seu ouvido. *Há alguma coisa a ser encontrada lá?* Não pensava naquela viagem à Antártida havia anos.

Quantas vezes tinham desembarcado? Quatro?

O comandante do navio — Zachary Alexander — era do tipo inquisidor, mas, conforme as ordens recebidas, Ramsey mantivera a missão em segredo. Apenas o receptor de rádio que sua equipe levara a bordo estava sintonizado ao transponder de emergência do NR-1A. Nenhum sinal chegara a ser ouvido pelas estações de monitoramento no hemisfério Sul, o que facilitara a definitiva ocultação dos fatos. Nenhuma radiação fora detectada. Pensava-se que um sinal e radiação seriam mais discerníveis conforme a maior proximidade em relação à fonte. Naquele tempo, o gelo tinha a tendência de bagunçar aparelhos eletrônicos sensíveis. Então, eles escutaram e monitoraram a água por dois dias, enquanto o *Holden* rondava o mar de Weddell, um lugar de ventos uivantes, nuvens roxas luminosas e halos espectrais ao redor de um sol fraco.

Nada.

Depois, eles haviam desembarcado com o equipamento.

— *O que você captou?* — *perguntou ele ao capitão-tenente Herbert Rowland.*

O homem estava animado.

— *Um sinal a 240 graus.*

Ele olhou para a extensão do continente deserto, envolto no manto de gelo de mais de um quilômetro de espessura. Vinte e dois graus abaixo de zero, e quase verão. Um sinal? Ali? Sem chances. Estavam a 550 metros da costa, onde tinham desembarcado, o terreno tão plano e amplo quanto o mar. Era impossível saber se era água ou terra o que estava por baixo. Para a direita e adiante, montanhas surgiam como dentes acima da tundra branca e cintilante.

— *Sinal definitivo a 240 graus* — *repetiu Rowland.*

— *Sayers!* — *bradou, chamando o terceiro membro da equipe.*

O outro capitão-tenente estava 50 metros à frente, procurando rachaduras no gelo. A percepção era um problema constante. Neve branca, céu branco, até o ar ficava branco com o vapor constante da respiração. Aquele era um lugar de um vazio mumificado, ao qual o olho humano ajustava-se pouco melhor que ao breu.

— *É o maldito do submarino* — *disse Rowland, ainda com a atenção voltada para o receptor.*

Ramsey ainda era capaz de sentir o frio absoluto que o envolvera naquela terra sem sombras, onde mortalhas de névoa verde-acinzentadas materializavam-se num instante. Eles tinham sido perturbados pelo mau tempo, por tetos baixos, nuvens densas e vento constante. A cada inverno do hemisfério Norte por que Ramsey passava desde então, comparava sua ferocidade com a intensidade de um dia comum na Antártida. Ele havia passado quatro dias lá, quatro dias que nunca esquecera.

Você não pode imaginar, dissera a Dorothea Lindauer em resposta à pergunta dela.

Olhou para dentro do cofre.

Ao lado das pastas, havia um diário.

Trinta e oito anos antes, os regulamentos da Marinha exigiam que os comandantes de todas as embarcações de alto-mar tivessem um.

Pegou o livro devagar.

TRINTA

Stephanie acordou Edwin Davis de um sono profundo. Ele despertou com um sobressalto, desorientado, até perceber onde estava.

— Você ronca — disse ela.

Mesmo através de uma porta fechada e em outro quarto, ela o ouvira durante a noite.

— É o que dizem. Acontece quando estou muito cansado.

— E quem lhe diz?

Ele esfregou os olhos para afastar o sono. Estava deitado na cama completamente vestido, o celular ao lado. Tinham chegado a Atlanta pouco antes da meia-noite no último voo de Jacksonville. Davis sugerira um hotel, mas Stephanie insistira para que ele ficasse em seu quarto de hóspedes.

— Não sou um monge — declarou ele.

Ela sabia pouco sobre sua vida pessoal. Solteiro, isso ela sabia. Mas já tinha sido casado? Filhos? Aquele, no entanto, não era o momento para intromissões.

— Precisa fazer a barba.

Ele esfregou o queixo.

— Muito bom que você tenha me avisado.

Ela se dirigiu à porta.

— No banheiro do corredor, tem toalha e lâminas de barbear... só que de mulher.

Ela já havia tomado banho e se vestido, pronta para o que quer que o dia pudesse ter reservado.

— Sim senhora — disse ele, levantando-se. — Você não brinca em serviço.

Ela o deixou e entrou na cozinha, ligando a televisão da bancada. Ela raramente tomava um café da manhã que fosse além de um bolinho ou algum cereal, e detestava café. Chá verde geralmente era a sua opção de bebida quente. Precisava ver como estava o escritório. Ter uma equipe de funcionários quase inexistente ajudava na segurança, mas era um inferno na hora de delegar.

— ...será interessante — dizia um repórter da CNN. — O presidente Daniels recentemente expressou muito descontentamento com os chefes do Estado-Maior Conjunto. Num discurso, duas semanas atrás, questionou indiretamente a necessidade de toda essa estrutura hierárquica.

A tela passou para a imagem de Daniels diante de um palanque azul.

— Não comandam nada — disse ele, com sua voz característica de barítono. — São conselheiros. Políticos. Repetem políticas, não as criam. Não me entendam mal. Tenho um grande respeito por esses homens. É com a instituição que tenho problemas. Não há dúvidas de que os talentos dos oficiais que agora estão entre os chefes do Estado-Maior Conjunto poderiam ser mais bem aproveitados em outras funções.

De volta à repórter, uma morena enérgica:

— Tudo isso nos faz pensar se, ou como, ele preencherá a vaga deixada pela morte precoce do almirante de esquadra David Sylvian.

Davis entrou na cozinha, o olhar fixo na televisão. Ela notou o interesse.

— O que foi?

Ele ficou em silêncio, taciturno, preocupado. Finalmente, disse:

— Sylvian é o homem da Marinha no Estado-Maior Conjunto.

Ela não entendeu. Tinha lido sobre o acidente de motocicleta e os ferimentos de Sylvian.

— É uma pena que ele tenha morrido, Edwin, mas qual o problema?

Ele pôs a mão no bolso e encontrou o celular. Digitou alguns números e disse:

— Preciso saber como o almirante Sylvian morreu. A causa exata, e rápido.

Ele encerrou a ligação.

— Vai explicar? — perguntou ela.

— Stephanie, Langford Ramsey está envolvido em mais coisas. Cerca de seis meses atrás, o presidente recebeu uma carta da viúva de um capitão-tenente da Marinha...

O celular fez um tinido curto. Davis examinou o visor e atendeu, escutou por alguns segundos e desligou.

— Esse capitão-tenente trabalhava no escritório de contabilidade geral da Marinha. Notou irregularidades. Alguns milhões de dólares desviados de banco em banco, e depois o dinheiro simplesmente desaparecia. As contas estavam todas ligadas à inteligência naval, ao escritório do diretor.

— O negócio de inteligência funciona com fundos de fachada — disse ela. — Tenho diversas contas secretas que uso para pagamentos externos, contratos temporários, esse tipo de coisa.

— Esse oficial morreu dois dias antes da reunião marcada para passar um relatório aos seus superiores. A viúva sabia parte do que ele havia descoberto e não confiava em ninguém entre os militares. Ela escreveu um apelo pessoal ao presidente, e a carta foi direcionada a mim.

— E quando você viu o Gabinete da Inteligência Naval, sua mente entrou em estado de alerta. Então, o que encontrou ao examinar essas contas?

— Não foram encontradas.

Ela havia passado por uma frustração semelhante. Bancos em diversas partes do mundo tinham fama de apagar contas — desde que, é claro, as taxas necessárias fossem pagas pelo correntista.

— Então, qual a sua irritação no momento?

— O capitão-tenente caiu morto em casa, vendo televisão. A esposa foi ao mercado e, quando voltou, ele estava morto.

— Acontece, Edwin.

— A pressão sanguínea dele despencou. O homem tinha sopro no coração, recebera tratamento, e, você está certa, coisas assim acontecem. A necropsia não acusou nada. Com o histórico dele e nenhuma evidência de crime, a causa da morte parecia óbvia.

Ela esperou.

— Acabo de ser informado de que o almirante de esquadra David Sylvian morreu por queda de pressão.

A expressão dele era um misto de aversão, raiva e frustração.

— Coincidência demais para você? — perguntou ela.

Ele assentiu.

— Você e eu sabemos que Ramsey controlava as contas que aquele oficial encontrou. E agora há uma vaga no Estado-Maior Conjunto?

— Você está se precipitando, Edwin.

— Estou? — Seu tom era carregado de desdém. — O pessoal do meu escritório disse que eles estavam prestes a entrar em contato comigo. Ontem à noite, antes de dormir, ordenei que enviassem dois agentes do Serviço Secreto para Jacksonville. Queria que ficassem de olho em Zachary Alexander. Chegaram há uma hora. A casa dele foi destruída por um incêndio na noite passada, com ele dentro.

Ela ficou chocada.

— Há indícios de um curto-circuito nos fios sob a casa.

Ela disse a si mesma para nunca jogar pôquer com Edwin Davis. Ele havia recebido as duas notícias com cara de paisagem.

— Temos de encontrar aqueles dois oficiais que estavam na Antártida com Ramsey.

— Nick Sayers está morto — disse ele. — Faz anos. Herbert Rowland ainda está vivo. Mora nos arredores de Charlotte. Pedi que verificassem isso ontem à noite também.

Serviço Secreto? Cooperação do pessoal da Casa Branca?

— Você está me enrolando, Edwin. Não está nessa sozinho. Está numa missão.

Ele pestanejou.

— Depende. Se der certo, vou ficar bem. Se eu falhar, é o fim da minha carreira.

— Pôs sua carreira em jogo por isso?

— Eu devo isso a Millicent.

— Por que estou aqui?

— É como eu lhe disse, Scot Harvath se recusou. Mas me disse que ninguém se vira sozinho melhor que você.

A racionalização não era necessariamente reconfortante. Mas, que diabos, ela já havia cruzado a linha.

— Vamos para Charlotte.

TRINTA E UM

Malone sentiu o trem reduzir a velocidade ao entrar nas proximidades de Aachen. Ainda que suas preocupações da noite anterior tivessem diminuído para uma proporção mais aceitável, ele se perguntava o que estava fazendo ali. Christl Falk estava sentada ao seu lado, mas a viagem de Garmisch para o norte levara umas três horas, e eles pouco haviam se falado.

Suas roupas e seus artigos de higiene pessoal que estavam no Posthotel aguardavam por ele quando acordou em Reichshoffen. Um bilhete explicava que Ulrich Henn os havia buscado durante a noite. Malone dormira em lençóis que cheiravam a cravo, depois tomara banho, fizera a barba e se trocara. É claro que havia trazido poucas camisas e calças da Dinamarca, planejando uma estada de um ou dois dias. Agora, não tinha tanta certeza.

Isabel estava esperando por ele no andar de baixo, e ele informara à matriarca dos Oberhauser que tinha decidido ajudar. Que escolha tinha? Queria saber sobre o pai e queria saber quem estava tentando matá-lo. Ir embora não levaria a nada. E a velha deixara algo bem claro: *Elas sabiam de coisas que ele não sabia.*

— Mil e duzentos anos atrás — disse Christl —, este era o centro do mundo secular. A capital do recém-concebido Império do Norte. O que passamos a chamar, 1.200 anos depois, de Sacro Império Romano.

Malone sorriu.

— Que não era nem sacro, nem romano, nem um império.

Ela assentiu.

— Verdade. Mas Carlos Magno era bastante progressista. Um homem de imensa energia, fundou universidades, gerou princípios jurídicos que acabaram entrando para o direito comum, organizou o governo e deu início a um nacionalismo que inspirou a criação da Europa. Eu o estudei durante anos. Parecia tomar todas as decisões corretas. Governou por 47 anos e viveu até os 74, num tempo em que os reis mal duravam cinco anos no poder e aos 30 estavam mortos.

— E você acha que isso aconteceu porque ele recebeu ajuda?

— Ele comia com moderação e bebia com cuidado, e olha que a glutonia e a bebedeira corriam soltas na corte. Cavalgava, caçava e nadava diariamente. Uma das razões pelas quais escolheu Aachen para sua capital foi a existência de fontes termais, que ele usava religiosamente.

— Então os Sagrados o ensinaram sobre dieta, higiene e exercícios?

Ele viu que Christl notou o sarcasmo.

— Ele tinha as características de um guerreiro — disse ela. — Todo o seu reino foi marcado por conquistas. Mas sua abordagem da guerra era baseada na disciplina. Planejava uma campanha por pelo menos um ano, estudando o adversário. Também *dirigia* as batalhas, em vez de participar delas.

— Também era extremamente brutal. Em Verden, ordenou a decapitação de 4.500 prisioneiros saxões.

— Não se tem certeza — disse ela. — Nunca foi encontrada nenhuma prova arqueológica do suposto massacre. A fonte original da história pode ter usado erroneamente a palavra *decollabat*, decapitar, onde deveria constar *delocabat*, exilar.

— Você sabe muita história. E latim.

— Nada disso saiu da minha cabeça. Eginhardo foi o cronista. Foi ele quem fez essas observações.

— Supondo-se, é claro, que seus escritos sejam autênticos.

O trem reduziu ainda mais a velocidade.

Malone ainda estava pensando sobre o dia anterior e o que repousava sob Reichshoffen.

— Sua irmã se sente do mesmo jeito que você em relação aos nazistas e ao que eles fizeram ao seu avô?

— Dorothea não está nem aí. Família e história não são importantes para ela.

— O que é?

— Ela mesma.

— Estranho como gêmeos são tão ressentidos uns com os outros.

— Não há regra que diga que temos de ser ligadas uma à outra. Aprendi, quando criança, que Dorothea era um problema.

Ele precisava explorar essas diferenças:

— Sua mãe parece ter uma favorita.

— Eu não diria isso.

— Ela enviou você para mim.

— Verdade. Mas auxiliou Dorothea no começo.

O trem parou.

— Vai explicar essa?

— Foi ela quem deu a Dorothea o livro do túmulo de Carlos Magno.

DOROTHEA TERMINOU A INSPEÇÃO DAS CAIXAS QUE WILKERSON RETIRARA DE Füssen. O livreiro tinha feito um bom trabalho. Muitos dos registros da Ahnenerbe haviam sido confiscados pelos Aliados depois da guerra, de modo que ela ficou impressionada que tanto material tivesse sido localizado. Porém, mesmo tendo passado as últimas horas lendo, a Ahnenerbe permanecia um enigma para ela. Apenas nos anos mais recentes é que a existência da organização finalmente fora estudada por historiadores, e os poucos livros escritos sobre o assunto tratavam principalmente de seus fracassos.

Aquelas caixas falavam de sucesso.

Houvera expedições para a Suécia, para reaver petróglifos, e para o Oriente Médio, onde se estudaram as disputas internas pelo poder no Império Romano — as quais, para a Ahnenerbe, haviam sido travadas entre os povos nórdicos e semíticos. O próprio Göring financiara essa viagem. Em Damasco, os sírios os receberam como aliados para combater uma população crescente de judeus. No Irã, seus pesquisadores visitaram ruínas persas, assim como a Babilônia, maravilhados com uma possível conexão com os arianos. Na Finlândia, estudaram canções pagãs antigas. A Baviera revelou pinturas rupestres e evidência dos Cro-Magnon, que, para a Ahnenerbe, com certeza eram arianos. Outras pinturas rupestres foram analisadas na França, onde, conforme observou um comentarista: "Himmler e tantos outros nazistas sonhavam com a ideia de se encontrarem envoltos pela misteriosa aura dos ancestrais."

Mas a Ásia tornou-se uma verdadeira fascinação.

A Ahnenerbe acreditava que os primeiros arianos conquistaram grande parte da China e do Japão e que o próprio Buda era descendente dos arianos. Uma grande expedição ao Tibete rendeu milhares de fotografias, moldes de cabeças e medidas de corpos, além de exemplares de animais e plantas exóticos, todos reunidos na esperança de provar a ancestralidade. Mais viagens para Bolívia, Ucrânia, Irã, Islândia e Ilhas Canárias nunca se concretizaram, embora os planejamentos elaborados para cada jornada estivessem detalhados.

Os registros também descreviam como, à medida que a guerra avançava, o papel da Ahnenerbe era expandido. Depois de Himmler ordenar a arianização da recém-conquistada Crimeia, a Ahnenerbe fi-

cou encarregada de duplicar as florestas alemãs e cultivar novas plantações para o Reich. A Ahnenerbe também supervisionava a realocação
de alemães étnicos para a região, junto com a deportação de milhares
de ucranianos.

Contudo, à medida que o grupo de pesquisa crescia, mais financia-
mentos eram necessários. Portanto, foi criada uma fundação para receber doações.

Entre os contribuintes estavam o Deutsche Bank, a BMW e a Daimler-
Benz, empresas que recebiam agradecimentos constantes em correspon-
dência oficial. Sempre inovador, Himmler ficou sabendo de um
maquinista alemão que patenteava uns painéis refletores para bicicletas.
Formou uma empresa conjunta com o inventor e garantiu a aprovação
de uma lei que exigia que os pedais de todas as bicicletas incluíssem os
refletores, o que rendeu dezenas de milhares de marcos alemães anual-
mente para a Ahnenerbe.

Tanto esforço tinha sido aplicado para inventar tanta ficção.

Mas entre os aspectos ridículos da busca pelos arianos perdidos e
as tragédias da participação do grupo nos assassinatos organizados,
seu avô tinha, de fato, se deparado com um tesouro.

Ela olhou para o livro antigo sobre a mesa.

Tinha mesmo saído do túmulo de Carlos Magno?

Nada em nenhum dos materiais que Dorothea havia lido falava
dele, embora, pelo que a mãe lhe dissera, o volume tivesse sido encontrado em 1935, entre os arquivos da República de Weimar, descoberto
junto com uma mensagem escrita por algum escrivão desconhecido
que atestava sua remoção do túmulo em Aachen em 19 de maio do ano
1000, pelo imperador Otto III. Como o livro conseguira sobreviver até
o século XX permanecia um mistério. O que isso significava? Por que
era tão importante?

Sua irmã, Christl, acreditava que a resposta residia em alguma
apelação mística.

E Ramsey não aliviara os receios de Dorothea com aquela resposta enigmática.

Você não pode imaginar.

Mas nada daquilo poderia ser a resposta.

Ou poderia?

MALONE E CHRISTL SAÍRAM DA ESTAÇÃO DE TREM. O AR FRIO E ÚMIDO O FEZ lembrar o inverno da Nova Inglaterra. Os táxis estavam enfileirados no meio-fio. As pessoas iam e vinham em um fluxo constante.

— Minha mãe — disse Christl — quer que *eu* tenha êxito.

Ele não conseguia decidir se ela estava tentando convencê-lo ou a si mesma.

— Sua mãe está manipulando vocês duas.

Ela o encarou.

— Sr. Malone...

— Meu nome é Cotton.

Ela pareceu conter uma onda de irritação.

— Como você já me lembrou ontem à noite. Como conseguiu esse nome estranho?

— História para depois. Você estava prestes a me repreender, antes de eu desconcertá-la.

O rosto dela relaxou com um sorriso.

— Você é um problema.

— Pelo que sua mãe disse, Dorothea também achou. Mas decidi encarar isso como um elogio. — Ele esfregou as mãos enluvadas e olhou à sua volta. — Precisamos fazer uma parada. Ceroulas cairiam bem. Este não é aquele ar bávaro seco. E você? Frio?

— Eu cresci neste clima.

— Eu, não. Na Geórgia, onde nasci e cresci, é quente e úmido nove meses por ano. — Ele continuou a olhar à sua volta com um ar de desinteresse, simulando desconforto. — Também preciso de uma muda de roupa. Não trouxe bagagem para uma viagem longa.

— Tem um centro comercial perto da capela.

— Suponho que em algum momento você vai explicar sobre sua mãe e por que estamos aqui, certo?

Christl fez sinal para um táxi, que se aproximou.

Ela abriu a porta e entrou, seguida por Malone, e disse ao motorista aonde queriam ir.

— *Ja* — disse ela —, vou explicar.

Enquanto saíam da estação, Malone olhou de relance pela janela de trás. O mesmo homem que ele vira três horas antes na estação de Garmisch — alto, com o rosto magro, de feições acentuadas e marcado por rugas — acenou para um táxi.

Não levava bagagens e parecia concentrado em apenas uma coisa.

Seguir.

DOROTHEA TINHA APOSTADO NA AQUISIÇÃO DOS REGISTROS DA AHNENERBE. Arriscara-se ao entrar em contato com Cotton Malone, mas provara a si mesma que ele era de pouca utilidade. Ainda assim, ela não estava certa de que o caminho para o sucesso fosse mais pragmático. Uma coisa parecia clara: expor sua família a mais humilhação não era uma opção. De vez em quando, um pesquisador ou historiador entrava em contato com Reichshoffen, querendo inspecionar os documentos do avô dela ou falar com a família sobre a Ahnenerbe. Tais pedidos eram sempre recusados, e por uma boa razão.

O passado devia ficar no passado.

Ficou olhando para a cama e para um Sterling Wilkerson adormecido.

Eles tinham ido para o norte de carro na noite anterior e se hospedaram em Munique. A mãe dela ficaria sabendo da destruição do chalé antes do fim do dia. O corpo na abadia certamente já havia sido encontrado. Ou os monges ou Henn se encarregariam do problema. Era mais provável que fosse Ulrich.

Ela sabia que se sua mãe a ajudara, fornecendo-lhe o livro do túmulo de Carlos Magno, com certeza dera algo também a Christl. Fora a mãe quem insistira para que ela falasse com Cotton Malone. Por isso, ela e Wilkerson tinham usado a mulher e encaminhado o homem para a abadia. Sua mãe pouco se importava com Wilkerson. "Mais uma alma fraca", era como se referia a ele. "E, filha, não temos tempo para fraquezas." Mas a matriarca estava chegando perto dos 80 anos, e Dorothea estava no auge da vida. Homens bonitos e aventureiros, como Wilkerson, eram bons para muitas coisas.

Como na noite anterior.

Ela se aproximou da cama e o acordou.

Ele despertou e sorriu.

— É quase meio-dia — disse ela.

— Eu estava cansado.

— Precisamos ir embora.

Ele notou o conteúdo das caixas espalhado pelo chão.

— Aonde vamos?

— Espero que dar um passo à frente de Christl.

TRINTA E DOIS

Ramsey estava energizado. Procurara na internet notícias sobre Jacksonville, Flórida, e ficara satisfeito ao ver uma reportagem sobre um incêndio fatal na casa de Zachary Alexander, um capitão de fragata reformado da Marinha. Nada incomum em relação ao fogo, e relatórios preliminares identificaram a causa num curto-circuito devido a fiações defeituosas. Charlie Smith claramente produzira duas obras-primas no dia anterior. Ramsey esperava que hoje fosse igualmente produtivo.

Era uma manhã fresca e ensolarada típica daquela época do ano. Ramsey passeava pelo National Mall, perto da sede do Instituto Smithsonian, e com o Capitólio, branco e cintilante, assomando claramente em sua colina. Ele adorava dias gelados de inverno. Com o Natal dali a apenas 13 dias e o Congresso em recesso, a atividade do governo estava reduzida, tudo esperando pelo novo ano e o começo de mais uma temporada legislativa.

Uma época com poucas novidades, o que provavelmente explicava a ampla cobertura que a mídia estava dando à morte do almirante Sylvian. As críticas recentes de Daniels aos chefes do Estado-Maior Conjunto haviam tornado oportuna a morte prematura. Ramsey tinha se divertido ao ouvir os comentários do presidente, sabendo que ninguém insistiria na mudança daquele comando. Era verdade que o Estado-Maior Conjunto mandava pouco, mas quando eles falavam, as pessoas escutavam. O que provavelmente explicava, mais do que qualquer outra coisa, o ressentimento da Casa Branca. Especialmente Daniels, que não fora reeleito, cambaleando rumo ao clímax de sua carreira política.

Adiante, avistou um homem baixo e garboso, vestindo um sobretudo de caxemira bem-talhado, o rosto pálido e angelical avermelhado com o frio. Bem barbeado, tinha cabelos escuros arrepiados cortados à escovinha. Estava batendo o pé com força na calçada, num aparente esforço para se livrar do frio. Ramsey olhou para o relógio e calculou que o enviado estivera esperando por pelo menos 15 minutos.

Ramsey se aproximou.

— Almirante, tem ideia do maldito frio que está aqui?

— Dois graus negativos.

— E você não podia chegar no horário combinado?

— Se eu precisasse ser pontual, teria sido.

— Não estou no clima para abusos hierárquicos. Nem um pouco mesmo.

Interessante como ser o chefe de gabinete de um senador dos Estados Unidos conferia tal coragem. Ramsey se perguntou se Aatos Kane teria dito ao discípulo para agir como um babaca ou se aquilo era improvisação.

— Estou aqui porque o senador disse que você tinha algo a dizer.

— Ele ainda quer ser presidente? — Todos os contatos anteriores entre Ramsey e Kane tinham acontecido por intermédio desse enviado.

— Quer. E será.

— Dito com a confiança de um funcionário que não larga a barra da saia do chefe.

— Todo tubarão tem a sua rêmora.

Ramsey sorriu.

— Tem mesmo.

— O que você quer, almirante?

Ele não gostou da arrogância do jovem. Hora de colocar esse homem no devido lugar.

— Quero que cale a boca e escute.

O almirante notou que o assessor o examinou com o olhar calculista de um político profissional.

— Quando Kane estava em apuros, pediu ajuda, e eu lhe dei o que ele queria. Sem perguntas, o problema foi resolvido.

Esperou um momento antes de voltar a falar, enquanto três homens passavam correndo.

— Devo acrescentar que violei um monte de leis, algo para que, tenho certeza, você não está nem aí.

Seu interlocutor não era um homem de idade, sabedoria ou riqueza. Mas era ambicioso e entendia o valor dos favores políticos.

— O senador está ciente do que você fez, almirante. Mas, como sabe, não estávamos a par de toda a extensão de seus planos.

— Nem rejeitaram os benefícios posteriores.

— Verdade. O que quer agora?

— Quero que Kane diga ao presidente que eu devo ser indicado para os chefes do Estado-Maior Conjunto. Para a vaga de Sylvian.

— E acha que o presidente não pode dizer não ao senador?

— Não sem consequências severas.

O rosto agitado que olhava para Ramsey animou-se com um sorriso passageiro.

— Não vai acontecer.

Ele tinha ouvido bem?

— O senador supôs que era isso o que queria. O corpo de Sylvian provavelmente nem tinha esfriado quando você fez aquela ligação hoje. — O jovem hesitou. — O que nos faz pensar.

O almirante vislumbrou desconfiança nos olhos observadores do homem.

— Afinal, como diz, você já realizou um *serviço* antes para nós, sem vestígios.

Ramsey ignorou as insinuações e perguntou:

— O que quer dizer com *não vai acontecer*?

— Você é controverso demais. Um para-raio. Tem gente demais na Marinha que ou não gosta de você ou não confia em você. Defender sua indicação teria efeitos adversos. E, como mencionei, vamos entrar na disputa pela Casa Branca, que começa cedo no ano que vem.

Ramsey percebeu que o clássico tango de Washington havia começado. Uma dança famosa, na qual políticos como Aatos Kane eram especialistas. Todos os analistas concordavam. A candidatura de Kane parecia plausível. Na verdade, ele era a liderança em seu partido, com pouca concorrência. Ramsey sabia que discretamente o senador vinha acumulando contribuições que agora chegavam aos milhões. Kane era um homem bem-apessoado, simpático, confortável diante da multidão e das câmeras. Não era nem um conservador nem um liberal de verdade, mas uma mistura que a imprensa adorava rotular como *meio da estrada*. Estava casado com a mesma mulher havia trinta anos sem o mais leve sinal de escândalo. Era quase perfeito demais. Exceto, é claro, pelo favor do qual um dia havia precisado.

— Bela maneira de agradecer aos amigos — disse Ramsey.

— Quem disse que você era nosso amigo?

Um aborrecimento formou uma ruga em sua testa, mas Ramsey disfarçou rapidamente. Devia ter previsto. Arrogância. O mal mais comum entre políticos experientes.

— Não, você está certo. Foi presunção da minha parte.

O rosto do homem perdeu o ar impassível.

— Entenda de uma vez, almirante. O senador Kane agradece a você pelo que fez. Teríamos preferido que fosse de outra forma, mas,

206] STEVE BERRY

ainda assim, ele está grato. Ele retribuiu seu favor, no entanto, ao impedir que a Marinha o transferisse. Não uma, mas duas vezes. Enviamos um ataque completo para a linha de defesa nessa questão. Era o que você queria, e foi o que fizemos. Você não manda em Aatos Kane. Nem agora. Nem nunca. O que está pedindo é impossível. Em menos de sessenta dias, o senador será anunciado como candidato à Casa Branca. Você é um almirante que deveria se aposentar. Faça isso. Aproveite o descanso merecido.

Ele encobriu qualquer reação defensiva e simplesmente acenou com a cabeça um gesto de compreensão.

— E mais uma coisa. O senador não gostou da sua ligação hoje de manhã, exigindo este encontro. Ele me enviou para dizer-lhe que esse relacionamento acabou. Nada de visitas, nada de telefonemas. E agora preciso ir.

— Claro. Não quero ocupar seu tempo.

— Olhe, almirante, sei que está irritado. Mas não fará parte do Estado-Maior Conjunto. Aposente-se. Torne-se um analista de TV da Fox e diga ao mundo que somos um bando de idiotas. Aproveite a vida.

Ramsey não disse nada, apenas ficou vendo o insolente sair desfilando, certamente orgulhoso de sua atuação brilhante, ansioso para contar como colocara o chefe da inteligência naval no devido lugar.

Foi, então, até um banco vazio e sentou-se. O frio vazava entre as ripas do banco e penetrava o sobretudo.

O senador Aatos Kane não fazia ideia. Nem seu chefe de gabinete. Mas os dois estavam prestes a descobrir.

TRINTA E TRÊS

Wilkerson havia dormido bem, satisfeito tanto com o modo como se saíra no chalé quanto com Dorothea depois. Ter acesso a dinheiro, poucas responsabilidades e uma bela mulher não eram substitutos ruins para deixar de se tornar um almirante.

Desde que, é claro, pudesse continuar vivo.

Em preparação para a sua tarefa, ele havia apurado tudo sobre a família Oberhauser. Bens na casa dos bilhões, e não era dinheiro velho — dinheiro antigo que atravessara séculos de reviravoltas políticas. Oportunistas? Certamente. O timbre da família parecia explicar tudo. Um cachorro segurando um rato com a boca, preso num caldeirão coroado. Incontáveis contradições. Muito semelhantes à própria família. Mas de que outro modo teriam sobrevivido?

O tempo, no entanto, cobrara seu preço.

Dorothea e a irmã eram tudo o que restava aos Oberhauser.

Duas criaturas lindas e nervosas. Chegando aos 50 anos. Idênticas na aparência, ainda que cada uma se esforçasse muito para ser diferente. Dorothea se havia dedicado a uma formação administrativa, trabalhando ativamente com a mãe nos negócios da família.

Casara-se aos 20 e poucos anos e tivera um filho, mas ele morrera havia cinco anos, uma semana depois de seu aniversário de 20 anos, num acidente de carro. Todos os relatórios indicavam que ela mudara depois disso. Endurecera. Tornara-se escrava de ansiedades profundas e mudanças de temperamento imprevisíveis. Ter atirado em um homem com uma escopeta, como fizera na noite anterior, e depois ter feito amor com uma intensidade desprendida, era uma prova dessa dicotomia.

Os negócios nunca haviam interessado a Christl, nem casamento ou filhos. Ele a encontrara apenas uma vez, numa festa social à qual Dorothea fora com o marido, quando Wilkerson fez o primeiro contato. Ela era despretensiosa. Acadêmica, como o pai e o avô, estudava temas excêntricos, refletindo sobre as infinitas possibilidades de lendas e mitos. Suas duas dissertações de mestrado tinham sido sobre conexões obscuras entre civilizações míticas antigas — como a Atlântida, ele descobrira depois de ler ambas — e culturas em desenvolvimento. Tudo fantasia. Mas os homens dos Oberhauser tinham sido fascinados por tais assuntos ridículos, e Christl parecia ter herdado a curiosidade deles. Seus dias de fertilidade tinham passado, então Wilkerson se perguntava o que aconteceria depois que Isabel Oberhauser morresse. Duas mulheres que não se gostavam — nenhuma das duas em condições de ter descendentes consanguíneos — herdariam tudo.

Um cenário fascinante com possibilidades infinitas.

Ele estava do lado de fora, no frio, não muito longe do hotel, um estabelecimento grandioso que satisfaria os caprichos de qualquer rei. Dorothea ligara do carro na noite anterior para falar com o recepcionista, e uma suíte os aguardava quando chegaram.

A Marienplatz ensolarada, por onde ele agora passeava, estava lotada de turistas. Um estranho silêncio pairava sobre a praça, interrompido apenas pelo som de passos arrastados e um murmúrio de vozes. Era possível ver lojas de departamento, bares, o mercado central, um palácio real e igrejas. O enorme edifício da prefeitura dominava um perímetro, a fachada alegre marcada pelos efeitos escurecidos dos séculos. Ele evitou intencionalmente a área dos museus e seguiu na direção de uma das várias padarias bastante movimentadas de clientes. Estava com fome, e algum doce de chocolate cairia muito bem.

Barracas decoradas com ramos de pinheiro perfumados espalhavam-se pela praça, parte do mercado de Natal da cidade, que se estendia para além do alcance da visão ao longo da agitada via principal da antiga cidade. Wilkerson tinha ouvido falar dos milhões que iam lá todo ano para as festividades, mas duvidava que ele e Dorothea tivessem tempo de comparecer. Ela estava numa missão. Ele também, o que o fez pensar em trabalho. Precisava ligar para Berlim e marcar presença pelo bem de seus empregados. Então, pegou o celular e discou.

— Comandante Wilkerson — disse seu secretário ao atender. — Fui orientado a transferir qualquer ligação sua diretamente para o comandante Bishop.

Antes que ele pudesse perguntar por quê, a voz de seu imediato entrou na linha.

— Comandante, tenho de perguntar onde o senhor está.

Seu radar entrou em estado de alerta total. Bryan Bishop nunca o chamava de *comandante*, a menos que outras pessoas estivessem ouvindo.

— Qual o problema? — perguntou ele.

— Senhor, esta ligação está sendo gravada. O senhor foi liberado de todos os deveres e declarado risco de segurança nível três. Nossas ordens são para localizá-lo e prendê-lo.

Wilkerson controlou as emoções.

— Quem deu essas ordens?

— Vieram do escritório do diretor. Emitidas pelo comandante Hovey, assinadas pelo almirante Ramsey.

Havia sido o próprio Wilkerson quem recomendara a promoção de Bishop para capitão de fragata. Ele era um oficial submisso que cumpria ordens com zelo e sem questionar. Ótimo antes, péssimo agora.

— Estou sendo procurado? — perguntou, e em seguida a consciência do fato bateu. Desligou o telefone antes de ouvir a resposta.

Olhou para o aparelho. Vinha com um localizador de GPS embutido para rastreamentos de emergência. Droga. Tinha sido assim que o haviam encontrado na noite anterior. Ele não tinha raciocinado. Claro, antes do ataque não fazia ideia de que era um alvo. Depois, fora chacoalhado, e Ramsey — o safado — embalara seu sono, ganhando tempo para despachar outra equipe.

Seu pai estava certo. Não dá para confiar em nenhum deles.

De repente, a cidade de 310 quilômetros quadrados, com milhões de habitantes, passou de refúgio para prisão. Ele olhou para as pessoas à sua volta, todas encapotadas com casacos pesados, andando rápido em todas as direções.

E não queria mais nenhum doce.

RAMSEY SAIU DO NATIONAL MALL E SEGUIU DE CARRO PARA O CENTRO DE Washington, perto de Dupont Circle. Normalmente, usava Charles Smith para essas tarefas especiais, mas no momento era impossível. Por sorte, ele tinha uma lista com vários ativos — todos capazes à sua própria maneira. A reputação de Ramsey de pagar bem e logo o ajudava quando era preciso que as coisas fossem feitas rapidamente.

Ele não era o único almirante de olho no posto de David Sylvian. Sabia de pelo menos outros cinco que certamente haviam pulado ao telefone com membros do Congresso assim que souberam da morte de Sylvian. Prestar as devidas homenagens e enterrar o homem viria dias depois — mas o sucessor de Sylvian seria escolhido nas próximas horas, uma vez que vagas tão altas na cadeia alimentar militar não ficavam desocupadas por muito tempo.

Ele devia ter previsto que Aatos Kane seria um problema. O senador estava no cenário havia muito tempo. Conhecia o terreno. Mas com a experiência, vinham as responsabilidades. Homens como Kane contavam com o fato de que seus adversários não tinham a coragem ou os meios para se beneficiarem dessas responsabilidades.

Ramsey não sofria de nenhuma das duas deficiências.

Ele entrou numa vaga ao longo do meio-fio no momento em que outro carro saía. Pelo menos uma coisa tinha dado certo hoje. Colocou 75 centavos no parquímetro e atravessou o clima frio até encontrar a Capitol Maps.

Loja interessante.

Nada além de mapas de todos os cantos do globo, incluindo uma coleção de guias de viagem impressionante. Ele não fora até ali movido por interesses cartográficos. Na verdade, precisava falar com a dona.

Entrou e a viu falando com um cliente.

Ela olhou de relance, mas nada em seu semblante indicou qualquer reconhecimento. Ramsey presumiu que os pagamentos consideráveis que ele lhe fizera ao longo dos anos de serviços prestados tinham ajudado a custear as despesas da loja, mas nunca tinham discutido o assunto. Uma de suas regras. Ativos eram ferramentas, a serem tratados como um martelo, um serrote ou uma chave de fenda. Usados. Para depois serem guardados. A maioria das pessoas que ele empregava entendia essa regra. As que não entendiam não eram chamadas nunca mais.

A dona da loja terminou a conversa com o cliente e se aproximou casualmente.

— Procurando algum mapa específico? Temos uma grande variedade.

Ele olhou ao redor.

— Têm mesmo. O que é ótimo, porque preciso de muita ajuda hoje.

WILKERSON PERCEBEU QUE ESTAVA SENDO SEGUIDO. UM HOMEM E UMA MULHER espreitavam a 300 metros dele, muito provavelmente alertados pelo contato que ele fizera com Berlim. Não haviam tomado nenhuma iniciativa para prendê-lo, o que significava uma de duas coisas: ou queriam Dorothea e estavam esperando que ele os levasse a ela ou ele estava sendo levado a algum lugar.

Nenhuma das perspectivas era agradável.

Ele abriu caminho por uma aglomeração de compradores muniquenses, sem fazer ideia de quantos adversários havia adiante. Risco de segurança nível três? Isso significava que tentariam detê-lo com a força que fosse necessária — inclusive mortal. Pior, tinham tido horas para se preparar. Ele sabia que a operação Oberhauser era importante — mais pessoal que profissional —, e Ramsey tinha a consciência de um carrasco. Se ameaçado, reagiria. No momento, certamente parecia estar sendo ameaçado.

Wilkerson apertou o passo. Devia ligar para Dorothea e alertá-la, mas estava ressentido com a intervenção dela na ligação para Ramsey. Aquilo era problema seu, e ele era capaz de cuidar do assunto. Pelo menos ela não o repreendera sobre ter se enganado quanto a Ramsey. Em vez disso, levara-o a um hotel luxuoso e agradara os dois. Ligar para ela também significava ter de explicar como tinham sido localizados, uma conversa que ele gostaria de evitar.

Cinquenta metros adiante, o amontoado de pessoas da área da cidade antiga que era exclusiva para pedestres terminava numa larga avenida cheia de carros, entre fileiras de prédios com fachadas amarelas que projetavam uma sensação mediterrânea.

Ele olhou para trás.

Os dois que o seguiam diminuíram a distância.

Wilkerson virou para a esquerda, para a direita e depois para além da agitação. Uma fila de táxis estendia-se ao longo da outra calçada da avenida, os motoristas escorados do lado de fora, aguardando passageiros. Seis pistas de caos separavam-no de seu objetivo, o nível de ruído tão alto quanto a batida de seu coração. Os carros começaram a parar à medida que os sinais de trânsito à sua esquerda saíam do verde.

Um ônibus aproximou-se pela sua direita, na pista do meio.

As pistas internas e externas ficavam mais lentas.

A ansiedade deu lugar ao medo. Ele não tinha escolha. Ramsey o queria morto. E como sabia o que os dois perseguidores atrás dele tinham a oferecer, ele se arriscaria na avenida.

Saiu correndo, ao que o motorista pareceu vê-lo e freou.

Wilkerson calculou o passo seguinte com perfeição e saltou para o outro lado da pista do meio assim que os sinais de trânsito mudaram para vermelho e o ônibus começou a parar no cruzamento. Ele pulou a pista externa, que, por sorte, estava sem carros por alguns momentos, e encontrou o gramado do canteiro central.

O ônibus parou com um rangido e bloqueou todo o campo de visão a partir da calçada. Buzinas e freadas, feito gansos e corujas discutindo entre si, indicaram a oportunidade. Wilkerson tinha ganhado alguns segundos preciosos, então decidiu não desperdiçar nenhum. Atravessou as três pistas correndo, vazias graças ao sinal vermelho, e pulou para dentro do primeiro táxi da fila, ordenando ao motorista em alemão:

— Vá.

O homem foi para trás do volante, e Wilkerson abaixou-se quando o carro acelerou.

Olhou pela janela.

O sinal ficou verde, ao que uma falange de veículos seguiu adiante. O homem e a mulher atravessaram a metade livre da avenida, mas foram impedidos de completar a passagem graças à torrente de trânsito na avenida.

Seus dois perseguidores procuraram por todos os lados.

Ele sorriu.

— Para onde? — perguntou o taxista em alemão.

Decidiu fazer outra jogada inteligente:

— Só algumas quadras, depois pare.

Quando o táxi se aproximou do meio-fio, Wilkerson jogou 10 euros para o motorista e saltou. Tinha visto uma placa indicando o metrô e desceu a escada correndo, comprou uma passagem e foi até a plataforma.

O trem subterrâneo chegou, e ele entrou num vagão quase lotado. Sentou-se e ativou o celular, que possuía um recurso especial. Digitou um código numérico, e apareceu na tela: DELETAR TODOS OS DADOS? Clicou em SIM. Assim como a segunda esposa, que nunca escutava de primeira o que ele dizia, o aparelho perguntou: TEM CERTEZA? Ele apertou SIM de novo.

A memória estava vazia agora.

Inclinou-se, aparentando a intenção de esticar as meias, e pôs o telefone debaixo do assento.

O trem partiu para a estação seguinte.

Ele saltou. Mas o celular continuou o trajeto.

Isso deveria deixar Ramsey ocupado.

Subiu para sair da estação, satisfeito com a fuga. Precisava entrar em contato com Dorothea, mas tinha de fazê-lo com cautela. Se ele estava sendo vigiado, ela também estava.

Saiu na tarde ensolarada e se localizou. Não estava longe do rio, perto do museu Deutsches. Mais uma rua movimentada e uma calçada lotada estendiam-se diante dele.

Um homem parou ao seu lado de repente.

— *Bitte*, Herr Wilkerson — disse o homem em alemão. — Para aquele carro, logo ali, no meio-fio.

Wilkerson ficou paralisado.

O homem usava um longo casaco de lã e estava com as duas mãos nos bolsos.

— Não quero — disse o estranho —, mas vou atirar em você aqui, se necessário.

O olhar de Wilkerson foi até o bolso do casaco do homem.

Uma sensação de náusea invadiu seu estômago. Não tinha como o pessoal de Ramsey tê-lo seguido até ali. Mas estava tão concentrado neles que não notara qualquer outra pessoa.

— Você não é de Berlim, é? — perguntou.

— *Nein*. Sou de um lugar totalmente diferente.

TRINTA E QUATRO

AACHEN, ALEMANHA
13H20

MALONE ADMIRAVA UM DOS ÚLTIMOS VESTÍGIOS DO IMPÉRIO CAROLÍNGIO, UMA OBRA conhecida então como a igreja de Nossa Senhora, e agora como a capela de Carlos Magno. A construção parecia ser formada por três seções distintas. Uma torre gótica, que parecia estar à parte. Uma seção intermediária redonda, mas angular, ligada à torre por uma ponte coberta e coroada por um domo pregueado pouco comum. E um prédio alto e alongado que parecia todo composto de telhado e vitrais. A mistura heterogênea tinha sido erigida entre o fim do século VIII e o XV, e era impressionante que tivesse sobrevivido, especialmente aos últimos cem anos, quando, Malone sabia, Aachen fora bombardeada impiedosamente.

A capela ficava na parte baixa de uma ladeira e antigamente era ligada às dependências do palácio por uma linha baixa de estruturas de madeira que abrigavam um solário, uma guarnição militar, tribunais e alojamentos para o rei e sua família.

O palatinado de Carlos Magno.

Restavam somente um pátio, a capela e os alicerces do palácio sobre os quais homens do século XIV construíram a prefeitura de Aachen. O resto havia desaparecido séculos antes.

Eles entraram na capela pelas portas laterais, o antigo portal isolado da rua. Três degraus levavam a um alpendre de estilo barroco, com paredes caiadas e sem ornamentos.

— Esses degraus são importantes — disse Christl. — O nível do solo no lado de fora subiu desde o tempo de Carlos Magno.

Ele lembrou a história de Dorothea sobre Otto III.

— Foi debaixo daqui que encontraram o túmulo de Carlos Magno? E o livro que está com Dorothea?

Ela assentiu.

— Alguns dizem que Otto III cavou por este pavimento e encontrou o rei sentado com as costas retas, os dedos apontando para o Evangelho de Marcos. *Pois de que adianta ao homem ganhar o mundo inteiro e perder a própria alma?*

Ele percebeu o cinismo.

— Outros dizem que o imperador Barbarossa encontrou o local da sepultura aqui em 1165, e o corpo jazia num caixão de mármore. Esse sarcófago romano está exposto na sala de tesouros ao lado. Supõe-se que Barbarossa tenha substituído um baú dourado, que agora está — ela apontou para a frente, no interior da capela — ali, no coro.

Atrás do altar, Malone avistou um relicário dourado exposto dentro de uma caixa de vidro iluminada. Eles saíram do alpendre e entraram na capela. Uma passagem circular estendia-se para a esquerda e para a direita, mas Malone parecia atraído para o centro do octógono interno. A luz, como uma névoa, era filtrada pelas janelas no alto do domo.

— Um hexadecágono envolvendo um octógono — disse ele.

Oito pilares enormes dobravam-se um por cima do outro, formando pilares duplos que sustentavam o alto domo. Arcos arredondados subiam até as galerias superiores, onde colunas delgadas, pontes de mármore e grades de treliça conectavam tudo.

— Durante três séculos, depois de sua conclusão, este foi o edifício mais alto ao norte dos Alpes — disse Christl. — Pedras eram usadas no sul para a construção de templos, arenas, palácios e, depois, igrejas, mas este tipo de edifício era desconhecido entre as tribos germânicas. Esta foi a primeira tentativa, fora do Mediterrâneo, de se erigir uma abóbada de pedra.

Malone olhou para a galeria altíssima.

— Pouco do que você está vendo é do tempo de Carlos Magno — disse ela. — A estrutura em si, obviamente. As 36 colunas de mármore, lá, no segundo nível. Algumas delas são originais, trazidas da Itália, roubadas por Napoleão, mas que acabaram sendo devolvidas. As oito treliças de bronze entre os arcos também são originais. Todo o restante veio depois. Os carolíngios caiavam suas igrejas e pintavam o interior. Mais tarde, os cristãos adicionaram elegância. Esta restou, no entanto, como a única igreja da Alemanha construída por ordem de Carlos Magno que ainda está de pé.

Malone tinha de curvar as costas para trás a fim de observar o interior do domo. Os mosaicos dourados representavam 24 anciões, vestidos de branco, em pé diante do trono, ofertando coroas de ouro em adoração ao Cordeiro de Deus. Do apocalipse, se Malone não estava enganado. Mais mosaicos decoravam o tambor da coluna sob o domo. Maria, João Batista, Cristo, o arcanjo Miguel, Gabriel e até o próprio Carlos Magno.

Suspenso por uma corrente de ferro forjado, cujos elos engrossavam à medida que subiam, havia um sólido candelabro em forma de roda, repleto de intricada ourivesaria.

— O imperador Barbarossa deu esse lustre de presente no século XII — disse ela —, depois de sua coroação. É um símbolo da Jerusalém celeste, a cidade das luzes, que descerá dos céus como a coroa de um vencedor, conforme foi prometido aos cristãos.

Apocalipse, mais uma vez. Ele pensou em outra catedral, a de São Marcos em Veneza.

— Este lugar tem uma aparência e uma atmosfera bizantinas.

— Reflete o amor de Carlos Magno pela riqueza bizantina, em oposição à austeridade romana.

— Quem o projetou?

Ela encolheu os ombros.

— Ninguém sabe. Um mestre Odo é mencionado em alguns dos textos, mas não se sabe nada sobre ele, exceto que, aparentemente, conhecia a arquitetura do sul. Eginhardo com certeza participou, assim como o próprio Carlos Magno.

O interior não impressionava pelo tamanho. Na realidade, a ilusão era mais íntima, os olhos eram impelidos a se voltarem para o alto, na direção do céu.

A entrada para a capela era gratuita, mas alguns grupos de excursões pagas passavam de um lado para o outro, com guias explicando os destaques. A pessoa que estivera seguindo Malone e Christl desde a estação de trem também havia entrado, usando um dos grupos como disfarce. Em seguida, parecendo satisfeita com o fato de que só havia uma entrada, voltara para fora.

Malone tinha acertado. O carro que alugara estava sendo rastreado. De que outro modo o atirador os teria encontrado na noite anterior? Com certeza, não foram seguidos. Hoje, haviam usado o mesmo carro de Reichshoffen a Garmisch para pegar o trem, onde ele avistara o Cara de Machado pela primeira vez.

Não havia modo melhor de saber se uma pessoa os estava seguindo do que guiá-la.

Christl apontou para a galeria do segundo piso.

— Aquela área era reservada exclusivamente para o monarca. Trinta sacros imperadores romanos foram coroados aqui. Ao se sentarem no trono e seguirem o exemplo de Carlos Magno, recebiam simbolicamente a posse do império. Nenhum imperador era considerado legítimo até subir ao trono que está ali.

O octógono estava cheio de cadeiras para os adoradores e, ele viu, para os turistas. Sentou-se num canto e perguntou:

— OK, por que estamos aqui?

— Matemática e arquitetura eram parte do amor de Eginhardo.

Ele notou o que ela não declarou.

— Ensinadas a eles pelos Sagrados?

— Veja este local. Uma obra e tanto para o século IX. Muito pioneirismo aqui. A abóboda de pedra lá no alto? Foi revolucionária. Quem quer que a tenha projetado e construído sabia o que estava fazendo.

— Mas o que esta capela tem a ver com o testamento de Eginhardo?

— No testamento, Eginhardo escreveu que uma compreensão da sabedoria dos céus começa na nova Jerusalém.

— Esta é a nova Jerusalém?

— É exatamente como Carlos Magno se referia a esta capela.

Ele lembrou o restante:

— *"As revelações lá serão esclarecidas uma vez que o segredo daquele local extraordinário seja decifrado. Esclareça esta busca por meio do emprego da perfeição do anjo à santificação do soberano. Mas apenas os que apreciam o trono de Salomão e a frivolidade romana encontrarão o caminho para os céus."*

— Tem boa memória.

— Se você soubesse.

— Enigmas não são meu forte, e já quebrei a cabeça com esse.

— Quem disse que sou bom nisso?

— Minha mãe disse que você tem uma fama e tanto.

— Bom saber que passei no teste da mamãe. Como eu disse a ela e a você, ela parece ter escolhido um lado.

— Ela está tentando fazer com que Dorothea e eu trabalhemos juntas. Em algum momento, pode ser necessário. Mas meus planos são de evitar isso o máximo possível.

— Na abadia, quando você viu que aquele armário tinha sido vandalizado, achou que Dorothea era a culpada, não?

— Ela sabia que meu pai guardava documentos ali. Mas eu nunca disse a ela como abrir o armário. Ela nunca se interessou, até recentemente. Ficou claro que ela não queria que eu ficasse com os papéis.

— Mas queria que você ficasse comigo?

— Isso é incompreensível.

— Talvez ela tenha achado que eu seria inútil?

— Não consigo imaginar por quê.

— Bajulação? Você tenta de tudo.

Christl sorriu.

Ele queria saber:

— Por que Dorothea roubaria os documentos da abadia e deixaria os originais de pelo menos um deles no castelo?

— Dorothea raramente visitava o subsolo de Reichshoffen. Ela sabe pouco do que existe lá.

— Então, quem matou a mulher do bonde?

O rosto de Christl endureceu.

— Dorothea.

— Por quê?

Ela deu de ombros.

— Deve saber que minha irmã tem pouca ou nenhuma consciência.

— Vocês são as gêmeas mais estranhas que já conheci.

— Embora tenhamos nascido na mesma hora, isso não nos torna a mesma pessoa. Sempre mantivemos entre nós uma distância que ambas apreciamos.

— Então, o que vai acontecer quando herdarem tudo isso?

— Acho que minha mãe tem esperança de que esta busca acabe com nossas diferenças.

Malone notou sua reserva.

— Não vai acontecer?

— Nós duas prometemos tentar.

— Vocês têm um jeito estranho de tentar.

Ele olhou para a capela à sua volta. A alguns metros, no polígono externo, ficava o altar principal.

Christl notou o interesse.

— Dizem que o painel da frente foi feito com o ouro encontrado por Otto III no túmulo de Carlos Magno.

— Já sei o que vai dizer. *Mas ninguém tem certeza.*

As explicações dela, até o momento, tinham sido específicas, mas isso não significava que estivessem certas. Malone olhou para o relógio de pulso e levantou-se.

— Precisamos comer alguma coisa.

Christl olhou para ele, confusa.

— Não deveríamos tratar disto primeiro?

— Se eu soubesse como, trataria.

Antes de entrar na capela, tinham passado pela loja de suvenires e visto que o interior ficava aberto até as 19 horas, com a última visita guiada começando às 18 horas. Malone também notara uma variedade de guias de viagem e materiais históricos, alguns em inglês, a maioria em alemão. Por sorte, sua fluência era razoável.

— Precisamos fazer uma pausa, depois encontrar um lugar para comer.

— O Marktplatz não fica longe.

Ele fez um gesto na direção das portas principais.

— Vá na frente.

TRINTA E CINCO

Charlie Smith usava calça jeans clara, blusa de tricô escura e botas com bico de aço, todas compradas algumas horas antes num Wal-Mart. Imaginou-se como um dos Gatões, no condado de Hazzard, logo depois de pular para fora do assento do motorista do general Lee. O trânsito leve na rodovia de duas pistas ao norte de Charlotte permitira um ritmo tranquilo, e agora ele estava entre as árvores, tremendo de frio, olhando para a casa de uns 110 metros quadrados sob um telhado único.

Ele conhecia sua história.

Herbert Rowland tinha comprado o terreno aos 30 e poucos anos, terminando de quitá-lo aos 40, depois construíra a casa aos 50 e tantos. Duas semanas depois de se aposentar da Marinha, Rowland e a esposa encheram uma van com a mudança e dirigiram 30 quilômetros em direção ao norte de Charlotte. Tinham passado os últimos dez anos vivendo no sossego às margens do lago.

No voo partindo de Jacksonville, Smith estudara o arquivo. Rowland possuía duas preocupações médicas genuínas. A primeira era o diabetes que o acompanhava desde longa data. Tipo 1, dependente de insulina.

Controlável, desde que ele mantivesse as injeções de insulina diárias. A segunda era um amor pelo álcool, sendo o uísque sua preferência. Quase um *connoisseur*, gastava uma parte da pensão da Marinha com marcas de alta qualidade numa loja de bebidas cara de Charlotte. Sempre bebia em casa, à noite, junto com a esposa.

As anotações que Smith fizera no ano anterior sugeriam uma morte relacionada ao diabetes. Mas imaginar um método para alcançar esse resultado de forma a não levantar nenhuma suspeita tinha exigido bastante raciocínio.

A porta da frente abriu e Herbert Rowland saiu calmamente para a claridade do sol. O homem mais velho foi direto para um Ford Tundra sujo e saiu dirigindo. Um segundo veículo, que pertencia à esposa de Rowland, não estava à vista. Smith esperou na moita por dez minutos, depois decidiu arriscar.

Foi até a porta da frente e bateu.

Nenhuma resposta.

Mais uma vez.

Levou menos de um minuto para arrombar a fechadura. Sabia que não havia sistema de alarme. Rowland gostava de dizer às pessoas que considerava isso um desperdício de dinheiro.

Abriu a porta com cuidado, entrou e encontrou a secretária eletrônica. Verificou as mensagens salvas. A sexta, da esposa de Rowland, indicando data e horário de algumas horas antes, deixou-o satisfeito. Ela, que estava na casa da irmã e havia ligado para ver se ele estava bem, terminara a ligação mencionando que estaria de volta dali a dois dias.

Os planos dele mudaram de imediato.

Dois dias sozinho era uma oportunidade excelente.

Passou por uma prateleira de espingardas. Rowland era um caçador ávido. Verificou algumas das armas. Smith também gostava de caçar, só que seu alvo andava ereto sobre duas pernas.

Entrou na cozinha e abriu a geladeira. Alinhadas na prateleira da porta, exatamente onde o arquivo indicava, estavam quatro ampolas de insulina. Com dedos enluvados, examinou cada uma. Todas cheias, os lacres de plástico intatos, exceto pelo da que estava sendo usada no momento.

Smith levou o frasco até a pia, depois tirou do bolso uma seringa vazia. Perfurando o lacre de borracha com a agulha, manejou o êmbolo e sugou o conteúdo da ampola, descartando-o em seguida no ralo da pia. Repetiu o processo mais duas vezes até esvaziar o frasco. Em outro bolso, encontrou uma garrafinha de soro fisiológico. Encheu a seringa e injetou o conteúdo, repetindo o processo até encher o frasco com a mesma quantidade de líquido que tinha antes.

Enxaguou a pia e recolocou a ampola adulterada na geladeira. Dali a oito horas, quando Herbert Rowland tomasse a injeção, pouco notaria. Mas álcool e diabetes não combinavam. Álcool em excesso e diabetes não tratado eram absolutamente fatais. Em algumas horas, Rowland deveria estar em choque e, pela manhã, morto.

Tudo o que Smith teria de fazer era manter a vigília.

Ouviu um motor do lado de fora e correu para a janela.

Um homem e uma mulher saíam de um Chrysler compacto.

DOROTHEA ESTAVA PREOCUPADA. WILKERSON TINHA SAÍDO HAVIA MUITO TEMPO. Dissera que ia encontrar uma padaria e trazer alguns doces, mas isso tinha sido quase duas horas antes.

O telefone do quarto tocou e a assustou. Ninguém sabia que ela estava ali, exceto...

Pegou o fone.

— Dorothea — disse Wilkerson. — Ouça. Fui seguido, mas consegui despistá-los.

— Como nos encontraram?

— Não faço ideia, mas voltei para o hotel e vi homens na frente. Não use o celular. Pode estar sendo monitorado. Fazemos isso o tempo todo.

— Tem certeza de que os despistou?

— Usei o metrô. É em você que estão se concentrando agora, uma vez que pensam que você os levará a mim.

A mente dela começou a maquinar.

— Espere algumas horas, depois pegue o metrô até a Haupt-bahnhof. Aguarde perto do centro de informações turísticas. Esta-rei lá às 6 horas.

— Como vai sair do hotel? — ele perguntou.

— Com tantos negócios da minha família aqui, o recepcionista deve ser capaz de resolver qualquer coisa que eu peça.

STEPHANIE DESCEU DO CARRO, E EDWIN DAVIS SAIU PELO LADO DO PASSAGEIRO. Tinham dirigido de Atlanta a Charlotte, cerca de 380 quilômetros, só pela rodovia interestadual, uma viagem de pouco menos de três ho-ras. Davis descobrira o endereço físico de Herbert Rowland, capitão de corveta, reformado, nos registros da Marinha, e o Google fornecera o mapa de como chegar lá.

A casa ficava ao norte de Charlotte, às margens do lago Eagles, o qual, pelo tamanho e pela forma irregular, parecia artificial. Suas mar-gens eram íngremes, arborizadas e rochosas. Havia poucos terrenos residenciais. A casa de Rowland, com paredes de madeira e telhado com arestas, ficava a 400 metros da estrada, entre faias desfolhadas e álamos verdes, com uma ótima vista.

Stephanie não estava certa do que estavam fazendo e expressara suas preocupações durante a viagem, sugerindo que a polícia deveria ser contatada.

Mas Davis rejeitara a ideia.

— Ainda acho uma ideia ruim — disse-lhe ela.

— Stephanie, se eu fosse ao FBI ou ao delegado local e contasse a minha suspeita, diriam que estava louco. E quem vai saber? Talvez eu esteja.

— A morte de Zachary Alexander ontem à noite não é fantasia.

— Mas também não é um assassinato comprovado.

Eles haviam ficado sabendo por intermédio do Serviço Secreto, em Jacksonville. Não fora detectada evidência alguma de crime.

Ela notou que não havia carros estacionados diante da casa.

— Parece que não tem ninguém em casa.

Davis bateu a porta do carro.

— Só tem um jeito de saber.

Ela o seguiu até a varanda, onde ele bateu à porta. Sem resposta. Bateu mais uma vez. Mais alguns segundos de silêncio, e Davis testou a maçaneta.

A porta se abriu.

— Edwin... — começou ela, mas ele já havia entrado.

Ela ficou na varanda.

— Isto é crime.

Ele se virou.

— Então, fique aí no frio. Não estou lhe pedindo para violar a lei.

Stephanie sabia que alguém pensando com clareza era necessário; então, entrou.

— Devo estar louca para me meter nisso.

Davis sorriu.

— Malone me contou que disse a mesma coisa a você ano passado, na França.

Ela não fazia ideia.

— Mesmo? O que mais Cotton disse?

Ele não respondeu, apenas seguiu em frente para investigar. A decoração a fez pensar nas lojas da Pottery Barn. Cadeiras com encosto ripado, sofá em módulos, tapetes de juta sobre pisos de madeira alvejados. Tudo estava arrumado e organizado. Fotos emolduradas dominavam as paredes e mesas. Era óbvio que Rowland era esportista. Espécimes espalhados pelas paredes misturavam-se a mais retratos do que pareciam ser filhos e netos. Um sofá em módulos ficava de frente para um deque de madeira. Dava para ver a margem do outro lado do lago. A casa parecia estar no canto de uma angra.

Davis permanecia concentrado em olhar para todos os lados, abrindo gavetas e armários.

— O que está fazendo? — perguntou ela.

Ele passou para a cozinha.

— Só tentando entender as coisas.

Ela o ouviu abrir a geladeira.

— Pode-se descobrir muito sobre uma pessoa analisando a sua geladeira — disse ele.

— Sério? O que descobriu na minha?

Ele havia se aventurado na dela antes de saírem, para pegar algo para beber.

— Que você não cozinha. Ela me fez lembrar a faculdade. Não tem muita coisa lá.

Stephanie abriu um sorriso.

— E o que você descobriu aqui?

Ele apontou.

— Herbert Rowland é diabético.

Ela viu frascos com o nome de Rowland marcados como INSULINA.

— Essa não foi tão difícil.

— E ele gosta de uísque gelado. Maker's Mark. Coisa boa.

Havia três garrafas na prateleira de cima.

— Você bebe? — perguntou ela.

Ele fechou a porta da geladeira.

— Gosto de tomar uma dose de Macallan envelhecido sessenta anos de vez em quando.

— Precisamos sair daqui — disse ela.

— Isto é para o bem de Rowland. Alguém vai matá-lo, da maneira que ele menos espera. Temos de verificar os outros cômodos.

Ela ainda não estava convencida e voltou para a sala. Três portas davam para fora do grande cômodo. Abaixo de uma delas, Stephanie notou algo. Alteração nas luzes, sombras, como se alguém tivesse acabado de passar do outro lado.

Sinais de alarme tocaram em seu cérebro.

Ela retirou uma Beretta do Setor Magalhães de sob o casaco.

Davis viu a arma.

— Veio armada?

Ela ergueu o dedo indicador, sinalizando para que ele ficasse em silêncio, e apontou para a porta.

Temos companhia, ele leu nos lábios dela.

CHARLIE SMITH ESTIVERA TENTANDO ESCUTAR. OS DOIS INVASORES TINHAM entrado na casa com atrevimento, forçando-o a ir para o quarto, onde ele fechara a porta e permanecera perto dela. Quando o homem dissera que pretendia checar os outros cômodos, Smith soube que estava encrencado. Não tinha levado armas. Só carregava uma quando absolutamente necessário, e como tinha ido de avião da Virgínia à Flórida, levar armas teria sido impossível. Além disso, armas eram um péssimo modo de matar alguém sem levantar suspeitas. Chamava muita atenção, deixava provas e propiciava perguntas.

Não deveria ter ninguém lá. O arquivo deixara claro que Herbert Rowland trabalhava como voluntário na biblioteca local todas as quartas-feiras até as 17 horas. Demoraria horas para voltar. A esposa, claro, não estava. Ele pegara fragmentos da conversa, que parecia mais pessoal que profissional, e a mulher estava claramente tensa. Mas, então, ouvira: *Veio armada?*

Ele precisava sair, mas não tinha para onde ir. Havia quatro janelas nas paredes externas do quarto, mas não forneciam nenhuma saída imediata.

Havia um banheiro e dois closets no quarto.

Ele precisava fazer algo rápido.

STEPHANIE ABRIU A PORTA DO QUARTO. A CAMA DA SUÍTE PRINCIPAL ESTAVA feita, tudo arrumado, como o restante da casa. A porta do banheiro estava aberta, e a luz do dia que entrava pelas quatro janelas lançava um brilho intenso sobre o carpete berber do quarto. Do lado de fora, árvores empurradas pela brisa balançavam e sombras escuras dançavam pelo chão.

— Nada de fantasmas? — disse Davis.

Ela apontou para baixo.

— Alarme falso.

Então, ela avistou algo.

Um dos closets tinha portas de correr e parecia ser da Sra. Rowland, com roupas de mulher penduradas de modo aleatório. Um segundo closet era menor, com uma porta de dobradiças. Ela não via dentro, uma vez que a porta estava aberta em ângulo reto para ela, que se encontrava no pequeno corredor que dava para o banheiro. De onde ela estava, era possível ver o interior do banheiro. Um cabide de plástico na maçaneta de dentro balançava, muito de leve, de um lado para o outro.

Não era muito, mas o suficiente.

— O que foi? — perguntou Davis.

— Você tem razão — disse ela. — Nada aqui. É só o nervosismo de cometer uma invasão de domicílio.

Ela pôde ver que Davis não havia notado, ou, se notara, estava disfarçando.

— Podemos sair daqui agora? — perguntou ela.

— Claro. Acho que vimos o suficiente.

Tinha sido forçado, sob a mira de uma arma, a ligar para Dorothea, com o homem da calçada dizendo-lhe exatamente o que falar. O cano de uma pistola automática de 9mm ficara perto de sua têmpora esquerda, e ele fora avisado que qualquer variação no roteiro resultaria no aperto do gatilho.

Mas ele havia feito exatamente o que fora instruído a fazer.

Depois, fora levado para o outro extremo de Munique na parte de trás de um Mercedes de duas portas, as mãos algemadas nas costas, o sequestrador ao volante. Ficaram parados por um tempo, quando o capor o deixou sozinho no carro, enquanto falava ao celular do lado de fora.

Várias horas se passaram. Dorothea logo chegaria à estação de trem, mas eles não estavam perto de lá. Na verdade, estavam saindo do centro, seguindo para o sul, longe da cidade, na direção de Garmisch e dos Alpes, a mais de 90 quilômetros de distância.

— Posso pedir uma coisa? — perguntou ele ao motorista.

O homem não disse nada.

— Já que não vai me dizer para quem trabalha, e quanto ao seu nome? Segredo, também?

Tinham lhe ensinado que conversar com o sequestrador era o primeiro passo para conhecê-lo. O Mercedes virou para a direita, numa rampa de acesso, e acelerou, entrando na autoestrada.

— Meu nome é Ulrich Henn — disse o homem finalmente.

TRINTA E SEIS

MALONE SE VIU APRECIANDO A REFEIÇÃO. ELE E CHRISTL HAVIAM ANDADO DE volta para a Marktplatz triangular e encontraram um restaurante de frente para o prédio da prefeitura. No caminho, pararam na loja de suvenires da capela e compraram meia dúzia de guias de viagem. Seu roteiro os levara por um labirinto de travessas apertadas de paralelepípedos, com fileiras de sobrados burgueses que criavam uma atmosfera medieval, embora a maioria tivesse apenas cerca de cinquenta anos, uma vez que Aachen havia sido fortemente bombardeada nos anos 1940. O frio da tarde não tinha diminuído o movimento de compras. As pessoas lotavam as lojas decoradas, em preparação para o Natal.

Cara de Machado ainda os estava seguindo e tinha entrado num café do outro lado da rua, na diagonal de onde ele e Christl estavam sentados. Malone pedira e recebera uma mesa perto da janela, de onde podia ficar de olho no que acontecia do lado de fora.

Perguntava-se sobre o perseguidor deles. O fato de ser só um significava que estavam lidando com amadores ou pessoas mesquinhas demais para contratar ajuda suficiente. Talvez Cara de Machado se achasse tão bom que ninguém jamais o notaria. Ele conhecera muitos detetives com egos parecidos.

Já havia folheado três dos guias de viagem. Exatamente como Christl dissera, Carlos Magno considerava a capela sua "nova Jerusalém". Séculos depois, Barbarossa confirmou essa declaração ao doar o candelabro de cobre e ouro. Antes, Malone notara uma inscrição em latim nos aros do candelabro, e uma tradução aparecia em um dos guias. A primeira frase era: "Aqui tu apareces no quadro, Ó, Jerusalém, Sião celestial, Tabernáculo de paz para nós e esperança de abençoado descanso."

Notker, um historiador do século IX, era citado como tendo dito que Carlos Magno ordenara a construção da capela "de acordo com uma concepção própria", e o comprimento, a largura e a altura possuíam uma relação simbólica. Os trabalhos haviam começado em algum ponto entre 790 e 800 d.C., e o edifício fora consagrado em 6 de janeiro de 805 pelo papa Leão III, na presença do imperador.

Ele pegou outro guia.

— Suponho que você tenha estudado a história do tempo de Carlos Magno em detalhes, não?

Ela saboreava uma taça de vinho.

— É a minha área. Para a civilização ocidental, o período carolíngio foi uma transição. Antes de Carlos Magno, a Europa era uma caldeira em ebulição de raças em conflito, ignorância incomparável e caos político pesado. Carlos Magno criou o primeiro governo centralizado ao norte dos Alpes.

— No entanto, tudo o que ele conseguiu extinguiu-se após sua morte. Seu império desagregou-se. Seu filho e seus netos destruíram tudo.

— Mas aquilo em que ele acreditava criou raízes. Ele achava que o primeiro objetivo do governo tinha de ser o bem-estar do povo. Os camponeses eram, para ele, seres humanos nos quais valia a pena pensar. Não governou para a sua glória, mas para o bem comum. Disse muitas vezes que sua missão não era expandir seu império, mas mantê-lo.

— Ainda assim, ele conquistou novos territórios.

— Minimamente. Territórios aqui e ali para propósitos específicos. Foi um revolucionário sob quase todos os aspectos. Governantes da sua época reuniam homens de força muscular, arqueiros, guerreiros, mas ele convocava estudiosos e professores.

— Ainda assim, tudo isso desapareceu, e a Europa permaneceu doente por mais quatrocentos anos antes que houvesse uma verdadeira mudança.

Christl assentiu.

— Esse parece ser o destino da maioria dos grandes soberanos. Os herdeiros de Carlos Magno não eram tão sábios. Ele se casou muitas vezes e teve muitos filhos. Ninguém sabe quantos. Seu primogênito, Pepino, o Corcunda, não teve chances de reinar.

A menção da deformidade fez Malone pensar na coluna torta de Henrik Thorvaldsen. Perguntou-se o que o amigo dinamarquês estaria fazendo. Thorvaldsen certamente conhecia ou tinha ouvido falar em Isabel Oberhauser. Alguma informação sobre essa personalidade seria útil. Mas se Malone lhe telefonasse, Thorvaldsen ia querer saber por que ele ainda estava na Alemanha. Uma vez que nem ele mesmo sabia a resposta a essa pergunta, não fazia sentido provocá-la.

— Pepino acabou sendo deserdado — disse ela — quando Carlos Magno teve filhos saudáveis, sem deformidades, com outras esposas. Ele tornou-se um inimigo mordaz do pai, mas morreu antes de Carlos Magno. Luís, no final das contas, foi o único filho a sobreviver. Era dócil, profundamente religioso e culto, mas recuava diante da batalha e faltava-lhe perseverança. Foi forçado a abdicar em favor de seus três filhos, que, até 841, dilaceraram o império. Ele só veio a ser reunificado no século X, por Otto I.

— Ele também recebeu ajuda? Dos Sagrados?

— Ninguém sabe. O único registro direto do envolvimento deles com a cultura europeia são os contatos com Carlos Magno, que

estão apenas no diário que está comigo, aquele que Eginhardo deixou no túmulo.

— E como foi que tudo isso permaneceu em segredo?

— Meu avô contou apenas ao meu pai. Mas devido à sua mente di-
vagante, era difícil saber o que era real ou imaginado. Meu pai envolveu
os Estados Unidos. Nem meu pai nem os norte-americanos puderam ler
o livro do túmulo de Carlos Magno, que é o que está com Dorothea e que
deve ser o relato completo. Assim, o segredo permaneceu.

Como ela estava falando, Malone perguntou:

— Então, como seu avô conseguiu encontrar alguma coisa na Antártida?

— Não sei. Só sei que encontrou. Você viu as pedras.

— E quem está com elas agora?

— Dorothea, aposto. Ela certamente não queria que eu ficasse
com elas.

— Então, ela destruiu aqueles mostruários? Os que seu avô montou?

— Minha irmã nunca se importou com as crenças de nosso avô. E
ela é capaz de qualquer coisa.

Ele notou mais frieza no tom e decidiu não pressionar mais. Em
vez disso, olhou um dos guias e examinou um esboço da capela, dos
pátios ao redor e dos edifícios adjacentes.

O complexo da capela parecia ter um formato quase fálico, circular
numa das extremidades, com uma extensão projetada para a frente e
uma extremidade arredondada do outro lado. Era ligado ao que um
dia fora um refeitório e agora era a sala do tesouro por uma porta interna. Apenas um grupo de portas externas era mostrado: a entrada
principal que eles haviam utilizado, chamada Portas do Lobo.

— Em que está pensando? — perguntou Christl.

A pergunta chamou a atenção de Malone de volta para ela.

— No livro que está com você, do túmulo de Eginhardo. Você tem
uma tradução completa do latim?

Ela assentiu.

— Salva no meu computador em Reichshoffen. Mas não ajuda muito. Ele fala dos Sagrados e de algumas visitas deles *com* Carlos Magno. A informação importante deve estar no livro de Dorothea. O que Eginhardo chamou de "compreensão plena".

— Mas parece que seu avô alcançou essa compreensão.

— Parece que sim, embora não tenhamos certeza.

— Afinal, o que vai acontecer quando terminarmos esta busca? Não temos o livro que está com Dorothea.

— É quando minha mãe espera que comecemos a trabalhar juntas. Cada uma tem uma parte, e somos obrigadas a cooperar uma com a outra.

— Mas as duas estão tentando como loucas obter todas as partes para não precisarem uma da outra.

Como ele tinha conseguido se envolver numa confusão daquelas?

— A busca de Carlos Magno é, para mim, a única maneira de se descobrir alguma coisa. Dorothea acha que a solução pode estar com a Ahnenerbe e o que quer que aquela instituição tenha buscado. Mas não acredito que seja este o caso.

Ele ficou curioso.

— Você sabe muito sobre o que ela pensa.

— Meu futuro está em risco. Por que não saberia tudo que posso?

Aquela mulher elegante nunca hesitava diante de um substantivo, procurava o tempo correto dos verbos e não deixava de usar a expressão certa. Apesar de bonita, inteligente e intrigante, algo em Christl Falk não soava bem. Semelhante ao que ele pensara ao conhecer Cassiopeia Vitt, na França, no ano anterior.

Atração misturada com cautela.

Mas essa negativa aparentemente nunca o deteve.

O que as mulheres fortes com contradições profundas tinham que o atraía? Pam, sua ex-esposa, era difícil. Todas as mulheres que conhecera depois do divórcio tinham dado trabalho, inclusive Cassiopeia. E agora, aquela herdeira alemã que combinava beleza, cérebro e ousadia.

Ele olhou pela janela para o prédio neogótico da prefeitura, os telhados das torres dos dois lados, uma delas com um relógio que marcava 17h30.

Christl notou seu interesse na construção.

— Tem uma história. A capela fica atrás da prefeitura. Carlos Magno mandou que fossem ligadas a um pátio, cercado pela área de seu palácio. No século XIV, quando Aachen erigiu essa prefeitura,

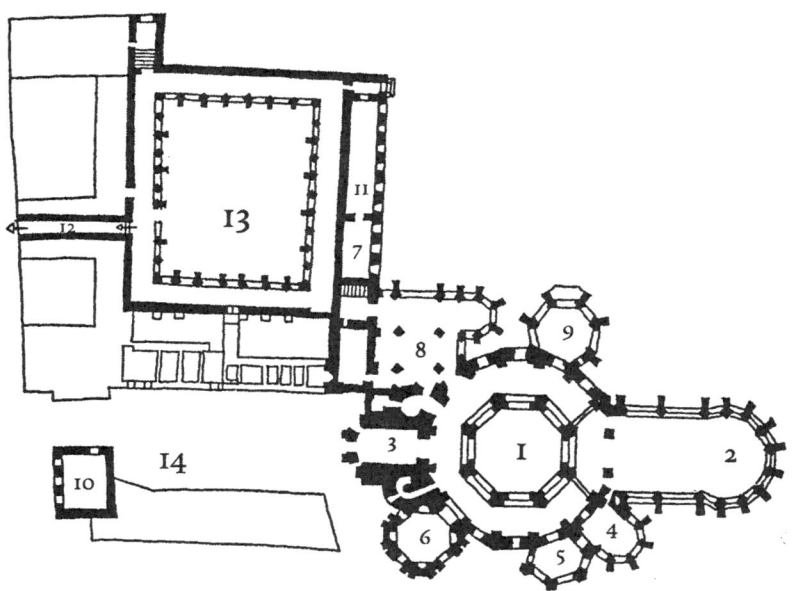

1 – Octógono
2 – Coro
3 – Hall de entrada
4 – Capela de Matias
5 – Capela de Ana
6 – Capela húngara
7 – Capela de Todos os
Santos
8 – Capela de São Miguel

9 – Capela de Carlos e
Hubertus
10 – Capela Batista
11 – Capela de Todas as
Almas
12 – Sala do tesouro
(pequeno refúgio)
13 – Claustro
14 – Cemitério

mudaram a entrada do lado norte, de frente para o pátio, para o sul, voltada para cá. Isso representa uma independência cívica nova. As pessoas tornaram-se convencidas da própria importância e, simbolicamente, voltaram as costas para a Igreja. — Ela apontou para a fonte da Marktplatz. — Aquela estátua no alto é Carlos Magno. Veja que ele não está virado para a igreja. Uma reafirmação do século XVII.

Malone aproveitou o convite dela a olhar para fora como uma oportunidade de examinar o restaurante em que Cara de Machado refugiara-se — um prédio de tabique que lembrava um pub inglês. Ficou escutando a babel de línguas misturadas ao tinido de pratos e talheres ao seu redor. Notou que não estava mais fazendo objeções, em silêncio ou abertamente, não buscava mais explicações para o motivo de estar ali. Em vez disso, sua mente jogava com uma ideia. O peso frio da arma do dia anterior no bolso da jaqueta o reconfortou. Mas só restavam cinco balas.

— Nós vamos conseguir —- disse ela.

Ele a encarou.

— *Nós* vamos?

— É importante que *nós* consigamos.

Os olhos dela brilhavam de ansiedade.

Mas Malone ficou pensando.

TRINTA E SETE

CHARLOTTE

CHARLIE SMITH esperava no closet. TINHA CORRIDO PARA DENTRO, SEM PEN-sar, ficou aliviado ao ver que o espaço era fundo e estava bagunçado e posicionou-se atrás das roupas penduradas, deixando a porta aberta, na esperança de que isso evitasse que alguém olhasse lá dentro. Ouviu a porta do quarto se abrir e os dois visitantes entrarem, mas parecia que seu artifício tinha funcionado. Eles decidiram ir embora, e ele ou-viu a porta da casa abrir e fechar.

Isso foi o mais próximo que ele já estivera de ser descoberto. Não esperava nenhuma interrupção. Quem eram eles? Ramsey devia ser informado? Não, o almirante deixara claro que não deveria haver ne-nhum contato até que os três serviços estivessem concluídos.

Smith arrastou-se até a janela e viu o carro que tinha sido estaciona-do na frente desaparecer pela alameda de cascalhos, na direção da estra-da, com dois passageiros dentro. Orgulhou-se da preparação meticulosa. Seus arquivos eram uma fonte de informações valiosas. As pessoas cos-tumavam ser criaturas de hábitos. Até as que insistiam em dizer que não tinham hábitos praticavam a previsibilidade. Herbert Rowland era um homem simples, que aproveitava a aposentadoria com a esposa às mar-gens de um lago, cuidando da própria vida, seguindo a rotina diária.

Voltaria para casa mais tarde, provavelmente com alguma comida comprada em um restaurante, tomaria a injeção, apreciaria o jantar e beberia até dormir, sem saber que aquele seria seu último dia na Terra.

Smith balançou a cabeça quando o medo passou. Estranho modo de ganhar a vida, mas alguém tinha de fazer aquilo.

Precisava se manter ocupado pelas horas seguintes, então decidiu voltar à cidade e ir ao cinema. Talvez saborear um bife no jantar. Ele sabia que em Charlotte havia alguns restaurantes que ele adorava.

Mais tarde, retornaria.

STEPHANIE ESTAVA EM SILÊNCIO NO CARRO, ENQUANTO DAVIS DIRIGIA POR UM caminho cheio de folhas e cascalhos, voltando para a rodovia. Ela olhou para trás e viu que a casa não se encontrava mais à vista. Eles estavam cercados por um bosque cerrado. Stephanie tinha dado as chaves a Davis, pedindo que dirigisse. Por sorte, ele não questionara, apenas fora para trás do volante.

— Pare — disse ela.

Os pneus foram freando, esmagando o cascalho do chão.

— Qual o número do seu celular?

Stephanie digitou em seu aparelho o número que Davis lhe informou e levou a mão à maçaneta do carro.

— Volte para a rodovia e siga por alguns quilômetros. Pare em algum lugar em que não possa ser visto e aguarde a minha chamada.

— O que vai fazer?

— Seguir uma intuição.

MALONE CAMINHAVA COM CHRISTL PARA O OUTRO LADO DA MARKTPLATZ. ERAM quase 18 horas, e o sol estava baixo num céu marcado por nuvens de tempestade. O tempo havia piorado, e ele sentiu um vento gelado e cortante.

Ela os levou na direção da capela pelo antigo pátio do palácio, uma praça retangular cujo comprimento era o dobro da largura, pavimentada com paralelepípedos e preenchida por fileiras de árvores desfolhadas e cobertas de neve. Os prédios ao redor bloqueavam o vento, mas não o frio. Crianças corriam, gritando e falando numa confusão alegre. O mercado natalino de Aachen ocupava o pátio. Parecia que toda cidade alemã tinha um. Ele se perguntou o que seu filho, Gary, estaria fazendo — agora sem aulas por causa do feriado. Malone precisava telefonar. Ligava pelo menos a cada dois dias.

Viu as crianças correrem na direção de um novo divertimento. Um homem de expressão abatida exibindo um manto de pelo roxo e um longo chapéu afilado que o fez lembrar a figura de um ceifador.

— São Nicolau — disse Christl. — Nosso Papai Noel.

— Bem diferente.

Ele usou o tumulto animado para confirmar que Cara de Machado os havia seguido, permanecendo atrás, examinando casualmente as barracas perto de um alto abeto azul com velas elétricas e luzes minúsculas equilibradas em galhos agitados. Malone sentiu o cheiro de vinagre fervente — *glühwein*. A alguns metros dali, havia uma barraca que vendia o fermentado quente, com clientes enluvados segurando canecas marrons fumegantes.

Ele apontou para outro mercador vendendo algo que parecia um biscoito.

— O que é aquilo?

— Uma iguaria local. *Aachener printen*. Bolo de gengibre condimentado.

— Vamos comer um.

Christl o encarou com um olhar inquisidor.

— O que foi? — disse ele. — Eu gosto de doce.

Eles foram até lá, e Malone comprou dois dos biscoitos chatos e duros.

Ele experimentou.

— Nada mau.

Achara que o gesto ajudaria Cara de Machado a relaxar e ficou satisfeito em ver que deu certo. O homem permaneceu casual e confiante.

A escuridão logo chegaria. Ele havia comprado entradas para a visita guiada das 18 horas na capela quando pararam para comprar os guias de viagem. Malone ia precisar improvisar. Ficara sabendo pelas leituras que a capela fora reconhecida pela Unesco como patrimônio cultural da humanidade. Roubar ou causar danos ali seria uma ofensa grave. Mas depois do mosteiro em Portugal e da basílica de São Marcos em Veneza, o que importava?

Ele parecia estar se especializando em vandalizar tesouros mundiais.

DOROTHEA ENTROU NA ESTAÇÃO DE TREM DE MUNIQUE. A HAUPTBAHNHOF tinha uma localização conveniente no centro da cidade, a cerca de 2 quilômetros da Marienplatz. Trens de toda a Europa chegavam e partiam de hora em hora, além das conexões locais com as linhas do metrô, dos bondes e dos ônibus. A estação não era uma obra-prima histórica — era mais uma combinação moderna de aço, vidro e concreto. Relógios por todo o interior indicavam que passava das 18 horas.

O que estava acontecendo?

Parecia que o almirante Langford Ramsey queria Wilkerson morto, mas ela precisava de Wilkerson. Na verdade, Dorothea gostava dele.

Ela olhou ao redor e viu o centro de informações turísticas. Uma rápida vista dos bancos não mostrou sinal de Wilkerson, mas, entre a multidão, ela avistou um homem.

O corpo alto vestia um terno príncipe de gales de três botões, sapatos oxford de couro e um casaco de lã. Tinha um cachecol escuro Burberry enrolado no pescoço. O rosto era bonito, com feições de criança, embora a idade claramente tivesse adicionado marcas de expressão. Os olhos cinza-aço, emoldurados por óculos de aro de metal, exibiam um olhar penetrante.

Seu marido. Werner Lindauer.

Ele se aproximou.

— *Gutten abend*, Dorothea.

Ela não sabia o que dizer. Seu casamento estava entrando no 23º ano, uma união que, no começo, tinha sido produtiva. Mas, durante a última década, ela passara a não gostar dos choramingos perpétuos dele, além da falta de consideração por qualquer coisa que estivesse além de seu próprio interesse. Seu único aspecto positivo tinha sido a devoção a Georg, o filho do casal. Mas a morte do rapaz, cinco anos antes, tinha aberto uma grande lacuna entre eles dois. Ambos ficaram arrasados, mas lidaram com a perda de formas diferentes. Ela se isolara. Ele ficara indignado. Desde então, ela simplesmente seguiu a vida, permitindo que ele seguisse a dele, um sem responder ao outro.

— O que está fazendo aqui? — perguntou ela.

— Vim atrás de você.

Ela não estava no clima para gracinhas. Vez ou outra, ele tentara ser homem, mas eram mais caprichos passageiros do que alguma mudança fundamental.

Ela queria saber:

— Como soube que eu estaria aqui?

— O comandante Sterling Wilkerson me contou.

O choque dela transformou-se em pavor.

— Homem interessante — disse ele. — Com uma arma na cabeça, simplesmente não consegue parar de falar.

— O que você fez? — perguntou ela, sem esconder a perplexidade.

Werner concentrou o olhar nela.

— Muita coisa, Dorothea. Temos um trem a pegar.

— Não vou a lugar algum com você.

Ele pareceu conter uma onda de irritação. Talvez não tivesse cogitado essa reação. Mas seus lábios relaxaram num sorriso reconfortante que, na verdade, a assustou.

— Então, você vai perder o desafio de sua mãe para a irmã querida. Isso não importa?

Ela não fazia ideia de que ele soubesse o que estava acontecendo. Não lhe contara nada. Estava claro, porém, que o marido estava bem informado.

Finalmente, ela perguntou:

— Aonde vamos?

— Ver nosso filho.

Stephanie viu Edwin Davis sair com o carro. Em seguida, mudou o celular para o modo silencioso, abotoou o casaco e entrou na floresta. Havia pinheiros antigos e faias desfolhadas, muitas com trepadeiras de viscos, espalhados sobre os galhos. O inverno havia afinado apenas minimamente a vegetação rasteira. Ela avançou devagar pelos 100 metros até a casa, com uma grossa camada de folhas de pinho abafando seus passos.

Tinha visto o cabide balançando. Sem dúvida. Mas fora um erro dela ou da pessoa cuja presença ela percebera?

Sempre repetia a seus agentes para acreditarem nos próprios instintos. Nada funcionava melhor que o bom-senso. Cotton Malone tinha sido um mestre nisso. Ela se perguntou o que ele estaria fazendo naquele momento. Não tinha voltado a ligar a respeito da informação sobre Zachary Alexander ou dos outros oficiais do *Holden*.

Será que ele encontrara problemas também?

A casa apareceu, sua silhueta marcada pelas muitas árvores que ficavam no caminho. Ela se agachou atrás de um dos troncos.

Todas as pessoas, não importa quão talentosas sejam, acabam fazendo besteira. O truque era estar lá quando a coisa acontecesse. Se o que Davis dissera era verdade, Zachary Alexander e David Sylvian tinham sido assassinados por alguém especialista em disfarçar as mortes. E ainda que Davis não tivesse expressado suas reservas, Stephanie as detectara quando ele lhe contara como Millicent morrera.

Teve uma parada cardíaca.

Davis também estava seguindo a intuição.

O cabide tinha balançado.

E, sabiamente, ela não revelara o que vira no quarto. Decidira ver se Herbert Rowland era, de fato, o próximo.

A porta da casa se abriu e um homem baixo e magro, de jeans e botas, saiu. Ele hesitou, depois caminhou depressa e desapareceu na floresta. O coração dela disparou. Filho da puta. O que ele tinha feito lá dentro?

Ela pegou o celular e digitou o número de Davis, que respondeu depois de um toque.

— Você estava certo — disse ela.

— Sobre o quê?

— O que disse sobre Langford Ramsey. Tudo. Absolutamente tudo.

PARTE 3

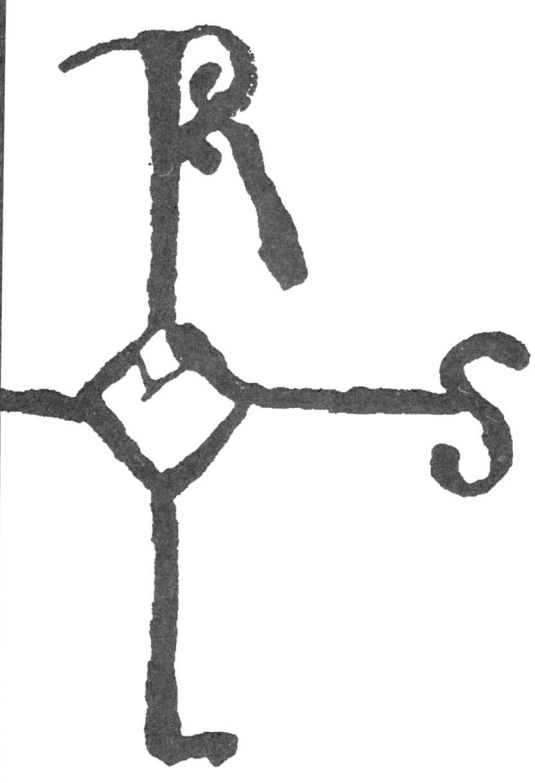

TRINTA E OITO

Aachen, 18h15

Malone seguiu o grupo de turistas até o octógono central da capela de Carlos Magno. O interior estava quase trinta graus mais quente que ao ar livre, e ele estava grato por não estar no frio. A guia falava inglês. Cerca de vinte pessoas tinham comprado entradas, e Cara de Machado era uma delas. Por algum motivo, o perseguidor deles tinha decidido esperar do lado de fora. Talvez o espaço fechado tivesse indicado necessidade de cautela. A falta de uma multidão também podia ter influenciado a escolha. As cadeiras sob o domo estavam vazias, e apenas o grupo de turistas e cerca de dez outros visitantes perambulavam ali.

Um flash fez as paredes brilharem, quando alguém tirou uma foto. Um dos atendentes correu na direção da mulher que estava com a câmera.

— Há uma taxa — sussurrou Christl — para se tirar fotos.

Ele viu a visitante desembolsar alguns euros e o homem fornecer-lhe uma pulseira.

— Agora ela está dentro da lei?

Christl abriu um sorriso.

— Manter este lugar custa dinheiro

Malone ouviu a guia explicar sobre a capela, sendo que a maior parte da informação era uma regurgitação do que ele lera nos guias de viagem. Ele quisera acompanhar o grupo porque apenas as visitas guiadas tinham acesso a certas partes, especialmente o piso superior, onde ficava o trono imperial.

Malone e Christl caminharam com os visitantes até o interior de uma das sete capelas laterais que se projetavam do núcleo carolíngio. Esta era a de São Miguel — recentemente reformada, explicou a guia. Havia bancos de madeira voltados para um altar de mármore. Várias pessoas do grupo pararam para acender velas. Malone notou uma porta no que ele concluiu que era a parede oeste e lembrou que devia ser a outra saída que descobrira ao ler os guias. A porta pesada de madeira encontrava-se fechada. Ele andou casualmente pelo interior pouco iluminado, enquanto a guia seguia em seu monólogo sobre a história. Diante da porta, ele parou e testou rapidamente o trinco. Trancada.

— O que está fazendo? — perguntou Christl.

— Resolvendo o seu problema.

Seguiram o grupo, passando pelo altar principal, na direção do coro gótico, outra área aberta apenas para excursões guiadas. Ele parou dentro do octógono e examinou uma inscrição em mosaico que circundava os arcos inferiores. Letras latinas pretas sobre um fundo dourado. Christl carregava a bolsa de plástico com os guias de viagem. Ele rapidamente encontrou o que queria, um livreto fino com o título adequado *Pequeno guia da catedral de Aachen*, e observou que o latim no texto impresso batia com o do mosaico.

CUM LAPIDES VIVI PACIS CONPAGE LIGANTUR INQUE

PARES NUMEROS OMNIA CONVENIUNT CLARET OPUS

DOMINI TOTAM QUI CONSTRUIT AULAM

EFFECTUSQUE PIIS DAT STUDIIS HOMINUM QUORUM

PERPETUI DECORIS STRUCTURA MANEBIT SI PERFECTA

AUCTOR PROTEGAT ATQUE REGAT SIC DEUS HOC

TUTUM STABILI FUNDAMINE TEMPLUM QUOD

KAROLUS PRINCEPS CONDIDIT ESSE VELIT

Christl notou o interesse dele.

— É a consagração da capela. Originalmente, foi escrita na pedra. Os mosaicos são um acréscimo mais recente.

— Mas as palavras são as mesmas do tempo de Carlos Magno? — perguntou ele. — Na mesma localização?

Ela assentiu.

— Até onde se sabe.

Malone deu um sorriso.

— A história deste lugar é como o meu casamento. Ninguém parece saber de nada.

— E o que aconteceu com Frau Malone?

Ele percebeu o interesse no tom de voz de Christl.

— Ela decidiu que Herr Malone era um pé no saco.

— Talvez ela esteja certa.

— Acredite, Pam sempre estava certa sobre tudo. — Mas ele acrescentou em silêncio uma restrição que só passou a entender anos depois do divórcio. *Quase.* Em relação ao filho deles, ela estava errada. Mas Malone não ia discutir a paternidade de Gary com essa desconhecida.

Examinou a inscrição mais uma vez. Os mosaicos, o piso de mármore e as paredes revestidas de mármore tinham todos menos de duzentos anos. Na época de Carlos Magno, que era a época de Eginhardo, a pedra que o cercava seria grosseira e pintada. Fazer, naquele momento, o que Eginhardo instruíra — *começar na nova Jerusalém* — seria desanimador, uma vez que não existia quase nada de 1.200 anos de idade. Mas Hermann Oberhauser havia solucionado o enigma. De que outro modo teria encontrado alguma coisa? Então, em algum lugar dentro daquela estrutura estava a resposta.

— Precisamos alcançar o grupo — disse Malone.

Eles se apressaram e chegaram ao coro exatamente quando a guia estava prestes a pendurar de volta a corda que bloqueava a entrada. Logo adiante, o grupo estava reunido em torno de um relicário dourado, dentro de uma caixa de vidro sobre um pedestal que parecia uma mesa, com pouco mais de 1 metro do chão.

— O relicário de Carlos Magno — sussurrou Christl. — Do século XIII. Contém os ossos do imperador. Noventa e dois. Outros quatro estão na sala do tesouro, e o restante se perdeu.

— As pessoas contam os ossos?

— Dentro do relicário tem um registro de todas as vezes, desde 1215, em que a tampa foi aberta. Ah, sim, elas contam.

Ela envolveu o braço de Malone com delicadeza e o levou até um espaço diante do relicário. O grupo de turistas havia recuado para trás do pedestal, enquanto a guia explicava como o coro fora consagrado em 1414. Christl apontou para uma placa de homenagem embutida no chão.

— Abaixo daqui é onde Otto III foi enterrado. Supõe-se que outros 15 imperadores também estejam enterrados à nossa volta.

A guia respondia às perguntas sobre Carlos Magno, enquanto o grupo tirava fotos. Malone examinou o coro, um design gótico ousado, no qual paredes de pedra pareciam se confundir com elevadas seções de vidro. Ele observou que o coro e o núcleo carolíngio uniam-se, de modo que as partes mais altas preenchiam o octógono e nenhuma das duas estruturas perdia a própria eficácia.

Examinou os limites superiores do coro, concentrando-se na galeria do segundo piso, que circundava o octógono central. Quando Malone estudara os esboços nos guias de viagem, havia pensado que um ponto de vantagem ali, no octógono, forneceria uma visão clara do que ele precisava ver.

E estava certo.

Tudo no segundo piso parecia interligado.

Até agora, tudo bem.

O grupo foi levado de volta à entrada principal da capela, onde subiram o que a guia chamou de escadaria do imperador, um caminho circular que levava até a galeria superior, no qual cada degrau de pedra havia sido trabalhado para formar uma curva inclinada. A guia abriu um portão de ferro e explicou a todos que apenas os sacro imperadores romanos tinham permissão para subir ali.

A escadaria conduziu a uma galeria espaçosa com vista para o octógono aberto. A guia chamou a atenção de todos para uma mistura grosseira de pedras que formavam degraus, um ataúde, um assento e um altar que se projetava da parte de trás da plataforma elevada. O edifício de aparência esquisita era circundado por uma corrente decorativa de ferro forjado que mantinha os visitantes a distância.

— Este é o trono de Carlos Magno — disse a guia. — Está aqui no piso superior e elevado dessa maneira para ser semelhante aos tronos das cortes bizantinas. E, assim como aqueles, está localizado no eixo da igreja, do lado oposto ao do altar principal, e voltado para o leste.

Malone ouviu a guia descrever como quatro placas de mármore de Paros tinham sido unidas com simples grampos de latão para formar o assento imperial. Os seis espelhos de pedra dos degraus foram cortados de uma coluna romana antiga.

— Seis foram escolhidos — disse a guia — para corresponder ao trono de Salomão, conforme detalhado no Antigo Testamento. Salomão foi o primeiro a ordenar a construção de um templo, o primeiro a estabelecer um reino de paz e o primeiro a se sentar num trono. Tudo semelhante ao que Carlos Magno havia conseguido no norte da Europa.

Parte do que Eginhardo escrevera veio à mente de Malone. *Mas apenas os que apreciam o trono de Salomão e a frivolidade romana encontrarão o caminho para os céus.*

— Ninguém sabe ao certo quando este trono foi instalado — prosseguiu a guia. — Alguns dizem que é do tempo de Carlos Magno. Outros argumentam que veio depois, no século X, com Otto I.

— É tão simples — disse um dos turistas. — Quase feio.

— Pela espessura das quatro placas de mármore que formam a cadeira, que, como pode ver, varia, fica claro que eram pedras de piso. Definitivamente romanas. Devem ter sido recuperadas de algum lugar especial. Parece que eram tão importantes que sua aparência não importava. Nesta simples cadeira de mármore, com assento de madeira, o sacro imperador romano era coroado e depois recebia o preito de seus príncipes.

A guia apontou para baixo do trono, para uma pequena passagem que ia de um lado ao outro.

— Peregrinos, com as costas curvadas, passavam por baixo do trono, prestando sua própria homenagem. Durante séculos, este local foi venerado.

Ela levou o grupo até o outro lado.

— Agora, olhem aqui. — A mulher apontou. — Vejam as gravuras.

Malone estava lá por isso. Imagens tinham sido incluídas nos guias de viagem, junto com várias explicações, mas ele queria ver pessoalmente.

Linhas desbotadas eram visíveis na superfície áspera de mármore. Um quadrado que cercava outro quadrado, que cercava um terceiro. Na metade dos lados do quadrado maior, uma linha projetava-se para dentro, dividindo a segunda forma em duas partes e parando na linha do quadrado interno. Nem todas as linhas tinham sobrevivido, mas o que ainda havia foi suficiente para que ele formasse a imagem mental completa.

— Isto é prova — disse a guia — de que as placas de mármore eram originariamente piso romano. Este era o tabuleiro usado para o Moinho, uma combinação de damas, xadrez e gamão. Era um jogo simples que os romanos adoravam. Eles gravavam os quadrados em uma pedra e se entretinham continuamente. O jogo também era popular no tempo de Carlos Magno e ainda é praticado hoje.

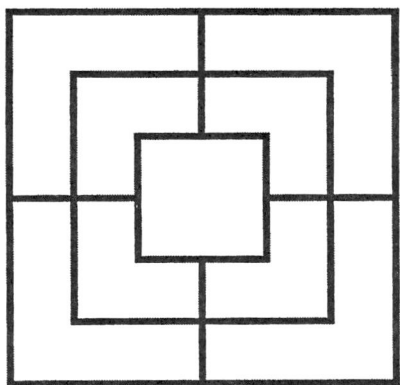

— O que isso está fazendo num trono real? — perguntou alguém.

A guia balançou a cabeça.

— Ninguém sabe. Mas você não diria que é um aspecto interessante?

Malone fez um movimento para que Christl se afastasse. A guia continuou discursando sobre a galeria superior, e mais flashes foram disparados. O trono parecia dar uma boa foto e, felizmente, todos estavam usando a pulseira oficial.

Ele e Christl passaram em volta de um dos arcos superiores, agora fora do alcance da visão do grupo guiado.

Malone varreu a semiescuridão com o olhar. Do coro abaixo, ele havia suposto que o trono ficava na galeria oeste. Em algum lugar ali em cima, ele esperava, haveria um lugar para se esconderem.

Levou Christl até um nicho escuro na parede externa, entrou na penumbra e fez sinal de silêncio. Eles ouviram o grupo sair da galeria superior e descer para o piso térreo.

Malone olhou para o relógio: 19 horas. Hora de fechar.

TRINTA E NOVE

Dorothea estava num dilema. O marido parecia saber tudo sobre Sterling Wilkerson, o que a surpreendia. Mas também sabia da busca com Christl, e isso a preocupava — além do fato de que Werner parecia estar mantendo Wilkerson como prisioneiro.

Que diabos estava acontecendo?

Tinham embarcado em um trem das 18h40, saindo de Munique e partindo para Garmisch, no sul. Durante a viagem de oitenta minutos, Werner não dissera nada; simplesmente permanecera sentado, lendo calmamente um jornal de Munique. Ela sempre achara irritante o modo como ele devorava cada palavra, lendo até mesmo o obituário e os anúncios, comentando aqui e ali os itens que lhe interessavam. Ela queria saber o que ele quisera dizer com *ver nosso filho*, mas decidiu não perguntar. Pela primeira vez em 23 anos, aquele homem demonstrara determinação, então ela decidiu ficar quieta e ver aonde as coisas iam dar.

Agora, estavam seguindo para o norte, dirigindo por uma estrada escura e se distanciando de Garmisch, do mosteiro de Ettal e de Reichshoffen. Um carro estivera esperando diante da estação, com as chaves sob o tapete da frente. Ela então percebeu para onde estavam indo, um local que ela evitara nos últimos três anos.

— Não sou burro, Dorothea — disse Werner finalmente. — Você pensa que sou, mas não sou.

Ela decidiu não satisfazê-lo.

— Na verdade, Werner, eu nem penso em você.

Ele ignorou o golpe e seguiu dirigindo pelo frio. Por sorte, não estava nevando. Viajar por aquela estrada trazia lembranças que Dorothea lutara muito para apagar. De cinco anos antes. Quando o carro de Georg derrapou para fora de uma rodovia sem grade de proteção nos Alpes tiroleses. Ele estava lá esquiando e tinha ligado pouco antes do acidente para dizer à mãe que ficaria na mesma pousada de sempre. Conversaram por alguns minutos, simples, breve e casual, mãe e filho, o tipo de conversa à toa que acontecia o tempo todo.

Mas foi a última vez que ela falou com Georg.

Quando voltou a ver seu único filho, ele estava deitado em um caixão, vestindo um terno cinza, pronto para o enterro.

O lote da família Oberhauser no cemitério ficava ao lado de uma igreja bávara antiga, alguns quilômetros a oeste de Reichshoffen. Após o funeral, a família havia doado uma capela ali, em nome de Georg, e nos dois primeiros anos Dorothea fizera visitas regulares e acendera uma vela a cada vez.

Mas nos últimos três anos ela se mantivera longe.

Ela avistou a igreja adiante, com uma iluminação tênue passando pelas janelas de vitral. Werner estacionou em frente.

— Por que temos de estar aqui? — perguntou Dorothea.

— Acredite, se não fosse importante, não estaríamos.

Werner saiu do carro para a escuridão. Ela o seguiu igreja adentro. Não havia ninguém lá, mas o portão de ferro para a capela de Georg estava aberto.

— Faz tempo que você não vem aqui — disse ele.

— Isso é da minha conta.

— Eu venho com frequência.

Isso não a surpreendeu.

Dorothea se aproximou do portão. Havia um genuflexório de mármore diante de um pequeno altar. Acima, São Jorge, montando num cavalo prateado, estava esculpido na pedra. Ela raramente rezava e não sabia se de fato tinha alguma fé. O pai havia sido um ateu convicto; a mãe, uma católica não praticante. Se existia um Deus, Dorothea não sentia nada além de raiva dele por ter-lhe tirado a única pessoa que ela amara incondicionalmente.

— Para mim chega, Werner. O que você quer? Esta é a sepultura de Georg. Ele merece nosso respeito. Não é o local para expormos nossas diferenças.

— E você *o* respeita ao me desrespeitar?

— Eu não me preocupo com você, Werner. Você tem a sua vida, e eu, a minha.

— Acabou, Dorothea.

— Concordo. Nosso casamento acabou há muito tempo.

— Não foi o que quis dizer. Chega de homens. Sou seu marido, e você é minha esposa.

Ela riu.

— Você só pode estar brincando.

— Na verdade, estou falando muito sério.

— E o que fez com que você evoluísse de repente e se transformasse em um homem?

Ele recuou para a parede.

— Há um momento em que os vivos têm de deixar que os mortos partam. Cheguei a esse ponto.

— Você me trouxe aqui para dizer isso?

O relacionamento deles havia começado por intermédio dos pais de cada um. Não fora um casamento arranjado no sentido formal, mas, ainda assim, fora planejado. Felizmente, uma atração floresceu, e os primeiros anos foram felizes. O nascimento de Georg trouxe grande alegria para ambos. Os anos da infância e adolescência do filho também tinham sido maravilhosos. Mas sua morte criou diferenças irreconciliáveis. Parecia haver uma necessidade de determinar culpa, e cada um direcionou as frustrações para o outro.

— Eu a trouxe aqui porque tinha de trazer.

— Eu não cheguei ao ponto que você parece ter chegado.

— É uma pena — disse ele, sem parecer ter ouvido. — Ele teria sido um grande homem.

Dorothea concordou.

— O garoto tinha sonhos, ambições, e nós podíamos alimentar cada desejo dele. Ele teria tido o melhor de nós dois. — Ele se virou e a encarou. — O que será que ele pensaria de nós agora?

Ela achou a pergunta estranha.

— Como assim?

— Nenhum de nós tem tratado bem o outro.

A mulher precisava saber:

— Werner, o que você está fazendo?

— Talvez ele esteja ouvindo e queira saber o que você pensa.

Ela não gostou de ser pressionada.

— Meu filho teria aprovado tudo o que eu fiz.

— Teria? Teria aprovado o que você fez ontem? Você matou duas pessoas.

— E como você sabe disso?

— Ulrich Henn limpou a sua bagunça.

Dorothea estava confusa e preocupada, mas não ia discutir o assunto ali, naquele lugar sagrado. Saiu andando na direção do portão, mas ele bloqueou seu caminho e disse:

— Não vai poder fugir desta vez.

Uma onda de mal-estar tomou conta de Dorothea. Ela o odiou por violar o santuário de Georg.

— Saia.

— Tem alguma ideia do que está fazendo?

— Vá para o inferno, Werner.

— Você não tem noção da realidade.

A expressão dele não era a de um homem nervoso ou amedrontado; então, ela ficou curiosa.

— Você quer que eu perca para Christl?

A expressão dele suavizou-se.

— Eu não sabia que era uma competição. Achei que fosse mais um desafio. Mas é por isso que estou aqui... para ajudá-la.

Ela precisava saber o que ele sabia e como, mas só conseguiu dizer:

— Um filho morto não constrói um casamento. — O olhar dela encontrou o dele. — Não preciso da sua ajuda. Não mais.

— Está enganada.

— Quero sair — disse ela. — Vai me deixar passar?

O marido permaneceu imóvel, e por um instante ela chegou a ter medo. Werner sempre se agarrara às emoções como um homem afogando-se agarra um salva-vidas. Bom para começar brigas, péssimo para terminá-las. Então, quando ele saiu da frente, Dorothea não ficou surpresa e passou adiante.

— Há algo que você precisa ver — disse Werner.

Ela parou, virou-se e viu mais uma coisa que não percebia naquele homem havia muito tempo. Confiança. O medo tomou conta dela mais uma vez.

Werner saiu da igreja e foi até o carro, e Dorothea o seguiu. Ele pegou uma chave e abriu o porta-malas. Lá dentro, uma luz fraca revelou o rosto contorcido, morto, de Sterling Wilkerson, um buraco de sangue no meio da testa.

Ela ficou sem ar.

— Isto é muito sério, Dorothea.

— Por quê? — perguntou ela. — Por que você fez isso?

Ele deu de ombros.

— Você o estava usando, assim como ele a usava. Esta é a questão: ele está morto; eu, não.

QUARENTA

Ramsey foi levado até a sala de estar do almirante de esquadra da Marinha dos Estados Unidos Raymond Dyals Jr., reformado. O missouriano de 94 anos servira na Segunda Guerra Mundial, na Coreia e no Vietnã, depois se aposentara no início dos anos 1980. Em 1971, quando o NR-1A foi perdido, Dyals era chefe de operações navais, o homem que assinara a ordem sigilosa para que não fosse iniciada nenhuma busca de resgate pelo submarino desaparecido. Ramsey era então capitão-tenente, o escolhido por Dyals para a missão, relatando pessoalmente ao almirante sobre a visita secreta do *Holden* à Antártida. Tinha sido rapidamente promovido a capitão de fragata e indicado para a equipe pessoal de Dyals. Dali em diante, os passos da escalada tinham sido rápidos e fáceis.

Ele devia tudo àquele velho. E sabia que Dyals ainda exercia influência.

Era o oficial-general mais velho ainda vivo. Os presidentes o consultavam, inclusive o atual. Seu juízo era considerado sólido e significativo. A imprensa tratava-o com grande consideração, e senadores faziam peregrinações rotineiras à sala para onde Ramsey agora se encaminhava, diante de um fogo intenso, um cobertor de lã estendido sobre as pernas delgadas do velho, um gato peludo aninhado no colo de Dyals. O veterano até ganhara um apelido — *Falcão de Inverno* —, que Ramsey sabia que ele apreciava.

Os olhos enrugados brilharam quando Dyals o viu entrar.

— Sempre gosto quando você vem.

Ramsey permaneceu de pé respeitosamente diante do mentor até ser convidado a se sentar.

— Achei que teria notícias suas — disse Dyals. — Fiquei sabendo de Sylvian hoje de manhã. Ele foi da minha equipe certa vez. Um bom auxiliar, mas rígido demais. Mas parece ter-se saído bem. Apenas relatos honrosos sobre sua vida o dia todo.

Ramsey decidiu ir ao ponto.

— Quero o emprego dele.

As pupilas melancólicas do almirante iluminaram-se com aprovação.

— Membro, chefe do Estado-Maior Conjunto. Nunca cheguei tão longe.

— Poderia ter chegado.

O velho balançou a cabeça.

— Reagan e eu não nos dávamos bem. Ele tinha os seus favoritos, ou pelo menos seus assistentes tinham favoritos, e eu não estava na lista. Além disso, estava na hora de eu sair.

— E quanto a você e Daniels? Você está na lista de favoritos dele?

Ele sentiu algo inflexível e severo na expressão de Dyals.

— Langford — disse Dyals —, você sabe que o presidente não é nosso amigo. Tem sido duro com os militares. Orçamentos foram reduzidos; programas, restringidos. Ele acha que nem precisamos de Estado-Maior Conjunto.

— Ele está enganado.

— Talvez. Mas ele é o presidente, e é benquisto. Como Reagan foi, só que com uma filosofia diferente.

— Certamente há oficiais militares que ele respeita. Homens que você conhece. O apoio deles à minha candidatura faria a diferença.

Dyals acariciou de leve o gato.

— Muitos deles iriam querer o cargo para si mesmos.

Ramsey não disse nada.

— Não acha toda essa questão repulsiva? — perguntou Dyals. — Implorar favores. Contar com políticos corruptos para fazer carreira. Foi um dos motivos pelos quais optei por sair.

— É como o nosso mundo funciona. Não criamos as regras, só agimos de acordo com as que existem.

Ele sabia que muitos oficiais-generais e um bom número de "políticos corruptos" podiam agradecer a Ray Dyals o cargo que tinham. O Falcão de Inverno tinha muitos amigos, e sabia como usá-los.

— Nunca esqueci o que você fez — murmurou Dyals calmamente. — Costumo pensar no NR-1A. Aqueles homens. Conte mais uma vez, Langford, como foi?

Um brilho azulado e melancólico penetrava o gelo da superfície, a cor intensificando-se com a profundidade, evoluindo, por fim, para uma escuridão anil. Ramsey usava um volumoso traje de mergulho da Marinha, com lacres apertados e camadas duplas, nada exposto a não ser uma estreita faixa de pele em torno dos lábios, que queimara quando ele entrara na água, mas agora estava dormente. Luvas pesadas faziam suas mãos parecerem inúteis. Felizmente, a água dissipava todo o peso, e, boiando na vastidão clara como o ar, ele sentiu como se estivesse voando e não nadando.

O sinal do transponder que Herbert Rowland havia detectado os guiou pela neve até uma baía estreita, onde o oceano glacial batia na praia congelada, um local em que focas e aves estavam reunidas para o verão. A intensidade do sinal exigia uma inspeção em primeira mão. Por isso ele vestira o traje, e Sayers e Rowland ajudaram-no a instalar o equipamento. Suas ordens eram claras. Somente ele entrou na água.

Verificou a profundidade: 12 metros.

Impossível saber a que distância estava do fundo, mas ele esperava poder ao menos avistar algo, o suficiente para confirmar o destino do submarino. Rowland dissera que a fonte estava mais para o interior, na direção das montanhas que se encontravam perto da costa.

Ramsey batia as pernas na água.

Uma parede de rocha vulcânica salpicada por uma formação de anêmonas alaranjadas, esponjas, chifres-de-veado rosa e moluscos verde-amarelados se erguia à sua esquerda. Exceto pelo fato de a água estar a dois graus negativos, ele poderia estar num recife de corais. A luz acima ficava cada vez mais fraca no teto congelado, e o que pouco antes aparecia como um céu nublado, em tons variados de azul, enegreceu de modo uniforme.

O gelo acima parecia ter sido substituído por rochas.

Ramsey desprendeu uma lanterna do cinto e a ligou. Pequenos plânctons boiavam ao seu redor. Ele não viu sedimentos. Apontou a luz, e o facho parecia invisível, uma vez que não havia nada para a difusão retrógrada dos fótons. Eles simplesmente pairavam na água, revelando-se apenas quando encontravam algo.

Como uma foca, que passou rapidamente, quase sem flexionar um músculo.

Mais focas apareceram.

Ramsey ouviu seus gritos trêmulos e até sentiu-os no corpo, como se estivesse sendo localizado por um sonar. Que missão. Uma oportunidade de mostrar serviço a homens que poderiam literalmente fazer a carreira dele. Por isso se apresentara como voluntário assim que soubera da missão. Também escolhera Sayers e Rowland pessoalmente, dois homens que sabia serem confiáveis. Rowland dissera que a fonte do sinal talvez estivesse 200 metros ao sul. Não mais. Ramsey estimou que nadara pelo menos por essa distância. Vasculhou as profundezas com uma luz que alcançava, talvez, 15 metros. Esperava ver a vila laranja do NR-1A surgindo no fundo.

Parecia estar flutuando numa enorme caverna subaquática que se abria diretamente no continente antártico, com as rochas vulcânicas que agora o circundavam.

Seu olhar buscou. Nada. Apenas água e escuridão.

No entanto, o sinal estava lá.

Decidiu explorar mais 100 metros.

Mais uma foca passou rapidamente. Diante de Ramsey, o balé delas era hipnótico. Ele as observava deslizar sem esforço. Uma delas girou numa ampla cambalhota, depois fez uma retirada rápida para cima.

Ele a seguiu com sua luz.

O animal desapareceu.

Uma segunda foca bateu as nadadeiras e subiu.

Ela também atravessou a superfície.

Como isso era possível?

Só deveria haver rochas acima dele.

— Incrível — disse Dyals. — Que aventura.

Ramsey concordava.

— Quando subi à superfície, a sensação em meus lábios era como se eu estivesse beijando metal congelado.

O almirante deu uma risadinha.

— Eu teria adorado fazer o que você fez.

— A aventura não acabou, almirante.

Suas palavras eram entremeadas de pavor, e o velho entendeu que a visita continha um duplo propósito.

— Conte.

Ramsey relatou a violação do arquivo de investigação do NR-1A pelo Setor Magalhães. O envolvimento de Cotton Malone. O esforço bem-sucedido dele de obter o arquivo. E o acesso da Casa Branca à ficha pessoal de Zachary Alexander, Herbert Rowland e Nick Sayers. Omitiu apenas o que Charlie Smith estava fazendo.

— Alguém está investigando — disse ele.

— Era só uma questão de tempo — sussurrou Dyals. — Parece muito difícil guardar segredos hoje.

— Posso impedir — declarou ele.

O velho estreitou os olhos.

— Então, deve.

— Tomei medidas. Mas você mandou, há muito tempo, que ele fosse deixado em paz.

Não era necessário usar nomes. O *ele* era conhecido entre eles.

— Então, você veio ver se a ordem ainda se mantém?

Ele assentiu.

— Para ser completo, *ele* também tem de ser incluído.

— Não posso mais dar ordens a você.

— Você é o único homem que obedeço de boa vontade. Quando nos afastamos, 38 anos atrás, você deu a ordem. *Deixe-o em paz.*

— Ainda está vivo? — perguntou Dyals.

Ele assentiu.

— Sessenta e oito anos. Mora no Tennessee. Dá aula numa faculdade.

— Ainda declamando as mesmas bobagens?

— Nada mudou.

— E os outros dois capitães-tenentes que estavam lá com você?

Ramsey não disse nada. Não precisava.

— Você tem estado ocupado — disse o almirante.

— Fui bem treinado.

Dyals continuou a acariciar o gato.

— Arriscamos em 1971. É verdade que a tripulação de Malone concordou com as condições antes de partir, mas não precisávamos ter levado isso a cabo. Poderíamos ter procurado por eles. Sempre me pergunto se fiz a coisa certa.

— Fez.

— Como pode ter tanta certeza?

— Os tempos eram outros. O submarino era nossa arma mais secreta. Não poderíamos revelar sua existência de jeito nenhum, muito menos o fato de que tinha naufragado. Quanto tempo ia demorar para que os soviéticos encontrassem os destroços? E tinha a questão do NR-1. Estava em missões então, e ainda está em operação hoje. Sem dúvida, você fez a coisa certa.

— Acha que o presidente está tentando descobrir o que aconteceu?

— Não. Está alguns degraus abaixo na escada, mas o homem tem a atenção de Daniels.

— E você acredita que tudo isso pode destruir suas chances de indicação?

— Sem dúvida.

Não havia necessidade de acrescentar o óbvio. *Além de destruir sua reputação.*

— Então, retiro a ordem. Faça o que achar adequado.

QUARENTA E UM

Malone estava sentado no chão de um cômodo vazio e apertado que era acessível pela galeria superior. Ele e Christl haviam se refugiado lá dentro depois de se apartarem do grupo de turistas. Ele observara por um espaço de 2 centímetros abaixo da porta e vira as luzes de dentro da capela diminuírem e as portas serem fechadas para a noite. Isso tinha sido duas horas antes, e eles não tinham ouvido nenhum som desde então, exceto o murmúrio abafado do mercado natalino entrando pela única janela do cômodo e um leve zunido do vento que castigava as paredes do lado de fora.

— É estranho aqui dentro — disse Christl. — Tão silencioso.

— Precisamos de tempo para examinar o local sem interrupções. — Malone também esperava que seu desaparecimento confundisse Cara de Machado.

— Quanto tempo vamos esperar? — perguntou ela.

— As coisas precisam se acalmar lá fora. Nunca se sabe, ainda pode haver visitantes aqui dentro antes do fim da noite. — Decidiu tirar vantagem da solidão deles. — Preciso saber algumas coisas.

À luz esverdeada dos holofotes externos, ele viu a expressão dela se animar.

— Estava imaginando quando você iria perguntar.

— Os Sagrados. O que a faz pensar que são reais?

Christl pareceu surpresa com a indagação, como se estivesse esperando outra coisa. Mais pessoal. Mas manteve a compostura e disse:

— Já ouviu falar do mapa de Piri Reis?

Malone ouvira. Supostamente criado por um pirata turco e datado de 1513.

— Foi encontrado em 1929 — disse ela. — Apenas um fragmento do original, mas mostra a América do Sul e o oeste da África em longitudes corretas. Os navegadores do século XVI não tinham como confirmar a longitude; o conceito só seria aperfeiçoado no século XVIII. Gerardus Mercator tinha 1 ano quando esse mapa foi desenhado, então era anterior ao método dele de projetar a Terra sobre uma superfície plana, marcando tudo com latitude e longitude. Mas o mapa faz exatamente isso. Também detalha a costa norte da Antártida. O continente nem tinha sido descoberto antes de 1818. Foi só em 1949 que os primeiros exames com sonares foram feitos sob o gelo. Desde então, radares terrestres mais sofisticados fizeram o mesmo. Há uma equiparação quase perfeita entre o mapa de Piri Reis e o contorno real da costa da Antártida, abaixo do gelo.

"Há também uma observação no mapa que indica que o cartógrafo usou informações do tempo de Alexandre, o Grande, como fonte de pesquisa. Alexandre viveu no começo do século IV antes de Cristo. Na época, a Antártida era coberta por quilômetros de gelo. Portanto, aquelas fontes de pesquisa mostrando o contorno da costa original teriam de ser datadas de algum ponto por volta de mais de 10 mil anos antes de Cristo, quando havia muito menos gelo, até cerca de 50 mil anos antes de Cristo. Além disso, lembre-se de que um mapa é inútil sem observações que indiquem o que está ali. Imagine um mapa da Europa sem nada escrito. Não diria muita coisa. Em geral, aceita-se que a própria escrita data dos sumérios, cerca de 3.500 anos antes de Cristo. Se Reis usou mapas de referência, que teriam de ter muito mais de 3.500 anos, isso significa que a arte da escrita é muito mais antiga do que pensamos."

— Muitos saltos de lógica nesse argumento.

— Você é sempre tão cético?

— Concluí que é algo saudável quando o meu está na reta.

— Como parte da minha dissertação de mestrado, estudei mapas medievais e descobri uma dicotomia interessante. Os mapas terrestres da época eram grosseiros: a Itália ficava unida à Espanha, a Inglaterra parecia deformada, montanhas estavam no lugar errado, rios eram desenhados sem precisão. Mas os mapas náuticos eram outra história. Eram chamados de portulanos, que significa "de porto em porto". E eram incrivelmente precisos.

— E você acha que os cartógrafos desses mapas receberam ajuda.

— Estudei muitos portulanos. A carta Dulcert Galway de 1339 representa a Rússia com grande precisão. Um mapa turco de 1559 mostra o mundo por outra perspectiva, como se o observador pairasse acima do polo Norte. Como isso foi possível? Um mapa da Antártida publicado em 1737 mostrava o continente dividido em duas ilhas, o que agora sabemos ser verdade. Um mapa de 1531 que examinei mostrava a Antártida sem gelo, com rios e até montanhas que hoje sabemos que estão enterradas pelo gelo. Nenhuma dessas informações estava disponível quando esses mapas foram criados. Mas eles têm uma precisão notável, com *meio grau* de margem de erro na longitude. É incrível, considerando-se que os cartógrafos sequer conheciam o conceito.

— Mas os Sagrados conheciam longitude?

— Para navegarem pelos oceanos do mundo, eles precisariam entender de orientação pelas estrelas ou de latitude e longitude. Na minha pesquisa, notei semelhanças entre os portulanos. Demais para serem mera coincidência. Então, se uma sociedade navegadora existiu há muito tempo e conduziu explorações pelo planeta inteiro séculos antes das grandes catástrofes geológicas e meteorológicas que devastaram a Terra cerca de 10 mil anos antes de Cristo, é lógico que a informação foi transmitida... e sobreviveu até chegar a esses mapas.

Malone ainda estava cético, mas após a breve visita pela capela, pensando no testamento de Eginhardo, começava a reavaliar as coisas.

Ele rastejou até a porta e espiou por baixo. Silencioso ainda. Escorou-se na folha de madeira.

— Tem mais uma coisa — disse Christl.

Ele estava ouvindo.

— O meridiano de origem. Quase todo país que chegou a navegar pelos mares desenvolveu algum. Tinha de haver um ponto de partida longitudinal. Finalmente, em 1884, as maiores nações do mundo reuniram-se em Washington, D.C., e escolheram uma linha que passava por Greenwich como sendo a longitude de grau zero. Uma constante mundial, que desde então tem sido usada. Mas os portulanos contam uma história diferente. Por incrível que pareça, todos pareciam usar como linha inicial um ponto a 31 graus e oito minutos a oeste.

Malone não compreendeu a implicação daquelas coordenadas, além do fato de ficarem a leste de Greenwich, em algum lugar depois da Grécia.

— Essa linha atravessa a Grande Pirâmide de Gizé — disse ela. — Na mesma conferência de 1884 em Washington, um argumento foi apresentado para que a linha inicial passasse por esse ponto, mas foi rejeitado.

Ele não entendeu qual era a questão.

— Todos os portulanos que encontrei utilizavam o conceito de longitude. Não me entenda mal, esses mapas antigos não continham linhas de latitude e longitude como conhecemos hoje. Usavam um método mais simples, escolhendo um ponto central, depois desenhando um círculo ao seu redor e dividindo-o. Prosseguiam fazendo isso para fora, gerando uma forma rudimentar de medida. Cada um dos portulanos que mencionei usava o mesmo centro. Um ponto no Egito, perto do que hoje é o Cairo, onde fica a pirâmide de Gizé.

Um amontoado de coincidências, Malone tinha de admitir.

— Ao sul, aquela linha de longitude através de Gizé passa pela Antártida, exatamente onde os nazistas exploraram em 1938, sua Neuschwabenland. — Christl fez uma pausa, então continuou: — Meu avô e meu pai sabiam disso. Esses conceitos me foram apresentados na leitura das anotações deles.

— Achei que seu avô fosse senil.

— Ele deixou algumas anotações históricas. Não muitas. Meu pai também. Eu só gostaria que tivessem falado mais sobre essa busca.

— Isso é loucura — disse Malone.

— Quantas realidades científicas de hoje começaram da mesma maneira? Não é loucura. É real. Tem algo aí, esperando para ser encontrado.

Algo que o pai dele pode ter morrido buscando. Malone olhou para o relógio.

— Provavelmente podemos descer. Preciso verificar algumas coisas.

Ele ficou apoiado em um joelho e se ergueu do chão. Mas Christl o deteve, a mão na perna da calça dele. Ele ouvira as explicações e concluiu que ela não era uma doida.

— Fico grata pelo que está fazendo — disse ela, mantendo a voz baixa.

— Não fiz nada.

— Está aqui.

— Como você deixou claro, o que aconteceu com meu pai está relacionado a isto.

Ela se inclinou e o beijou, demorando o suficiente para Malone perceber que ela estava gostando.

— Você sempre beija no primeiro encontro? — perguntou ele.

— Só homens de quem gosto.

QUARENTA E DOIS

Dorothea permaneceu em choque, com os olhos de Sterling Wilkerson voltados para ela.

— Você o matou? — perguntou ela ao marido.

Werner balançou a cabeça.

— Eu não. Mas eu estava lá quando aconteceu.

Ele fechou o porta-malas.

— Não conheci seu pai, mas me disseram que eu e ele somos muito parecidos. Permitimos que nossas esposas façam o que quiserem, desde que possamos nos dar ao mesmo luxo.

A mente dela se encheu de pensamentos confusos.

— Como sabe alguma coisa sobre meu pai?

— Eu contei — disse uma nova voz.

Dorothea se virou.

Sua mãe estava na entrada da igreja. Atrás dela, como sempre, aparecia o vulto de Ulrich Henn. Agora, ela entendeu.

— Ulrich matou Sterling — disse Dorothea para a noite.

Werner passou por ela.

— De fato. E ouso dizer que ele talvez mate todos nós, se não nos comportarmos.

MALONE SAIU NA FRENTE, DEIXANDO O ESCONDERIJO E VOLTANDO À GALERIA superior do octógono. Parou diante do corrimão de bronze — carolíngio, original do tempo de Carlos Magno, segundo a observação de Christl — e olhou para baixo. Viu um punhado de candeeiros acesos durante a noite. O vento continuava castigando as paredes externas, e o mercado natalino parecia estar perdendo o entusiasmo. Malone olhou para o outro extremo do espaço aberto, onde estava o trono, com janelas com pinázios ao fundo espalhando um brilho claro sobre a cadeira alta. Examinou o mosaico latino que envolvia o octógono abaixo. O desafio de Eginhardo não era tão desafiador assim.

Ainda bem que existem guias de viagem e mulheres inteligentes. Malone encarou Christl.

— Existe um púlpito, certo?

Ela assentiu.

— No coro. O *ambo*. Bem antigo. Século XI.

Ele sorriu.

— Sempre uma aula de história.

Christl deu de ombros.

— É o que eu sei.

Ele circulou a galeria superior, passou pelo trono e seguiu de volta para a escada circular. Era interessante que o portão de ferro fosse deixado aberto à noite. No primeiro piso, Malone atravessou o octógono e entrou novamente no coro. Um púlpito de ouro e cobre salpicado de ornamentos singulares estava posicionado contra a parede sul, acima de uma entrada para outra capela adjacente. Uma escada curta dava acesso para cima. Ele pulou uma corda de veludo e subiu pelos degraus de madeira. Felizmente, o que ele procurava estava lá. Uma Bíblia.

Colocou o livro sobre o apoio dourado e abriu no Apocalipse. Capítulo 21.

Christl ficou embaixo e olhou para Malone, enquanto ele lia em voz alta:

— *"E levou-me em espírito a um alto e grande monte, e mostrou-me a santa cidade de Jerusalém que descia do céu da parte de Deus, e tinha um grande e alto muro com 12 portas, e nas portas 12 anjos, e nomes escritos sobre elas, que são os nomes das 12 tribos dos filhos de Israel. O muro da cidade tinha 12 fundamentos, e neles estavam os nomes dos 12 apóstolos do Cordeiro. E aquele que falava comigo tinha por medida uma cana de ouro, para medir a cidade, as suas portas e o seu muro. A cidade era quadrangular; e o seu comprimento era igual à sua largura. E mediu a cidade com a cana e tinha ela 12 mil estádios; e o seu comprimento, largura e altura eram iguais. Também mediu o seu muro, e era de 144 côvados, segundo a medida de homem, isto é, de anjo. Os fundamentos do muro da cidade estavam adornados com 12 tipos de pedras preciosas. As 12 portas eram 12 pérolas."*

"O Livro do Apocalipse é crucial para este lugar. O candelabro que o imperador Barbarossa doou cita passagens dele. O mosaico na cúpula é baseado nele. Carlos Magno chamou isto especificamente de "nova Jerusalém". E essa relação não é segredo; li sobre ela em todos os guias de viagem. Um pé carolíngio equivale a cerca de um terço de metro, o que é pouco mais de um pé atual. O polígono externo de 16 lados tem 36 pés carolíngios de comprimento. Isso representa 144 pés atuais. O perímetro externo do octógono mede o mesmo, 36 pés carolíngios, o que equivale a 144 pés atuais. A altura também é precisa. Originalmente, 84 pés atuais, sem o domo em forma de elmo, que veio séculos depois. A capela inteira é fator de sete e 12, a largura e a altura são iguais. — Malone apontou para a Bíblia. — Eles simplesmente transpuseram as dimensões da cidade celestial do Apocalipse, da 'nova Jerusalém', para este edifício."

— Isso tem sido estudado há séculos — disse ela. — Qual a relação com o que estamos fazendo?

— Lembre-se do que Eginhardo escreveu. *"As revelações lá serão esclarecidas uma vez que o segredo daquele local extraordinário seja decifrado."*

Ele usou essa palavra engenhosamente. Não apenas a revelação do Apocalipse está esclarecida. Ele apontou para a Bíblia. — Mas outras revelações também foram esclarecidas.

PELA PRIMEIRA VEZ EM ANOS, DOROTHEA SENTIA-SE FORA DE CONTROLE. NÃO esperava nada daquilo. E agora, recuando para dentro da igreja, encarando a mãe e o marido, com Ulrich Henn obediente, afastado, ela lutava para manter a compostura habitual.

— Não lamente a morte daquele americano — disse Isabel. — Ele era um oportunista.

Dorothea encarou Werner.

— E você não é?

— Sou seu marido.

— Só no nome.

— Isso é escolha sua — disse Isabel, erguendo a voz e depois fazendo uma pausa. — Entendo a questão de Georg. — O olhar da velha correu na direção da capela adjacente. — Também sinto saudades dele. Mas ele se foi, e não há nada que qualquer um de nós possa fazer a respeito.

Dorothea sempre desprezou o modo como a mãe rejeitava o luto. Não se lembrava de ter visto uma lágrima derramada por Isabel quando o pai desapareceu. Nada parecia perturbá-la. Mas Dorothea não conseguia se desligar do olhar sem vida de Wilkerson. Era verdade que ele era um oportunista. Mas ela achava que seu relacionamento poderia ter vindo a se tornar algo mais consistente.

— Por que o matou? — perguntou ela à mãe.

— Ele teria causado problemas imensuráveis a esta família. E os americanos acabariam matando-o, de qualquer jeito.

— Foi você quem os envolveu. Queria o arquivo sobre o submarino. Você me mandou conseguir isso por intermédio de Wilkerson.

Quis que eu obtivesse o material, entrasse em contato com Malone e o desencorajasse a seguir adiante. Quis que eu roubasse os documentos do meu pai e as pedras do mosteiro. Fiz exatamente o que *você* pediu.

— E eu lhe pedi para matar a mulher? Não. Isso foi ideia do seu amante. Cigarros envenenados. Ridículo. E o nosso chalé? Agora, em ruínas. Dois homens mortos lá dentro. Homens que foram enviados pelos norte-americanos. Qual dos dois você matou, Dorothea?

— Era necessário.

A mãe caminhou pelo chão de mármore.

— Sempre tão prática. *Era necessário.* Isso mesmo, por causa do *seu* norte-americano. Se ele ainda estivesse envolvido, haveria consequências devastadoras. Isto não era da conta de Sterling; então, acabei com a participação dele. — A mãe aproximou-se, ficando a centímetros de distância. — Eles o enviaram para nos espiar. Eu simplesmente a encorajei a jogar com as fraquezas dele. Mas você foi longe demais. Devo dizer, no entanto, que subestimei o interesse deles em nossa família.

Dorothea apontou para Werner.

— Por que o envolveu?

— Você precisa de auxílio. Ele o providenciará.

— Não preciso de nada dele. — Ela hesitou. — Nem de você, velha.

A mãe ergueu o braço e deu um tapa no rosto de Dorothea.

— Não vai se dirigir a mim dessa maneira. Nem agora. Nem nunca.

Ela não se moveu, sabendo que, embora pudesse ser capaz de dominar a mãe idosa, Ulrich Henn seria outra questão. Passou a língua no lado de dentro da bochecha.

Sua têmpora pulsava.

— Vim aqui esta noite — disse Isabel — para deixar as coisas claras. Werner agora faz parte disto. Eu o envolvi. Esta busca é uma escolha minha. Se não quiser aceitar essas regras, ela pode acabar agora, e sua irmã receberá o controle de tudo.

Um olhar penetrante estudava Dorothea. Ela viu que a mãe não havia lançado uma ameaça vazia.

— Você quer isso, Dorothea. Sei que quer. É muito mais parecida comigo. Eu observei. Trabalhou muito nos negócios da família, é boa no que faz. Atirou naquele homem no chalé. Tem coragem, o que às vezes falta à sua irmã. Ela tem perspicácia, o que você às vezes ignora. Uma pena que o melhor de vocês duas não pudesse ter sido reunido em uma única pessoa. De algum modo, dentro de mim há muito tempo tudo se misturou, e, infelizmente, vocês duas sofreram.

Dorothea encarou Werner. Ela podia não o amar mais, mas, droga, às vezes precisava dele de um modo que só quem passava pela morte de um filho poderia entender. A afinidade dos dois era determinada pelo luto. A dor entorpecente da morte de Georg erguera barreiras que ambos haviam aprendido a respeitar. Ainda assim, ao mesmo tempo que o casamento vacilava, a vida dela fora da relação prosperava. A mãe estava certa. Os negócios eram sua paixão. A ambição é uma droga poderosa, que obscurecia tudo, inclusive as preocupações com o outro.

Werner estava ereto, com os braços para trás, como um guerreiro.

— Talvez, antes de morrermos, devêssemos aproveitar a vida que ainda nos resta.

— Nunca soube que você tinha desejo de morrer. É bastante saudável e poderia viver muitos anos.

— Não, Dorothea. Posso *respirar* por muitos anos. Viver é uma questão totalmente diferente.

— O que você quer, Werner?

Ele baixou a cabeça e aproximou-se de uma das janelas escurecidas.

— Dorothea, estamos numa encruzilhada. O auge de toda a sua vida talvez aconteça nos próximos dias.

— *Talvez aconteça*? Quanta confiança.

Os cantos da boca dele viraram para baixo.

— Não é falta de respeito da minha parte. Ainda que discordemos em muitas questões, não sou seu inimigo.

— Quem é, Werner?

O olhar dele endureceu como ferro.

— Na verdade, você não precisa de nenhum. Você é o seu próprio inimigo.

MALONE DESCEU DO PÚLPITO.

— O Livro do Apocalipse é o último do Novo Testamento. Nele João descreve sua visão de um novo céu, uma nova terra, uma nova realidade. — Ele apontou para o octógono. — Esse prédio simbolizava aquela visão. *Eles serão Seu povo, e Ele viverá entre eles.* É o que diz o Apocalipse. Carlos Magno construiu isto e viveu aqui, entre seu povo. Duas coisas, no entanto, foram decisivas. O comprimento, a altura e a largura tinham de ser os mesmos, e as paredes deveriam medir 144 cúbitos. Doze vezes 12.

— Você é muito bom nisso — disse ela.

— Oito também era um número importante. O mundo foi criado em seis dias, e Deus descansou no sétimo. O oitavo dia, em que tudo estava completo, representava Jesus, Sua ressurreição, o começo do glorioso arremate do trabalho. Por isso há um octógono cercado por um polígono de 16 lados. Depois os homens que projetaram esta capela foram mais longe.

"'Esclareça esta busca por meio do emprego da perfeição do anjo à santificação do soberano.' Foi isso que Eginhardo escreveu. O Apocalipse diz respeito aos anjos e ao que fizeram na formação da 'nova Jerusalém'. Doze portões, 12 anjos, 12 tribos dos filhos de Israel, 12 fundamentos, 12 apóstolos, 12 mil oitavos de milha, 12 pedras preciosas, 12 portões eram 12 pérolas. — Ele fez uma pausa. — O número 12, considerado a perfeição pelos anjos."

Malone deixou o coro e entrou novamente no octógono.

Apontou para a faixa de mosaico circundante.

— Pode traduzi-lo? Meu latim é bom, mas o seu é melhor.

Um baque surdo ecoou nas paredes. Como se algo estivesse sendo forçado.

Mais uma vez.

Ele identificou a direção. Vinha de uma das capelas secundárias: São Miguel. Onde ficava a outra porta de saída.

Ele correu para dentro e contornou os bancos vazios, na direção da sólida porta de madeira fechada por um trinco de ferro. Ouviu um estalo do outro lado.

— Estão forçando a porta.

— Quem são *eles*? — perguntou Christl.

Ele pegou a arma.

— Mais problemas.

QUARENTA E TRÊS

DOROTHEA PRECISAVA IR EMBORA, MAS NÃO HAVIA COMO ESCAPAR. ESTAVA À mercê da mãe e do marido. Sem mencionar Ulrich. Henn trabalhava para a família havia mais de uma década, supostamente certificando-se da manutenção de Reichshoffen, mas Dorothea sempre suspeitara que ele realizasse uma variedade maior de serviços. Agora, ela sabia. Aquele homem matava.

— Dorothea — disse sua mãe. — Seu marido quer compensar danos. Quer que vocês dois voltem a ser o que eram. É óbvio que existem sentimentos, ou você teria se divorciado dele há muito tempo.

— Fiquei por nosso filho.

— Seu filho está morto.

— A lembrança dele não está.

— Não, não está. Mas você está empenhada numa batalha pela *sua* herança. Pense. Aceite o que está sendo oferecido.

Ela queria saber:

— Por que você se importa?

Isabel balançou a cabeça.

— Sua irmã busca glória, reconhecimento para nossa família. Mas isso envolveria muita exposição pública. Você e eu nunca buscamos isso. É seu dever evitar tal coisa.

— Como isso se tornou meu dever?

A mãe pareceu ofendida.

— Vocês duas são tão parecidas com seu pai… Não há nada meu dentro de vocês? Ouça o que estou dizendo, menina. O caminho que está seguindo é inútil. Estou simplesmente tentando ajudar.

Ela não gostou da falta de confiança e da condescendência.

— Descobri muita coisa ao ler aqueles periódicos e memorandos da Ahnenerbe. Meu avô escreveu um relato do que viram na Antártida.

— Hermann era um sonhador, um homem fixado em fantasias.

— Ele falou de áreas em que a neve dava lugar à rocha. Onde havia lagos líquidos num lugar onde não deveria haver nenhum. Falou de montanhas ocas e cavernas de gelo.

— E o que nós temos para mostrar de todas essas fantasias? Diga, Dorothea. Estamos mais perto de encontrar qualquer coisa?

— Temos um homem morto no porta-malas do carro lá fora.

A mãe deu um longo suspiro.

— Você é um caso perdido.

Mas a paciência de Dorothea também estava acabando.

— Você estabeleceu as regras deste desafio. Queria saber o que aconteceu com meu pai. Queria que Christl e eu trabalhássemos juntas. Deu uma parte do quebra-cabeça a cada uma de nós. Se você é tão esperta assim, por que é que *nós* estamos fazendo tudo isso?

— Deixe-me dizer uma coisa. O que seu pai me contou há muito tempo.

Carlos Magno ouvia maravilhado, enquanto Eginhardo falava. Estavam seguros dentro da capela do palácio, na sala que ele mantinha dentro da galeria superior do octógono. A noite de verão finalmente chegara, as janelas externas estavam escuras; a capela, toda calma. Eginhardo voltara no dia anterior de sua longa viagem. O rei o admirava. Um homem pequeno, porém, como a abelha que faz ótimo mel ou a formiga operária, capaz de grandes coisas. Ele o chamava de Bezalell, do Êxodo, uma referência à sua grande habilidade manual.

Não teria enviado nenhuma outra pessoa, e agora ouvia Eginhardo contar-lhe sobre uma árdua viagem marítima a um lugar com muros de neve tão lumino- sos que o sol refletia a extensão deles em tons de azul e verde-jade. Em uma das paredes, formou-se uma cascata, seu fluxo como a prata, e Carlos Magno reme- morou as montanhas denteadas do sul e do leste. Frio inacreditável, disse Egi- nhardo, e uma de suas mãos tremeu com a lembrança. O vento soprava com tanta força que nem a capela em torno deles teria sobrevivido. Carlos Magno duvidou dessa afirmação, mas não o desafiou. As pessoas aqui vivem em caba- nas de barro, disse Eginhardo, sem janelas, só com um buraco no telhado para deixar a fumaça escapar. Camas são usadas apenas pelos privilegiados, as rou- pas são de couro sem forro. Lá, é muito diferente. As casas são todas de pedra, mobiliadas e aquecidas. As roupas são grossas e quentes. Sem classes sociais, sem riqueza ou pobreza. Uma terra de iguais, em que a noite chega sem fim e a água permanece imóvel como a morte, mas muito bela.

— Isso foi o que Eginhardo escreveu — disse Isabel. — Seu pai me contou, conforme o pai dele lhe contara. Está no livro que dei a você, aquele do túmulo de Carlos Magno. Hermann aprendeu a lê-lo. Agora, também precisamos aprender. Foi por isso que preparei esse desafio. Quero que você e sua irmã descubram as respostas de que necessitamos.

Mas o livro que a mãe lhe dera estava escrito numa linguagem in- compreensível, cheia de imagens fantásticas de coisas irreconhecíveis.

— Lembre-se das palavras do testamento de Eginhardo — disse Isabel. — *Uma compreensão plena da sabedoria dos céus que se encontra com o soberano Carlos começa na nova Jerusalém.* Sua irmã está lá, neste exato momento, na nova Jerusalém, muitos passos na sua frente.

Ela não podia acreditar no que estava ouvindo.

— Isto não é ficção, Dorothea. O passado não é todo ficção. A pa- lavra *céu* na época de Carlos Magno tinha um significado muito dife- rente do de hoje. Os carolíngios chamavam-no *ha shemin*. Significa "terras altas". Não estamos falando de religião ou de Deus, estamos falando de um povo que existiu muito longe, numa terra montanhosa de neve e gelo e noites eternas. Um lugar que Eginhardo visitou. O lugar em que *seu* pai morreu. Não quer saber por quê?

Ela queria. Droga, ela queria.

— Seu marido está aqui para ajudar — disse a mãe. — Eliminei um problema em potencial com Herr Wilkerson. Agora, esta busca pode prosseguir sem interferências. Vou me certificar de que os norte-americanos encontrem o corpo dele.

— Não era necessário matá-lo — declarou ela mais uma vez.

— Não era? Ontem, um homem invadiu nossa casa e tentou matar Herr Malone. Ele confundiu você com sua irmã e tentou matá-la. Ulrich evitou que isso acontecesse. Os norte-americanos pouco se importam com você, Dorothea.

O olhar dela procurou e encontrou Henn, que acenou com a cabeça, indicando que o que a mãe dissera era verdade.

— Eu entendi então que algo precisava ser feito. Como você é uma criatura de hábitos, encontrei-a em Munique, onde sabia que você estaria. Imagine, se eu pude encontrá-la com tanta facilidade, quanto tempo os norte-americanos teriam levado?

Ela lembrou o pânico de Wilkerson ao telefone.

— Eu fiz o que precisava ser feito. Agora, menina, faça o mesmo.

Mas ela estava perdida.

— O que eu devo fazer? Você disse que eu estava perdendo meu tempo com o que obtive.

A mãe balançou a cabeça.

— Tenho certeza de que o conhecimento que adquiriu sobre a Ahnenerbe será útil. O material está em Munique?

Ela assentiu.

— Pedirei a Ulrich que o recupere. Sua irmã logo seguirá o caminho correto, e é imperativo que você se junte a ela. Ela terá de agir com moderação. Nossos segredos de família devem permanecer na família.

— Onde está Christl? — perguntou ela mais uma vez.

— Experimentando o que você tentava fazer.

Dorothea esperou.

— Confiando num norte-americano.

QUARENTA E QUATRO

Aachen

Malone pegou Christl e fugiu da capela de São Miguel, correndo de volta para o polígono externo. Voltou-se, então, para o pórtico e a entrada principal.

Mais estalos vieram da capela.

Ele localizou as portas da entrada principal, que ele tinha esperança de que abrissem por dentro, e ouviu um barulho. Alguém estava forçando os trincos de fora. Aparentemente, Cara de Machado não trabalhava sozinho.

— O que está acontecendo? — perguntou Christl.

— Nossos amigos de ontem à noite nos encontraram. Tinham passado o dia todo nos seguindo.

— E você só está mencionando isso agora?

Ele saiu da entrada e voltou ao octógono. Seus olhos vasculhavam o interior pouco iluminado.

— Imaginei que você não queria se incomodar com detalhes.

— Detalhes?

Ele ouviu a porta dentro da capela de São Miguel ceder. Atrás dele, o rangido de dobradiças antigas confirmou que as portas principais tinham sido abertas. Malone examinou a escada e cor-

reu com Christl pelos degraus circulares, toda cautela sendo preterida pela pressa.

Ouviu vozes vindas de baixo e fez sinal de silêncio.

Precisava que Christl ficasse em algum lugar seguro, de modo que,
com toda a certeza, não podiam ficar desfilando pela galeria superior.
O trono imperial estava diante dele. Sob a cadeira tosca de mármore
ficava uma passagem escura por onde os peregrinos um dia atravessaram, conforme a guia explicara: um espaço oco sob o ataúde e seis
degraus de pedra. Embaixo do altar que se projetava da parte de trás
havia outra abertura, esta protegida por uma porta de madeira com
ganchos de ferro. Malone sinalizou para que Christl se arrastasse para
baixo do trono. Ela respondeu com um olhar confuso. Ele não estava
disposto a discutir; assim, empurrou-a na direção da corrente de ferro
e apontou para que ela passasse por baixo.

Fique quieta, ordenou ele com gestos.

Ouviram passos vindos da escada circular. Eles só teriam mais alguns segundos. Ela pareceu perceber o apuro em que se encontravam
e cedeu, desaparecendo sob o trono.

Malone precisava atraí-los para longe dali. Um pouco antes, ao
examinar a galeria superior, notara uma borda estreita com um contorno que passava acima dos arcos inferiores, marcando a linha divisória
entre os pisos, e de largura suficiente para ficar de pé sobre ela.

Passou engatinhando pelo trono, deu a volta no ataúde e pulou a
grade de bronze. Equilibrou-se na cornija, com a coluna firmemente
apoiada nos pilares superiores que sustentavam os oito arcos do octógono interno. Por sorte, os pilares ficavam em pares unidos, com cerca
de 60 centímetros de largura, o que significava que ele tinha mais de 1
metro de mármore servindo de proteção.

Ouviu solas de borracha percorrerem o piso da galeria superior.

Começou a repensar o que estava fazendo, sustentando-se sobre
uma borda de 25 centímetros de largura, segurando uma arma com

apenas cinco balas, a uma altura de uns bons 6 metros. Arriscou espiar e viu duas silhuetas do outro lado do trono. Um dos homens armados avançou por trás no ataúde, e o segundo assumiu posição no fundo — um sondando, o outro dando cobertura. A tática inteligente revelava preparação.

Malone pressionou a cabeça para trás, contra o mármore, e olhou para o outro lado do octógono. As luzes que vinham das janelas atrás do trono lançavam um brilho nos pilares lustrosos do lado mais afastado, e a sombra indistinta da cadeira imperial estava claramente visível. Ele viu outra sombra circular o trono, agora do lado mais próximo de onde estava.

Ele precisava atrair o agressor para mais perto.

Com cuidado, sua mão esquerda buscou no bolso da jaqueta e encontrou uma moeda de euro do restaurante. Ele a retirou, deixou a mão cair para o lado e jogou a moeda suavemente na frente da grade de bronze, atingindo a borda a 3 metros dali, onde se elevava o próximo par de pilares. A moeda tilintou, depois caiu no piso de mármore abaixo, com um tinido que ecoou no silêncio. Malone esperava que os atiradores percebessem que ele era a fonte e se aproximassem, olhando para a esquerda, quando ele daria o golpe pela direita.

Mas isso não levava em consideração o que o outro homem armado faria.

A sombra do seu lado do trono cresceu.

Malone teria de sincronizar o movimento com perfeição. Passou a arma da mão direita para a esquerda.

A sombra aproximou-se da grade. Uma arma apareceu.

Malone girou, agarrou o homem pelo casaco e o arremessou por cima do parapeito. O corpo voou para dentro do octógono.

Malone girou por cima do parapeito quando ouviu um tiro, e uma bala do outro atirador estalou no mármore. Ouviu o corpo bater no piso 6 metros abaixo e cadeiras caírem com estrondo. Deu um tiro para o outro lado do trono, depois usou o impulso do movimento para ficar rapidamente de pé e encontrar refúgio atrás do pilar de mármore, só que desta vez na galeria, do lado oposto da borda.

Mas seu pé esquerdo deslizou e o joelho bateu com tudo no chão. Sua coluna estremeceu com a dor. Ele suprimiu a sensação e tentou retomar o equilíbrio, mas tinha perdido qualquer vantagem.

— *Nein*, Herr Malone — disse um homem.

Malone estava de quatro, segurando a arma.

— De pé — ordenou o homem.

Ele se levantou devagar.

Cara de Machado havia passado em volta do trono e agora estava do lado mais próximo de Malone.

— Largue a arma — ordenou.

Ele não ia se render tão fácil.

— Para quem você trabalha?

— Largue a arma.

Malone precisava ganhar tempo, mas duvidava que aquele sujeito fosse permitir muitas perguntas. Atrás de Cara de Machado, perto do piso, algo se moveu. Ele avistou duas solas, os dedos do pé para cima, na escuridão abaixo do trono. As pernas de Christl emergiram do esconderijo de repente e bateram com força nos joelhos de Cara de Machado.

O atirador, pego de surpresa, dobrou o corpo para trás.

Malone aproveitou o momento para atirar, e a bala bateu com um som surdo no peito do homem. Cara de Machado gritou de dor, mas pareceu recuperar os sentidos de imediato e ergueu a arma. Malone atirou de novo, ao que o homem foi ao chão e não se mexeu mais.

Christl saiu de debaixo do ataúde.

— É uma moça corajosa — disse ele.

— Você precisava de ajuda.

O joelho dele doeu.

— Precisava mesmo.

Ele verificou o braço do homem e não sentiu pulsação. Depois, foi até o parapeito e olhou para baixo. O corpo do outro atirador estava contorcido entre cadeiras entulhadas, o sangue escorrendo pelo chão de mármore.

Christl aproximou-se. Para uma mulher que não quisera ver o cadáver do mosteiro, parecia não estar tendo problemas com esses.

— O que foi agora? — perguntou ela.

Malone apontou para baixo.

— Como eu lhe pedi antes de sermos interrompidos, preciso que você traduza aquela inscrição em latim.

QUARENTA E CINCO

Virgínia, 17h30

Ramsey mostrou as credenciais e entrou com o carro no forte Lee. A viagem para o sul, partindo de Washington, tinha levado pouco mais de duas horas. A base era um dos 16 acantonamentos construídos no início da Primeira Guerra Mundial e recebera o nome do filho favorito da Virgínia, Robert E. Lee. Demolido nos anos 1920 e convertido num santuário estadual de vida selvagem, o local foi reativado em 1940 e tornou-se um centro movimentado de atividades bélicas. Durante os últimos vinte anos, graças à sua proximidade de Washington, suas instalações tinham sido expandidas e modernizadas.

Ramsey seguiu um caminho por um labirinto de instalações de treino e comando que atendiam a uma variedade de necessidades do Exército, principalmente de apoio logístico e administrativo. A Marinha alugava três armazéns num canto afastado no meio de uma fileira de unidades de armazenamento militares. O acesso a eles era restrito por cadeados numéricos e verificação digital. Dois dos armazéns eram administrados pelo comando central da Marinha, e o terceiro, pela inteligência naval.

Ele estacionou e saiu do carro, apertando o casaco sobre os ombros. Entrou em uma varanda de metal e digitou um código, depois passou o polegar no scanner digital.

A porta abriu com um clique.

Ele entrou numa pequena antessala cujas luzes do teto foram ati-vadas por sua presença. Foi até uma fileira de interruptores e iluminou o espaço cavernoso adiante, visível através de um vidro espelhado.

Quando tinha feito a última visita? Seis anos antes?

Não, mais para oito ou nove.

Mas a primeira visita tinha sido 38 anos antes. Notou que as coisas lá dentro não estavam muito diferentes, além da segurança moderni-zada. O almirante Dyals o trouxera naquela primeira vez. Outro dia tempestuoso de inverno. Fevereiro. Cerca de dois meses após seu re-torno da Antártida.

— *Estamos aqui por um motivo* — *disse Dyals.*

Ramsey estivera pensando sobre a viagem. Tinha passado muito tempo dentro do armazém no mês anterior, mas tudo aquilo terminou de forma re-pentina alguns dias antes, quando a missão foi cancelada. Rowland e Sayers haviam retornado para suas unidades, o próprio armazém tinha sido lacrado, e ele, transferido para o Pentágono. Na viagem para o sul de Washington, o almirante falara pouco. Dyals era assim. Muitos temiam aquele homem — não pelo temperamento, que ele raramente demonstrava, nem por abuso verbal, que ele evitava por considerar desrespeitoso. Mais pelos olhos fixos e indife-rentes que pareciam não piscar.

— *Estudou o arquivo sobre a operação Salto em Altura?* — *perguntou Dyals.* — *O que eu forneci.*

— *Em detalhes.*

— *E o que observou?*

— *Que o local onde eu estava na Antártida correspondia exatamente ao local que a equipe da Salto em Altura explorou.*

Três dias antes, Dyals lhe havia entregado um arquivo marcado como ALTAMENTE CONFIDENCIAL. *A informação contida ali não fazia parte dos regis-tros oficiais que os almirantes Cruzen e Byrd arquivaram depois da missão na*

Antártida. Na verdade, o relatório era de uma equipe de especialistas do Exér-cito que tinham sido incluídos entre os 4.700 homens designados para a Salto em Altura. O próprio Byrd os comandara num reconhecimento especial da costa norte. Seus relatórios tinham sido fornecidos apenas a Byrd, que passara as informações pessoalmente para o então chefe de operações navais. O que Ramsey lera o impressionou.

— Antes da Salto em Altura — disse Dyals —, estávamos convencidos de que os alemães tinham construído bases navais na Antártida nos anos 1940. Eles tinham submarinos por todo o Atlântico Sul durante e pouco de-pois da guerra. Os alemães montaram uma grande missão exploratória lá em 1938. Tinham planos de retornar. Na ocasião, achamos que retornaram e não contaram a ninguém. Mas era tudo bobagem, Langford. Bobagem pura. Os nazistas não foram à Antártida para estabelecer bases.

Ele esperou.

— Foram encontrar seu passado.

Dyals entrou no armazém e seguiu um caminho por entre caixotes de ma-deira e prateleiras de metal. Parou e apontou para uma fileira de prateleiras carregadas de pedras cobertas por uma mistura curiosa de espirais e arabescos.

$$2o\sigma za2\text{d}^{\text{#}}_{\text{9}}$$

— Nosso pessoal da Salto em Altura localizou parte do que os nazistas encontraram em 1938. Os alemães estavam seguindo informações que tinham descoberto e que datavam do tempo de Carlos Magno. Um deles, Hermann Oberhauser, encontrou-as.

Ele reconheceu o sobrenome; da tripulação do NR-1A. Dietz Oberhauser, especialista de campo.

— Abordamos Dietz Oberhauser há cerca de um ano — disse Dyals. — Parte do nosso pessoal de Pesquisa e Desenvolvimento estava estudando re-gistros alemães capturados na guerra. Os alemães achavam que poderia haver

coisas a serem descobertas na Antártida. Hermann Oberhauser estava convencido de que uma cultura avançada, que antecedia a nossa, vivera ali. Ele achava que fossem arianos havia muito perdidos, e Hitler e Himmler queriam saber se ele estava certo. Também achavam que, se a civilização fosse mais avançada, poderiam descobrir coisas úteis. Naqueles tempos, todo mundo queria uma chance para se destacar.

O que não havia mudado.

— Mas Oberhauser caiu em desgraça. Irritou Hitler. Então, foi silenciado e execrado. Suas ideias foram abandonadas.

Ramsey apontou para as pedras.

— Parece que ele estava certo. Havia algo a ser encontrado.

— Você leu o arquivo. Você esteve lá. Diga, em que acredita?

— Não encontramos nada assim.

— No entanto, os Estados Unidos gastaram milhões de dólares para enviar quase 5 mil homens à Antártida. Quatro homens morreram durante o empreendimento. Agora, outros 11 estão mortos, e perdemos um submarino de 100 milhões de dólares. Vamos lá, Ramsey. Pense.

Ele não queria decepcionar aquele homem que demonstrara tanta confiança em suas habilidades.

— Imagine uma cultura — disse Dyals — que se desenvolveu dezenas de milhares de anos antes de tudo o que conhecemos. Antes dos sumérios, dos chineses, dos egípcios. Observações e medidas astronômicas, pesos, volumes, uma concepção realista da Terra, de cartografia avançada, geometria esférica, habilidades de navegação, matemática. Digamos que dominaram tudo isso séculos antes de nós. É capaz de imaginar o que podem ter descoberto? Dietz Oberhauser nos disse que seu pai foi à Antártida em 1938. Viu coisas, descobriu coisas. Os nazistas eram totalmente idiotas — pedantes, tacanhos, arrogantes —, então não souberam estimar o que tudo aquilo significava.

— Mas parece, almirante, que nós também sofremos de ignorância. Li o arquivo. As conclusões da Salto em Altura foram que essas pedras, aqui no armazém, eram de uma espécie de raça antiga, talvez uma raça ariana. Todos

pareciam preocupados com isso. Parece que acreditamos no mito que os nazis-
tas formularam para si mesmos.

— *Acreditamos, foi nosso erro. Mas isso foi numa época diferente. O pes-*
soal de Truman achou a coisa toda política demais para ser tratada publicamen-
te. Não queriam nada que desse qualquer crédito a Hitler ou aos alemães.
Então, marcaram toda a missão Salto em Altura como ALTAMENTE SECRETA *e*
lacraram tudo. Mas prestamos um grande desserviço a nós mesmos.

Dyals apontou adiante, para uma porta de aço fechada.

— *Deixe-me mostrar o que você não chegou a ver enquanto estava lá.*

Ramsey estava agora diante da mesma porta. Um compartimento refrigerado, no qual ele entrara 38 anos antes pela primeira e única vez. Naquele dia, o almirante Dyals lhe dera uma ordem, que Ramsey seguira desde então: *deixe-o em paz.* Essa ordem agora havia sido revogada, mas, antes de agir, Ramsey fora certificar-se de que ainda estavam lá.

Segurou o trinco.

QUARENTA E SEIS

AACHEN

MALONE E CHRISTL DESCERAM AO PISO TÉRREO. A SACOLA COM OS GUIAS DE viagem estava sobre uma cadeira ilesa de madeira. Ele pegou um dos livros e localizou uma tradução do mosaico em latim.

SE AS PEDRAS VIVAS SE ENCAIXAREM COM HARMONIA
SE OS NÚMEROS E DIMENSÕES CORRESPONDEREM
O TRABALHO DO SENHOR QUE CONSTRUIU ESTE GRANDE SALÃO
RESPLANDECERÁ E TRARÁ
SUCESSO AOS EMPENHOS VIRTUOSOS DO HOMEM
CUJOS TRABALHOS SEMPRE PERMANECEM COMO
UM ORNAMENTO ETERNO
SE O CONSELHEIRO TODO-PODEROSO PROTEGÊ-LO E GUARDÁ-LO
QUE DEUS PERMITA TAMBÉM QUE ESTE TEMPLO TODO EXISTA
NO FIRME FUNDAMENTO PREPARADO PELO IMPERADOR CARLOS

Malone entregou o livreto a Christl.

— Está certo?

Ele havia notado no restaurante que alguns dos outros guias continham traduções, cada uma com pequenas diferenças em relação às outras.

Ela analisou o texto, depois examinou o mosaico, comparando parte por parte. O corpo estava a poucos metros dali, os membros contorcidos em ângulos estranhos, sangue no chão, e o casal parecia fingir que aquilo não estava lá. Malone estava pensando nos tiros, mas duvidava que, com a espessura das paredes e o vento lá fora, alguém tivesse escutado. Pelo menos, ninguém tinha ido investigar até então.

— Está correto — disse ela. — Algumas variações pouco importantes, mas nada que mude o significado.

— Você me disse antes que a inscrição é original, só que é um mosaico em vez de pintura. A consagração da capela, que é outra palavra para "santificação": *Esclareça esta busca por meio do emprego da perfeição do anjo à santificação do soberano.* O número 12 é a perfeição angelical, de acordo com o Apocalipse. Esse octógono era um símbolo dessa perfeição. — Ele apontou para o mosaico. — Poderia ser a cada 12 letras, mas meu palpite é contar a cada 12 palavras.

Uma cruz indicava onde a inscrição começava e terminava. Malone observou Christl contar.

— *Claret* — disse ela, ao chegar a 12. Depois, ela encontrou mais duas palavras nas posições 24 e 36. *Quorum. Deus.* — Acabou. A última palavra, *velit,* é a número 11.

— Interessante, não acha? Três palavras, a última parando em 11 para que não haja mais nenhuma.

— *Claret quorum deus.* Claridade de Deus.

— Parabéns — disse ele. — Você acaba de esclarecer a busca.

— Você já sabia, não?

Ele deu de ombros.

— Tentei no restaurante com uma das traduções e encontrei as mesmas três palavras.

— Poderia ter comentado isso comigo, bem como que estávamos sendo seguidos.

— Eu poderia, mas você poderia ter comentado algo também.

Ela lhe lançou um olhar perplexo, mas Malone não ficou convencido, então ele perguntou:

— Por que você está me manipulando?

DOROTHEA ENCAROU A MÃE.

— Sabe onde Christl está?

Isabel assentiu.

— Cuido das minhas duas filhas.

Dorothea tentou manter a expressão plácida, mas uma raiva crescente dificultou a tentativa.

— Sua irmã se juntou a Herr Malone.

As palavras doeram.

— Você me disse para mandá-lo embora. Disse que ele era problema.

— E ainda é, mas sua irmã o contatou depois que você falou com ele.

Um sentimento de preocupação transformou-se em impetuosidade:

— Você providenciou isso?

A mãe assentiu.

— Você teve Herr Wilkerson. Dei Malone a ela.

Dorothea sentiu o corpo entorpecido e a mente paralisada.

— Sua irmã está em Aachen, na capela de Carlos Magno, fazendo o que precisa ser feito. Agora, você tem de fazer o mesmo.

O rosto da mãe permaneceu impassível. Enquanto o pai tinha sido um homem despreocupado, amoroso, afetuoso, a mãe sempre foi disciplinada, distante, reservada. Ela e Christl tinham sido criadas por babás e sempre desejaram a atenção da mãe, competindo pelo pouco afeto que havia para ser aproveitado. Dorothea sempre acreditou que esta era a principal causa da animosidade entre ela e a irmã: o anseio de cada uma de ser especial, o que era complicado pelo fato de as meninas serem idênticas.

— Isso é só um jogo para você? — perguntou ela.

— É muito mais do que isso. É hora de minhas filhas crescerem.

— Eu desprezo você.

— Finalmente, raiva. Se isso a impedir de fazer coisas estúpidas, então, por Deus, me odeie.

Dorothea havia chegado ao seu limite e avançou na direção da mãe, mas Ulrich colocou-se entre as duas. Isabel ergueu a mão, mandando-o parar, como teria feito com um animal adestrado, e Henn afastou-se.

— O que você faria? — perguntou a mãe. — Você me atacaria?

— Se eu pudesse.

— E isso a ajudaria a obter o que quer?

A pergunta fez com que ela se contivesse. As emoções negativas se foram, deixando apenas culpa. Como sempre.

Um sorriso formou-se aos poucos nos lábios da mãe:

— Você precisa me escutar, Dorothea. Eu realmente vim para ajudar.

Werner assistia com uma reserva moderada. Dorothea apontou na direção dele.

— Você matou Wilkerson e agora me deu ele. Christl vai ficar com o americano dela?

— Isso não seria justo. Embora Werner seja seu marido, não é um ex-agente norte-americano. Tratarei disso amanhã.

— E como sabe onde ele estará amanhã?

— Essa é a questão, menina. Sei exatamente onde ele vai estar amanhã e estou prestes a lhe contar.

— Você tem dois mestrados e, ainda assim, o testamento de Eginhardo foi um problema para você? — perguntou Malone a Christl. — Fala sério. Você já sabia tudo isso.

— Não vou negar isso.

— Não sou um idiota para ficar no meio desse desastre. Já matei três pessoas nas últimas 24 horas por causa da sua família.

Ela se sentou em uma das cadeiras.

— Fui capaz de decifrar a busca até este ponto. Você está certo. Foi relativamente fácil. Mas para alguém vivendo na Idade das Trevas, provavelmente era algo intransponível. Muito poucas pessoas eram alfabetizadas na época. Devo dizer que estava curiosa para saber se você era bom mesmo.

— Eu passei?

— Muito bem.

— *Mas apenas os que apreciam o trono de Salomão e a frivolidade romana encontrarão o caminho para os céus.* Essa é a próxima; então, para onde vamos agora?

— Acredite você ou não, não sei a resposta. Parei neste ponto três dias atrás e retornei para a Baviera...

— Para me aguardar?

— Minha mãe me chamou para ir para casa e me disse o que Dorothea estava planejando.

Ele precisava esclarecer uma coisa:

— Estou aqui somente por causa do *meu* pai. Permaneci porque alguém ficou chateado por eu ter dado uma olhada naquele arquivo, e isso está diretamente relacionado a Washington.

— Eu não fui de modo algum um fator para a sua decisão?

— Um beijo não significa que haja um relacionamento.

— E eu achei que você tivesse gostado.

Hora de jogar um balde de água fria:

— Uma vez que sabemos o mesmo sobre a busca, podemos resolver o restante separadamente.

Ele foi na direção da saída, mas parou diante do cadáver. Quantas pessoas ele tinha matado ao longo dos anos? Gente demais. Mas sempre por uma razão. Deus e o país. Dever e honra.

E desta vez?

Sem resposta.

Olhou para trás, para Christl Falk, que estava indiferente.

E saiu.

QUARENTA E SETE

Stephanie e Edwin Davis reuniram-se no bosque a 50 metros da casa de Herbert Rowland, que chegara havia 15 minutos e entrara rapidamente com uma caixa de pizza. Voltara a sair logo em seguida e retirara três toras da pilha de lenha. Agora, a fumaça saía de uma chaminé rústica de pedra. Stephanie também gostaria que ela e Davis tivessem uma fogueira.

Eles haviam passado algumas horas da tarde comprando mais roupas de inverno, luvas grossas e toucas de lã. Também haviam feito um estoque de lanches e bebida, depois voltaram e assumiram posição onde poderiam observar a casa em segurança. Davis duvidava que o assassino voltasse antes de escurecer, mas queria estar a postos por precaução.

— Ele não vai sair mais — sussurrou Davis.

Embora as árvores bloqueassem a brisa, o ar seco esfriava mais a cada minuto. A escuridão adensava-se em torno deles em um ritmo lento e constante. As roupas novas eram todas trajes de caçador, tudo com isolamento de alta tecnologia. Ela nunca havia caçado na vida e se sentira estranha ao comprar os produtos numa loja de equipamentos para acampamento, perto de um dos luxuosos shoppings de Charlotte.

Stephanie e Davis se acomodaram na base de uma vigorosa sempre-viva, sobre uma cama de folhas de pinho. Ela comia um Twix — doces eram o seu fraco. Uma gaveta de sua mesa em Atlanta ficava cheia dessas tentações.

Stephanie ainda não tinha certeza de que estavam fazendo a coisa certa.

— Deveríamos ligar para o Serviço Secreto — disse ela num sussurro.

— Você é sempre tão negativa?

— Você não deveria abandonar a ideia tão rápido.

— Essa briga é minha.

— Agora parece ser minha também.

— Herbert Rowland está correndo risco. Ele não acreditaria de jeito nenhum se batêssemos à sua porta e lhe contássemos isso. O Serviço Secreto também não acreditaria. Não temos prova alguma.

— Exceto o homem na casa hoje.

— Que homem? Quem é ele? Diga-me o que sabemos.

Ela não tinha o que dizer.

— Vamos ter de pegá-lo no flagra — disse ele.

— Porque você acha que ele matou Millicent?

— Ele matou.

— Que tal você me contar o que realmente está acontecendo aqui? Millicent não tem nada a ver com um almirante morto, Zachary Alexander ou a operação Salto em Altura. Isto é mais do que uma vingança pessoal.

— Ramsey é o denominador comum. Você sabe disso.

— Na verdade, tudo o que sei é que tenho dois agentes treinados para fazer este tipo de coisa e, no entanto, aqui estou eu, passando um frio do cão com um funcionário carrancudo da Casa Branca.

Ela terminou o chocolate.

— Você gosta desse troço? — perguntou ele.

— Isso não vai funcionar.

— Porque eu acho horrível. Agora, Baby Ruth. Isso, sim, é chocolate.

Stephanie pôs a mão na sacola de compras e pegou um.

— Concordo.

Davis arrancou o doce da mão dela.

— Obrigado, eu aceito.

Ela abriu um sorriso. Davis era irritante e intrigante ao mesmo tempo.

— Por que você nunca se casou? — perguntou ela.

— Como sabe que não?

— É óbvio.

Ele pareceu gostar da percepção da mulher.

— Nunca foi uma questão relevante.

Ela se perguntou de quem teria sido a culpa.

— Eu trabalho — disse ele, mastigando o chocolate. — E não queria o sofrimento.

Isso Stephanie era capaz de entender. Seu próprio casamento tinha sido um desastre, acabando com um longo afastamento, seguido pelo suicídio do marido, 15 anos antes. Muito tempo para estar sozinha. Mas Edwin Davis talvez fosse um dos poucos que entendiam o que era isso.

— Não é só sofrimento — disse ela. — Tem muitas alegrias também.

— Mas sempre tem sofrimento. Esse é o problema.

Ela se acomodou mais perto da árvore.

— Depois que Millicent morreu — disse Davis —, fui transferido para Londres. Encontrei uma gata um dia. Doente. Grávida. Levei-a ao veterinário, que a salvou, mas não os filhotes. Depois, levei-a para casa. Bom animal. Nunca arranhava. Dócil. Amável. Eu gostava de tê-la. Até que um dia ela morreu. Doeu. Muito. Concluí naquele momento que as coisas que eu amo tendem a morrer. Então, para mim, chega.

— Parece fatalista.

— É mais realista.

O celular dela vibrou contra o peito. Ela verificou o visor — ligação de Atlanta — e atendeu. Após ouvir por um momento, disse:

— Transfira-o. — Dirigindo-se a Davis, acrescentou: — É Cotton. Hora de ele saber o que está acontecendo.

Mas Davis só continuou comendo, olhando para a casa.

— Stephanie — falou Malone em seu ouvido. — Descobriu o que eu preciso saber?

— As coisas ficaram complicadas. — E, cobrindo a boca, ela lhe contou parte do que tinha acontecido. Depois perguntou: — O arquivo?

— Provavelmente já era.

E o ouviu contar o que acontecera na Alemanha.

— O que está fazendo agora? — perguntou Malone.

— Você não acreditaria se eu contasse.

— Considerando as coisas imbecis que fiz nos últimos dois dias, eu poderia acreditar em qualquer coisa.

Ela contou.

— Eu diria que não é tão absurdo — disse Malone. — Eu também estou num frio terrível, do lado de fora de uma igreja carolíngia. Davis está certo. O cara vai voltar.

— É disso que tenho medo.

— Alguém está interessado demais no *Blazek* ou NR-1A, seja qual for o nome da droga do submarino. — A irritação de Malone pareceu dar lugar à incerteza. — Se a Casa Branca disse que a inteligência naval investigou, isso significa que Ramsey está envolvido. Estamos em rotas paralelas, Stephanie.

— Estou com um sujeito aqui mastigando um Baby Ruth que diz a mesma coisa. Ouvi dizer que você dois conversaram.

— Sempre que alguém salva a minha pele, fico grato.

Ela se lembrava da Ásia Central também, mas precisava saber:

— Qual a direção do seu caminho, Cotton?

— Boa pergunta. Respondo depois. Cuidado aí.

— Você também.

MALONE DESLIGOU O TELEFONE. ESTAVA NO LADO DO PÁTIO EM QUE FICAVA O mercado natalino, no ponto alto do declive, perto da prefeitura de Aachen, a uns 100 metros da capela. O prédio coberto de neve emitia um brilho verde fosforescente. A neve ainda caía em silêncio, mas pelo menos não ventava mais.

Olhou o relógio. Quase 23h30.

Todas as barracas estavam bem fechadas, os fluxos de vozes e corpos misturados ficariam silenciosos e inertes até o dia seguinte. Apenas algumas pessoas perambulavam por direções diversas. Christl não o seguira para fora da capela, e, depois de falar com Stephanie, ele estava ainda mais confuso.

Claridade de Deus.

Tinha de ser um termo relevante no tempo de Eginhardo. Algo com um significado explícito. As palavras ainda possuíam algum sentido?

Um jeito fácil de descobrir.

Ele clicou no ícone do SAFÁRI no iPhone, conectou-se à internet e acessou o Google. Digitou CLARIDADE DE DEUS EGINHARDO e pressionou BUSCAR.

A tela oscilou e, em seguida, apresentou os primeiros 25 resultados.

O primeiro que aparecia respondeu à sua pergunta.

QUARENTA E OITO

Stephanie ouviu batidas. Não altas, mas constantes o suficiente para que ela soubesse que havia alguém lá. Davis havia adormecido. Ela o deixara dormir. Ele precisava. Estava perturbado, e Stephanie queria ajudar, assim como Malone a ajudara, mas ela continuava se perguntando se o que estavam fazendo era inteligente.

Pegou uma arma, tentando distinguir formas na escuridão entre as árvores, até a clareira que cercava a casa de Rowland. Não houve movimento nas janelas por pelo menos duas horas. Ela ficou atenta aos ruídos da noite e ouviu outro estalo. À direita. Ramos de pinho farfalharam. Ela localizou a fonte. Talvez a 50 metros dali.

Pôs a mão sobre a boca de Davis e cutucou seu ombro com a arma. O homem despertou com um sobressalto, e ela apertou a palma da mão com firmeza sobre os lábios dele.

— Temos companhia — disse ela.

Davis acenou que tinha entendido.

Ela apontou.

Mais um estalo. Depois, movimento; perto da caminhonete de Rowland. Uma sombra escura apareceu e voltou a sumir por entre as árvores, ficou completamente fora de vista por um momento e depois surgiu de novo, seguindo na direção da casa.

CHARLIE SMITH APROXIMOU-SE DA PORTA DA CASA. O CHALÉ DE HERBERT Rowland estivera apagado por tempo suficiente.

Ele passara a tarde no cinema e saboreara o bife que tanto desejava. De modo geral, um dia bastante tranquilo. Lera notícias sobre a morte do almirante David Sylvian e ficara satisfeito com a ausência de indicações de crime. Retornara havia duas horas e ficara em vigília no bosque frio, esperando.

Mas tudo parecia calmo.

Entrou na casa pela porta da frente, a fechadura e o trinco ridiculamente fáceis de abrir, e foi recebido pelo calor do aquecedor central. Primeiro, foi lentamente até a geladeira e verificou o frasco de insulina. O nível estava definitivamente mais baixo. Sabia que cada um continha quatro injeções e estimou que um quarto do soro fisiológico tinha sido retirado. Com as mãos enluvadas, depositou o frasco numa sacola de plástico.

Examinou uma das garrafas de uísque e notou que uma delas estava claramente mais vazia. Parecia que Herbert Rowland tinha realizado sua libação de todas as noites. No lixo da cozinha, encontrou uma seringa usada e jogou-a dentro da sacola.

Entrou devagar no quarto.

Rowland estava acomodado sob uma colcha de retalhos, respirando esporadicamente. Smith verificou a pulsação dele. Baixa. O relógio da mesa de cabeceira indicava quase 1 hora. Provavelmente, sete horas haviam se passado desde a injeção. O arquivo dizia que Rowland se medicava toda noite antes do noticiário das 18 horas, depois começava a beber. Sem insulina no corpo aquela noite, o álcool agira rápido, induzindo um coma diabético profundo. A morte não estaria muito longe.

Arrastou a cadeira que estava num canto. Teria de ficar ali até Rowland morrer. Mas decidiu não ser insensato. As duas pessoas que vira antes ainda o preocupavam, então voltou à sala e pegou duas das armas de caça que notara antes. Uma delas era uma beleza. Uma Mossberg de repetição rápida. Pente para sete balas, calibre alto, equipada com uma mira telescópica impressionante. A outra era uma Remington calibre 12. Um dos modelos comemorativos da Ducks Unlimited, se Smith não estava enganado. Até ele quase tinha comprado uma. Sob a prateleira das armas, havia um gabinete cheio de cartuchos. Smith carregou as duas e voltou ao seu posto ao lado da cama.

Agora, estava pronto.

STEPHANIE AGARROU DAVIS PELO BRAÇO. ELE JÁ ESTAVA DE PÉ, PRONTO PARA avançar.

— O que está fazendo? — perguntou ela.

— Temos de ir.

— E o que vamos fazer quando chegarmos lá?

— Impedi-lo. Ele está matando aquele homem neste momento.

Ela sabia que Davis estava certo.

— Eu fico com a porta da frente — disse ela. — A outra única saída é pelas portas de vidro do deque. Você vai por lá. Vamos ver se conseguimos matá-lo de susto e provocar um erro.

Davis seguiu adiante.

Ela foi atrás, perguntando a si mesma se seu aliado já havia enfrentado uma ameaça como aquela antes. Se não, era um filho da puta dos mais ousados. Se já, era um idiota.

Encontraram a entrada de cascalhos e correram na direção da casa, sem fazer muito barulho. Davis contornou na direção do lago, e Stephanie o viu subir os degraus de madeira na ponta dos pés, até o deque elevado. Ela viu que as cortinas das portas de correr de vidro estavam fechadas. Davis passou com cuidado para o outro lado do deque. Satisfeita por vê-lo posicionado, Stephanie foi até a porta da frente e decidiu por uma abordagem direta.

Bateu com força na porta. Depois saiu da varanda.

SMITH PULOU DA CADEIRA. ALGUÉM HAVIA BATIDO NA PORTA DA FRENTE. EM seguida, ele ouviu barulho vindo do deque. Mais batidas, nas portas de vidro.

— Vem aqui fora, seu desgraçado — gritou um homem.

Herbert Rowland não ouviu nada. Sua respiração permaneceu pesada, enquanto seu corpo ia parando de funcionar.

Smith pegou as duas armas e virou-se para a sala.

STEPHANIE OUVIU DAVIS GRITAR UMA PROVOCAÇÃO.

Mas que diabos?

SMITH CORREU PARA A SALA, DEIXOU O FUZIL NA PIA DA COZINHA E DEU DOIS tiros de escopeta nas cortinas que cobriam as portas de vidro. O ar frio entrou quando o vidro foi destruído. Ele usou o momento de confusão para recuar para a cozinha e agachou-se atrás do balcão.

Tiros vindos da direita, na sala, fizeram com que se jogasse no chão.

STEPHANIE ATIROU PELA JANELA QUE FICAVA AO LADO DA PORTA DA FRENTE. Deu outro tiro em seguida. Talvez isso fosse suficiente para desviar a atenção do invasor do deque, onde Davis estava desarmado.

Ela tinha ouvido dois tiros de escopeta. Planejara simplesmente surpreender o assassino com o fato de que havia gente do lado de fora e esperar que ele se atrapalhasse.

Davis parecia ter outra ideia.

SMITH NÃO ESTAVA ACOSTUMADO A SE VER ENCURRALADO. AS MESMAS DUAS pessoas de antes? Tinham que ser. Policiais? Dificilmente. Tinham batido à porta, pelo amor de Deus. Um deles até gritou, chamando para briga. Não, aqueles dois eram outra coisa. Mas a análise poderia ficar para depois. Naquele momento, ele só precisava sumir dali.

O que McGyver faria?

Smith adorava aquela série.

Use o cérebro.

STEPHANIE SAIU DA VARANDA E CORREU NA DIREÇÃO DO DEQUE, TOMANDO cuidado com as janelas, protegendo-se atrás da caminhonete de Rowland. Manteve a arma apontada para a casa, pronta para atirar. Não havia como saber se era seguro avançar, mas precisava encontrar Davis. A ameaça horrível que tinham revelado havia crescido rapidamente.

Stephanie passou pela casa correndo e chegou à escada que levava ao deque a tempo de ver Edwin Davis arremessar nas portas de vidro o que parecia ser uma cadeira de ferro.

SMITH OUVIU ALGO BATER NO VIDRO QUE RESTAVA E ARRANCAR AS CORTINAS DA parede. Apontou a escopeta e deu mais um disparo, depois aproveitou o momento para pegar o fuzil de caça e sair da cozinha, voltando ao quarto. Quem quer que estivesse lá fora teria de hesitar, e ele precisaria tirar o máximo de vantagem desses poucos segundos.

Herbert Rowland permanecia deitado na cama. Se já não estivesse morto, estava quase. Mas não havia evidência de nenhum crime. O frasco adulterado e a seringa estavam seguros no bolso de Smith. As armas tinham sido usadas, isso era fato, mas não havia nada que pudesse identificá-lo.

Ele foi até uma das janelas do quarto e ergueu o vidro de baixo. Rastejando, saiu rapidamente. Não parecia haver ninguém daquele lado da casa. Fechou a janela devagar. Ele deveria lidar com quem quer que estivesse ali, mas já correra riscos demais.

Decidiu que a esperteza era a única atitude a ser tomada. Com o fuzil nas mãos, imergiu na floresta.

— VOCÊ ESTÁ COMPLETAMENTE LOUCO? — STEPHANIE GRITOU PARA DAVIS do chão.

Seu compatriota permaneceu em cima do deque.

— Ele foi embora — disse Davis.

Ela subiu as escadas com cautela, sem confiar no que ele dissera.

— Ouvi uma janela abrir e fechar.

— Isso não significa que ele foi embora, só que uma janela abriu e fechou.

Davis passou pelas portas de vidro destruídas.

— Edwin...

Ele desapareceu na escuridão, e ela o seguiu às pressas. Davis estava indo para o quarto. Uma luz foi acesa, e ela chegou à porta. Davis estava medindo o pulso de Herbert Rowland.

— Quase não pulsa. E parece não ter ouvido nada. Está em coma.

Ela ainda estava preocupada com um homem com um fuzil. Davis pegou o telefone, e ela o viu apertar o número do serviço de emergência.

QUARENTA E NOVE

Ramsey ouviu os sinos da porta da frente. Sorriu. Tinha esperado pacientemente, lendo um thriller de David Morrell, um de seus escritores favoritos. Fechou o livro e deixou o visitante noturno sofrer um pouco. Finalmente, levantou-se, foi até o vestíbulo e abriu a porta.

O senador Aatos Kane estava lá fora, no frio.

— Seu filho de uma... — disse Kane.

Ele deu de ombros.

— Na verdade, achei minha resposta bem moderada, considerando a grosseria demonstrada por seu assistente.

Kane entrou com raiva.

Ramsey não se ofereceu para pegar o casaco do senador. Tudo indicava que a agente da loja de mapas já havia realizado o que fora instruída a fazer, enviando uma mensagem pelo assistente de Kane, o mesmo cretino insolente que o coagira no Capital Mall, avisando que ele tinha uma informação a respeito do desaparecimento de uma assistente que trabalhara para Kane três anos antes. Aquela mulher havia sido uma ruiva atraente de Michigan que acabara sendo vítima de um assassino em série que assolara a área do D.C. O assassino acabara sendo encontrado, depois de cometer suicídio, fazendo o caso aparecer em manchetes por todo o país.

— Seu desgraçado maldito — gritou Kane. — Você disse que tinha acabado.

— Vamos nos sentar.

— Não quero sentar. Quero quebrar a sua cara.

— O que não mudará nada. — Ele adorava revirar a faca enfiada. — Ainda terei o controle da situação. Então, você tem que se perguntar. Quer ter uma chance de ser presidente? Ou prefere uma desonra certa?

A raiva de Kane estava acompanhada de uma clara inquietação. A perspectiva do lado de dentro da ratoeira olhando para fora era bem diferente.

Os dois continuaram trocando olhares duros, como dois leões decidindo quem deveria comer primeiro. Finalmente, Kane acenou com a cabeça. Ramsey levou o senador até o escritório, onde se sentaram. O cômodo era pequeno, o que forçava uma proximidade constrangedora. Kane parecia desconfortável, como deveria estar.

— Eu o procurei ontem à noite, e hoje de manhã, para pedir ajuda — disse Ramsey. — Um pedido sincero feito a quem, eu pensava, era um amigo. — Ele fez uma pausa. — Em troca, não recebi nada senão arrogância. Seu assistente foi grosseiro e insuportável. É claro que estava simplesmente seguindo as suas instruções. Daí a minha resposta.

— Você é um cretino falso.

— E você é um marido infiel que conseguiu esconder seu erro com a morte conveniente de um serial killer. Até conquistou, pelo que me lembro, solidariedade da opinião pública a respeito do trágico falecimento de sua assistente ao demonstrar indignação diante do destino dela. O que os seus eleitores e sua família pensariam se soubessem que ela havia abortado recentemente, e que você era o pai?

— Não há prova disso.

— Mas você certamente entrou em pânico na época.

— Você sabe que ela poderia ter sido a minha ruína, quer eu fosse o pai ou não. As alegações dela seriam o bastante.

Ramsey estava sentado bem ereto. O almirante Dyals o ensinara a demonstrar claramente quem estava no comando.

— E sua amante sabia disso — disse ele —, motivo pelo qual ela foi capaz de manipulá-lo, o que, mais uma vez, explica por que você ficou tão grato pela minha ajuda.

A lembrança da dificuldade passada pareceu abrandar a raiva de Kane.

— Eu não fazia ideia do que você estava planejando. Jamais teria concordado com o que você fez.

— É mesmo? Foi a jogada mais inteligente. Matamos a mulher, incriminamos outro assassino, depois o matamos. Pelo que lembro, a imprensa aplaudiu o resultado. O suicídio evitou um julgamento e a execução e rendeu matérias extraordinárias para os jornais. — Fez uma pausa. — E não me lembro de uma única objeção manifestada por você na época.

Ele sabia que a ameaça mais perigosa que qualquer político poderia encarar era a acusação de uma suposta amante. Tantos tinham sido derrubados desse modo tão simples. Não importava se as alegações eram infundadas ou mesmo claramente falsas. Tudo o que importava era que existissem.

Kane recostou-se na cadeira.

— Não tive muita escolha, depois que vi o que você tinha feito. O que você quer, Ramsey?

Nada de *almirante*, nem a cortesia de usar o primeiro nome.

— Quero me certificar de que serei o próximo membro dos chefes do Estado-Maior Conjunto. Achei que tivesse deixado isso claro hoje.

— Sabe quantos outros querem esse cargo?

— Vários, tenho certeza. Mas, sabe, Aatos, eu *criei* essa vaga, então deveria ter direito a ela.

Kane encarou-o com incerteza, digerindo a confissão.

— Eu devia ter imaginado.

— Estou lhe contando isso por três motivos. Primeiro, sei que não vai contar a ninguém. Segundo, você precisa entender com quem está lidando. E, terceiro, sei que quer ser presidente. Os especialistas dizem que suas chances são razoáveis. O partido o apoia, seus números nas pesquisas são ótimos, a concorrência é pouco significativa. Você tem os contatos e os meios para levantar contribuições. Fui informado, em particular, de que você tem uma garantia de 30 milhões de dólares em fundos a serem doados por uma variedade de fontes.

— Você não perde tempo — disse Kane, com uma polidez aflita.

— Você é razoavelmente jovem, tem boa saúde, sua esposa o apoia em tudo. Seus filhos o adoram. No geral, daria um candidato e tanto.

— Exceto pelo fato de que trepei com uma funcionária três anos atrás, ela engravidou, abortou o bebê e depois decidiu que me amava.

— Por aí. Infelizmente para ela, acabou sendo vítima de um assassino em série que, na crise de insanidade, tirou a própria vida. Por sorte, ele deixou um número considerável de evidências que o ligavam a todos os crimes, o dela inclusive, de modo que um desastre em potencial para você transformou-se num fator positivo.

E Ramsey fora esperto o bastante para assegurar o seu próprio lado e obter os registros do aborto na clínica do sul do Texas e uma cópia do vídeo da sessão de aconselhamento obrigatória, exigida pela lei do Texas antes da possível realização de qualquer aborto. A funcionária, ainda que usando uma identificação falsa, caíra em prantos e contara à terapeuta, sem dar nomes, sobre um caso com o chefe. Sem muitos detalhes, mas o suficiente para ficar interessante no *Inside Edi-*

tion, no Extra ou em *The Maury Show* — e arruinar completamente as chances de Aatos Kane ir para a Casa Branca.

A agente da loja de mapas tinha se saído bem, deixando claro para o chefe de gabinete do senador que ela era aquela terapeuta. Ela queria falar com Kane ou ligaria para a Fox News, que nunca parecia ter nada bom a dizer sobre o político. Reputações. Mais frágeis que cristal fino.

— Você matou Sylvian? — perguntou Kane.

— O que você acha?

Kane o analisou com um desprezo explícito. Mas estava tão ansioso, tão disposto, tão patético, que sua resistência foi corroída de imediato.

— OK, acho que posso fazer o encontro acontecer. Daniels precisa de mim.

O rosto de Ramsey relaxou num sorriso reconfortante.

— Eu sabia que esse seria o caso. Agora, vamos discutir a outra coisa.

Nada de espirituosidade, humor ou simpatia invadiu os olhos do almirante.

— Que outra coisa?

— Eu serei o seu vice.

Kane riu.

— Você está louco.

— Na verdade, não. A próxima corrida presidencial não será difícil de prever. Três candidatos, talvez quatro, nenhum do seu nível. Haverá alguns combates primários, mas você possui recursos demais e muito poder de fogo para enfrentar qualquer um até o final. Agora, você pode tentar resolver a divisão do partido selecionando o perdedor mais forte ou o mais inofensivo, mas nenhuma das duas escolhas faria sentido. O primeiro viria com rancor, e o outro é inútil numa briga. Poderia tentar encontrar alguém que atraísse uma parcela específica do eleitorado, mas isso partiria do pressuposto de que os eleitores favorecem o candidato mais forte do partido por causa do que está embaixo, o que a história demonstrou ser bobagem. De modo mais realista, você poderia escolher alguém de um estado do qual o companheiro de chapa traria votos. Mais uma vez, bobagem. John Kerry escolheu John Edwards em 2004, mas perdeu a Carolina do Norte. Perdeu até mesmo a região natal de Edward.

Kane deu um sorriso afetado.

— A sua maior fraqueza é a falta de experiência em relações exteriores. Os senadores acabam não atuando muito nessa área, a menos que se intrometam no processo, o que você sabiamente evitou fazer ao longo dos anos. Eu posso ampará-lo nisso. É o meu ponto forte. Enquanto você nunca prestou serviço militar, eu servi por quarenta anos.

— E é negro.

Ramsey sorriu.

— Você notou? Você não deixa passar nada.

Kane observou-o.

— Vice-presidente Langford Ramsey, a um pulo da...

Ele ergueu a mão.

— Não vamos pensar nisso. Eu simplesmente quero oito anos como vice-presidente.

Kane sorriu.

— Os dois mandatos?

— É claro.

— Fez tudo isso para garantir um emprego?

— O que há de errado com isso? Não é esse o seu objetivo? Você, de todas as pessoas, pode entender o que isso significa. Eu jamais poderia ser *eleito* presidente. Sou um almirante, sem nenhuma base política. Mas tenho uma chance na posição número dois. Tudo o que preciso fazer é impressionar uma pessoa. Você.

Ramsey deixou suas palavras serem assimiladas.

— Com certeza, Aatos, você vê os benefícios deste arranjo. Posso ser um aliado valioso. Ou, se você decidir não honrar nosso acordo, posso me tornar um adversário terrível.

Ele viu Kane avaliar a situação. Conhecia bem aquele homem. Era um hipócrita amoral e sem sentimentos que passara a vida em cargos públicos construindo uma reputação que agora planejava usar para se lançar à presidência.

Nada parecia atrapalhá-lo.

E nada atrapalharia, desde que...

— Está bem, Langford. Eu lhe darei seu lugar na história.

Finalmente, o primeiro nome. Poderiam estar chegando a algum lugar.

— Também posso oferecer mais uma coisa — disse Ramsey. — Considere um gesto de boa-fé para demonstrar que não sou o demônio que você pensa que sou.

Ele viu desconfiança no olhar observador de Kane.

— Soube que seu principal adversário, especialmente na disputa interna do partido, será o governador da Carolina do Sul. Vocês não se dão bem, então a briga logo poderia se tornar pessoal. Ele é um problema em potencial, especialmente no Sul. Sejamos francos, ninguém pode ganhar a Casa Branca sem ganhar o Sul. São votos demais para serem ignorados.

— Me conte algo que eu não saiba.

— Posso eliminar a candidatura dele.

Kane ergueu a mão num gesto de proibição.

— Não preciso que mais ninguém morra.

— Acha que sou burro? Não, tenho informações que acabariam com a chance dele antes mesmo de começar.

Ele notou um brilho de interesse na expressão de Kane. Seu interlocutor aprendia rápido e já estava gostando do acordo. Nenhuma surpresa. No mínimo, Kane era adaptável.

— Com ele fora do caminho, o levantamento de fundos seria muito mais fácil.

— Então, considere isso um presente de um novo aliado. Ele estará fora — Ramsey fez uma pausa — assim que eu prestar o juramento dos chefes do Estado-Maior Conjunto.

CINQUENTA

Ramsey estava vibrando. Tudo havia corrido exatamente conforme previra. Aatos Kane poderia não vir a ser o próximo presidente, mas, se ele conseguisse o feito, o legado de Ramsey estaria garantido. Se Kane não fosse eleito, pelo menos Ramsey seria reformado na Marinha como um membro dos chefes do Estado-Maior Conjunto.

Definitivamente, era ganhar ou ganhar.

Apagou as luzes e subiu. Algumas horas de sono lhe fariam bem, uma vez que o dia seguinte seria importante. Assim que Kane entrasse em contato com a Casa Branca, a fábrica de boatos seria acionada. Ramsey teria de estar pronto para encarar a imprensa, sem negar ou confirmar coisa alguma. Tratava-se de um cargo na Casa Branca, e ele tinha de parecer admirado diante da mera consideração. Ao fim do dia, manipuladores de informação fariam vazar notícias de sua possível nomeação para testar reações e, para evitar qualquer grande manifestação contrária, no dia seguinte o boato viraria fato.

O telefone que estava no bolso de seu roupão tocou. Estranho àquela hora. Pegou o aparelho e viu que não tinha identificação no visor. Foi dominado pela curiosidade. Parou na escada e atendeu.

— Almirante Ramsey, é Isabel Oberhauser.

Ramsey raramente se surpreendia, mas a afirmação impressionou-o genuinamente. Ele escutou a voz velha e rouca, o inglês marcado pelo sotaque alemão.

— É bastante astuta, Frau Oberhauser. Já vem tentando obter informações da Marinha há algum tempo e agora conseguiu uma ligação direta até mim.

— Não foi tão difícil assim. O capitão Wilkerson me deu o número. Com uma arma carregada e apontada para o crânio, ele foi extremamente cooperativo.

Os problemas de Ramsey acabavam de se multiplicar.

— Ele me contou muitas coisas, almirante. Queria muito viver e achou que se respondesse às minhas perguntas poderia ter uma chance. Que pena, ele se enganou.

— Está morto?

— Poupei você do trabalho.

Ramsey não estava disposto a admitir nada.

— O que você quer?

— Na verdade, liguei para lhe oferecer algo. Mas antes disso, gostaria de fazer uma pergunta.

Ele subiu a escada e sentou-se na beira da cama.

— Faça.

— Por que meu marido morreu?

Ramsey notou um tremor momentâneo de emoção no tom predominantemente frio e percebeu de imediato qual era a fraqueza da mulher. Decidiu que a verdade seria a melhor opção:

— Ele se apresentou como voluntário para uma missão perigosa. Uma missão que o pai havia acolhido muito antes. Mas algo aconteceu com o submarino.

— Você diz o óbvio e não responde à pergunta.

— Não temos ideia de como o submarino naufragou; só sabemos que aconteceu.

— Vocês o encontraram?

— Ele nunca retornou ao porto.

— Mais uma vez, não é resposta.

324] STEVE BERRY

— É irrelevante se foi encontrado ou não. A tripulação continua morta.

— Para mim importa, almirante. Eu preferia ter enterrado meu marido. Ele merecia repousar junto aos seus ancestrais.

Agora, Ramsey tinha uma pergunta:

— Por que você matou Wilkerson?

— Ele não passava de um oportunista. Queria viver da fortuna desta família. Não admito isso. Além disso, era seu espião.

— Você parece ser uma mulher perigosa.

— Wilkerson disse o mesmo. Ele me disse que você o queria morto. Que mentiu para ele. Que o usou. Ele era um homem fraco, almirante. Mas me contou o que você disse para a minha filha. Quais foram as palavras? *Você nem imagina.* Foi a sua resposta quando ela perguntou se havia alguma coisa a ser encontrada na Antártida. Então, responda à minha pergunta. Por que meu marido morreu?

Aquela mulher achava que estava no controle da situação, ligando para Ramsey de madrugada, informando-o que seu chefe de estação estava morto. Ousada, certo. Mas estava em desvantagem, pois ele sabia muito mais que ela.

— Antes de ser abordado a respeito da viagem à Antártida, tanto ele quanto o pai foram submetidos a um exame físico completo. O que estimulou nosso interesse foi a obsessão dos nazistas com a pesquisa deles dois. Ah, sim, encontraram coisas lá em 1938, você sabe. Infelizmente, os nazistas eram simplórios demais para entender o que haviam encontrado. Silenciaram seu sogro. Quando ele finalmente pôde falar, depois da guerra, ninguém estava ouvindo. E seu marido não conseguiu descobrir o que o pai sabia. Então, tudo definhou. Até, é claro, nós chegarmos.

— E o que vocês descobriram?

Ramsey riu.

— Que graça teria se eu lhe contasse isso?

— Como eu disse, liguei para lhe oferecer algo. Você enviou um homem para matar Cotton Malone e minha filha Dorothea. Ele invadiu minha casa, mas subestimou nossas defesas. Morreu. Não quero minha filha em perigo, e Dorothea não representa ameaça alguma para você. Mas parece que Cotton Malone representa, uma vez que agora está a par das descobertas da Marinha sobre o naufrágio daquele submarino. Estou errada?

— Estou ouvindo.

— Sei exatamente onde ele está, e você não.

— Como pode ter tanta certeza?

— Porque algumas horas atrás, em Aachen, Malone matou dois homens que tinham ido lá para matá-lo. Homens que também foram enviados por você.

Informação nova, uma vez que Ramsey ainda não havia recebido notícias da Alemanha.

— Sua rede de informantes é boa.

— *Ja*. Quer saber onde Malone está?

Ele ficou curioso.

— Que jogo está fazendo?

— Simplesmente quero você fora dos assuntos de nossa família. Você não nos quer em seus assuntos; portanto, vamos nos separar.

Ramsey sentiu, exatamente como Aatos Kane fizera com ele, que aquela mulher poderia ser uma aliada. Então, decidiu oferecer algo:

— Eu estava lá, Frau Oberhauser. Na Antártida. Logo depois que o submarino se perdeu. Mergulhei na água. Vi coisas.

— Coisas que não podemos imaginar?

— Coisas que nunca saíram da minha mente.

— No entanto, você as mantém em segredo.

— É o meu trabalho.

— Quero saber esse segredo. Antes de morrer, quero saber por que meu marido nunca voltou.

— Talvez eu possa ajudá-la nisso.

— Em troca de saber onde Cotton Malone está neste exato momento?

— Não posso prometer nada, mas sou sua melhor aposta.

— Motivo pelo qual liguei.

— Então, me diga o que quero saber — disse ele.

— Malone está seguindo para a França, para a aldeia de Ossau. Deve chegar lá daqui a quatro horas. Tempo mais que suficiente para que você providencie homens para aguardá-lo.

CINQUENTA E UM

Charlotte, 3h15

Stephanie estava do lado de fora do quarto de Herbert Rowland no hospital, com Edwin Davis ao seu lado. Rowland, quase sem vida, fora levado às pressas ao pronto-socorro, mas os médicos haviam conseguido estabilizar o quadro. Ela ainda estava furiosa com Davis.

— Estou ligando para o meu pessoal — disse ela.

— Já entrei em contato com a Casa Branca.

Davis desaparecera meia hora antes, e Stephanie se perguntava o que ele andara fazendo.

— E o que o presidente diz?

— Está dormindo. Mas o Serviço Secreto está a caminho.

— Já era hora de você começar a pensar.

— Eu queria aquele filho da puta.

— Temos sorte de que ele não tenha matado você.

— Vamos pegá-lo.

— Como? Graças a você, ele já sumiu. Poderíamos tê-lo deixado em pânico, encurralado na casa, pelo menos até a polícia chegar. Mas não. Você tinha de jogar uma cadeira pela janela.

— Stephanie, eu fiz o que tinha de fazer.

— Você está fora de controle, Edwin. Queria minha ajuda, e eu dei. Se quiser acabar morto, ótimo, vá em frente, mas eu não estarei lá para ver.

— Se eu não soubesse das coisas, acharia que você realmente se importa.

Charme não ia funcionar.

— Edwin, você estava certo, tem alguém matando pessoas. Mas não é assim que se faz, meu amigo. Não mesmo. Nem chega perto.

O celular de Davis tocou, e ele verificou o visor.

— O presidente. — Apertou uma tecla. — Sim, senhor.

Stephanie observou enquanto Davis escutava. Em seguida, ele passou o telefone para ela e disse:

— Ele quer falar com você.

A mulher pegou o celular e disse:

— Seu assessor é doido.

— Conte-me o que aconteceu.

Ela passou um breve relato.

Depois que acabou, Daniels disse:

— Você está certa, preciso que assuma o controle aí. Edwin está emotivo demais. Sei de Millicent. É uma das razões pelas quais concordei com essa coisa toda. Ramsey de fato a matou, não tenho dúvidas. Também acredito que ele tenha matado o almirante Sylvian e o comandante Alexander. Provar isso, claro, é uma coisa totalmente diferente.

— Podemos estar num beco sem saída — disse ela.

— Já estivemos assim antes. Vamos encontrar um modo de prosseguir.

— Por que eu acabo sempre me metendo nessas coisas?

Daniels deu uma risadinha.

— É um talento seu. Para que você saiba, fui informado de que dois corpos foram encontrados na catedral de Aachen algumas horas atrás. O interior do edifício estava arruinado por tiros. Um dos homens foi atingido por uma bala, e o outro morreu numa queda. Ambos eram efetivos terceirizados de nossos serviços de inteligência. Os alemães começaram um inquérito oficial conosco para obter mais informações. A novidade foi incluída no meu pacote de informes desta manhã. Poderia haver uma conexão aí?

Stephanie decidiu não mentir.

— Malone está em Aachen.

— Por que eu sabia que você ia dizer isso?

— Algo está acontecendo lá, e Cotton acha que está relacionado com o que está acontecendo aqui.

— Provavelmente, ele está certo. Preciso que você fique atenta a isso, Stephanie.

Ela encarou Edwin Davis, que estava a poucos metros de distância, escorado na parede revestida.

A porta do quarto de Herbert Rowland abriu, e um homem vestindo um uniforme verde-oliva de hospital disse:

— Ele acordou e quer falar com vocês.

— Preciso ir — disse ela a Daniels.

— Cuide do meu garoto.

MALONE CONDUZIA O CARRO ALUGADO PELA SUBIDA DA ESTRADA. A NEVE cobria a zona montanhosa dos dois lados do asfalto, mas as autoridades locais tinham feito um ótimo trabalho na limpeza da rodovia. Ele estava bem dentro dos Pirineus, no lado francês, perto da fronteira com a Espanha, seguindo para a aldeia de Ossau.

Tinha embarcado cedo num trem em Aachen com destino a Toulouse, depois dirigira para o sudoeste, adentrando o planalto nevado. Quando pesquisara na internet CLARIDADE DE DEUS EGINHARDO na noite anterior, soubera de imediato que a frase se referia a um mosteiro do século VIII, localizado nas montanhas francesas. Os romanos que chegaram primeiro à área construíram uma vasta cidade, uma metrópole dos Pirineus, que acabou se tornando um centro de cultura e comércio. Porém, nas guerras fratricidas dos reis francos durante o século VI, a cidade foi saqueada, incendiada e destruída. Nenhum habitante foi poupado. Não restou pedra sobre pedra. Nem uma única rocha permaneceu no centro dos campos desertos, criando, como escreveu um cronista da época, "uma solidão de silêncio", que durou até Carlos Magno chegar, duzentos anos depois, e ordenar a construção de um mosteiro, que incluía uma igreja, uma casa capitular, um claustro e uma aldeia próxima. O próprio Eginhardo supervisionou a construção, nomeando o primeiro bispo, Bertrand, que se tornaria conhecido tanto por sua bondade quanto pela administração pública. Bertrand morreu em 820 aos pés do altar e foi enterrado sob o que ele havia denominado igreja de São Lestelle.

A viagem de Toulouse levara Malone por uma variedade de aldeias montanhosas pitorescas. Ele já havia visitado a região diversas vezes, sendo a mais recente no verão passado. Pouco diferia entre as incontáveis localidades, exceto por nomes e datas. Em Ossau, uma fileira irregular de casas subia por ruas sinuosas, todas cobertas por pedras ásperas e adornadas com brasões e modilhões. Somente o alto dos telhados exibia uma confusão de anjos, como tijolos atirados na neve. As chaminés exalavam fumaça no ar frio do meio-dia. Cerca de mil pessoas viviam ali, e quatro pousadas acomodavam os visitantes.

Malone entrou com o carro no centro da cidade e estacionou. Uma alameda estreita ia dar numa praça aberta. Pessoas agasalhadas, com olhares impenetráveis, entravam e saíam rapidamente das lojas. Seu relógio de pulso indicava 9h40.

Ele passou os olhos pelos telhados, na direção do céu claro da manhã, seguindo a lateral de uma escarpa até onde a torre de uma praça erguia-se a partir de uma escora de pedra. Fragmentos de outras torres dos dois lados da principal pareciam se agarrar a ela.

As ruínas de São Lestelle.

STEPHANIE FICOU DE PÉ DE UM LADO DA CAMA DE HERBERT ROWLAND, E DAVIS ficou do outro. Rowland estava grogue, mas desperto.

— Vocês salvaram a minha vida? — perguntou Rowland com uma voz que não era muito mais que um sussurro.

— Sr. Rowland — disse Davis. — Somos ligados ao governo. Não temos muito tempo. Precisamos lhe fazer algumas perguntas.

— Vocês salvaram a minha vida?

Ela lançou um olhar para Davis que dizia: *Deixe isso comigo.*

— Sr. Rowland, um homem tentou matá-lo esta noite. Não temos certeza de como, mas ele o colocou num coma diabético. Felizmente, estávamos lá. Sente-se disposto a responder perguntas?

— Por que ele iria querer me matar?

— Lembra o *Holden* e a Antártida?

Ela observou, enquanto Rowland parecia buscar na memória.

— Muito tempo atrás — disse Rowland.

Stephanie concordou.

— Muito. Mas foi por isso que ele tentou matá-lo.

— Para quem vocês trabalham?

— Um serviço de inteligência. — Ela apontou para Davis. — Ele é da Casa Branca. O capitão de fragata Alexander, que comandou o *Holden*, foi assassinado ontem à noite. Um dos capitães-tenentes que desembarcaram com você, Nick Sayers, morreu alguns anos atrás. Achamos que você poderia ser o próximo alvo e estávamos certos.

— Eu não sei de nada.

— O que encontraram na Antártida? — perguntou Davis.

Rowland fechou os olhos, e Stephanie se perguntou se ele adormecera. Alguns segundos depois, ele abriu os olhos e balançou a cabeça.

— Recebi ordens para nunca falar disso. Com ninguém. O próprio almirante Dyals me disse isso pessoalmente.

Ela sabia de Raymond Dyals. Antigo chefe de operações navais.

— Ele deu ordens para que o NR-1A descesse lá — disse Davis.

Isso ela não sabia.

— Vocês sabem do submarino? — perguntou Rowland.

Stephanie assentiu.

— Lemos o relatório do naufrágio e conversamos com o comandante Alexander antes que ele morresse. Então, conte-nos o que você sabe. — Ela decidiu deixar as condições claras: — Sua vida pode depender disso.

— Preciso parar de beber — disse Rowland. — O médico disse que a bebida ia acabar me matando. Eu tomo insulina...

— Tomou ontem à noite?

Ele fez que sim.

Ela estava ficando impaciente.

— Os médicos nos disseram que você não tinha nenhuma insulina no sangue. Por isso, e por causa do álcool, entrou em choque. Mas isso é irrelevante agora. Precisamos saber o que você encontrou na Antártida.

CINQUENTA E DOIS

MALONE ESTUDOU AS QUATRO POUSADAS DE OSSAU E CONCLUIU QUE A L'Arlequin seria a escolha correta — toda a austeridade das montanhas por fora, mas elegante por dentro, decorada para o Natal com pinhas aromáticas, um presépio esculpido e visco sobre as portas. O proprietário chamou a atenção para o livro de hóspedes — o qual, explicou, continha o nome de todos os exploradores famosos dos Pirineus, além de muitas pessoas notáveis dos séculos XIX e XX. O restaurante servia uma caçarola de tamboril maravilhosa com presunto em cubos, de modo que ele almoçou cedo e ficou esperando por mais de uma hora, para finalmente saborear um bolo cilíndrico, feito de chocolate e castanhas. Quando o relógio marcou 11 horas, ele pensou que talvez tivesse feito a escolha errada.

O garçom o informara que São Lestelle fechava no inverno e abria apenas de maio a agosto para acomodar os numerosos visitantes que vinham à região para aproveitar o verão no planalto. Não havia muita coisa lá, dissera o homem, só ruínas. Algum trabalho de restauração era feito todo ano, financiado pela sociedade histórica local, com incentivo da diocese católica. Fora isso, o local permanecia tranquilo.

Malone concluiu que uma visita era necessária. A noite chegaria rápido, certamente lá pelas 17 horas, então ele precisava aproveitar a luz do dia que lhe restava. Saiu da pousada armado, três balas ainda na pistola. Estimou que a temperatura estivesse por volta dos 5 graus negativos. Nenhum gelo, mas muita neve seca, que rangia como cereal sob suas botas. Ele estava contente por ter comprado as botas em Aachen, sabendo que partiria para terrenos acidentados. Um suéter novo sob o casaco ajudava a aquecer-lhe o peito. Luvas de couro justas cobriam-lhe as mãos.

Ele estava pronto.

Para quê?

Não sabia exatamente.

STEPHANIE ESPEROU HERBERT ROWLAND responder à pergunta sobre o que acontecera em 1971.

— Não devo nada a esses desgraçados — murmurou Rowland. — Cumpri meu juramento. Nunca disse nada. Mas ainda assim vêm me matar.

— Precisamos saber por quê — disse ela.

Rowland inalou oxigênio.

— Foi uma coisa extraordinária. Ramsey foi até a base, chamou a mim e a Sayers e disse que íamos para a Antártida. Éramos todos de operações especiais, acostumados a coisas esquisitas, mas essa foi a mais estranha. Era muito longe de casa. — Inspirou mais uma vez. — Pegamos um avião até a Argentina, subimos a bordo do *Holden* e ficamos sozinhos. Recebemos instruções para efetuar uma busca ativa por sonar com emissão, mas não ouvimos nada até que finalmente desembarcamos. Foi quando Ramsey vestiu o equipamento e mergulhou na água. Voltou cerca de cinquenta minutos depois.

— *O que encontrou?* — *perguntou Rowland, ajudando Ramsey a sair do mar gelado, segurando firme no ombro do traje de mergulho, erguendo homem e equipamentos para cima do gelo.*

Nick Sayers puxou pelo outro ombro.

— *Tem alguma coisa lá?*

Ramsey retirou o visor e o capuz.

— *Lá embaixo é frio feito a bunda do escavador de uma vala siberiana. Mesmo com este traje. Mas é um mergulho incrível.*

— *Você ficou lá por quase uma hora. Algum problema de profundidade? — perguntou Rowland.*

Ramsey balançou a cabeça.

— *Fiquei acima de 30 pés o tempo todo. — Ele apontou para a direita. — O oceano forma uma grande saliência lá para cima, direto para a montanha.*

Ramsey tirou as luvas de mergulho, e Sayers entregou-lhe outras, secas. A pele não podia ficar exposta por mais de um minuto naquele ambiente.

— *Preciso tirar este traje e vestir minhas roupas.*

— *Tem alguma coisa lá? — perguntou Sayers novamente.*

— *Uma água limpa pra caramba. Lugar cheio de cores, como um recife de corais.*

Rowland notou que eles estavam sendo ignorados, mas também notou um saco de coleta fechado e preso à cintura de Ramsey. O saco estava vazio cinquenta minutos antes. Agora continha algo.

— *O que tem aí dentro? — perguntou ele.*

— Ele não me respondeu — sussurrou Rowland. — E não deixou que eu ou Sayers tocássemos na sacola.

— O que aconteceu depois disso? — perguntou ela.

— Fomos embora. Ramsey estava no comando. Fizemos mais checagens de radiação, não encontramos nada, e então Ramsey ordenou que o *Holden* seguisse para o norte. Nunca disse uma palavra sobre o que viu naquele mergulho.

— Não entendo — disse Davis. — Como você pode ser uma ameaça?

O homem mais velho molhou os lábios.

— Provavelmente pelo que aconteceu no caminho de volta.

Rowland e Sayers estavam se arriscando. Ramsey estava na amurada com o comandante Alexander, jogando cartas com alguns dos outros oficiais. Então, finalmente decidiram ver o que o compatriota encontrara no mergulho. Nenhum dos dois gostava de ser mantido no escuro.

— Tem certeza de que você sabe a combinação? — perguntou Sayers.

— O contramestre me contou. Ramsey tem abusado do poder, e esta embarcação não é dele, então o cara ficou muito feliz em me ajudar.

Havia um pequeno cofre no convés ao lado do porta-bagagem de Ramsey. O que quer que ele tivesse trazido após o mergulho tinha ficado ali dentro durante os três dias em que deixaram o círculo Antártico e atingiram o Atlântico Sul.

— Fique de olho na porta — disse Rowland a Sayers. Ajoelhou-se e experimentou a combinação que havia recebido.

Três cliques confirmaram que os números haviam funcionado.

Ele abriu o cofre e viu o saco de coleta. Retirou-o e sentiu seus contornos retangulares, cerca de 20 por 25 centímetros, e talvez 3 centímetros de largura. Abriu o zíper na parte de cima, retirou o conteúdo e reconheceu de imediato um diário de bordo. Na primeira página, em tinta azul e uma letra fortemente marcada, estava escrito INÍCIO DA MISSÃO 17 DE OUTUBRO DE 1971, TÉRMINO _____. *A segunda data teria sido acrescentada depois que o submarino voltasse ao porto. Mas ele percebeu que o comandante que escrevera aqueles dados não teria essa chance.*

Sayers aproximou-se.

— O que é isso?

A porta da cabine abriu.

Ramsey entrou.

— Achei que vocês tentariam algo assim.

— Vá se ferrar — disse Rowland. — Estamos todos no mesmo nível. Você não é nosso superior.

Um sorriso formou-se nos lábios negros de Ramsey.

— Na verdade, aqui eu sou. Mas talvez seja melhor que vocês sigam em frente e vejam. Agora vão ver o que está em jogo.

— *É isso mesmo* — disse Sayers. — *Fomos voluntários para vir aqui, assim como você, e queremos a recompensa, assim como você.*

— *Acreditem se quiserem* — disse Ramsey —, *mas eu ia contar para vocês antes de chegarmos ao porto. Há coisas a serem feitas, e não posso fazê-las sozinho.*

Stephanie queria saber.

— Por que era tão importante?

Davis pareceu entender.

— É óbvio.

— Não para mim.

— O diário de bordo — disse Rowland — era do NR-1A.

MALONE SUBIU O CAMINHO ROCHOSO, QUE NÃO PASSAVA DE UMA PEQUENA saliência ziguezagueando a cada 30 metros na ladeira arborizada. De um lado, uma via crucis de ferro fundido estendia-se numa procissão solene; do outro, a vista abaixo se transformava cada vez mais num panorama. A luz do sol banhava o vale escarpado, e ele notou, ao longe, desfiladeiros profundos e denteados. Sinos distantes anunciaram meio-dia.

Malone se dirigia a um dos recessos circulares entre altos precipícios localizados nas áreas montanhosas, acessíveis apenas a pé, uma formação comum nos Pireneus. Faias sustentavam os declives, atrofiadas e retorcidas, com os galhos nus cobertos de neve e entrelaçados em nós deformados. Ele manteve a atenção no trajeto irregular, mas não notou pegadas, o que não significava muito, considerando o vento e a neve.

Uma curva final semicircular e a entrada do mosteiro, assentado no recesso circular, surgiu adiante. Malone fez uma pausa para respirar e apreciou mais uma ampla vista. A neve, refrigerada por rajadas de vento frio, rodopiava ao longe.

Altos muros de alvenaria estendiam-se para a direita e a esquerda. Se o que Malone havia lido estava certo, aquelas pedras tinham testemunhado os romanos, os visigodos, os sarracenos, os francos e os cruzados das guerras albigenses. Muitas batalhas haviam sido travadas por aquela posição vantajosa. O silêncio parecia ser uma presença física, o que conferia ao lugar uma atmosfera solene. Sua história provavelmente estava enterrada com os mortos — o verdadeiro registro de sua glória não estava gravado nem na pedra nem no pergaminho.

Claridade de Deus.

Mais ficção? Ou fatos?

Malone percorreu os 15 metros restantes, aproximou-se de um portão de ferro e avistou uma corrente com um cadeado.

Ótimo.

Não havia como escalar os muros.

Ele estendeu a mão, segurou o portão e sentiu o frio penetrar pelas luvas. E agora? Percorrer o perímetro e ver se havia uma passagem? Parecia o único procedimento. Ele estava cansado e conhecia bem aquela fase de exaustão: a mente facilmente se perdia num labirinto de possibilidades, e todas as soluções acabavam num beco sem saída.

Ele balançou o portão, frustrado.

A corrente de ferro deslizou e caiu no chão.

CINQUENTA E TRÊS

Charlotte

Stephanie digeriu exatamente o que Herbert Rowland dissera e perguntou:

— Está dizendo que o NR-1A estava intato?

Rowland parecia estar ficando cansado, mas aquilo tinha de ser feito.

— Estou dizendo que no mergulho Ramsey resgatou o diário de bordo.

Davis lançou um olhar para ela.

— Eu disse que o safado estava até o pescoço nisso.

— Foi Ramsey quem tentou me matar? — perguntou Rowland.

Stephanie não ia responder, mas viu que Davis não pensava da mesma forma.

— Ele merece saber — disse Davis.

— Isto já está fora de controle. Você quer mais?

Davis encarou Rowland.

— Achamos que ele está por trás disso.

— Não *sabemos*. — Ela foi rápida em acrescentar: — Mas é uma possibilidade clara.

— Ele sempre foi um desgraçado — disse Rowland. — Depois que voltamos, foi ele quem sugou todos os benefícios. Nem eu, nem

Sayers. Claro que conseguimos algumas promoções, mas nunca chegamos ao que Ramsey conseguiu. — Rowland hesitou, claramente fatigado. — Almirante. Direto para o topo.

— Talvez devêssemos fazer isto outra hora — disse ela.

— De jeito nenhum — disse Rowland. — Ninguém vem atrás de mim e sai impune. Se eu não estivesse nesta cama, eu mesmo o mataria.

Stephanie se questionou sobre a ameaça.

— Esta noite, tomei meu último drinque — disse ele. — Chega. É sério.

A raiva parecia ser uma droga eficiente. Os olhos de Rowland estavam em chamas.

— Conte-nos tudo — disse ela.

— O que sabem sobre a operação Salto em Altura?

— Só a declaração oficial — disse Davis.

— Que é puro lixo.

O almirante de esquadra Byrd levou seis aeronaves R4-D para a Antártida. Cada uma estava equipada com câmeras sofisticadas e magnetômetros de rastreamento. Foram lançadas de um porta-aviões, usando cilindros para propulsão de foguetes para ajudar na decolagem. A aeronave passou mais de duzentas horas no ar e percorreu 37 mil quilômetros sobre o continente. Num dos últimos voos de mapeamento, o avião de Byrd voltou da missão com três horas de atraso. A explicação oficial foi que ele tinha perdido um motor e retornara com potência reduzida. Mas os registros pessoais de Byrd, devolvidos e revisados pelo então chefe de operações navais, revelavam uma razão diferente.

Byrd sobrevoara o que os alemães chamavam de Neuschwabenland. Ele estava sobre o continente, seguindo para oeste acima de um horizonte branco indistinguível, quando avistou uma área aberta com três lagos separados por massas de pedras marrom-avermelhadas. Os próprios lagos eram coloridos em tons de vermelho, azul e verde. Ele verificou a posição e, no dia seguinte, en-

viou para a área uma equipe especial, que descobriu que a água dos lagos era morna e cheia de algas, responsáveis pela pigmentação. A água também era salobra, o que indicava uma ligação com o oceano.

A descoberta animou Byrd. Ele estava a par de informações secretas sobre a expedição alemã de 1938, que relatara observações semelhantes. O almirante tinha duvidado das declarações, depois de ter visitado o continente e tomado conhecimento de sua natureza inóspita, mas a equipe de campo especial explorou a área nos dias que se seguiram.

— Eu não sabia que Byrd tinha um diário pessoal — disse Davis.

— Eu o vi — disse Rowland. — Toda a operação Salto em Altura era confidencial, mas trabalhamos em muitas coisas quando voltamos, e eu tive acesso. Foi somente nos últimos vinte anos que se revelou algo sobre a Salto em Altura. Quase tudo falso, aliás.

Stephanie perguntou:

— O que foi que você, Sayers e Ramsey fizeram quando voltaram?

— Realocamos tudo o que Byrd havia trazido em 1947.

— Isso ainda existia?

Rowland assentiu.

— Tudo. Caixotes cheios. O governo não joga nada fora.

— O que havia dentro dos caixotes?

— Não faço ideia. Somente os transportamos, nunca abrimos nada. Aliás, estou preocupado com minha esposa. Ela está na casa da irmã.

— Dê-me o endereço — disse Davis —, e pedirei ao Serviço Secreto que entre em contato. Mas é de você que Ramsey está atrás. E ainda não nos contou por que ele o considera uma ameaça.

Rowland permaneceu imóvel, com os dois braços ligados a bolsas intravenosas.

— Não acredito que quase morri.

— O homem que flagramos invadiu sua casa ontem enquanto você passava o dia fora — disse Davis. — Acho que ele adulterou sua insulina

— Minha cabeça está latejando.

Stephanie queria pressionar mais, mas sabia que o velho só falaria quando estivesse pronto.

— Vamos garantir sua segurança a partir de agora. Só precisamos saber por que isso é necessário.

O rosto de Rowland era um caleidoscópio de emoções embaralhadas. Ele estava num dilema. Sua respiração era dissonante, seus olhos úmidos fixos exibiam uma expressão de desdém.

— A droga do negócio estava completamente seca. Sem uma mancha de água em nenhuma página.

Ela registrou o que ele disse.

— O diário de bordo?

Rowland assentiu.

— Ramsey trouxe do oceano no saco. Isso significa que ele não estava molhado antes de ser coletado.

— Mãe de Deus — murmurou Davis.

Ela então entendeu.

— O NR-1A estava intato?

— Apenas Ramsey sabe disso.

— É por isso que ele quer que todos morram — disse Davis. — Quando você liberou aquele arquivo para Malone, ele entrou em pânico. Não pode deixar que isso seja revelado. Pode imaginar o que isso causaria à Marinha?

Mas ela não tinha tanta certeza. A história tinha de ser mais do que isso.

Davis encarou Rowland.

— Quem mais sabe?

— Eu. Sayers, mas ele está morto. O almirante Dyals. Ele sabia. Comandou a coisa toda e nos deu a ordem de silêncio.

Falcão de Inverno. Era assim que a imprensa se referia a Dyals, devido à sua idade e às suas inclinações políticas. Já por muito tempo ele vinha sendo comparado a outro oficial da Marinha idoso e arrogante, que também acabou tendo de ser afastado. Hyman Rickover.

— Ramsey tornou-se o favorito de Dyals — disse Rowland. — Foi transferido para a equipe pessoal do almirante. Ramsey venerava o homem.

— O bastante para proteger a reputação dele até agora? — perguntou ela.

— Difícil saber. Mas Ramsey é um sujeito estranho. Não pensa como o resto das pessoas. Fiquei feliz em me livrar dele quando voltamos.

— Então, Dyals é o único que resta? — perguntou Davis.

Rowland balançou a cabeça.

— Mais um sabia.

Stephanie tinha ouvido direito?

— Sempre tem um especialista. Era um pesquisador figurão contratado pela Marinha. Cara esquisito. Nós o chamávamos de Mágico de Oz. Sabe o cara que fica nos bastidores e ninguém nunca vê? O próprio Dyals o recrutou, e ele se reportava apenas a Ramsey e ao almirante. Foi ele quem abriu aqueles caixotes, sozinho.

— Precisamos do nome — disse Daniels.

— Douglas Scofield, ph.D. Sempre gostava de nos lembrar disso. *Dr. Scofield*, era como se referia a si mesmo. Não impressionava a nenhum de nós. Estava tão escondido no colo de Dyals que nunca aparecia.

— O que aconteceu com ele? — perguntou ela.

— Não faço ideia.

Eles precisavam sair, mas antes havia mais uma coisa:

— E esses caixotes da Antártida?

— Levamos tudo para um armazém em Fort Lee. Na Virgínia. E deixamos com Scofield. Depois disso, não sei.

CINQUENTA E QUATRO

MALONE FICOU OLHANDO PARA A CORRENTE DE FERRO CAÍDA NA NEVE. PENSE. TOME cuidado. Algo estava muito errado ali. Especialmente o corte limpo da corrente. Alguém tinha vindo preparado, com um corta-vergalhão.

Ele retirou a arma de debaixo do casaco e empurrou o portão. As dobradiças congeladas guincharam alto. Malone entrou na ruína sobre os pedaços de alvenaria e aproximou-se dos arcos decrescentes de um portal romano. Desceu vários degraus decadentes de pedra até um interior escuro. A pouca luz que existia entrava com o vento através de janelas sem vidro. A espessura das paredes, a inclinação das passagens, o portão de ferro na entrada, tudo indicava os tempos rudimentares nos quais tinham sido criados. Ele olhou ao redor, vendo o que um dia tivera grande importância — metade local de culto, metade cidadela, um local fortificado nas cercanias de um império.

Cada expiração era vaporizada diante de seus olhos.

Malone continuou vasculhando o chão, mas não viu evidências de outras pessoas. Avançou até um labirinto de colunas que sustentavam um teto intato. A sensação de vastidão se estendia para o alto, nas abóbadas sombrias. Caminhou entre as colunas como se estivesse entre árvores altas de uma floresta petrificada. Não tinha certeza do que estava procurando ou do que esperava, e resistiu ao ímpeto de ser absorvido pelo ambiente fantasmagórico.

Pelo que Malone tinha lido na internet, Bertrand, o primeiro bispo, ficara bastante conhecido. Lendas atribuíam muitas maravilhas aos seus poderes miraculosos. Com frequência, líderes espanhóis das redondezas deixavam uma trilha de fogo e sangue pelos Pirineus, e a população local ficava aterrorizada com eles. Mas diante de Bertrand, entregavam seus prisioneiros e se retiravam, para nunca mais voltar.

E aconteceu o milagre.

Uma mulher havia trazido seu bebê e reclamado que o pai não queria sustentá-los. Quando o homem negou qualquer envolvimento, Bertrand ordenou que um vaso de água fria fosse colocado diante deles e colocou uma pedra dentro. Disse ao homem para pegar a pedra na água e, se estivesse mentindo, Deus daria um sinal. O homem retirou a pedra, mas suas mãos saíram queimadas, como se a água estivesse fervendo. O pai imediatamente admitiu a paternidade e fez as devidas reparações. Por sua devoção, Bertrand acabou adquirindo um apelido — *a Claridade de Deus.* Supõe-se que ele tenha recusado a descrição, mas permitiu que fosse usada para se referir ao mosteiro, o que aparentemente foi lembrado por Eginhardo décadas depois, quando este redigiu seu testamento.

Malone afastou-se das colunas e passou para o claustro, um trapezoide com telhado irregular, entre arcos, colunas e capitéis. Os madeiramentos do telhado, que pareciam ser novos, davam a impressão de ter sido o foco de restaurações recentes. Dois cômodos iam dar no lado direito do claustro, ambos vazios, um sem telhado, o outro com as paredes desmoronadas. Certamente um dia tinham sido refeitórios de monges e hóspedes, mas agora eram dominados apenas pelos fenômenos atmosféricos e pelos animais.

Ele contornou uma quina e desceu o lado mais curto da galeria, passando por diversos outros espaços em ruínas, todos cobertos de neve que entrava das janelas sem vidro ou dos telhados abertos, com urtigas marrons e ervas daninhas infestando os recessos. Em cima de uma porta, uma imagem esculpida e apagada da Virgem Maria olhava para baixo. Malone espiou para além da passagem e viu um cômodo espaçoso. Provavelmente, a casa capitular em que os monges moravam. Ele olhou para trás, na direção do jardim do claustro, e observou um vaso largo quebrado, com decoração apagada de folhas e nascentes de rios. A neve encobria a base.

Algo atravessou o claustro. Na galeria oposta. Rápido e indistinto, mas lá.

Malone se agachou e se arrastou até um canto. O lado comprido do claustro estendia-se por 15 metros diante dele, terminando numa arcada dupla sem portas. A igreja. Malone supôs que o que quer que pudesse ser encontrado estaria lá, mas isso era um tiro no escuro. Ainda assim, alguém havia cortado a corrente lá fora.

Examinou a parede interna à sua direita. Três portais se abriam entre ele e o fim do claustro. O arcos à sua esquerda, que emolduravam o jardim exposto ao vento, eram todos austeros, quase sem qualquer ornamentação. O tempo e os fenômenos atmosféricos tinham produzido efeito. Malone notou um querubim solitário que havia sobrevivido, portando um escudo heráldico. E ouviu algo à sua esquerda, na galeria longa.

Passos.

Indo na sua direção.

RAMSEY SAIU DO CARRO E SEGUIU APRESSADO PELO FRIO ATÉ ENTRAR NO PRINCIPAL prédio administrativo da inteligência naval. Não pediram que ele passasse por nenhum posto de controle de segurança. Em vez disso, um capitão-tenente de sua equipe de assessores aguardava à porta. A caminho do escritório, Ramsey recebeu o informe habitual da manhã.

Hovey estava esperando no escritório.

— O corpo de Wilkerson foi encontrado.

— Diga mais.

— Em Munique, perto do Parque Olímpico. Tiro na cabeça.

— Você deve estar satisfeito.

— Já vai tarde.

Mas Ramsey não estava tão animado. A conversa com Isabel Oberhauser ainda pesava em sua mente.

— Quer autorizar o pagamento do efetivo que realizou a tarefa?

— Ainda não. — Ele já havia feito uma ligação para o exterior. — Pedi para fazerem mais uma coisa, na França, por enquanto.

CHARLIE SMITH ESTAVA SENTADO DENTRO DE UM SHONEY'S, TERMINANDO SUA tigela de aveia. Ele adorava aquilo, especialmente com sal e três colheres de manteiga. Não dormira muito. A noite anterior fora um problema. Aqueles dois tinham ido atrás dele.

Ele fugira da casa e estacionara alguns quilômetros depois, na rodovia. Avistara uma ambulância seguindo às pressas para o local e seguira-a até um hospital nas redondezas de Charlotte. Sentira vontade de entrar, mas decidira que não devia. Em vez disso, voltara ao hotel e tentara dormir.

Teria de ligar para Ramsey em breve. O único relatório aceitável era que os três alvos tinham sido eliminados. Qualquer indicação de problemas e o próprio Smith se tornaria um alvo. Ele zombava de Ramsey, aproveitava-se do fato de que se conheciam havia muito tempo, tirava vantagem de seus êxitos, tudo porque sabia do quanto Ramsey precisava dele.

Mas a situação mudaria num instante se ele falhasse.

Olhou o relógio: 6h15. Tinha de arriscar.

Notou um telefone do lado de fora, então pagou a conta e fez a ligação. Quando as opções do menu do hospital foram recitadas em seu ouvido, selecionou a opção de informações sobre pacientes. Como não sabia o número do quarto, aguardou um dos atendentes.

— Preciso saber de Herbert Rowland. É meu tio e foi internado ontem à noite.

Pediram que esperasse um momento, e então a mulher retornou.

— Lamentamos informar que o Sr. Rowland faleceu pouco depois de chegar.

Smith fingiu choque.

— Isso é horrível.

A mulher deu-lhe os pêsames. Ele agradeceu, desligou e exalou um suspiro aliviado.

Aquela tinha sido por pouco.

Recompôs-se, pegou o celular e discou um número familiar. Quando Ramsey atendeu, Smith disse animado:

— Três a três. Ainda invicto.

— Fico muito contente que você tenha orgulho do próprio trabalho.

— Nosso objetivo é a sua satisfação.

— Então, me satisfaça mais uma vez. O quarto. Estou dando o sinal verde. Vá em frente.

MALONE FICOU ESCUTANDO. TINHA ALGUÉM ATRÁS E NA FRENTE DELE. MANTEVE-SE abaixado e correu para um dos cômodos que dava para fora da galeria, um cômodo, ele viu, que tinha paredes e teto. Apoiou rigidamente as costas na parede, ao lado do vão da porta. A escuridão intensificava os cantos sombrios do recinto. Ele estava a 6 metros da entrada da igreja.

Mais passos.

Voltando para a galeria, longe da igreja.

Malone segurou firme a arma e esperou.

Quem quer que estivesse ali estava se aproximando. Ele tinha sido visto ao entrar? Parecia que não, uma vez que não havia tentativa de disfarçar o som dos passos pela neve. Malone se preparou e levantou a cabeça, usando a visão periférica para vigiar o vão. Agora os passos estavam do outro lado da parede contra a qual ele se apoiava.

Uma forma surgiu, andando na direção da igreja.

Ele girou e agarrou um ombro, virando a arma e lançando-se contra a pessoa que estava do outro lado da parede, a arma pressionada contra costelas.

Viu uma expressão de choque.

Um homem.

CINQUENTA E CINCO

STEPHANIE FEZ UMA LIGAÇÃO PARA A SEDE DO SETOR MAGALHÃES E PEDIU informações sobre o Dr. Douglas Scofield. Ela e Davis estavam sozinhos. Meia hora antes, agentes do Serviço Secreto tinham chegado, trazendo um laptop protegido que Davis requisitara. Os agentes receberam ordens de proteger Herbert Rowland, que estava sendo transferido para um novo quarto e identificado por outro nome. Davis havia falado com a administradora do hospital e obtivera sua cooperação para comunicar que Rowland havia morrido. Com certeza, alguém iria verificar. Conforme o esperado, a atendente do serviço de informação sobre pacientes já havia relatado uma ligação vinte minutos antes — de um homem que se identificou como um sobrinho — indagando sobre o estado de Rowland.

— Isso vai deixá-lo satisfeito — disse Davis. — Duvido que nosso assassino vá se arriscar a entrar aqui. Para garantir, haverá um obituário no jornal. Mandei os agentes explicarem tudo aos Rowland e pedir a cooperação deles.

— Um pouco pesado para amigos e parentes — disse Stephanie.

— Será mais pesado se o sujeito perceber o erro e voltar para terminar o que começou.

O laptop indicou a chegada de um e-mail. Stephanie abriu a mensagem de seu escritório:

Douglas Scofield é professor de antropologia na Universidade Estadual do Leste do Tennessee. Esteve associado à Marinha de 1968 a 1972, por meio de contrato, para atividades confidenciais. O acesso é possível, mas deixará rastros, portanto não foi obtido, uma vez que você pediu discrição nessas buscas. Os trabalhos publicados dele são numerosos. Além de periódicos normais de antropologia, escreve para revistas sobre Nova Era e ocultismo. Uma rápida pesquisa na internet revelou assuntos que incluem Atlântida, óvnis, astronautas antigos e eventos paranormais. É o autor de *Mapas dos exploradores antigos* (1986), um relato conhecido de como a cartografia pode ter sido influenciada por culturas perdidas. Neste momento, ele está num congresso em Asheville, na Carolina do Norte, intitulado *Mistérios Antigos Revelados*. Acontecendo no Biltmore Estate Inn. Cerca de 150 inscritos. É um dos organizadores e um palestrante de destaque. Parece ser um evento anual, uma vez que está sendo anunciado como o 14º congresso.

— Ele é o único que falta — disse Davis. Tinha lido por cima do ombro dela. — Asheville não fica longe daqui.

Stephanie sabia o que ele estava pensando.

— Não está falando sério.

— Eu vou. Pode vir, se quiser. Ele precisa ser abordado.

— Então, envie o Serviço Secreto.

— Stephanie, a última coisa que precisamos é de demonstração de força. Vamos nos limitar a ir até lá e ver no que vai dar.

— Nosso amigo da noite passada pode estar lá também.

— Só podemos torcer para que esteja.

Outro tinido sinalizou a resposta da segunda pergunta dela, então Stephanie abriu a mensagem e leu.

A Marinha aluga depósitos em Fort Lee, Virgínia. Fazem isso desde a Segunda Guerra Mundial. Atualmente, controlam três prédios. Apenas um é de alta segurança e contém um compartimento refrigerado, instalado em 1972. O acesso é restrito por código numérico e checagem de impressão digital através do Serviço de Inteligência Naval. Consegui ver o registro de visitas armazenado no banco de dados da Marinha. Interessante que não seja confidencial. Apenas uma pessoa de fora do quadro de funcionários de Fort Lee entrou nos últimos 180 dias. O almirante Langford Ramsey, ontem.

— Ainda quer discutir comigo? — perguntou Davis. — Você sabe que eu estou certo.

— Mais uma razão para pedirmos ajuda.

Davis balançou a cabeça.

— O presidente não vai nos deixar.

— Negativo. *Você* não quer nos deixar.

A expressão de Davis transmitia desafio e submissão.

— Eu preciso fazer isso. Talvez você também precise agora. Lembre-se, o pai de Malone estava naquele submarino.

— O que Cotton deveria saber.

— Antes, vamos conseguir algumas respostas para ele.

— Edwin, você poderia ter morrido ontem à noite.

— Mas não morri.

— Vingança é a forma mais rápida de se conseguir ser morto. Por que não me deixa cuidar disso? Tenho agentes.

Continuavam sozinhos na pequena sala de reuniões que a administradora do hospital havia disponibilizado.

— Não vai acontecer — disse ele.

Stephanie viu que não adiantaria discutir. Forrest Malone estivera naquele submarino — e Davis estava certo, isso era um incentivo suficiente para ela. Fechou o laptop e se levantou.

— Eu diria que temos uma viagem de três horas de carro até Asheville.

— Quem é você? — perguntou Malone ao homem.

— Você me matou de susto.

— Responda à minha pergunta.

— Werner Lindauer.

Malone ligou os pontos.

— Marido de Dorothea?

O homem fez que sim.

— Meu passaporte está no bolso.

Não havia tempo para isso. Ele retirou a arma e empurrou o prisioneiro para dentro do cômodo lateral, fora da galeria.

— O que você está fazendo aqui?

— Dorothea entrou aqui três horas atrás. Vim ver como ela está.

— Como ela encontrou este lugar?

— Parece que você não conhece Dorothea tão bem. Ela não dá explicações. Christl também está aqui.

Isso Malone esperava. Tinha aguardado no hotel, acreditando que a mulher ou bem sabia daquele lugar ou o descobriria da mesma maneira que ele.

— Ela veio para cá antes de Dorothea.

Malone voltou a atenção para o interior do claustro. Hora de ver o que havia dentro da igreja. Fez um sinal com a arma.

— Você vai na frente. À direita e pelo portal no fim.

— É prudente?

— Nada nessa história é sensato.

Ele seguiu Werner pela galeria, depois atravessou a arcada dupla ao final e em seguida se escondeu atrás de uma coluna espessa. Uma nave ampla, feita para parecer estreita por mais colunas que se estendiam ao longo de seu comprimento, abria-se diante dele. As colunas formavam um semicírculo atrás do altar, seguindo a curva da abside. As paredes nuas dos dois lados eram altas, e os corredores, largos. Sem decoração ou ornamento em lugar algum, a igreja era mais ruína que construção. A música arrepiante do vento soava através das esquadrias de janelas sem vidro, divididas por cruzes de pedra. Malone avistou o altar, um pilar de granito esburacado, mas o que havia à frente dele chamou sua atenção.

Duas pessoas. Amordaçadas.

Uma de cada lado, no chão, os braços amarrados para trás, em volta de uma coluna.

Dorothea e Christl.

CINQUENTA E SEIS

Ramsey voltou para o escritório com passos firmes. Estava aguardando um relatório da França e havia deixado claro para os homens no exterior que só queria ouvir que Cotton Malone estava morto. Depois disso, voltaria a atenção para Isabel Oberhauser, mas ainda não havia decidido como resolver esse problema. Pensara nela durante toda a reunião de informes à qual acabara de comparecer, lembrando-se de algo que ouvira uma vez. *Já estive certo e já estive paranoico, e é melhor estar paranoico.*

Ele concordava.

Felizmente, sabia muito sobre a velha. Casara-se com Dietz Oberhauser no final dos anos 1950. Ele era filho de uma rica família aristocrata da Baviera; ela, filha de um prefeito local. O pai de Isabel fora associado aos nazistas durante a guerra e fora usado pelos Estados Unidos nos anos seguintes. Ela assumira o controle total da fortuna dos Oberhauser em 1972, após o desaparecimento de Dietz. Com o tempo, conseguira a declaração oficial da morte dele. Isso ativara o testamento, que deixava tudo para ela, em fideicomisso, em favor das filhas do casal. Antes de despachar Wilkerson para fazer contato,

Ramsey estudara aquele testamento. Era interessante que a decisão de quando o controle financeiro passaria para as filhas tivesse sido deixada inteiramente a cargo de Isabel. Trinta e oito anos haviam se passado, e ela ainda permanecia no controle. Wilkerson relatara que existia grande animosidade entre as irmãs, o que poderia explicar algumas coisas, mas até hoje a discórdia na família Oberhauser tinha tido pouco significado para Ramsey.

Ele sabia que o interesse de Isabel pelo *Blazek* era antigo, e ela não fazia segredo quanto ao seu desejo de saber o que acontecera. Contratara advogados que tentaram obter informações por meio de canais oficiais, e quando essas tentativas falharam, discretamente buscara descobrir o máximo possível, por meio de propinas. O pessoal de contraespionagem de Ramsey detectara as tentativas e informara. Foi quando ele assumiu responsabilidade pessoal e passou a missão para Wilkerson.

Agora, seu homem estava morto. Como?

Sabia que Isabel tinha um empregado originário da Alemanha Oriental chamado Ulrich Henn. O histórico de Henn indicava que o avô materno dele comandara um dos campos de recepção de Hitler e supervisionara o depósito de 28 mil ucranianos em um vala comum. No seu julgamento por crimes de guerra, ele não negou nada e declarou com orgulho: *Eu estive lá*. O que facilitou a tarefa dos Aliados de enforcá-lo.

Henn foi criado por um padrasto que incorporou a família à sociedade comunista. Henn prestou serviço militar na Alemanha Oriental, antiga Stasi, e sua benfeitora atual não era muito diferente dos chefes comunistas, igualmente tomando decisões do modo calculista de um contador, para executá-las em seguida com o remorso resoluto de um déspota.

Isabel era de fato uma mulher formidável. Tinha dinheiro, poder e sangue-frio. Mas sua fraqueza era o marido. Ela queria saber por que ele morrera. Sua obsessão não era nenhuma preocupação real até

Stephanie Nelle obter o arquivo sobre o NR-1A e enviá-lo até o outro lado do Atlântico para Cotton Malone.

Agora, era um problema — que Ramsey esperava que estivesse sendo resolvido, naquele exato momento, na França.

MALONE VIU CHRISTL OLHAR PARA ELE E LUTAR CONTRA AS AMARRAS. ELA BA-lançava a cabeça e estava com a boca selada por uma fita adesiva.

Dois homens saíram de trás das colunas. O da esquerda era alto, magro e de cabelo escuro; o outro, robusto e de cabelo claro. Malone se perguntou quantos mais estariam à espreita.

— Viemos atrás de você — disse Moreno — e encontramos estas duas aqui.

Malone ficou atrás da coluna, a arma pronta. Os homens não sabiam que ele estava limitado a três tiros.

— E por que eu sou tão interessante?

— Não faço a menor ideia. Só estou contente que seja.

Loiro pôs o cano de uma arma perto do crânio de Dorothea Lindauer.

— Vamos começar com ela — disse Moreno.

Malone estava pensando, avaliando, percebendo que não houvera nenhuma menção a Werner. Virou-se para ele e sussurrou:

— Já atirou em alguém?

— Não.

— Consegue?

O alemão hesitou.

— Se eu precisar. Por Dorothea.

— Consegue atirar?

— Eu cacei a vida toda.

Ele decidiu aumentar seu currículo cada vez mais extenso de coisas estúpidas e entregou a pistola a Werner.

— O que você quer que eu faça? — perguntou Werner.

— Atire em um deles.

— Qual dos dois?

— Não importa, só atire, antes que eles atirem em mim.

Werner balançou a cabeça, demonstrando compreensão. Malone respirou fundo algumas vezes, concentrou-se e afastou-se da coluna, com as mãos expostas.

— OK, estou aqui.

Nenhum dos agressores se mexeu. Parecia que tinham sido pegos de surpresa. E era essa a ideia. Loiro tirou a arma da cabeça de Dorothea Lindauer e saiu completamente de detrás da coluna. Era jovem, estava alerta e vigilante, o fuzil automático apontado.

Ouviu-se o estalo de um tiro e o peito de Loiro explodiu com um golpe direto.

Aparentemente, Werner Lindauer conseguia atirar.

Malone mergulhou para a direita, buscando abrigo em outra coluna, sabendo que Moreno demoraria apenas um nanossegundo para se recuperar. Uma rajada veloz de tiros de arma automática, e balas esburacaram a pedra a centímetros de sua cabeça. Olhou para o outro lado da nave e viu que Werner estava seguro atrás de uma coluna.

Moreno murmurou uma sequência de obscenidades, depois gritou:

— Vou matar estas duas. Agora.

— Não estou nem aí — respondeu Malone.

— É mesmo? Tem certeza?

Ele precisava forçar um erro. Fez um sinal para Werner, mostrando que pretendia avançar, pelo transepto, usando as colunas como proteção.

Agora, o verdadeiro teste. Acenou para que Werner lhe jogasse a arma. O homem arremessou a pistola em sua direção. Malone a pegou e fez sinal para que o alemão ficasse parado. Então, virou para a esquerda e correu pelo espaço aberto até a coluna seguinte.

Mais balas acompanharam seu trajeto.

Ele olhou de relance para Dorothea e Christl, ainda amarradas à coluna. Só restavam dois tiros na pistola, então pegou uma pedra do tamanho de uma bola de tênis e a arremessou na direção de Moreno, depois atravessou para outra coluna. O projétil bateu em algo, provocando um baque surdo.

Outras cinco colunas restavam entre Malone e Dorothea Lindauer, que estava amarrada daquele lado da nave.

— Dê uma olhada — disse Moreno.

Ele arriscou um relance. Christl estava deitada sobre o pavimento áspero. Cordas pendiam de seus pulsos, mas tinham sido cortadas, libertando-a. Moreno manteve-se escondido, mas Malone avistou a ponta do fuzil voltada para baixo.

— Não se importa? — gritou Moreno. — Quer ver essa mulher morrer?

Um estouro de balas ricocheteou no piso logo atrás de onde Christl estava. O medo fez com que ela se arrastasse para a frente, pelo chão coberto de limo.

— Pare — gritou Moreno para a mulher.

Christl parou.

— Mais uma rajada e as pernas dela já eram.

Malone fez uma pausa, sintonizando os sentidos, perguntando-se sobre Werner Lindauer. Onde ele estava?

— Acho que não dá para discutirmos isso, não é? — perguntou ele.

— Jogue a arma longe e venha aqui.

Ainda nenhuma menção a Werner. O atirador certamente sabia que tinha mais alguém lá.

— Como eu disse. Não estou nem aí. Mate-a.

Malone girou para a direita enquanto desafiava o atirador, num ângulo melhor agora que estava mais perto do altar. Sob a luz esverdeada fantasmagórica da tarde que desvanecia, ele viu Moreno sair alguns passos de trás da coluna, buscando melhorar a mira em Christl.

Malone atirou, mas errou. Restou um tiro. Moreno voltou a se esconder.

Malone correu até a coluna seguinte. Avistou uma sombra aproximando-se de Moreno, vindo da fileira de colunas que se estendiam até o fundo da nave. A atenção de Moreno estava voltada para Malone; portanto, a sombra estava livre para ir em frente. A forma e o tamanho confirmaram a identidade. Werner Lindauer era corajoso.

— OK, você tem uma arma — disse Moreno. — Eu atiro nela, você atira em mim. Mas posso pegar a outra irmã sem você me acertar.

Malone ouviu um grunhido e depois um baque de carne e ossos batendo em algo que não cedeu. Espiou por trás da coluna e viu Werner Lindauer em cima de Moreno, um punho erguido. Os dois homens, lutando, rolaram para dentro da nave, e Moreno empurrou Werner, com as duas mãos ainda segurando firme a arma.

Christl tinha ficado de pé.

Moreno começou a se levantar.

Malone mirou.

O estrondo de um fuzil reverberou pelas paredes cavernosas.

Sangue correu pelo pescoço de Moreno. A arma soltou-se de sua mão quando ele percebeu que tinha sido atingido e segurou a garganta, lutando para respirar. Malone ouviu outro estrondo — um segundo tiro —, e o corpo de Moreno enrijeceu e desmoronou, tombando pesadamente de costas no chão.

A igreja foi engolida pelo silêncio.

Werner estava no chão. Christl, de pé. Dorothea, sentada. Malone olhou para a esquerda.

Numa galeria superior, acima do vestíbulo da igreja, onde séculos antes talvez um coro tivesse cantado, Ulrich Henn baixou o fuzil com mira telescópica. Ao lado dele, naquela posição vantajosa, austera e desafiadora, Isabel Oberhauser olhava para baixo.

CINQUENTA E SETE

Ramsey viu Diane McCoy abrir a porta do carro e sentar-se no banco do passageiro. Ele havia esperado pela mulher em frente ao prédio da administração. A ligação dela 15 minutos antes sugeria apreensão.

— Que diabos você fez? — perguntou Diane.

Ele não estava disposto a dizer nada de graça.

— Daniels ordenou que eu comparecesse ao Salão Oval há uma hora e me deu uma bronca.

— Posso saber por quê?

— Não me venha com essa de se fazer de reservado. Você pediu apoio a Aatos Kane, não foi?

— Eu falei com ele.

— E ele foi falar com o presidente.

Ramsey permaneceu paciente e calado. Conhecia Diane havia vários anos. Estudara o passado dela. Era cuidadosa e ponderada. A natureza de seu trabalho exigia paciência. No entanto, ali estava, completamente enraivecida. Por quê?

O celular dele, apoiado no painel, acendeu, sinalizando a chegada de uma mensagem.

— Com licença, não posso ficar indisponível. — Verificou o visor, mas não respondeu. — Pode esperar. O que há de errado, Diane? Simplesmente pedi auxílio ao senador. Está me dizendo que ninguém mais entrou em contato com a Casa Branca tentando a mesma coisa?

— Estou dizendo que Aatos Kane é uma espécie diferente. O que você fez?

— Não foi tanta coisa assim. Ele ficou entusiasmado com o fato de eu tê-lo procurado. Disse-me que eu seria um excelente acréscimo ao Estado-Maior Conjunto. Eu respondi que, se ele se sentia assim, eu agradeceria qualquer apoio que pudesse demonstrar.

— Langford, só estamos eu e você aqui, então corta o discurso. Daniels estava furioso. Não gostou do envolvimento de Kane e me culpou. Disse que eu estava em conluio com você.

Ramsey franziu o rosto com uma expressão de censura.

— Em conluio para quê?

— Você é incrível. Você me disse outro dia que ia conseguir o apoio de Kane e conseguiu mesmo. Não quero saber como ou por quê, mas quero, sim, saber como Daniels me relacionou a você. É o meu traseiro que está na reta.

— Um belo traseiro, aliás.

Ela bufou.

— De que isso adianta?

— Não adianta. É só uma observação sincera.

— Vai oferecer alguma ajuda? Trabalhei muito para chegar onde estou.

— O que o presidente disse exatamente? — Ramsey precisava saber.

Diane rebateu a pergunta com um gesto da mão:

— Até parece que vou lhe contar.

— Por que não? Está me acusando de ter feito algo impróprio; portanto, quero saber o que Daniels tinha a dizer.

— Atitude extremamente diferente da última vez em que conversamos. — A voz dela tinha baixado.

Ramsey deu de ombros.

— Pelo que me lembro, você também achava que eu seria uma ótima adição ao Estado-Maior Conjunto. Não é seu dever, como conselheira de segurança nacional, dar boas indicações ao presidente?

— OK, almirante. Faça o seu papel, seja um bom soldado. O presidente dos Estados Unidos continua louco da vida, assim como o senador Kane.

— Não consigo imaginar o porquê. Minha conversa com o senador foi das mais agradáveis, e eu nem falei com o presidente; então, não posso entender por que ele está nervoso comigo.

— Vai ao funeral do almirante Sylvian?

Ele notou a mudança brusca de assunto.

— É claro. Fui convidado a participar da guarda de honra.

— Você é atrevido.

Ramsey dirigiu-lhe seu sorriso mais charmoso.

— Na verdade, o convite me comoveu.

— Vim porque precisávamos conversar. Estou sentada aqui num carro estacionado, como uma idiota, porque meu envolvimento com você me complicou...

— Complicou como?

— Você sabe muito bem como. Na outra noite, você deixou claro que haveria uma vaga no Estado-Maior Conjunto. Uma vaga que não existia naquele momento.

— Não é o que eu lembro. Era você quem queria falar comigo. Era tarde, mas você insistiu. Foi até a minha casa. Estava preocupada com Daniels e a atitude dele em relação aos militares. Falamos hipoteticamente dos chefes do Estado-Maior Conjunto. Nenhum dos dois tinha consciência de que surgiria alguma vaga. Certamente, não no dia seguinte. É uma tragédia que David Sylvian tenha morrido. Ele era um bom homem, mas não consigo entender como isso pode ter complicado você por envolvimento comigo.

Diane balançou a cabeça, demonstrando descrença.

— Preciso ir.

Ele não a impediu.

— Tenha um bom dia, almirante.

E bateu a porta.

Ele reproduziu rapidamente a conversa em sua mente. Tinha se saído bem, transmitindo seus pensamentos de forma casual. Duas noites antes, quando ele e Diane McCoy conversaram, ela tinha sido uma aliada. Disso ele tinha certeza. Mas as coisas haviam mudado.

A maleta dele estava no banco traseiro. Dentro dela havia um monitor sofisticado para determinar se havia aparelhos eletrônicos por perto, gravando ou fazendo transmissões. Ramsey mantinha um em casa, que foi como soube que não havia ninguém escutando.

Hovey tinha protegido o estacionamento, usando uma série de câmeras de vigilância. A ligação no celular fora uma mensagem de texto. CARRO DELA ESTACIONADO A OESTE. ACESSO OBTIDO. RECEPTOR E GRAVADOR DENTRO. O monitor no banco traseiro também emitira um sinal, de modo que a parte final da mensagem tinha sido clara: ELA ESTÁ COM ESCUTA.

Ramsey saiu do carro e trancou as portas.

Não podia ter sido Kane. O senador tinha ficado interessado demais nos benefícios que receberia e não poderia arriscar sequer a possibilidade de exposição. Sabia que uma traição significava consequências rápidas e devastadoras.

Não.

Isso era Diane McCoy pura.

MALONE OBSERVOU ENQUANTO WERNER desamarrava DOROTHEA DA COLUNA e ela arrancava a fita da boca.

— O que você estava pensando? — gritou ela. — Está louco?

— Ele ia atirar em você — disse o marido com calma. — Eu sabia que Herr Malone estava aqui, armado.

Malone estava na nave, a atenção voltada para a galeria superior e Isabel e Ulrich Henn.

— Estou vendo que você não é tão ingênua quanto queria que eu acreditasse.

— Esses homens estavam aqui para matá-lo — respondeu a velha.

— E como você sabia que estariam aqui?

— Vim para garantir a segurança de minhas filhas.

Não era resposta, então Malone encarou Christl. O olhar dela não dava nenhuma indicação de quais seriam seus pensamentos.

— Eu fiquei na aldeia esperando você chegar, mas você estava muitos passos à minha frente.

— Não foi difícil encontrar a relação entre Eginhardo e a Claridade de Deus. — Malone apontou para cima. — Mas isso não explica como ela e sua irmã sabiam.

— Falei com minha mãe ontem à noite, depois que você saiu.

Ele andou na direção de Werner.

— Concordo com sua esposa. O que você fez foi insensato.

— Você precisava que a atenção dele fosse distraída. Eu não tinha arma, então fiz o que achei que funcionaria.

— Ele podia ter atirado em você — disse Dorothea.

— Isso teria acabado com o problema do nosso casamento.

— Eu nunca disse que queria que você morresse.

Malone entendia o amor-ódio do casamento. O dele tinha sido do mesmo jeito, mesmo anos depois da separação. Felizmente, ele havia feito as pazes com a ex, embora isso tivesse demandado esforço. Esses dois, no entanto, pareciam estar muito longe de qualquer resolução.

— Fiz o que tinha de fazer — disse Werner. — E faria de novo.

Malone voltou a olhar para o coro. Henn saiu do posto diante do parapeito e desapareceu atrás de Isabel.

— Agora podemos encontrar o que quer que haja para ser encontrado? — perguntou Isabel.

Henn reapareceu, e Malone viu o homem sussurrar algo para a patroa.

— Herr Malone — disse Isabel. — Quatro homens foram enviados. Achamos que os outros dois não seriam problema, mas eles acabaram de entrar pelo portão.

CINQUENTA E OITO

Asheville, Carolina do Norte
10h40

Charlie Smith estudou o arquivo sobre Douglas Scofield. Esse alvo estava preparado havia mais de um ano, mas, diferentemente dos outros, sempre estivera classificado como opcional.

Não estava mais.

Parecia que os planos tinham mudado, então Smith precisava refrescar a memória.

Saíra de Charlotte, seguindo para o norte na US 321 até Hickory, onde desviara para a I-40 e acelerara para as montanhas Smoky. Checara na internet para ver se a informação no arquivo ainda estava correta. O Dr. Scofield estava agendado para dar uma palestra no simpósio que ele organizava todo inverno, e que este ano seria realizado no terreno do famoso Biltmore Estate. O evento parecia um encontro de gente esquisita. Ufologia, fantasmas, necrologia, abduções alienígenas, criptozoologia. Muitos temas bizarros. Scofield, embora fosse professor de antropologia de uma universidade no Tennessee, era profundamente envolvido em pseudociência, tendo escrito um monte de livros e artigos. Uma vez que Smith não sabia quando ou se receberia ordens para agir em relação a Douglas Scofield, ele não havia pensado muito em como seria o fim do homem.

Agora estava estacionado em frente a um McDonald's, a uns 100 metros da entrada do Biltmore Estate.

Examinou o arquivo com atitude casual. Os interesses de Scofield variavam. Adorava caçar, passando muitos fins de semana do inverno em busca de cervos ou javalis. Como arma, escolhia o arco e flecha, embora tivesse uma coleção impressionante de fuzis de alta potência. Smith ainda estava com o que pegara na casa de Herbert Rowland, guardado no porta-malas, carregado, por precaução. Pescaria e rafting eram outras das paixões de Scofield, mas nesta época do ano havia poucas oportunidades para qualquer uma das duas.

Smith tinha baixado o programa do congresso, tentando digerir qualquer aspecto que parecesse útil. Estava perturbado com a escapada da noite anterior. Aqueles dois não haviam estado lá por acaso. Ainda que saboreasse toda a vaidade que se agitava dentro dele — afinal, autoconfiança era tudo —, não fazia sentido agir com insensatez.

Tinha de estar preparado.

Dois aspectos da programação do congresso chamaram sua atenção, e duas ideias formaram-se. Uma defensiva, outra ofensiva.

Ele odiava trabalhar com pressa, mas não queria sugerir a Ramsey que não poderia dar conta da tarefa.

Pegou o celular e achou o número de Atlanta.

Graças a Deus, a Geórgia era perto dali.

MALONE, EM REAÇÃO AO AVISO DE ISABEL, DISSE A ELA:

— Só me restou uma bala.

Ela falou com Henn, que pôs a mão sob o casaco, retirou uma pistola e jogou-a para baixo. Malone pegou a arma. Dois pentes extras de munição chegaram em seguida.

— Vocês estão preparados.

— Sempre — disse Isabel.

Ele pôs os pentes no bolso.

— Muito ousado de sua parte ter confiado em mim — disse Werner.

— Como se eu tivesse escolha.

— Ainda assim.

Malone olhou para Christl e Dorothea.

— Vocês três, procurem algum lugar protegido. — Apontou para a abside atrás do altar. — Ali parece bom.

Ele os viu correr para lá e então se dirigiu a Isabel.

— Poderíamos deixar pelo menos um deles vivo?

Henn não estava mais lá.

Ela assentiu.

— Vai depender deles.

Malone ouviu dois tiros do lado de dentro da igreja.

— Ulrich está enfrentando-os.

Malone correu pela nave, de volta ao vestíbulo, e saiu para o claustro. Avistou um dos homens na outra ponta, correndo entre os arcos. A luz do dia estava fraca. A temperatura caíra de forma perceptível.

Mais tiros.

Vindo de fora da igreja.

STEPHANIE SAIU DA I-40, ENTROU NUMA AVENIDA MOVIMENTADA E ENCONTROU a entrada principal do Biltmore Estate. Já havia visitado o local duas vezes, uma delas, como agora, na época do Natal. A propriedade compreendia milhares de hectares, sendo que a construção central era um *château* estilo Renascença francesa de 16 mil metros quadrados, a maior residência particular dos Estados Unidos. O que fora originariamente um retiro de campo de George Vanderbilt, construído no final da década de 1880, tornara-se uma atração turística sofisticada, um testemunho ardente da Idade de Ouro perdida dos Estados Unidos.

Um conjunto de casas de tijolo com fachada de pedra, muitas com telhados inclinados, águas-furtadas de madeira e varandas amplas, comprimia-se à esquerda do edifício principal. Calçadas de tijolo ladeavam ruas arborizadas e aconchegantes. Ramos de pinho e adornos natalinos envolviam os postes, e zilhões de luzes brancas iluminavam o fim de tarde nessa época de festas.

— Biltmore Village — disse ela. — Onde um dia moraram os empregados da propriedade e a criadagem. Vanderbilt construiu uma cidade só para eles.

— Como algo saído de Dickens.

— Eles a fizeram à semelhança de uma aldeia rural inglesa. Agora, é tudo lojas e cafés.

— Você sabe muito sobre este lugar.

— É um dos meus locais favoritos.

Stephanie notou um McDonald's, de arquitetura compatível com os arredores pitorescos.

— Preciso de uma parada para ir ao banheiro. — Ela reduziu a velocidade e entrou no estacionamento da lanchonete.

— Um milk-shake daqui seria uma boa — disse Davis.

— Sua dieta é estranha.

Ele deu de ombros.

— Qualquer coisa que encha o estômago.

Stephanie olhou o relógio: 11h15.

— Uma parada rápida, depois entramos na propriedade. O hotel fica a pouco mais de 1 quilômetro dos portões.

CHARLIE SMITH PEDIU UM BIG MAC SEM MOLHO E SEM CEBOLA, UMA PORÇÃO DE batatas fritas e uma Coca-Cola diet grande. Uma de suas refeições favoritas, e considerando que ele pesava 68 quilos, no máximo, peso nunca foi uma preocupação. Era abençoado com um metabolismo acelerado — isso e um estilo de vida agitado, exercícios três vezes por semana e uma dieta saudável. Até parece. Exercício para ele era discar o número do serviço de quarto ou levar um pacote de comida para viagem até o carro. O trabalho demandava esforço mais do que suficiente.

Smith alugava um apartamento no subúrbio de Washington, D.C., mas raramente ficava lá. Precisava criar raízes. Talvez fosse a hora de comprar sua própria casa — como Bailey Mill. Ele estava mexendo com a cabeça de Ramsey naquele dia, mas quem sabe poderia reformar aquele casarão velho de Maryland e morar ali, no interior. Seria excêntrico. Como os edifícios que o cercavam agora. Até o McDonald's era diferente de tudo o que já vira antes. Parecia uma casa de contos de fadas com um piano mecânico na sala de jantar, ladrilhos de mármore e uma cascata levemente iluminada.

Sentou-se com a bandeja. Depois de comer, seguiria para o Biltmore Inn. Já havia reservado um quarto pela internet para as duas noites seguintes. Um lugar elegante e caro também. Mas ele gostava de ter o melhor. Merecia, na verdade. Além disso, Ramsey pagava as despesas; então, por que Smith se importaria com o preço?

O programa do 14° Congresso Anual Mistérios Antigos Revelados, também disponível na internet, informava que Douglas Scofield seria o palestrante principal durante um jantar no dia seguinte, incluído na inscrição. Um coquetel aconteceria antes do evento no saguão do hotel.

Smith tinha ouvido falar de Biltmore Estate, mas nunca o visitara. Talvez desse uma volta pela mansão para ver como era a vida da burguesia naqueles tempos. Pegar algumas ideias de decoração. Afinal, qualidade era algo que ele podia se permitir. Quem disse que matar não compensava? Smith acumulara quase 20 milhões de dólares em remunerações e investimentos. Ele também tinha falado sério com Ramsey no outro dia. Não pretendia fazer aquilo pelo resto da vida, por mais que gostasse do trabalho.

Espremeu um toque de mostarda e um traço de ketchup no Big Mac. Smith não gostava de muito condimento, só o suficiente para dar sabor. Mastigou o sanduíche e ficou olhando as pessoas, a maioria ali para visitar Biltmore no Natal e fazer compras na aldeia.

O lugar todo parecia preparado para receber turistas.

O que era ótimo.

Muitos rostos obscuros entre os quais era possível desaparecer.

MALONE TINHA DOIS PROBLEMAS. PRIMEIRO, ESTAVA PERSEGUINDO UM ATIRADOR desconhecido por um claustro escuro e gelado; e segundo, estava contando com aliados que não eram nem um pouco confiáveis.

Duas coisas tinham servido como dicas. Primeiro, Werner Lindauer. *Eu sabia que Herr Malone estava aqui, armado.* É mesmo? Considerando que no rápido encontro com o alemão Malone não mencionara sequer uma vez quem era, como Werner sabia? Ninguém na igreja tinha pronunciado seu nome.

E, segundo, o atirador.

Em nenhum momento ele parecera preocupado que houvesse outra pessoa ali, uma pessoa que havia atirado em seu cúmplice. Christl mencionara que tinha contado à mãe sobre Ossau. Também podia ter indicado que Malone viria. Mas isso não explicava a presença de Werner Lindauer nem como este soubera de imediato a identidade dele. E se Christl tivesse dado a informação, o ato mostrava um nível de cooperação entre os Oberhauser que Malone pensava não existir.

E tudo isso significava problema.

Ele parou e ouviu o chiado do vento. Ficou abaixado sob os arcos, sentindo dor nos joelhos. Do outro lado do jardim, através da neve que caía, não avistou movimento algum. O ar frio queimava sua garganta e seus pulmões. Malone não devia tentar satisfazer sua curiosidade, mas não tinha como evitar. Embora suspeitasse o que estava acontecendo, ele precisava saber.

DOROTHEA OBSERVAVA WERNER, QUE SEGURAVA COM CONFIANÇA A ARMA que Malone lhe havia oferecido. Durante as últimas 24 horas, ela descobrira muitas coisas sobre aquele homem. Coisas de que jamais suspeitara.

— Eu vou lá fora — disse Christl.

Ela não pôde resistir.

— Vi o jeito como você olhou para Malone. Você se preocupa com ele.

— Ele precisa de ajuda.

— De você?

Christl balançou a cabeça e saiu.

— Você está bem? — perguntou Werner.

— Estarei quando isto acabar. Confiar em Christl ou em minha mãe é um grande erro. Você sabe disso.

O frio tomou conta de Dorothea. Ela cruzou os braços sobre o peito e buscou conforto dentro do casaco de lã. Tinham seguido o conselho de Malone, recuando para a abside, fazendo a parte deles. A condição deteriorada da igreja conferia-lhe uma atmosfera agourenta. O avô delas realmente havia encontrado respostas ali?

Werner segurou o braço da esposa.

— A gente vai conseguir.

— *A gente* não tem escolha — disse ela, ainda descontente com as opções que a mãe havia oferecido.

— Ou você tira o maior proveito da situação ou resiste a tudo para prejuízo próprio. Não importa para mais ninguém, mas deveria importar bastante para você.

Dorothea notou uma insegurança subjacente nas palavras dele.

— O atirador estava genuinamente despreparado quando você o atacou.

Ele deu de ombros.

— Dissemos a ele para esperar uma ou outra surpresa.

— Dissemos mesmo.

374] STEVE BERRY

O dia estava indo embora. As sombras internas alongavam-se, e a temperatura caía.

— Obviamente que ele não chegou a acreditar que ia morrer — disse Werner.

— Erro dele.

— E quanto a Malone? Acha que percebeu?

Dorothea hesitou antes de responder, lembrando suas reservas no dia em que o conhecera na abadia.

— É melhor que tenha percebido.

MALONE PERMANECEU EMBAIXO DOS ARCOS E RECUOU NA DIREÇÃO DE UM DOS cômodos que davam para o claustro. Ficou lá dentro, entre neve e escombros, avaliando os recursos de que dispunha. Tinha uma arma e balas, então por que não tentar a mesma tática que tinha dado certo para Werner? Talvez o atirador do outro lado do claustro viesse na direção dele, dirigindo-se para a igreja, e ele pudesse surpreendê-lo.

— Ele está ali dentro — ouviu um homem gritar.

Olhou para fora pela porta. Agora um segundo atirador estava no claustro, no lado mais estreito, passando pela entrada da igreja, vindo diretamente na direção de Malone. Pelo jeito, Ulrich Henn não tinha conseguido detê-lo.

O homem ergueu a arma e atirou mirando em Malone. Ele abaixou, e a bala acertou a parede.

Outro tiro ricocheteou por perto, atravessando o vão da porta, vindo do segundo atirador, do outro lado do claustro. Seu refúgio não tinha janelas, e as paredes e o telhado estavam intatos. O que parecera uma aposta certa se transformara de repente num problema sério.

Sem saída.

Ele estava encurralado.

PARTE 4

CINQUENTA E NOVE

Stephanie admirava a hospedaria de Biltmore Estate, um prédio extenso de pedra rústica e estuque no topo de um promontório gramado, diante da famosa adega da propriedade. O acesso para veículos era restrito aos hóspedes, mas ela e Davis tinham parado no portão principal e comprado um passe para passear pelo terreno, o que incluía o hotel.

Ela evitou o movimentado serviço de manobristas e estacionou em uma das vagas da área pavimentada. Em seguida, subiu com Davis por uma rampa ajardinada até a entrada principal, onde porteiros uniformizados os receberam com sorrisos. O interior dava uma ideia do que poderia ter sido uma visita aos Vanderbilt cem anos antes. Paredes iluminadas com acabamento opaco cor de mel, piso de mármore, objetos de arte elegantes e ricas estampas florais nas cortinas e na tapeçaria. Folhagens abundavam em vasos de pedra e animavam a decoração afetada que se estendia até o segundo andar. Seis metros acima do chão, via-se o teto ornamentado com enormes caixotes. As portas e janelas de vidro espelhado, além da varanda mobiliada com cadeiras de balanço, davam vista para a Floresta Nacional de Pisgah e as montanhas Smoky.

Por um momento Stephanie ficou escutando um pianista tocar perto de uma lareira revestida de lajota. Uma escadaria descia até o que soava e cheirava a sala de jantar, e havia uma procissão constante de clientes entrando e saindo. Na recepção, eles foram orientados a cruzar o saguão e passar pelo pianista, até um corredor ladeado por janelas que ia dar em salas de reunião e um centro de conferências, onde encontraram a mesa de inscrições para Mistérios Antigos Revelados.

Davis pegou um folheto de uma pilha e examinou a programação do dia.

— Scofield não vai falar hoje à tarde.

Uma moça jovial de cabelos negros ouviu-o e disse:

— O professor vai dar palestra amanhã. Hoje haverá sessões de informação.

— Sabe onde está o Dr. Scofield? — perguntou Stephanie.

— Estava por aqui hoje cedo, mas faz um tempo que não o vejo. — A jovem fez uma pausa. — Vocês são da imprensa também?

Stephanie atentou para a última palavra.

— Já vieram outros?

A mulher assentiu.

— Pouco tempo atrás. Um homem. Queria falar com Scofield.

— E o que você disse a ele? — perguntou Davis.

Ela deu de ombros.

— A mesma coisa. Não faço ideia.

Stephanie decidiu examinar um programa e viu que a sessão seguinte estava agendada para começar às 13 horas. "A Sabedoria Pleidiana para Estes Tempos Desafiadores". Leu o resumo.

Suzanne Johnson é uma médium reconhecida mundialmente e autora de diversos best sellers. Junte-se a Suzanne e aos extraordinários pleidianos não físicos viajantes do tempo, à medida que ela os canaliza durante duas horas estimulantes de questões iluminadoras e respostas às vezes duras, mas sempre positivas e enriquecedoras. Os assuntos de interesse dos pleidianos incluem: a aceleração da energia, astrologia, pautas políticas e econômicas secretas, história planetária oculta, jogos divinos, símbolos, controle da mente, habilidades psíquicas em desenvolvimento, cura da linha do tempo, autopotencialização pessoal e muito mais.

O restante da tarde apresentava uma porção de outras esquisitices com foco em marcas feitas em plantações, o fim do mundo iminente, locais sagrados e uma sessão extensa sobre a ascensão e queda da civilização, incluindo movimento binário, alterações em ondas eletromagnéticas e o impacto de eventos catastróficos, com ênfase na precessão dos equinócios.

Stephanie balançou a cabeça. Era como ficar olhando a tinta secar. Que perda de tempo.

Davis agradeceu à mulher e afastou-se da mesa com o folheto ainda em mãos.

— Ninguém da imprensa está aqui para entrevistá-lo.

Ela não tinha tanta certeza.

— Sei o que está pensando, mas o nosso homem não seria tão óbvio.

— Ele pode estar com pressa.

— Ele pode não estar nem perto daqui.

Davis apressou-se na direção do saguão principal.

— Aonde você está indo? — perguntou ela.

— É hora do almoço. Vamos ver se Scofield come.

Ramsey apressou-se em voltar ao escritório e esperou por Hovey, que chegou alguns minutos depois e informou:

— McCoy deixou o local imediatamente.

O almirante estava furioso.

— Quero tudo o que temos sobre ela.

O assessor fez um gesto afirmativo com a cabeça.

— Aquilo foi um trabalho solo — disse Hovey. — Você sabe disso.

— Concordo, mas ela acha que precisa me gravar. Isso é um problema.

Hovey estava ciente dos esforços do chefe para assegurar a posição no Estado-Maior Conjunto, apenas não sabia dos pormenores. A relação duradoura de Ramsey com Charlie Smith era algo só dele. O almirante já havia prometido ao assessor que o levaria para o Pentágono consigo — incentivo mais do que suficiente para que Hovey participasse ativamente. Felizmente, todo capitão de mar e guerra queria se tornar almirante.

— Consiga essa informação sobre ela agora — ordenou mais uma vez.

Hovey saiu do escritório. Ramsey pegou o telefone e discou o número de Charlie Smith. Quatro toques, e a ligação foi atendida.

— Onde você está?

— Fazendo uma refeição deliciosa.

Ele não queria nenhum detalhe, mas sabia o que estava por vir.

— A sala de jantar é linda. Uma sala grande com lareira, decorada de forma elegante. Iluminação suave, um convite ao relaxamento. E o atendimento? Soberbo. Meu copo de água não consegue ficar só até a metade e o cesto de pães está sempre cheio. O gerente até passou por aqui há um minuto para garantir que eu estivesse apreciando a refeição.

— Charlie, cale a boca.

— Está sensível hoje.

— Ouça. Presumo que esteja fazendo o que pedi.

— Como sempre.

— Preciso que volte para cá amanhã, então seja rápido.

— Acabaram de trazer uma amostra de sobremesas de *crème brûlée* e musse de chocolate. Você realmente deveria visitar este lugar.

Ele não queria ouvir mais uma palavra.

— Charlie, faça o que tem de fazer e volte até amanhã à tarde.

SMITH DESLIGOU O CELULAR E VOLTOU A ATENÇÃO PARA A SOBREMESA. DO OUTRO lado da sala de jantar principal do Inn on Biltmore Estate, o Dr. Douglas Scofield estava sentado a uma mesa, com outros três, almoçando.

STEPHANIE DESCEU A ESCADARIA ACARPETADA, ENTROU NA SALA DE JANTAR ES-paçosa do hotel e parou diante do balcão da *hostess*. Em mais uma lareira revestida com lajotas, o fogo crepitava. A maior parte das mesas cobertas com toalhas brancas estava ocupada. Ela notou as porcelanas finas, as taças de cristal, os castiçais de metal e muito tecido castanho, dourado, verde e bege. Cem por cento sulista em aparência e atmosfera. Davis ainda estava segurando o panfleto do congresso, e Stephanie sabia o que ele estava fazendo. Procurando um rosto que batesse com a foto proeminente de Douglas Scofield.

Ela o viu primeiro, a uma mesa perto da janela com três outros. Em seguida, Davis o avistou. Stephanie o agarrou pela manga e balançou a cabeça.

— Não neste momento. Não podemos fazer uma cena aqui.

— Não vou fazer.

— Ele está acompanhado. Vamos pegar uma mesa e esperar até que ele termine, para depois abordá-lo.

— Não temos tempo para isso.

— E onde precisamos estar?

— Não sei quanto a você, mas eu estou ansioso para ver a canalização dos pleidianos às 13 horas.

Ela sorriu.

— Você não existe.

— Mas estou conquistando você.

Stephanie decidiu se render e soltou a manga dele.

Davis foi seguindo por entre as mesas, e ela foi atrás. Quando se aproximaram da mesa, Davis disse:

— Dr. Scofield, gostaria de saber se posso trocar umas palavras com o senhor.

Scofield parecia ter 60 e poucos anos, nariz largo, cabeça calva e dentes que pareciam retos e brancos demais para serem reais. O rosto cheio sugeria uma insolência que os olhos escuros dele confirmaram de imediato.

— Estou almoçando neste momento.

A expressão de Davis permaneceu cordial.

— Preciso falar com você. É muito importante.

Scofield repousou o garfo.

— Como pode ver, estou ocupado com estas pessoas. Entendo que você está aqui no congresso e quer falar comigo, mas tenho de administrar isso com cuidado.

— E por quê?

Ela não gostou do tom da pergunta. Davis também parecia ter o *eu sou importante* nas entrelinhas da explicação de Scofield.

O professor suspirou e apontou para o folheto que Davis segurava.

— Faço isso todo ano, para estar disponível a quem estiver interessado em minhas pesquisas. Entendo que você queira discutir coisas, e isso é ótimo. Depois que eu acabar aqui, talvez possamos conversar no andar de cima, perto do piano?

O tom ainda parecia de irritação. Os três acompanhantes também pareciam incomodados. Um deles disse:

— Esperamos por este almoço o ano todo.

— E terão o almoço — Davis disse —, assim que eu terminar.

— Quem é você? — perguntou Scofield.

— Meu nome é Raymond Dyals, reformado da Marinha.

Stephanie viu o reconhecimento surgir no rosto de Scofield.

— OK, Sr. Dyals. Aliás, o senhor deve ter descoberto a fonte da juventude.

— Vai ficar surpreso com o que descobri.

Os olhos de Scofield tremeram.

— Então, você e eu definitivamente precisamos conversar.

SESSENTA

Ossau

MALONE DECIDIU AGIR. MOVEU A ARMA NUM ARCO E DEU DOIS DISPAROS PARA O outro lado do jardim do claustro. Não tinha ideia da posição do atirador, mas a mensagem estava clara.

Ele estava armado.

Uma bala passou no meio do vão da porta e o fez cambalear para trás.

Malone determinou sua origem.

Partira do segundo atirador, do mesmo lado da galeria, à sua direita.

Olhou para o alto. O telhado triangular era sustentado por vigas formadas por toras de madeira bruta que se estendiam pela largura do cômodo. Havia uma confusão de pedras quebradas e escombros pelo chão e empilhada contra uma das paredes deterioradas. Malone enfiou a arma dentro do bolso do casaco e subiu nos fragmentos maiores, o que lhe acrescentou 60 centímetros de altura. Deu um salto, agarrou a viga fria, balançou as pernas para cima e montou na madeira como se fosse um cavalo. Aproximou-se da parede rapidamente e ficou 3 metros acima da porta. Ficou de pé, mantendo-se agachado, e, equilibrando-se sobre a viga, voltou a sacar a arma, os músculos firmes como feixes de cordas amarradas.

Tiros retumbaram do claustro. Vários.

Será que Henn havia entrado na briga?

Ouviu mais um impacto, parecido com aquele que ouvira quando Werner se atracara com Moreno na igreja, além de grunhidos, respiração ofegante e luta. Malone não conseguia ver nada além de pedras no chão abaixo, escuro graças à iluminação fraca.

Uma sombra apareceu. Malone se preparou. Dois tiros foram disparados, e o homem correu para dentro do cômodo.

Malone saltou da viga e caiu em cima do oponente, rolando rápido para o outro lado e se antecipando para a briga.

O homem era corpulento, de ombros largos, o corpo rígido, como se houvesse metal sob a pele. Tinha se recuperado rapidamente do ataque e estava de pé — sem a arma, que escorregara de sua mão.

Malone bateu com a lateral da pistola no rosto do homem, fazendo-o recuar até a parede, atordoado. Mirou a arma e se preparou para fazê-lo prisioneiro, mas um tiro estourou atrás de Malone, e o homem caiu sobre os entulhos.

Virou-se e viu Henn de pé, a arma apontada, na entrada do cômodo.

Christl apareceu.

Desnecessário indagar por que fora preciso atirar. Malone sabia. Mas queria descobrir:

— O outro?

— Morto — respondeu Christl, pegando a arma do chão.

— Importa-se se eu ficar com isso? — perguntou Malone.

Ela tentou eliminar a surpresa do olhar.

— Você é um tipo desconfiado.

— Acontece quando as pessoas mentem para mim.

Ela lhe entregou a arma.

STEPHANIE SENTOU-SE COM DAVIS E SCOFIELD NO ANDAR DE CIMA, ONDE O saguão principal desembocava num quarto com uma vista panorâmica, mobiliado com cadeiras estofadas em veludo e estantes de livros embutidas. Havia pessoas examinando os títulos, e ela viu um pequeno aviso dizendo que tudo estava disponível para leitura.

Um garçom foi se aproximando, mas ela fez um sinal para que ele saísse.

— Como você obviamente não é o almirante Dyals — disse Scofield —, quem são vocês?

— Casa Branca — disse Davis. — Ela é do Departamento de Justiça. Combatemos o crime.

Scofield pareceu conter um arrepio.

— Concordei em falar com vocês porque achei que fossem sérios.

— Como esta bobagem aqui — disse Davis.

Scofield corou.

— Nenhum de nós considera este congresso uma bobagem.

— É mesmo? O que há aqui? Cem pessoas numa sala neste exato momento, tentando canalizar uma civilização morta. Você é um antropólogo experiente, um homem que foi usado pelo governo em alguma pesquisa altamente confidencial.

— Isso foi há muito tempo.

— Você ficaria surpreso em saber quão relevante isso ainda é.

— Suponho que tenham identificação?

— Temos.

— Deixem-me ver.

— Alguém matou Herbert Rowland ontem à noite — disse Davis. — Na noite anterior, mataram um capitão de fragata reformado da Marinha que estava relacionado a Rowland. Você pode ou não se lembrar de Rowland, mas ele trabalhou com você em Fort Lee, quando você retirou dos caixotes toda aquela porcaria da operação Salto em Altura. Não temos certeza se você é o próximo a morrer, mas a possibilidade é grande. São credenciais suficientes?

Scofield riu.

— Isso foi 38 anos atrás.

— O que não parece importar — disse Stephanie.

— Não posso falar do que aconteceu então. É confidencial.

Ele pronunciou as palavras como se fossem uma espécie de escudo, protegendo-o do perigo.

— Mais uma vez — disse ela. — Isso também não parece importar.

Scofield franziu o cenho.

— Vocês dois estão me fazendo perder tempo. Tenho muitas pessoas com quem falar.

— Que tal o seguinte — Stephanie disse. — Conte-nos o que puder. — Ela esperava que quando aquele idiota pretensioso começasse a falar, não parasse mais.

Scofield olhou para o relógio e disse:

— Escrevi um livro. *Mapas dos exploradores antigos.* Vocês deveriam lê-lo porque contém muitas explicações. Podem obter um volume na livraria do congresso. — Apontou para a esquerda. — Por ali.

— Dê-nos uma sinopse — disse Davis.

— Por quê? Você disse que somos todos doidos. O que importa o que eu penso?

Davis começou a falar, mas Stephanie fez um gesto para que parasse.

— Convença-nos. Não viajamos até aqui para nada.

Scofield hesitou, aparentemente buscando as palavras certas para expor seu argumento.

— Conhecem a Navalha de Occam?

Ela balançou a cabeça.

— É um princípio. Entidades não devem se multiplicar sem necessidade. Falando de forma simplificada: não se usam soluções elaboradas quando as simples servem. Isso se aplica a quase tudo, inclusive para as civilizações.

Stephanie se questionou se iria se arrepender por ter perguntado a opinião desse homem.

— Os primeiros textos sumérios, incluindo o famoso *Épico de Gilgamesh*, falam repetidamente de um povo alto, semelhante a deuses, que vivia entre eles. Chamavam-nos de Vigilantes. Textos judaicos antigos, incluindo algumas versões da Bíblia, fazem referência a esses Vigilantes sumérios, que são descritos como deuses, anjos e criaturas do paraíso. O Livro de Enoch conta como esse povo singular enviou emissários ao mundo para ensinar novas habilidades aos homens. Uriel, o anjo que ensinou astronomia a Enoch, é descrito como um desses Vigilantes. Oito Vigilantes são mencionados no livro daquele profeta. Supunha-se que eram especialistas em feitiços, botanomancia, astrologia, constelações, clima, geologia e astronomia. Até os Pergaminhos do Mar Morto fazem referência aos Vigilantes, inclusive ao episódio em que o pai de Noé fica preocupado com o fato de o neto ser tão extraordinariamente bonito que chega a achar que a nora poderia ter se deitado com um desses Vigilantes.

— Isso é absurdo — disse Davis.

Scofield conteve um sorriso.

— Sabe quantas vezes já ouvi isso? Eis alguns fatos *históricos*. No México, Quetzalcoatl, o deus loiro, de pele branca e barba, recebeu o crédito de ter ensinado à civilização que precedeu os astecas. Ele veio do mar e usava vestes longas com cruzes bordadas. Quando Cortés chegou, no século XVI, foi confundido com Quetzalcoatl. Os maias tiveram um professor parecido, Kukulcán, que veio do mar onde o sol nasce. Os espanhóis queimaram todos os textos maias no século XVII, mas um bispo registrou uma anotação que sobreviveu. Ela falava de visitantes com mantos longos que vieram repetidas vezes, liderados por alguém chamado Votan. Os incas tinham um deus-professor, Vinacocha, que veio do grande oceano a oeste deles. Esse povo também cometeu o mesmo erro com Pizarro, ao achar que ele fosse o deus retornando. Então, Sr. Casa Branca, quem quer que você seja, acredite, não sabe do que está falando.

Ela estava certa. O homem gostava de falar.

— Em 1936, um arqueólogo alemão encontrou um vaso de argila com um cilindro de cobre que continha uma vara de ferro, num túmulo parto datado de 250 a.C. Quando suco de fruta era derramado dentro desse vaso, era gerada uma corrente de meio volt, que durava duas semanas. O suficiente para a galvanização, que sabemos que era feita naquela época. Em 1837, foi encontrada na Grande Pirâmide uma placa de ferro que havia sido fundida a mais de mil graus Celsius. Continha níquel, o que é muito incomum, e era datada de 2 mil anos antes da Idade do Ferro. Quando Colombo desembarcou na Costa Rica em 1502, foi recebido com grande respeito e levado para o interior até o túmulo de uma pessoa importante, um túmulo decorado com a proa de um estranho navio. A laje funerária retratava homens bastante parecidos com Colombo e seus homens. Até aquele dia, nenhum europeu havia visitado aquela terra.

"A China é especialmente interessante — continuou Scofield. — Seu grande filósofo Lao-Tsé, assim como Confúcio, falava sobre uns Antigos. Lao os considerava sábios, cultos, poderosos, afetuosos e, o mais importante, humanos. Escreveu sobre eles no século VII a.C. Seus textos sobreviveram. Querem ouvir?"

— Foi para isso que viemos — Stephanie deixou claro.

— *Os Mestres Antigos eram discretos, misteriosos, profundos, compreensivos. A extensão de seu conhecimento é insondável. Por ser insondável, tudo o que podemos fazer é descrever a aparência deles. Vigilantes como homens na travessia de um córrego no inverno. Alertas como homens conscientes do perigo. Gentis como hóspedes convidados. Dóceis como gelo prestes a derreter. Simples como pedaços de madeira bruta.* Palavras interessantes de muito tempo atrás.

Curioso, Stephanie tinha de admitir.

— Sabem o que mudou o mundo? O que alterou, para sempre, o rumo da existência humana? — Scofield não esperou resposta. — A roda? O fogo? — Ele balançou a cabeça. — Mais do que essas coisas. A escrita. Foi o que alterou tudo. Quando aprendemos a registrar nossos pensamentos, de modo que outros, séculos depois, pudessem conhecê-los, isso mudou o mundo. Sumérios e egípcios deixaram registros escritos de um povo que os visitara e lhes ensinara coisas. Pessoas que pareciam normais e viviam e morriam assim como eles. Não sou eu quem está falando. São fatos históricos. Vocês sabiam que o governo canadense neste exato momento está investigando um local submarino perto das ilhas Queen Charlotte em busca de uma civilização cuja existência nunca foi conhecida antes? É uma espécie de acampamento base que um dia esteve às margens de um lago antigo.

— De onde vieram esses visitantes? — perguntou ela.

— Do mar. Navegavam com a precisão de peritos. Recentemente, foram descobertos nas proximidades de Chipre instrumentos marítimos que têm 12 mil anos de idade, alguns dos artefatos mais antigos já encontrados lá. O fato de terem sido encontrados indica que alguém de fato navegou pelo Mediterrâneo e ocupou Chipre 2 mil anos antes do que se acreditava. No Canadá, navegadores teriam sido atraídos por águas ricas em laminárias. É lógico que essas pessoas buscavam locais privilegiados para alimentação e comércio.

— Como eu disse — disse Davis. — Muita ficção científica.

— É? Sabia que a combinação de profecias e benfeitores quase divinos constitui uma grande parte da mitologia dos povos nativos da América pré-colombiana? Registros maias falam de Popul Vuh, uma terra onde a luz e a escuridão existiam juntas. Desenhos pré-históricos em cavernas e rochas na África e no Egito mostram um povo marítimo não identificado. Os da França, datados de 10 mil anos atrás, mostram homens e mulheres vestindo roupas confortáveis, não as peles e os ossos geralmente associados às pessoas daquela época. Uma mina de cobre encontrada na Rodésia é datada de 47 mil anos atrás. O local parece ter sido escavado para um propósito específico.

— Isso é Atlântida? — perguntou Davis.

— Não existe tal coisa — disse Scofield.

— Aposto que tem um monte de gente neste hotel que discordaria de você.

— E estariam erradas. Atlântida é uma fábula. É um tema recorrente em muitas culturas, assim como a Grande Inundação faz parte das religiões do mundo. Trata-se de uma noção romântica, mas a realidade não é tão fantástica. Antigas construções megalíticas submersas foram encontradas no fundo de mares rasos, perto de costas, no mundo todo. Malta, Egito, Grécia, Líbano, Espanha, Índia, China, Japão: todos as têm. Foram construídas antes da última Era Glacial, e quando o gelo derreteu por volta de 10.000 a.C., o nível do mar subiu e as consumiu. Essas são as verdadeiras Atlântidas e comprovam a Navalha de Occam. Nenhuma solução elaborada cabe quando as simples são suficientes. Todas as explicações são racionais.

— E o racional aqui é...? — perguntou Davis.

— Enquanto os homens das cavernas estavam apenas aprendendo a lavrar a terra com ferramentas de pedra e a viver em aldeias rústicas, existia um povo que construía embarcações próprias para o alto-mar e mapeava o globo com precisão. Esse povo parecia entender seu propósito e tentou nos ensinar coisas. Eles vieram em paz. Não há uma única menção de agressão ou hostilidade. Mas suas mensagens perderam-se com o passar do tempo, especialmente à medida que a humanidade moderna começou a se considerar o auge da conquista intelectual. — Scofield lançou um olhar severo para Davis. — Nossa arrogância será nossa ruína.

— A insensatez — disse Davis — pode ter o mesmo efeito.

Scofield parecia pronto para aquela resposta.

— Por todo o planeta, esses povos antigos deixaram mensagens, quer na forma de artefatos, mapas ou manuscritos. Essas mensagens não são claras nem diretas, admito, mas são uma forma de comunicação que diz: *A sua civilização não é a primeira, nem as culturas que vocês consideram suas raízes são o verdadeiro começo. Milhares de anos atrás, sabíamos o que vocês só vieram a descobrir recentemente. Viajamos por todo o seu jovem mundo quando campos de gelo encobriam o norte e os mares do sul ainda eram navegáveis. Deixamos mapas dos lugares que visitamos. Deixamos conhecimentos do seu mundo e do cosmo, de matemática, ciência e filosofia. Algumas das raças que visitamos retiveram esse conhecimento, o que ajudou vocês a construir seu mundo. Lembrem-se de nós.*

Davis não pareceu impressionado.

— O que isso tem a ver com a operação Salto em Altura e Raymond Dyals?

— Muito. Mas, novamente, é confidencial. Acredite em mim, eu queria que não fosse. Mas não posso mudar isso. Dei minha palavra e a cumpri todos esses anos. Agora, como vocês dois acham que sou doido, o que, aliás, bate com minha opinião sobre vocês, eu vou embora.

Scofield levantou-se. Mas antes de sair andando, hesitou.

— Uma ideia que vocês poderiam considerar. Um estudo exaustivo foi feito uma década atrás na Universidade de Cambridge, por uma equipe de estudiosos renomados. A conclusão deles? Menos de dez por cento dos registros da antiguidade sobreviveu até hoje. Noventa por cento do conhecimento antigo se perdeu. Então, como saber se alguma coisa é, de fato, um absurdo?

SESSENTA E UM

Ramsey caminhou pelo Capitol Mall, seguindo para o local onde, no dia anterior, ele se encontrara com o assessor do senador Aatos Kane. O mesmo jovem estava parado com o mesmo sobretudo de lã, remexendo os pés por causa do frio. Desta vez, Ramsey fez o homem esperar 45 minutos.

— OK, almirante. Entendi. Você venceu — disse o assessor, enquanto Ramsey se aproximava. — Faça-me sofrer.

Ramsey franziu a testa, espantado.

— Isto não é uma competição.

— Claro. Eu sacaneei você na outra vez, aí você sacaneou o meu chefe, e agora somos todos amiguinhos. É um jogo, almirante, e você venceu.

Ramsey pegou um pequeno aparelho de plástico, do tamanho de um controle remoto de televisão, e ligou.

— Peço desculpas.

A unidade confirmou rapidamente que não havia nenhum aparelho de escuta. Hovey estava do outro lado do parque, monitorando para certificar-se de que nenhum dispositivo transmissor estava sendo usado. Mas Ramsey duvidava que isso fosse problema. Aquele subordinado trabalhava para um profissional que entendia que era preciso dar para poder receber.

— Fale comigo — disse ele.

— O senador conversou com o presidente hoje de manhã. Disse o que queria. O presidente indagou quanto ao nosso interesse, e o senador disse que admirava você.

Um dos aspectos da performance de Diane McCoy foi confirmado. Ramsey permaneceu parado, as mãos nos bolsos, e continuou escutando.

— O presidente expressou algumas reservas. Disse que você não era um favorito da equipe. O pessoal da Casa Branca tinha outros nomes em mente. Mas o senador sabia o que o presidente queria.

Ramsey estava curioso quanto a isso.

— Diga.

— Está prestes a abrir uma vaga na Suprema Corte. Um pedido de demissão. A justiça quer dar o direito de escolha à atual administração. Daniels tem um nome em mente e quer que nós o levemos para confirmação do senado.

Interessante.

— Nós presidimos o Comitê Judiciário. O indicado é bom; então, sem problemas. Podemos fazer a coisa acontecer. — O assessor parecia orgulhoso de fazer parte do time dos favoritos.

— O presidente demonstrou ter algum problema sério comigo?

O assessor permitiu-se um sorriso largo, depois uma risadinha.

— O que você quer? Um convite gravado numa placa? Presidentes não gostam de ser mandados nem que lhe peçam favores. Gostam de pedir. Daniels, no entanto, pareceu receptivo à coisa toda. Acha que os chefes do Estado-Maior Conjunto não valem porcaria nenhuma mesmo.

— Sorte nossa que ele só tem menos de três anos no cargo.

— Não sei até que ponto é sorte nossa. Daniels demonstrou ser um negociador. Sabe dar e receber. Não tivemos nenhum problema para lidar com ele, e ele é popular pra caramba.

— Melhor um mal conhecido que o que não se conhece?

— Por aí.

Ramsey precisava extrair o que pudesse da fonte. Tinha de saber quem mais, se é que havia alguém, estava auxiliando Diane McCoy em sua cruzada surpreendente.

— Estamos interessados em saber quando você fará a investida no governador da Carolina do Sul — disse o assessor.

— No dia seguinte à minha mudança para o meu novo escritório no Pentágono.

— E se não conseguir garantir o resultado quanto ao governador?

— Aí, simplesmente vou destruir seu chefe. — Ramsey permitiu um prazer quase sexual transparecer em seu olhar. — Vamos fazer a coisa do meu jeito. Ficou claro?

— E qual é o seu jeito?

— Para começar, quero saber exatamente o que vocês estão fazendo para que a minha nomeação aconteça. Cada detalhe, e não só o que querem me contar. Se minha paciência for testada, acho que vou aceitar a sua sugestão daquele nosso último encontro: vou me aposentar e assistir à ruína da carreira de todos vocês.

O assessor ergueu as mãos, fingindo rendição.

— Calma, almirante. Não vim aqui para brigar, vim para informá-lo.

— Então me informe, seu bostinha.

O assessor aceitou a resposta encolhendo os ombros.

— Daniels aceitou. Disse que será feito. Kane pode conseguir os votos do Comitê Judiciário. Daniels sabe disso. Sua nomeação será amanhã.

— Antes do funeral de Sylvian?

O assessor fez que sim.

— Não há por que esperar.

Ramsey concordava. Mas ainda havia Diane McCoy.

— Alguma objeção do gabinete da conselheira de Segurança Nacional?

— Daniels não mencionou nada. Mas por que mencionaria?

— Não acha que devemos saber se há funcionários planejando sabotar o que estamos fazendo?

O assessor deu um sorriso melancólico.

— Isso não deveria ser problema. Quando Daniels decide alguma coisa, é isso e pronto. O presidente pode cuidar do pessoal dele. Qual o problema, almirante? Você tem inimigos lá?

Não. Uma mera complicação. Mas estava começando a perceber o limite do alcance dela.

— Diga ao senador que fico grato pelos esforços e que ele mantenha contato.

— Estou dispensado?

O silêncio indicou que sim. O assessor pareceu contente que a conversa tivesse terminado e partiu.

Ramsey foi até o mesmo banco que ele havia aquecido antes e sentou-se. Hovey aguardou cinco minutos, depois se aproximou, sentou-se ao lado dele e disse:

— A área está limpa. Ninguém estava ouvindo.

— Está tudo certo com Kane. É Diane. Ela está fazendo isso sozinha.

— Talvez ela pense que controlar você é a passagem dela para algo maior e melhor.

Hora de descobrir o quanto seu assessor queria esse *maior e melhor*.

— Talvez ela tenha que ser eliminada. Como Wilkerson.

O silêncio de Hovey foi mais explícito que palavras.

— Temos muita informação sobre ela? — perguntou Ramsey ao oficial.

— Bastante, mas ela é relativamente tediosa. Mora sozinha, não tem relacionamentos, é viciada em trabalho. Os colegas gostam dela, mas Diane não é alguém ao lado de quem todos queiram se sentar em jantares oficiais. Provavelmente ela está usando isso como uma forma de aumentar o próprio valor.

Fazia sentido.

O celular de Hovey tocou, abafado pelo casaco de lã. A ligação foi curta e terminou logo.

— Mais problemas.

Ramsey esperou.

— Diane McCoy acabou de tentar entrar no armazém de Fort Lee.

MALONE ENTROU NA IGREJA, COM HENN E CHRISTL À SUA FRENTE. ISABEL HAVIA descido do coro e estava com Dorothea e Werner.

Ele decidiu acabar com o jogo de intrigas e aproximou-se de Henn por trás, apertando a pistola contra a nuca do homem e desarmando-o.

Em seguida, deu um passo para trás e apontou o cano para Isabel.

— Diga para o seu mordomo ficar calmo.

— E o que você faria, Herr Malone, se eu me recusasse? Atiraria em mim?

Ele baixou a arma.

— Não há necessidade. Tudo isso aqui foi uma encenação. Aqueles quatro tinham de morrer. Ainda que tenha ficado claro que nenhum deles sabia disso. Você não queria que eu falasse com eles.

— O que o faz ter tanta certeza? — perguntou Isabel.

— Eu presto atenção.

— Está bem. Eu sabia que aqueles homens estariam aqui, e eles de fato pensavam que eram nossos aliados.

— Então, eram mais idiotas do que eu.

— Talvez não eles, mas certamente o homem que os enviou. Podemos dispensar o drama, dos dois lados, e conversar?

— Estou ouvindo.

— Sei quem está tentando matar você — disse Isabel. — Mas preciso da sua ajuda.

Malone sentiu os primeiros ruídos da noite vindo do lado de fora das janelas sem vidraça, o ar ficando mais frio a cada segundo.

Também sentiu o peso das palavras da mulher.

— Um vai ajudar o outro?

— Peço desculpas pelo engano, mas parecia a única forma de obter sua cooperação.

— Deveria simplesmente ter pedido.

— Tentei em Reichshoffen. Achei que isto funcionaria melhor.

— O que poderia ter me matado.

— Ora, Herr Malone, tenho muito mais confiança em suas habilidades do que você mesmo parece ter.

Ele não aguentava mais.

— Vou voltar para o hotel. — E virou-se para ir embora

— Eu sei para onde Dietz estava indo — Isabel disse. — Aonde seu pai o estava levando na Antártida.

Ela que se danasse.

— Em algum lugar desta igreja está o que Dietz não tinha. O que ele pretendia encontrar *lá*.

A impetuosidade de Malone foi substituída pela fome.

— Vou jantar. — E continuou andando. — Estou disposto a ouvir enquanto como, mas se a informação não for boa pra caramba, vou embora.

— Eu lhe garanto, Herr Malone, é mais que boa.

SESSENTA E DOIS

Asheville

— Você pressionou Scofield demais — disse Stephanie a Edwin Davis.

Eles ainda estavam sentados no quarto. Lá fora, uma tarde gloriosa de inverno iluminava as florestas distantes. À esquerda, na direção sudeste, Stephanie avistou o edifício principal a cerca de um quilômetro e meio dali, coroando o promontório que ocupava.

— Scofield é um imbecil — disse Davis. — Acha que Ramsey se importa com o fato de ele ter ficado de boca fechada todos esses anos.

— Não sabemos com o que Ramsey se importa.

— Alguém vai matar Scofield.

Ela não tinha tanta certeza.

— E o que você propõe que a gente faça?

— Cole nele.

— Poderíamos prendê-lo.

— E perder nossa isca.

— Se você estiver certo, isso é justo com ele?

— Ele acha que somos idiotas.

Stephanie também não gostou de Douglas Scofield, mas isso não deveria influenciar as decisões deles. Mas havia mais uma coisa.

— Percebe que ainda não temos prova de nada?

400] STEVE BERRY

Davis olhou para o relógio do outro lado do saguão.

— Tenho de fazer uma ligação.

Ele levantou-se da cadeira e se aproximou das janelas, acomodando-se num sofá florido a uns 3 metros de distância, virado para o outro lado, olhando para fora. Stephanie o observou. Ele era ao mesmo tempo perturbado e complexo. Interessante saber, no entanto, que, como ela, Davis lutava com as próprias emoções. E também não gostava de falar sobre elas.

Ele fez um sinal para que Stephanie se aproximasse. Ela foi até lá e sentou-se ao seu lado.

— Ele quer falar com você de novo.

A mulher acomodou o celular no ouvido, sabendo exatamente quem estava do outro lado da linha.

— Stephanie — disse o presidente Daniels —, isto está ficando complexo. Ramsey conseguiu manobrar Aatos Kane. O bom senador quer que eu confira a ele um cargo dentre os chefes do Estado-Maior Conjunto. Isso não vai acontecer de jeito nenhum, mas não deixei que Kane soubesse. Uma vez ouvi um antigo provérbio indiano. *Se você mora no rio, tem de ficar amigo dos crocodilos.* Parece que Ramsey está praticando esse truísmo.

— Ou pode ser o contrário.

— Que é o que de fato torna isto complexo. Esses dois não uniram forças de modo voluntário. Algo aconteceu. Posso ficar enrolando por alguns dias, mas precisamos fazer progressos do seu lado. Como está o meu garoto?

— Ávido.

Daniels deu uma risadinha.

— Agora você entende o que tenho de aguentar com vocês dois. Difícil manter as coisas sob controle?

— Pode-se dizer que sim.

— Teddy Roosevelt foi quem melhor expressou isso. *"Faça o que puder com o que você tiver, onde estiver."* Fique assim.

— Acho que não tenho muita escolha, certo?

— Não, mas aí vai uma notícia boa. O chefe da estação de Berlim ligado à inteligência naval, um capitão de mar e guerra chamado Sterling Wilkerson, foi encontrado morto em Munique.

— O que você acredita não ser coincidência.

— Caramba, claro que não. Ramsey está aprontando algo aqui e lá. Não posso provar, mas intuo. E quanto a Malone?

— Não tive mais notícias dele.

— Diga-me a verdade. Acha que esse professor está em perigo?

— Não sei. Mas acho que deveríamos ficar por aqui até amanhã, para ter certeza.

— Vou dizer algo que não disse a Edwin. Preciso que você faça cara de paisagem.

Ela sorriu.

— OK.

— Tenho minhas dúvidas em relação a Diane McCoy. Aprendi há muito tempo a prestar atenção em meus inimigos, porque eles são os primeiros a saber dos nossos erros. Eu a tenho observado. Edwin sabe disso. O que ele não sabe é que ela saiu daqui hoje e foi de carro para a Virgínia. Neste momento, está em Fort Lee, inspecionando um armazém que o Exército aluga para a inteligência naval. Eu verifiquei. O próprio Ramsey esteve lá ontem.

Algo que Stephanie já sabia, graças à sua equipe.

Davis fez sinal de que ia buscar algo para beber numa mesa perto da lareira e, por meio de gestos, perguntou se ela queria algo. Ela balançou a cabeça.

— Ele saiu — disse Stephanie ao telefone. — Imagino que você esteja me contando isso por algum motivo.

— Parece que Diane fez amizade com os crocodilos também, mas estou preocupado que ela seja devorada.

— Não tinha pessoa mais legal para isso acontecer.

— Acredito que você tenha um traço de crueldade.

— Tenho um traço realista.

— Stephanie, você parece preocupada.

— Por mais que eu possa contestar, tenho a sensação de que nosso homem está aqui.

— Quer ajuda? — perguntou Daniels.

— Eu quero, mas Edwin não.

— Desde quando você dá ouvidos a ele?

— O show é dele. Está numa missão.

— O amor é um inferno, mas não deixe que seja a ruína para Edwin. Preciso dele.

SMITH APRECIAVA A MÚSICA DO PIANO E O FOGO CREPITANTE DA LAREIRA. O almoço tinha sido ótimo. A salada e o antepasto estavam soberbos, e a sopa, deliciosa, mas o cordeiro fresco com legumes da estação tinha sido, de longe, o melhor.

Ele subira depois que o homem e a mulher abordaram Scofield e interromperam sua refeição. Não conseguiu ouvir o que foi dito lá embaixo nem ali. Perguntou a si mesmo se seriam os mesmos dois da noite anterior. Difícil saber.

Durante as últimas horas, Scofield havia sido abordado por uma pessoa atrás da outra. Na verdade, o congresso todo parecia uma festividade voltada para ele. O professor era um dos organizadores originais do evento. Era o palestrante principal da noite seguinte. Também iria conduzir um passeio à luz de velas pela mansão principal nesta noite. A manhã do dia seguinte seria o que o folheto chamava de Aventura Frenética de Scofield. Três horas de caça a javalis com arco e flecha numa floresta próxima, com o próprio professor liderando a atividade. A mulher na mesa de inscrições dissera que a excursão matinal era muito procurada e que cerca de trinta pessoas participavam todo ano.

Mais duas pessoas interessadas no Dr. Douglas Scofield não era necessariamente motivo de alarme. Assim, Smith acalmou a paranoia e não permitiu que ela o dominasse. Não queria admitir, mas estava abalado com a noite anterior.

Viu o homem levantar-se do sofá e seguir até a mesa com toalha verde ao lado da lareira, servindo-se de um copo de água gelada.

Smith levantou-se e andou casualmente até lá, enchendo sua xícara de chá com o conteúdo de uma jarra de prata. Esse serviço era um toque de sofisticação. Bebidas disponíveis o dia todo para os hóspedes. Adicionou um pouco de adoçante — ele odiava açúcar — e misturou.

O homem voltou para o quarto, bebendo sua água, até a mulher que terminava uma ligação no celular. O fogo da lareira estava baixo e quase não crepitava mais. Um dos atendentes abriu uma grade de ferro e acrescentou algumas toras. Smith sabia que poderia seguir aqueles dois para ver aonde aquilo ia dar, mas felizmente havia se decidido por uma conduta mais decisiva.

Algo inovador. Com resultados garantidos. E apropriado para o grande Douglas Scofield.

MALONE ENTROU NOVAMENTE NA L'ARLEQUIN E SEGUIU PARA O RESTAURANTE, onde tapetes coloridos cobriam um piso de tábuas de carvalho. Sua comitiva o acompanhou, tirando cada um o próprio casaco. Isabel falou com o homem que estivera à frente da recepção antes. O atendente saiu e fechou as portas do restaurante. Malone tirou o casaco e as luvas e notou que sua camisa estava úmida de transpiração.

— Há apenas oito quartos lá em cima — disse Isabel —, e eu reservei todos para esta noite. O dono está preparando uma refeição.

Malone sentou-se em um dos bancos que cercavam duas mesas de carvalho.

— Ótimo. Estou com fome.

Christl, Dorothea e Werner sentaram-se na frente dele. Henn ficou afastado, segurando uma mochila. Isabel situou-se na cabeceira da mesa.

— Herr Malone, serei sincera com você.

— Tenho sérias dúvidas quanto a isso, mas prossiga.

As mãos dela enrijeceram-se, batendo os dedos na mesa com ansiedade.

— Não sou seu filho — disse ele — e não estou no testamento; então vá direto ao assunto.

— Sei que Hermann veio aqui duas vezes — disse ela. — Uma antes da guerra, em 1937. A outra, em 1952. Minha sogra contou a mim e a Dietz sobre as viagens pouco antes de ela morrer. Mas a mulher não sabia nada sobre o que Hermann fez aqui. O próprio Dietz veio cerca de um ano antes de desaparecer.

— Você nunca mencionou isso — disse Christl.

Isabel balançou a cabeça.

— Nunca percebi a relação entre este local e a busca. Só sabia que os dois homens tinham vindo. Ontem, quando você me falou do lugar, entendi a ligação imediatamente.

A carga de adrenalina da igreja se havia esgotado, e o corpo de Malone parecia pesado com a fadiga. Mas ele precisava se concentrar.

— Então, Hermann e Dietz estiveram aqui. Isso não ajuda muito, uma vez que, aparentemente, só Hermann encontrou alguma coisa. E ele não contou a ninguém.

— O testamento de Eginhardo — disse Christl — deixa claro que se deve *esclarecer esta busca por meio do emprego da perfeição do anjo à santificação do soberano*. Isso nos traz de Aachen para cá. Depois, *apenas os que apreciam o trono de Salomão e a frivolidade romana encontrarão o caminho para os céus*.

Dorothea e Werner permaneceram em silêncio. Malone perguntou-se por que eles dois estavam lá. Será que já haviam cumprido seu papel na igreja? Apontou para eles e perguntou:

— Vocês se beijaram e fizeram as pazes?

— Isso tem alguma importância? — perguntou Dorothea.

Malone deu de ombros.

— Para mim, tem.

— Herr Malone — disse Isabel. — Temos de resolver esse desafio.

— Você viu aquela igreja? É uma ruína. Não há nada lá de 1.200 anos atrás. As paredes mal ficam de pé, e o telhado é novo. O piso está rachado e despedaçado, e o altar, corroído. Como você planeja resolver alguma coisa?

Isabel fez um sinal e Henn entregou-lhe a mochila. Ela desafivelou as tiras de couro e retirou um mapa rasgado, num papel desbotado cor de ferrugem. Com cuidado, desdobrou a folha, que devia ter uns 60 por 45 centímetros, e a estendeu na mesa. Malone viu que não era de nenhum país ou continente, mas a representação de parte de uma costa irregular.

— Este é o mapa de Hermann, usado durante a expedição nazista de 1938 na Antártida. É o local que ele explorou.

— Não tem nada escrito — disse ele.

As localizações estavam marcadas com Δs. Xs pareciam indicar montanhas. Um □ identificava algo central, e uma rota para esse ponto era mostrada em sentidos de ida e de volta, mas não havia uma única palavra em lugar algum.

— Meu marido deixou isto quando navegou para os Estados Unidos em 1971. Levou com ele outro desenho. Mas sei exatamente aonde Dietz estava indo. — Isabel tirou um segundo mapa dobrado da mochila. Mais novo, azul, intitulado *Mapa de Viagem Internacional da Antártida, Escala 1:8.000.000*. — Essa informação está toda aqui.

Ela pôs a mão na mochila e tirou mais dois objetos, ambos dentro de sacos plásticos. Os livros. Um do túmulo de Carlos Magno, que Dorothea lhe havia mostrado. O outro, da sepultura de Eginhardo, que havia ficado com Christl.

Isabel colocou na mesa o de Christl e ergueu o de Dorothea.

— Este é a chave, mas não conseguimos lê-lo. A habilidade para fazer isso está aqui, naquele mosteiro. Temo que, apesar de sabermos aonde ir na Antártida, a viagem seria improdutiva a menos que soubéssemos o que está nestas páginas. Precisamos ter, como escreveu Eginhardo, uma compreensão total do céu.

— Seu marido foi sem essa compreensão.

— O erro dele — disse Isabel.

— Podemos comer? — perguntou Malone, cansado de ouvir a mulher.

— Entendo que você esteja frustrado conosco — disse Isabel. — Mas vim lhe propor um acordo.

— Não, veio para armar uma para cima de mim. — Ele encarou as irmãs. — De novo.

— Se descobrirmos como ler este livro — disse Isabel. — Se isso parecer que vale a viagem, e acredito que valerá, devo supor que você irá para a Antártida?

— Não tinha chegado a pensar nisso ainda.

— Quero que leve minhas filhas com você, além de Werner e Ulrich.

— Mais alguma coisa? — perguntou Malone, quase achando graça.

— Estou falando muito sério. É o preço que se tem de pagar para saber a localização. Sem essa localização, a viagem seria tão fútil quanto a de Dietz.

— Então, acho que não vou conhecer, porque isso é uma loucura. Não estamos falando de uma folia na neve. É a Antártida. Um dos locais mais inóspitos da Terra.

— Verifiquei hoje de manhã. A temperatura na base de Halvorsen, que é o ponto de aterrissagem mais próximo do local, era –7° C. Não tão ruim. O tempo também estava relativamente calmo.

— O que pode mudar em dez minutos.

— Parece que você já esteve lá — disse Werner.

— Estive. Não é um lugar bom para se dar um passeio.

— Cotton — disse Christl. — Minha mãe nos explicou isso antes. Eles estavam indo para um local específico. — Ela apontou para o mapa sobre a mesa. — Você percebe que o submarino ainda poderia estar nas águas perto desse local?

A mulher usou a única carta que ele receava. Malone já havia presumido a mesma coisa. O relatório do tribunal de inquérito mencionava a última localização conhecida do NR-1A: *73° S, 15° O, aproximadamente 240 quilômetros ao norte do cabo Norvegia*. Isso agora poderia ser comparado com outro ponto de referência, o que poderia ser o suficiente para permitir a Malone encontrar a embarcação naufragada. Mas para ser capaz de fazer isso, ele teria de cooperar.

— Suponho que, se eu concordar em levar esses passageiros, não me dirão nada até estarmos no ar.

— Na verdade, só quando estiver no solo — disse Isabel. — Ulrich foi treinado em navegação pela Stasi. Vai guiá-los, uma vez que vocês estiverem lá.

— Estou totalmente chocado com a falta de confiança que você tem em mim.

— Mais ou menos a mesma que você tem em mim.

— Sabe, não terei a palavra final sobre quem vai. Precisarei da ajuda das Forças Armadas dos Estados Unidos para chegar lá. Eles podem não permitir mais ninguém.

A expressão carregada e sombria de Isabel foi aliviada por um sorriso ligeiro.

— Ora, Herr Malone, você pode fazer mais que isso. Terá o poder de fazer as coisas acontecerem. Disso, tenho certeza.

Ele encarou os outros sentados do outro lado da mesa.

— Vocês três têm alguma ideia da situação em que estão se metendo?

— É o preço que *nós* temos de pagar — disse Dorothea.

Agora, Malone entendeu. O jogo ainda não tinha acabado.

— Eu consigo dar conta — acrescentou Dorothea.

Werner concordou:

— Eu também.

Malone olhou fixamente para Christl.

— Quero saber o que aconteceu com eles — disse ela, olhando para baixo.

Ele também queria. Devia estar louco.

— OK, Frau Oberhauser, se resolvermos a busca, negócio fechado.

SESSENTA E TRÊS

Ramsey abriu a porta e saiu do helicóptero. Tinha ido direto de Washington até Fort Lee na aeronave que a inteligência naval mantinha disponível 24 horas por dia na sede administrativa.

Um carro esperava por ele e o levou até onde Diane McCoy estava detida. O almirante ordenara sua retenção no momento em que Hovey o informara da visita dela à base. Manter uma vice-conselheira de segurança nacional sob custódia poderia representar um problema, mas Ramsey garantira ao comandante da base que assumiria total responsabilidade.

Ele duvidava que houvesse qualquer efeito colateral. O passeio tinha sido ideia de Diane, e ela não iria envolver a Casa Branca. Tal conclusão era fortalecida pelo fato de que ela não fizera nenhuma ligação na base.

Ele saiu do carro e entrou no prédio de segurança, onde um oficial subalterno escoltou-o até Diane. Ramsey entrou na sala e fechou a porta. A mulher havia sido deixada à vontade no escritório particular do chefe de segurança.

— Até que enfim — disse ela. — Já faz quase duas horas.

Ramsey desabotoou o sobretudo. Já fora informado de que Diane tinha sido revistada e passado por inspeção eletrônica. Sentou-se numa cadeira ao lado dela.

— Achei que eu e você tivéssemos um acordo.

— Não, Langford. Você tinha um acordo para si. Eu não tinha nada.

— Eu lhe disse que ia garantir sua vaga na próxima administração.

— Não pode garantir isso.

— Nada neste mundo é uma certeza, mas posso aumentar as chances. Que é o que estou fazendo, aliás. Mas me gravar? Tentar me fazer admitir coisas? E agora vir aqui? Não é assim que se faz, Diane.

— O que tem naquele armazém?

Ele precisava saber:

— Como você ficou sabendo disso?

— Sou uma vice-conselheira de segurança nacional.

Ramsey decidiu ser parcialmente honesto com ela:

— Contém artefatos encontrados em 1947 durante a operação Salto em Altura e, novamente, em 1948, durante a operação Moinho de Vento. Artefatos pouco comuns. Também fazem parte do que aconteceu ao NR-1A em 1971. Esse submarino estava em uma missão relacionada a esses artefatos.

— Edwin Davis falou com o presidente sobre a Salto em Altura e a Moinho de Vento. Eu o ouvi.

— Diane, você certamente consegue ver o dano que poderia havia caso fosse revelado que a Marinha não procurou um submarino nosso naufragado. Não apenas não procurou como fabricou uma história para encobrir a verdade. Mentiram para famílias, falsificaram relatórios. Naquela época talvez fosse possível sair impune de algo assim. Os tempos eram outros. Hoje em dia, no entanto, não dá. As consequências seriam enormes.

— E qual é o seu envolvimento nisso?

Interessante. Ela não estava tão bem-informada assim.

— O almirante Dyals deu a ordem para que não fosse feita a busca pelo NR-1A. Embora a tripulação tivesse concordado com essas condições antes da partida, a reputação dele estaria arruinada se isso fosse divulgado. E eu devo muito a esse homem.

— Então, por que matar Sylvian?

Ramsey não ia chegar a tanto.

— Eu não matei ninguém.

Diane começou a falar, mas ele a interrompeu, erguendo a mão:

— Não nego, no entanto, que quero o cargo dele.

A tensão na sala cresceu, como a atmosfera de uma partida de pôquer silenciosa — algo a que este encontro assemelhava-se, sob muitos aspectos. O almirante encarou-a fixamente.

— Estou sendo franco com você, na esperança de que você também seja comigo.

Ramsey soubera, pelo assessor de Aatos Kane, que Daniels tinha sido receptivo à ideia da sua nomeação, o que ia na direção contrária ao comportamento de Diane. Era vital que ele mantivesse um par de olhos e ouvidos no Salão Oval. Boas decisões sempre eram baseadas em boas informações. Por mais que Diane fosse um problema, ele precisava dela.

— Eu sabia que você viria — disse ela. — Interessante que você tenha controle pessoal sobre aquele armazém.

Ramsey deu de ombros.

— Está sob os cuidados da inteligência naval. Antes que eu dirigisse a agência, outros cuidavam dele. Não é o único depósito que mantemos.

— Imagino que não. Mas tem muito mais acontecendo aqui do que você quer admitir. E quanto ao seu chefe da estação de Berlim, Wilkerson? Por que ele acabou morto?

Ramsey supôs que essa notícia estivesse no informe diário de todo mundo. Mas não havia necessidade de confirmar nenhuma relação.

— Já mandei investigarem isso. Mas as motivações podem ser pessoais, pois ele estava envolvido com uma mulher casada. Nossa

equipe está cuidando do caso neste momento. Cedo demais para afirmar qualquer coisa sinistra.

— Quero ver o que há no armazém.

Ele olhou para o rosto da mulher, sem ver hostilidade ou inimizade.

— De que isso adiantaria?

— Eu quero saber a razão de tudo isso.

— Não, não quer.

Ramsey a observou de novo. Tinha os lábios salientes. Os cabelos
claros pendiam como cortinas curvas dos dois lados do rosto em forma de coração. Ela era atraente, e ele se perguntou se um pouco de
charme iria funcionar.

— Diane, ouça. Você não precisa fazer isso. Vou honrar nosso acordo. Mas, para ser capaz disso, tenho de fazer as coisas do meu jeito. A
sua vinda para cá está pondo tudo em risco.

— Não estou preparada para deixar minha carreira nas suas
mãos.

Ramsey sabia um pouco da história dela. O pai era um político
regional de Indiana que ganhara prestígio depois de ser eleito vice-
governador e, em seguida, criara inimizades com metade do estado.
Será que Ramsey estava testemunhando o mesmo traço de rebeldia?
Talvez. Mas ele precisava deixar as coisas claras.

— Então, infelizmente, você está sozinha.

Ele sentiu que Diane estava começando a compreender a situação.

— E vou acabar morta?

— Eu disse isso?

— Não precisava.

Não, ele não precisava. Mas ainda havia o problema do controle de
riscos.

— Que tal fazermos o seguinte: diremos que houve um desenten-
dimento. Você veio numa missão exploratória, e a Casa Branca e a inteligência naval conseguiram entrar num acordo a partir do qual a

informação que você quer será fornecida. Assim, o comandante da base ficará satisfeito e não haverá mais perguntas, além das que já foram levantadas. Saímos felizes e sorridentes.

Ramsey viu a derrota no olhar de Diane.

— Não tente me sacanear — disse ela.

— Eu não fiz nada. Foi você quem começou a agir sem pensar antes.

— Eu juro, Langford, que acabo com você. Não brinque comigo.

Ramsey decidiu que a diplomacia era o melhor curso. Pelo menos no momento.

— Como já disse e repeti, vou manter o meu lado do acordo.

MALONE APRECIOU O JANTAR, ESPECIALMENTE PORQUE TINHA COMIDO POUCO O dia todo. Interessante como, quando ele trabalhava na livraria, a fome vinha com uma regularidade previsível. Mas em campo, numa missão, a necessidade parecia desaparecer completamente.

Ele ouvira Isabel e as filhas, junto com Werner Lindauer, falarem de Hermann e Dietz Oberhauser. A tensão entre as irmãs parecia um problema grave. Ulrich Henn também jantara com eles, e Malone o observara com atenção. O alemão ficara em silêncio, sem dar a entender que estivesse sequer ouvindo, mas sem perder uma palavra.

Isabel estava claramente no comando, e Malone notou as variações na emoção dos outros de acordo com o fluxo instável da matriarca. Nenhuma das filhas a desafiou em momento algum. Ou elas concordavam ou não diziam nada. E Werner disse pouco de útil.

Malone dispensara a sobremesa e decidira subir.

No saguão, que parecia uma sala de espera, toras queimavam com um brilho cálido, enchendo o espaço com o odor de resina. Malone parou para sentir o calor e notou três desenhos emoldurados do mosteiro feitos a lápis nas paredes. Um deles era um esboço do exterior das torres, com tudo intato, e Malone notou uma data no canto: 1784. Os outros dois eram imagens do interior. Um representava o claustro, com arcos e colunas ainda com adornos. No desenho, imagens esculpidas surgiam nas pedras com regularidade matemática. No jardim central, a fonte mostrava toda a sua glória, com água fluindo do grande vaso de ferro. Ele imaginou vultos encapuzados passando de um lado para o outro entre os arcos.

O último desenho era do interior da igreja. Uma visão angulosa a partir do fundo do vestíbulo e de frente para o altar, do lado direito, por onde Malone havia avançado de uma coluna para a outra direção do atirador. Não havia ruína alguma. Em vez disso, pedra, madeira e vidro formavam uma união milagrosa — parte gótica, parte romanesca. Obras de arte abundavam nas colunas, mas com uma delicada modéstia, inconspícua, uma grande distância da decadência atual da igreja. Malone notou que uma grade de bronze encerrava o santuário, os arabescos e espirais carolíngios similares aos que ele vira em Aachen. O piso estava intato e era detalhado, tons diversos de cinza e preto denotando o que certamente fora variedade e cor. As datas em cada gravura indicavam 1772.

O proprietário estava ocupado atrás do balcão. Malone perguntou:

— São originais?

O homem fez que sim.

— Estão penduradas aí há muito tempo. Nosso mosteiro foi glorioso um dia, mas não é mais.

— O que aconteceu?

— Guerra. Negligência. Clima. Tudo devorou o local.

Antes de deixar a mesa de jantar, Malone ouvira Isabel mandar Henn se livrar dos corpos da igreja. O empregado vestiu o casaco e desapareceu na noite.

Malone sentiu uma corrente de ar frio vindo da porta da frente quando o proprietário lhe entregou uma chave e subiu a escada de madeira até o quarto. Não trouxera roupas, e as que vestia precisavam ser lavadas, especialmente a camisa. Dentro do quarto, jogou o casaco e as luvas sobre a cama e tirou a camisa. Entrou no banheiro minúsculo e lavou-a numa pia esmaltada, usando um sabão pequeno, depois a estendeu sobre o aquecedor para secar.

Ficou com a camiseta de baixo e examinou-se no espelho. Usava camiseta por baixo da camisa desde os 6 anos — um hábito adquirido pela insistência. *Horrível ficar com o peito à mostra*, dizia o pai. *Quer que as roupas fiquem com cheiro de suor?* Malone nunca questionara o pai, simplesmente o imitava e usava a camiseta por baixo — gola V cavada, pois *usar uma camiseta de baixo é uma coisa, vê-la é outra*. Interessante como as lembranças da infância podiam ser resgatadas com tanta facilidade. Eles havia passado muito pouco tempo juntos. Cerca de três anos Malone conseguia se lembrar, dos 7 aos 10. Ainda guardava numa caixa de vidro ao lado da cama a bandeira que tinha sido exibida no funeral do pai. A mãe tinha recusado a lembrança no funeral, dizendo que estava cansada da Marinha. Mas oito anos depois, quando ele dissera que ia se alistar, ela não se opusera. *O que mais o menino de Forrest Malone poderia fazer?*, ela lhe perguntara.

E ele concordara. O que mais?

Ouviu uma leve batida e saiu do banheiro para abrir a porta. Christl estava lá.

— Posso? — perguntou ela.

Ele sinalizou o consentimento e fechou a porta devagar depois que a mulher entrou.

— Quero que você saiba que não gostei do que aconteceu lá em cima hoje. Foi por isso que vim atrás de você. Disse à minha mãe para não o enganar.

— Ao contrário de você, claro.

— Sejamos honestos, está bem? Se eu lhe tivesse dito que já havia relacionado o testamento à inscrição, você teria ido a Aachen?

Provavelmente, não. Mas ele não disse nada.

— Achei que não — disse ela, lendo a expressão dele.

— Vocês se arriscam demais.

— Há muito em jogo. Minha mãe queria que eu lhe dissesse algo, sem a presença de Dorothea ou Werner.

Malone vinha se perguntando quando Isabel iria cumprir a promessa de uma *informação boa pra caramba*.

— OK, quem está tentando me matar?

— Um homem chamado Langford Ramsey. Ela chegou a falar com ele. Ramsey enviou os homens que foram atrás de nós em Garmisch, em Reichshoffen e em Aachen. Também enviou os de hoje. Ele quer que você morra. É chefe do seu serviço de inteligência naval. Minha mãe o enganou, fazendo-o pensar que era uma aliada.

— Agora, tem algo que nunca vi. Pôr minha vida em risco para me salvar.

— Ela está tentando ajudá-lo.

— Contando a Ramsey que eu estaria aqui hoje?

Christl fez que sim.

— Encenamos aquela situação de refém com a cooperação deles para que os dois morressem. Não prevíamos a vinda dos outros dois. Deviam ter ficado do lado de fora. Ulrich acha que os tiros os atraíram. — Ela hesitou. — Cotton, estou contente que você esteja aqui. E seguro. Queria que soubesse disso.

Malone sentiu-se como um homem caminhando para a forca depois de amarrar a corda no próprio pescoço.

— Onde está sua camisa? — perguntou Christl.

— Quando mora sozinho, você lava as próprias roupas.

Ela acrescentou um sorriso amigável que suavizou o clima tenso.

— Morei sozinha durante toda a minha vida adulta.

— Achei que tivesse se casado uma vez.

— Nunca chegamos a morar juntos. Um desses erros de julgamento que foi rapidamente retificado. Tivemos alguns ótimos finais de semana, mas foi só isso. Quanto tempo você foi casado?

— Quase vinte anos.

— Filhos?

— Um rapaz.

— Ele tem o seu nome?

— O nome dele é Gary.

Uma sensação de paz combinou-se com o silêncio.

Ela usava calça jeans, uma camisa cinza e um cardigã azul-marinho. Malone ainda podia vê-la amarrada à coluna. É claro que mulheres mentirem para ele não era nada de novo. A ex-esposa mentira durante anos sobre a paternidade de Gary. Stephanie mentia continuamente quando necessário. Até sua mãe, uma represa de emoções contidas, uma mulher que raramente demonstrava qualquer sentimento, mentira para ele sobre o pai. Para ela, essa lembrança era perfeita. Mas Malone sabia que não era. Ele queria desesperadamente conhecer o homem. Não um mito, uma lenda ou uma lembrança. Só o homem.

Estava cansado.

— É hora de ir para a cama.

Christl foi até o abajur aceso ao lado da cama. Ele havia desligado a luz do banheiro antes de atender a porta, então, quando ela puxou a corrente e apagou a lâmpada, o quarto mergulhou na escuridão.

— Concordo — disse ela.

SESSENTA E QUATRO

DOROTHEA OBSERVAVA PELA FRESTA DE SUA PORTA LIGEIRAMENTE ABERTA quando a irmã entrou no quarto de Cotton Malone. Tinha visto a mãe falar com Christl depois do jantar e agora estava se perguntando sobre o que fora dito. Vira Ulrich sair e sabia qual tarefa lhe havia sido delegada. Qual papel ela teria de desempenhar? Aparentemente, devia fazer as pazes com o marido, uma vez que tinham recebido um quarto juntos com uma cama pequena. Quando ela perguntara ao proprietário sobre algum outro, ele dissera que não havia mais nenhum.

— Não é tão ruim — disse-lhe Werner.

— Depende do que a pessoa entende por *ruim*.

Na verdade, Dorothea achava a situação divertida. Estavam os dois comportando-se como adolescentes no primeiro encontro. Num sentido, o apuro deles parecia cômico; em outro, trágico. O recinto apertado fazia com que fosse impossível para ela escapar do incômodo familiar da loção pós-barba de Werner, do fumo de seu cachimbo e do barulho do chiclete que Werner adorava mascar. E os odores a faziam lembrar frequentemente que ele não era um dos incontáveis homens que ela desfrutara nos últimos tempos.

— Isto é demais, Werner. E rápido demais.

— Acho que você não tem muita escolha.

Ele ficou perto da janela, segurando as mãos atrás do corpo. Dorothea ainda estava perplexa com os atos dele na igreja.

— Você achou mesmo que aquele homem ia atirar em mim?

— As coisas mudaram quando atirei no outro. Ele ficou nervoso e poderia ter feito qualquer coisa.

— Você matou aquele sujeito com tanta facilidade...

Werner balançou a cabeça.

— Com facilidade não, mas tinha de ser feito. Não muito diferente de abater um cervo.

— Nunca percebi que você tinha isso dentro de si.

— Durante os últimos dias, descobri muitas coisas sobre mim mesmo.

— Aqueles homens na igreja eram ingênuos, pensando apenas em receber o pagamento. — *Como a mulher na abadia*, pensou Dorothea. — Não havia absolutamente nenhum motivo para confiarem em nós, mas confiaram.

Os lábios de Werner curvaram-se para baixo.

— Por que você está evitando o óbvio?

— Não acho que este seja o local ou o momento para debatermos nossa vida pessoal.

Ele ergueu as sobrancelhas com descrença.

— Não tem momento melhor. Estamos prestes a tomar decisões irreversíveis.

A distância entre ambos nos últimos anos havia embotado a habilidade perfeita que Dorothea tinha de saber com certeza se Werner a estava enganando. Ela o havia ignorado por muito tempo — simplesmente permitindo que fizesse as coisas a seu modo. Agora, amaldiçoava a indiferença que ela própria cultivara.

— O que você quer, Werner?

— As mesmas coisas que você. Dinheiro, poder, segurança. Seu direito natural.

— Isso é meu, não seu.

— Interessante, seu direito natural. Seu avô era nazista. Um homem que venerava Adolf Hitler.

— Ele não era nazista — declarou Dorothea.

— Ele só ajudou o mal a seguir adiante. Facilitou a chacina deles.

— Isso é um absurdo.

— Essas teorias ridículas sobre os arianos? Nossa suposta herança? Dizer que éramos uma espécie de raça especial que veio de um lugar especial? Himmler adorava essa baboseira. Alimentava muito bem a propaganda nazista.

Pensamentos perturbadores passaram pela cabeça de Dorothea. Coisas que a mãe lhe dissera, coisas que ouvira quando era criança. As filosofias explicitamente de direita do avô. A recusa dele em falar do Terceiro Reich. A insistência do pai em dizer que a Alemanha não estava melhor após a guerra do que antes, uma Alemanha dividida pior que qualquer coisa que Hitler tivesse feito. Sua mãe estava certa. A história da família Oberhauser precisava permanecer enterrada.

— Você tem de pisar com cuidado nesse terreno — sussurrou Werner.

Havia algo inquietante no tom de voz dele. O que ele sabia?

— Talvez alivie sua consciência pensar que sou um tolo — disse ele. — Pode ser que justifique sua rejeição ao nosso casamento e a mim.

Dorothea se preveniu ao lembrar que ele era especialista em atormentá-la com palavras.

— Mas não sou nenhum tolo.

Ela estava curiosa.

— O que você sabe de Christl?

Werner apontou para a porta.

— Sei que ela está lá com Malone. Entende o que isso significa?

— Diga.

— Está forjando uma aliança. Malone está ligado aos Estados Unidos. Isabel escolheu aliados com cautela. Malone pode fazer as coisas acontecerem quando precisarmos que aconteçam. De que outro modo poderíamos ir à Antártida? Christl está fazendo o que sua mãe mandou.

Werner estava certo.

— Diga, Werner, está feliz com a minha possível derrota?

— Se estivesse, não estaria aqui. Simplesmente a deixaria fracassar.

Algo no tom casual dele acionou um alarme. Werner definitivamente sabia mais do que estava dizendo, e Dorothea odiava o comedimento dele. Conteve um estremecimento repentino diante da percepção de que aquele homem, mais um desconhecido que um marido, a atraía.

— Quando você matou aquele homem no chalé — perguntou ele —, *você* sentiu alguma coisa?

— Alívio. — A palavra escapou por entre os dentes cerrados.

Ele permaneceu impassível, parecendo considerar a revelação.

— Temos de levar a melhor, Dorothea. Se isso significa cooperar com sua mãe e com Christl, que seja. Não podemos permitir que sua irmã domine esta busca.

— Você e minha mãe vêm trabalhando juntos por algum tempo, não?

— Ela sente tanta falta de Georg quanto nós. Ele era o futuro desta família. Agora, toda a existência dela está em risco. Não há mais nenhum Oberhauser.

Dorothea sentiu algo no tom de voz dele e viu a mesma coisa nos olhos do marido. O que ele realmente queria.

— Não está falando sério, está? — perguntou ela.

Werner aproximou-se e deu um beijo suave no pescoço dela.

— Você só tem 48 anos. Ainda pode ter filhos.

Dorothea deu-lhe um tapa no rosto. Ele riu.

— Emoção intensa. Violência. Então, você é humana, afinal.

Gotas de suor formaram-se na testa dela, embora o quarto não estivesse quente. Ela não ia mais dar ouvidos a Werner. Partiu para a porta.

Ele avançou com ímpeto, agarrou o braço dela e a girou.

— Não vai se afastar de mim. Não desta vez.

— Solte-me. — Mas foi uma ordem fraca. — Você é um babaca desprezível. Olhar para você me enoja.

— Sua mãe deixou claro que, se concebermos, ela dará tudo a você. — Ele a puxou para mais perto. — Escute-me, mulher. Tudo para você. Christl não tem nenhuma necessidade de filhos ou marido. Mas quem sabe se a mesma oferta foi feita a ela? Onde ela está neste exato momento?

Werner estava perto. No rosto dela.

— Use o cérebro. Sua mãe lançou vocês duas uma contra a outra para descobrir o que aconteceu com o marido dela. Mas, acima de tudo, Isabel quer que esta família continue existindo. Os Oberhauser têm dinheiro, status e bens. O que falta são herdeiros.

Dorothea se libertou da pressão de Werner. Ele tinha razão. Christl estava com Malone. E sua mãe nunca havia sido confiável. A mesma oferta de um herdeiro tinha sido feita a Christl?

— Estamos à frente dela — disse ele. — Nosso filho seria legítimo.

Ela sentiu ódio de si mesma. Mas o que o filho da puta estava dizendo fazia sentido.

— Vamos começar? — perguntou ele.

SESSENTA E CINCO

STEPHANIE ESTAVA UM POUCO DESCONCERTADA. DAVIS HAVIA DECIDIDO QUE passariam a noite lá e reservara um quarto para os dois.

— Normalmente, não sou esse tipo de mulher — disse ela, quando ele abriu a porta. — Ir para um hotel no primeiro encontro.

— Não sei. Ouvi dizer que você é fácil.

Ela deu um tapa atrás da cabeça dele.

— Vai sonhando.

Davis a encarou.

— Aqui estamos num hotel romântico de quatro estrelas. Ontem à noite, tivemos um ótimo encontro, abraçados num frio congelante, depois levando tiros. Estamos criando vínculos.

Stephanie sorriu.

— Não me lembre. E, aliás, adorei sua sutileza com Scofield. Deu muito certo. Você o conquistou logo de cara.

— É um arrogante, um egocêntrico metido a besta.

— Que estava lá em 1971 e sabe mais do que você e eu.

Ele se estatelou sobre uma colcha de estampa florida. O quarto todo parecia algo saído de uma revista *Southern Living*. Mobília fina, cortinas elegantes, decoração inspirada em solares ingleses e franceses. Na verdade, Stephanie ficou com vontade de experimentar a banheira funda. Não tomava banho desde a manhã do dia anterior em Atlanta. Era isso o que seus agentes costumavam vivenciar? Ela não deveria estar no comando?

— Suíte ampla com cama king size — disse Davis. — Era a única que tinham. A diária é muito acima da verba para gastos do governo, mas e daí? Você merece.

Ela se largou em uma das poltronas estofadas e apoiou os pés sobre o banquinho de estampado igual.

— Se você consegue lidar com toda essa proximidade, eu também consigo. Estou com a sensação de que não vamos conseguir dormir muito mesmo.

— Ele está aqui — disse Davis. — Sei disso.

Stephanie não tinha tanta certeza, mas não podia negar um mau pressentimento revirando-lhe o estômago.

— Scofield está na suíte Wharton, no sexto andar. Fica lá todo ano — acrescentou ele.

— A recepcionista deixou escapar tudo isso?

Davis assentiu.

— Ela também não gosta de Scofield.

Ele retirou do bolso o folheto do congresso.

— O sujeito vai guiar um passeio pela Mansão Biltmore daqui a pouco. Depois, amanhã de manhã, vai caçar javalis.

— Se o nosso homem estiver aqui, há várias oportunidades para que faça alguma coisa, sem contar o tempo no quarto esta noite.

Ela observou o rosto de Davis. Normalmente, as feições dele nunca entregavam nada, mas a máscara tinha desaparecido. O homem estava ansioso. Ela sentiu uma relutância estranha combinada com uma curiosidade intensa; então, perguntou:

— O que você vai fazer quando o encontrar?

— Matá-lo.

— Isso seria assassinato.

— Talvez, mas duvido que nosso homem desista sem lutar.

— Você a amava tanto assim?

— Homens não deveriam bater em mulheres.

Stephanie se perguntou com quem ele estaria falando. Com ela? Com Millicent? Ramsey?

— Não pude fazer nada antes — disse ele. — Agora, posso. — Seu rosto ficou encoberto mais uma vez, ocultando qualquer emoção. — Agora, diga-me o que o presidente não queria que eu soubesse.

Stephanie estava esperando que ele perguntasse.

— Era sobre sua colega. — Ela lhe contou aonde Diane McCoy tinha ido. — Ele confia em você, Edwin. Mais do que você pensa. — Viu que ele captou o que ela não tinha dito. *Não o decepcione.*

— Não vou decepcioná-lo.

— Você não pode matar esse homem, Edwin. Precisamos dele vivo, para pegar Ramsey. Caso contrário, o verdadeiro problema sai ileso.

— Eu sei. — A voz dele estava envolta pela sensação de derrota. Davis se levantou. — Precisamos ir.

Tinham passado pela mesa de inscrição para o congresso antes de subir e se registrado para o restante do evento, obtendo dois ingressos para a excursão à luz de vela.

— Temos de ficar perto de Scofield — disse ele. — Quer ele goste ou não.

Charlie Smith entrou na Mansão Biltmore, seguindo o grupo particular. Quando se inscrevera no congresso Mistérios Antigos Revelados com um pseudônimo, tinha recebido um ingresso para o evento. Uma rápida leitura na lojinha do hotel informou-o que do início de novembro até o ano-novo a mansão oferecia as chamadas noites mágicas, nas quais os visitantes podiam apreciar o palacete repleto de luzes de vela, lareiras em chamas, decorações de Natal e apresentações musicais ao vivo. Os horários de entrada eram reservados, e o daquela noite era ainda mais especial, uma vez que seria a última visita do dia, aberta apenas para participantes do congresso.

Tinham sido transportados do hotel em dois ônibus de Biltmore — cerca de oitenta pessoas, estimou Smith. Ele estava vestido como os outros, cores de inverno, casaco de lã, sapatos escuros. No caminho, começara uma conversa sobre *Jornada nas estrelas* com outro participante. Discutiram sobre qual a série que mais gostavam, ele argumentando que *Enterprise* era muito superior, ainda que seu interlocutor preferisse *Voyager*.

— Pessoal — Scofield dizia, enquanto o grupo se aglomerava diante das portas principais na noite gélida —, todos me acompanhem. Agradáveis surpresas os aguardam.

O grupo passou por uma grade de ferro elaborada. Smith tinha lido que todos os cômodos estariam decorados para o Natal, como George Vanderbilt fizera a partir de 1885, quando a propriedade foi aberta pela primeira vez.

Smith aguardava ansiosamente os espetáculos.

Tanto o da casa.

Quanto o dele próprio.

MALONE DESPERTOU. CHRISTL ESTAVA DORMINDO AO LADO DELE, O CORPO NU encostado ao seu. Olhou para o relógio: 0h35. Outro dia — sexta-feira, 14 de dezembro — havia começado.

Tinha dormido por duas horas.

Uma agradável satisfação fluía por ele.

Não fazia isso havia algum tempo.

Em seguida, o descanso tinha chegado a uma terra sem dono, um estado de semiconsciência em que imagens detalhadas vagavam por sua mente inquieta.

Como a do desenho emoldurado no andar de baixo.

Da igreja, de 1772.

Estranho o modo como uma solução havia se materializado, a resposta projetada na cabeça dele como uma partida de paciência com todas as cartas viradas para cima. Acontecera assim dois anos antes. Na mansão de Cassiopeia Vitt. Malone pensou em Cassiopeia. Suas últimas visitas tinham sido poucas e infrequentes, e ela estava Deus sabia onde. Em Aachen, ele pensara em ligar para a mulher para pedir ajuda, mas decidira que esta briga era só dele. Ficou deitado, imóvel, meditando sobre a miríade de possibilidades que a vida oferecia. A rapidez de sua decisão quanto ao avanço de Christl estava lhe dando nos nervos.

Mas pelo menos isso resultara em mais uma coisa.

A busca de Carlos Magno.

Agora, ele sabia o fim.

SESSENTA E SEIS

STEPHANIE E DAVIS SEGUIRAM O GRUPO PELO GRANDE SALÃO DE ENTRADA DE Biltmore Estate, cercado de paredes elevadas e arcos de rocha calcária. À direita, num jardim de inverno com teto de vidro, uma fileira de poinsétias brancas circundava uma fonte de mármore e bronze. O ar morno cheirava a folhagens frescas e canela.

No ônibus, uma mulher dissera-lhes que a excursão à luz de velas era anunciada como um festival de luzes à moda antiga, decorações em estilo de realeza, como se fosse um cartão-postal vitoriano que ganhasse vida. E fazendo jus ao anúncio, um coral cantava hinos natalinos em algum cômodo distante. Como o tour não passou por chapelaria alguma, Stephanie desabotoou o casaco que estava vestindo, ela e Davis permanecendo na parte de trás do grupo, fora do caminho de Scofield, que parecia desfrutar imensamente o papel de anfitrião.

— Temos a casa toda para nós — disse o professor. — Esta é uma tradição do congresso. Duzentos e cinquenta cômodos, 34 quartos, 43 banheiros, 65 lareiras, três cozinhas e uma piscina interna. Impressionante eu conseguir me lembrar de tudo isso. — Ele riu do próprio gracejo. — Vou acompanhá-los e comentar alguns dados interessantes.

Terminaremos de volta aqui, e então estarão livres para perambular por mais uma meia hora antes de os ônibus nos levarem até a pousada. — Fez uma pausa. — Vamos?

Scofield guiou o grupo por uma longa galeria, uns 25 metros de comprimento talvez, cercada de tapeçarias de seda e lã que, explicou ele, tinham sido tecidas na Bélgica por volta de 1530.

Visitaram a deslumbrante biblioteca com seus 23 mil livros e teto veneziano, depois foram à sala de música, que continha uma gravura espetacular de Dürer. Finalmente, entraram num salão de banquete imponente com mais tapeçaria flamenga, um órgão de tubos e uma enorme mesa de jantar de carvalho com lugar para — Stephanie contou — 64 pessoas. Velas, lareiras e enfeites de Natal forneciam toda a iluminação.

— O maior cômodo da casa — anunciou Scofield no salão de banquete. — Vinte e dois metros de comprimento, 13 de largura, coroado por uma abóbada cilíndrica 21 metros acima.

Um enorme abeto-falso, que se estendia por mais de 10 metros até o teto, estava enfeitado com brinquedos, ornamentos, flores secas, contas douradas, anjos, veludo e renda. Um órgão lançava uma música festiva no salão, preenchendo-o com animação natalina.

Stephanie percebeu Davis recuando na direção da mesa de jantar, então se deslocou na direção dele e sussurrou:

— O que foi?

Davis apontou para a lareira tripla ladeada por armaduras, como se a estivesse apreciando, e disse:

— Tem um cara baixo e magro, calça de sarja azul-marinho, camisa de algodão, casaco de lona com gola de veludo cotelê. Atrás de nós.

Ela sabia que não devia se virar e olhar, então se concentrou na lareira e no painel em alto-relevo acima da cornija, que parecia algo saído de um templo grego.

— Ele tem observado Scofield.

— Todo mundo está fazendo isso.

— Ele não falou com ninguém e verificou as janelas duas vezes. Fiz contato visual uma vez, só para ver o que acontecia, e ele virou o rosto. Está irrequieto demais para mim.

Stephanie apontou para outras decorações que adornavam os enormes candelabros de bronze suspensos no alto do salão. Flâmulas pendiam do teto; segundo Scofield, réplicas de bandeiras das 13 colônias originais da Revolução Americana.

— Você não tem a menor ideia, não é? — perguntou ela.

— Pode chamar de intuição. Ele está verificando as janelas de novo. As pessoas não vêm para ver a casa? Não para o que está lá fora.

— Tudo bem se eu vir com meus próprios olhos?

— À vontade.

Davis continuou olhando para o salão com cara de bobo, enquanto Stephanie andava casualmente pelo piso de madeira até a árvore de Natal, onde se encontrava o homem magro de calça de sarja perto de um grupo. Ela não notou nada ameaçador, apenas que ele parecia prestar muita atenção em Scofield, embora o anfitrião estivesse entretido numa conversa animada com outras pessoas.

Ela o viu se afastar da árvore aromática e andar casualmente até uma porta, onde jogou algo dentro de uma pequena lixeira e saiu, entrando no cômodo seguinte. Stephanie esperou um momento e o seguiu, espiando em torno do vão da porta.

Calça de Sarja perambulava por uma sala de jogos masculina que lembrava um clube para cavalheiros do século XIX, com painéis trabalhados em madeira de carvalho, teto de gesso ornamental e tapetes orientais de coloração forte. Ele examinava gravuras emolduradas na parede — mas não com tanta atenção, notou Stephanie.

Ela olhou rapidamente para dentro da lata de lixo e viu algo por cima. Abaixou-se, recolheu o objeto e retornou ao salão de banquete.

Examinou o que estava segurando. Fósforos, de um restaurante. De Charlotte, Carolina do Norte.

MALONE, SEM CONSEGUIR DORMIR MAIS, A MENTE ACELERADA, SAIU DE DEBAIXO do edredom pesado e levantou-se. Precisava descer e examinar a gravura emoldurada novamente.

Christl acordou.

— Aonde está indo?

Ele pegou a calça do chão.

— Ver se estou certo.

— Descobriu alguma coisa? — Ela se sentou e acendeu a luz da cabeceira. — O quê?

A mulher parecia extremamente à vontade sem roupas, e Malone sentia-se extremamente à vontade olhando para ela. Fechou o zíper da calça e vestiu a camisa, sem se preocupar com sapatos.

— Espere — disse Christl, levantando-se e pegando as próprias roupas.

O andar de baixo estava pouco iluminado por dois abajures e pelas brasas que ainda ardiam na lareira. Ninguém ocupava o balcão da recepção, e Malone não ouviu som algum do restaurante. Encontrou a gravura da parede e acendeu outro abajur.

— Esta é de 1772. A igreja obviamente estava em melhor estado então. Está vendo alguma coisa?

Ele viu Christl examinar o desenho.

— As janelas estavam intatas. Vitrais. Estátuas. As grades em torno do altar parecem carolíngias. Como em Aachen.

— Não é isso.

Ele estava gostando disto: finalmente estar um passo à frente dela. Admirou a cintura fina, os quadris bem desenhados e os pequenos cachos dos longos cabelos loiros da mulher. Ela não tinha colocado a camisa para dentro da calça, então Malone viu a curva de suas costas à mostra quando Christl estendeu um braço e acompanhou o contorno do desenho no vidro.

Ela se virou para ele.

— O piso.

Seus olhos castanho-claros brilharam.

— Diga — disse ele.

— Tem um desenho. É difícil ver, mas está lá.

Ela tinha razão. A gravura era uma visão angular, mais voltada para a grande altura das paredes e dos arcos do que para o chão. Mas ele havia notado antes. Linhas escuras passavam sobre lajes mais claras, um quadrado dentro de outro quadrado, contendo ainda outro, num padrão familiar.

— É um tabuleiro de Moinho — disse Malone. — Não podemos ter certeza sem ir lá ver, mas acho que é isso o que o piso mostrava no passado.

— Vai ser difícil determinar — disse Christl. — Eu me arrastei pelo piso. Não tem mais quase nada lá.

— Parte da sua performance?

— Ideia da minha mãe, não minha.

— E não podemos dizer não para a mãe, não é?

Um sorriso ergueu os cantos dos lábios finos dela.

— Não, não podemos.

— *Mas apenas os que apreciam o trono de Salomão e a frivolidade romana encontrarão o caminho para os céus* — disse ele.

— Um tabuleiro de Moinho no trono de Aachen e outro aqui.

— Eginhardo construiu essa igreja — disse ele. — Também, anos depois, engendrou a busca, usando a capela de Aachen e esse local como pontos de referência. Parece que, a essa altura, o trono já estava em Aachen. Se seu avô viu a relação, nós também podemos ver. — Malone apontou. — Olhe o canto inferior direito. No chão, perto do centro da nave, em torno do qual o tabuleiro de Moinho se estenderia. O que você vê?

Ela examinou o desenho.

— Tem algo gravado no piso. Difícil distinguir. As linhas estão desfiguradas. Parece uma cruz minúscula com letras. Um *R* e um *L*, mas o resto está embaralhado.

Ele viu quando Christl começou a reconhecer algo, ao visualizar por completo o que um dia poderia ter estado lá.

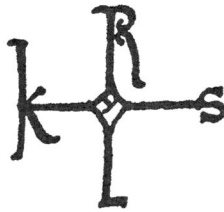

— É parte da assinatura de Carlos Magno — disse ela.

— Difícil saber com certeza, mas só há um modo de descobrir.

SESSENTA E SETE

STEPHANIE ENCONTROU DAVIS E MOSTROU-LHE OS FÓSFOROS.

— São coincidências demais para mim — disse ele. — Ele não faz parte deste congresso. Está analisando o alvo.

O assassino certamente era convencido e confiante. Estar ali, exposto, sem que ninguém soubesse quem ele era certamente agradaria uma personalidade ousada. Afinal, nas últimas 48 horas ele conseguira matar furtivamente pelo menos três pessoas.

Ainda assim.

Davis saiu andando.

— Edwin.

Ele continuou, seguindo na direção da sala de jogos. O restante do grupo estava espalhado pelo salão de banquete, e Scofield começava a arrebanhá-los na direção de Calça de Sarja.

Stephanie balançou a cabeça e foi atrás do colega.

Davis contornou as mesas de jogo, indo para onde Calça de Sarja estava, perto de uma lareira decorada com guirlandas de pinho e de um tapete de pele de urso sobre o piso de madeira. Algumas pessoas do grupo já estavam na sala. As outras logo chegariam.

— Com licença — disse Davis. — Você.

Calça de Sarja virou-se, viu quem estava falando e se afastou.

— Preciso falar com você — disse Davis com a voz firme.

Calça de Sarja partiu para cima e empurrou Davis para fora do caminho. Sua mão direita deslizou para dentro do casaco aberto.

— Edwin — gritou Stephanie.

Davis pareceu ter visto também e mergulhou para baixo de uma das mesas de bilhar.

A mulher sacou a arma, mirou e gritou:

— Pare.

As outras pessoas viram a arma dela. Uma mulher gritou. Calça de Sarja fugiu por uma porta aberta. Davis se levantou e correu atrás dele.

MALONE E CHRISTL SAÍRAM DO HOTEL. O SILÊNCIO TOMAVA CONTA DO AR FRIO E limpo. Cada estrela no céu brilhava com uma luminosidade improvável, enchendo Ossau de uma luz incolor.

Christl tinha encontrado duas lanternas atrás do balcão da recepção. Embora Malone estivesse imerso numa névoa de exaustão, uma mistura de pensamentos combativos estimulara sua vivacidade. Tinha acabado de fazer amor com uma mulher linda, na qual, por um lado, ele não confiava e à qual, por outro, ele não conseguia resistir.

Christl tinha puxado o cabelo para cima a partir da nuca e prendido os cachos no alto da cabeça, com algumas mechas escapando e emoldurando seu rosto delicado. Sombras dançavam sobre o terreno acidentado da região. O ar seco carregava o cheiro de fumaça. Subiram com passos pesados o caminho irregular e coberto de neve e pararam diante do portão do mosteiro. Ele notou que Henn, que havia limpado a bagunça, recolocara a corrente cortada de modo que o portão parecesse estar trancado.

Malone soltou a corrente e entrou com Christl.

Um silêncio sombrio, imperturbado pela noite ou pelas eras, cercava-os por todos os lados. Eles usavam as lanternas e venceram passagens escuras na travessia do claustro até a igreja. Malone sentiu como se estivesse andando dentro de um freezer, com o ar seco rachando-lhe os lábios.

Não dera muita atenção ao piso antes, mas agora examinava com a lanterna o pavimento coberto de limo. A alvenaria estava áspera, com vãos entre as pedras, muitas delas despedaçadas ou ausentes, deixando exposta a terra congelada e dura como rocha. Malone foi sendo tomado pela apreensão. Tinha levado a arma e os pentes extras, por precaução.

— Veja — disse ele. — Há um padrão. Difícil de ver com o pouco que ainda resta. — Olhou para o coro, onde Isabel e Henn tinham aparecido antes. — Venha.

Alcançou a escadaria e subiu. A visão do alto ajudava. Juntos, observaram que o chão, se estivesse todo ali, teria formado um tabuleiro de Moinho.

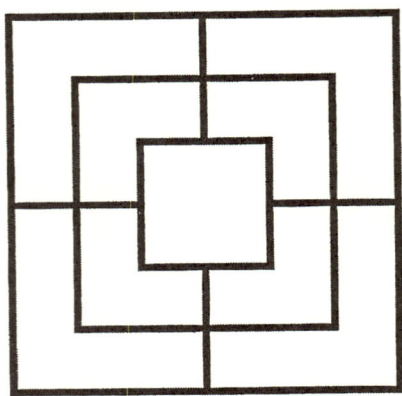

Malone parou o facho de luz no que ele suponha que fosse o centro do tabuleiro.

— Eginhardo foi preciso, devo reconhecer. Fica no centro da nave.

— É emocionante — Christl disse. — Foi exatamente isso o que meu avô fez.

— Então, vamos voltar lá para baixo e ver se há alguma coisa a se descobrir.

— TODOS VOCÊS, OUÇAM O QUE VOU DIZER — DISSE STEPHANIE, TENTANDO retomar o controle. Cabeças viraram e um silêncio imediato tomou conta da sala.

Scofield veio correndo do salão de banquete.

— O que está acontecendo aqui?

— Dr. Scofield, leve todas essas pessoas de volta à entrada principal. Lá haverá segurança. A excursão acabou.

Stephanie ainda segurava a arma, o que parecia acrescentar uma aura extra de autoridade à ordem. Mas ela não podia ficar esperando para ver se Scofield iria obedecer; saiu correndo atrás de Davis. Impossível saber o que ele estaria fazendo.

Deixou a sala de jogos e entrou num corredor pouco iluminado. Uma placa informava que ela estava na ala dos homens solteiros. Dois quartos pequenos estavam abertos à sua direita. Uma escadaria descia à esquerda. Nada ornamentado, provavelmente uma passagem para empregados. Stephanie ouviu passos abaixo.

Rápidos.

Ela seguiu o som.

MALONE EXAMINOU O PISO NO CENTRO DA NAVE. A MAIOR PARTE DO PAVIMENTO estava lá, as juntas cheias de terra e cobertas de líquen. Eles haviam voltado para o piso inferior, e ele iluminou a pedra central, depois se agachou.

— Olhe — disse.

Não restara muita coisa, mas viam-se algumas linhas tênues esculpidas na superfície. Um talho aqui e outro ali do que um dia formara um triângulo e traços das letras *K* e *L*.

— O que mais poderia ser senão a marca de Carlos Magno? — perguntou ela.

— Precisamos de uma pá.

— Tem um galpão de ferramentas depois do claustro. Encontramos ontem de manhã, quando viemos da primeira vez.

— Vá ver.

Christl saiu com pressa.

Malone ficou olhando para a pedra embutida na terra congelada, sem conseguir parar de pensar em algo. Se Hermann Oberhauser tinha seguido a mesma trilha, por que ainda haveria alguma coisa ali? Isabel tinha dito que ele fora até lá pela primeira vez no fim dos anos 1930, antes de viajar para a Antártida, e depois retornara no início dos anos 1950. Dietz fora em 1970.

E ainda assim ninguém sabia de nada?

Uma luz dançava do lado de fora da igreja, com intensidade cada vez maior. Christl voltou, pá em mãos.

Malone pegou o cabo, entregou a lanterna à mulher e firmou a lâmina de metal em uma das juntas. Exatamente como ele imaginava, o solo parecia concreto. Ergueu a pá, bateu a ponta com força no chão, manejando a lâmina para a frente e para trás. Depois de alguns golpes, começou a ter progresso, e o piso cedeu. Enfiou a pá na junta mais uma vez e conseguiu colocá-la por baixo, então movimentou o cabo de madeira como uma alavanca e liberou a pedra do abraço da terra.

Retirou a pá e fez o mesmo nos outros lados.

Finalmente, a placa começou a oscilar. Malone a empurrou para cima, inclinando o cabo da ferramenta.

— Segure a pá — disse a Christl. Ele se agachou e colocou as mãos enluvadas por baixo da pedra, soltando as pontas do chão.

As duas lanternas estavam ao lado dele. Ergueu uma delas e notou que só se via terra.

— Deixe-me tentar — disse Christl.

Ela friccionou o solo duro com golpes curtos, virando a lâmina, chegando mais fundo. Bateu em algo. Retirou a pá e Malone afastou a terra solta, removendo-a aos punhados até ver o topo do que parecia, à primeira vista, uma rocha, mas então percebeu que era algo plano.

Malone espanou a terra que restara. Esculpida no centro de uma forma retangular, bem definida, estava a assinatura de Carlos Magno. Ele tirou mais terra dos lados e percebeu que estava olhando para um relicário de pedra. Cerca de 40 centímetros de comprimento e 25 de largura. Passou as mãos para baixo dos dois lados e descobriu que tinha cerca de 15 centímetros de altura.

Suspendeu-o para fora.

Christl abaixou-se.

— É carolíngio. O estilo. O design. Mármore. E, é claro, a assinatura.

— Quer ter a honra? — perguntou Malone.

Um meio sorriso de felicidade surgiu na boca da mulher, e ela segurou as laterais e ergueu a placa. O relicário se dividia no meio, a parte de baixo emoldurando a forma de algo envolto em pano encerado.

Malone retirou a trouxa coberta e desamarrou as tiras estreitas. Com cuidado, ele abriu o saco, enquanto Christl voltou a luz para dentro.

SESSENTA E OITO

Stephanie desceu a escada, que ia virando à direita até chegar ao porão do palacete.

Davis estava esperando embaixo.

— Demorou bastante. — Ele arrancou a arma da mão dela. — Preciso disso.

— O que você vai fazer?

— Como eu disse, matar o bostinha.

— Edwin, nem sabemos quem ele é.

— Ele me viu e correu.

Stephanie precisava retomar o controle, conforme Daniels a instruíra.

— Como ele sabia quem você era? Ninguém nos viu ontem à noite, e nós não o vimos.

— Não sei, Stephanie, mas ele sabia.

O homem tinha corrido, o que era suspeito, mas ela não estava pronta para ordenar uma sentença de morte.

Passos vieram de trás, e um segurança uniformizado apareceu. Viu a arma no punho de Davis e reagiu, mas ela estava pronta e mostrou a identificação do Setor Magalhães.

— Somos agentes federais e estamos interessados em alguém que se encontra aqui embaixo. Ele fugiu. Quantas saídas há neste andar?

— Mais uma escadaria do outro lado. Diversas portas para fora.

— Pode tomar conta das portas?

O guarda hesitou por um momento, depois pareceu ter decidido que eles eram agentes de verdade e tirou um rádio da cintura para dar instruções a outros sobre o que fazer.

— Precisamos pegar esse cara, mesmo se ele se jogar de alguma janela. Em qualquer lugar. Entendeu? — perguntou ela. — Coloque homens lá fora.

O homem assentiu, deu mais instruções e disse:

— O grupo da excursão saiu e está nos ônibus. A casa está vazia a não ser por vocês.

— E por ele — disse Davis, afastando-se.

O guarda não estava armado. Uma pena. Mas no bolso da camisa dele Stephanie notou um folheto que ela havia visto com outras pessoas da excursão. Apontou e disse:

— Tem um esboço deste andar aí?

O guarda fez que sim.

— De todos os quatro andares. — Ele lhe entregou o folheto. — Este é o porão. Recreação, cozinhas, alojamento dos empregados, despensas. Muitos lugares para se esconder.

O que ela não queria ouvir.

— Chame a polícia local. Faça com que venham até aqui. Depois vigie a escada. Esse homem pode ser perigoso.

— Não sabem com certeza?

— Esse é o problema. Não sabemos droga nenhuma.

MALONE VIU UM LIVRO DENTRO DE UM SACO E UM ENVELOPE AZUL-CLARO ENFIA-do entre as páginas, perto do centro do volume.

— Coloque o saco no chão — ele disse e pôs o livro em cima com cuidado, pegando a lanterna em seguida.

Christl puxou o envelope e o abriu, encontrando duas folhas de papel. Desdobrou-as: ambas estavam cheias de uma escrita carregada e masculina — em alemão — em tinta preta.

— É a letra do meu avô. Eu li os cadernos dele.

STEPHANIE CORREU ATRÁS DE DAVIS E ALCANÇOU-O ONDE OS CORREDORES DO porão ofereciam duas alternativas, uma para a esquerda e outra em frente. Portas de vidro pelo caminho adiante davam uma visão do que parecia ser uma despensa. Ela checou o mapa rapidamente. No final do corredor, identificou a cozinha principal.

Ouviu um barulho. Vindo da esquerda. O diagrama no folheto indicava que o trecho adiante ia dar nos quartos dos empregados e não estava ligado a nenhuma outra parte do porão. Um caminho sem saída.

Davis seguiu pelo longo corredor à esquerda, na direção do barulho.

Passaram por uma sala de musculação com barras paralelas, halteres, bolas medicinais e um remador. À direita, encontraram a piscina coberta, tudo, inclusive a abóbada acima, de azulejo branco, sem janelas, apenas uma luz elétrica desagradável. Nada de água na piscina funda e brilhante.

Uma sombra passou pela outra saída do salão da piscina.

Contornaram a passagem ladeada de corrimãos, Davis na frente. Stephanie verificou o mapa.

— Esta é a única saída dos cômodos adiante. Além da escada principal, mas espero que os seguranças estejam vigiando lá.

— Então, nós o pegamos. Ele precisa voltar por aqui.

— Ou ele nos pegou.

Davis deu uma olhada rápida no mapa, depois eles passaram por uma porta e desceram alguns degraus. Ele entregou a arma a Stephanie.

— Vou esperar. — Apontou para a esquerda. — Aquele corredor dá uma volta completa e termina aqui.

Ela teve uma sensação ruim.

— Edwin, isto é loucura.

— Só o mande nesta direção. — O olho direito dele tremeu. — Tenho de fazer isso. Faça-o vir para cá.

— O que você vai fazer?

— Estarei pronto.

Ela assentiu com a cabeça, buscando as palavras certas, mas entendia o desejo intenso dele.

— OK.

Davis recuou para a escada de onde tinham vindo. Ela avançou para a esquerda e, na escada principal que levava para o andar superior, avistou outro segurança. O guarda balançou a cabeça, sinalizando que ninguém havia passado por ali. Ela acenou e indicou que ia seguir para a esquerda.

Dois corredores sinuosos sem janelas a levaram a uma sala retangular cheia de objetos históricos e fotografias em preto e branco expostas. As paredes estavam pintadas com uma variedade de imagens coloridas. A Sala de Halloween. Stephanie se lembrou de uma menção no folheto a respeito de quando alguns hóspedes, durante uma festa de Halloween nos anos 1920, pintaram as paredes.

Ela avistou Calça de Sarja do outro lado da sala, passando entre os objetos expostos, avançando para a outra saída.

— Pare — gritou ela.

Ele continuou andando.

Stephanie mirou e atirou.

Seus ouvidos doeram com o estampido da arma. A bala bateu em uma das placas da exibição. Stephanie não estava tentando acertar o homem, só assustá-lo. Mas Calça de Sarja avançou pela porta e continuou correndo.

Stephanie foi atrás. Tinha visto o homem apenas de relance, então não teve como saber se ele estava armado. Ela passou por uma sala de recreação e entrou em uma área de boliche, duas pistas equipadas com pranchas de madeira, bolas e pinos. Devia ser uma comodidade e tanto no século XIX.

Ela decidiu tentar algo.

— De que adianta fugir? — gritou ela. — Não tem para onde ir. A casa está fechada.

Silêncio.

Havia pequenos vestiários à esquerda, uma porta seguida de outra. Ela imaginou damas e cavalheiros respeitosos de cem anos antes vestindo trajes de recreação. O corredor à frente terminava onde Davis estava esperando, perto da piscina. Ela já havia feito a volta.

— Apareça — disse Stephanie. — Você não vai conseguir sair daqui.

Ela sentiu que ele estava perto.

De repente, a 6 metros de distância, algo surgiu de um dos vestiários.

Um pino de boliche, arremessado em sua direção, cortando o ar como um bumerangue.

Stephanie se esquivou. O pino bateu na parede atrás dela e caiu com um estrondo. Calça de Sarja escapou.

A mulher retomou o equilíbrio e saiu adiante em disparada. No fim do corredor, olhou em volta. Ninguém à vista. Foi até os degraus e subiu de volta para a área da piscina. Calça de Sarja estava correndo do outro lado, perto da extremidade rasa da piscina, onde a porta da sala de musculação estava aberta. Ela ergueu a arma e mirou nas pernas do homem, mas, antes que pudesse atirar, Davis pulou pelo vão da porta e o agarrou. Eles bateram no corrimão de madeira que cercava a piscina, que cedeu de imediato, e os dois corpos caíram na parte rasa e vazia, um metro abaixo.

Carne e ossos bateram com violência contra o azulejo duro.

SESSENTA E NOVE

Para o meu filho, este talvez seja o meu último ato são. Minha mente está mergulhando rapidamente num estado de extrema confusão. Tentei resistir, sem sucesso. Antes que minhas capacidades mentais me abandonem por completo, tenho de fazer isto. Se você está lendo estas palavras, é porque conseguiu completar a busca de Carlos Magno. Deus o abençoe. Saiba que estou orgulhoso. Também busquei e descobri a herança duradoura de nossos grandes ancestrais arianos. Eu sabia que eles existiam. Disse a meu Führer, tentei convencê-lo de que sua visão do passado estava incorreta, mas ele não quis ouvir. O mais grandioso dos reis, o homem que antes de qualquer outro previu um continente unificado, Carlos Magno conhecia bem nosso destino. Apreciou o que os Sagrados lhe ensinaram. Entendia que eles eram sábios e ouviu seus conselhos. Aqui, nesta terra santa, Eginhardo escondeu a chave para a língua dos céus; ele recebeu ensinamentos do próprio Alto Conselheiro e protegeu o conhecimento com que foi privilegiado. Imagine meu êxtase, mais de mil anos depois, ao ser o primeiro a saber o que Eginhardo sabia, o que Carlos Magno sabia, o que nós, sendo alemães, temos de saber. Mas sequer uma alma reconheceu o que eu tinha descoberto. Em vez disso, fui estigmatizado como um homem perigoso, considerado instável e silenciado para sempre. Após a guerra, ninguém se importava com a nossa herança alemã. Dizer a palavra ariano *era evocar lembranças de atrocidades que ninguém queria rememorar. Isso me enojava. Se eles soubessem. Se tivessem visto. Como eu tinha visto.*

Meu filho, se você chegou a este ponto, é devido ao que lhe contei sobre a busca de Carlos Magno. Eginhardo deixou claro que nem ele nem os Sagrados têm paciência com a ignorância. Eu também não tenho, meu filho. Você provou que estou certo e provou seu próprio valor. Agora, pode conhecer a língua dos céus. Aprecie-a. Maravilhe-se com o lugar de onde viemos.

— Sua mãe disse que Hermann veio aqui pela segunda vez no início dos anos 1950 — disse Malone. — Seu pai estaria com 30 e poucos anos então?

Christl assentiu.

— Ele nasceu em 1921. Morreu aos 50.

— Então, Hermann Oberhauser trouxe aqui o que havia encontrado e o pôs de volta no lugar, para que o filho assumisse a busca.

— Meu avô era um homem de ideias estranhas. Nos últimos 15 anos da vida, não saiu de Reichshoffen. Não reconhecia nenhum de nós quando morreu. Mal falava comigo.

Malone se lembrou de mais coisas que Isabel lhe dissera.

— Sua mãe mencionou que Dietz veio para cá depois que Hermann morreu. Mas parece que não encontrou nada, pois o livro ainda está aqui. — Ele percebeu o que isso significava. — Então, ele realmente foi para a Antártida sem saber de nada.

Christl balançou a cabeça.

— Ele tinha os mapas do meu avô.

— Eu os vi. Não tinha nada escrito. Como você disse em Aachen, mapas são inúteis sem anotações.

— Mas ele tinha os cadernos do meu avô. Tem informações lá.

Malone apontou para o livro sobre o pano.

— Seu pai precisava disso para saber o que Hermann sabia.

Ele se perguntou por que a Marinha tinha concordado com uma viagem tão extravagante. O que Dietz Oberhauser havia prometido? O que eles esperavam ganhar?

As orelhas de Malone estavam dormentes por causa do frio. Ele olhou para a capa do livro. O mesmo símbolo do exemplar encontrado no túmulo de Carlos Magno tinha sido gravado na parte da frente.

Malone abriu o tomo antigo. Na forma, no tamanho e na coloração, era quase idêntico aos dois que ele já havia visto. Dentro, a mesma escrita estranha, com acréscimos.

— Esses rabiscos do outro livro são letras — disse, percebendo que cada página continha uma maneira de converter o alfabeto para o latim. — É uma tradução da língua do céu.

— Podemos fazer isso — disse Christl.

— Como assim?

— Minha mãe mandou escanearem o livro de Carlos Magno. Um ano atrás, contratou alguns linguistas para que tentassem decifrá-lo. Eles fracassaram, claro, uma vez que o texto não está escrito em nenhum idioma conhecido. Eu previ isso, sabendo que o que quer que estivesse aqui tinha de ser uma maneira de traduzir o livro. O que mais poderia ter sido? Ontem, minha mãe me deu as imagens eletrônicas. Tenho um programa de tradução que deve funcionar. Tudo o que teríamos de fazer seria escanear e acrescentar as páginas deste livro aqui.

— Diga que você está com o laptop aí.

Ela fez que sim.

— Minha mãe o trouxe de Reichshoffen. Junto com um scanner.

Finalmente, algo tinha dado certo.

STEPHANIE NÃO PODIA FAZER MUITA COISA. DAVIS E CALÇA DE SARJA ROLAVAM para a parte mais funda da piscina vazia, sobre os azulejos brancos escorregadios, até a superfície plana 2,5 metros abaixo dela.

Eles bateram na parte mais baixa de uma escada de madeira, que ia dar numa plataforma que estaria submersa se a piscina estivesse cheia. Outros três degraus iam da plataforma até a borda.

Davis empurrou Calça de Sarja para longe de si e então ficou de pé, movimentando-se de um lado para o outro para bloquear qualquer espaço para fuga. Calça de Sarja pareceu passar por um momento de indecisão, virando a cabeça para a esquerda e para a direita, percebendo que eles estavam encerrados numa arena incomum.

Davis tirou o casaco. Calça de Sarja aceitou o desafio e fez o mesmo.

Stephanie queria interromper aquilo, mas sabia que Davis jamais a perdoaria. Calça de Sarja parecia ter 40 anos, contra os 50 e tantos de Davis, mas a raiva poderia igualar as chances.

Ela ouviu o som de um punho encontrando osso quando Davis acertou Calça de Sarja em cheio no maxilar, fazendo-o rodopiar até os azulejos. O homem se recuperou de imediato e atacou, plantando um pé no estômago de Davis; Stephanie o ouviu perder o fôlego.

Calça de Sarja pulava para a frente e para trás, dando socos rápidos e precisos e terminando com um golpe no esterno de Davis.

Davis, perdendo o equilíbrio, deu um giro. No momento exato em que retomou a coordenação e tentou girar mais uma vez, Calça de Sarja deu o bote e acertou-o no pomo de adão. Davis deu um cruzado de direita que atingiu apenas o ar. Um sorriso debochado e orgulhoso apareceu no rosto de Calça de Sarja.

Davis caiu de joelhos, inclinado para a frente, como se estivesse rezando, com a cabeça baixa e os braços ao lado do corpo. Calça de Sarja estava de pé e pronto. Stephanie ouviu Davis retomar o fôlego e sentiu a boca seca. Calça de Sarja aproximou-se, parecendo determinado a terminar a luta. Mas Davis reuniu toda a energia que ainda lhe

restava e se jogou para a frente, atacando o adversário, enfiando a cabeça nas costelas do homem.

Um osso estalou. Calça de Sarja berrou de dor e caiu nos azulejos.
Davis começou a socar o homem, fazendo o nariz dele lançar respin-
gos de sangue no chão. Os braços e pernas de Calça de Sarja pararam
de se mover e ficaram relaxados. Davis continuou espancando-o com
socos fortes e precisos.

— Edwin — chamou Stephanie.

Ele não pareceu ouvir.

— Edwin — gritou ela.

Ele parou. Sua respiração estava ofegante, mas ele não se moveu.

— Acabou — disse ela.

Davis lançou-lhe um olhar mortífero. Por fim, saiu de cima do oponente e se levantou, mas seus joelhos cederam no mesmo instante, e
ele voltou a cair. Firmou um braço e apoiou-se, tentando manter-se de
pé, mas não conseguiu. Desabou no azulejo.

SETENTA

CHRISTL RETIROU UM LAPTOP DE SUA MALA DE VIAGEM. ELES HAVIAM VOLTADO para a pousada sem ver nem ouvir ninguém. A neve começara a cair lá fora, rodopiando ao vento, formando suaves redemoinhos. Christl ligou a máquina, em seguida retirou um scanner portátil e conectou-o a uma das entradas USB.

— Isso vai demorar um pouco — disse ela. — Não é o scanner mais rápido do mundo.

Malone estava com o livro da igreja nas nãos. Eles tinham folheado todas as páginas, que pareciam uma tradução completa de cada letra da língua do céu para a correspondente latina.

— Saiba que isso não vai ficar exato — disse Christl. — Algumas das letras podem ter duplo significado. Pode não haver nenhuma letra ou som correspondente em latim. Esse tipo de coisa.

— Seu avô conseguiu.

Ela o encarou com uma estranha mistura de irritação e gratidão.

— Também posso verter instantaneamente latim para alemão ou inglês. Eu não sabia o que esperar, na verdade. Nunca cheguei a ter certeza se deveria acreditar em meu avô. Alguns meses atrás, minha mãe me permitiu acesso a alguns dos cadernos dele. Do meu pai também.

Mas extraí pouco daquele material. Obviamente, minha mãe reteve o que considerava importante. Os mapas, por exemplo. Os livros dos túmulos de Eginhardo e de Carlos Magno. Então, sempre havia uma dúvida incômoda de que meu pai teria sido simplesmente um ignorante.

Malone achou interessante a franqueza dela. Reanimadora. Mas ainda suspeita.

— Você viu todos aqueles objetos nazistas que ele colecionava. Era obcecado. O estranho é que ele foi poupado dos desastres do Terceiro Reich, mas parecia lamentar não ter feito parte da queda. No final, ele estava apenas amargurado. Foi quase uma bênção ter enlouquecido.

— Mas agora ele tem outra chance de provar que estava certo.

A máquina tiniu, sinalizando que estava pronta.

Christl recebeu o livro das mãos de Malone.

— E pretendo dar a ele toda chance. O que você vai fazer enquanto trabalho?

Malone se recostou na cama.

— Pretendo dormir. Me acorde quando tiver acabado.

RAMSEY CERTIFICARA-SE DE QUE DIANE MCCOY DEIXARA FORT LEE E ENTÃO REGRESSARA para Washington. Não voltara ao armazém para não atrair mais atenção e explicara ao comandante da base que o acontecido fora uma pequena disputa de território entre a Casa Branca e a Marinha. A explicação parecera ter liquidado quaisquer questões que pudessem ter sido geradas por tantas visitas de alto nível ao longo dos últimos dias.

Olhou para o relógio: 20h50. Sentou-se à mesa numa pequena *trattoria* nos arredores da capital. Boa comida italiana, ambiente discreto, excelente adega. Ramsey não estava interessado em nenhuma dessas coisas naquela noite. Ficou bebericando o vinho.

Uma mulher entrou no restaurante. O corpo alto e delgado estava envolto por um jeans vintage escuro e casaco de veludo com costuras aparentes. Um cachecol bege de caxemira cobria-lhe o pescoço. Ela caminhou por entre as mesas e sentou-se à mesa de Ramsey.

A mulher da loja dos mapas.

— Você se saiu bem com o senador — disse ele. — Acertou em cheio.

Ela agradeceu o elogio com um aceno de cabeça.

— Onde ela está? — perguntou Ramsey. Ele ordenara que Diane McCoy ficasse sob vigia.

— Você não vai gostar.

Ele sentiu um novo calafrio percorrer-lhe a espinha.

— McCoy está com Kane. Neste exato momento.

— Onde?

— Caminharam pelo Lincoln Memorial, depois andaram pelo vale até o monumento Washington.

— Noite fria para um passeio.

— Nem me fale. Tenho um homem com ela agora. Ela está indo para casa.

Tudo muito perturbador. A única ligação entre Diane e Kane seria ele. Ramsey achara que ela estava aquietada, mas talvez tivesse subestimado a determinação da mulher.

O celular vibrou no bolso dele. Ao olhar a tela, viu o nome de Hovey.

— Preciso atender — disse Ramsey. — Pode aguardar perto da porta?

Ela entendeu e saiu.

— O que foi? — disse ele ao telefone.

— A Casa Branca está na linha. Querem falar com você.

Nada incomum.

— E?

— É o presidente.

Isso *era* incomum.

— Transfira a ligação.

Segundos depois, ele ouviu a voz estrondosa que o mundo todo conhecia.

— Almirante, espero que esteja tendo uma boa noite.

— Está frio, senhor presidente.

— Está certo. E cada vez mais frio. Estou ligando porque Aatos Kane quer você no Estado-Maior Conjunto. Ele disse que você é o homem certo para o cargo.

— Isso depende da concordância do senhor. — Ramsey manteve a voz baixa, abaixo do nível das conversas indistintas ao seu redor.

— Concordo. Pensei nisso o dia todo, mas concordo. Gostaria do trabalho?

— Eu serviria de bom grado onde o senhor quisesse.

— Você sabe o que penso do Estado-Maior Conjunto, mas sejamos realistas. Nada vai mudar, então preciso de você lá.

— Fico honrado. Quando isso viria a público?

— Farei seu nome vazar daqui a uma hora. Você será matéria amanhã de manhã. Esteja pronto, almirante, é um mundo bem diferente da inteligência naval.

— Estarei pronto, senhor.

— Fico contente em tê-lo no time.

E Daniels se foi.

Por um momento, o fôlego fugiu a Ramsey. Suas defesas caíram. Seus medos foram abatidos. Ele havia conseguido. O que quer que Diane McCoy estivesse fazendo não importava.

Ele agora era o indicado.

Dorothea estava na cama, tremendo, naquele estado entre o sono e o despertar, em que os pensamentos às vezes podiam ser controlados. O que ela fizera ao fazer amor com Werner novamente? Era algo que ela nunca mais achara que fosse possível — uma parte de sua vida que certamente havia terminado.

Talvez não.

Duas horas antes, ouvira a porta do quarto de Malone abrir e fechar. Um murmúrio de vozes vazou através das paredes finas, mas nada que Dorothea pudesse decifrar. O que sua irmã fazia no meio da noite?

Werner estava deitado, espremido ao lado dela na cama estreita. Ele tinha razão. Eram casados, e seu herdeiro seria legítimo. Mas ter um filho aos 48 anos? Talvez esse fosse o preço que Dorothea devia pagar. Werner e Isabel pareciam ter forjado uma espécie de aliança, forte o suficiente para que Sterling Wilkerson tivesse de morrer — forte o suficiente para transformar Werner em algo que parecia um homem.

Mais vozes vazaram do quarto ao lado.

Ela saiu da cama e se aproximou da parede que ligava os quartos, mas não conseguiu entender nada. Foi até a janela, pisando de leve o chão acarpetado. Flocos de neve finos caíam em silêncio. Dorothea passara a vida toda nas montanhas e na neve. Aprendera a caçar, atirar e esquiar quando ainda era nova. Não tinha medo de muitas coisas — apenas do fracasso e da mãe. Apoiou o corpo nu contra o peitoril frio da janela, frustrada e pesarosa, e ficou olhando para o marido, aconchegado sob o edredom.

Ela se perguntou se a amargura que sentia em relação a ele não passava da dor pela morte do filho. Por muito tempo depois, os dias e as noites haviam parecido um pesadelo, algo como se ela estivesse correndo sem propósito ou destino à vista.

O frio tomou o quarto, e a coragem de Dorothea.

Ela cruzou os braços sobre os seios nus.

Parecia que a cada ano que passava ela se tornava mais amarga, mais insatisfeita. Sentia a falta de Georg. Mas talvez Werner estivesse certo. Talvez fosse a hora de viver. Amar. Ser amada.

Dorothea esticou as pernas, mantendo-as alongadas por um tempo. O quarto ao lado caíra em silêncio. Virou-se e olhou de novo pela janela, para a escuridão impregnada de neve. Acariciou a barriga lisa. Mais um bebê. Por que não?

SETENTA E UM

Stephanie e Edwin Davis entraram no Inn on Biltmore Estate. Davis se recuperara da briga, arrebatado pela dor, com hematomas no rosto, mas com o ego intato. Calça de Sarja foi preso, ainda que inconsciente num hospital da região, com uma concussão e várias contusões resultantes da surra. A polícia local tinha acompanhado a ambulância e permaneceria lá até a chegada do Serviço Secreto, o que deveria levar menos de uma hora. Os médicos já haviam informado a polícia de que o homem não poderia ser interrogado antes da manhã seguinte. O palacete tinha sido fechado, e mais policiais vasculhavam o interior, vendo se Calça de Sarja havia deixado algo no local. Fitas das câmeras de segurança espalhadas por toda a casa estavam sendo revisadas com atenção, na busca por mais informações.

Davis dissera pouco desde que saíra da piscina. Uma ligação para a Casa Branca confirmara a identidade e as credenciais dos dois; portanto, não haviam sido forçados a responder a perguntas. O que fora ótimo. Stephanie podia ver que Davis não estava disposto a isso.

O chefe de segurança da propriedade, a acompanhara de volta ao hotel. Eles se aproximaram do balcão principal da recepção, e o administrador encontrou o que Davis queria, entregando-lhe um pedaço de papel.

— O número da suíte de Scofield.

— Vamos — disse Davis a Stephanie.

Localizaram o quarto no sexto andar, e ele bateu na porta com força.

Scofield atendeu, vestindo um roupão da pousada.

— É tarde e tenho de acordar cedo amanhã. O que será que vocês dois estão querendo agora? Já não causaram confusão suficiente?

Davis empurrou o professor para o lado e entrou na suíte, que continha uma área de estar generosa com sofá e cadeiras, um minibar e janelas que certamente proporcionavam uma vista maravilhosa das montanhas.

— Eu aguentei a sua babaquice hoje à tarde — disse Davis — porque tinha de aguentar. Você achou que éramos loucos. Mas acabamos de salvar a sua pele e queremos algumas respostas em retribuição.

— Tinha alguém aqui para me matar?

Davis apontou para os hematomas.

— Olhe o meu rosto. Ele está no hospital. É hora de você nos contar algumas coisas, professor. Coisas confidenciais.

Scofield pareceu engolir parte da insolência.

— Está certo. Fui um idiota com vocês hoje, mas eu não sabia...

— Um homem veio matá-lo — esclareceu Stephanie. — Embora ainda tenhamos de interrogá-lo para ter certeza, parece mesmo que estamos com a pessoa certa.

Scofield assentiu com a cabeça e convidou-os a se sentar.

— Não consigo imaginar por que eu seria uma ameaça depois de todos esses anos. Cumpri meu juramento. Nunca falei de nada, ainda que eu devesse ter falado. Poderia ter conquistado bastante fama.

Stephanie esperou que ele explicasse.

— Gastei todo o meu tempo, desde 1972, tentando provar, de outras maneiras, o que sei que é verdadeiro.

Ela havia lido uma breve sinopse do livro de Scofield, a qual a equipe dela enviara por e-mail no dia anterior. Ele sustentava que uma civilização avançada, espalhada pelo mundo, existira milhares de anos antes do Antigo Egito. Como prova, fornecia uma reavaliação de mapas havia muito conhecidos entre os especialistas, como o famoso desenho de Piri Reis, todos os quais tinham sido feitos, concluía Scofield, com o uso de mapas mais antigos, hoje perdidos. Ele acreditava que esses cartógrafos ancestrais eram muito mais avançados cientificamente do que as civilizações da Grécia, do Egito, da Babilônia ou até dos europeus posteriores, tendo mapeado todos os continentes, delineado a América do Norte milhares de anos antes de Colombo e demarcado a Antártida quando suas costas ainda não tinham gelo. Nenhum estudo científico sério corroborava qualquer das afirmações de Scofield, mas, como estava observado no e-mail, nenhum havia refutado sua teoria também.

— Professor — disse Stephanie. — Para que possamos descobrir por que querem matá-lo, precisamos saber o que está em jogo. Você tem de nos falar sobre seu trabalho para a Marinha.

Scofield baixou a cabeça.

— Aqueles três capitães-tenente trouxeram-me caixotes cheios de rochas. Elas haviam sido coletadas durante a Salto em Altura e a Moinho de Vento nos anos 1940 e foram deixados em um armazém qualquer. Ninguém prestara muita atenção nelas. Dá para imaginar? Provas como aquelas, e ninguém se importava.

"Fui o único a ter permissão para examinar os caixotes, embora Ramsey tivesse liberdade de ir e vir quando quisesse. As rochas estavam marcadas com alguma escrita. Letras singulares, como se fossem arabescos. Nenhuma língua conhecida correspondia a elas. Era ainda mais espetacular o fato de que tivessem vindo da Antártida, um lugar que está debaixo de gelo há milhares de anos. E, ainda assim, nós as encontramos. Ou melhor, os alemães as encontraram. Eles foram para a Antártida em 1938 e acharam os primeiros locais. Voltamos em 1947 e 1948 e as coletamos."

— E novamente em 1971 — disse Davis.

A descrença encobriu o rosto de Scofield.

— Voltamos?

Stephanie pôde ver que o homem realmente não sabia, então decidiu fazer um pequeno agrado:

— Um submarino foi, mas se perdeu. Foi o que começou tudo isso
agora. Tem alguma coisa sobre aquela missão que alguém não quer
que venha a público.

— Nunca me disseram isso. Mas não me surpreende: eu não precisava saber. Fui contratado para analisar a escrita. Para ver se ela podia ser decifrada.

— E pôde? — perguntou Davis.

Scofield balançou a cabeça.

— Não me permitiram terminar. O almirante Dyals encerrou o
projeto de repente. Tive de jurar sigilo absoluto e fui dispensado. Foi
o dia mais triste da minha vida. — A atitude dele combinava com as
palavras. — Estava ali. Era a prova de que existira uma primeira civilização. Tínhamos até seu idioma. Se de alguma forma pudéssemos
aprender a entendê-la, saberíamos tudo sobre eles. Revelaríamos com
certeza se eles haviam sido os antigos reis dos mares. Algo me dizia
que sim, mas não me permitiram descobrir.

Ele parecia ao mesmo tempo entusiasmado e triste.

— Como você teria aprendido a ler aquela língua? — perguntou
Davis. — Seria como escrever palavras aleatórias e tentar saber o que
significam.

— É aí que você se engana. Sabe, naquelas rochas também havia
letras e palavras que eu reconhecia. Em latim e grego. Até alguns hie-
róglifos. Não veem? Essa civilização interagiu conosco. Houve contato. Aquela pedras eram mensagens, anúncios, manifestações. Quem
sabe? Mas eram passíveis de serem lidas.

A irritação de Stephanie com a própria estupidez mudou para uma
estranha incerteza, e ela pensou em Malone e no que estava acontecendo com ele.

— Já ouviu falar no nome *Oberhauser*?

Scofield assentiu.

— Hermann Oberhauser. Ele foi para a Antártida com os nazistas em 1938. Em parte, ele é a razão pela qual voltamos lá com a Salto em Altura e a Moinho de Vento. O almirante Byrd ficou fascinado com as ideias de Oberhauser a respeito dos arianos e das civilizações perdidas. É claro que, naquela época, pós-Segunda Guerra Mundial, não se podia falar muito alto sobre essas coisas, então Byrd conduziu pesquisas particulares enquanto esteve lá com a Salto em Altura e encontrou as pedras. Como ele deve ter confirmado o que Oberhauser havia teorizado, o governo jogou tudo aquilo para baixo do tapete. Com o tempo, as descobertas dele foram simplesmente esquecidas.

— Por que alguém ia querer matar por causa disso? — resmungou Davis em voz alta. — É ridículo.

— Tem um pouco mais — disse Scofield.

MALONE DESPERTOU COM UM SOBRESSALTO E OUVIU CHRISTL DIZER:

— Vamos, acorde.

Ele esfregou os olhos para afastar o sono e checou o relógio. Tinha apagado por duas horas. Quando sua visão se ajustou às luminárias do quarto, viu Christl olhando para ele com uma expressão de triunfo.

— Consegui.

STEPHANIE ESPEROU SCOFIELD TERMINAR.

— Quando você vê o mundo através de uma lente diferente, as coisas mudam de foco. Medimos localizações com latitude e longitude, mas esses conceitos são relativamente modernos. O meridiano de origem passa por Greenwich, Inglaterra, porque esse foi o ponto arbitrariamente escolhido no fim do século XIX. Meu estudo dos mapas antigos revelou algo bastante contrário e bastante extraordinário.

Scofield levantou-se e pegou um bloco de anotações e uma caneta do hotel. Stephanie observou, enquanto ele esboçava um mapa-múndi, acrescentando marcas de latitude e longitude no perímetro do desenho. Em seguida, riscou uma linha passando pelo centro a partir da posição da longitude de trinta graus a leste.

— Não está em escala, mas vai servir para vocês verem do que estou falando. Acreditem, aplicado a um mapa em escala, tudo o que estou prestes a lhes mostrar fica claro. Esta linha central, que seria 31 graus, oito minutos leste, passa diretamente pela Grande Pirâmide de Gizé. Se esta aqui se tornar a linha de longitude grau zero, eis o que acontece.

Ele indicou um ponto na América do Sul em que estaria a Bolívia.

— Tiahuanaco. Construída por volta de 15.000 a.C. A capital de uma civilização pré-incaica desconhecida, perto do lago Titicaca. Dizem que pode ser a cidade mais antiga da Terra. Cem graus a oeste da linha de Gizé.

Scofield apontou para o México.

— Teotihuacán. Igualmente antiga. A tradução do nome é "local de nascimento dos deuses". Ninguém sabe quem a construiu. Uma cidade sagrada mexicana, 120 graus a oeste da linha de Gizé.

Ele apoiou a ponta da caneta no oceano Pacífico.

— Ilha de Páscoa. Repleta de monumentos que não conseguimos explicar. Cento e quarenta graus a oeste da linha de Gizé. — Ele avançou para o Pacífico Sul. — O antigo centro polinésio de Raiatea, extraordinariamente sagrado. Cento e oitenta graus a oeste da linha de Gizé.

— Funciona na direção contrária? — perguntou Stephanie.

— Claro. — Scofield indicou o Oriente Médio. — Iraque. A cidade bíblica de Ur dos caldeus, o local de nascimento de Abraão. Quinze graus a leste da linha de Gizé. — Ele deslocou a ponta da caneta. — Aqui, Lhasa, a cidade sagrada tibetana, extremamente antiga. Sessenta graus a leste.

"Há muitos outros locais que caem em intervalos definidos a partir da linha de Gizé. Todos sagrados. A maioria construída por povos desconhecidos, envolvendo pirâmides ou alguma forma de estrutura elevada. Não pode ser coincidência que estejam localizados em pontos precisos do globo."

— E você acha que quem quer que tenha esculpido as escritas nas pedras foi responsável por tudo isso? — perguntou Davis.

— Lembre-se, todas as explicações são racionais. E quando você leva em consideração a jarda megalítica, a conclusão torna-se inevitável.

Stephanie nunca tinha ouvido o termo.

— Da década de 1950 até meados dos anos 1980, Alexander Thom, um engenheiro escocês, realizou a análise de 46 círculos de pedra neolíticos e da Idade do Bronze. Com o tempo, ele avaliou mais de trezentos locais e descobriu que havia uma unidade de medida comum usada em todos eles. Chamou-a de jarda megalítica.

— Como isso é possível — perguntou ela —, considerando as culturas variadas?

— A ideia fundamental é bastante sensata. Monumentos como o Stonehenge, que existem por todo o planeta, não eram nada além de observatórios antigos. Seus construtores concluíram que se ficassem no centro de um círculo e se voltassem para o nascer do sol, marcando a localização do evento a cada dia, depois de um ano haveria 366 marcas no solo. A distância entre essas marcas era sempre de 41, 45 centímetros.

"É claro que esses povos antigos não faziam medições em centímetros — continuou Scofield —, mas esse foi o equivalente moderno ao se reproduzir a técnica. Esses mesmo povos antigos descobriram, então, que uma estrela levava 3,93 minutos para se mover de uma marca até a outra.

STEVE BERRY.

"Igualmente, não usavam minutos, mas observaram e anotaram uma unidade constante de tempo. — Scofield fez uma pausa. — Eis a parte interessante: para que um pêndulo oscile 366 vezes durante 3,93 minutos, ele tem de ter exatamente 41,45 centímetros de comprimento. Impressionante, não? E, de modo algum, coincidência. Foi por isso que 41,45 centímetros foi a medida escolhida pelos construtores antigos para a jarda megalítica."

Scofield pareceu notar a descrença de Stephanie e Davis.

— Não é algo tão raro assim — disse ele. — Um método semelhante chegou a ser proposto como alternativa para determinar o comprimento de um metro padrão. Os franceses acabaram decidindo que seria melhor usar uma divisão do quadrante de um meridiano, pois eles não confiavam nos cronômetros de que dispunham.

— Como é que povos antigos poderiam saber disso? — perguntou Davis. — Seria preciso uma compreensão sofisticada de matemática e mecânica orbital.

— Lá vem a arrogância moderna de novo. Esses povos não eram homens das cavernas ignorantes. Eles tinham uma inteligência intuitiva. Eram conscientes do seu mundo. Nós estreitamos nossos sentidos e estudamos coisas pequenas. Eles ampliaram suas percepções e entenderam o cosmo.

— Existe alguma evidência científica que prove isso? — perguntou Stephanie.

— Acabei de mostrar a vocês a física e a matemática, o que, aliás, essa sociedade navegadora teria entendido. Alexander Thom pressupôs que varas de medição com uma jarda megalítica feitas de madeira poderiam ter sido usadas para fins de exploração, e que elas devem ter sido produzidas em um lugar central para manter a coerência que ele observou nos locais das construções. Esses povos ensinavam muito bem suas lições a estudantes interessados.

Ela pôde ver que Scofield acreditava em tudo o que estava dizendo.

— Várias coincidências numéricas com outros sistemas de medida usadas ao longo da história dão algum apoio à ideia da jarda megalítica. Ao estudar a civilização minoica, o arqueólogo J. Walter Graham propôs que o povo de Creta usava uma medida padrão, que ele denominou pé minoico. Há uma correlação. Mil pés minoicos equivalem a exatamente 366 jardas magalíticas. Outra coincidência impressionante, não acham?

"Também há uma relação entre a antiga medida egípcia de cúbito real e a jarda megalítica. Um círculo com meio cúbito real de diâmetro possui uma circunferência igual a uma jarda megalítica. Como uma correlação tão direta seria possível sem um denominador comum? É como se os minoicos e os egípcios tivessem aprendido sobre a jarda megalítica e, em seguida, adaptado a unidade às suas próprias situações.

— Por que eu nunca ouvi falar em nada disso? — perguntou Davis.

— A corrente científica predominante não pode confirmar nem negar a jarda megalítica. Argumenta-se que não há provas de que o pêndulo fosse de uso comum naquela época... ou mesmo de que o princípio que o rege fosse conhecido antes de Galileu. Mas é aquela arrogância mais uma vez. De alguma forma, somos sempre os primeiros a perceber qualquer coisa. Os cientistas da corrente predominante também dizem que os povos do neolítico não tinham nenhum sistema de escrita que fosse capaz de registrar informações sobre órbitas e movimentos planetários, mas...

— As rochas — disse Stephanie. — Elas continham escritas.

Scofield sorriu.

— Exatamente. Escrita antiga numa língua desconhecida. No entanto, até o momento em que puder ser decifrada, ou até que uma vara de medição neolítica realmente seja encontrada, a teoria permanecerá sem comprovações.

Scofield ficou em silêncio. Stephanie ficou esperando por *mais*.

— Só tive permissão para trabalhar com as pedras — disse ele. — Tudo era levado a um armazém em Fort Lee. Mas uma seção desse armazém era refrigerada. E ficava trancada. Só o almirante entrava. O conteúdo daquela seção já estava lá quando cheguei. Dyals me disse que, se eu resolvesse o problema da língua, poderia dar uma olhada lá dentro.

— Nenhuma ideia do que havia ali? — perguntou Davis.

Scofield balançou a cabeça.

— O almirante era obcecado com a questão do sigilo. Sempre deixava aqueles capitães-tenentes no meu pé. Eu nunca ficava sozinho dentro do prédio. Mas tinha a impressão de que os itens importantes estavam guardados naquele freezer.

— Você chegou a conhecer Ramsey? — perguntou Davis.

— Ah, sim. Era o favorito de Dyals. Claramente no comando.

— Ramsey está por trás disto — declarou Davis.

O pesar e a irritação de Scofield pareceram aumentar.

— Ele faz alguma ideia do que eu poderia ter escrito a respeito daquelas pedras? Elas deviam ter sido mostradas ao mundo. Confirmariam tudo o que pesquisei. Uma cultura até então desconhecida, de navegadores, muito anterior à nossa civilização sequer surgir, capaz de desenvolver uma língua. É revolucionário.

— Ramsey não está nem aí — disse Davis. — Seu único interesse é ele mesmo.

Stephanie estava curiosa.

— Como você sabia que essa civilização era de navegadores?

— Relevos nas pedras. Barcos longos, habilidades sofisticadas de navegação, baleias, icebergs, focas, pinguins, e não dos pequenos. Grandes, do tamanho de um homem. Hoje sabemos que uma espécie como essa existiu na Antártida, mas estão extintos há dezenas de milhares de anos. No entanto, vi imagens deles entalhadas.

— E o que aconteceu com essa cultura perdida? — perguntou ela. Scofield deu de ombros.

— Provavelmente, o mesmo que aconteceu com todas as sociedades humanas. Eliminamos a nós mesmos de forma intencional ou por imprudência. De um jeito ou de outro, desaparecemos.

Davis encarou-a.

— Precisamos ir até Fort Lee para ver se esse material ainda está lá.

— É tudo confidencial — disse Scofield. — Vocês nunca chegarão nem perto.

Scofield tinha razão. Mas Stephanie viu que não seria possível fazer Davis mudar de ideia.

— Não tenha tanta certeza disso.

— Posso ir dormir agora? — disse Scofield. — Tenho de estar de pé daqui a algumas horas para a nossa caçada anual. Javalis e arcos e flechas. Todo ano, levo um grupo do congresso para a floresta.

Davis levantou-se.

— Claro. Vamos embora daqui pela manhã também.

Ela se levantou.

— Olhe — disse Scofield, em tom de resignação. — Sinto muito pela atitude. Estou grato pelo que fizeram.

— Você deveria pensar em não ir caçar — disse Stephanie.

Ele balançou a cabeça.

— Não posso decepcionar os participantes. Eles aguardam ansiosamente por isso todo ano.

— A decisão é sua — disse Davis. — Mas acho que você está seguro. Ramsey seria um tolo se viesse atrás de você de novo... e ele é qualquer coisa menos isso.

SETENTA E DOIS

Baco me conta que eles se comunicaram com muitos povos e respeitam todas as formas de linguagem, por considerarem cada uma delas bela à sua própria maneira. O idioma desta terra cinzenta é uma língua fluida, num alfabeto aperfeiçoado há muito tempo. A respeito da escrita, são controversos. É necessária, mas eles alertam que a escrita incentiva o esquecimento e desencoraja a memória — e estão certos. Eu vago livremente entre as pessoas, sem medo. Crimes são raros e punidos pelo isolamento. Um dia, pediram-me ajuda para colocar a pedra fundamental de uma parede. Baco estava contente com meu envolvimento e insistiu para que eu friccionasse os vasos da terra, pois eles destilam um estranho vinho que cresce sob minhas mãos e encobre todo o céu. Baco diz que deveríamos venerar essa maravilha, pois ela fornece vida. Aqui, o mundo está partido por ventos poderosos e vozes que gritam alto numa língua que os homens mortais não conseguem falar. Ao som dessa alegria elementar, entro na casa de Hator e ofereço cinco joias sobre um altar. O vento canta alto, tanto que todos os que estão ali parecem hipnotizados, e eu penso que estamos de fato no céu. Diante de uma estátua, ajoelhamo-nos e prestamos adoração. O som de uma flauta preenche o ar. As neves são eternas, e um estranho perfume flui para o alto. Uma noite, Baco de repente iniciou um discurso extremamente longo que eu não pude entender. Pedi que ele me ensinasse os meios para compreendê-lo, e Baco concordou, e eu aceitei de bom grado a língua do céu. Fico feliz que meu rei tenha me permitido vir a esta espantosa terra do sol esvanecente. Essas pessoas vibram e uivam, extravasam loucuras. Durante algum tempo, tive medo de ficar sozinho. Sonhava com pores do sol cálidos, flores de cores vivas e parreiras cheias. Mas não mais. Aqui, a alma fica embriagada. A vida é plena. Destrói e satisfaz, mas nunca desaponta.

Notei uma estranha constante. Tudo o que vira, naturalmente o faz para a esquerda. Pessoas perdidas movem-se para a esquerda. A neve rodopia para a esquerda. As trilhas dos animais na neve seguem para a esquerda. As criaturas do mar nadam em círculos inclinados para a esquerda. Bandos de pássaros aproximam-se vindo pela esquerda. O sol no verão movimenta-se o dia todo pelo horizonte, sempre da direita para esquerda. Os jovens são incentivados a conhecer seu ambiente natural. Aprendem a prever uma tempestade ou o perigo iminente, tornam-se adultos perceptivos, em paz consigo mesmos, preparados para a vida. Um dia participei de um passeio. A caminhada é bem-vista, mas é uma atividade perigosa. Um bom senso de direção e pés ágeis são necessários. Notei que, até quando nosso guia virava conscientemente para a direita, a soma de suas diversas voltas resultava sempre na esquerda, de modo que, sem pontos de referência, totalmente ausentes nesta terra, é quase impossível evitar o retorno ao ponto de partida vindo de qualquer direção que não seja a esquerda. Os homens, as aves e as criaturas marinhas estão integrados. Esse mecanismo de virada à esquerda parece inteiramente intrínseco a todos. Nenhum habitante desta terra cinzenta tem qualquer percepção do hábito e, quando faço a observação, eles simplesmente dão de ombros e sorriem.

Hoje, Baco e eu visitamos Adonai, que fora informado dos meus interesses por matemática e arquitetura. Ele é professor de habilidades e mostrou-me varas de medição usadas tanto para projetar quanto para construir. Ser consistente é ser preciso, disse-me. Digo a ele que o projeto da capela do rei em Aachen fora enormemente influenciado por seus alunos, e ele ficou satisfeito. Em vez de sermos temerosos, desconfiados ou ignorantes diante do mundo, Adonai insiste em que deveríamos aprender com o que a natureza criou. Os contornos da terra, a localização de calor subterrâneo, o ângulo do sol e o mar são todos fatores considerados para a localização tanto de um prédio como de uma cidade. A sabedoria de Adonai é sólida, e eu lhe agradeço a lição. Ele também me mostra um jardim. Muitas plantas são preservadas, mas muitas outras pereceram. As plantas são cultivadas em lugares fechados num solo rico em cinzas, pedras-pomes, areia e minerais. Plantas também são cultivadas na água, tanto salgada quanto doce. Raramente come-se carne. Dizem-me que esgota a energia do corpo e deixa a pessoa mais suscetível a doenças. Depois de passar por uma dieta constituída principalmente de plantas, com um ou outro prato de peixe, vejo que nunca me senti tão bem.

Que prazer ver o sol novamente. A longa escuridão do inverno terminou. As paredes de cristal ganham vida com um brilho de luz colorida. Um coro canta uma melodia grave, doce e rítmica. O volume aumenta à medida que o sol se ergue num novo céu. Trombetas soam a nota final, e todos abaixam a cabeça em reconhecimento ao poder da vida e da força. A cidade dá as boas-vindas ao verão. As pessoas brincam, vão a palestras, visitam umas às outras e aproveitam o Festival do Ano. Cada vez que o pêndulo central da praça repousa, todos se voltam para o templo e observam um cristal espalhando cor pela cidade. Após o longo inverno, o espetáculo é muito apreciado. Chegou o tempo das uniões, e muitos parecem fazer juramentos de amor e lealdade. Cada um aceita um bracelete de promessa e faz seus votos ao outro. Este momento traz grande alegria. Informam-me de que viver em harmonia é o objetivo. Mas nesta ocasião, três uniões precisavam ser desfeitas. Duas geraram filhos, e os respectivos pais concordaram em dividir responsabilidades, mesmo não permanecendo juntos. A terceira união recusou-se. Nenhum dos pais queria os filhos. Então, outros que desejavam ser pais havia muito tempo receberam a prole e, mais uma vez, houve grande alegria.

Fico numa casa onde quatro cômodos circundam um pátio. Nenhuma janela nas paredes, mas os cômodos têm uma iluminação esplêndida, vinda do alto, de um teto de cristal, e eles permanecem sempre cheios de calor e

luz. Canos atravessam a cidade e chegam a todas as casas, como raízes rastejando pelo solo, trazendo um calor inesgotável. Apenas duas regras go-
vernam a casa. Nenhuma alimentação e nenhum saneamento. Os recintos
não podem ser violados pelo gesto de comer, dizem-me. As refeições são
feitas com todos nos salões de jantar. Lavagens, banhos e todos os outros
métodos de higiene são realizados em outras salas. Pergunto a razão de tais
regras, e me dizem que todas as matérias impuras são enviadas instantaneamente dos salões de refeição e de higiene para o fogo que nunca apaga,
onde são absorvidas. É o que mantém Tartarus limpa e saudável. As duas
regras são os sacrifícios que cada pessoa faz para a pureza da cidade.

Esta terra cinzenta é dividida em nove Lotes, cada um com uma cidade que se expande a partir de uma praça central, a qual parece um local de
encontro. Um Conselheiro administra cada Lote, escolhido pelas pessoas
do Lote por meio de votação, da qual homens e mulheres participam. As
leis são promulgadas pelos nove Conselheiros e registradas nas Colunas
da Justiça, na praça central de cada cidade, para que todos tenham conhecimento. Acordos solenes são feitos em conformidade com as leis. Os Conselheiros reúnem-se uma vez, durante o Festival do Ano, na praça central
de Tartarus, e escolhem um dentre eles para ser o Alto Conselheiro. Uma
única regra rege suas leis: tratar a terra e uns aos outros como você gostaria
de ser tratado. Os Conselheiros deliberam para o bem de todos sob o símbolo da justiça. No alto está o sol, meio incandescente em sua glória. Depois, a Terra, um círculo simples, e os planetas representados por um
ponto dentro do círculo. A cruz remete à terra, enquanto o mar ondula
abaixo. Perdoem meu esboço mal-acabado, mas é assim que aparece.

SETENTA E TRÊS

STEPHANIE FOI ARRANCADA DO SONO PELO TELEFONE DA CABECEIRA. OLHOU para o relógio digital: 5h10. Davis estava deitado na outra cama queen size, também todo vestido, dormindo. Nenhum dos dois sequer se dera ao trabalho de desfazer a cama antes de se deitar.

Ela pegou o fone, ouviu por um momento, depois se sentou.

— Diga mais uma vez.

— O homem preso chama-se Chuck Walters. Verificamos a informação por meio das impressões digitais. Possui ficha, principalmente por coisas pequenas, nada que se relacione com este caso. Mora e trabalha em Atlanta. Verificamos seu álibi. Testemunhas relatam que estava na Geórgia duas noites atrás. Não há dúvidas. Entrevistamos todas e os dados conferem.

Stephanie organizou as ideias.

— Por que ele fugiu?

— Disse que um homem partiu para cima dele. Vinha dormindo com uma mulher casada nos últimos meses e achou que o sujeito fosse o marido dela. Checamos com a mulher, e ela confirma o relacionamento. Quando Davis o abordou, ele se apavorou e correu. Quando você atirou na direção dele, o homem apavorou-se de verdade e arremessou o pino de boliche. Não sabia o que estava acontecendo. Depois, Davis o arrebentou. Ele disse que vai processar.

— Alguma chance de que esteja mentindo?

— Não é o que parece. Esse cara não é nenhum assassino profissional.

— O que estava fazendo em Asheville?

— A esposa expulsou-o de casa dois dias atrás, então ele decidiu vir para cá. Só isso. Nada de ameaçador.

— E, suponho, a esposa confirmou tudo isso.

— É para isso que somos pagos.

Stephanie balançou a cabeça. Droga.

— O que quer que eu faça com ele?

— Solte-o. O que mais?

Ela desligou o telefone e disse:

— Não é ele.

Davis estava sentado na beira da cama dele. Os dois se deram conta no mesmo instante. Scofield. E correram para a porta.

CHARLIE SMITH TINHA FICADO NO ALTO DA ÁRVORE POR QUASE UMA HORA. O inverno envolvia os troncos com resina aromática, e as folhas do abeto constituíam o esconderijo ideal no meio de um grupo de pinheiros altos. O ar do início da manhã era incrivelmente frio, e a grande umidade só aumentava o desconforto. Felizmente, ele vestira roupas quentes e escolhera o local com cuidado.

O show na casa de Biltmore na noite anterior tinha sido clássico. Smith organizara a farsa com grande estilo e vira a mulher não apenas pegar a isca, mas a linha, a vara, o molinete e o barco todo. Ele precisara saber se estava entrando numa armadilha, então ligara para Atlanta e contatara o agente, que já lhe havia prestado outros trabalhos antes. Suas instruções tinham sido claras. *Fique atento para algum sinal e, em seguida, atraia atenção para si.* Smith havia notado o homem

472] STEVE BERRY

e a mulher do saguão quando entraram no ônibus que transportava os turistas até a mansão. Suspeitara que poderiam ser seu problema, mas, dentro da casa, viria a ter certeza. Então, dera o sinal, e seu homem apresentara uma performance digna de um Oscar. Smith ficara do outro lado da enorme árvore de Natal, no salão de banquete, e vira o circo pegar fogo.

As ordens para o agente tinham sido claras. Nada de armas. Não faça nada a não ser correr. Deixe que o peguem, depois alegue desconhecimento. Smith certificou-se de que o homem possuía um álibi convincente para duas noites antes, pois sabia que tudo seria conferido a fundo. O fato de que seu ajudante estivesse de fato passando por problemas conjugais e dormindo com uma mulher casada só ajudara no álibi e fornecera a razão perfeita para a fuga.

De modo geral, o espetáculo tinha funcionado de forma impecável.

Agora, *ele* viera terminar o trabalho.

Stephanie bateu com força na porta da coordenadora do congresso, e seu chamado finalmente foi atendido. A recepção lhes fornecera o número do quarto.

— Quem diabo são...

Stephanie mostrou a identificação.

— Agentes federais. Precisamos saber onde a caçada acontecerá esta manhã.

A mulher hesitou por um segundo, depois disse:

— É na propriedade, a cerca de vinte minutos daqui.

— Um mapa — disse Davis. — Faça um, por favor.

Smith observou o grupo de caça com um binóculo que comprara na tarde do dia anterior numa loja nas redondezas. Estava contente por ter guardado o fuzil de Herbert Rowland. Tinha quatro cartuchos, mais do que suficiente. Na verdade, só precisaria de um.

Caçar javalis certamente não era para qualquer um. Smith conhecia um pouco o esporte. Javalis eram cruéis, desagradáveis e tendiam a habitar apenas áreas de vegetação densa, longe de lugares muito frequentados. O arquivo sobre Scofield dizia que ele adorava caçar javalis. No dia anterior, quando Smith soubera desse evento, sua mente formulara rápido o modo perfeito de eliminar seu alvo.

Olhou à sua volta. O ambiente era ideal. Muitas árvores. Nenhuma casa. Quilômetros de floresta densa. Anéis de névoa envolviam os picos arborizados. Por sorte, Scofield não levara cães — os animais representariam um problema. Fora informado pela equipe do congresso que os participantes sempre se encontravam numa área de preparação a cerca de 5 quilômetros do hotel, perto do rio, e seguiam uma rota bem sinalizada. Sem armas de fogo. Somente arcos e flechas. E eles não voltavam necessariamente com um javali. Era mais tempo de convívio com o professor, conversando sobre o evento e apreciando a manhã de inverno na floresta. Portanto, Smith chegara havia duas horas, bem antes do amanhecer, e descera a trilha, até finalmente escolher o melhor e mais alto lugar, perto do início do passeio, na esperança de encontrar uma oportunidade.

Se não encontrasse, improvisaria.

STEPHANIE DIRIGIA, E DAVIS DAVA AS COORDENADAS. ELES HAVIAM SAÍDO ÀS pressas do hotel, no sentido oeste, para o interior dos mais de 3 mil hectares que constituíam o Biltmore Estate. A estrada era estreita, uma via de asfalto sem faixas que acabava atravessando o rio French Broad e entrava na mata fechada. A coordenadora do congresso dissera que a área de preparação da caçada não ficava muito depois do rio e que a trilha floresta adentro seria fácil de seguir.

474] STEVE BERRY

Stephanie avistou carros adiante. Assim que estacionou numa clareira, ela e Davi saltaram do carro. Um tom pálido de amanhecer manchava o céu. O rosto dela sentiu o frio do ar úmido. Stephanie localizou a trilha e correu.

Smith avistou algo laranja entre as folhagens de inverno, a uns 400 metros de distância. Ele estava escondido na árvore, sobre um galho, apoiado contra um tronco do pinheiro. Um vento passou uivando sob o que começava a se transformar num céu azul de dezembro, claro e frio.

Pelo binóculo, ele viu Scofield e seu grupo caminharem no sentido norte. Smith tentara adivinhar a possível rota deles, torcendo para que se mantivessem na trilha. Agora, com Scofield à vista, viu que o chute valera a pena.

Ele pendurou o binóculo num galho saliente e apanhou o fuzil, buscando o foco pela mira telescópica. Teria preferido trabalhar de forma mais discreta, usando um silenciador potente, mas não havia trazido um dos seus, e a comercialização desse equipamento era ilegal. Segurou firme a coronha de madeira e esperou a presa se aproximar.

Só mais alguns minutos.

Stephanie correu na frente, sentindo o pânico se alastrar em ondas intensas. Ela manteve o olhar fixo adiante, em busca de movimento por entre as árvores. Sua respiração rasgava-lhe o peito.

Não estariam todos usando coletes coloridos?

O assassino estava ali?

Smith avistou um movimento atrás do grupo de caça. Pegou o binóculo e focalizou os dois da noite anterior, correndo, talvez uns 50 metros atrás do grupo, por uma trilha sinuosa.

Aparentemente, sua artimanha tinha funcionado apenas parcialmente.

Ele previu o que aconteceria depois que Scofield morresse. Um acidente de caça seria a suposição imediata, ainda que as duas almas intrépidas cada vez mais próximas gritassem que havia sido assassinato. Haveria um inquérito do departamento de polícia local e do departamento estadual de recursos naturais. Os investigadores iriam medir, fotografar e fazer buscas, e ângulos e trajetórias seriam anotados. Uma vez que percebessem que a bala viera do alto, as árvores seriam examinadas. Mas, caramba, havia dezenas de milhares por ali.

Quais eles iriam examinar?

Scofield estava a 500 metros de distância, e os dois salvadores aproximavam-se. Eles fariam uma curva pela trilha e avistariam o alvo.

Smith voltou a olhar pela mira do fuzil.

Acidentes acontecem o tempo todo. Caçadores confundem outros caçadores com alguma presa.

Quatrocentos metros.

Mesmo quando usam coletes laranja fluorescentes.

A lente da mira foi preenchida pelo alvo.

O tiro precisava ser no peito. Mas a cabeça eliminaria a necessidade de um segundo disparo.

Trezentos metros.

Aqueles dois estarem ali era um problema, mas Ramsey esperava que o Dr. Douglas Scofield morresse hoje.

Smith apertou o gatilho. O estrondo do fuzil atravessou o vale, e a cabeça de Scofield explodiu.

Então, Smith teria de correr o risco.

PARTE 5

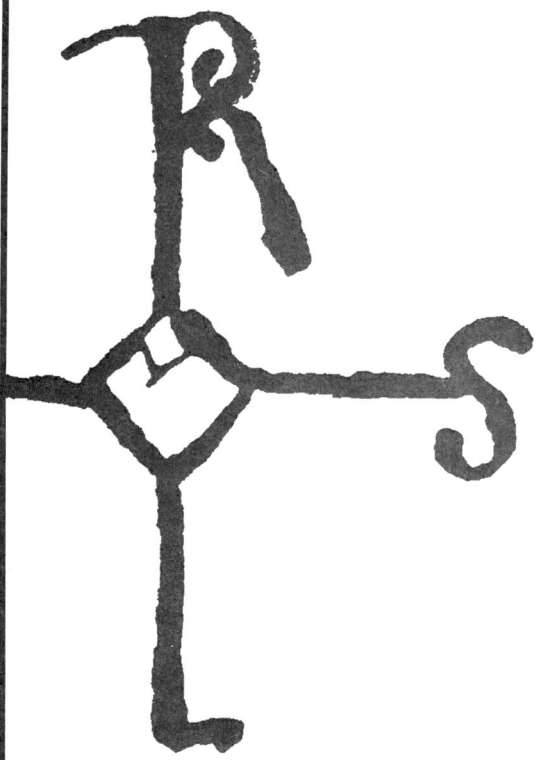

SETENTA E QUATRO

Malone tinha ouvido o suficiente da tradução de Christl para saber que precisava ir para a Antártida. Se tivesse de levar quatro passageiros, que assim fosse. Era óbvio que Eginhardo tinha passado por uma experiência extraordinária, algo que também encantara Hermann Oberhauser. Infelizmente, o velho alemão sentira a iminência da própria ruína e, na esperança de que seu filho refizesse seus passos, devolvera o livro ao local em que o volume repousara por 1.200 anos. No entanto, Dietz fracassara, e a tripulação do NR-1A partilhara com ele as consequências. Se havia uma mísera chance de encontrar esse submarino naufragado, Malone precisava tentar.

Os dois falaram com Isabel e lhe disseram o que haviam encontrado.

Christl estava completando a tradução, trabalhando com esmero, certificando-se de que as informações de que dispunham estavam corretas.

Então Malone saiu da pousada para uma tarde gélida e caminhou na direção da praça central de Ossau, cada passo na neve fresca soando como um rangido de isopor. Ele levara o celular e, enquanto andava, digitou o número de Stephanie. Ela atendeu no quarto toque e disse:

— Estava esperando notícias suas.

— Isso não parece bom.

— Ser feita de idiota nunca é. — Malone a ouviu contar sobre as últimas 12 horas e o que acontecera em Biltmore Estate. — Eu vi o cérebro do homem estourar.

— Você tentou dizer para ele não ir, mas ele não quis ouvir. Nenhum sinal do atirador?

— Muitas árvores entre ele e nós. Sem chances de encontrá-lo. Ele escolheu bem o local.

Malone entendia a frustração de Stephanie, mas observou:

— Vocês ainda têm uma trilha para chegar a Ramsey.

— É mais ele que tem uma trilha até nós.

— Mas vocês sabem a relação. Ele vai ter de cometer um erro em algum momento. E você disse que Daniels contou que Diane McCoy foi a Fort Lee, e Ramsey visitou o local ontem. Pense, Stephanie. O presidente não lhe disse isso à toa.

— Pensei a mesma coisa.

— Acho que você sabe qual é o próximo passo.

— Isso é uma droga, Cotton. Scofield está morto porque eu não estava pensando.

— Ninguém disse que é justo. As regras são duras, e as consequências, mais ainda. É o que você me diria. Faça o seu trabalho e não sofra com ele, mas não vacile de novo.

— O aluno ensinando à professora?

— Algo assim. Agora, preciso de um favor. Grande.

STEPHANIE LIGOU PARA A CASA BRANCA. OUVIRA O PEDIDO DE MALONE E dissera para ele aguardar. Ela concordava. Era algo que tinha de ser feito. Também concordava que Danny Daniels estava tramando alguma coisa.

Ela ligou para uma linha privada direta do chefe de gabinete. Quando ele atendeu, ela explicou o que precisava. Momentos depois, o presidente entrou na linha e perguntou:

— Scofield está morto?

— E a culpa é nossa.

— Como está Edwin?

— Enlouquecido. O que você e Diane McCoy estão fazendo?

— Nada mal. Eu achava que havia sido discreto com isso.

— Não, Cotton Malone é que foi esperto. Só fui sensata o bastante para ouvi-lo.

— É complicado, Stephanie. Mas digamos apenas que não tive tanta confiança na abordagem de Edwin quanto eu gostaria; parece que eu estava certo.

Ela não podia discutir.

— Cotton precisa de um favor, e está relacionado a isso.

— Diga.

— Ele traçou uma relação entre Ramsey, o NR-1A, a Antártida e aquele armazém em Fort Lee. Malone encontrou uma maneira de ler aquelas pedras cobertas com escritas.

— Eu estava torcendo para que isso acontecesse — disse Daniels.

— Ele vai enviar um programa de tradução por e-mail. Desconfio que essa seja a razão pela qual o NR-1A foi enviado em 1971, para descobrir mais informações sobre aquelas rochas. Agora Malone precisa ir para a Antártida. Base de Halvorsen. Imediatamente. Com quatro passageiros.

— Civis?

— Creio que sim. Mas fazem parte do acordo. Eles têm a localização. Sem eles, nada de localização. Malone vai precisar de transporte aéreo e terrestre e de equipamento. Ele acha que pode ser capaz de resolver o mistério do NR-1A.

— Devemos essa ao homem. Fechado.

— De volta à minha pergunta, o que você e Diane McCoy estão fazendo?

— Sinto muito. Privilégio presidencial. Mas preciso saber, vocês vão para Fort Lee?

— Podemos usar aquele jato particular que trouxe o Serviço Secreto aqui?

Daniels deu uma risadinha.

— É de vocês por hoje.

— Então, sim, nós vamos.

MALONE SENTOU-SE NUM BANCO GELADO E VIU GRUPOS DE PESSOAS PASSAREM, todas rindo, cheias de alegria. O que o aguardava na Antártida? Impossível saber. Mas, por algum motivo, ele tinha medo.

Ficou sentado sozinho, suas emoções tão rígidas e frias quanto o ar à sua volta. Ele mal se lembrava do pai, mas nunca passara um dia, desde os 10 anos, em que não pensasse no homem. Quando entrara para a Marinha, conhecera muitos dos contemporâneos do pai e logo descobrira que Forrest Malone tinha sido um oficial altamente respeitado. Cotton nunca sentira pressão alguma para estar à altura — talvez porque nunca tivesse conhecido o modelo —, mas diziam que ele se parecia muito com o pai. Franco, determinado, leal. Sempre considerara isso um elogio, mas como ele queria ter conhecido o homem pessoalmente.

Infelizmente, a morte interviera. E Malone ainda estava furioso com a Marinha por ela ter mentido.

Stephanie e o relatório do tribunal de inquérito tinham explicado algumas das razões para a farsa. O sigilo do NR-1A, a Guerra Fria, a singularidade da missão, o fato de a tripulação ter concordado em não ser resgatada. Mas nada disso era satisfatório. Seu pai tinha morrido numa aventura temerária em busca de um absurdo. No entanto, a Marinha dos Estados Unidos sancionara a loucura e um encobrimento ousado. Por quê?

O celular vibrou em sua mão.

— O presidente deu sinal verde para tudo — disse Stephanie quando ele atendeu. — Geralmente há muita preparação e procedimentos que têm de ser seguidos antes que qualquer pessoa vá à Antártida, como treinamentos, vacinas, exames médicos; mas Daniels ordenou que fossem suspensos. Um helicóptero está a caminho agora. O presidente desejou boa sorte a você.

— Enviarei o programa de tradução por e-mail.

— Cotton, o que você espera encontrar?

Malone inspirou profundamente para acalmar seus nervos agitados.

— Não tenho certeza, mas alguns de nós aqui têm de fazer essa viagem.

— Às vezes é melhor deixar os fantasmas em paz.

— Não me lembro de que você acreditasse nisso alguns anos atrás, quando os fantasmas eram seus.

— O que você está prestes a fazer é perigoso. Sob mais de um aspecto.

O rosto dele estava voltado para a neve do chão; o telefone ao ouvido.

— Eu sei.

— Cuidado com essa, Cotton.

— Você também.

SETENTA E CINCO

STEPHANIE DIRIGIA UM CARRO QUE ALUGARA NO AEROPORTO DE RICHMOND, onde o jato do Serviço Secreto havia pousado após a rápida viagem vindo de Asheville. Davis estava sentado ao lado dela, o rosto e o ego ainda machucados. Ele havia sido feito de idiota duas vezes. Uma, alguns anos antes, por Ramsey com Millicent, e outra no dia anterior, por um homem que assassinara Douglas Scofield habilidosamente. A polícia local estava tratando a morte como homicídio, unicamente devido à informação que Stephanie e Edwin haviam fornecido, ainda que nenhum traço do assassino tivesse sido encontrado. Ambos perceberam que o homem sumira muito tempo antes, e a tarefa agora era determinar para onde ele tinha ido. Mas primeiro eles precisavam ver qual era o motivo de toda a confusão.

— Como você planeja entrar naquele armazém? — perguntou ela a Davis. — Diane McCoy não conseguiu.

— Acho que isso não vai ser o problema.

Stephanie sabia a quê, ou melhor, a quem Davis se referia.

O carro aproximou-se do portão principal da base e parou na guarita de segurança. Ela apresentou para o sentinela uniformizado sua identidade e a de Davis e disse:

— Temos um assunto a tratar com o comandante da base. Confidencial.

O cabo foi para dentro da guarita e voltou logo em seguida, segurando um envelope.

— Isto é para a senhora.

Stephanie aceitou o pacote, e o sentinela indicou que eles passassem. Ela entregou o envelope a Davis e, enquanto ele o abria, acelerou o carro.

— É um bilhete — disse ele. — Diz para seguir estas instruções.

Davis foi orientado à medida que Stephanie dirigia pela base, até que eles entraram num complexo repleto de armazéns de metal, dispostos um ao lado do outro e parecidos com pães partidos ao meio.

— O que está marcado como 12E — disse Davis.

Ela viu um homem esperando do lado de fora. Pele morena, cabelo preto-azeviche curto, feições mais árabes que europeias. Ela estacionou, e os dois saíram do carro.

— Bem-vindos a Fort Lee — disse o homem. — Sou o coronel William Gross.

Usava calça jeans, botas e uma camisa de lenhador.

— Ligeiramente à paisana — disse Davis.

— Eu estava caçando hoje. Fui convocado e solicitado para que viesse como estivesse e fosse discreto. Fui informado de que vocês querem olhar lá dentro.

— E quem lhe disse isso? — perguntou ela.

— Na verdade, o presidente dos Estados Unidos. Não posso dizer que um presidente já tinha me ligado antes, mas um me ligou hoje.

RAMSEY FITAVA A REPÓRTER DO *WASHINGTON POST* DO OUTRO LADO DA MESA DE reunião. Era a nona entrevista que ele concedia naquele dia e a primeira presencial. As outras todas tinham sido por telefone, o que se tornara um procedimento padrão para uma imprensa com prazos apertados. Daniels, fiel às suas palavras, anunciara a indicação quatro horas antes.

— Você deve estar emocionado — disse a mulher. Ela fazia a cobertura dos assuntos militares havia alguns anos e já o entrevistara antes. Não era tão inteligente, mas claramente achava que sim.

— É um bom posto no qual terminar minha carreira na Marinha. — Ramsey riu. — Convenhamos, sempre foi a última atribuição de qualquer escolhido. Não tem muito mais para onde subir.

— A Casa Branca.

Ele se perguntou se a repórter estava informada ou simplesmente jogando verde para ele. Certamente, a segunda opção. Então, decidiu se divertir um pouco:

— Verdade, eu poderia me aposentar e concorrer à presidência. Parece um bom plano.

Ela sorriu.

— Doze militares já chegaram lá.

Ramsey ergueu as mãos num gesto de rendição.

— Garanto a você, não tenho nenhum plano para isso. Nenhum mesmo.

— Várias pessoas com quem falei hoje disseram que você seria um excelente candidato político. Sua carreira foi exemplar. Nenhum traço de escândalo. Suas filosofias políticas são desconhecidas, o que significa que poderiam ser modeladas da maneira que você escolhesse. Nenhuma afiliação a partidos, o que lhe dá opções. E o povo dos Estados Unidos sempre adorou homens de uniforme.

Exatamente o raciocínio de Ramsey. Ele acreditava firmemente que uma pesquisa de opinião revelaria uma aprovação geral dele, tanto como pessoa quanto como líder. Ainda que seu nome não fosse tão conhecido, sua carreira falava por si própria. Ele havia dedicado a vida ao serviço militar, fora enviado para missões no mundo inteiro, servindo em toda área problemática concebível. Recebera 23 comendas. Seus amigos políticos eram numerosos. Alguns, ele cultivara por iniciativa própria, como Dyals Falcão de Inverno e o senador Kane, mas outros gravitavam ao seu redor simplesmente porque ele representava um oficial de alta patente numa posição sensível que poderia ser útil sempre que precisassem.

— Quer saber, vou deixar essa honra para algum outro militar. Estou simplesmente ansioso para servir no Estado-Maior Conjunto. Será um desafio incrível.

— Ouvi dizer que o senador Kane é o seu defensor. Alguma verdade nisso?

Aquela mulher estava muito mais informada do que Ramsey supusera.

— Se o senador falou em meu favor, fico grato. Com a confirmação se aproximando, é sempre bom ter amigos no Senado.

— Acha que a confirmação será um problema?

Ele deu de ombros.

— Não presumo nada. Simplesmente espero que o senador me considere digno. Caso contrário, ficarei feliz em terminar minha carreira exatamente onde estou.

— Parece que não se importa se vai conseguir o cargo ou não.

Um conselho que muitos indicados tinham deixado de considerar era simples e claro. Jamais pareça estar ansioso ou convencido do próprio merecimento.

— Não foi o que eu disse, e você sabe disso. Qual é o problema aqui? Não há história por trás da indicação, então você está tentando criar uma?

A repórter pareceu não gostar da reprimenda, por mais tácita que tivesse sido.

— Convenhamos, almirante. O seu nome não é o que a maioria das pessoas teria associado a esta indicação. Rose, do Pentágono, Blackwood, da Otan, esses dois teriam sido naturais. Mas Ramsey? Você saiu do nada. Isso me fascina.

— E se os dois que você mencionou não estavam interessados?

— Estavam, eu verifiquei. Mas a Casa Branca foi direto a você, e minhas fontes dizem que foi graças a Aatos Kane.

— Você precisa fazer essa pergunta a Kane.

— Eu fiz. O gabinete dele disse que me retornaria com um comentário. Isso foi três horas atrás.

Hora de acalmá-la:

— Infelizmente, não há nada de sinistro aqui. Pelo menos, não da minha parte. Só um velho da Marinha grato por mais alguns anos de serviço.

STEPHANIE SEGUIU O CORONEL GROSS ATÉ O INTERIOR DO ARMAZÉM. ELE OBTEVE acesso com um código numérico e a leitura da digital de seu polegar.

— Superviso a manutenção desses armazéns pessoalmente — disse Gross. — Minha vinda aqui não levantará suspeitas.

Stephanie pensou que era exatamente esse o motivo pelo qual Daniels contatara o coronel.

— Você entende o sigilo desta visita? — perguntou Davis.

— Meu comandante explicou, bem como o presidente.

Entraram numa pequena antessala. O restante da instalação de armazenamento pouco iluminada era visível através de uma janela de vidro espelhado, que revelava séries e mais séries de prateleiras de metal.

— Devo contar a história a vocês — disse Gross. — Este prédio está alugado para a Marinha desde outubro de 1971.

— Isso foi antes da partida do NR-1A — comentou Davis.

— Não sei nada sobre isso — esclareceu Gross. — Mas sei que a Marinha toma conta desta instalação desde então. Está equipada com uma câmara de refrigeração separada — apontou para o outro lado da janela —, atrás da última série de prateleiras, que ainda está em uso.

— O que tem nela? — perguntou Stephanie.

O coronel hesitou.

— Acho que vocês precisam vê-lo com os próprios olhos.

— É por isso que estamos aqui?

Ele deu de ombros.

— Não faço ideia. Mas Fort Lee cuidou para que este armazém estivesse em excelente estado nos últimos 38 anos. Eu estive no cargo durante seis desses anos. Ninguém, a não ser o próprio almirante Ramsey, entra aqui sem a minha presença. Acompanho qualquer funcionário de limpeza ou manutenção do começo ao fim. Meus antecessores faziam o mesmo. Os leitores e travas eletrônicas foram instalados há cinco anos. O sistema mantém registros de todos que entram, o qual é fornecido diariamente ao Serviço de Inteligência Naval, que supervisiona e administra diretamente o arrendamento dos armazéns. O que quer que seja visto aqui dentro é confidencial, e todos os funcionários entendem o que isso significa.

— Quantas vezes Ramsey entrou aqui? — perguntou Davis.

— Apenas uma nos últimos cinco anos, pelo que os registros indicam. Dois dias atrás. Também entrou no compartimento refrigerado, que também tem uma trava eletrônica.

Stephanie estava ansiosa.

— Leve-nos.

RAMSEY ACOMPANHOU A REPÓRTER DO *POST* ATÉ A SAÍDA DE SEU ESCRITÓRIO. Hovey já lhe havia informado de outras três entrevistas. Duas para a televisão, uma para o rádio, entrevistas que aconteceriam no andar de baixo, na sala de reuniões, onde as equipes estavam se preparando. Ramsey estava começando a gostar daquilo. Muito diferente de viver nas sombras. Seria um grande chefe de Estado-Maior e, se tudo corresse de acordo com o planejado, um vice-presidente ainda melhor.

Ele nunca conseguira entender por que o cargo constitucional número dois não podia ser mais ativo. Dick Cheney havia demonstrado

490] STEVE BERRY

as possibilidades, modelando políticas discretamente, sem a atenção constante que a presidência atraía. Como vice-presidente, Ramsey poderia se envolver no que quisesse, quando quisesse. E, com a mesma rapidez, deixar de se envolver, uma vez que, como John Nance Garner, primeiro vice-presidente de Franklin Roosevelt, sabiamente observara, a maioria das pessoas acreditava que o cargo não valia "um balde de cuspe morno", embora segundo a lenda a imprensa tivesse adaptado a declaração antes de divulgá-la.

Ele sorriu.

Vice-presidente Langford Ramsey.

Soava bem.

O celular alertou-o com um toque quase inaudível. Ramsey pegou o aparelho na mesa e checou quem estava ligando. Diane McCoy.

— Preciso falar com você — disse ela.

— Acho que não.

— Sem truques, Langford. Você decide o local.

— Não tenho tempo.

— Arrume; do contrário, não haverá indicação nenhuma.

— Por que você insiste em me ameaçar?

— Vou ao seu escritório. Certamente você se sente seguro aí.

Era verdade, mas ele estava intrigado.

— Sobre o que quer falar?

— Um homem chamado Charles C. Smith Jr. É um pseudônimo, mas é assim que você o chama.

Ramsey nunca tinha ouvido alguém dizer aquele nome antes. Hovey cuidava de todos os pagamentos, mas eram emitidos a outro nome num banco estrangeiro, protegido pelo Ato de Segurança Nacional.

No entanto, Diane McCoy sabia.

Ele olhou para o relógio sobre a mesa: 16h05.

— OK, venha para cá.

SETENTA E SEIS

Malone acomodou-se no LC-130. Eles haviam acabado de sair de um voo de dez horas da França até a Cidade do Cabo, na África do Sul. Um helicóptero militar francês os transportara de Ossau a Cazau, em Teste-de-Buch, a base militar francesa mais próxima, a cerca de 240 quilômetros de distância. De lá, um C-21A, a versão militar do Learjet, os levara à velocidade do som sobre o Mediterrâneo e do norte ao sul do continente africano, com apenas duas paradas rápidas para reabastecer.

Na Cidade do Cabo, um LC-130 Hercules totalmente abastecido, com duas tripulações da 109ª Ala Aérea da Guarda Nacional Aérea de Nova York, estava à espera, os motores ligados. Malone percebeu que a viagem no Learjet ia parecer luxuosa perto do que ele e seus acompanhantes estavam prestes a vivenciar nos 4.345 quilômetros até a Antártida, atravessando um oceano agitado por tempestades durante quase todo o percurso, menos nos últimos 1.100 quilômetros, que estariam sobre gelo sólido.

De fato, uma terra de ninguém.

O equipamento deles já estava a bordo. Malone sabia a palavra-chave. *Camadas*. E sabia o objetivo. Eliminar a umidade do corpo sem deixá-lo congelar. Camisas e calças feitas com material de alta absorção eram vestidas primeiro, para manter a pele seca. Por cima, vinha um longo macacão de lã, que permitia a respiração da pele e também possuía propriedades de absorção de água; depois um conjunto de jaqueta e calça de náilon com forro de lã de carneiro. Finalmente, um anoraque revestido de lã e calças de poliéster apropriadas para clima frio. Tudo vinha numa estampa de camuflagem digital, cortesia do Exército dos Estados Unidos. Luvas e botas, além de dois pares de meias de lã, protegiam as extremidades. Malone havia informado o tamanho de todos de seu grupo horas antes e notou que as botas eram um número maior que o pedido para acomodarem as meias grossas. Uma balaclava de lã preta agasalhou seu rosto e seu pescoço, com abertura apenas para os olhos, que seriam cobertos por óculos escuros de proteção. Era como fazer um passeio espacial, imaginou Malone, o que não era muito distante da realidade. Ele tinha ouvido histórias de que o frio da Antártida fazia obturações dentárias contraírem-se e se soltarem dos dentes.

Cada um havia levado uma mochila com alguns itens de uso pessoal. Malone notou que uma versão para o frio, mais espessa e com melhor isolamento, tinha sido fornecida.

O Hercules partiu ruidoso na direção da pista de decolagem. Malone se virou para os outros, sentados à sua frente em bancos de lona e encosto de tecido. Ninguém havia vestido a balaclava de lã ainda, então todos estavam com o rosto visível.

— Todo mundo bem?

Christl, que estava sentada ao seu lado, acenou com a cabeça. Ele notou que todos pareciam desconfortáveis com as roupas volumosas.

— Garanto a vocês que este voo não vai ser quente e que essas roupas logo se tornarão suas melhores amigas.

— Isto pode ser excessivo — disse Werner.

— Esta é a parte fácil — Malone deixou claro. — Mas se você não aguenta, pode ficar na base. Os campos da Antártida são bastante confortáveis.

— Nunca fiz isto antes — disse Dorothea. — Uma aventura e tanto para mim.

A aventura de uma vida, uma vez que supostamente nenhum humano havia tocado a costa da Antártida até 1820, e só uns poucos iam até lá hoje em dia. Malone sabia que um tratado, assinado por 25 nações, assinalava o continente todo como um lugar de paz, com livre troca de informações científicas, sem reivindicações territoriais, sem atividades militares e nenhuma mineração sem a concordância de todos os membros do tratado. Catorze milhões de quilômetros quadrados, aproximadamente o tamanho dos Estados Unidos e do México juntos, oitenta por cento dos quais estavam envoltos por um manto de mais de 1 quilômetro de gelo — setenta por cento da água doce do mundo —, fazendo do platô de gelo resultante um dos mais altos da Terra, com uma elevação média de mais de 2.400 metros.

A vida só existia nas extremidades, uma vez que no continente chovia menos de 50 milímetros por ano. Seco como um deserto. Sua superfície branca não tinha a capacidade de absorver luz ou calor, refletindo toda radiação e mantendo a temperatura média por volta dos 55 graus abaixo de zero.

Malone também conhecia a política, desde as duas visitas anteriores que fizera quando ainda era do Setor Magalhães. Atualmente, sete nações — Argentina, Grã-Bretanha, Noruega, Chile, Austrália, França e Nova Zelândia — detinham a posse de oito territórios, definidos por graus de longitude que se cruzavam no polo Sul. Ele estavam voando para a porção reivindicada pela Noruega, conhecida como Terra da Rainha Maud, que se estendia de 44° 38′ L a 20° O. Um pedaço considerável da porção ocidental — de 20° L a 10° O — tinha sido reivindicado pela Alemanha em 1938 como Neuschwabenland. E ainda que a guerra tivesse encerrado a reivindicação, a região permaneceu uma das menos conhecidas do continente. O destino deles era a base de Halvorsen, administrada pela Austrália na seção norueguesa, situada na costa norte, diante da ponta sul da África.

O grupo havia recebido tampões de ouvido — e Malone notou que todos os colocaram —, mas o barulho ainda estava lá. O cheiro penetrante de combustível do motor envolvia sua cabeça, mas ele sabia, de voos anteriores, que o odor logo deixaria de ser percebido. Estavam sentados na frente, perto da cabine dos pilotos, acessível por uma escada de cinco degraus. Para o longo voo, duas tripulações tinham sido disponibilizadas. Malone sentara na cabine dos pilotos certa vez, durante um pouso na neve antártica. Uma experiência e tanto. Agora, ali estava ele mais uma vez.

Ulrich Henn não dissera nada durante o voo desde a França e permanecera impassível no assento ao lado de Werner Lindauer. Malone sabia que aquele homem significava problema, mas não podia determinar se o objeto do interesse de Henn era ele próprio ou algum dos outros. Não importava, Henn possuía a informação de que precisariam quando estivessem no chão, e trato era trato.

Christl bateu de leve no braço de Malone e gesticulou com os lábios *Obrigada*. Ele balançou a cabeça em gratidão.

Os turbopropulsores do Hercules aumentaram a rotação para o máximo, e o avião acelerou pela pista de decolagem. Primeiro devagar, depois mais rápido, depois no ar, subindo acima do oceano aberto.

Era quase meia-noite. E eles estavam a caminho de sabia-se lá o quê.

SETENTA E SETE

Stephanie viu o coronel Gross liberar a trava eletrônica e abrir a porta de aço do compartimento refrigerado. Uma nuvem congelante de ar frio saiu, ao que Gross aguardou alguns segundos até o ar clarear e, então, fez um gesto para o interior.

— Depois de vocês.

Stephanie entrou primeiro. Davis foi em seguida. O compartimento tinha menos de 1 metro quadrado, duas das paredes de metal estavam vazias, e a terceira, coberta do chão ao teto por uma estante de prateleiras cheias de livros. Cinco fileiras. Uma sobre a outra. Ela calculou uns duzentos.

— Estão aqui desde 1971 — disse Gross. — Antes disso, não faço ideia de onde ficavam. Mas tinha de ser um lugar frio, pois, como podem ver, estão em ótimo estado.

— De onde vieram? — perguntou Davis.

Gross deu de ombros.

— Não sei. Mas as rochas dali de fora são todas da operação Salto em Altura em 1947 e da Moinho de Vento em 1948. Então, é razoável presumir que esses livros também sejam dessa época.

Ela se aproximou das prateleiras e examinou os volumes. Eram pequenos, uns 15 por 20 centímetros, encadernação de madeira, presos por cordões apertados, e as páginas, ásperas e espessas.

— Posso ver um? — perguntou Stephanie a Gross.

— Recebi ordens para deixá-los fazer o que quisessem.

Com cuidado, ela retirou um volume congelado. Gross tinha razão. Estava perfeitamente preservado. Um termômetro perto da porta indicava uma temperatura de menos 12° C. Stephanie havia lido que, décadas depois das expedições de Amundsen e Scott ao polo Sul, quando os suprimentos de comida dos dois exploradores foram encontrados, o queijo e os legumes ainda estavam comestíveis. Os biscoitos ainda estavam crocantes. Sal, mostarda e temperos permaneciam em perfeitas condições. Até as páginas das revistas estavam como no dia em que foram impressas. A Antártida era um freezer natural. Sem putrefação, ferrugem, fermentação, mofo ou doenças. Sem umidade, poeira ou insetos. Nada que possa deteriorar qualquer lixo orgânico.

Como livros com capas de madeira.

— Li uma proposta uma vez — disse Davis. — Alguém sugeriu que a Antártica seria o depósito perfeito para uma biblioteca mundial. O clima não afetaria uma única página. Achei a ideia ridícula.

— Talvez não.

Stephanie apoiou o livro na prateleira. Gravado em relevo na capa bege-claro havia um símbolo irreconhecível.

Com cuidado, ela examinou as páginas rígidas, todas repletas de escritos de cima a baixo. Arabescos, espirais, círculos. Uma grafia cursiva estranha — firme e compacta. Desenhos também. Plantas, pessoas, aparelhos. A cada folha que se seguia, o mesmo: tudo em tinta marrom nítida, nenhuma mancha em lugar algum.

Antes de Gross ter aberto o compartimento refrigerado, ele havia mostrado as prateleiras do armazém, que continham incontáveis fragmentos de rocha cobertos com uma escrita semelhante.

— Uma espécie de biblioteca? — perguntou Davis a Stephanie. Ela deu de ombros.

— Senhora — disse Gross.

Ela se virou. O coronel estendeu a mão até a prateleira mais alta e retirou um diário com capa de couro envolto por uma tira de tecido.

— O presidente me disse para lhe dar isto. É o diário pessoal do almirante Byrd.

Stephanie se lembrou no mesmo instante do que Herbert Howland lhes dissera sobre ver aquilo.

— É considerado confidencial desde 1948 — disse Gross. — Está aqui desde 1971.

Ela notou várias tiras de papel marcando páginas.

— As partes relevantes foram sinalizadas.

— Por quem? — perguntou Davis.

Gross sorriu.

— O presidente disse que vocês perguntariam isso.

— Então, qual a resposta?

— Levei isto à Casa Branca hoje e esperei enquanto o presidente lia. Ele pediu para dizer-lhe que, ao contrário do que vocês e outros funcionários podem pensar, ele aprendeu a ler há muito tempo.

Retorno ao vale seco, Ponto 1.345. Acampamento montado. Tempo claro. Céu sem nuvens. Pouco vento. Assentamento alemão anterior localizado. Revistas, estoques de alimentos, equipamentos, tudo indica exploração de 1938. Barracão de madeira montado na época ainda de pé.

Mobília escassa composta de mesas, cadeiras, fogão, rádio. Nada significativo no local. Seguimos 22,5 quilômetros a leste, Ponto 1.356, outro vale seco. Localizadas pedras esculpidas na base da montanha. A maioria grande demais para ser transportada, então reunimos as menores. Helicópteros chamados. Examinei as pedras e retracei.

Em 1938 Oberhauser relatou descobertas semelhantes. Isso representa a confirmação de arquivos de guerra. Alemães claramente aqui. Evidência física inquestionável.

Investigada fenda na montanha no Ponto 1.578 que abria para um pequeno recinto escavado na rocha. Escritas e desenhos semelhantes ao Ponto 1.356 encontrados nas paredes. Pessoas, barcos, animais, carroças, o sol, representações do céu, planetas, lua. Fotos tiradas. Observação pessoal: Oberhauser veio em 1938 em busca de arianos perdidos. É evidente que algum tipo de civilização já existiu aqui. Imagens físicas das pessoas são de uma raça alta, musculosa, de cabeleira cheia, com feições caucasianas. Mulheres têm seios fartos e cabelos longos. Fiquei perturbado ao olhar para eles. Quem eram? Antes de hoje, eu achava ridículas as teorias de Oberhauser sobre os arianos. Agora, não sei.

Chegada ao Ponto 1.590. Outra câmara mostrada. Pequena. Mais escrita nas paredes. Poucas imagens. Há 212 volumes encadernados em madeira encontrados no interior, empilhados em mesa de pedra. Fotos tiradas. Mesma escrita desconhecida das pedras dentro dos livros. Tempo curto. Operação termina daqui a 18 dias. Verão terminando. Navios têm de partir antes do retorno das placas de gelo. Ordenado que livros fossem colocados em caixotes e transportados ao navio.

Stephanie tirou os olhos do diário de Byrd.

— Isto é incrível. Olhe o que encontraram... e, no entanto, não fizeram nada com isso.

— Sinal da época deles — disse Davis com calma. — Estavam ocupados demais, preocupando-se com Stálin e lidando com uma Europa destruída. Civilizações perdidas importavam pouco, especialmente uma civilização que estivesse relacionada com a Alemanha. Byrd estava claramente preocupado com isso. — Davis olhou para Gross. — Fotografias são mencionadas. Podemos vê-las?

— O presidente tentou. Sumiram. Na verdade, tudo se foi, com a exceção desse diário.

— E esses livros e rochas — acrescentou Stephanie.

Davis folheou o diário e leu outras páginas em voz alta.

— Byrd visitou muitos locais. Uma pena que não tenhamos um mapa. São identificados apenas por números, sem coordenadas.

Stephanie queria o mesmo, especialmente por Malone. Mas havia uma salvação. O programa de tradução que Malone mencionou. O que Hermann Oberhauser encontrou na França. Ela saiu do freezer, pegou o celular e ligou para Atlanta. Quando seu assistente lhe disse que Malone tinha enviado um e-mail, ela sorriu e desligou.

— Preciso de um desses livros — disse ela a Gross.

— Eles têm de ficar congelados. É como são preservados.

— Então, quero permissão para voltar a entrar aqui. Tenho um laptop, mas precisarei de acesso à internet.

— O presidente disse para eu fazer o que vocês pedissem.

— Você tem alguma ideia? — perguntou Davis.

— Acho que sim.

SETENTA E OITO

18h30

RAMSEY VOLTOU A ENTRAR EM SEU ESCRITÓRIO, APÓS CONCLUIR A ÚLTIMA ENTRE-vista do dia, e fechou a porta. Diane McCoy estava sentada lá dentro, onde ele mandara Hovey pedir que ela esperasse.

— Bem, o que é tão importante?

Diane havia passado por uma varredura eletrônica e estava livre de aparelhos de escuta. Ramsey sabia que o escritório era seguro; en-tão, sentou-se confiante.

— Quero mais — disse-lhe ela.

Ela usava um terno de tweed em tons suaves de marrom e carame-lo, com uma blusa de gola rulê preta. Um visual um tanto casual e caro para uma funcionária da Casa Branca, mas estiloso. O casaco dela es-tava sobre outra das cadeiras.

— Mais do quê?

— Tem um homem que atende pelo nome de Charles C. Smith Jr. Trabalha para você, e já faz muito tempo. Você paga bem a ele, ainda que por uma variedade de nomes falsos e contas numeradas. Ele é o seu matador, o que cuidou do almirante Sylvian e de vários outros.

Ramsey estava pasmo, mas manteve a compostura.

— Alguma prova?

Diane riu.

— Até parece que eu contaria. Basta dizer que sei; é isso o que importa. — Ela abriu um grande sorriso. — É bem capaz de você ser a primeira pessoa na história militar americana a ter assassinado para chegar ao topo. Caramba, Langford, você realmente é um ambicioso filho da puta.

Ele precisava saber.

— O que você quer?

— Você ganhou a sua indicação. Era o que *você* queria. Tenho certeza de que não é só isso, mas é tudo por enquanto. Até agora, a reação à sua escolha tem sido boa, então você parece estar encaminhado.

Ramsey concordava. Quaisquer problemas sérios viriam rapidamente à tona uma vez que o público soubesse que ele era a escolha do presidente. Era quando as ligações anônimas para a imprensa começariam e a política da destruição dominaria. Oito horas depois da indicação, nada havia vindo à tona ainda, mas ela estava certa. Ele havia assassinado para chegar ao topo; portanto, graças a Charlie Smith, qualquer um que pudesse ser um problema já estava morto.

O que o fez lembrar. Onde estava Smith? Ramsey estivera tão ocupado com as entrevistas que se esquecera totalmente dele. Mandara o idiota dar um jeito no professor e voltar antes do anoitecer, e o sol estava se pondo agora.

— Você é uma garota trabalhadora — disse ele.

— Sou uma garota esperta. Tenho acesso a redes de informação com as quais você só poderia sonhar.

Ramsey não duvidava disso.

— E planeja me prejudicar?

— Planejo transformar sua vida num inferno.

— A menos que o quê?

Uma onda de riso de contentamento passou pelo rosto de Diane. Aquela puta definitivamente estava se divertindo.

— Isso só depende de você, Langford.

Ele deu de ombros.

— Quer fazer parte do que acontecer depois de Daniels? Cuidarei disso.

— Você acha que eu nasci ontem?

Ramsey abriu um sorriso.

— Agora você está falando como Daniels.

— É porque ele me diz isso pelo menos duas vezes por semana. Geralmente, eu mereço, quando tento manipulá-lo. Ele é esperto, tenho de admitir. Mas não sou nenhuma idiota. Quero muito mais.

Ele precisava escutar o que Diane tinha a dizer, mas uma estranha inquietação veio junto com a paciência forçada.

— Quero dinheiro.

— Quanto?

— Vinte milhões de dólares.

— Como chegou a essa cifra?

— Vou poder viver de juros com conforto pelo resto da vida. Já fiz a conta.

Um prazer quase sexual refletiu-se no olhar dela.

— Suponho que queira isso num paraíso fiscal, numa conta fantasma, acessível apenas a você.

— Exatamente como Charles C. Smith Jr. Com mais algumas estipulações, mas que podem vir depois.

Ramsey tentou manter a calma.

— O que provocou isso?

— Você vai ferrar comigo. Eu sei, e você sabe. Tentei gravá-lo, mas você foi esperto demais. Então, pensei: *Coloco as cartas na mesa. Digo a ele o que sei. Faço um acordo. Consigo algo, de forma direta*. Considere esse pagamento uma entrada. Um investimento. Assim, vai pensar duas vezes antes de me passar para trás no futuro. Estarei comprada e paga, pronta para uso.

— E se eu me recusar?

— Aí vai parar na cadeia ou, melhor ainda, talvez eu encontre Charles C. Smith Jr. e veja o que ele tem a dizer.

Ramsey permaneceu em silêncio.

— Ou talvez eu me contente em expor você à imprensa.

— E o que dirá aos repórteres?

— Começarei com Millicent Senn.

— E o que sabe sobre ela?

— Jovem oficial da Marinha, transferida para o seu gabinete em Bruxelas. Você teve um relacionamento com ela. Então, vejam só, ela fica grávida e, algumas semanas depois, morre. Parada cardíaca. Os belgas deram como morte natural. Caso encerrado.

Aquela mulher estava bem-informada. Receando que o silêncio pudesse ser mais explícito que qualquer resposta, Ramsey disse:

— Ninguém acreditaria nisso.

— Talvez não agora, mas dá uma ótima matéria. O tipo de coisa que a imprensa adora. Especialmente o *Extra* e o *Inside Edition*. Você sabia que o pai de Millicent ainda acredita, até hoje, que ela foi assassinada? Ele ficaria contente em falar para as câmeras. O irmão dela, que, aliás, é advogado, também tem suspeitas. Claro que não sabem nada sobre você e seu relacionamento com ela. Também não sabem que você gostava de espancá-la. O que acha que eles, as autoridades belgas ou a imprensa fariam com tudo isso?

Ramsey estava nas mãos de Diane, e ela sabia disso.

— Isso não é nenhuma armadilha, Langford. Não se trata de fazer com que você admita nada. Não preciso das suas confissões. Trata-se de cuidar de mim. Eu. Quero. Dinheiro.

— E, a título de argumento, se eu concordasse, o que impediria você de tentar me derrubar novamente?

— Absolutamente nada — disse Diane, entre dentes.

Ramsey se permitiu um sorriso largo, depois uma risadinha.

— Você é do capeta.

Ela devolveu o elogio.

— Parece que somos perfeitos um para o outro.

Ramsey gostou do tom amigável da voz. Nunca suspeitara que tanta rapinagem corresse pelas veias daquela mulher. Aatos Kane adoraria se livrar do compromisso, e até a insinuação de escândalo seria para o senador a oportunidade perfeita. *Estou disposto a preservar o meu lado*, diria Kane, *é você que está com problemas*. E não haveria nada que Ramsey pudesse fazer.

Os repórteres levariam menos de uma hora para verificar que seu período oficial em Bruxelas coincidia com o de Millicent. Edwin Davis também estivera lá, e o idiota romântico tinha uma queda por Millicent. Ramsey sabia disso na época, mas não dava a mínima. Davis era fraco e irrelevante. Porém não era mais. Só Deus sabia onde ele estava agora. Não ouvira falar nada sobre Davis havia dias. Mas a mulher sentada diante de Ramsey era outra questão. Tinha uma arma carregada, apontada diretamente para ele, e ela sabia onde atirar.

— OK. Eu pago.

Diane pôs a mão no bolso do paletó e retirou uma folha de papel.

— Aqui estão o banco e o número de identificação. Faça o pagamento, integral, em até uma hora.

Ela jogou o papel sobre a mesa. Ramsey não se moveu. Ela sorriu.

— Não fique tão abatido.

Ele não disse nada.

— Veja só — disse Diane. — Para lhe mostrar minha boa-fé e minha disposição de trabalhar com você de modo permanente, assim que o pagamento for confirmado, vou lhe dar mais uma coisa que você quer muito.

Ela se levantou da cadeira.

— O quê? — perguntou Ramsey.

— Eu. Serei sua amanhã à noite. Desde que seja paga na próxima hora.

SETENTA E NOVE

Sábado, 15 de dezembro
0h50

DOROTHEA NÃO ESTAVA FELIZ. O AVIÃO SACOLEJAVA PELO AR TURBULENTO FEITO um caminhão sobre uma estrada de terra esburacada, o que lhe trouxe lembranças da infância e das viagens ao chalé com o pai. Eles adoravam ficar ao ar livre. Enquanto Christl evitava armas e caça, Dorothea adorava as duas coisas. Era algo que ela compartilhara com o pai. Infelizmente, eles só desfrutaram algumas estações. Dorothea tinha 10 anos quando Dietz morreu. Ou, melhor dizendo, quando ele nunca mais voltou para casa. E esse pensamento triste fez mais uma cratera na boca de seu estômago, aprofundando um vazio que parecia nunca diminuir.

Foi depois do desaparecimento do pai que ela e Christl afastaram-se ainda mais. Diferentes amigos, interesses, gostos. Vidas. Como duas pessoas que cresceram do mesmo óvulo poderiam se distanciar tanto?

Apenas uma explicação fazia sentido.

A mãe delas. Por décadas, Isabel as forçara a competir. E as batalhas deram origem a ressentimentos. A aversão viera em seguida. Daí para o ódio fora apenas um pulo.

Dorothea estava sentada, presa pelo cinto de segurança, embrulha-da no equipamento. Malone tivera razão sobre as roupas. Aquele so-frimento não acabaria por pelo menos cinco horas. A tripulação havia distribuído caixas de almoço quando eles embarcaram. Enrolados de queijo, biscoitos, uma barra de chocolate, uma coxa de galinha e uma maçã. Ela estava sem condições de comer. Só de pensar, sentia-se enjoada. Pressionou o anoraque contra as tiras do encosto e tentou fi-car confortável. Uma hora antes, Malone havia sumido dentro da cabi-ne dos pilotos. Henn e Werner estavam dormindo, mas Christl parecia bem desperta.

Talvez também estivesse ansiosa.

Aquele era o pior voo da vida de Dorothea, e não apenas pelo des-conforto. Estavam rumo ao seu destino. Havia algo lá? Caso houvesse, era bom ou ruim?

Depois de se equiparem, todos prepararam suas respectivas mochilas térmicas. Dorothea tinha levado apenas uma muda de roupas, uma escova de dentes, alguns itens de higiene pessoal e uma pistola automática. Sua mãe lhe entregara a arma discretamen-te em Ossau. Como aquele voo não era comercial, não haveria ins-peções de segurança. Ainda que Dorothea não gostasse de permitir que a mãe tomasse mais uma decisão por ela, sentia-se melhor com a arma por perto.

Christl virou a cabeça. Seus olhares se encontraram na penumbra. Que ironia amarga estarem ali, apertadas naquele avião. Adiantaria alguma coisa falar com ela? Dorothea decidiu tentar.

Soltou-se do cinto de segurança e se levantou, atravessando o cor-redor estreito e sentando-se ao lado da irmã.

— Temos de parar com isso — disse Dorothea acima do barulho.

— É o que planejo. Uma vez que encontremos o que sei estar lá. — A expressão de Christl era fria como o interior do avião.

Ela tentou mais uma vez:

— Nada disso importa.

— Não para você. Nunca importou. Seu único interesse era passar a fortuna para o seu precioso Georg.

As palavras fustigaram Dorothea, e ela quis saber:

— Por que você se ressentia dele?

— Ele era tudo o que eu nunca pude dar, irmã querida.

Ela sentiu a amargura enquanto emoções conflitantes colidiam dentro de si. Dorothea tinha chorado sobre o caixão de Georg por dois dias, tentando, com tudo o que tinha, desvencilhar-se da lembrança dele. Christl tinha ido ao funeral, mas saíra rápido. Em nenhum momento a irmã expressara pesar.

Nada.

A morte de Georg representara um ponto crítico na vida de Dorothea. Tudo mudara. Seu casamento, sua família. E, o mais importante, ela mesma. Ela não gostava daquilo em que se transformara, mas aceitara de pronto a raiva e o ressentimento como substitutos para um filho que ela adorara.

— Você é estéril? — perguntou Dorothea.

— Você se importa?

— Nossa mãe sabe que você não pode ter filhos?

— O que importa isso? Não se trata mais de ter filhos. A questão é o legado dos Oberhauser. Em que esta família acreditava.

Dorothea viu que o esforço era inútil. O abismo entre elas era grande demais para ser preenchido ou superado. Ela começou a se levantar.

Christl bateu com a mão no pulso da irmã.

— E daí que eu não disse que lamentava quando ele morreu? Pelo menos você sabe o que é ter um filho.

A mesquinhez do comentário deixou Dorothea pasma.

— Graças a Deus que você não chegou a ter um filho. Nunca poderia ter amado um. Você é incapaz desse tipo de sentimento.

— Parece que você não se saiu tão bem. O seu está morto.

Maldita.

Ela cerrou o punho da mão direita e ergueu o braço, golpeando o rosto de Christl.

RAMSEY ESTAVA SENTADO À SUA ESCRIVANINHA, PREPARANDO-SE PARA O QUE vinha pela frente. Com certeza, mais entrevistas e atenção da imprensa. O funeral do almirante Sylvian seria no dia seguinte, no Cemitério Nacional de Arlington, e ele se lembrou de mencionar o evento lamentável a todos os entrevistadores. *Concentre-se no colega perdido. Demonstre humildade por ter sido escolhido para seguir o caminho dele. Lamente a perda de um oficial-general.* O funeral seria um compromisso formal, com honrarias. Os militares certamente sabiam como enterrar os seus. Faziam-no com alguma frequência.

O celular tocou. Número internacional. Alemanha. Já não era sem tempo.

— Boa-noite, almirante — disse uma voz áspera de mulher.

— Frau Oberhauser. Estava aguardando sua ligação.

— E como sabia que eu ia ligar?

— Porque você é uma velha ansiosa que gosta de estar no controle.

Isabel deu uma risadinha.

— Isso eu sou. Seus homens fizeram um bom trabalho. Malone está morto.

— Prefiro esperar que eles mesmos me informem o fato.

— Receio que isso seja impossível. Eles também estão mortos.

— Então, o problema será seu. Preciso da confirmação.

— Soube de alguma coisa a respeito de Malone nas últimas 12 horas? Algum relato do que ele poderia estar fazendo.

Não, ele não soubera de nada.

— Eu o vi morrer.

— Então, não temos mais nada a dizer.

— A não ser a resposta que você me deve. Por que meu marido nunca voltou?

Que se dane. Diga a ela.

— Houve uma falha no submarino.

— E a tripulação? Meu marido?

— Não sobreviveram.

Silêncio.

Finalmente, ela disse:

— Você viu o submarino e a tripulação?

— Vi.

— Conte-me o que viu.

— Você não vai querer saber.

Mais uma longa pausa, e depois:

— Por que foi necessário esconder isso?

— O submarino era altamente confidencial. A missão era secreta. Não havia escolha na época. Não podíamos nos arriscar a deixar os soviéticos encontrarem-no. Apenas 11 homens a bordo, então foi fácil ocultar os fatos.

— E você os deixou lá?

— Seu marido concordou com essas condições. Sabia os riscos.

— E vocês, americanos, dizem que os alemães são insensíveis.

— Somos práticos, Frau Oberhauser. Nós protegemos o mundo, vocês tentaram conquistá-lo. Seu marido aceitou uma missão perigosa. Ideia dele, na verdade. Não foi o primeiro a fazer essa escolha.

Ramsey esperava não ouvir mais nada dela. Não precisava aguentar o aborrecimento dela.

— Adeus, almirante. Espero que você apodreça no inferno.

Ele notou a emoção na voz dela, mas não deu a mínima.

— Desejo apenas o mesmo para você.

E desligou. Fez uma anotação mental para mudar o número do celular. Assim, nunca mais teria de falar com a alemã louca novamente.

CHARLIE SMITH ADORAVA DESAFIOS. RAMSEY LHE HAVIA DELEGADO UM QUINTO alvo, mas deixara claro que o trabalho tinha de ser feito aquele dia. Absolutamente nada poderia levantar suspeitas. Uma morte limpa, sem marcas. Normalmente, isso não seria problema. Mas ele estava trabalhando sem arquivos, apenas alguns fatos escassos fornecidos por Ramsey e um período propício de 12 horas. Se fosse bem-sucedido, Ramsey prometera um bônus impressionante. Suficiente para pagar por Bailey Mill, com bastante sobra para reformar e mobiliar.

Ele estava de volta de Asheville, em seu apartamento, pela primeira vez em alguns meses. Conseguira dormir por algumas horas e estava pronto para o que vinha pela frente. Ouviu uma suave melodia vindo da mesa da cozinha e verificou o identificador do celular. Não era um número que reconhecesse, embora fosse da área de Washington. Talvez fosse Ramsey ligando de um celular anônimo. Fazia isso às vezes. O homem era dominado pela paranoia.

Smith atendeu.

— Estou ligando para Charlie Smith. — A voz era de mulher.

O uso desse nome alertou seus sentidos. Só usava esse rótulo com Ramsey.

— Ligou para o número errado.

— Não liguei.

— Infelizmente, sim.

— Eu não desligaria — disse ela. — O que tenho a dizer poderia salvar ou acabar com a sua vida.

— Como eu disse, moça, é engano.

— Você matou Douglas Scofield.

Ele sentiu um arrepio quando começou a entender.

— Você estava lá com aquele cara?

— Eu, não. Mas eles trabalham para mim. Sei tudo sobre você, Charlie.

Ele não disse nada, mas ela ter o número dele e saber seu pseudônimo eram grandes problemas. Na verdade, catastróficos.

— O que você quer?

— Seu couro.

Smith deu uma risadinha.

— Mas estou disposta a trocar você por outra pessoa.

— Deixe-me adivinhar. Ramsey?

— Você é um cara inteligente.

— Acho que você não pretende me dizer quem está falando.

— Claro que sim. Diferentemente de você, não vivo uma vida falsa.

— Então, quem diabos é você?

— Diane McCoy. Vice-conselheira de segurança nacional do presidente dos Estados Unidos.

OITENTA

MALONE OUVIU ALGUÉM GRITAR. ESTAVA NA CABINE DOS PILOTOS, CONVERSANDO com a tripulação, e correu para a porta de trás, olhando para baixo, para o interior do LC-130. Dorothea estava do outro lado do corredor, ao lado de Christl, que lutava para se soltar do assento, gritando. Sangue escorria do nariz de Christl e manchava seu anoraque. Werner e Henn tinham acordado e também estavam desafivelando seus cintos de segurança.

Com as mãos abertas, Malone desceu deslizando pelos corrimãos da escada e correu na direção da briga. Henn havia conseguido puxar Dorothea para longe.

— Sua puta louca — gritou Christl. — O que está fazendo?

Werner segurou Dorothea. Malone recuou e ficou observando.

— Ela me deu um soco — disse Christl, esfregando a manga do casaco no nariz.

Malone pegou uma toalha sobre uma das prateleiras de aço e jogou-a para ela.

— Eu devia matar você — berrou Dorothea. — Você não merece viver.

— Estão vendo? — gritou Christl. — É disso que estou falando. Ela é doida. Totalmente doida. Louca de pedra.

— O que você está fazendo? — perguntou Werner à esposa. — O que causou isso?

— Ela odiava Georg — disse Dorothea, debatendo-se para se soltar de Werner.

Christl levantou-se, encarando a irmã. Werner soltou Dorothea e deixou que as duas leoas se avaliassem, ambas parecendo calcular o propósito oculto da outra. Malone observou as mulheres, vestidas com o mesmo equipamento pesado, de rostos idênticos, mas de mentes tão diferentes.

— Você nem estava lá quando finalmente o enterramos — disse Dorothea. — Todos ficamos, menos você.

— Odeio funerais.

— Odeio você.

Christl voltou-se para Malone, a toalha comprimida contra o nariz. Ele viu a expressão da mulher e logo captou o olhar ameaçador. Antes que ele pudesse reagir, ela largou a toalha, girou e bateu no rosto de Dorothea, fazendo a irmã cair de volta nos braços de Werner. Então, armou o punho, preparando mais um golpe. Malone agarrou seu pulso.

— Você estava devendo um. Agora, acabou.

Todo o semblante dela ficara sombrio, e o olhar furioso disse a Malone que aquilo não era da sua conta. Christl soltou o braço com um puxão violento e pegou a toalha do chão.

Werner ajudou Dorothea a se sentar. Henn apenas olhava, como sempre, sem dizer palavra.

— OK, chega de pancadaria — disse Malone. — Sugiro que todos vocês durmam um pouco. Temos menos de cinco horas, e planejo começar com a corda toda quando aterrissarmos. Quem reclamar ou não conseguir acompanhar fica na base.

SMITH ESTAVA SENTADO NA COZINHA, OLHANDO PARA O CELULAR SOBRE A MESA. Tinha duvidado da identidade da pessoa que ligara, então ela lhe dera um número de contato, depois desligara. Ele pegou o aparelho e discou o número. Chamou três vezes, e uma voz agradável informou que ele havia ligado para a Casa Branca, perguntando, em seguida, para onde dirigir a ligação.

— Gabinete da conselheira de segurança nacional — disse ele, com a voz vacilante.

Ela fez a transferência.

— Demorou bastante, Charlie — disse uma mulher. A mesma voz de antes. — Satisfeito?

— O que você quer?

— Contar uma coisa.

— Estou ouvindo.

— Ramsey pretende terminar a relação dele com você. Tem grandes planos, que não incluem você por perto para, possivelmente, interferir neles.

— Você está falando com a pessoa errada.

— É o que eu diria também, Charlie. Mas vou facilitar as coisas para você. Você ouve, eu falo. Assim, se você achar que está sendo gravado, não fará diferença. Parece uma boa ideia?

— Se você estiver com tempo, vá em frente.

— É você quem resolve os problemas pessoais de Ramsey. Ele o usa há anos. Paga bem. Os últimos dias têm sido corridos para você. Jacksonville. Charlotte. Asheville. Estou acertando, Charlie? Quer que eu dê nome aos bois?

— Pode dizer o que quiser.

— Agora, Ramsey lhe passou uma nova tarefa. — Ela fez uma pausa. — Eu. E deixe-me adivinhar. Tem de ser para hoje. Faz sentido, uma vez que eu o ameacei ontem. Ele lhe contou sobre isso, Charlie?

Smith não respondeu.

— Não, achei que não. Sabe, Ramsey está fazendo planos, e eles não incluem você. Mas eu não planejo acabar como os outros. É por isso que estamos conversando. Ah, e, aliás, se eu fosse sua inimiga, o

Serviço Secreto estaria à sua porta neste exato momento, e teríamos esta conversa num local privado, só eu, você e alguém grande e forte.

— Esse pensamento já me ocorreu.

— Eu sabia que você seria sensato. E só para que você entenda que realmente sei do que estou falando, posso lhe contar sobre três contas suas no exterior, as que Ramsey usa para fazer os depósitos. — Ela seguiu relatando bancos, contas, até senhas, duas das quais Smith havia mudado apenas duas semanas antes. — Nenhuma dessas contas é privada de fato, Charlie. Só é preciso saber onde e como procurar. Infelizmente para você, posso me apropriar dessas contas num instante. Mas para lhe demonstrar minha boa-fé, não toquei nelas.

OK. Ela não estava brincando.

— O que você quer?

— Como eu disse, Ramsey decidiu que você tem de cair fora. Ele fez um acordo com um senador, um acordo que não inclui você. Como você está praticamente morto mesmo, ainda mais não tendo identidade, tendo poucas relações e nenhuma família, quão difícil seria desaparecer com você de forma permanente? Ninguém jamais sentiria a sua falta. Isso é triste, Charlie.

Mas verdadeiro.

— Então, tive uma ideia melhor — disse ela.

RAMSEY ESTAVA MUITO PERTO DE SEU OBJETIVO. TUDO TINHA IDO CONFORME O planejado. Restava apenas um obstáculo. Diane McCoy.

Ele ainda estava sentado à sua escrivaninha, um trago de uísque gelado repousando por perto. Pensou no que dissera a Isabel Oberhauser. Sobre o submarino. O que havia trazido do NR-1A e guardado desde então.

Os registros do comandante Forrest Malone.

Ao longo dos anos, olhara para as páginas do manuscrito algumas vezes, mais por curiosidade mórbida do que por interesse genuíno.

Mas o registro representava uma lembrança da viagem que mudara sua vida profundamente. Ramsey não era sentimental, mas havia momentos que mereciam ser lembrados. Para ele, um desses momentos acontecera sob o gelo da Antártida.

Quando ele seguira a foca.

Para o alto.

Ramsey rompeu a superfície e moveu a lanterna para fora da água. Estava numa caverna formada por rocha e gelo. Devia medir um campo de futebol de comprimento e metade disso de largura, estava pouco iluminada num silêncio cinza e roxo. Da sua direita veio o ruído de uma foca, que depois saltou de volta para a água. Ele puxou a máscara até a testa, cuspiu o regulador e sentiu o ar. Depois, viu. Uma vela laranja vivo, de tamanho reduzido, menor do que o normal, um formato característico.

NR-1A.

Nossa Senhora.

Ele andou pela água na direção do navio emerso. Ramsey tinha servido a bordo do NR-1, uma das razões pelas quais ele fora escolhido para aquela missão, portanto estava familiarizado com o design revolucionário do submarino. Longo e fino, a vela para a frente, perto da proa do casco em forma de charuto. Uma superestrutura plana de fibra de vidro no convés permitia à tripulação andar pela extensão do barco. Havia poucas aberturas no casco, para que o risco em mergulhos a grandes profundidades fosse mínimo.

Ramsey nadou para perto da embarcação e passou a mão no metal preto. Nenhum som. Nem movimento. Nada. Apenas água batendo no casco. Ele estava perto da proa, então contornou o navio a bombordo. Uma escada de corda repousava contra o casco — usada, ele sabia, para a entrada e saída em botes infláveis. Ramsey estava intrigado com o fato de que ela havia sido estendida. Segurou e puxou. Firme.

Ramsey tirou os pés de pato e pendurou-os em seu pulso esquerdo. Prendeu a lanterna no cinto, segurou a escada e ergueu-se para fora da água. No alto, caiu no convés e descansou, depois tirou o cinto com pesos e o tanque de ar. Passou a mão no rosto para tirar a água gelada, posicionou-se e pegou novamente a lanterna, depois usou os lemes horizontais na vela como escada e subiu ao topo da torre de controle.

A escotilha principal estava aberta.

Ramsey se arrepiou. Por causa do frio? Ou por causa da ideia do que estava abaixo?

Entrou e desceu. Ao fim da escada, viu que as placas do piso tinham sido removidas. Dirigiu o foco da lanterna para o local em que sabia ser o depósito das baterias da embarcação. Tudo parecia chamuscado — o que talvez explicasse o que acontecera. Um incêndio teria sido catastrófico. Pensou no reator do navio, mas, com tudo no mais completo breu, ele provavelmente havia sido desligado.

Ramsey atravessou o compartimento até a sala de controle. As cadeiras estavam vazias, e os instrumentos, desligados. Testou alguns circuitos. Sem energia. Examinou a sala do motor. Nada. O compartimento do reator estava silencioso. Encontrou o canto do comandante — não uma cabine; o NR-1A era pequeno demais para tais luxos; havia apenas um beliche e uma mesa afixada à cabeceira. Encontrou o diário do comandante e o abriu, folheando até chegar ao último registro.

Ramsey lembrava exatamente o registro. *Gelo no dedo dele, gelo na cabeça, gelo em seu olhar vidrado.* Ah, como Forrest Malone tinha acertado.

Ramsey conduzira aquela busca com perfeição. Qualquer um que pudesse ser um problema hoje estava morto. O legado do almirante Dyals estava seguro, assim como o seu próprio. A Marinha estava igualmente ilesa. Os fantasmas do NR-1A ficariam no lugar deles.

Na Antártida.

Seu celular ganhou vida com luz, mas sem som. Ele o silenciara horas antes. Olhou. Finalmente.

— Sim, Charlie, o que é?

— Preciso me encontrar com você.

— Impossível.

— Dê um jeito. Dentro de duas horas.

— Por quê?

— Um problema.

Ele se deu conta de que estavam numa linha aberta, e as palavras tinham de ser escolhidas com cautela.

— Sério?

— O suficiente para que eu precise vê-lo.

Ramsey olhou para o relógio.

— Onde?

— Você sabe. Esteja lá.

OITENTA E UM

Computadores não eram o forte de Stephanie, mas Malone havia explicado no e-mail o procedimento para a tradução. O coronel Gross lhe fornecera um scanner portátil de alta velocidade e uma conexão com a internet. Ela baixara o programa de tradução e fizera o teste com uma página, escaneando a imagem para o computador.

Uma vez aplicado o programa de tradução, o resultado havia sido extraordinário. O estranho conjunto de espirais, voltas e arabescos primeiro virara latim, depois inglês. Imperfeito em alguns trechos. Partes faltando aqui e ali. Mas o suficiente para que ela soubesse que o compartimento refrigerado continha um tesouro precioso de informações ancestrais.

Dentro de um pote de vidro, suspenda dois núcleos numa linha fina. Esfregue uma vara de metal lustrosa sobre tecido, fazendo movimentos rápidos. Não haverá sensação alguma, nem formigamento, nem dor. Aproxime a vara do pote, e as duas esferas vão se distanciar, e permanecer afastadas mesmo quando a vara for retirada. A força da vara flui para fora, invisível e imperceptível, mas mesmo assim ela existe — levando os núcleos a se separarem. Após algum tempo, as esferas baixarão, levadas a tanto pela mesma força que impede de permanecer no ar tudo o que nele é atirado.

Construa uma roda com uma manivela na parte traseira e prenda pequenas placas de metal na extremidade. Duas varas de metal devem ser fixadas de forma que um ramo de arames partindo de cada uma delas toque de leve as placas de metal. Um arame liga as varas a duas esferas de metal.

Posicione-as a meio comum de distância entre si. Gire a roda pela manivela. Onde as placas de metal fizerem contato com os arames, ocorrerão lampejos. Gire a roda mais rápido, e relâmpagos azuis vão saltar e assobiar nas esferas de metal. Um cheiro estranho ocorrerá, semelhante ao que se percebe após uma tempestade violenta em terras em que chove em abundância. Sinta-o e o relâmpago, pois essa força e a força que distancia os núcleos um do outro são a mesma, apenas geradas de modos diferentes. Tocar as esferas de metal é tão inofensivo quanto tocar as varas esfregadas no tecido.

Pedra lunar, chacra da cabeça, cinco seivas da figueira-de-bengala, figo, ímã, mercúrio, mica perolada, óleo de saarasvata e nakha tomados em partes iguais, purificados, devem ser moídos e deixados em repouso até congelarem. Só então misture óleo de bilva e ferva até formar uma resina perfeita. Espalhe o verniz uniformemente sobre uma superfície e deixe secar antes de expô-lo à luz. Para embaçar, acrescente à mistura raiz de pallatory, maatang, búzios, sal alcalino, grafite e areia de granito. Aplique em abundância sobre qualquer superfície para reforçar.

A peetha deve ter 3 comuns de largura e meio de altura, quadrada ou redonda. Um eixo é fixado no centro. Em frente, é colocado um vaso de dellium ácido. A oeste fica o espelho para acentuar a escuridão e a leste é fixado o tubo de atração de raios solares. No centro está a roda que faz funcionar os arames e ao sul está a chave ativadora principal. Ao girar a roda para a direção sudeste, o espelho de duas faces fixado ao tubo coletará raios de sol. Ao operar a roda a noroeste, o ácido será ativado. Ao virar a roda para o oeste, o espelho que acentua a escuridão funcionará. Ao virar a roda central, os raios atraídos pelo espelho atingirão o cristal e o envolverão. Depois, a roda principal deve ser revolvida em grande velocidade para produzir um calor envolvente.

Areia, cristal e sal de suvarchala, em partes iguais, acumulados em um cadinho, colocados numa fornalha, depois fundidos, produzirão uma cerâmica pura, leve, forte e fria. Tubos feitos com esse material transportarão e irradiarão calor e poderão ser firmemente unidos com argamassa de sal. Pigmentos feitos de ferro, argila, quartzo e calcita são ricos e duradouros e aderem bem após a fundição.

Stephanie ficou olhando para Davis.

— Por um lado, estavam brincando com eletricidade em um estágio inicial, enquanto, por outro, criavam compostos e mecanismos dos quais nunca ouvimos falar. Temos de descobrir de onde vieram esses livros.

— Vai ser difícil, pois, aparentemente, qualquer registro da Salto em Altura que pudesse nos dizer isso sumiu. — Davis balançou a cabeça. — Que malditos imbecis. Tudo altamente confidencial. Algumas mentes tacanhas tomaram decisões monumentais que afetaram a todos nós. Aqui está um repositório de conhecimento que poderia muito bem mudar o mundo. Também poderia ser lixo, claro. Mas nunca saberemos. Você sabe que nas décadas após a descoberta desses livros, camadas e mais camadas de neve acumularam-se lá embaixo. A paisagem é totalmente diferente do que era na época.

Stephanie sabia que a Antártida era um pesadelo para os cartógrafos. Sua costa mudava constantemente à medida que plataformas de gelo apareciam e desapareciam, deslocando-se à vontade. Davis estava certo. Encontrar as localizações de Byrd poderia ser impossível.

— Vimos apenas um punhado de páginas em alguns volumes dispersos — disse ela. — Nunca se sabe o que poderia haver em tudo isso.

Outra página chamou sua atenção, repleta de texto e um esboço de duas plantas, com raízes e tudo.

Stephanie escaneou essa folha e traduziu-a.

A gyra cresce em reentrâncias úmidas e deve ser retirada do solo antes da partida do sol de verão. Suas folhas, prensadas e queimadas, combatem a febre. Mas cuide para que a gyra fique livre de umidade. Folhas molha-

das são ineficazes e podem causar doenças. Folhas amareladas, o mesmo. As folhas bem vermelhas ou laranja são preferíveis. Também causam sono e podem ser usadas para abrandar sonhos. Em excesso, podem causar danos; portanto, administre com cuidado.

Stephanie imaginou o que um explorador teria sentido ao se ver numa praia virgem, olhando para uma nova terra.

— Este armazém será lacrado — declarou Davis.

— Não é uma boa ideia. Isso alertaria Ramsey.

Davis pareceu perceber a sabedoria da observação dela.

— Faremos tudo por intermédio de Gross. Se alguém se dirigir a este local, ele nos informará e poderemos impedir.

Essa ideia era melhor.

Stephanie pensou em Malone. Devia estar se aproximando da Antártida. Será que estava no caminho certo?

Mas ainda havia questões a serem concluídas ali nos Estados Unidos. Encontrar o assassino.

Ela ouviu um abrir e fechar de porta do outro lado do interior cavernoso. O coronel Gross havia ficado de vigília na antessala para que eles dois tivessem privacidade, então Stephanie presumiu que fosse ele. Mas ouviu passos de duas pessoas diferentes ecoando na escuridão. Ela e Davis estavam sentados a um mesa do lado de fora do compartimento refrigerado com apenas duas lâmpadas acesas. Ela levantou o rosto e viu Gross materializar-se na penumbra, seguido por outro homem — alto, de cabeleira cheia, usando uma jaqueta impermeável azul-marinho e calça casual, com o emblema de presidente dos Estados Unidos sobre o lado esquerdo do peito.

Danny Daniels.

OITENTA E DOIS

MARYLAND, 22H20

RAMSEY SAIU DA ESTRADA ESCURA E ENTROU COM O CARRO NO BOSQUE, NA DIRE-
ção da casa-grande de Maryland, onde se encontrara com Charlie
Smith alguns dias antes.

Bailey Mill, como Smith a havia chamado.

Ramsey não tinha gostado do tom de Smith. Espertinho, arrogante
e irritante — esse era Charlie Smith. Nervoso, exigente, hostil? De jeito
nenhum. Algo estava errado.

Ramsey parecia ter conseguido uma nova aliada em Diane McCoy,
que lhe custara 20 milhões de dólares. Por sorte, tinha acumulado
muito mais que isso em várias contas espalhadas pelo mundo. Dinheiro que caíra em seu caminho, vindo de operações que terminaram de
forma prematura ou foram canceladas. Felizmente, quando o carimbo
de CONFIDENCIAL era colocado num arquivo, não havia muito esforço
para a realização de alguma prestação de contas pública. O regula-
mento exigia que quaisquer recursos investidos fossem devolvidos,
mas nem sempre era assim. Ramsey precisava de fundos para pagar
Smith — capital para financiar investigações secretas —, mas sua necessidade estava decaindo. Ainda assim, à medida que essas necessidades diminuíam, os riscos apertavam.

Como ali.

Os faróis do carro de Ramsey revelaram a casa, um celeiro e outro carro. Nenhuma luz acesa em lugar algum. Ele estacionou e retirou de dentro do console central a Walther automática, depois saiu no frio.

— Charlie — chamou. — Não tenho tempo para as suas babaquices. Venha aqui já.

Seus olhos, acostumados à escuridão, registraram um movimento à esquerda. Ele mirou e disparou duas vezes. As balas fizeram um baque surdo na madeira velha. Mais movimento, mas ele viu que não era Smith.

Cães. Saindo da varanda da casa, correndo na direção da floresta. Como da última vez.

Ramsey suspirou.

Smith adorava brincar, então ele decidiu entrar no jogo do sujeito:

— É o seguinte, Charlie. Vou furar os quatro pneus do seu carro, e você pode congelar aqui hoje à noite. Ligue para mim amanhã, quando estiver pronto para falar.

— Você não é nem um pouco divertido, almirante — disse uma voz. — Nem um pouco mesmo.

Smith saiu das sombras.

— Sorte sua eu não matar você — disse Ramsey.

Smith saiu da varanda.

— Por que faria isso? Tenho sido um bom garoto. Fiz tudo o que você queria. Todos os quatro mortos, tudo limpo e arrumado. Aí, ouço no rádio que você será promovido ao cargo no Estado-Maior Conjunto. Subindo na vida, indo para a zona nobre. Para aquele apartamento de luxo lá no alto. Você e George Jefferson.

— Isso não tem importância — disse ele. — Não é da sua conta.

— Eu sei. Sou apenas um empregado. O que importa é eu ser.

— E foi. Duas horas atrás. Integralmente.

— Ótimo. Eu estava pensando em tirar umas férias. Em algum lugar quente.

— Só depois que resolver sua nova tarefa.

— Você pensa grande, almirante. Seu alvo mais recente está bem na Casa Branca.

— Pensar grande é a única forma de se conquistar qualquer coisa.

— Preciso do dobro do preço de costume para esta, metade como entrada, o restante após a conclusão.

Ramsey não se importava com os custos.

— Feito.

— E tem mais uma coisa — disse Smith.

Algo tocou as costelas de Ramsey, por cima do casaco, vindo de trás.

— Calminho, Langford — disse uma voz de mulher. — Ou atiro em você antes de se mover.

Diane McCoy.

MALONE CHECOU O CRONÔMETRO DO AVIÃO — 7H40 — E OLHOU PELA JANELA da cabine dos pilotos para o panorama abaixo. Para ele, a Antártida lembrava uma tigela virada para baixo com a borda lascada. Pelo menos dois terços da circunferência daquela vasta plataforma de gelo com mais de 3 quilômetros de espessura eram cercados por montanhas denteadas pretas, cobertas de geleiras fendidas que se acumulavam na direção do mar, e a costa nordeste abaixo não era exceção.

O piloto anunciou que estavam fazendo a aproximação final à base de Halvorsen. Hora de se preparar para a aterrissagem.

— Isto é raro — disse o piloto a Malone. — O tempo está magnífico. Vocês têm sorte. Os ventos estão bons também. — Ele ajustou os controles e segurou o manche. — Quer fazer a descida?

Malone fez um gesto de recusa.

— Não, obrigado. Muito além da minha capacidade. — Embora ele tivesse pousado caças em porta-aviões jogando, descer com uma aeronave de 45 mil quilos sobre gelo traiçoeiro era uma emoção que ele dispensava.

A briga entre Dorothea e Christl ainda o preocupava. Elas haviam permanecido comportadas nas últimas horas, mas o antagonismo amargo poderia ser problemático.

O avião iniciou uma descida íngreme.

Embora o ataque tivesse servido como alerta, outra coisa que Malone testemunhara causou-lhe ainda mais preocupação. Ulrich Henn tinha sido pego desprevenido. Malone observara uma confusão momentânea no rosto de Henn antes de a máscara voltar a enrijecer. Ele claramente não antecipara a atitude de Dorothea.

O avião nivelou, e as turbinas do motor abrandaram.

O Hercules era equipado com esquis de pouso, e Malone ouviu o copiloto confirmar que eles estavam posicionados. Continuaram descendo, vendo o solo branco crescer em tamanho e detalhes.

Um solavanco. Depois outro.

E Malone ouviu os esquis raspando na crosta de gelo enquanto o avião deslizava. Não havia como frear. Somente a fricção os desaceleraria. Por sorte, havia muito espaço para correr.

Finalmente, o Hercules parou.

— Bem-vindos à parte mais baixa do mundo — disse o piloto a todos.

STEPHANIE LEVANTOU-SE DA CADEIRA. FORÇA DO HÁBITO. DAVIS FEZ O MESMO.

Daniels fez um gesto para que ficassem no lugar.

— É tarde e estamos todos cansados. Sentem-se. — Ele puxou uma cadeira. — Obrigado, coronel. Pode cuidar para que não sejamos interrompidos?

Gross desapareceu na direção da entrada do armazém.

— Você estão com uma cara horrível — disse Daniels.

— É de ter visto a cabeça de um homem explodir — respondeu Davis.

Daniels suspirou.

— Já vi isso uma ou duas vezes. Duas jornadas no Vietnã. Nunca sai da cabeça.

Pouco consolo, pensou Stephanie, antes de perguntar:

— Como conseguiu vir aqui?

— Dei uma escapada da Casa Branca e vim com o *Marine One* direto para o sul. Bush começou com isso. Voava até o Iraque antes que qualquer um ficasse sabendo. Temos *procedimentos* estabelecidos para viabilizar isso agora. Estarei de volta na cama antes que qualquer pessoa dê pela minha ausência. — O olhar de Daniels passou para a porta do refrigerador. — Queria ver o que tem lá dentro. O coronel Gross me contou, mas eu queria ver.

— Pode mudar o modo como vemos a civilização — disse ela.

— Incrível. — E Stephanie pôde ver que Daniels estava genuinamente impressionado. — Malone estava certo? Podemos ler os livros?

Ela fez que sim.

— O suficiente para entender o sentido.

O comportamento normalmente impetuoso do presidente parecia estar em cheque. Ela havia ouvido que Daniels era muito ativo à noite, dormia pouco. Funcionários reclamavam com frequência.

— Perdemos o assassino — disse Davis.

Stephanie sentiu o tom de derrota na vez dele. Muito diferente da primeira vez que trabalharam juntos, quando ele expusera um otimismo contagiante que a fizera ir para a Ásia Central.

— Edwin — respondeu o presidente —, você fez o melhor possível. Achei que você estivesse doido, mas você tinha razão.

O olhar de Davis era o de quem desistira de esperar boas notícias.

— Scofield ainda está morto. Millicent ainda está morta.

— A questão é: você quer o assassino deles?

— Como eu disse, nós o perdemos.

— Veja, aí é que está — disse Daniels. — Eu o encontrei.

OITENTA E TRÊS

RAMSEY ESTAVA SENTADO NUMA CADEIRA INSTÁVEL DE MADEIRA, COM AS MÃOS, o peito e os pés presos por fita isolante. Tinha cogitado atacar Diane lá fora, mas se deu conta de que Smith certamente estava armado — e Ramsey não poderia se esquivar dos dois. Então, não fizera nada. E torcera por um deslize.

O que talvez não tivesse sido inteligente.

Eles o haviam conduzido para dentro da casa. Smith acendera um pequeno fogareiro de acampamento, que agora fornecia uma iluminação fraca e um calor bem-vindo. Interessante que uma parte da parede do quarto estivesse aberta, deixando entrever um retângulo completamente escuro do outro lado. Ramsey precisava saber o que aqueles dois queriam, como tinham unido forças e como apaziguá-los.

— Essa mulher me contou que fui colocado na lista dos dispensáveis — disse Smith.

— Você não deveria dar ouvidos a pessoas que não conhece.

Diane estava de pé, apoiada no parapeito de uma janela aberta, segurando uma arma.

— Quem disse que não nos conhecemos?

— Não é difícil de decifrar — respondeu Ramsey. — Você está criando uma desavença para proveito próprio. Ela lhe disse, Charlie, que me pressionou para me tirar 20 milhões?

— Mencionou, sim, algo a respeito.

Outro problema.

Ramsey encarou Diane.

— Estou impressionado que você tenha identificado Charlie e feito contato.

— Não foi tão difícil assim. Você acha que ninguém presta atenção? Sabe que celulares podem ser monitorados, transferências bancárias, rastreadas, e acordos confidenciais entre governos, usados para acessar contas e registros aos quais ninguém mais poderia ter acesso.

— Nunca imaginei que eu fosse tão interessante para você.

— Você queria a minha ajuda. Estou ajudando.

Ramsey forçou as fitas que o prendiam.

— Não era o que eu tinha em mente.

— Ofereci metade dos 20 milhões a Charlie.

— A serem pagos adiantadamente — acrescentou Smith.

Ramsey balançou a cabeça.

— Você é um idiota ingrato.

Smith deu um salto para a frente e bateu as costas da mão no rosto de Ramsey.

— Queria fazer isso há muito tempo.

— Charlie, juro que você vai lamentar isso.

— Durante 15 anos fiz o que você pedia — disse Smith. — Você queria as pessoas mortas. Eu fazia as pessoas morrerem. Sei que tem planejado algo. Sempre percebo. Agora, você está de mudança para o Pentágono. Chefe do Estado-Maior Conjunto. O que virá depois? De jeito nenhum você vai ficar satisfeito e se aposentar. Não faz seu gênero. Aí, eu me tornei um problema.

— Quem disse isso?

Smith apontou para Diane McCoy.

— E você acredita nela?

— As coisas que ela diz fazem sentido. E ela tinha mesmo 20 milhões de dólares, porque agora eu tenho a metade.

— E nós dois temos você — disse Diane.

— Nenhum dos dois tem coragem de assassinar um almirante, o chefe da inteligência naval, indicado para o Estado-Maior. Vai ser difícil esconder essa.

— É mesmo? — perguntou Smith. — Quantas pessoas matei por você? Cinquenta? Cem? Duzentas? Não consigo nem lembrar. Nenhuma delas foi dada como assassinada. Eu diria que esconder a verdade é minha especialidade.

Infelizmente, o safado arrogante estava certo, então Ramsey tentou usar a diplomacia:

— O que posso fazer para lhe dar segurança, Charlie? Estamos juntos há muito tempo. Vou precisar de você nos próximos anos.

Smith não respondeu.

— Quantas mulheres ele matou? — perguntou Diane.

Ramsey pensou na pergunta.

— Isso importa?

— Importa para mim.

Então, ele se lembrou de Edwin Davis. Colega dela.

— Isso tem a ver com Millicent?

— O Sr. Smith a matou?

Ramsey decidiu ser honesto e fez que sim.

— Ela estava grávida?

— Foi o que me disseram. Mas quem sabe? As mulheres mentem.

— Então, você simplesmente a matou?

— Parecia a forma mais simples de resolver o problema. Charlie estava trabalhando para nós na Europa. Foi quando nos conhecemos. Ele realizou bem a tarefa, e é meu desde então.

— Não sou seu — disse Smith, com desprezo na voz. — Trabalho para você. Você me paga.

— E há muito mais dinheiro a ganhar — tratou de esclarecer o almirante.

Smith andou na direção da divisória aberta na parede.

— Vai dar num porão oculto. Provavelmente veio a calhar durante a Guerra Civil. Ótimo lugar para esconder coisas.

Ramsey entendeu a mensagem. *Como um cadáver.*

— Charlie, me matar seria uma péssima ideia.

Smith virou-se e apontou a arma.

— Talvez. Mas com toda certeza vou me sentir melhor.

MALONE DEIXOU A LUZ DO SOL E ENTROU NA BASE DE HALVORSEN, SEGUIDO pelos outros. O anfitrião, que esperava pelo grupo no gelo quando desembarcaram numa rajada de ar gelado, era um australiano moreno e barbado — forte, robusto e com aparência de competente — chamado Taperell.

A base era formada por um conjunto de prédios de alta tecnologia enterrados na neve densa, abastecidos por um sistema sofisticado de energia solar e eólica. Tecnologia de ponta, segundo Taperell, que acrescentou:

— Estão com sorte hoje. Só menos 13 graus Celsius. Quente pra caramba nesta parte do mundo.

O australiano os levou a uma sala espaçosa forrada por painéis de madeira, repleta de mesas e cadeiras, que cheirava a comida sendo preparada. Um termômetro digital na parede do outro lado indicava 19 graus Celsius.

— Hambúrgueres, batatas e bebidas vão chegar num instante — disse Taperell. — Achei que iam precisar de um grude.

— Suponho que isso signifique comida — respondeu Malone.

Taperell sorriu.

— Claro, colega.

— Podemos partir logo depois de comer?

O anfitrião assentiu.

— Não se preocupem, foi a ordem que recebi. Estou com um helicóptero pronto. Para onde vão?

Malone encarou Henn.

— Sua vez.

Christl deu um passo à frente.

— Na verdade, eu tenho o que você precisa.

Stephanie viu Davis levantar-se da cadeira e perguntar ao presidente:

— Como assim, vocês o encontraram?

— Ofereci a vaga no Estado-Maior a Ramsey hoje. Liguei para ele, e ele aceitou.

— Suponho que tenha feito isso por uma boa razão — disse Davis.

— Sabe, Edwin, parece que nossas posições estão invertidas. É como se você fosse o presidente, e eu, o vice-conselheiro de segurança nacional. E digo isso com ênfase especial na palavra *vice*.

— Sei quem é que manda. Você sabe quem é que manda. Só nos diga por que está aqui no meio da noite.

Ela viu que Daniels não se importou com a insolência impetuosa.

— Quando fui à Grã-Bretanha alguns anos atrás — disse o presidente —, convidaram-me a participar de uma caça a raposas. Os britânicos adoram essa porcaria. Todos ficam arrumadinhos de manhã cedo, montam um cavalo fedido, depois partem atrás de um bando de cachorros uivantes. Disseram-me que era fantástico. A não ser, é claro, que você seja a raposa. Aí, é um horror. Como tenho uma alma piedosa, não parava de pensar na raposa, então dispensei o convite.

— Nós vamos caçar? — perguntou Stephanie. Ela viu um brilho nos olhos do presidente.

— Ah, sim. Mas o que é ótimo nesse passeio é que as raposas não sabem que estamos chegando.

MALONE VIU CHRISTL ABRIR UM MAPA E COLOCÁ-LO SOBRE UMA DAS MESAS.

— Minha mãe me explicou.

— E por que você é tão especial? — perguntou Dorothea.

— Imagino que ela tenha achado que eu fosse agir com sensatez, embora pareça acreditar que eu seja uma sonhadora vingativa decidida a arruinar nossa família.

— E é? — perguntou Dorothea.

O olhar de Christl fuzilou a irmã.

— Sou uma Oberhauser. A última de uma longa linhagem... e pretendo honrar meus ancestrais.

— Que tal nos concentrarmos no problema em questão? — disse Malone. — O tempo está ótimo lá fora. Precisamos tirar vantagem disso enquanto podemos.

Christl havia trazido o mapa mais recente da Antártida com o qual Isabel havia tentado Malone em Ossau, aquele que ela não abrira. Agora, ele via que todas as diversas bases continentais estavam indicadas, a maioria ao longo da costa, inclusive Halvorsen.

— Meu avô esteve aqui e aqui — disse Christl, apontando para os locais marcados como 1 e 2. — Suas anotações dizem que a maior parte das pedras que ele obteve vem do Sítio 1, embora ele tenha passado bastante tempo no Sítio 2. A expedição trouxe uma cabine desmontada para armar em algum lugar e assegurar com firmeza a reivindicação da Alemanha. Foi decidido construir a cabine no Sítio 2, aqui, perto da costa.

Malone havia pedido a Taperell para ficar. Virou-se para o australiano e disse:

— Onde é isso?

— Eu sei. Cerca de 80 quilômetros a oeste daqui.

— Ainda está lá? — perguntou Werner.

— Com certeza — disse Taperell. — Vai estar direitinha... madeira não apodrece aqui. Essa coisa deve estar como no dia em que foi construída. Especialmente ali... a região toda é designada como área protegida. Um local de "interesse científico especial" de acordo com o Ato de Conservação da Antártida. Visitas só podem ser feitas com o aval da Noruega.

— Por que isso? — perguntou Dorothea.

— A costa pertence às focas. É uma área de reprodução. Pessoas não são permitidas. A cabine fica em um dos vales secos fora da costa.

— Segundo minha mãe, meu pai ia levar os norte-americanos para o Sítio 2 — disse Christl. — Meu avô sempre quis voltar e explorar mais, mas nunca lhe permitiram.

— Como *sabemos* se o local é esse? — perguntou Malone.

Ele notou a malícia no olhar de Christl. Ela pôs a mão na mochila e retirou um livro fino e colorido com título em alemão. Malone traduziu em silêncio. *Uma visita a Neuschwabeland, cinquenta anos depois.*

— Este é um livro ilustrado que foi publicado em 1988. Uma revista alemã enviou uma equipe de filmagem e um fotógrafo. Minha mãe encontrou isso há uns cinco anos. — Christl folheou o livro, procurando uma página específica. — Esta é a cabine. — Ela lhes mostrou uma imagem de duas páginas impressionante, colorida, de uma estrutura cinza de madeira disposta no interior de um vale de rocha negra, coberta por faixas de neve brilhante, parecendo minúscula entre montanhas nuas e cinzentas. Christl virou a página. — Esta é uma foto da parte de dentro.

Malone examinou a imagem. Não havia muita coisa. Uma mesa coberta com algumas revistas, umas tantas cadeiras, um fogão, um rádio e dois beliches, caixotes adaptados para servirem de prateleiras.

O olhar de divertimento de Christl encontrou o de Malone.

— Está vendo algo?

Ela estava fazendo com Malone o que ele fizera com ela em Ossau. Então, ele aceitou o desafio e estudou a fotografia com cuidado, assim como os outros também começaram a fazer.

Então Malone viu. No piso. Esculpido em uma das tábuas.

Ele apontou.

— O mesmo símbolo da capa do livro encontrado no túmulo de Carlos Magno.

Christl sorriu.

— Este tem de ser o local. E tem isso. — Ela retirou uma folha de papel dobrada de dentro do livro. Uma página de uma revista velha, amarelada e quebradiça, com uma imagem em preto e branco do interior da cabine.

— Isso veio dos registros da Ahnenerbe que obtive — disse Dorothea. — Eu me lembro. Vi em Munique.

— Nossa mãe os recuperou — disse Christl — e reparou nesta foto. Olhem no chão. O símbolo é claramente visível. Isto foi publicado na primavera de 1939, um artigo que nosso avô escreveu sobre a expedição do ano anterior.

— Eu disse a ela que aqueles registros valiam a pena — disse Dorothea.

Malone virou-se para Taperell.

— Parece que é para onde estamos indo.

Taperell apontou para o mapa.

— Esta área aqui, na costa, é tudo uma plataforma de gelo com água do mar por baixo. Estende-se por cerca de 8 quilômetros no que seria uma baía respeitável, se não estivesse congelada. A cabine fica do outro lado de um sulco longo, a pouco mais de 1 quilômetro da costa, no que seria a praia oeste da baía. Podemos deixá-los lá e pegá-los de volta quando estiverem prontos. Como eu disse, considerem que estão com sorte em relação ao tempo. Está um forno lá fora hoje.

Menos 13° C não era a ideia que Malone tinha de um dia tropical, mas ele entendeu a mensagem.

— Vamos precisar de equipamento de emergência, só por precaução.

— Já tenho dois trenós prontos. Estávamos esperando vocês.

— Você não faz muitas perguntas, não é? — questionou Malone.

Taperell balançou a cabeça.

— Não, colega. Só estou aqui para fazer meu trabalho.

— Então, vamos comer o grude e ir andando.

OITENTA E QUATRO

FORT LEE

— SENHOR PRESIDENTE — DAVIS DISSE. — SERIA POSSÍVEL QUE O SENHOR SE explicasse? Sem histórias, sem charadas. Está terrivelmente tarde, e não tenho energia para ser paciente *e* respeitoso.

— Edwin, gosto de você. A maioria dos babacas com que lido me diz ou o que acha que quero ouvir ou o que não preciso saber. Você é diferente. Você me diz o que tenho de ouvir. Sem disfarces, apenas sendo direto. Foi por isso que quando você me falou de Ramsey, eu ouvi. Qualquer outra pessoa, eu teria deixado entrar por um ouvido e sair pelo outro. Mas não você. Sim, eu estava cético, mas você tinha razão.

— O que o senhor fez? — perguntou Davis.

Stephanie também havia sentido algo no tom do presidente.

— Simplesmente dei a ele o que ele queria. A indicação. Nada embala melhor o sono de um homem do que o sucesso. Eu deveria saber, é algo que usaram comigo muitas vezes. — Daniels olhou para o compartimento refrigerado. — É o que está lá dentro que me fascina. O registro de um povo que nunca conhecemos. Viveram há muito tempo. Fizeram coisas. Pensaram coisas. No entanto, não fazíamos ideia de que existiram.

Daniels pôs a mão no bolso e retirou um pedaço de papel.

— Vejam isso.

— É um petróglifo do templo de Hator em Dendera. Eu o vi algunos anos atrás. A coisa é enorme, com colunas altíssimas. É razoavelmente recente, em se tratando de Egito. É do século I antes de Cristo. Esses criados estão segurando o que parece ser uma espécie de lâmpada, apoiada em pilares; portanto, essas lâmpadas devem ser pesadas e ligadas por um cabo a uma caixa no chão. Vejam a parte de cima das colunas, abaixo das duas lâmpadas. Parece um condensador, não?

— Eu não fazia ideia de que se interessava por coisas assim — disse Stephanie.

— Eu sei. Nós, garotos pobres e ignorantes do interior, não podemos apreciar nada.

— Não quis dizer isso. É só que...

— Relaxe, Stephanie. Guardo isso para mim. Mas adoro. Todas aquelas tumbas encontradas no Egito, e o interior das pirâmides... nem uma única câmara tem danos causados por fumaça. Que raio de procedimento eles usavam para conseguir iluminação para trabalhar nesses locais subterrâneos? O fogo era tudo o que tinham, e as lâmpadas queimavam óleo fumegante. — Daniels apontou para o desenho. — Talvez tivessem outra coisa. Há uma inscrição encontrada no templo de Hator que diz tudo. Eu a anotei. — Ele virou o desenho. — *O templo foi construído de acordo com um plano redigido em escrita antiga sobre um pergaminho de pele de cabra da época dos Companheiros de Hórus.* Dá para imaginar? Estão dizendo de forma explícita que tiveram ajuda vinda de muito tempo antes.

— Não pode acreditar de verdade que os egípcios tinham luz elétrica — disse Davis.

— Não sei em que acreditar. E quem disse que era elétrica? Poderia ter sido química. Os militares têm lâmpadas de gás fosforescente de trítio que iluminam por anos sem eletricidade. Não sei em que acreditar. Só sei que esse petróglifo é real.

Sim, era.

— Veja a coisa desta forma — disse o presidente. — Houve um tempo em que os supostos especialistas pensavam que todos os continentes fossem fixos. Sem dúvida, a terra sempre esteve onde está hoje, fim de papo. Depois, as pessoas começaram a notar que a África e a América do Sul pareciam se encaixar. A América do Norte, a Groenlândia e a Europa também. Coincidência, foi o que os especialistas disseram. Nada mais. Então, encontraram fósseis na Inglaterra e na América do Norte que eram idênticos. Alguns tipos de rocha também. A coincidência cresceu. Então, foram localizadas placas abaixo dos oceanos que se moviam, e os supostos especialistas perceberam que a terra poderia se deslocar nessas placas. Finalmente, nos anos 1960, provou-se que os especialistas estavam enganados. Os continentes estiveram todos juntos um dia e, com o tempo, se afastaram. O que um dia foi fantasia hoje é ciência.

Stephanie se lembrou de abril passado, quando tiveram uma conversa em Haia.

— Achei que tivesse dito que não entendia bulhufas de ciência.

— Não entendo. Mas isso não significa que eu não leia e não preste atenção.

Ela sorriu.

— O senhor é uma grande contradição.

— Vou entender isso como um elogio. — Daniels apontou para a mesa. — O programa de tradução funciona?

— Parece que sim. E o senhor está certo. Isto é o registro de uma civilização perdida. Que existiu há muito tempo e parece ter interagido com pessoas do mundo todo, inclusive, de acordo com Malone, com os europeus do século IX.

Daniels levantou-se da cadeira.

— Nós nos consideramos muito espertos. Muito sofisticados. Somos os primeiros em tudo. Bobagem. Tem uma porrada de coisas por aí que não sabemos.

— Pelo que traduzimos até agora — disse Stephanie —, parece haver um conhecimento técnico aqui. Coisas estranhas. Vamos precisar de tempo para entender. E de algum trabalho de campo.

— Malone pode lamentar ter ido até lá — murmurou Daniels.

Ela precisava saber:

— Por quê?

Os olhos escuros do presidente a examinaram.

— O NR-1A usava urânio como combustível, mas havia vários galões de óleo a bordo para lubrificação. Nem uma gota sequer foi encontrada. — Daniels ficou em silêncio. — Os submarinos têm vazamentos quando naufragam. E tem o diário de bordo, como vocês ficaram sabendo de Rowland. Seco. Nem sequer uma mancha. Isso significa que o submarino estava intato quando Ramsey o encontrou. E pelo que Rowland disse, eles estavam no continente quando Ramsey entrou na água. Perto da costa. Malone está seguindo a trilha de Dietz Oberhauser, exatamente como o NR-1A fez. E se os caminhos se cruzam?

— Aquele submarino pode não existir mais — disse Stephanie.

— Por que não? É a Antártida. — Daniels hesitou. — Fiquei sabendo há meia hora que Malone e sua comitiva estão na base de Halvorsen.

Ela viu que Daniels estava genuinamente preocupado com o que estava acontecendo, tanto ali como no sul.

— OK, é o seguinte — disse Daniels. — Pelo que descobri, Ramsey contratou um matador profissional que atende pelo nome de Charles C. Smith Jr.

Davis ficou imóvel na cadeira.

— Pedi para a CIA verificar tudo sobre Ramsey, e eles identificaram esse tal de Smith. Não me perguntem como, mas identificaram. Parece que ele usa muitos nomes, e Ramsey vem lhe pagando rios de dinheiro. Provavelmente foi ele quem matou Sylvian, Alexander e Scofield... e acha que matou Herbert Rowland...

— E Millicent — disse Davis.

Daniels assentiu.

— Vocês encontraram Smith? — perguntou Stephanie, lembrando o que Daniels dissera pouco antes.

— Por assim dizer. — O presidente hesitou. — Vim para ver tudo isto. Eu realmente queria saber. Mas também vim para lhes dizer exatamente como podemos acabar com esse circo.

MALONE ESTAVA VOLTADO PARA A JANELA DO HELICÓPTERO, O BATIMENTO DOS ROTORES pulsando em seus ouvidos. Estavam voando para o oeste. O brilho do sol entrava pelos óculos escuros de proteção que cobriam seus olhos. Contornaram a costa, onde as focas espreguiçavam-se no gelo como lesmas gigantes e baleias assassinas rompiam a superfície da água, patrulhando as pontas de gelo em busca de presas incautas. Montanhas surgiam da costa, erguendo-se como lápides sobre um cemitério branco sem fim, seus tons escuros fazendo um contraste radical com a neve brilhante.

A aeronave virou para o sul.

— Estamos entrando na área restrita — disse Taperell pelo comunicador do capacete de voo.

O australiano estava no assento dianteiro da direita, enquanto um norueguês pilotava. Todos os outros estavam amontoados num compartimento traseiro sem aquecimento. Tinham se atrasado três horas devido a problemas mecânicos no Huey. Ninguém ficara para trás. Todos pareciam ansiosos para saber o que havia lá. Até Dorothea e Christl se haviam acalmado, ainda que tivessem se sentado o mais distante possível uma da outra. Christl agora usava um anoraque diferente, tendo substituído o ensanguentado do avião na base.

Encontraram a baía em forma de ferradura do mapa, uma cerca de icebergs guardando a entrada. Uma luz ofuscante refletia-se do gelo azul dos pedregulhos.

O helicóptero atravessou uma cadeia de montanhas com picos íngremes demais para que a neve grudasse. A visibilidade era excelente, e os ventos, fracos, apenas alguns cirros delgados pairando num céu de azul intenso.

Mais adiante, Malone avistou algo diferente. Pouca neve na superfície. Em vez disso, o solo e as rochas eram coloridos por faixas irregulares de dolerito negro, granito cinza, xisto marrom e calcário branco. Pedregulhos de granito de todas as formas e tamanhos espalhavam-se pela paisagem.

— Um vale seco — disse Taperell. — Sem chuva há 2 milhões de anos. Na época, as montanhas erguiam-se antes que as geleiras pudessem passar por elas, de modo que o gelo ficou preso do outro lado. Os ventos sopram da plataforma, vindo do sul, e mantêm o solo quase sem gelo e sem neve. Tem muito disso na porção sul do continente. Muito mais do que por aqui.

— Este aqui já foi explorado? — perguntou Malone.

— Alguns caçadores de fósseis vêm aqui. O lugar é uma preciosidade para eles. De meteoritos também. Mas as visitas são limitadas pelo tratado.

A cabine surgiu, uma estranha aparição à base de um pico ameaçador e intocado. O helicóptero passou acima do terreno rochoso e imaculado, depois fez a volta para sobrevoar uma área de pouso e descer sobre areia empedrada.

Todos saltaram, e Malone por último, encarregado dos trenós com equipamentos. Taperell piscou para ele ao lhe passar sua mochila, sinalizando que fizera conforme o solicitado. Rotores barulhentos e rajadas de ar congelante investiram contra Malone.

Dois rádios estavam incluídos nos pacotes. Malone já havia combinado que retomariam contato com a base dali a seis horas. Taperell dissera-lhes que a cabine ofereceria abrigo, se necessário. Mas o tempo parecia bom para as próximas 10 a 12 horas. A luz do dia não era problema, uma vez que o sol só se iria se pôr em março.

Malone fez um sinal de positivo e o helicóptero decolou. A batida rítmica das pás dos rotores foi diminuindo à medida que a aeronave desaparecia acima da linha da cadeia de montanhas.

Os cinco foram engolidos pelo silêncio. A respiração de cada um deles ardia e sibilava, no ar tão seco quanto um vento do Saara. Mas nenhuma sensação de paz misturava-se à tranquilidade.

A cabine estava a 50 metros dali.

— O que fazemos agora? — perguntou Dorothea.

Malone começou a caminhar.

— Eu penso que devemos partir do óbvio.

OITENTA E CINCO

MALONE APROXIMOU-SE DA CABINE. TAPERELL ESTAVA CERTO. SETENTA ANOS DE idade, mas as paredes marrom-esbranquiçadas ainda pareciam ter acabado de ser entregues pela serraria. Sequer uma partícula de ferrugem em nenhuma cabeça de prego. Uma corda enrolada pendurada perto da porta parecia nova. Persianas cobriam duas janelas. Ele estimou que a construção tivesse cerca de 6 metros de lado, com beirais salientes e um telhado de estanho revestido de resina e trespassado por uma chaminé de cano. Uma foca acinzentada e destripada estava encostada na parede, os olhos sem vida e os bigodes ainda lá, e jazendo como se estivesse apenas dormindo e não congelada.

A porta não tinha trinco, então Malone a empurrou para dentro e ergueu os óculos escuros de proteção. Pedaços da carne da foca e marretas pendiam de vigas de ferro do teto. As mesmas prateleiras das fotos, improvisadas a partir de caixotes, empilhadas contra uma parede manchada de marrom, com os mesmos alimentos engarrafados e enlatados, os rótulos ainda legíveis. Dois beliches com sacos de dormir de pele, mesa, cadeiras, fogão de ferro e o rádio estavam todos lá. Até as revistas das fotos permaneciam. Parecia que os ocupantes tinham saído no dia anterior e poderiam voltar a qualquer momento.

— Isto é perturbador — disse Christl.

Malone concordava. Como não havia ácaro ou inseto algum para deteriorar qualquer resíduo orgânico, ele se deu conta de que o suor dos alemães ainda estava no chão, junto com escamas da pele e excrescências corpóreas — e essa presença nazista pesava no ar silencioso do abrigo.

— Meu avô esteve aqui — disse Dorothea, aproximando-se da mesa coberta com as revistas. — Estas são publicações da Ahnenerbe.

Malone tentou afastar a sensação desconfortável, foi até onde o símbolo deveria estar gravado no chão e o viu. O mesmo da capa do livro, além de outra gravura mal-acabada.

— É o brasão da nossa família — disse Christl.

— Parece que o avô de vocês fez valer um direito pessoal — observou Malone.

— O que quer dizer? — perguntou Werner.

Henn, que estava perto da porta, pareceu entender e pegou uma barra de ferro que estava ao lado do fogão. Nem uma partícula de ferrugem corrompia a superfície.

— Estou vendo que você também sabe a reposta — disse Malone.

Henn não respondeu nada. Apenas forçou a extremidade achatada de ferro abaixo das tábuas do assoalho e as alavancou, revelando uma abertura negra no chão e o topo de uma escada de madeira.

— Como você sabia? — perguntou-lhe Christl.

— Esta cabine fica num local estranho. Não faz sentido, a menos que esteja protegendo algo. Quando vi a foto no livro, percebi qual teria de ser a resposta.

— Vamos precisar de lanternas — disse Werner.

— Duas estão no trenó, lá fora. Pedi para Taperell incluí-las no equipamento, além de pilhas extras.

SMITH ACORDOU. ESTAVA EM SEU APARTAMENTO. ERAM 8H20. TINHA CONSEGUI-do dormir por apenas três horas, mas como o dia já parecia excelente. Ele estava 10 milhões de dólares mais rico, graças a Diane McCoy, e tinha deixado claro a Langford Ramsey que não era alguém que pudesse ser subestimado.

Ligou a televisão e achou uma reprise de *Charmed*. Ele adorava a série. A ideia de três bruxas lindas o atraía. Malcriadas *e* boas. O que também parecia a melhor descrição de Diane McCoy. Ela se mantivera calma ao lado dele durante seu confronto com Ramsey, claramente uma mulher insatisfeita querendo mais — e que parecia saber como consegui-lo.

Smith viu Paige desmaterializar-se em sua casa. Um artifício e tanto. Desaparecer em um lugar e depois se materializar em outro. Ele era um pouco assim. Entrava na surdina, fazia seu trabalho, depois saía de fininho e com destreza.

O celular vibrou. Ele reconheceu o número.

— O que posso fazer por você? — perguntou ele a Diane McCoy ao atender.

— Mais um pouco de faxina.

— O dia parecia ideal para isso.

— Os dois de Asheville, que quase alcançaram Scofield. Trabalham para mim e sabem demais. Seria bom se tivéssemos tempo para sutilezas, mas não temos. Eles têm de ser eliminados.

— E você já sabe como?

— Sei exatamente como vamos fazer isso.

DOROTHEA VIU COTTON MALONE DESCER PELA ABERTURA SOB A CABINE. O que seu avô havia encontrado? Ela estivera apreensiva com a ida ali, tanto pelo risco quanto pelos envolvimentos pessoais indesejados, mas agora estava contente por ter feito a viagem. Sua mochila estava a poucos metros de distância, e a arma lá dentro dava-lhe um conforto renovado. Havia exagerado no avião. Christl sabia como mexer com ela, desequilibrá-la, pisar no calo mais sensível. Dorothea disse a si mesma para parar de cair nas armadilhas da irmã.

Werner estava ao lado de Henn, perto da porta da cabana. Christl estava sentada diante da mesa do rádio.

A lanterna de Malone iluminava a escuridão abaixo.

— É um túnel — avisou ele. — Estende-se na direção da montanha.

— Qual a distância? — perguntou Christl.

— Longe pra caramba.

Malone subiu a escada.

— Preciso ver uma coisa.

Ele saiu do buraco e foi para fora da cabine. Os demais o seguiram.

— Eu estava pensando nas faixas de neve e gelo cobrindo o vale. Solo exposto e rochas para todo lado, depois algumas trilhas passando aqui e ali. — Ele apontou na direção da montanha e de um caminho de neve de 7 a 8 metros de largura que ia da cabana à base da montanha. — Esse é o trajeto do túnel. O ar lá embaixo é bem mais frio que o solo, por isso a neve permanece.

— Como você sabe disso? — perguntou Werner.

— Vocês vão ver.

HENN FOI O ÚLTIMO A DESCER A ESCADA. MALONE VIU QUE TODOS FICARAM PERplexos. O túnel estendia-se num caminho reto de cerca de 6 metros de largura, com laterais de rocha vulcânica preta e teto de um azul luminoso que lançava um brilho crepuscular no trajeto subterrâneo.

— Isto é incrível — disse Christl.

— A cobertura de gelo formou-se há muito tempo. Mas teve uma ajuda. — Malone apontou com a lanterna o que pareciam ser pedras enormes espalhadas pelo chão, mas elas devolviam o reflexo com um brilho faiscante. — Alguma espécie de quartzo. Estão por toda parte. Vejam as formas. Meu palpite é que um dia formaram o teto, acabaram caindo, e o gelo permaneceu como um arco natural.

Dorothea abaixou-se e examinou um dos pedregulhos. Henn segurava a outra lanterna, fornecendo iluminação. Ela juntou alguns fragmentos: eles se encaixavam como peças de um quebra-cabeça.

— Você tem razão. Eles se ligam.

— Aonde isso vai dar? — perguntou Christl.

— É o que estamos prestes a descobrir.

O ar no subsolo era mais frio que o de fora. Malone verificou o termômetro de pulso. Menos vinte graus Celsius. Fez a conversão. Menos quatro Fahrenheit. Frio, mas suportável. Ele estava certo quanto ao comprimento — o túnel tinha uns 60 metros de comprimento, entulhado de pedaços de quartzo espalhados. Antes de descer, eles haviam arrastado os equipamentos para dentro da cabana, inclusive os dois rádios. Levaram consigo as mochilas, e Malone pegara as pilhas extras para as lanternas, mas o brilho fosforescente filtrado pelo teto mostrava o caminho claramente.

O teto brilhante terminava à frente, onde, estimou Malone, eles encontrariam a montanha e um arco elevado — pilares pretos e vermelhos emoldurando as laterais da passagem e sustentando um painel repleto de inscrições semelhantes às dos livros. Ele apontou a lanterna e notou que as colunas quadradas afilavam-se para den-

552] STEVE BERRY

tro, na direção das bases, as superfícies lustrosas cintilando com uma beleza etérea.

— Parece que estamos no lugar certo — disse Christl.

Duas portas, de uns 4 metros de altura, estavam fechadas por grades. Malone se aproximou e passou a mão na parte externa.

— Bronze.

Tiras de espirais contínuas decoravam a superfície lisa. Uma barra de metal se estendia por toda a largura da porta, segura por grampos grossos. Seis dobradiças pesadas eram visíveis.

Malone segurou a barra e ergueu-a. Henn estendeu a mão para a maçaneta de uma das portas e a puxou para fora. Malone pegou a outra, sentindo-se como Dorothy ao entrar em Oz. O outro lado da porta era decorado com as mesmas espirais e grampos de bronze. O portal era amplo o suficiente para que todos eles entrassem ao mesmo tempo.

O que pela superfície parecia ser uma única montanha coberta de neve era, na verdade, uma estrutura formada por três picos próximos um do outro, as largas fendas entre eles preenchidas de gelo azul translúcido — antigo, frio, duro e sem neve. O interior fora um dia revestido por mais blocos de quartzo, como um vitral altíssimo, as junções grossas e denteadas. Uma boa parte da parede interna havia desmoronado, mas ainda havia o suficiente para que Malone visse que a proeza da construção tinha sido impressionante. Mais raios em tons de azul eram despejados através de três junções verticais, como bastões de luz imensos, iluminando o espaço cavernoso de modo sublime.

Diante deles havia uma cidade.

STEPHANIE PASSARA A NOITE NO APARTAMENTO DE DAVIS, UM IMÓVEL MODESTO de dois quartos e dois banheiros nas torres Watergate. Paredes inclinadas, grades que se cruzavam, alturas variadas do teto e muitas curvas e círculos davam uma composição cubista aos cômodos. A decoração minimalista e as paredes da cor de peras maduras criavam uma atmosfera pouco comum, mas não desagradável. Davis disse a ela que recebera o apartamento mobiliado e que se acostumara à sua simplicidade.

Tinham voltado com Daniels a Washington a bordo do *Marine One* e conseguiram algumas horas de sono. Stephanie tomou uma ducha, e Davis sugeriu que ela comprasse uma muda de roupas em uma das butiques do térreo. Careiras, mas ela não tinha opção. Suas roupas haviam chegado ao limite. Ela fora de Atlanta para Charlotte achando que a viagem ia durar um dia, no máximo. Agora, estava entrando no terceiro dia, sem um final à vista. Davis também havia tomado banho, fizera a barba e vestira uma calça azul-marinho de veludo cotelê e uma camisa amarelo-clara de tecido oxford. Seu rosto ainda tinha hematomas da briga, mas parecia melhor.

— Podemos comer alguma coisa lá embaixo — disse ele. — Não sei fritar um ovo, então como muito lá.

— O presidente é seu amigo — Stephanie se viu obrigada a dizer, sabendo que Davis estava pensando na noite anterior. — Ele está se arriscando muito por você.

Ele deu um sorriso fraco.

— Eu sei. E agora é a nossa vez

Stephanie passara a admirar aquele homem. Não era nada do que ela imaginara. Um pouco ousado demais para seu próprio bem, mas determinado.

O telefone da casa tocou, e Davis atendeu. Eles estavam aguardando a ligação.

No silêncio pesado do apartamento, ela pôde ouvir cada palavra da pessoa que havia ligado.

— Edwin — disse Daniels. — Tenho o local.

— Diga — respondeu Davis.

— Tem certeza? Última chance. Você pode não voltar dessa.

— Só me diga o local.

Stephanie se encolheu diante da impaciência dele, mas Daniels tinha razão. Eles poderiam não voltar.

Davis fechou os olhos.

— Deixe-nos cuidar disso. — Ele hesitou. — Senhor.

— Anote aí.

Davis pegou uma caneta e um bloco na bancada e escreveu rápido, enquanto Daniels passava a informação.

— Cuidado, Edwin — disse Daniels. — Tem muitas incógnitas aí.

— E não se pode confiar nas mulheres?

O presidente deu uma risadinha.

— Ainda bem que foi você que disse isso, não eu.

Davis desligou e virou-se para Stephanie, um caleidoscópio de emoções nos olhos.

— Você precisa ficar aqui.

— De jeito nenhum.

— Não tem de fazer isso.

A sugestão tranquila dele provocou-lhe uma risada.

— Desde quando? Foi você quem me envolveu nisso.

— Eu estava enganado.

Stephanie se aproximou e passou a mão suavemente no rosto machucado dele.

— Você teria matado o homem errado em Asheville se eu não estivesse lá.

Davis segurou de leve o pulso dela, com a mão trêmula.

— Daniels tem razão. Isto é totalmente imprevisível.

— É, Edwin, minha vida toda é assim.

OITENTA E SEIS

MALONE TINHA VISTO COISAS IMPRESSIONANTES. O TESOURO DOS TEMPLÁRIOS. A Biblioteca de Alexandria. O túmulo de Alexandre, o Grande. Mas nada disso se comparava ao que ele via agora.

Uma via processional formada por lajes polidas de formato irregular, cercada de construções compactas de formatos e tamanhos variados, estendia-se adiante. Ruas ziguezagueavam e entrecruzavam-se. O casulo de rocha que envolvia o ambiente estendia-se por centenas de metros no ar, a parede mais distante estando a uns 200 metros de distância. Ainda mais impressionantes eram as faces verticais de rochas erguendo-se como monólitos, reluzentes do solo ao teto, cobertas com símbolos, letras e desenhos. A lanterna de Malone revelou na parede mais próxima dele uma combinação de triângulos de arenito amarelo-esbranquiçado, xisto vermelho-esverdeado e dolerito preto. O efeito era semelhante ao provocado por mármore — de se estar dentro de um edifício, e não de uma montanha.

Pilares ladeavam a rua com intervalos definidos e sustentavam mais do quartzo, que brilhava suavemente, como luzes noturnas, permeando tudo com um mistério indistinto.

— Meu avô estava certo — disse Dorothea. — Isto existe de verdade.

— Sim, ele estava — proclamou Christl, elevando a voz. — Certo quanto a tudo.

Malone percebeu o orgulho, sentiu o acesso de entusiasmo dela.

— Todos vocês achavam que ele fosse um sonhador — continuou Christl. — Nossa mãe repreendia tanto vovô quanto o nosso pai. Mas eles eram visionários. Estavam certos em relação a tudo.

— Isto *vai* mudar tudo — disse Dorothea.

— Do que você não tem nenhum direito de compartilhar — disse Christl. — Eu sempre acreditei nas teorias deles. Foi o motivo pelo qual segui aquela linha de estudo. Você ria deles. Ninguém mais vai rir de Hermann Oberhauser.

— Que tal fazermos uma pausa nos louvores — disse Malone — e darmos uma olhada?

Ele conduziu o grupo adiante, examinando as ruas até onde os feixes das lanternas permitiam. Um estranho pressentimento mexeu com ele, mas a curiosidade impeliu-o para a frente. Quase esperava que pessoas saíssem dos prédios e os cumprimentassem, mas apenas os passos deles podiam ser ouvidos.

Os edifícios eram uma mistura de quadrados e retângulos com paredes de pedra cortada, assentadas com firmeza, polidas, unidas sem argamassa. As duas lanternas revelaram fachadas vivas de cor. Ferrugem, marrom, azul, amarelo, branco, dourado. Telhados inclinados formavam frontões triangulares repletos de desenhos elaborados de espirais e mais escritas. Tudo parecia arrumado, prático e bem organizado. O freezer da Antártida preservara tudo, ainda que houvesse evidência de forças geológicas em ação. Muitos dos blocos de quartzo nas compridas fendas de luz haviam caído. Algumas paredes tinham desmoronado, e a rua continha deformações.

A via pública escoava numa praça circular com mais construções em torno da circunferência, e uma delas era uma estrutura semelhante a um templo de colunas quadradas belamente decoradas. No centro da praça havia o mesmo símbolo singular da capa do livro, um enorme monumento vermelho cercado por fileiras de bancos de pedra. A memória fotográfica de Malone o fez lembrar de imediato o que Eginhardo havia escrito.

Os Conselheiros estampavam sua aprovação das leis com o símbolo da justiça. Seu formato, esculpido em pedra vermelha, está no centro da cidade e zela pelas deliberações anuais. No alto está o sol, meio incandescente em sua glória. Depois, a Terra, um círculo simples, e os planetas, representados por um ponto dentro do círculo. A cruz abaixo deles remete à terra, enquanto o mar ondula abaixo.

Pilares quadrados espalhavam-se pela praça, com cerca de 3 metros de altura. Todos vermelhos e coroados por tranças e ornamentos. Malone contou 18. Mais inscrições tinham sido gravadas nas fachadas deles, em linhas estreitas.

As leis são promulgadas pelos Conselheiros e registradas nas Colunas da Justiça, no centro da cidade para que todos conheçam os dispositivos.

— Eginhardo esteve aqui — disse Christl. Ela parecia ter notado o mesmo. — Isso é como ele descreveu.

— Como você não compartilhou conosco o que ele escreveu — respondeu Dorothea —, fica difícil saber.

Malone viu Christl ignorar a irmã e examinar uma das colunas.

Estavam andando sobre uma colagem de mosaicos. Henn observou o pavimento com a ajuda da lanterna. Animais, pessoas, cenas do cotidiano — tudo cheio de cor. A alguns metros, havia uma saliência de pedra circular, de cerca de 10 metros de diâmetro e pouco mais de 1 metro de altura. Malone andou até lá e olhou. Um buraco preto revestido de pedra abria-se na terra.

Os outros se aproximaram.

Malone pegou uma rocha do tamanho de um melão pequeno e atirou-a pela lateral do poço. Dez segundos se passaram. Vinte. Trinta. Quarenta. Um minuto. Sem nenhum som que indicasse o fundo.

— É um buraco fundo — disse ele.

Semelhante ao apuro que ele cavara para si.

Dorothea afastou-se do poço. Werner seguiu-a e sussurrou:

— Tudo bem?

Ela assentiu, mais uma vez incomodada com a preocupação do marido.

— Precisamos acabar com isso — sussurrou ela. — Seguir adiante.

Ele concordou.

Malone estava examinando um dos pilares quadrados vermelhos.

Dorothea sentia cada respiração ressecar-lhe a boca.

Werner disse a Malone:

— Seria mais rápido se nos dividíssemos em dois grupos para a exploração e depois nos encontrássemos aqui?

Malone virou-se.

— Não é má ideia. Temos mais cinco horas antes de contatar a base, e a volta pelo túnel é longa. Temos de fazer aquele caminho só uma vez.

Ninguém discordou.

— Para que não haja brigas em nenhum grupo — disse Malone —, eu fico com Dorothea. Você e Christl vão com Henn.

Dorothea olhou para Ulrich. O olhar dele disse que assim estaria bom.

Ela não disse nada.

Malone concluiu que, se fosse para acontecer alguma coisa, aquele era o momento, por isso concordou de imediato com a sugestão de Werner. Estava esperando para ver quem ia agir primeiro. Separar as irmãs e os casados parecia um gesto inteligente, e ele percebeu que não houve objeções.

Isso significava que agora tinha de jogar com as cartas que ele mesmo tinha distribuído.

OITENTA E SETE

Malone e Dorothea deixaram a praça central e aventuraram-se para dentro do aglomerado de prédios, construções compactadas como dominós dentro da caixa. Algumas das estruturas eram lojas com um ou dois cômodos, abrindo-se diretamente para a rua sem nenhuma outra função evidente. Outras ficavam recuadas, acessíveis por meio de passagens por entre as lojas. Ele não viu cornija, beiral ou calha alguma. A arquitetura parecia refletir um impulso para o uso de ângulos retos, traços diagonais e formas piramidais — curvas apareciam de forma restrita. Canos de cerâmica, unidos por grossas juntas cinzentas, iam de casa em casa e subiam e desciam paredes pelo lado de fora — todas com pinturas deslumbrantes —, fazendo parte da decoração, mas também, supôs Malone, com uma função prática.

Ele e Dorothea investigaram uma das edificações, entrando por uma porta de bronze esculpida. Um pátio central ladrilhado de mosaico era cercado por quatro cômodos quadrados, cada um esculpido na pedra com detalhamento e precisão evidentes. Colunas de ônix e topázio pareciam servir mais para decoração do que para suporte. Uma escada levava a um andar superior. Sem janelas. Em vez disso, o teto era composto por mais quartzo, as partes unidas por argamassa, formando um arco. A luz fraca de fora era refratada e ampliada, tornando os cômodos mais resplandecentes.

— Estão todos vazios — disse Dorothea. — Como se as pessoas tivessem recolhido tudo e partido.

— O que pode ser exatamente o que aconteceu.

As paredes estavam cobertas de imagens. Grupos de mulheres bem-vestidas sentadas dos dois lados de uma mesa, cercadas por mais pessoas. Do outro lado, uma baleia-assassina — macho, notou Malone pela grande nadadeira dorsal — nadava num mar azul. Icebergs denteados flutuavam por perto, salpicados de colônias de pinguins. Um barco navegava pela superfície — longo, fino, com dois mastros e o símbolo da praça, pintado de vermelho, com velas quadradas. O realismo parecia ser uma preocupação. Tudo era proporcional. A parede refletia o feixe de luz da lanterna, o que impeliu Malone a aproximar-se para sentir a superfície.

Mais canos de cerâmica corriam do chão ao teto em todos os cômodos, com o exterior pintado para se misturar às imagens.

Ele os examinou sem esconder a admiração.

— Deve ser alguma espécie de sistema de aquecimento. Tinham de ter uma forma de manter o calor.

— A fonte? — perguntou ela.

— Geotérmica. Essas pessoas eram inteligentes, mas não sofisticadas em termos de mecânica. Meu palpite é que aquele poço na praça central é um respiradouro geotérmico que mantinha todo o local aquecido. Eles canalizavam mais calor por esses tubos e o enviavam para toda a cidade. — Malone passou a mão pela superfície brilhante. — Mas se a fonte de calor enfraquecesse, eles teriam problemas. A vida aqui devia ser uma batalha diária.

Uma rachadura desfigurava uma das paredes, e Malone a seguiu com a lanterna.

— Este local passou por alguns terremotos ao longo dos séculos. Impressionante que ainda esteja de pé.

Nenhuma resposta tinha sido dada aos seus dois comentários, então ele se virou. Dorothea Lindauer estava do outro lado do cômodo, uma arma apontada para ele.

STEPHANIE ANALISOU A CASA QUE ENCONTRARAM APÓS SEGUIR AS INDICAÇÕES de Danny Daniels. Velha, dilapidada, isolada no interior de Maryland, cercada por bosques densos e prados. Havia um celeiro nos fundos. Nenhum outro carro à vista. Ela e Davis estavam armados, então saíram do veículo de arma em punho. Nenhum dos dois disse uma palavra.

Aproximaram-se da porta da frente, que estava aberta. A maioria das janelas estava totalmente despedaçada. A casa tinha, estimou ela, de 180 a 280 metros quadrados, e perdera sua glória havia muito tempo.

Entraram com cautela.

O dia estava claro e frio, e a luz do sol derramava-se pelas janelas quebradas. Eles pararam num vestíbulo, com salões à direita e à esquerda, e outro corredor à frente. A casa era térrea e de formato irregular, suas partes interligadas por corredores amplos. Os cômodos estavam cheios de móveis cobertos por panos sujos, os revestimentos das paredes, descascando, os assoalhos de madeira, deformados.

Stephanie ouviu um som de algo raspando. Depois, um *tum*, *tum*, *tum* suave. Algo em movimento? Andando? Ela ouviu um rangido e um rosnado. Seus olhos focalizaram um dos corredores. Davis passou por ela e seguiu na frente. Chegaram à porta de um dos quartos. Davis ficou para trás, mas manteve a arma apontada. Stephanie sabia o que ele queria que ela fizesse, então se aproximou do batente devagar, espiou para dentro e viu dois cães. Um amarelado e branco, o outro, cinza-claro, os dois comendo algo. Os animais eram grandes e fortes. Um deles sentiu a presença de Stephanie e levantou a cabeça. A boca e o focinho estavam manchados de sangue.

O animal rosnou. Seu companheiro sentiu a ameaça e também ficou alerta.

Davis aproximou-se por trás de Stephanie.

— Consegue ver? — perguntou ele.

Conseguia. Abaixo dos cachorros, no chão, estava a refeição. Uma mão humana, cortada pelo pulso, sem três dedos.

MALONE FICOU OLHANDO PARA A ARMA DE DOROTHEA.

— Pretende atirar em mim?

— Você é aliado dela. Eu a vi entrar no seu quarto.

— Acho que passar a noite com alguém não significa ser aliado da pessoa.

— Ela é má.

— Vocês duas são loucas.

Malone deu um passo na direção da mulher. Ela agitou a arma para a frente. Ele parou, perto de uma porta que dava para o cômodo adjacente. Dorothea estava a 3 metros de distância, diante de uma parede de mosaicos brilhantes.

— Vocês duas vão destruir uma à outra, a menos que parem — disse ele.

— Ela não vai ganhar esta

— Ganhar o quê?

— Eu sou herdeira do meu pai.

— Não, não é. Vocês duas são. O problema é que nenhuma das duas é capaz de ver isso.

— Você a ouviu. Ela está justificada. Estava certa. Vai ser impossível lidar com ela.

Era verdade, mas Malone não aguentava mais, e aquele não era o momento.

— Faça o que tem de fazer, mas eu vou sair daqui.

— Vou atirar em você.

— Então, atire.

Ele se virou e seguiu na direção da porta.

— Estou falando sério, Malone.

— Está me fazendo perder tempo.

Dorothea apertou o gatilho.

Click.

Malone continuou andando. Ela apertou o gatilho de novo. Mais cliques.

Ele parou e a encarou.

— Mandei revistarem suas malas enquanto comíamos na base. Encontrei a arma. — Ele notou o olhar envergonhado de Dorothea. — Achei que era uma medida prudente, depois do seu acesso de raiva no avião. Mandei tirarem as balas do pente.

— Eu estava atirando no chão — disse ela. — Não teria machucado você.

Malone estendeu a mão para pegar a arma. Dorothea caminhou até ele e rendeu-se.

— Odeio Christl com todas as minhas forças.

— Isso já está estabelecido, mas, no momento, é contraproducente. Encontramos o que sua família vinha procurando. O que seu pai e seu avô trabalharam a vida inteira para encontrar. Você não consegue ficar animada com isso?

— Não é o que estávamos procurando.

Ele notou um dilema, mas decidiu não se intrometer.

— E quanto ao que você estava procurando? — perguntou Dorothea.

A mulher tinha razão. Nenhum sinal do NR-1A.

— Essa questão ainda está em suspenso.

— Este podia ter sido o lugar aonde nossos pais estavam vindo.

Antes que ele pudesse responder à especulação dela, dois estalos interromperam o silêncio do lado de fora, distante.

Depois outro.

— Isso é tiro — disse ele.

E saíram correndo dali.

STEPHANIE NOTOU OUTRA COISA.

— Olhe mais adiante, à direita.

Uma parte da parede estava aberta, o retângulo adiante mergulhado em sombras. Ela examinou marcas de patas na terra e na poeira que iam e vinham da abertura.

— Parece que eles sabem o que tem atrás dessa parede.

Os cães enrijeceram o corpo. Ambos começaram a latir. Stephanie voltou a atenção para os animais.

— Eles precisam ir.

As armas permaneceram apontadas, os cães defendendo suas posições, montando guarda sobre a refeição, então Davis passou para o outro lado da porta.

Um dos cachorros avançou, depois parou de repente.

— Vou atirar — disse ele.

Ele apontou a arma e atirou no chão entre os animais. Ambos ganiram, depois correram de um lado para o outro, confusos. Davis atirou mais uma vez, e os dois saíram pela porta, rumo ao corredor. Pararam a poucos metros de distância, percebendo que tinham esquecido a comida. Stephanie atirou nas tábuas do assoalho, e os animais viraram e correram, desaparecendo pela porta da frente.

Ela expirou. Davis entrou no quarto e ajoelhou-se ao lado da mão decepada.

— Precisamos ver o que está lá embaixo.

Stephanie não concordava muito — para quê? —, mas sabia que Davis precisava ver. Ela deu um passo na direção do vão. Degraus estreitos de madeira desciam, depois faziam uma curva fechada direto na escuridão total.

— Deve ser um porão velho.

Ela começou a descer. Davis a seguiu. Stephanie hesitou antes do segundo lance. Parte da escuridão se desfez à medida que as pupilas dela se ajustaram, e a luz ambiente revelou um recinto de menos de 1 metro quadrado, a parede cortinada entalhada na rocha do solo, o chão de terra empoeirada. Vigas grossas de madeira estendiam-se pelo teto. O ar gelado não era ventilado.

— Pelo menos não tem mais nenhum cachorro — disse Davis.

Então, ela viu.

Um corpo, vestindo sobretudo, de bruços, um braço terminando em um coto. Stephanie reconheceu o rosto de imediato, ainda que uma bala tivesse desfigurado o nariz e um dos olhos.

Langford Ramsey.

— A dívida está paga — disse ela.

Davis passou por ela e aproximou-se do cadáver.

— Só queria que eu tivesse feito isso.

— Foi melhor assim.

Um som veio de cima. Passos. O olhar de Stephanie correu na direção do piso de madeira acima.

— Isso não é um cachorro — sussurrou Davis.

OITENTA E OITO

Malone e Dorothea saíram da casa e chegaram à rua vazia. Outro estalo ressoou. Ele determinou a direção:

— Por ali.

Ele se conteve para não sair correndo, mas acelerou o passo na direção da praça central, suas roupas volumosas e as mochilas atrapalhando seu avanço. Contornaram o poço circular murado e percorreram mais uma calçada ampla. Ali, avançando mais cidade adentro, novas evidências de distúrbios geológicos podiam ser vistas. Diversos prédios haviam desmoronado. Paredes estavam rachadas. As ruas estavam cheias de pedras. Malone tomou cuidado. Não podiam arriscar as pernas sobre pontos de apoio tão incertos.

Algo chamou sua atenção. Perto de um dos cristais elevados de brilho tênue. Ele parou. Dorothea, também.

Um boné? Ali? Naquele local de domínio antigo e abandonado, aquilo parecia uma estranha intromissão.

Malone se aproximou.

Tecido laranja. Reconhecível.

Ele se abaixou. Acima da aba, estavam bordadas as palavras:

MARINHA DOS ESTADOS UNIDOS
NR-1A

Mãe de Deus.

Dorothea também leu.

— Não pode ser.

Malone olhou para a parte de dentro. Escrito em tinta preta, estava o nome VAUGHT. Ele se lembrou do relatório do tribunal de inquérito. Segundo-sargento — Motores *Doug Vaught*. Membro da tripulação do NR-1A.

— Malone.

O nome dele foi chamado do outro lado do vasto interior da cidade.

— Malone.

Era Christl. Sua mente voou de volta à realidade.

— Onde você está? — ele gritou.

— Aqui.

STEPHANIE VIU QUE ELES PRECISAVAM SAIR DO CALABOUÇO. ERA O ÚLTIMO LUGAR em que iam querer enfrentar qualquer pessoa.

Passos de uma única pessoa vinham de cima, indo para o outro lado da casa, afastando-se do cômodo no alto da escada. Então, Stephanie subiu devagar os degraus de madeira e parou no topo. Com cuidado, espiou ao redor da divisória aberta, não viu ninguém e saiu. Fez um gesto, e Davis parou ao lado de uma porta do corredor, e ela, do outro. Arriscou uma olhada. Nada.

Davis saiu primeiro, sem esperar por Stephanie. Ela o seguiu até o vestíbulo. Ninguém ainda. Então, um movimento do outro lado da sala para a qual ela olhava — onde seriam a cozinha e a sala de jantar.

Uma mulher apareceu. Diane McCoy. Exatamente como Daniels dissera.

Stephanie foi direto na direção de Diane. Davis abandonou a posição do outro lado do vestíbulo.

— O Cavaleiro Solitário e Tonto — disse Diane. — Vieram salvar o dia?

Diane usava um casaco longo de lã aberto na frente, calça social, camisa e botas. Suas mãos estavam vazias, e o baque rítmico dos saltos de couro batia com o que eles haviam escutado do porão.

— Vocês fazem ideia — perguntou Diane — de quanto problema causaram? Agindo espalhafatosamente? Interferindo em coisas que não têm nada a ver com vocês?

Davis apontou a arma para Diane.

— Não me importo. Você é uma traidora.

Stephanie não se moveu.

— Ora, que ótimo — disse uma nova voz. Masculina.

Stephanie virou-se. Um homem baixo e magro de rosto redondo apareceu na outra sala com uma HK53 apontada para eles. Ela conhecia bem o fuzil de assalto. Quarenta tiros, disparos rápidos, fazia estragos. Ela também se deu conta de quem o segurava.

Charlie Smith.

MALONE ENFIOU O BONÉ NO BOLSO DO CASACO E CORREU. UMA SÉRIE DE DECLIves prolongados, de mais ou menos 6 metros de comprimento, rebaixava a rua com regularidade até uma praça semicircular diante de um prédio com uma colunata elevada. Estátuas e esculturas cercavam o perímetro, dispostas no alto de mais pilastras quadradas.

Christl estava entre as colunas, no pórtico do edifício, com uma arma ao lado do corpo, voltada para baixo. Malone mandara revistarem a mochila dela, mas não a própria mulher. Fazer isso teria alertado todos os outros para o fato de que ele não era tão imbecil quanto eles pareciam considerá-lo, e ele não quisera perder a vantagem de ser subestimado.

— O que está acontecendo? — perguntou ele, sem fôlego.

— É Werner. Henn o matou.

Malone ouviu Dorothea dizer, chocada:

— Por quê?

— Pense, querida irmã. Quem é que dá ordens a Ulrich?

— Nossa mãe? — perguntou Dorothea em resposta.

Não havia tempo para debates em família.

— Onde está Henn?

— Nós nos separamos. Voltei no momento em que ele atirava em Werner. Peguei minha arma e atirei, mas Henn fugiu.

— O que você está fazendo com uma arma? — perguntou Malone.

— Eu diria que foi bom tê-la trazido.

— Onde está Werner? — Dorothea perguntou.

Christl apontou.

— Ali dentro.

Dorothea pulou os degraus. Malone a seguiu. Entraram no edifício por uma porta envolta pelo que parecia ser estanho decorativo. No interior, havia um hall longo de teto alto, o chão e as paredes revestidos de ladrilhos azuis e dourados. Espalhados pelo chão, um ao lado do outro, vasos com a base calçada por seixos gastos, e uma balaustrada de pedra corria os dois lados. Janelas sem vidraça, cobertas por grades cruzadas de bronze, e mosaicos cobriam as paredes. Paisagens, animais, homens jovens usando o que parecia ser um kilt e mulheres com saias de babados, algumas pessoas carregando jarros, outras, tigelas, enchendo os vasos. Do lado de fora, Malone havia notado o que parecia ser cobre no alto de frontões e prata adornando as colunas. Agora, avistava caldeirões de bronze e armações de prata. A metalurgia claramente havia sido uma forma de arte para aquela sociedade. O teto era de quartzo, um arco largo sustentado por uma viga central do mesmo comprimento do retângulo. Ralos nas laterais e nas bases dos vasos confirmavam que estes um dia haviam contido água. Aquilo havia sido uma casa de banhos, Malone concluiu.

Werner estava esparramado dentro de um dos vasos.

Dorothea correu até ele.

— Cena comovente, não? — disse Christl. — A esposa boa e fiel lamentando a perda do marido querido.

— Dê-me a sua arma — exigiu Malone.

Ela lhe lançou um olhar corrosivo, mas entregou a pistola. Ele notou que era da mesma marca e modelo da arma de Dorothea. Isabel parecia ter cuidado para que as filhas estivessem em pé de igualdade. Ele retirou o pente e guardou-o junto com a arma no bolso. Aproximou-se de Dorothea e viu que Werner havia levado um único tiro na cabeça.

— Eu atirei duas vezes em Henn — disse Christl. Ela apontou para o fim do corredor, depois de uma plataforma rebaixada, onde havia outra porta. — Ele escapou por ali.

Malone tirou a mochila dos ombros, abriu o zíper do compartimento central e retirou uma pistola automática 9mm. Quando Taperell revistara os pertences dos outros e encontrara a arma de Dorothea, Malone sabiamente pedira que o australiano colocasse uma arma em sua própria mochila.

— As regras são diferentes para você? — perguntou Christl.

Ele a ignorou. Dorothea levantou-se.

— Eu quero Ulrich.

Malone percebeu o ódio.

— Por que ele mataria Werner?

— É a minha mãe. Por que mais? — Dorothea gritou, e as palavras ecoaram pela casa de banhos. — Ela matou Sterling Wilkerson só para afastá-lo de mim. Agora, matou Werner.

Christl pareceu notar a ignorância de Malone.

— Wilkerson era um agente americano que o tal de Ramsey enviou para nos espiar. O mais recente amante de Dorothea. Ulrich atirou nele na Alemanha.

Malone concordava: eles precisavam localizar Henn.

— Eu posso ajudar — disse Christl. — Dois seria melhor do que um. E conheço Ulrich. Seu modo de pensar.

Malone confiava nessa observação, então recolocou o pente e devolveu a arma a Christl.

— Quero a minha também — disse Dorothea.

— Ela veio armada? — perguntou Christl a Malone.

Ele fez que sim com a cabeça.

— Vocês duas são iguaizinhas.

DOROTHEA SENTIA-SE VULNERÁVEL. CHRISTL ESTAVA ARMADA, E MALONE RECU-sava categoricamente seu pedido por uma arma.

— Por que dar uma vantagem a ela? — perguntou Dorothea. — Você é idiota?

— Seu marido está morto. — lembrou-a Malone.

Ela olhou para Werner.

— Ele não é mais meu marido há muito tempo. — Suas palavras estavam cheias de remorso. Tristes. Exatamente como ela se sentia. — Mas isso não significa que eu quisesse que ele morresse. — Dorothea olhou com raiva para Christl. — Não desse jeito.

— Esta busca está saindo cara — disse Malone. Depois de uma pausa, ele acrescentou: — Para vocês duas.

— Meu avô estava certo — disse Christl. — Os livros de história serão reescritos graças aos Oberhauser. É nosso dever cuidar para que isso aconteça. Pela família.

Dorothea imaginou que o pai e o avô talvez tivessem pensado e dito exatamente o mesmo. Mas queria saber:

— E quanto a Henn?

— Não há como saber o que nossa mãe o mandou fazer — disse Christl. — Meu palpite é que vai matar a mim e a Malone. — Ela apontou para Dorothea com a arma. — Você deveria ser a única sobrevivente.

— Você é uma mentirosa — retrucou Dorothea.

— Sou? Então onde está Ulrich? Por que ele fugiu quando eu o enfrentei? Por que matar Werner?

Dorothea não podia dar nenhuma resposta.

— Discutir não adianta — disse Malone. — Vamos pegá-lo e acabar com isso.

MALONE PASSOU POR UMA PORTA E SAIU DO HALL DA CASA DE BANHOS. UMA série de cômodos abria-se a partir de um longo corredor, espaços que pareciam ser almoxarifados ou salas de trabalho, uma vez que tinham cores e desenhos menos elaborados e não continham murais. O teto também era de quartzo, sua luz refratada ainda iluminando o caminho. Christl avançou com ele, e Dorothea seguiu devagar atrás deles.

Alcançaram uma série de salas minúsculas que poderia ter sido uma espécie de vestiários, e, mais adiante, mais espaço de armazenagem e de trabalho. Os mesmos canos de cerâmica corriam pelo chão, junto à parede, duplicados como um rodapé.

Chegaram a uma interseção.

— Eu vou por ali — disse Christl.

Malone concordou.

— Nós vamos na outra direção.

Christl foi para a direita, depois desapareceu ao virar e entrar na penumbra fria e cinzenta.

— Você sabe que ela é uma puta mentirosa — sussurrou Dorothea.

Ele manteve a atenção em onde Christl estava indo e disse:

— Você acha?

OITENTA E NOVE

CHARLIE SMITH ESTAVA NO CONTROLE DA SITUAÇÃO. DIANE MCCOY O INFORMA-
ra corretamente, mandando-o esperar no celeiro até os dois visitantes
entrarem, para depois assumir posição ali na sala da frente sem fazer
barulho. Diane entraria na casa em seguida e anunciaria sua presença,
e a partir daí lidariam com o problema.

— Larguem as armas — ordenou ele.

O metal caiu com estrépito no piso de madeira.

Smith queria saber:

— Vocês eram os dois em Charlotte?

A mulher assentiu. Stephanie Nelle. Setor Magalhães. Departamento de Justiça. Diane lhe dissera o nome e o cargo dos dois.

— Como sabiam que eu estaria na casa de Rowland? — Smith estava curioso de verdade.

— Você é previsível, Charlie — disse Nelle.

Smith duvidava disso. Mas... eles tinham aparecido. Duas vezes.

— Sei de você há muito tempo — disse-lhe Edwin Davis. — Não
o seu nome ou sua aparência, nem onde você morava. Mas sabia que
estava por aí, trabalhando para Ramsey.

— Gostaram do meu showzinho em Biltmore?

— Você é profissional — disse Nelle. — Ganhou aquele round.

— Tenho orgulho do meu trabalho. Infelizmente, estou mudando
de emprego, e de empregador, no momento.

Smith andou poucos metros, para dentro do vestíbulo.

— Você sabe — disse Nelle — que há pessoas que sabem que estamos aqui.

O homem deu uma risadinha.

— Não foi o que ela me disse. — Ele apontou na direção de McCoy. — Ela sabe que o presidente desconfia dela. Foi ele que os enviou aqui, para a encurralarem. Daniels mencionou meu nome, por acaso?

Nelle fez uma expressão de surpresa.

— Eu achei mesmo que não. Supôs que seriam apenas vocês três. Que resolveriam as coisas na conversa?

— Foi isso o que você disse a ele? — perguntou Nelle a Diane.

— É a verdade. Daniels enviou vocês para me pegarem. O presidente não pode deixar que nada disso vá a público. Perguntas demais. É por isso que a porcaria da tropa são só vocês. — McCoy fez uma pausa e acrescentou: — Como eu disse, o Cavaleiro Solitário e Tonto.

MALONE NÃO FAZIA IDEIA DE ONDE IA DAR O LABIRINTO DE CORREDORES. Não tinha nenhuma intenção de fazer o que dissera a Christl, então falou para Dorothea:

— Venha comigo.

Refizeram os próprios passos e voltaram ao hall. Três outras portas davam para as paredes externas. Malone passou a lanterna para a mulher.

— Veja o que tem naquelas salas.

Dorothea olhou para Malone intrigada, depois ele viu que ela estava começando a entender. Ela era esperta, Malone tinha de admitir. O primeiro cômodo não revelou nada, mas na segunda porta, ela fez um gesto para que ele se aproximasse.

Ele foi até lá e viu Ulrich Henn, morto no chão.

— O quarto tiro — disse ele. — Embora certamente tenha sido o primeiro que ela deu, uma vez que ele representava a maior ameaça.

Especialmente depois do recado que sua mãe enviou. Christl imaginou que vocês três estavam mancomunados contra ela.

— Maldita — murmurou Dorothea. — Ela matou os dois.

— E pretende matar você também.

— E você?

Malone deu de ombros.

— Não consigo imaginar por que me permitiria ir embora.

Ele havia baixado a guarda na noite anterior, deixando-se levar pelo momento. O perigo e a adrenalina tinham esse efeito. O sexo sempre tinha sido uma maneira de aplacar seus medos — o que lhe causara problemas anos antes, quando ele começara no Setor Magalhães.

Mas não desta vez. Ele se virou para o hall, decidindo o que fazer em seguida. Muita coisa acontecendo rápido. Ele precisava...

Algo bateu com força na sua têmpora. Ele sentiu o choque da dor. O hall sumiu e voltou a aparecer.

Outro golpe. Mais forte.

Seus braços tremeram. Seus punhos se cerraram. Então sua mente perdeu toda a consciência.

STEPHANIE AVALIOU A SITUAÇÃO. DANIELS OS ENVIARA ALI COM MUITO POUCA informação. Mas o trabalho na área de inteligência sempre exigia capacidade de improviso. Hora de praticar o que Stephanie pregava:

— Ramsey teve sorte de contar com você — disse ela. — A morte do almirante Sylvian foi uma obra de arte.

— Também achei — disse Smith.

— Zerar a pressão sanguínea dele. Engenhoso...

— Foi assim que matou Millicent Senn? — interrompeu Davis. — Mulher negra. Capitão-tenente da Marinha em Bruxelas. Quinze anos atrás.

Smith pareceu buscar na memória.

— É. Do mesmo jeito. Mas eram outros tempos, outro continente.

— Eu sou o mesmo — disse Davis.

— Você estava lá?

Davis fez que sim.

— O que ela era sua?

— Mais importante, o que ela era para Ramsey?

— Aí você me pegou. Nunca perguntei. Só fiz o que ele me pagou para fazer.

— Ramsey lhe pagou para matá-lo? — perguntou Stephanie.

Smith deu uma risadinha.

— Se eu não tivesse feito isso, logo estaria morto. O que quer que ele estivesse planejando, não me incluía, então atirei nele. — Apontou com o fuzil. — Está lá no quarto, um belo buraco no meio do cérebro inútil.

— Tenho uma surpresinha para você, Charlie — disse Stephanie.

Ele lançou-lhe um olhar inquisitivo.

— O corpo não está lá.

DOROTHEA BATEU COM A LANTERNA PESADA DE AÇO NA LATERAL DO CRÂNIO DE Malone uma última vez.

Ele se encolheu no chão.

Ela pegou a arma.

Aquilo ia terminar entre ela e Christl.

Agora mesmo.

STEPHANIE VIU QUE SMITH ESTAVA PERPLEXO.

— O que ele fez? Saiu andando?

— Vá ver.

Ele apertou o rosto dela com o fuzil de assalto.

— Você vai na frente.

Stephanie respirou fundo e controlou os nervos.

— Um de vocês, pegue essas armas e jogue-as pela janela — disse Smith, sem tirar os olhos dela.

Davis fez o que ele mandou. Smith baixou o fuzil.

— OK, vamos todos dar uma olhada. Vocês três vão na frente.

Seguiram pelo corredor e entraram no quarto. Não havia nada lá além de uma janela sem vidraça, a divisória aberta na parede e uma mão ensanguentada.

— Você está sendo enganado — disse Stephanie. — Por ela.

Diane reagiu à acusação.

— Eu lhe paguei 10 milhões de dólares.

Smith não pareceu dar atenção.

— Onde está o maldito corpo?

Dorothea apressou-se. Sabia que Christl estava esperando por ela. A vida toda delas tinha sido uma competição. Uma tentando superar a outra. Georg havia sido a única coisa que Dorothea conseguira que Christl nunca havia equiparado.

E Dorothea sempre se perguntara por quê. Agora, ela sabia.

Afastou todos os pensamentos perturbadores e se concentrou na paisagem obscura à sua frente. Já havia caçado à noite, espreitando presas pelas florestas da Baviera sob um luar prateado, aguardando o momento certo para matar. Na melhor das hipóteses, a irmã era a assassina de duas pessoas. Tudo o que sempre Dorothea acreditara a respeito dela estava confirmado. Ninguém a culparia por matar a desgraçada.

O corredor terminava 3 metros adiante.

Duas portas — uma à esquerda, outra à direita.

Ela resistiu a um acesso de pânico.

Qual das duas?

NOVENTA

Malone abriu os olhos e soube o que havia acontecido. Esfregou um galo latejante na lateral da cabeça. Droga. Dorothea não tinha ideia do que estava fazendo.

Ele se ergueu e sentiu uma onda de náusea. Bosta... ela podia ter lhe causado uma fratura no crânio. Ele hesitou e deixou que o ar gélido lhe clareasse o cérebro.

Pense. Concentre-se. Ele havia armado tudo aquilo. Mas a situação não estava se desenrolando conforme ele planejara, então se livrou das especulações indesejadas e pegou a arma de Dorothea no bolso de seu casaco.

Havia confiscado a de Christl, de marca e modelo idênticos. Quando a devolvera a ela, no entanto, aproveitara-se da situação para carregar o pente vazio que saíra da arma de Dorothea. Encaixou o pente completo na Heckler & Koch USP, forçando a mente nebulosa a se concentrar e os dedos a se moverem.

Então cambaleou até a porta.

Stephanie estava improvisando, usando qualquer ideia que tivesse para manter Charlie desorientado. Diane McCoy havia interpretado seu papel com perfeição. Daniels os informara que havia enviado

McCoy a Ramsey para se tornar uma cúmplice — e depois uma adversária —, tudo para manter Ramsey ocupado. *A abelha não consegue picar se estiver voando*, o presidente havia observado. Daniels também explicara que, ao ficar sabendo de Millicent Senn e do que acontecera em Bruxelas anos antes, Diane se oferecera de imediato para ajudar. Para que a armadilha tivesse qualquer chance de dar certo, seria necessário alguém do nível dela, uma vez que Ramsey jamais teria lidado com — nem acreditado em — subordinados. Assim que o presidente soubera da existência de Charlie Smith, Diane também passara a manipular o assassino com facilidade. Smith era uma alma vaidosa e gananciosa, acostumada demais ao sucesso. Daniels os informara que Ramsey estava morto — por um tiro de Smith — e que Smith apareceria, mas infelizmente as informações haviam acabado aí. A parte em que Diane os enfrentava também estava no roteiro. O que aconteceria depois disso, ninguém sabia.

— De volta à frente da casa — ordenou Smith, acenando com a arma.

Voltaram ao vestíbulo entre as duas salas da frente.

— Você está com um problema e tanto — disse Stephanie.

— Eu diria que é você quem está com um problema.

— É mesmo? Vai matar dois vice-conselheiros de segurança nacional e uma agente de alto escalão do Departamento de Justiça? Acho que você não vai gostar do tipo de pressão que isso trará. Atirar em Ramsey? Quem se importa? Nós, com certeza, não. Já foi tarde. Ninguém vai importunar você por essa. Nós somos uma outra história.

Stephanie viu que sua argumentação surtira efeito.

— Você sempre foi muito precavido — disse Stephanie. — É a sua marca. Nenhum vestígio. Nenhuma evidência. Atirar em nós estaria totalmente em desacordo com sua personalidade. Além disso, podemos querer contratá-lo. Afinal, você é competente.

Smith deu uma risadinha.

— Sim. Duvido que usariam meus serviços. Vamos deixar as coisas claras. Eu vim para ajudá-la — ele apontou para Diane — a resolver um problema. Ela realmente me pagou 10 milhões e me deixou matar Ramsey, então tem direito a um favor. Ela queria que vocês dois desaparecessem. Mas posso ver que isso seria uma má ideia. Acho que o mais prudente para mim é ir embora.

— Conte-me sobre Millicent — disse Davis.

Stephanie estava se perguntando por que Davis estava tão calado.

— Por que ela é tão importante? — perguntou Smith.

— Porque sim. Eu gostaria de saber sobre ela antes de você partir.

DOROTHEA FOI LENTAMENTE NA DIREÇÃO DAS DUAS PORTAS. POSICIONOU-SE contra a parede direita do corredor e observou se havia alguma mudança nas sombras adiante.

Nada.

Chegou perto do vão da porta e deu uma olhada rápida dentro da sala à direita. Talvez uns 3 metros de lado, iluminada pelo alto. Nada ali dentro a não ser um vulto escorado na parede mais afastada.

Um homem enrolado num cobertor, usando um macacão de náilon laranja. Mal iluminado, como uma foto antiga em preto e branco, ele estava sentado de pernas cruzadas, a cabeça inclinada para a esquerda, e olhava para Dorothea sem piscar.

Ela se sentiu impelida a ir até ele. Era jovem, talvez 20 ou 30 anos, com os cabelos castanhos empoeirados e o rosto magro e anguloso. Havia morrido onde estava, perfeitamente preservado. Dorothea quase achou que ele fosse falar. Não usava casacos, mas seu boné laranja era igual ao que haviam encontrado fora do edifício. Marinha dos Estados Unidos. NR-1A.

O pai dela, durante o tempo em que caçava, sempre a alertara quanto à ulceração produzida pelo frio. O corpo, dizia ele, sacrificava os dedos das mãos e dos pés, o nariz, as orelhas, o queixo e as bochechas para que o sangue continuasse fluindo para os órgãos vitais. Mas se o frio persistisse, e não se encontrasse qualquer alívio, os pulmões acabavam sofrendo hemorragia, e o coração parava. A morte era lenta, gradual e indolor. Mas a longa luta consciente contra ela era o verdadeiro sofrimento. Especialmente quando nada podia ser feito para evitá-la.

Quem era aquela alma?

Dorothea ouviu um barulho atrás de si.

Virou-se.

Alguém apareceu na sala do outro lado do corredor. A 20 metros dali. Uma forma negra, emoldurada pela outra porta.

— O que está esperando, irmã? — disse Christl de onde estava. — Venha me pegar.

MALONE VOLTOU AOS CORREDORES NO FUNDO DO HALL E OUVIU CHRISTL CHAmar Dorothea. Virou para a esquerda, que parecia ser a direção de onde tinham vindo as palavras, e seguiu por outro longo corredor que terminava numa sala 12 metros adiante. Ele avançou, atento para portas abertas à esquerda e à direita, dando uma olhada rápida em cada uma enquanto passava. Mais espaços para armazenagem e trabalho. Nada de interesse em nenhuma das saletas sombrias.

Na penúltima sala, ele parou.

Havia alguém no chão. Um homem. Malone entrou.

O rosto era de um caucasiano de meia-idade, de cabelo curto, castanho-avermelhado. Estava de bruços, os braços ao lado do corpo, as pernas esticadas, como uma rocha petrificada em forma humana, deitada sobre um cobertor estendido. Usava o macacão laranja oficial da Marinha com o nome JOHNSON bordado no bolso esquerdo. Sua mente fez a conexão. *Segundo-sargento Jeff Johnson, eletricista do navio.* NR-1A.

O coração de Malone deu um salto repentino.

O homem parecia simplesmente ter deitado e permitido que o frio tomasse conta dele. Malone havia aprendido na Marinha que ninguém morria congelado. Em vez disso, à medida que o ar frio envolvia a pele exposta, os vasos mais superficiais se comprimiam, reduzindo a perda de calor, forçando o sangue a fluir para os órgãos vitais. *Mãos frias, coração quente* era mais do que um clichê. Ele se lembrou dos sinais de alarme. Primeiro, formigamento, ardência, dor fraca, depois um entorpecimento e, finalmente, uma palidez repentina. A morte vinha quando a temperatura central do corpo caía e os órgãos vitais paravam de funcionar.

Aí você congelava.

Ali, num mundo sem umidade, o corpo deveria ter sido perfeitamente preservado, mas Johnson não tinha tido tanta sorte. Fragmentos pretos de pele morta pendiam das bochechas e do queixo. Crostas amarelas e manchadas endureciam-lhe o rosto, algumas solidificadas, formando uma máscara grotesca. As pálpebras se haviam congelado fechadas, o gelo grudado nos cílios, e as últimas respirações havia sido condensadas na forma de dois pingentes de gelo suspensos do nariz à boca, como as presas de uma morsa.

Sua raiva contra a Marinha dos Estados Unidos cresceu dentro de Malone. Os filhos da puta imprestáveis haviam deixado aqueles homens morrerem.

Sozinhos. Indefesos. Esquecidos.

Ele ouviu passos e voltou para o corredor, olhando para a direita exatamente quando Dorothea apareceu na última sala, depois desapareceu ao passar por outra porta.

Deixou que ela fosse em frente. Depois a seguiu.

NOVENTA E UM

SMITH OLHAVA PARA A MULHER. ELA ESTAVA DEITADA NA CAMA, IMÓVEL. ELE HAVIA *esperado que ela desmaiasse, com os efeitos do álcool funcionando como um sedativo perfeito. Ela havia bebido muito, mais do que o normal, celebrando o que pensava vir a ser o casamento com um capitão de mar e guerra em ascensão na Marinha dos Estados Unidos. Mas ela havia escolhido o namorado errado. O capitão de mar e guerra Langford Ramsey não tinha nenhum desejo de se casar com ela. Em vez disso, queria que ela morresse e pagara generosamente para que isso acontecesse.*

A mulher era adorável. Cabelos longos, sedosos. Pele morena, macia. Belos traços. Smith puxou o cobertor e examinou o corpo nu de Millicent. Corpo magro e escultural, sem nenhum sinal da gravidez de que ele havia sido informado. Ramsey lhe fornecera a ficha médica da mulher, feita pela Marinha, que indicava uma arritmia cardíaca que exigira dois tratamentos nos últimos seis anos. Hereditária, muito provavelmente. Pressão baixa também era uma preocupação.

Ramsey prometera a Smith mais trabalho caso se saísse bem neste. Gostava do fato de estarem na Bélgica, visto que achava os europeus muito menos desconfiados do que os norte-americanos. Mas isso não deveria importar. A causa da morte da mulher seria insondável.

Smith pegou a seringa e decidiu que a axila seria o melhor ponto para a injeção. Deixaria um furo minúsculo, mas que, ele esperava, não seria nota-

do — considerando que não fosse feita uma necropsia. Mesmo se a fizessem, não haveria nada no sangue ou no tecido a ser encontrado. Apenas um furinho embaixo do braço.

Smith segurou o cotovelo dela suavemente e inseriu a agulha.

Smith lembrava-se exatamente do que acontecera naquela noite em Bruxelas, mas teve a sensatez de não compartilhar nenhum detalhe com o homem que estava a 2 metros dele.

— Estou esperando — disse Davis.

— Ela morreu.

— Você a matou.

Smith estava curioso.

— Isso tudo é por causa dela?

— É por causa de você.

Ele não gostou do tom amargo na voz de Davis, por isso declarou mais uma vez:

— Vou embora.

STEPHANIE ASSISTIU A DAVIS DESAFIAR O SUJEITO ARMADO. SMITH PODERIA NÃO *querer* matá-los, mas certamente o faria, se necessário.

— Ela era uma boa pessoa — disse Davis. — Não precisava morrer.

— Você deveria ter tido esta conversa com Ramsey. Foi ele quem quis que ela morresse.

— Era ele quem a espancava o tempo todo.

— Quem sabe ela gostava?

Davis avançou, mas Smith o conteve com o fuzil. Stephanie sabia que com um simples movimento no gatilho não sobraria muito de Davis.

— Você é um sujeito irritado — disse Smith.

Os olhos de Davis estavam cheios de ódio. Ele parecia só estar ouvindo e vendo Charlie Smith.

Mas ela notou um movimento atrás de Smith, do outro lado da janela sem esquadria, para além da varanda coberta da entrada, onde a luz forte do sol era amenizada pelo frio do inverno.

Uma sombra. Aproximando-se. Então, um rosto surgiu dentro da casa. Coronel William Gross.

Ela notou que Diane também o viu e se perguntou por que Gross simplesmente não atirou em Smith. Com certeza estava armado, e McCoy parecia saber que o coronel estaria lá fora — duas armas voando pela janela certamente haviam passado a mensagem de que precisavam de ajuda.

Então, Stephanie se deu conta. O presidente queria aquele homem vivo.

Não queria necessariamente que a situação atraísse muita atenção — daí não haver uma tropa do FBI e do Serviço Secreto ali —, mas queria Charlie Smith inteiro.

Diane fez um leve aceno de cabeça. Smith percebeu o gesto. E virou a cabeça.

DOROTHEA SAIU DO PRÉDIO E DESCEU UMA ESCADA ESTREITA ATÉ A RUA. ESTAVA ao lado da casa de banhos, do outro lado da praça que se estendia à frente, perto do fim da caverna e de um dos muros de rocha polida de centenas de metros de altura.

Ela virou para a direita.

Christl estava 30 metros adiante, correndo por uma galeria que alternava escuridão e luz, fazendo-a aparecer e desaparecer.

Dorothea a perseguiu. Era como caçar um cervo na floresta. Dê espaço a ele. Deixe-o pensar que está seguro. Então ataque quando ele menos esperar.

Ela passou pela galeria iluminada e entrou em outra praça, semelhante em forma e tamanho à outra que vira antes da casa de banhos.

Vazia a não ser por um banco de pedra sobre o qual havia um vulto sentado. Usava um traje branco para clima frio semelhante ao de Dorothea, com a diferença de que o casaco dele estava com o zíper aberto, os braços estavam expostos, e a parte de cima, enrolada até abaixo da cintura, expondo o peito vestido apenas com um suéter de lã. Os olhos eram cavidades escuras num rosto liso, e as pálpebras estavam fechadas. O pescoço estava inclinado para um lado, o cabelo escuro roçando a parte de cima das orelhas branco-acinzentadas. A barba cinza-ferro tinha manchas de umidade congelada, e um sorriso feliz dançava nos lábios fechados. As mãos estavam cruzadas serenamente diante dele.

O pai de Dorothea.

Os nervos dela caíram em torpor. O coração acelerou. Ela não queria olhar, mas não conseguia virar o rosto. Cadáveres deviam ser sepultados, não ficar sentados em bancos.

— Sim, é ele — disse Christl.

Sua atenção voltou-se para o perigo à sua volta, mas Dorothea não viu a irmã, só a ouviu.

— Eu o encontrei antes. Ele estava esperando por nós.

— Mostre-se — disse ela.

Uma risada permeou o silêncio.

— Olhe para ele, Dorothea. Ele abriu o zíper do casaco e se deixou morrer. Consegue imaginar?

Não, ela não conseguia.

— Foi preciso coragem — disse a voz sem corpo. — Segundo nossa mãe, ele não tinha coragem. Segundo você, era um tolo. Você teria sido capaz de fazer isso, Dorothea?

Ela avistou outro portão alto, emoldurado por colunas quadradas, com as portas de bronze abertas, sem as barras de metal. Do outro lado, degraus levavam para baixo, e Dorothea sentiu uma brisa fria.

Ela voltou a olhar para o homem morto.

— Nosso pai.

Ela se virou. Christl estava a cerca de 7 metros dela, com uma arma apontada. Dorothea firmou os braços e começou a erguer a própria arma.

— Não, Dorothea — disse Christl. — Abaixe as mãos.

Ela não se moveu.

— Nós o encontramos — disse Christl. — Concluímos a busca de nossa mãe.

— Isto não resolve nada entre nós duas.

— Concordo totalmente. Eu estava certa — disse Christl. — Sobre todas as coisas. E você estava errada.

— Por que você matou Henn e Werner?

— Nossa mãe enviou Henn para me deter. O sempre leal Ulrich. E Werner? Você deveria ficar contente por ele estar morto.

— Pretende matar Malone também?

— Tenho de ser a única a sair daqui. A sobrevivente solitária.

— Você é louca.

— Olhe para ele, Dorothea. Nosso querido pai. Da última vez que o vimos, tínhamos 10 anos.

Ela não queria olhar. Tinha visto o suficiente. E queria se lembrar dele como o conhecera.

— Você duvidou dele — disse Christl.

— Você também.

— Nunca.

— Você é uma assassina.

Christl riu.

— Até parece que me importo com o que você pensa de mim.

Não havia como erguer sua arma e atirar antes de Christl apertar o gatilho. Como já estava morta mesmo, decidiu agir primeiro.

Ela começou a erguer o braço. Christl apertou o gatilho. Dorothea preparou-se para ser atingida pelo tiro. Mas nada aconteceu. Só um clique.

588] STEVE BERRY

Christl pareceu chocada. Acionou o gatilho outra vez, sem sucesso.

— Sem balas — disse Malone, entrando na praça. — Não sou um idiota completo.

Chega.

Dorothea apontou e atirou.

O primeiro disparo atingiu o peito de Christl, perfurando o espesso traje antártico. A segunda bala, também no peito, desafiou o equilíbrio da irmã. O terceiro tiro, no crânio, causou uma explosão vermelha na testa, mas o frio intenso coagulou o sangue imediatamente.

Mais dois tiros, e Christl Falk desabou no pavimento.

Sem se mover.

Malone aproximou-se.

— Tinha de ser feito — murmurou Dorothea. — Ela não prestava.

Ela virou a cabeça para o pai. Sentiu como se estivesse saindo do efeito de um anestésico, alguns pensamentos clareando e outros permanecendo nebulosos e distantes.

— Eles conseguiram mesmo chegar aqui. Fico feliz que ele tenha encontrado o que estava buscando.

Dorothea encarou Malone e viu que uma redenção assustadora invadia os pensamentos dele também. O portal de saída atraiu a atenção dos dois. Ela não precisava dizer nada. Tinha encontrado o pai. Ele, não.

Ainda não.

NOVENTA E DOIS

Stephanie questionou a prudência do alerta de Diane. Smith, inquieto, havia recuado e se virara, tentando manter a atenção neles, enquanto olhava rapidamente para a janela.

Outras sombras moveram-se do lado de fora.

Smith disparou uma rajada curta que destruiu as paredes frágeis, estilhaçando a madeira com feridas irregulares.

Diane avançou na direção dele. Stephanie temeu que ele atirasse nela, mas, em vez disso, Smith girou o fuzil e bateu a culatra com força na barriga dela. Diane se curvou para a frente, tentando respirar, e ele meteu o joelho no queixo dela, arremessando-a ao chão.

Logo em seguida, antes que Stephanie ou Davis pudessem reagir, Smith apontou a arma novamente e alternou a atenção entre eles e a janela, provavelmente tentando decidir qual era a maior ameaça.

Nenhum movimento do lado de fora.

— Como eu disse, não tinha interesse em matar vocês três — disse Smith. — Mas acho que isso mudou.

Diane estava deitada no chão, gemendo em posição fetal, segurando a barriga.

— Posso ver como ela está? — perguntou Stephanie.

— Ela já é bem grandinha.

— Vou ver como ela está.

E sem esperar a permissão, ela se ajoelhou ao lado de Diane.

— Você não vai sair daqui — disse Davis a Smith.

— Palavras corajosas.

Mas Charlie Smith parecia incerto, como se estivesse preso numa jaula, olhando para fora pela primeira vez.

Algo bateu na parede externa, perto da janela. Smith reagiu, virando a HK53. Stephanie tentou se levantar, mas ele bateu em cheio no pescoço dela com a coronha de metal.

Ela arfou e foi ao chão. Levou a mão à garganta; ela nunca havia sentido dor como aquela antes. Esforçou-se para respirar, lutando para não engasgar. Rolou para um lado e viu Edwin Davis se lançar contra Charlie Smith.

Stephanie fez o possível para se levantar, tentando respirar e dominar a dor latejante na garganta. Smith ainda segurava firme o fuzil de ataque, mas a arma se tornou inútil quando ele e Davis rolaram por entre os móveis surrados, indo parar na parede mais distante. Smith usou as pernas e tentou se libertar, mantendo as mãos na arma.

Onde estava Gross?

Smith perdeu o fuzil, mas o braço direito envolveu Davis, e uma nova arma surgiu — uma pequena pistola automática —, pressionada contra o pescoço de Davis.

— Chega — gritou Smith.

Davis parou de se debater. Os dois ficaram de pé, e Smith soltou-o, empurrando Davis para o chão, perto de Diane.

— Vocês são todos loucos — disse Smith. — Loucos de pedra.

Stephanie levantou-se devagar, combatendo a dormência no cérebro, enquanto Smith recuperava o fuzil de assalto. Aquilo havia ficado fora de controle. A única coisa sobre a qual ela e Davis haviam concordado no caminho até lá era não agitar Smith.

No entanto, fora exatamente isso o que Edwin fizera. Smith recuou para a janela e olhou rapidamente para fora.

— Quem é ele?

— Posso olhar? — conseguiu dizer Stephanie.

Ele fez que sim com a cabeça.

Ela se aproximou devagar e avistou Gross caído na varanda, a perna direita sangrando de uma ferida de tiro. Parecia consciente, mas com uma dor extrema.

— *Ele trabalha para Diane* — ela fez com os lábios.

Smith dirigiu o olhar para além da varanda, para o gramado marrom e a mata densa.

— Que é uma vadia mentirosa.

Stephanie retomou as forças.

— Mas ela lhe pagou 10 milhões de dólares.

Ficou claro que Smith não gostou do tom leviano.

— Escolhas difíceis, Charlie? Sempre foi você quem decidiu quando matar. Sua escolha. Mas não desta vez.

— Não tenha tanta certeza. Volte para lá.

Stephanie fez o que ele mandou, mas não conseguiu resistir.

— E quem tirou Ramsey?

— Você tem de calar a boca — disse Smith, ainda olhando de relance pela janela.

— Não vou deixá-lo ir embora — murmurou Davis.

Diane virou-se, ficando deitada de costas, e Stephanie viu o olhar de dor no rosto da colega.

— *Bolso... do casaco* — disse Diane com os lábios, sem emitir som.

MALONE DESCEU OS DEGRAUS DO OUTRO LADO DO PORTAL, SENTINDO-SE COMO SE estivesse caminhando para a própria execução. Calafrios de medo — pouco comuns para ele — desciam por sua coluna.

Abaixo, estendia-se uma caverna enorme, a maior parte das paredes e do teto feita de gelo, lançando a mesma luz azulada sobre a vela laranja de um submarino. O casco era curto, arredondado, com uma superestrutura plana no alto e totalmente preso no gelo. O piso ladrilhado dava a volta da escada até o outro lado da caverna cerca de 1,50 metro acima do gelo.

Uma espécie de cais, concluiu Malone. Talvez aquele porto tivesse tido uma abertura para o mar um dia.

Cavernas de gelo existiam por toda a Antártida, e aquela se agigantava por espaço suficiente para acomodar vários submarinos.

Movidos por um impulso comum, ele e Dorothea seguiram. A mulher segurava a arma, e ele também, embora a única ameaça para cada um agora fosse o outro.

A parte de rocha da parede da caverna era polida e adornada de forma semelhante ao interior das montanhas, com símbolos e inscrições. Bancos de pedra acompanhavam a base da parede. Em um deles, havia um vulto sentado. Malone fechou os olhos e esperou que fosse apenas uma visão. Mas quando abriu os olhos, a figura espectral ainda estava lá.

Estava sentado com as costas retas, como os outros. Usava uma camisa cáqui da Marinha e calça para dentro das botas. O boné laranja estava no banco, ao lado dele.

Malone aproximou-se aos poucos. Estava atordoado. Sua visão ficou turva. O rosto era o mesmo da foto em Copenhague, ao lado da caixa de vidro com a bandeira que a Marinha havia entregado à sua mãe na cerimônia fúnebre, a caixa que ela se negara a aceitar. Nariz longo e reto. Maxilar saliente. Sardas. Cabelo à escovinha loiro-grisalho. Olhos abertos, olhando fixamente, como se estivesse em profunda comunhão.

O choque paralisou o corpo de Malone. Sua boca ressecou.

— Seu pai? — perguntou Dorothea.

Ele fez que sim e foi penetrado pela autocomiseração — uma flecha afiada que desceu por sua garganta e entrou em sua vísceras, como se ele tivesse sido espetado.

Seus nervos estavam no limite.

— Simplesmente morreram — disse ela. — Sem casacos. Sem proteção. Como se tivessem sentado para receber a morte.

O que, Malone sabia, fora exatamente o que haviam feito. De nada adiantaria prolongar o sofrimento. Notou papéis no colo do pai, a escrita a lápis tão viva e clara quanto devia ter sido 38 anos antes. A mão direita repousava sobre as folhas, como se para certificar-se de que não se perderiam. Malone estendeu a mão devagar e liberou-as, sentindo-se como se estivesse violando um local sagrado.

Reconheceu a letra carregada do pai. Seu peito inchou-se. O mundo parecia ser, ao mesmo tempo, sonho e realidade. Lutou contra a represa de dor não bloqueada. Ele nunca havia chorado. Nem quando se casara, nem quando Gary nascera, nem quando a família se desintegrara, nem quando ficara sabendo que Gary não era seu filho biológico. Para estancar o impulso crescente, Malone lembrou a si mesmo que as lágrimas congelariam antes de saírem dos olhos.

Ele forçou a mente a se concentrar nas páginas que segurava.

— Poderia ler em voz alta? — perguntou Dorothea. — Podem ter relação com meu pai também.

SMITH PRECISAVA MATAR TODOS OS TRÊS E SAIR DALI. ESTAVA TRABALHANDO SEM nenhuma informação, depois de ter confiado numa mulher na qual ele sabia que não deveria ter confiado. E quem tinha removido o corpo de Ramsey? Ele o deixara no quarto, com a intenção de enterrá-lo em algum lugar da propriedade.

Mas alguém o levara para baixo. Smith olhou pela janela e perguntou-se se havia mais alguém lá fora. Algo lhe dizia que eles não estavam sozinhos.

Só um pressentimento. E ele não tinha escolha senão acatá-lo.

Segurou o fuzil com firmeza e preparou-se para virar e atirar. Eliminaria os três que estavam ali dentro com uma rajada breve, depois acabaria de matar o sujeito que estava do lado de fora.

Deixaria os malditos corpos. Quem se importava? Ele havia comprado a propriedade usando nome e documentos falsos, pagando à vista; portanto, não haveria ninguém a ser encontrado. Que o governo se preocupasse com a faxina.

STEPHANIE VIU A MÃO DIREITA DE DAVIS ENTRAR LENTAMENTE NO BOLSO DO CAsaco de Diane. Charlie Smith ainda estava posicionado à janela, segurando a HK53. Ela não tinha dúvida de que ele pretendia matá-los e estava igualmente preocupada com o fato de que não havia ninguém para ajudá-los. O apoio deles estava sangrando na varanda.

Davis parou. Smith virou a cabeça de repente na direção deles, satisfeito por tudo estar bem, depois voltou a olhar pela janela.

Davis retirou a mão do bolso, segurando uma pistola automática 9mm. Stephanie pediu aos céus para que ele soubesse usá-la. Davis abaixou a mão com a arma ao lado de Diane e usou o corpo dela para bloquear a visão de Smith. Stephanie podia ver que Edwin sabia que eles tinham poucas opções. Ele precisava atirar em Charlie Smith. Mas pensar no ato e realizá-lo eram duas coisas completamente diferentes. Alguns meses antes, Stephanie matara pela primeira vez. Por sorte, não tinha havido sequer um nanossegundo para refletir sobre o ato — ela simplesmente tinha sido forçada a atirar num instante. Davis não teria o mesmo luxo. Ele estava pensando — e com certeza queria atirar, mas, ao mesmo tempo, não queria. Matar era coisa séria. Independentemente dos motivos ou das circunstâncias.

Mas um entusiasmo frio pareceu estabilizar os nervos de Davis. Os olhos dele observavam Charlie Smith, seu rosto relaxado e impassível.

O que estaria prestes a lhe dar coragem para matar um homem? A própria sobrevivência? Era possível. Millicent? Certamente.

Smith começou a se virar, os braços girando o cano do fuzil na direção deles. Davis ergueu o braço e atirou. A bala penetrou o peito magro de Smith, fazendo-o cambalear para trás, na direção da parede. Uma das mãos soltou o fuzil quando ele tentou se equilibrar com um braço estendido. Davis manteve a arma apontada, levantou-se e atirou mais quatro vezes, as balas rasgando um caminho pelo corpo de Charlie Smith. Davis continuou atirando — cada disparo era como uma explosão nos ouvidos dela — até o pente estar vazio.

O corpo de Smith contorceu-se, a coluna arqueada retorcendo-se involuntariamente. Finalmente, suas pernas dobraram, e ele tombou para a frente, batendo em cheio no piso, o corpo sem vida rolando até ficar de costas no chão, os olhos arregalados.

NOVENTA E TRÊS

O incêndio elétrico debaixo d'água destruiu nossas baterias. O reator já havia pifado. Felizmente, o fogo queimou devagar e o radar foi capaz de localizar uma fenda no gelo, e conseguimos subir à superfície pouco antes que o ar se tornasse tóxico. Todos abandonaram o navio rapidamente, e ficamos maravilhados ao encontrarmos uma caverna com paredes lustrosas e cobertas de escritas, semelhantes às que tínhamos observado nos blocos de pedra no solo oceânico. Oberhauser localizou uma escada e portas de bronze travadas pelo nosso lado, que, quando abertas, davam para uma cidade impressionante. Ele explorou durante várias horas, tentando localizar uma saída, enquanto determinávamos a extensão do estrago. Tentamos repetidas vezes reiniciar o reator, violando todos os protocolos de segurança, mas nada funcionou. Dispúnhamos de apenas três conjuntos de trajes para o frio e éramos 11. O frio era entorpecente, impiedoso, insuportável. Queimamos o pouco que tínhamos de papéis e lixo a bordo, mas não era muito e proporcionou apenas algumas horas de alívio. Nada dentro da cidade era inflamável. Tudo era de pedra e metal, e as casas e prédios estavam vazios. Os habitantes pareciam ter levado todos os seus pertences consigo. Três outras saídas foram localizadas, mas estavam trancadas por fora. Não tínhamos nenhum equipamento para arrombar as portas de bronze. Depois de apenas 12 horas, percebemos que a situação era irremediável. Não havia saída do casulo. Ativamos o transponder de emergência, mas duvidamos de que o sinal fosse longe, considerando a rocha, o gelo e os milhares de quilômetros até o navio mais próximo. Oberhauser parecia o mais frustrado. Ele encontrou aquilo que viemos buscar e, no entanto, não viveria para saber toda a sua dimensão. Todos nos demos conta de que íamos morrer. Ninguém viria procurar por nós, uma vez que concordamos com essa condição antes da partida. O submarino está morto, assim como nós. Cada homem decidiu morrer à sua própria maneira. Alguns saíram sozinhos; outros, juntos. Sentei aqui e fiquei vigiando meu navio. Escrevo estas palavras para que todos saibam que minha tripulação morreu com bravura. Todos os homens, inclusive Oberhauser, aceitaram seu destino com coragem. Eu gostaria de ter aprendido mais sobre o povo que construiu este lugar. Oberhauser nos disse que são nossos ancestrais, que nossa cultura originou-se deles. Ontem, eu teria dito que ele estava louco. Interessante como a vida dá as cartas. Recebi o comando do submarino mais sofisticado da Marinha. Minha carreira estava definida. Eu acabaria recebendo as platinas de capitão de mar e guerra. Agora, vou morrer sozinho no frio. Não há dor, apenas fraqueza. Mal consigo escrever. Servi meu país com o máximo da minha capacidade. Minha tripulação fez o mesmo. Senti orgulho quando cada um deles apertou minha mão e foi embora. Agora, à medida que o mundo começa a desaparecer, eu me vejo pensando em meu filho. A única coisa que lamento é que ele nunca saberá como eu realmente me sentia em relação a ele. Dizer-lhe o que estava em meu coração sempre foi difícil. Embora eu tivesse me ausentado por longos períodos, nem um momento do dia se passava sem que ele estivesse no centro de meus pensamentos. Ele era tudo para mim. Tem apenas 10 anos e certamente não sabe nada do que a vida lhe reserva. Lamento não poder ser parte da formação de quem ele se tornará. Sua mãe é a mulher mais admirável que conheci e vai cuidar para que ele se torne um homem. Por favor, quem quer que encontre estas palavras, transmita-as para a minha família. Quero que saibam que morri pensando neles. Para minha esposa, saiba que a amo. Nunca foi difícil para mim lhe dizer estas palavras. Mas para meu filho, deixe-me dizer agora o que foi tão difícil para mim. Eu o amo, Cotton.

Forrest Malone, Marinha dos Estados Unidos
17 de novembro de 1971

A voz de Malone tremeu ao ler as quatro últimas palavras do pai. Sim, seu pai tinha tido dificuldade para dizê-las. Na verdade, ele não conseguia se lembrar de que algum dia tivessem sido pronunciadas. Mas ele soubera.

Ficou olhando para o cadáver, o rosto congelado no tempo. Trinta e oito anos se haviam passado. Durante esse tempo, Malone tornara-se um homem, entrara para a Marinha, tornara-se um oficial, depois agente do governo norte-americano. E por todo esse tempo o capitão de fragata Forrest Malone estivera sentado ali, num banco de pedra. Esperando.

Dorothea pareceu sentir sua dor e segurou seu braço suavemente. Ele olhou para o rosto dela e pôde ler seus pensamentos.

— Parece que todos encontramos o que viemos procurar — disse ela.

Ele viu nos olhos dela. Resolução. Paz.

— Não restou nada para mim — disse ela. — Meu avô era um nazista. Meu pai, um sonhador que viveu em outro tempo e lugar. Veio aqui buscando a verdade e encarou a própria morte com coragem. Minha mãe passou as últimas quatro décadas tentando assumir o lugar dele, mas tudo o que conseguiu foi colocar Christl e a mim uma contra a outra. Até mesmo agora. Aqui. Ela tentou nos manter em desacordo e foi tão bem-sucedida que Christl foi morta por causa dela. — Dorothea ficou em silêncio, mas seu olhar transmitia submissão. — Quando Georg morreu, uma boa parte de mim morreu também. Achei que garantir a fortuna faria com que eu encontrasse a felicidade, mas isso é impossível.

— Você é a última Oberhauser.

— Somos um bando de seres patéticos.

— Você poderia mudar as coisas.

Dorothea balançou a cabeça.

— Para isso, eu teria de colocar uma bala na cabeça da minha mãe.

Ela se virou e caminhou na direção dos degraus. Malone a viu afastar-se, sentindo uma mistura estranha de respeito e desprezo, sabendo para onde ela estava indo.

— Isso tudo terá repercussão — disse ele. — Christl estava certa. A história vai mudar.

Ela continuou andando.

— Isso não me diz respeito. Todas as coisas têm de chegar ao fim.

O comentário dela estava marcado de angústia, a voz, trêmula. Mas a mulher tinha razão. Chegava uma hora em que as coisas acabavam. A carreira militar dele. O serviço no governo. O casamento. A vida na Geórgia. A vida do pai.

Agora, Dorothea Lindauer estava fazendo a própria escolha final.

— Boa sorte para você — gritou ele.

Ela parou, virou-se e deu um sorriso fraco.

— *Bitte*, Herr Malone. — Soltou um longo suspiro e pareceu juntar forças. — Preciso fazer isso sozinha. — Seus olhos transmitiam súplica.

Malone assentiu.

— Vou ficar aqui.

Ele a viu subir a escada e atravessar o portal, entrando na cidade. Ficou, então, olhando para o pai, cujos olhos mortos não refletiam luz alguma. Tinha tanto a dizer... Queria contar que tinha sido um bom filho, um bom oficial da Marinha, um bom agente e, acreditava, um bom homem. Seis vezes havia recebido condecorações. Tinha sido uma negação como marido, mas estava se esforçando para ser um pai melhor. Queria fazer parte da vida de Gary, sempre. Durante toda a vida adulta, Malone se perguntara o que teria acontecido com o próprio pai, imaginando o pior. Infelizmente, a realidade era pior do que qualquer coisa que ele houvesse concebido. Sua mãe havia sido igualmente atormentada. Nunca mais se casara. Em vez disso, sofrera por décadas, apegando-se ao luto, sempre se referindo a si mesma como Sra. Forrest Malone.

Por que o passado parecia não acabar nunca?

Um tiro soou, como uma bexiga estourando sob um cobertor.

Malone imaginou a cena acima. Dorothea Lindauer acabara com a própria vida. Normalmente, o suicídio era considerado o efeito de uma mente doentia ou de um coração abandonado. Ali, era a única maneira de deter uma loucura. Será que Isabel Oberhauser sequer compreendia o que havia forjado? Seu marido, seu neto e suas filhas se foram.

Uma solidão penetrou-lhe os ossos à medida que Malone absorvia o silêncio profundo do túmulo. O Livro dos Provérbios lhe veio à mente.

Uma verdade simples de muito tempo antes.

Aquele que perturba a própria casa herdará o vento.

NOVENTA E QUATRO

Washington, D.C.
Sábado, 22 de dezembro
16h15

Stephanie entrou no Salão Oval. Danny Daniels se levantou e a cumprimentou. Edwin Davis e Diane McCoy já estavam sentados.

— Feliz Natal — disse o presidente.

Stephanie respondeu à saudação. Daniels a havia convocado de Atlanta na tarde anterior, fornecendo o mesmo jato do Serviço Secreto que ela e Davis tinham usado havia mais de uma semana para viajarem de Asheville a Fort Lee.

Davis parecia bem. Seu rosto estava recuperado, sem os hematomas. Usava terno e gravata e estava sentado com a postura rígida numa cadeira estofada, a máscara de pedra de volta ao lugar. Stephanie conseguira ter um rápido vislumbre do coração dele e se perguntou se esse privilégio a condenaria a jamais poder conhecê-lo um pouco mais. Ele não parecia ser um homem que gostasse de expor a alma.

Daniels ofereceu-lhe um assento ao lado de Diane.

— Achei que seria melhor termos todos uma conversa — disse o presidente, sentando-se também. — As últimas semanas foram difíceis.

— Como está o coronel Gross? — perguntou ela.

— Está bem. A perna está se recuperando, mas aquela bala fez algum estrago. Ele está um pouco irritado com Diane por ter denunciado sua presença, mas grato por Edwin saber atirar.

— Eu deveria visitá-lo — disse Diane. — Não tive a intenção de lhe causar nenhum ferimento.

— Eu esperaria uma semana ou mais. Estou falando sério quanto à irritação.

O olhar melancólico de Daniels era a personificação da angústia.

— Edwin, sei que odeia minhas anedotas, mas ouça mesmo assim. Duas luzes na neblina. Numa delas, está um almirante no passadiço do navio, que transmite uma mensagem por rádio à outra luz, dizendo que está no comando de um encouraçado, e que a luz deveria desviar para a direita. A outra luz responde ao almirante que *ele* deveria desviar para a direita. O almirante, que era um tanto teimoso, como eu, retorna e repete a ordem para o outro navio ir para a direita. Finalmente, a outra luz diz: "Almirante, sou o marinheiro guarnecendo o farol, e é melhor você ir logo para a direita." Eu me coloquei numa situação vulnerável por você, Edwin. Muito vulnerável. Mas você era o cara do farol, o sensato, e eu escutei. Diane aqui, assim que ficou sabendo de Millicent, embarcou e correu um risco e tanto também. Stephanie você arrastou consigo, mas ela se manteve firme até o final. E Gross? Levou um tiro.

— E sou grato por tudo o que foi feito — disse Davis. — Imensamente.

Será que Davis nutria algum remorso por ter matado Charlie Smith?, perguntava-se Stephanie. Provavelmente não, mas isso não significava que ele esqueceria. Ela olhou para Diane.

— Você soube quando o presidente ligou para o meu escritório pela primeira vez, procurando por Edwin?

Diane balançou a cabeça.

— Depois de desligar, ele me contou. Estava preocupado que as coisas pudessem sair do controle. Achou que talvez fosse necessário um plano de apoio. Então, pediu que eu entrasse em contato com Ramsey. — McCoy hesitou. — E estava certo. Embora vocês tenham feito um ótimo trabalho para mandar Smith na nossa direção.

— Mas ainda temos de lidar com alguns efeitos colaterais — disse Daniels.

Stephanie sabia o que ele queria dizer. A morte de Ramsey havia sido explicada como um assassinato por um agente secreto. A morte de Smith simplesmente fora ignorada, uma vez que ninguém sabia que ele sequer existia. Os ferimentos de Gross foram atribuídos a um acidente de caça. O principal assessor de Ramsey, um tal capitão de mar e guerra Hovey, fora interrogado e, sob a ameaça de ir para a corte marcial, revelara tudo. Em questão de dias, o Pentágono limpou a casa, designando uma nova equipe administrativa para a inteligência naval, acabando com o reinado de Langford Ramsey e qualquer um ligado a ele.

— Aatos Kane foi falar comigo — disse Daniels. — Queria que eu soubesse que Ramsey tentara intimidá-lo. É claro que ele foi lá cheio de reclamações e com pouca explicação.

Stephanie viu o presidente piscar o olho.

— Mostrei a ele um arquivo que encontramos na casa de Ramsey dentro de um cofre. Coisa fascinante. Não é necessário entrar em detalhes, digamos apenas que o senador não concorrerá à presidência; e que sua aposentadoria do Congresso entra em vigor a partir de 31 de dezembro, a fim de que ele possa passar mais tempo com a família. — Um ar de autoridade inconfundível passou pela expressão de Daniels. — O país será poupado da liderança dele. — Daniels balançou a cabeça. — Vocês três fizeram um ótimo trabalho. Assim como Malone.

Eles haviam enterrado Forrest Malone dois dias antes num cemitério obscuro no sul da Geórgia, perto de onde morava a viúva. O filho, falando pelo pai, recusara o sepultamento no Cemitério Nacional de Arlington. E Stephanie entendera a relutância de Malone.

Os outros nove tripulantes também tinham sido trazidos de volta, os corpos entregues às famílias, a verdadeira história do NR-1A finalmente contada à imprensa. Dietz Oberhauser fora enviado à Alemanha, onde a esposa reivindicou os corpos dele e das filhas.

— Como está Cotton? — perguntou o presidente.

— Bravo.

— Se é que isso tem alguma importância — disse Daniels —, o almirante Dyals está recebendo muita pressão da Marinha e da imprensa. A história do NR-1A alvoroçou a opinião pública.

— Tenho certeza de que Cotton gostaria de torcer o pescoço de Dyals — disse Stephanie.

— E aquele programa de tradução está rendendo uma abundância de informações sobre aquela cidade e as pessoas que viveram lá. Há referências a contatos por todo o globo. De fato, eles interagiram e compartilharam, mas, graças a Deus, não eram arianos. Nenhuma super-raça. Nem mesmo belicosos. Os pesquisadores se depararam com um texto ontem que pode explicar o que aconteceu a eles. Viveram na Antártida dezenas de milhares de anos atrás, quando o continente não era coberto de gelo. Mas à medida que a temperatura foi caindo, eles se retiraram para as montanhas. Por fim, seus respiradouros geotérmicos esfriaram. Então, eles partiram. Difícil saber quando. Parece que usavam uma medida de tempo e um calendário diferentes. Assim como ocorre entre nós, nem todos tinham acesso a todo o seu conhecimento, de modo que não puderam reproduzir sua cultura em outro local. Apenas fragmentos aqui e ali, à medida que se misturavam à nossa civilização. Os mais bem-informados partiram por último e escreveram textos, deixando-os como um registro. Ao longo do tempo, esses imigrantes foram absorvidos por outras culturas, sua história foi perdida, e nada restou deles, a não ser a lenda.

— Parece triste — disse Stephanie.

— Concordo. Mas as ramificações disso podem ser enormes. A Fundação Nacional de Ciência está enviando uma equipe para a Antártida para trabalhar no local. A Noruega concordou em nos dar o controle da área. O pai de Malone e o restante da tripulação do NR-1A não morreram em vão. Podemos aprender muito sobre nós mesmos graças a eles.

— Não sei se isso deixaria Cotton e as outras famílias felizes.

— *Se queres prever o futuro, estuda o passado* — disse Davis. — Confúcio. Bom conselho. — Ele parou e acrescentou: — Para nós e para Cotton.

— É, acabou — disse Daniels. — Espero que tenha acabado.

Davis assentiu.

— Para mim, acabou.

Diane concordou.

— De nada serviria reavivar essa história em público. Ramsey se foi. Smith se foi. Kane se foi. Acabou.

Daniels levantou-se, foi até a escrivaninha e pegou um diário.

— Isto veio da casa de Ramsey também. É o diário de bordo do NR-1A. Aquele de que Herbert Rowland lhes falou. O imbecil guardou-o durante todos esses anos. — O presidente entregou-o a Stephanie. — Achei que Cotton talvez gostasse disso.

— Entregarei a ele — disse ela —, quando ele se acalmar.

— Verifique a última entrada.

Ela abriu na última página e leu o que Forrest Malone havia escrito. *Gelo no dedo dele, gelo na cabeça, gelo em seu olhar vidrado.*

— É de um poema — explicou o presidente. — Robert Service. Início do século XX. Ele escrevia sobre o Yukon. O pai de Malone obviamente era seu fã.

Malone lhe dissera como tinha encontrado o corpo congelado, *gelo em seu olhar vidrado.*

— Malone é profissional — disse Daniels. — Conhece as regras, e o pai as conhecia também. É difícil julgar gente de quarenta anos atrás pelos padrões de hoje. Ele precisa superar isso.

— Falar é fácil — disse Stephanie.

— A família de Millicent precisa ser informada — disse Davis. — Eles merecem a verdade.

— Concordo — disse Daniels. — Suponho que você queira fazer isso.

Davis assentiu, e Daniels sorriu.

— E houve um ponto positivo no meio de tudo isso. — O presidente apontou para Stephanie. — Você não foi demitida.

Ela abriu um sorriso.

— Pelo que sou eternamente grata.

— Eu lhe devo um pedido de desculpas — disse Davis a Diane. — Eu a interpretei mal. Não tenho sido um bom colega. Achei que você fosse uma idiota.

— É sempre tão sincero? — perguntou Diane.

— Você não tinha que ter feito o que fez. Pôs o seu na reta por algo que, na verdade, não a envolvia.

— Eu não diria isso. Ramsey era uma ameaça para a segurança nacional. Isso está na descrição do nosso emprego. E ele matou Millicent Senn.

— Obrigado.

Diane indicou gratidão com um gesto de cabeça.

— Isso, sim, é o que eu gosto de ver — disse Daniels. — Todo mundo se dando bem. Estão vendo, muita coisa boa pode resultar de uma luta com cascavéis.

A tensão diminuiu na sala. Daniels remexeu-se na cadeira.

— Com isso fora do caminho, infelizmente, temos outro problema, que também envolve Cotton Malone quer ele goste ou não.

MALONE APAGOU AS LUZES DO TÉRREO E SUBIU AO SEU APARTAMENTO NO QUARTO andar. O movimento na livraria fora grande. Três dias antes do Natal, e parecia que os livros estavam nas listas de presente de Copenhague. Ele contratara três pessoas para cuidarem da loja na sua ausência, pelo que era grato. Tanto que fizera questão de lhes dar generosos bônus de Natal.

Mas ainda estava em conflito quanto ao pai. Eles o enterraram onde estavam os jazigos da família da mãe. Stephanie comparecera. Pam, sua ex-mulher, estava lá. Gary ficara emocionado, vendo o avô pela primeira vez, dentro do caixão. Graças ao frio intenso e a um agente funerário habilidoso, Forrest Malone jazia como se tivesse morrido apenas alguns dias antes.

Malone mandara a Marinha para o inferno quando sugeriram uma cerimônia militar com honrarias. Tarde demais para isso. Não importava que ninguém ali tivesse tomado parte na decisão inexplicável de não buscar o NR-1A. Ele estava farto de ordens, deveres e responsabilidades. O que havia acontecido com a decência, a honra e a virtude? Essas palavras pareciam sempre esquecidas quando realmente importavam. Como quando 11 homens desapareceram na Antártida, e ninguém deu a mínima.

Ele chegou ao último andar e acendeu algumas luzes. Estava cansado. O peso das últimas semanas se fizera sentir, culminando com o momento em que ele vira a mãe em prantos enquanto o caixão descia. Todos permaneceram no cemitério e ficaram vendo os funcionários recolocarem a terra e erguerem a lápide.

— *O que você fez foi maravilhoso* — dissera-lhe sua mãe. — *Você o trouxe para casa. Ele teria ficado muito orgulhoso de você, Cotton. Muito orgulhoso.*

E essas palavras o fizeram chorar.

Finalmente.

Quase ficou na Geórgia para o Natal, mas decidiu voltar para casa. Estranho como agora considerava a Dinamarca seu lar. Mas considerava. E não tinha mais dúvida disso.

Foi para o quarto e deitou-se na cama. Quase 23 horas, e ele estava exausto. Tinha de acabar com aquela agitação. Deveria estar aposentado. Mas estava contente por ter pedido ajuda a Stephanie.

No dia seguinte, descansaria. Domingo era sempre um dia tranquilo. As lojas estavam fechadas. Talvez ele pegasse o carro para visitar Henrik Thorvaldsen no norte. Não via o amigo havia três semanas. Mas talvez, não. Thorvaldsen ia querer saber por onde Malone andara e o que havia acontecido, e ele não estava pronto para reviver aquilo.

Por ora, ele iria dormir.

MALONE ACORDOU E AFASTOU O SONHO DA MENTE. O RELÓGIO DA CABECEIRA marcava 2h34. As luzes ainda estavam acesas por todo o apartamento. Havia dormido por três horas.

Mas algo o despertara. Um som. Parte do sonho que estava tendo, mas não exatamente.

Ouviu mais uma vez. Três rangidos numa sequência rápida. O prédio era do século XVII e fora completamente reformado havia alguns meses, depois de ter sido incendiado. Depois disso, os novos degraus de madeira do segundo ao terceiro andar sempre se anunciavam de forma precisa, como teclas de um piano.

O que significava que havia alguém lá.

Ele pôs a mão debaixo da cama e encontrou a mochila que sempre deixava pronta — um hábito dos tempos do Setor Magalhães. Lá dentro, a mão direita pegou a Beretta automática, já carregada.

Malone saiu lentamente do quarto.

NOTA DO AUTOR

ESTE LIVRO FOI UMA VIAGEM PESSOAL, TANTO PARA MALONE QUANTO PARA MIM. Ele encontrou o pai, eu me casei. Não necessariamente algo novo para mim, mas definitivamente uma aventura. Quanto às viagens, esta história me levou à Alemanha (Aachen e Baviera), aos Pirineus franceses e a Asheville, Carolina do Norte (Biltmore Estate). Muitos lugares frios, com neve.

Agora, é hora de separar a especulação da realidade.

O submarino supersecreto NR-1 (prólogo) é real, assim como sua história e suas explorações. O NR-1 continua até hoje, depois de quase quarenta anos, a servir nossa nação. O NR-1A é invenção minha. Há poucos e preciosos relatos escritos sobre o NR-1, mas aquele ao qual recorri foi *Dark Waters*, de Lee Vyborny e Don Davis, que é uma rara observação em primeira mão sobre como era estar a bordo. O relatório do tribunal de inquérito sobre o naufrágio do NR-1A (capítulo 5) é baseado em relatórios de investigação verdadeiros a respeito do naufrágio do *Thresher* e do *Scorpion*.

O Zugspitze e Garmisch são descritos fielmente (capítulo 1), assim como o Posthotel. A época das festas de fim de ano na Baviera é maravilhosa, e os mercados natalinos detalhados nos capítulos 13, 33 e 37 são, sem dúvida, parte da atração. O mosteiro de Ettal (capítulo 7) é descrito de modo fiel, exceto pelas salas subterrâneas.

Carlos Magno é, claro, fundamental para a história. Seu contexto histórico, conforme apresentado, é fiel (capítulo 36), assim como sua assinatura (capítulo 10). Ele continua sendo uma das personalidades mais enigmáticas do mundo e ainda mantém o título de *Pai da Europa*. A autenticidade da história em que Otto III entra no túmulo de Carlos Magno em 1000 d.C. é discutível. A narrativa apresentada no capítulo 10 já foi repetida muitas vezes — embora, é claro, o estranho livro que Otto encontra seja adição minha. Há histórias igualmente fortes que dizem que Carlos Magno foi enterrado deitado, dentro de um sarcófago de mármore (capítulo 34). Ninguém sabe ao certo.

A vida de Carlos Magno, de Eginhardo, continua sendo considerada uma das grandes obras do período. Eginhardo era um homem culto, e seu envolvimento com Carlos Magno, conforme descrito, é fiel. Apenas sua ligação com os Sagrados é invenção minha. Os relatos de Eginhardo citados nos capítulos 21 e 22 são baseados de forma aproximada em partes do Livro de Enoque — um texto antigo e enigmático.

As operações Salto em Altura e Moinho de Vento aconteceram conforme descritas (capítulo 11). Ambas foram operações militares abrangentes. Muito sobre elas permaneceu confidencial por décadas e ainda é envolto em mistério. O almirante Richard Byrd foi colíder da Salto em Altura. Minhas descrições dos recursos tecnológicos que Byrd levou ao sul consigo (capítulo 53) são fiéis, assim como a narrativa de sua ampla exploração do continente. Seu diário secreto (capítulo 77) é fictício, assim como suas supostas descobertas de pedras esculpidas e tomos antigos. A expedição alemã de 1938 à Antártida (capítulo 19) aconteceu e é detalhada corretamente — incluindo o lançamento de pequenas suásticas por toda a superfície de gelo. Apenas as explorações de Hermann Oberhauser são criações minhas.

A estranha escrita e as páginas manuscritas (capítulos 12 e 81) são reproduzidas do manuscrito Voynich. Esse livro se encontra na biblioteca Beinecke de Livros Raros e Manuscritos, na Universidade de Yale,

e, em geral, é considerada a escrita mais misteriosa do planeta. Ninguém jamais foi capaz de decifrar seu texto. Um bom compêndio sobre tal excentricidade é *The Voynich Manuscript*, de Gerry Kennedy e
Rob Churchill. O símbolo visto pela primeira vez no capítulo 10 — uma
mônada — foi tirado do livro deles, uma representação arquetípica
encontrada originalmente num tratado do século XVI. O estranho timbre da família Oberhauser (capítulo 25) também é do livro de Kennedy
e Churchill e é, na verdade, o escudo de armas da família Voynich,
criado pelo próprio Voynich.

A verdadeira explicação do termo *ariano* (capítulo 12) demonstra
como algo tão inócuo pode se tornar tão letal. A Ahnenerbe, é claro,
existiu. Somente nos últimos anos os historiadores começaram a revelar seu caos pseudocientífico e suas terríveis atrocidades (capítulo 26).
Uma das melhores fontes sobre o assunto é *The Master Plan*, de Heather
Pringle. As várias expedições internacionais da Ahnenerbe, detalhadas
no capítulo 31, ocorreram e foram amplamente usadas para moldar sua
fábula científica. O envolvimento de Hermann Oberhauser com a organização é invenção minha, mas seus esforços e descréditos são baseados em experiências de participantes reais.

O conceito de uma primeira civilização (capítulo 22) não é meu. A
ideia serviu de base para muitos livros, mas *Civilização um*, de Christo-
pher Knight e Alan Butler, é excelente. Todos os argumentos que Christl
Falk e Douglas Scofield apresentam para a existência dessa primeira civilização pertencem a Knight e Butler. A teoria deles não é tão absurda
assim, mas a reação a ela é semelhante ao modo como a ciência predominante um dia viu a deriva dos continentes (capítulo 84). É claro que a
pergunta mais óbvia permanece. Se tal cultura existiu, por que não há
nenhum vestígio?

Mas talvez haja.

As histórias pormenorizadas por Douglas Scofield no capítulo 60
sobre pessoas "semelhantes a deuses" interagindo com culturas pelo

mundo são verdadeiras, assim como os inexplicáveis artefatos encontrados e a história sobre o que foi mostrado a Colombo. Ainda mais impressionantes são a imagem e a inscrição do templo de Hator, no Egito (capítulo 84), que mostram claramente algo extraordinário. Infelizmente, no entanto, a observação de Scofield de que noventa por cento do conhecimento do mundo antigo nunca será conhecido pode ser verdadeira. O que significa que talvez jamais tenhamos uma resposta definitiva para esta fascinante indagação.

Situar a primeira civilização na Antártida (capítulos 72, 85 e 86) foi ideia minha, assim como o foram o conhecimento e a tecnologia limitados dessa civilização (capítulos 72 e 81). Não visitei a Antártida (está definitivamente no topo da minha lista de Coisas que Tenho de Ver), mas sua beleza e seu perigo são apresentados de modo fidedigno com base em relatos em primeira mão. A base de Harvosen (capítulo 62) é fictícia, mas os trajes que Malone e companhia usam são reais (capítulo 76). A política do continente antártico (capítulo 76), com seus vários tratados internacionais e regras de cooperação singulares, ainda é complexa. A área que Malone explora (capítulo 84) é de fato controlada pela Noruega, e alguns textos mencionam que é designada como zona proibida por supostas razões ambientais. As sequências subaquáticas com Ramsey são tiradas daqueles que mergulharam naquelas águas cristalinas. Os vales secos (capítulo 84) existem, embora geralmente estejam confinados à parte sul do continente. A preservação e os efeitos destrutivos do frio absoluto no corpo humano são retratados de forma precisa (capítulos 90 e 91). *Ice*, de Mariana Gosnell, é um relato excelente desse fenômeno.

A catedral de Aachen (capítulos 34, 36, 38 e 42) vale a pena ser visitada. O Livro do Apocalipse teve papel-chave no seu projeto, e a construção é uma das últimas do tempo de Carlos Magno que ainda estão de pé. É claro que minha interposição dos Sagrados em sua história é simplesmente parte desta ficção.

A inscrição em latim dentro da capela (capítulo 38) é do tempo de Carlos Magno e é reproduzida de forma exata. Ao contar as palavras em grupos de 12, descobri que havia apenas três na 12ª posição, visto que a última contagem parava na 11ª. Então, surpreendentemente, as três palavras formavam uma frase com sentido — *Claridade de Deus*.

O trono de Carlos Magno tem, de fato, um tabuleiro de Moinho gravado em seu interior (capítulo 38). Como e por que está lá, ninguém sabe. O jogo era comum nos tempos romanos e carolíngios e ainda é jogado hoje.

A busca de Carlos Magno, com todas as suas diversas pistas, incluindo o testamento de Eginhardo, é invenção minha. Ossau, na França (capítulo 51), e a abadia (capítulo 54) são inventadas, mas Bertrand é baseado num abade real que viveu naquela região.

Fort Lee (capítulo 45) é real, embora o armazém e o compartimento refrigerado não sejam. Adquiri um iPhone recentemente, então Malone tinha de ter um também. Todas as investigações peculiares conduzidas pelos governo dos Estados Unidos durante a Guerra Fria sobre fenômenos paranormais e extraterrestres (capítulo 26) aconteceram. Simplesmente adicionei uma.

Biltmore Estate (capítulos 58, 59 e 66) é um dos meus locais favoritos, especialmente na época do Natal. A pousada, a mansão, a aldeia, o hotel e o terreno são retratados fielmente. É claro que o Congresso Mistérios Antigos Revelados não existe, mas é baseado numa variedade de encontros reais.

O mapa de Piri Reis e outros portulanos (capítulo 41) são reais, e cada um deles levanta inúmeras questões complicadas. *Maps of the Ancient Sea Kings*, de Charles Hapgood, é considerado o trabalho mais conclusivo sobre o assunto. O debate sobre o meridiano de origem ocorreu conforme descrito (capítulo 41), e Greenwich foi escolhido de forma arbitrária. Adotar a pirâmide de Gizé como longitude zero (capítulo 71), no entanto, produz algumas conexões fascinantes com locais

614] STEVE BERRY

sagrados ao redor do mundo. A jarda megalítica (capítulo 71) é outro conceito interessante que explica racionalmente semelhanças que os engenheiros notam há muito tempo em locais de construções antigas. Mas até agora a prova de sua existência não foi estabelecida.

Esta história propõe algumas possibilidades interessantes. Não a de uma Atlântida mítica com uma engenharia surreal e tecnologia fantástica, mas, em vez disso, a simples ideia de que podemos não ter sido os primeiros a alcançar a consciência intelectual. Talvez tenha havido outros cuja existência nos é simplesmente desconhecida, tendo sua história e seu destino sido apagados, perdidos entre os noventa por cento do conhecimento antigo que podemos não recuperar nunca.

Absurdo? Impossível?

Quantas vezes ficou provado que os supostos especialistas estavam errados?

Lao-Tsé, o grande filósofo chinês que viveu há 2.700 anos e ainda é considerado um dos pensadores mais brilhantes da humanidade, deve ter tido conhecimento de causa ao escrever:

> *Os Mestres Antigos eram sutis, misteriosos, profundos e atentos.*
> *A profundidade de seu conhecimento é insondável.*
> *E porque é insondável, só podemos descrever sua aparência.*
> *Cautelosos como quem atravessa um córrego no inverno.*
> *Prudentes como quem vê o perigo.*
> *Gentis como o hóspede. Dóceis como gelo prestes a derreter.*
> *Simples como a madeira bruta.*

Este livro foi composto na tipologia Palatino,
em corpo 10,6/17, e impresso em papel offwhite 80g/m²,
no Sistema Cameron da Divisão Gráfica
da Distribuidora Record.